Kingstown, Heiligabend 1895. Vor der Küste Irlands läuft ein Frachter auf Grund. Während die Schiffbrüchigen auf Hilfe warten, kommen die Seenotretter in den eisigen Wellen ums Leben. Die Bewohner der Hafenstadt sind traumatisiert. Der 13-jährige Matias, der als blinder Passagier an Bord des havarierten Frachters war, findet sich in den hilfsbereiten Händen der Kapitänsfamilie wieder – und mitten im Strudel der Ermittlungen…
Über 100 Jahre später, auf den Spuren ihrer Vergangenheit, offenbart sich einer Schriftstellerin aus Finnland ein unbekannter Teil ihrer Familiengeschichte.

Leena Lander, geboren 1955, ist eine der international bekanntesten und erfolgreichsten Schriftstellerinnen der finnischen Gegenwartsliteratur. Ihre Bücher wurden in mehr als 20 Sprachen übersetzt und vielfach mit Preisen ausgezeichnet. Die Verfilmungen ihrer Romane »Die Insel der schwarzen Schmetterlinge« und »Die Unbeugsame« waren in Finnland große Erfolge. Leena Lander lebt mit ihrem Mann, dem Schriftsteller Hannu Raittila, im Südwesten von Finnland in der Nähe von Turku.

LEENA LANDER

Die Gesichter des Meeres

ROMAN

Aus dem Finnischen
von Stefan Moster

btb

STURMWARNUNG VOM 23. DEZEMBER 1895

Heute Morgen um 06.00 Uhr zeigte das Barometer der Wetterwarte Plymouth einen Druck von 30,2 Zoll an. Über dem Nordwestatlantik hat sich ein ausgedehnter Hochdruckkeil gebildet, der sich im Süden bis zur Biskaya erstreckt. Östlich davon ist der Luftdruck an allen Wetterstationen rasch gefallen. An den Wetterfronten hat sich ein höchst Besorgnis erregender Wirbel gebildet, der sich auf die Britischen Inseln zubewegt.

Wir warnen alle Seefahrer vor dem gefährlichsten Wettertypus. Das schwere Wetter, das seit längerem auf dem Atlantik herrscht, kann sich zu einem Wirbelsturm steigern, der die gesamte Seefahrt im Ärmelkanal und auf der Irischen See bedroht. Vorerst sollten keine Schiffe die Häfen am Ärmelkanal, an der Irischen See und an der Westküste Irlands verlassen.

Auf der Irischen See, auf den westlichen Gewässern Irlands sowie im Ärmelkanal ist mit anhaltenden, von Schnee durchsetzten Regenfällen zu rechnen sowie mit extrem starkem Sturmwind aus südwestlicher Richtung. Sämtliche Schiffe, die sich auf diesen Gewässern befinden, müssen, sofern Verbindung zu ihnen aufgenommen werden kann, aufgefordert werden, die Küstenlinie zu meiden oder unverzüglich den nächsten Hafen aufzusuchen.

Laut den jüngsten, um 06.00 Uhr gemessenen Barometermessungen der Beobachtungsstationen Cork und Plymouth ist im St.-Georgs-Kanal ein außergewöhnlich jäher Druckabfall zu verzeichnen.

Gleichzeitig schwankt die Temperatur zwischen 51° Fahrenheit am Messpunkt Scilly und 36°F in London. In Dungen sind 38°F gemessen worden, in York und Holyhead 39°F.

Von den Festlandstationen sind Werte von 68°F in Biarritz und 29°F in Christiansund gekabelt worden. In Stockholm und in Skagen lag die Temperatur zum Messzeitpunkt bei 31°F auf der Fahrenheit-Skala.

Als Matias Sahlman an Heiligabend 1895 Schiffbruch erlitt, hatte er erst dreizehn Jahre gelebt, die meisten davon unter kläglichen Umständen. Er war aus einem Kinderheim in Turku geflohen und als blinder Passagier an Bord einer Fregatte namens Palme gegangen, auf der sein drei Jahre älterer Bruder Samuel als Küchenjunge arbeitete. In Liverpool wollten die Brüder das Schiff, das nach Amerika segelte, heimlich verlassen. Dem älteren Bruder gelang es tatsächlich, sich an Land zu stehlen, aber Matias wurde erwischt und gezwungen, seinen Bruder fortan als Arbeitskraft zu ersetzen, allerdings als Kajütendiener. Der Junge, genauer gesagt das Kind, hätte somit mindestens weitere zweieinhalb Jahre auf See vor sich gehabt, wäre das Schiff nicht bald nachdem es England verlassen hatte, in einen Sturm geraten und vor dem zwölf Kilometer südlich von Dublin gelegenen Kingstown auf einer Sandbank aufgelaufen.

Niemand aus meiner Familie kann sich daran erinnern, dass der alte Mann später je von diesem Schiffsunglück gesprochen hätte. Ich war acht Jahre alt, als er 1968 starb, aber soweit ich weiß, war er bis zum Schluss bei vollem Verstand. Auch ich wüsste nichts von dem Ereignis, hätte ich nicht vierzig Jahre später im Nachlass meiner Eltern einen Ordner mit englischen Zeitungsausschnitten entdeckt, auf dessen Rückenschild in schöner Handschrift stand: »Segen des Ufers«. Wahrscheinlich hatten sich weder meine Mutter noch mein Vater mit dem Inhalt des Ordners vertraut gemacht, denn sie konnten so gut wie kein Englisch.

»Segen des Ufers« war ein Ausdruck, den die Bewohner der Schären vor Jahrhunderten benutzten, wenn sie von einem Schiffbruch sprachen. Dieser optimistische Blickwinkel auf das Seeunglück entsprach selbstverständlich nicht dem der armen Menschen auf dem sinkenden Schiff, sondern dem der Leute, die am Ufer Zeugen der Tragödie waren und unter Umständen sogar von ihr profitierten, indem sie das angespülte Treibgut einsammelten und alles aus dem Wrack raubten, was zu rauben war.

Die unter russischer Flagge segelnde finnische Fregatte Palme havarierte Ende des 19. Jahrhunderts, also zu einer Zeit, als Wracks keine freie Beute mehr waren. Vielmehr wurden die Küstenbewohner dazu verpflichtet, den Schiffbrüchigen auf jede erdenkliche Weise zu helfen und das Wrack vor Strandräubern zu schützen. In irischen Zeitungen hieß es darum auch stolz, wenn es schon das Schicksal eines Schiffes sei, ein Seeunglück zu erleiden, dann danke die Besatzung gewiss Gott dafür, wenn sich die Havarie vor Kingston ereigne.

Das damalige Kingstown, das heute den irischen Namen Dún Laoghaire trägt, liegt im unteren Bereich der c-förmigen Dublin Bay. Diese flache Bucht hat einen Durchmesser von zehn Kilometern und ist voller heimtückischer Sandbänke, die der Fluss Liffey anschwemmt. Eine davon, die Razor Bank, wurde zum Schicksal der Palme. Zum Zeitpunkt ihrer Havarie war Kingstown kein bescheidenes Dorf mehr, das vom Fischfang und vom Schmuggel lebte, sondern ein bedeutender Hafen für den Passagier- und Postverkehr zwischen dem viktorianischen Irland und dessen Mutterland, ein Resultat von Eisenbahn und Dampfschifffahrt. Von Kingstown aus kam man am schnellsten ins Mutterland. Allerdings waren Bauarbeiten von mehr als dreißig Jahren nötig gewesen, bevor die von gewaltigen Wellenbrechern geschützte Stadt zum größten und sichersten künstlich angelegten Hafen der Welt geworden war. Im Jahr 1821 wurde sie zu

Ehren des Besuchs von König George IV. auf den Namen Kingstown getauft. Der Hafen diente auch dem lebhaften Fernpassagierverkehr. Von dort brachen 20 000 irische Soldaten in den Krimkrieg auf, und für mehrere hunderttausende Auswanderer war der Wellenbrecher mit seinem Wachturm der letzte Anblick ihres Heimatlandes.

Von Dublin nach Kingstown wurde die erste Eisenbahnlinie Irlands gebaut, die aus der Hafenstadt ein beliebtes Ausflugsziel auch für die Arbeiterklasse Dublins machte. Und weil die Menschen der viktorianischen Ära ihre Freizeitvergnügen ernst nahmen, entstanden in Ufernähe Badeanstalten, Parks, Segelclubs, Pubs, Restaurants und Hotels, von denen das palastartige Royal Marine Hotel das prachtvollste war.

Stand man an Heiligabend 1895 an der Spitze des mehr als einen Kilometer langen östlichen Wellenbrechers von Kingstown, so wie es die achtjährige Sarah Donoghue tat, sah man auf der Uferseite im Westen und Nordwesten die Berge von Dublin. Zu deren Füßen verlief das Band des auf Marschland erbauten Eisenbahndamms. Die Landschaft wurde vom Zyklus der Gezeiten geformt. Bei Flut schlugen Wellen gegen den Deich, während die Ebbe kilometerbreit das Watt freilegte. Im Frühling und im Sommer füllte es sich mit vielerlei Watvögeln und mit Kranichen, die dort nach Nahrung suchten. Bei Ebbe konnte man in Sarahs Kindheit auch Frauen und Mädchen mit Körben und gerafften Röcken langsam über den Meeresboden gehen sehen. Sie sammelten Muscheln und Schnecken, aber an jenem Tag sah man keine Sammlerinnen von Schalentieren. Es herrschte die Dezemberflut, die zusammen mit dem Südweststurm den Meeresspiegel auf Rekordhöhe trieb. In Richtung Merrion sah Sarah nichts als enorm hohe, graue Wellen, die sich schäumend über den Damm und die Gleise darauf wälzten. Der Kontrast zwischen dem stürmischen Meer und dem stillen Wasser im siebzig Hektar großen, von den riesigen Wellenbrechern geschützten Hafen war schockierend. Am Nordostende der Bucht erhoben sich die Höhenzüge von Howth, hinter denen sich die flachere Silhouette von Bull Island abzeichnete. Im Norden sah man den von der Gischt gepeitschten Leuchtturm Poolbeg, im Osten nichts als das schäumende Meer im Schneeregen.

Die Fregatte Palme lag an Heiligabend 1895 ungefähr fünfhundert Meter von der Stelle entfernt, an der das Kind stand und winkte, auf der Sandbank. Sarah war mit ihrem Vater William Donoghue zum Wellenbrecher gekommen, aber dieser stand nicht mehr neben ihr, sondern befand sich mit vierzehn Kameraden im Seerettungsboot. Sie waren aus dem Hafen hinausgerudert und versuchten nun, sich mit gesetzten braunen Segeln durch den Sturm zu den Schiffbrüchigen vorzukämpfen. Sarahs Vater war einer der Freiwilligen der Königlichen Seenotrettungsstation RNLI in Kingstown. Für die Rettungstätigkeit wurde den Männern eine Entschädigung gezahlt, deren Bedeutung für den Haushalt ihrer Familien nicht gering war.

Sarah, die ihren roten Sonntagsmantel trug, wandte sich an die neben ihr stehende Frau und fing an, wortreich zu erzählen, dass ihr Vater sie und ihre drei Brüder zum Weihnachtsmärchen im Puppentheater von Dublin mitnehmen würde, sobald die Schiffbrüchigen gerettet worden seien. Die Frau war eine deutsche Reisende und verstand so gut wie nichts von dem, was das Kind ihr erklärte, aber sie fand, dass es in seinem roten Mantel sehr hübsch aussah. In miserablem Englisch fragte sie, ob sie das Mädchen mit ihrer Boxkamera vor dem stürmischen Meer fotografieren dürfe.

Zur gleichen Zeit umklammerte Matias Sahlman, der fünfzehn Jahre später der Großvater meiner Mutter werden würde, die Reling der vom Seegang gebeutelten Palme und erkannte, dass sich inmitten der hohen Wellen vom Ufer her ein Segelboot näherte. Der Junge drehte sich um und begab sich stolpernd über das schiefe Deck, auf dem allerhand Zeug herumlag, zur Kajütentreppe.

»Boot in Sicht«, rief er. »Rettungsboot in Sicht!«

DUBLIN BAY, HEILIGABEND 1895

Gerät ein Schiff in Seenot, ist der Kapitän verpflichtet, alles zu tun, um die auf dem Schiff befindlichen Personen zu retten sowie das Schiff und die Ladung zu schützen. Er hat, soweit das möglich ist, für die Sicherung der Schiffsdokumente und für die Rettung von Schiff und Ladung zu sorgen. Der Kapitän darf das Schiff nicht verlassen, solange angemessene Hoffnung auf dessen Rettung besteht, sofern sein Leben nicht ernsthaft gefährdet ist.

Finnisches Seerecht, §12.

Elin

Als die Frau des Kapitäns sieht, wie sich ihr Mann auf das Sofa in der Kajüte fallen lässt, begreift sie, dass kein Zweifel mehr besteht. Das Schiff ist verloren.

»Das wird mir der Alte nie verzeihen. Niemals.«

In seiner triefenden Öljacke, mit dem Südwester und mit den Händen vorm Gesicht kauert Oskar Siren in einer Haltung auf dem Sofa, die seine Frau an den Prinzen von Dänemark auf der Bühne des Nationaltheaters erinnert: vom Schicksalsschlag erschüttert. Im Hintergrund das gespenstische Heulen des Sturmwinds, das Meer der Plagen, gegen das man das Schwert zieht. Und über der ganzen Bühne schwebt der geisterhafte Schatten des mächtigen Vaters.

Natürlich hat Oskar Siren bessere Gründe für sein Gebaren als der nervenschwache Däne. Er ist an dem Versuch gescheitert, das Schiff durch die Hafeneinfahrt in den Schutz der Wellenbrecher zu steuern. Die Anker wurden geworfen, aber sie hielten bei dem starken Sturm nicht, worauf die Fregatte vom Südwestwind gegen die Sandbank gedrückt wurde. Ja, der Kapitän hat einen guten Grund, so theatralisch in sich zusammenzusinken. Dennoch ist es für seine Frau bitter festzustellen, dass ihr Mann in dieser Stunde mehr den Zorn seines Vaters fürchtet als den Untergang seiner Frau, seiner Tochter und seiner Mannschaft.

Das wird ihnen der Alte nie verzeihen! Der Frau, die ihr Kind auf dem Arm wiegt, entfährt ein ungläubiges Lachen.

Erik Siren hat seinem ältesten männlichen Erben ein Schiff anvertraut, das kein beliebiger Kahn ist. Vielmehr ist es eine einzigartige Arche, die Gott in seiner großen Weisheit seinem treuen Diener Erik Siren zugeführt hat. Die Fregatte Palme ist in genialer Weise dafür konstruiert worden, hundertdreißig Tonnen kristallklare nordische Kälte an ihr heißes Ziel zu bringen, wo sich die Ladung in pures Gold verwandeln soll. Und nun hat Erik Sirens Sohn diese unvergleichliche Goldgrube auf eine irische Sandbank gesetzt, wo das Schiff schließlich zersplittern wird, ohne dass es jemand verhindern kann.

Das Schiff ist verloren. Zunichte ist damit auch die monatelange Seereise, zu der eine Frau wie Elin Siren nie hätte aufbrechen sollen. Primitive Angst – ohne tatsächliche Gefahr – zehrte an ihr, als die Palme vor zwei Monaten durch die Sunde Dänemarks auf die offene Nordsee hinausfuhr, und nach der Abfahrt von Liverpool erwachte das Entsetzen erneut. Diesmal aus gutem Grund: auf der Irischen See gerieten sie sofort in einen wütenden Südweststurm, der vom Atlantik her blies. Er hinderte sie fast eine Woche lang am Vorankommen, hielt die Mannschaft Tag und Nacht auf den Beinen und demütigte die Frau des Kapitäns mit einer heftigen Seekrankheit, die sie so erschöpfte, dass sie danach keine Kraft mehr hatte, sich zu fürchten.

Elin horcht nach den Rufen der Männer an Deck. Man hört dröhnende Axthiebe. Sie legt das Kind auf ihr Bett.

»Wir denken jetzt nicht an deinen Vater. Er wird sich schon wieder fassen, wenn er das Geld von der Versicherung bekommt.«

»Er wird kein Geld bekommen.«

»Natürlich wird er das, das dauert nur seine Zeit. Das mit der Theodorus war Pech, aber Großbritannien ist nicht Kuba. Hier wird korrekt gehandelt und …«

»Die Palme ist nicht versichert.«

»Wieso nicht?«

»Du kennst den Alten doch! Kannst du dir vorstellen, dass er eine neue Versicherung abschließt, wo die Auseinandersetzung über die vorige noch läuft?«

Natürlich erinnert sie sich noch an das Gebrüll ihres Schwiegervaters vor einem Jahr, daran, wie er bei dem Eisenschiff Theodorus in den Dreck gegriffen hatte. Schon im Jahr seiner Anschaffung hatte das Schiff vor Havanna Schiffbruch erlitten, aber die Versicherungsgesellschaft weigerte sich, für den Schaden aufzukommen, indem sie behauptete, das Schiff sei überversichert und die Havarie inszeniert worden.

»Der Alte hat geschworen, nichts in die verdammte Schwindlergesellschaft zu investieren, bevor er sein Geld bekommt. Bis auf die letzte verflixte Münze.«

Man hört ein Krachen an Deck, und der ganze Rumpf des Schiffes erzittert. Der erste von drei Masten ist gefällt worden. Das Kind fängt an zu quengeln, so grenzenlos müde, wie es ist, schläft es jedoch mit dem Daumen im Mund und dem Schmusetuch in der Faust gleich wieder ein.

»Solltest du nicht wieder an Deck gehen?«, fragt die Frau.

Der Mann winkt ab. »Peterson macht das. Er ist ja der Kommandant auf diesem Schiff. Ich spiele nur den Kapitän. Was für ein Clown ich bin! Und jetzt sehen wir das Resultat.«

Elin sitzt im Halbdunkel, in dem es nach Rauch, Erbrochenem und feuchter Wolle riecht, auf dem Bettrand. Sie lauscht dem stürmischen Meer. Dessen Wellen züchtigen das Schiff, rollen gnadenlos heran, schlagen zu und verrichten so systematisch wie die endlosen Reihen einer riesigen Heeresmacht ihr Zerstörungswerk.

Ihr Mann zieht eine Kommodenschublade auf und nimmt eine Flasche Rum heraus. Elin erhebt sich.

»Was für eine glänzende Idee! Pfeifen wir auf den Sturm und betrinken wir uns anständig. Das Schiff ist ja ohnehin verloren, und der Alte wird uns das nie verzeihen.«

Oskar nimmt einen langen Schluck aus der Flasche, ohne sich einen Deut um die Missbilligung seiner Frau zu scheren. Es war vorbei. Warum also sollte ein Mann sich nicht bewusstlos trinken dürfen? Schließlich ist dies das uralte Recht der Strohpuppenkapitäne. Für genau solche Momente braucht man fähige Kommandanten. Peterson würde an Deck alles tun, was ein Mann tun kann.

Ja, denkt seine Frau, am Ende ist es immer Peterson, der zähe, einwandfrei korrekte, ausdruckslose Seebär Peterson, den Papieren nach der offizielle Kapitän des Schiffes. Auch wenn Erbprinz Siren, dem die Abschlussprüfung fehlt, noch so gern in der Kapitänsuniform und mit dem Sextanten in der Hand über das Kommandodeck stolziert und dabei unerträglich gut aussieht. Ein schmächtiger, aber knabenhaft sehniger junger Kapitän, der den Augen seiner Frau einen betörenden Anblick bietet.

»Dann trinke ich auch etwas.«

Oskar gibt ihr die Flasche, und Elin nimmt einen Schluck. Und noch einen. Der Rum brennt in dem vom ständigen Erbrechen rauen Hals, tut aber gut. Was soll auch schlimm daran sein, dem Engel der Nachlässigkeit den kleinen Finger zu reichen? Wenn man dadurch nach mehreren schlaflosen Nächten wenigstens kurz die eisige Zwangsvorstellung von dem rasenden Schwiegervater aus der Kajüte vertreiben kann?

Elin kommt der Gedanke, ob sie versuchen könnte, in einem Brief an ihre Schwester ein Bild von Erik Siren zu zeichnen, wie er einem Raubvogel gleich über der Fregatte auf der Sandbank schwebt: der eiskalte Adlerblick funkelt in der Dunkelheit, der riesengroße Klüver bereit, auf den Schädel einzuhacken, in dem die Entscheidungen getroffen worden sind, wegen derer sich sein künftiger Reichtum nun für immer in den schäumenden Wellen des Atlantik verliert. Aber was, wenn es keine Gelegenheit zum Briefeschreiben mehr gibt? Und sie ihre Schwester nie mehr zu Gesicht bekommt? Und diese nicht mehr ihre kleine Nichte Ester, deren Lunge sich bald mit salzigem Meerwasser füllen und deren zarter Leib von den Algen und Mollusken der Tiefe zugedeckt wird …

Nein, man darf nicht an das Schlimmste denken, und es ist auf keinen Fall richtig, wenn eine Frau ihrem Mann in einer solchen Stunde Vorwürfe macht. Der vierundzwanzigjährige Oskar Siren zerbricht ohnehin beinahe unter der übermäßigen Last auf seinen Schultern, jetzt, da er alle seine verbliebenen Kräfte zusammennehmen müsste. Womöglich ist Oskar aufgrund seiner Unerfahrenheit als Kapitän gescheitert, hat sein Schiff ins Verderben geführt und achtzehn Menschen in Todesgefahr gebracht. Bestimmt hätte man etwas anders machen können. Man hätte die Anzeichen des kommenden schweren Wetters lesen, noch eine Weile in Liverpool bleiben oder zumindest frühzeitig anlegen und die Eile vergessen können, zu der sie der künftige Geldfürst von seiner nordischen Insel aus antrieb.

Noch an den ersten Tagen des Sturms ging Oskar von einer Art ekstatischem Kampfgeist ergriffen über das Schiff, sich in der Fantasie bereits heldenhaft hervortuend. Aber die Verachtung des alten Erik traf den Erstgeborenen in jedem Moment der Unsicherheit und bei jedem geringsten Irrtum. Das imaginäre Urteil des Vaters veranlasste ihn dazu, sich schon geschlagen zu fühlen, bevor etwas Fatales oder Irreparables geschehen war. In seiner Not korrigierte Oskar einen Fehler durch einen noch größeren Fehler. Und er spürte bis ins Mark, was für eine Eitelkeit es gewesen war, sich auch nur für einen Moment einzubilden, Mann genug zu sein, um in die Fußstapfen seines Vaters zu treten und dieses verfluchte Schiff zu beherrschen, anstatt nur wie eine Flickenpuppe am Steuer zu hängen.

»Peterson hatte Recht. Was den Ballast betrifft. Es sind zu

wenig Steine. Sie haben uns in Birkenhead hinters Licht geführt, und ich habe nichts unternommen.«

Elin erinnert sich gut an den Briefwechsel, in dem ihr Schwiegervater seinem Sohn die Leviten las, weil es diesem nicht gelungen war, eine geldwerte Ladung aufzutreiben, die er nach Mobile hätte transportieren können, und in dem er insbesondere über den Preis des Ballasts zürnte sowie über die zusätzlichen Kosten, die dessen Be- und Entladung verursachte.

Der verdammte Kerl hat nichts anderes im Kopf als sein verfluchtes Eis, denkt Elin. Er ist ein Ungeheuer und schert sich weder um uns noch um sein Enkelkind oder sonst jemanden! Was soll man von einem Mann halten, der einst seinen sechsjährigen Sohn auf eine einjährige Segelfahrt mitnahm, damit dieser den Beruf des Seemanns erlernte? Dabei konnte man ihm nicht vorwerfen, Abhärtung und Unterdrückung voneinander zu trennen. Das Resultat der folgenden entsetzlichen Segelfahrten war, dass es dem alten Erik nicht gelang, aus seinem Jungen einen echten Seebären zu machen. Oskar lernte nicht, wie sein Vater nach faulen Jungmännern zu treten und dem Küchenjungen eins mit dem Tau zu verabreichen, bis der von selbst auf die Idee kam, über Bord zu gehen. Oskar konnte nicht, als sie bei einer fünfzehnjährigen Hure im Hinterzimmer einer Kneipe in Valparaiso Schlange standen, und aus seinem Mund war auch kein Schwall eindrucksvoller Schimpfwörter auf dem Kommandodeck zu erwarten, ganz zu schweigen von zotigen Gesängen für die Schiffsgenossen. Er ließ sich nicht tätowieren und trank keinen einzigen seiner Untergebenen unter den Tisch, auch wenn, was diese Sache betraf, im Lauf dieser Fahrt eine ermutigende Entwicklung in Gang gekommen war.

»Es sind zu wenig Steine«, sagt Oskar. »Darum verhält der Kahn sich so, wie er es tut. Die Lenkbarkeit ist schwach, das Schiff kommt gegen den Seitenwind nicht an. Mit ordentlichem

Ballast wären wir durch die Hafeneinfahrt gekommen. Und der Sand ist wohl nichts als verdammter Torf. Ich war ein Idiot, weil ich Peterson nicht geglaubt habe.«

»Denk nicht mehr daran. In dieser Hölle hätten keine Zaubertricks geholfen.«

Elin beschließt, ihren eigenen Worten zu glauben: es nützt nichts, nach Schuldigen zu suchen. Sinnlos, sich aufzuregen. Das Meer hat Tag für Tag und Nacht für Nacht gewütet. Die Sturmvögel sind verschwunden. Es ist ein Wunder, dass sich die Fregatte so lange über Wasser gehalten hat. Wahrscheinlich weil sie tatsächlich so stark gebaut ist, wie der Schwiegervater getönt hat: das Stützwerk aus Eisen, der Rumpf wesentlich massiver als bei solchen mit Holzbögen, gemacht, um das Kap der Guten Hoffnung, Kap Horn und das Eis der nordischen Gewässer auszuhalten, zum Teufel!

Dennoch. Schiffe entstehen aus den Händen von Menschen, aber das Meer war vor dem Menschen da. Womöglich sogar vor Gott? Am Anfang war die Erde wüst und leer, und es war finster auf der Tiefe, und der Geist Gottes schwebte auf dem Wasser. Aber bekanntlich wird an keiner Stelle der Bibel gesagt, dass Gott selbst das Meer erschaffen hätte. Das Meer war Gottes Schöpfung nur insoweit, als er zwischen den Wassern eine Feste werden ließ, was immer das auch sein mochte. Er schloss die Tore des Meeres, weil die Wasser aus dem Schoß der Erde schossen und hüllte es in Wolken und wickelte es in Finsternis. Und er machte ihm Riegel und Türen und sagte: »Bis dahin darfst du kommen, nicht weiter. Hier ist die Grenze für deine stolzen Wogen.« Wenn also selbst Gott alle Hände voll zu tun hatte, das Meer zu bändigen, ist es reiner Größenwahn, sich als Mensch einzubilden, gegen eine solche Macht ankommen zu können. Das Meer ist immer stärker als die geschicktesten Konstruktionen des Menschen.

»Geh an Deck. Du wirst dort gebraucht. Ich werde sehen, ob es mir gelingt, Kaffee zu kochen.«

Elin steht auf. Oskar fängt an, im Schein der Sturmlampe Kreuzdornzweige, die am Rocksaum seiner Frau hängengeblieben sind, zu entfernen. Elin versteht nicht, warum er das tut. Sind das die letzten Anstrengungen seines männlichen Beschützerinstinkts, oder ist Oskars Neigung zu übertriebener Sauberkeit so hartnäckiger Natur? Bitte etwas Sorgfalt in diesem Durcheinander, bevor wir alle ertrinken!

Die Kreuzdornzweige haben sie in Liverpool als Weihnachtsdekoration gekauft, aber der Sturm hat mit den an der Kajütenwand befestigten Kränzen längst kurzen Prozess gemacht, wie auch mit den meisten anderen Gegenständen, mit denen Elin versucht hat, die Kajüte wohnlicher und gemütlicher zu gestalten.

Auf dem Fußboden liegen aus den Regalen gefallene Reisebücher und Romane in Urin und Erbrochenem aus umgestürztem Topf und Eimer. Die Frau des Kapitäns denkt an die tapferen und ungestümen Heldinnen der Seefahrergeschichten und schämt sich für ihre seit Wochen anhaltende heimliche Ängstlichkeit. Es wäre großartig, jenen Frauen zu gleichen, aber gibt es solche Frauen überhaupt anderswo als in der Fantasie der Schriftsteller und ihrer leicht an der Nase herumzuführenden Leser?

Vielleicht nicht, und darum soll man nur daran denken, wie die Lage hier und jetzt aussieht. Die Wirklichkeit besteht aus dem nahen Ufer und den Menschen, die dort versammelt sind, sie haben ihre üblichen Heiligabendverrichtungen unterbrochen und beobachten auch jetzt mit Ferngläsern und Fernrohren die Anstrengungen der Fregatte, die den Notruf abgesetzt hat. Gewiss hat man bereits Maßnahmen ergriffen, um die Schiffbrüchigen zu retten, und zwar mit all der britischen Tatkraft, die

die Schiffsbesatzung bereits sechs Wochen lang in Liverpool und Birkenhead erleben durfte. Sie würden überleben.

Ein Kapitän darf von seiner Frau die volle Unterstützung bei der Rückgewinnung seines Mutes und seines Kampfgeistes erwarten. Das verlangt jedoch die Kunst der Frau, die Lage einzuschätzen: braucht ihr Mann an erster Stelle einen guten Küchengeist, braucht er mütterliche Wärme, oder wäre es am wirkungsvollsten, sich ein wenig dirnenhaft zu geben?

Elin küsst Oskar leidenschaftlich. Es kommt ihr nicht geheuchelt vor. Nicht ganz. In der Wiederholung noch weniger. In der Kapitänskajüte kann man sich noch aufhalten, aber in der Kombüse dringt das steigende Wasser bereits durch die Ritzen der Bodenplanken, man wird sie bald nicht mehr betreten können. Die Mannschaft braucht Verstärkung. Und der Kapitän muss an Deck. Es eilt!

Oskar nickt, tut aber nichts. Er lässt sich wieder gegen die Rückenlehne des Sofas sinken und begnügt sich damit, mit den Fäusten den Stoff zu kneten, wie ein Kind, das sich an den Rocksaum seiner Mutter klammert.

»Was wird nur aus uns werden?«

Die Frau nimmt seine kalte Hand zwischen ihre Hände. Es ist eine Sache, wenn ihr Mann sich um seine Familie sorgt, aber eine andere, wenn er den unstillbaren Zorn des fernen Vaters fürchtet.

»Mach dir keine Sorgen, Liebster. Es wird uns wohlergehen«, sagt Elin.

»Lass uns zusammen beten!«

»Jetzt wird spürbarere Hilfe gebraucht.«

»Sag das nicht, du als Pfarrerstochter«, erwidert Oskar wehleidig.

»Die Rettungsboote sind bestimmt schon auf dem Weg hierher. Sei nicht bekümmert. Es wird uns wohlergehen. Steh auf!«

Sie deckt das Kind mit einem Wollschal zu und begleitet ihren Mann zur Tür.

»Es wird gut für uns ausgehen«, verspricht sie.

Da erschallt auf der Treppe der Ruf des Schiffsjungen: »Boot in Sicht, Rettungsboot in Sicht!«

Die Frau des Kapitäns hatte Recht. Es ging gut mit ihnen aus, sogar zu gut, fanden manche, auch wenn sie den ganzen Heiligabend und auch noch den Weihnachtstag im kalten, dunklen Wrack auf der Razor Bank ausharren mussten. Erst am Stephanstag ließ der Sturm so weit nach, dass es einem dampfbetriebenen Küstenrettungsschiff gelang, die Schiffbrüchigen in Sicherheit zu bringen. In zwei Fuhren wurden alle achtzehn Menschen, die sich auf dem Schiff befunden hatten, an Land und in das luxuriöse Royal Marine Hotel gebracht. Sogar die Schiffskatze und ein drei Monate alter Hundewelpe kamen mit. Die Presse beeilte sich zu melden, dass es sich bei dem Schiff um eine finnische Fregatte unter russischer Flagge handelte.

Sofort begann man freiwillige Spenden zu sammeln, um der Besatzung zu helfen. Whiskeyfabrikant James Talbot-Power und seine Gattin erwiesen der Kapitänsfamilie ihre Gastfreundschaft. In vielen Schilderungen des Unglücks wurde betont, welchen Anteil die Frau des Kapitäns dabei hatte, die Stimmung in der Mannschaft aufrechtzuerhalten. Bei Ebbe war sie jedes Mal furchtlos in die Kombüse gewatet, um Kaffee zu kochen und etwas Essbares zu suchen.

Die Schiffbrüchigen der Palme wurden von der SS Tearagh unter dem Kommando von Kapitän McCombie gerettet, dem bereits dritten Boot, das ihnen zu Hilfe geschickt wurde. Das vorige Rettungsboot, die Hannah Pickard unter dem Kommando von Steuermann Horner, kenterte wenige hundert Meter vor der Palme, drehte sich aber wieder in die richtige Position, und die Ruderer konnten aus dem eisigen Wasser ins Boot klettern. Sie mussten jedoch mit leeren Händen ans Ufer zurückkehren.

Noch schlechter erging es dem Rettungsboot, mit dem Sarah Donoghues Vater und ihr Onkel mit dreizehn Kameraden am Morgen des Heiligen Abends als Erste zu den Schiffbrüchigen aufgebrochen waren, etwa eine Stunde nach dem per Signalflagge gegebenen Notruf. Es handelte sich um das ruderbare Segelboot Civil Service no. 7, das ein erfahrener Steuermann befehligte, nämlich der mit der Tapferkeitsmedaille ausgezeichnete Alexander Williams. Die auf dem Wellenbrecher stehenden Beobachter, unter ihnen Sarah Donoghue, sahen das Boot dicht an das Unglücksschiff herankommen. Die Segel waren eingeholt und die Masten eingeklappt worden, die Ruder bereit. Man wollte sich der Fregatte von der windgeschützten Seite her nähern, aber dann warf eine Riesenwelle das Boot um. Dieses war so konstruiert, dass es sich nach einem Kentern von selbst wieder in die richtige Position drehte, aber aus einem unbekannten Grund richtete sich das Boot nicht auf. Einigen Männern gelang es, auf den Kiel des auf den Wellen treibenden Bootes zu klettern. Doch der schwere Seegang spülte sie in ihren schweren Stiefeln und Öljacken ins Meer zurück. Auf der Palme wurde versucht, ein Boot zu Wasser zu lassen, aber dieses wurde an der Schiffsflanke zerschmettert. Auf dem Schiff gab es keine Vorrichtung, mit der man eine Rettungsleine zu den Männern im Wasser schießen konnte. So musste man von Deck aus hilflos zusehen, wie die Männer, die mit ihren Korkwesten im Wasser trieben, nacheinander umkamen.

Als sich die Nachricht von dem Unglück verbreitete, kamen Tausende Menschen am Wellenbrecher und am Ufer zusammen, um die weiteren Rettungsversuche zu beobachten. Die

Zeitungen Großbritanniens schrieben in den nächsten Tagen und Wochen seitenweise über die Tragödie. Es wurden Lieder und Schauspiele darüber verfasst. Für die Familien der Opfer gründete man Spendenfonds, die innerhalb weniger Wochen Summen einsammelten, die heute Millionen entsprechen würden. Ihre Majestät Königin Victoria bekundete den Angehörigen per Telegramm ihr tiefes Beileid. Lady Cadogan, die Frau des höchsten Statthalters in Irland, suchte zu diesem Zweck persönlich jedes Trauerhaus auf. Auch die Königin erleichterte ihre Geldbörse um 30 Pfund.

Ein Zeuge der Tragödie war der zwölfjährige James Joyce, der später in seinem Roman *Ulysses* daran zurückdachte, die Fregatte jedoch fälschlicherweise als norwegische erinnerte.

Der Vater des Steuermanns des zerstörten Rettungsboots, auch er ein mit mehreren Tapferkeitsmedaillen ausgezeichneter ehemaliger Kommandant, kam mit seinem Sohn um. Unter den Opfern waren auch zwei Zwillingspaare. Zwölf Männer hatten Familie. Eine der Ehefrauen war schwanger. Insgesamt blieben fünfzig Waisen und Witwen zurück. Drei Männer hatten ihre alten Eltern allein ernährt. Lordleutnant Cadogan eröffnete die Volkssammlung mit einer bedeutenden Geldsumme und versprach, Irland werde die fünfzehn tapferen Männer nie vergessen, die ihr Leben geopfert hatten, um ihre in Not geratenen Nächsten zu retten. Keine der Witwen und keines der vaterlosen Kinder werde wegen dieses Verlustes Mangel leiden müssen.

Zwei Männer hatte das Meer bis zur Beerdigung nicht zurückgegeben. Einer von ihnen war der 36-jährige William Donoghue. Ein Redakteur der Irish Times schrieb ein bewegendes Porträt von Sarah, der achtjährigen Tochter des Rettungsmannes, die man Tag um Tag am Ufer stehen und auf die Rückkehr ihres Vaters warten sehe. Die Geschichte war nicht erfunden. Kapitänsgattin Elin Siren, die mit ihrem Mann in Kingstown blieb, um die offizielle Untersuchung des Rettungsunglücks abzuwarten, sah vom Fenster ihres Hotelzimmers aus, wie das Mädchen jeden Tag am Wellenbrecher erschien, ganz gleich, welches Wetter herrschte. Sie erwähnte es ihrem Mann gegenüber und schlug vor, hinzugehen und das Kind anzusprechen, aber ihr Mann verstand nicht, was das für einen Sinn haben sollte.

DÚN LAOGHAIRE, HEILIGABEND 2012

Die Aufgabe der Lady auf einem Schiff besteht darin, Navigation zu lernen, zu lesen, sich um die Signalflaggen zu kümmern und mit dem Kapitän auf dem Oberdeck umherzugehen.

LADY FOLLANSBEE IN *WIVES OF MERCHANT CAPTAINS UNDER SAIL*
VON JOAN DRUETT

Die Tagebücher und Reisebriefe von Kapitänsfrauen, die ihre Männer aufs Meer begleiteten, bestätigen meine Auffassung, dass es schon immer ein eigenartiges Los gewesen sein muss, die Frau eines Seebären zu sein, ganz gleich, ob man an Land bleibt oder mit auf See geht. Für mich hat die Möglichkeit nie bestanden, meinen Mann Mikko Rafaelsson auf seinen Dienstreisen an die Grenzen der finnischen Hoheitsgewässer und darüber hinaus an verschiedene Krisenherde der Welt zu begleiten.

Er verrichtete sein Lebenswerk als Marineoffizier bei der Küstenwache und ging vor einem halben Jahr nach vollumfänglichem Dienst mit nur vierundfünfzig Jahren als Kommodore in Pension. Dieser dreiwöchige Aufenthalt in Irland ist unsere erste lange gemeinsame Auslandsreise. Heute haben wir uns von Dublin nach Dún Laoghaire umquartiert, dem ehemaligen Kingstown, vor dem die Palme im Jahr 1895 Schiffbruch erlitt. Ihren irischen Namen erhielt die Stadt in der Zeit der Republik zurück.

An Mikko schälen sich jeden Tag etliche neue Seiten heraus, seitdem er überraschend und energisch den Wunsch geäußert hat, mir bei der Recherche im Fall der Fregatte Palme zu helfen. Ich weiß nicht so recht, was ich davon halten soll. Ich bin es nicht gewohnt, dass sich jemand mit dem Material eines unfertigen Romans beschäftigt, aber zweifellos sind mir seine Fachkenntnisse eine große Hilfe.

Ich beschäftige mich schon eine Weile mit dem Unglück der Palme. Dabei sind allerlei Fragen aufgetaucht, die ich gern Matti

Salkonen gestellt hätte, als der noch lebte. Ich erinnere mich an mehrere Geschichten, die der alte Mann erzählt hatte, aber keine, die mit diesem Fall zu tun gehabt hat. Ich weiß nur, dass er sich zum Zeitpunkt der Havarie auf dem Schiff befand.

Oft habe ich mich gefragt, was mit den Gegenständen passiert ist, die er aus dem Ausland mitgebracht hatte. Für uns kleine Mädchen waren sie immer ganz und gar erstaunlich gewesen. Wahrscheinlich ließ meine Mutter sie nach dem Tod des Alten auf die Müllkippe bringen, weil sie nur unnützen Schrott darin sah. Die amerikanische Eismaschine verschonte sie, aber am Ende verschwand auch die irgendwo. Trotzdem kann ich mich noch gut daran erinnern: ein weinroter zylinderförmiger Apparat mit dem Bild eines Eskimos, gusseiserne Kurbel mit Porzellangriff, an der meine Schwester und ich mit unseren kleinen Händen drehen durften. Das fertige Eis klatschte der Alte in Metallbecher mit Fuß, wie sie damals in Eisdielen verwendet wurden. Jede Portion wurde mit einem kleinen, bunten Papierschirm dekoriert – Gott weiß, wo er die aufgetrieben hatte –, die wir danach als Sonnenschirme für unsere Puppen aufbewahrten.

Der Name der Maschine dürfte das erste englische Wort gewesen sein, das ich lernte: Blizzard, was Schneesturm bedeutet. Der Alte tat so, als staunte er über eine so enorme Sprachbegabung. Dem Mädchen geht das Englische wie Wasser über die Lippen, sagte er.

Zum Glück war mein Vater nicht dabei und konnte die Stimmung nicht stören. Er hätte wahrscheinlich bloß trocken angemerkt, dass es nichts Außergewöhnliches sei, wenn eine Sechsjährige lesen könne. Hat mein Vater das Haus überhaupt je betreten? In meiner Erinnerung setzte er uns vor der Ansammlung von Holzhäusern an dem Platz namens Veistämöntori in Turku ab, wo der Alte immer aufrecht auf den Pflastersteinen stand und sofort die Zigarette ausdrückte, wenn unser grüner Triumph Herald in seinem Blickfeld erschien.

Soweit ich mich erinnere, nannten meine kleine Schwester und ich den alten Mann nie Uropa oder dergleichen. Mädels, heute geht ihr zu Salkonen, sagte unsere Mutter. Ich verstehe, dass sie einen Mann, der nach nur wenigen Jahren Ehe seine Familie verlassen hatte, nicht Opa nennen wollte, aber Salkonen? Mein Vater nannte ihn auch den *Klarierer*. Ich hatte immer gedacht, das sei ein Spitzname – mein Vater hatte ein Faible für seiner Meinung nach witzige Umdeutungen von Berufsbezeichnungen, so bezeichnete er Mikko zum Beispiel als *Meerversteher* –, aber tatsächlich war der Alte Schiffsmakler gewesen, und es kann durchaus sein, dass man die Makler im Turkuer Hafen mit allem Respekt Schiffsklarierer rief.

Ich wüsste nicht, dass der Alte je bei uns gewesen wäre, nicht einmal an Weihnachten. In den pfingstbewegten Augen meiner Eltern war Matti Salkonen mit Sicherheit ein unverbesserlicher Sünder, der nicht an Gott glaubte, dafür aber rauchte und auch seinen Schnaps trank. Und der sich auf seine alten Tage noch mit allen möglichen zwielichtigen Seeleuten abgab. Im Grunde war es erstaunlich, dass wir unschuldigen kleinen Mädchen mit unseren straffen Zöpfen wenigstens ein paarmal im Jahr zu dem rüstigen alten Mann gebracht wurden.

An das Eismachen erinnere ich mich, weil das ganze Ritual so außergewöhnlich war. Alles begann mit der großen Holzkiste im Keller des Alten, wohl eine ausgediente Kartoffelkiste. Sie schien voller Sägemehl zu sein, aber wenn man ein wenig darin grub, hatte man auch im Sommer gleich glänzende Eisbrocken in der Hand. Die kamen in eine Waschschüssel, wo sie zerstoßen wurden. Dann wurden sie zusammen mit grobem Salz an den Rändern des Apparats verteilt. Die Zubereitung des Eises wurde von gründlichen Schilderungen über den Ursprung der

Zutaten begleitet. Es hatte den Anschein, als würde der Alte nie ein Geschäft betreten, so wie es andere Menschen taten. Inzwischen denke ich, dass er sich in seinen Jahren als Schiffsmakler ein Netz aus Bekannten geschaffen hatte, mit denen er sich im ständigen Tauschhandel befunden hatte. Diesen Brauch setzte er dann im Ruhestand fort. Es klang, als hätte er bis zum Schluss mit Schiffsleuten zu tun gehabt, auch wenn der größte Teil seiner Auftraggeber aus unvordenklichen Zeiten in unserer Kindheit längst das Gras von unten betrachtete.

Wenn ich den Geschichten des Alten lauschte, hatte ich das Gefühl, sein Leben sei ein einziges großes Meeresabenteuer gewesen, von einem exotischen Hafen zum nächsten. Wenn ich für irgendein Dessert eine Vanillestange auskratze, sehe ich noch immer den Alten vor mir, wie er mit einem Tropenhelm auf dem Kopf Vanille aus dem Dschungel holt, über der Schulter ein Gewehr wegen der gefährlichen Raubtiere. Seinen Schilderungen zufolge muss er auch in dem seltenen Moment im Tropenwald gewesen sein, als die Vanilleorchidee blühte. Er hatte unbedingt mit eigenen Augen sehen wollen, wie die Indianer behutsam die Pflanze bestäubten, indem sie nur wenige Blüten auswählten, damit die Pflanze nichts von ihrer Lebenskraft verlor.

Die Wahrheit entspricht jedoch nicht den Geschichten, die ein alter Mann zwei kleinen Mädchen erzählt hat. Je länger ich die Unterlagen, die Matti Salkonen hinterlassen hat, studiere, umso mehr sieht es aus, als wäre er nicht mehr zu einer längeren Seereise aufgebrochen. Nach der Havarie in Irland an Heiligabend 1895 war er, soweit man wusste, nicht mehr über Stockholm hinausgekommen.

»Was weißt du denn sonst über deinen Urgroßvater, über seine Kindheit und seine Familie?«, fragte Mikko, als er sich am Morgen rasierte. Ich musste zugeben, dass ich so gut wie nichts wusste. Laut der Familienforschung meiner Cousine Sanni hieß der Vater des Alten Lars Sahlman, geboren in Turku, und der Mädchenname seiner Mutter lautete Mary Adams, geboren in Liverpool. Den Dokumenten nach war der Vater Großhändler gewesen, als Beruf der Mutter war Tänzerin verzeichnet.

»Ach, du hast englische Wurzeln«, sagte Mikko. »Übrigens außergewöhnlich, dass die Mutter einen Beruf hatte. Zur damaligen Zeit hatten die wenigsten Frauen einen. Die Ehe ist wohl irgendwann nach 1870 geschlossen worden. Der Beruf der Tänzerin bedeutete im viktorianischen Britannien, dass sie entweder Ballerina im Königlichen Ballett gewesen war, oder aber in einem Varieté gearbeitet hatte. Da es um Liverpool geht, tippe ich auf das Zweite.«

»Willst du damit andeuten, dass eine Vorfahrin von mir ein Flittchen war?«

»Wer weiß … *Du Perle, in heißen Ländern daheim, Ramona, wann wirst du wieder mein Eigen sein, Ramona …*«

Vergebens versuchte ich das nervende Gesinge zu unterbrechen.

»*Nur einen Zehner gab ich dir und durfte kurz mit dir tanzen dafür, du Tänzerin meiner Träume, Ramona …*«

»Na ja, aber die Tatsache, dass sie ihren Beruf auf jeden Fall selbst angab, spricht meiner Meinung nach dafür, dass sie stolz darauf war.«

»Und der Vater hatte eine Art Handelshaus?«

»Ein lange sehr erfolgreiches sogar«, sagte ich, »Importhandel. Aber dann ging etwas schief. Meine Cousine Sanni hat irgendwo einen Vermerk entdeckt, demzufolge Lars Sahlman im Jahr 1890 durch eigene Hand gestorben sei. Im selben Jahr ging er in Konkurs, hat Sanni herausgefunden.«

»Sein Schicksal dürfte nicht allzu außergewöhnlich gewesen sein. Damals gab es kein soziales Netz und keine Versicherungen, die alles abdeckten. Man konnte in kurzer Zeit zu märchenhaftem Reichtum gelangen, aber eine Wendung in der Konjunktur, ein Brand oder eine Havarie konnte alles zum Einstürzen bringen, und dann blieb einem Mann, der gerade noch für erfolgreich gehalten worden war, keine andere Wahl, als sich eine Kugel in den Kopf zu schießen.«

»Es muss auch andere Möglichkeiten geben!«, widersprach ich. »Ein Mann, der sich eine Frau genommen und Kinder in die Welt gesetzt hat, hat nicht das Recht, einfach so aus ihrem Leben zu verschwinden. Oder?«

Mikko klopfte den Rasierapparat am Rand des Waschbeckens aus und wollte das Thema offensichtlich nicht weiterverfolgen.

»Und, was ist mit der Tänzerin passiert?«

»Sie ist zumindest aus den Akten verschwunden. Keine Informationen.«

»Wie ist es den Kindern ergangen?«

Davon hatte ich eine gewisse Vorstellung. Ich erzählte Mikko, wie wir einmal mit dem alten Salkonen im Hafen spazieren waren und er auf ein Gebäude zeigte und sagte, da sei einmal ein Waisenhaus gewesen, das Päivölä geheißen habe. Angeblich hatte er dort viele Jahre seiner Kindheit verbracht. Ich erinnere mich gut, denn mein schlimmster Albtraum war, wie bei Kindern wohl üblich, von meiner Mutter und meinem Vater getrennt zu werden.

»Anscheinend hatte dein Urgroßvater eine ziemlich trostlose Kindheit.«

Vielleicht waren die düsteren Kindheitserlebnisse des Matias Sahlman der Grund dafür, warum er später seinen Namen in Matti Salkonen ändern ließ. Oder hatte es mit der Kampagne der fennomanischen Bewegung zu tun, in deren Zuge man die Finnen dazu aufgefordert hatte, ihre schwedischen Namen in finnische umzuwandeln? Wir ließen uns diese Dinge später am

Vormittag noch durch den Kopf gehen, als wir auf dem Wellenbrecher, der dem eisigen Wind des Heiligen Abends ausgesetzt war und endlos zu sein schien, zur Gedenkstätte für das Rettungsbootsunglück spazierten. Wie seit mehr als hundert Jahren an Weihnachten sollte dort den fünfzehn tapferen Männern die Ehre erwiesen werden, die ihr Leben gaben, in dem Versuch, die Besatzung des finnischen Schiffes zu retten, zu der auch mein Urgroßvater gehörte.

Der Wind wurde energischer und brachte Schneeregen mit. Wir trugen Daunenjacken und die Freiwilligen der Rettungsstation ihre gelben Rettungsanzüge, aber die armen Vertreter der irischen Küstenwache standen ohne Mäntel in ihren ziemlich dürftigen marineblauen Dienstanzügen und mit weißen Mützen da. Die Zeremonie wurde von einem Mann in Kilt und kariertem Umhang eröffnet. Er spielte Trauermusik auf einem Dudelsack und marschierte auf dem Dach des Wachturms am Ende des Wellenbrechers hin und her. Er gehörte dem Musikkorps der Dubliner Feuerwehr an und war vermutlich mit einem der Opfer des Unglücks verwandt. So sagte es ein Mann, der neben uns stand und es eilig hatte, seine Pfeife auszuklopfen, als das klagende Spiel einsetzte.

Nach der Festrede trat ein Sänger mit Gitarre ans Mikrofon und trug eine im Jahr des Unglücks entstandene lange Ballade mit dem Titel »Fifteen Brave Men« vor. Immer wieder setzte das Mikrofon bei dem starken Wind aus, und ein besorgter junger Mann musste hinlaufen und es drehen und wenden, aber wir konnten den düsteren Text im Festprogramm lesen:

A gale was blowing from south-east
The sea was white with foam,
When those brave men, that morning,
Left families and home.
They went out in the lifeboat

This vessel's crew to save,
But in their human effort
They met a watery grave…

Nach dem Lied führten ein Seenotrettungsschiff und ein mit Außenbordmotor ausgerüstetes Schlauchboot, das ihm folgte, einen Salut aus, indem sie langsam an den Menschen auf der Spitze des Wellenbrechers vorbeifuhren. Mikko, der in der Broschüre, die von den Organisatoren verteilt worden waren, blätterte, erklärte mir, das Schiff namens Anna Livia, das so melancholisch die Sirene ertönen ließ, sei ein Allwetter-Seenotrettungsschiff der Trent-Klasse für Einsätze auf offener See bei allen Bedingungen. Damit wurden nun Kränze an die Stelle gebracht, wo die Civil Service no. 7 mit den fünfzehn Seenotrettern gekentert war. Mikko schätzte, dass die Ehrenerweisung dreihundert Meter entfernt von uns, die wir am äußersten Ende des Wellenbrechers standen, stattfand. Wieder ertönte die Sirene. Der junge Mann vor uns, der ein grünes Barett trug, nahm plötzlich Haltung an und salutierte der Anna Livia.

»Dieser Junge ist ebenfalls mit einem der Ertrunkenen verwandt«, flüsterte der Mann mit der Pfeife.

Es wurden noch einige Kränze vom Ufer aus ins Wasser geworfen, dann war der feierliche Akt vorbei, und dies wahrlich nicht zu früh. Im Laufschritt eilten wir zur Rettungsstation, wo eine kleine Nachfeier stattfinden sollte. Alle, die an der Zeremonie teilgenommen hatten, waren eingeladen.

Gott sei Dank gab es dort etwas Heißes zu trinken, Tee natürlich, aber an einer Seite des Tisches stand sogar eine Pump-Thermoskanne mit Kaffee. Mikkos Aufmerksamkeit richtete sich sogleich auf eine Bilderserie an der Tür. Auf den untereinander angeordneten Fotos sah man den Kentertest der Anna

Livia. Auf dem ersten Bild wurde das Boot mit Hilfe eines Krans umgedreht, auf dem nächsten wurde das Tragseil des Krans gelöst und auf dem folgenden, innerhalb weniger Sekunden aufgenommenen, drehte sich das Boot in die richtige Position zurück. Die Eigenschaft, die bei diesem Test geprüft wurde, hieß Selbstaufrichtung. Mikko zufolge wurden bei normalen Wasserfahrzeugen lediglich Neigungstests, die ausreichende Stabilität garantierten, durchgeführt.

»Stabilität ... gibt es auch instabile Schiffe?«

Mikko sah sich die Bilderserie lange an, und der Mann mit der Pfeife trat zu ihm. Es stellte sich heraus, dass er ein Kollege war. Mikko erzählte, in Finnland sei in diesem Jahr der erste Kentertest am Prototyp eines Seenotrettungsboots von der Größe der Anna Livia vorgenommen worden. Darum interessiere er sich für das Thema. Bei den Schiffen der finnischen Marine würden solche Tests nicht gemacht, weil ein Kriegsschiff nach dem Kentern auf jeden Fall funktionsuntüchtig sei. Wir machten uns miteinander bekannt. Als der Ire hörte, dass Mikko ein pensionierter Marineoffizier im Rang eines Kommodore war, grüßte er militärisch und sagte:

»Rafaelsson? Schutzengel dem Namen nach und Schutzengel von Natur aus?«

Er stellte sich als Korvettenkapitän a. D. Murdoch vor. Ich erzählte ihm, warum wir an der Zeremonie teilgenommen hatten: mein Urgroßvater sei als Junge auf dem Unglücksschiff Palme gewesen, und ich recherchiere die Geschichte als möglichen Stoff für einen Roman.

Der Mann zog seine Visitenkarte und einen kleinen Flachmann aus der Tasche. Daraus goss er Whiskey in Mikkos Kaffee und seinen Tee.

»Wenn Sie Hilfe brauchen, zögern Sie nicht, sich mit mir in Verbindung zu setzen«, sagte Murdoch. Er betreibe in der

Hauptstraße von Kingstown einen kleinen maritimen Souvenirladen, in dem wir sehr willkommen seien.

Mikko wollte mehr über die Kentertests hören, und der Mann berichtete, diese seien bereits in der zweiten Hälfte des 19. Jahrhunderts durchgeführt worden. Ich fragte ihn, ob Grund zu der Annahme bestand, dass man auch bei der Civil Service no. 7, die beim Rettungsversuch der Palme gekentert war, einen solchen Test vorgenommen habe.

»Absolut«, sagte Murdoch. Das Boot sei damals eine ziemlich große Anschaffung gewesen, der Cassius Clay der Rettungsboote, das größte und schönste von allen. Zweiundvierzig Fuß lang, elf Fuß breit. Der Rumpf aus Mahagoni, die Lufttanks aus galvanisiertem Eisenblech und die dem Wetter ausgesetzten Metallteile aus Messing. Wie die Titanic sei es für unsinkbar erklärt worden. Darum sei das Unglück auch so unfassbar.

»Der verfluchte Kahn hätte sich aufrichten müssen, ganz gleich, was für eine Welle ihn umgeworfen hatte«, sagte Murdoch kopfschüttelnd. »Auch wenn es damals noch das altmodische Denken repräsentierte. Bald kamen maschinenbetriebene Rettungsschiffe auf, aber wer konnte das damals schon wissen. Die Offiziere der Rettungsgesellschaft waren wie Generäle, die sich stets darauf vorbereiteten, den vorigen Krieg zu gewinnen.«

Wir erfuhren, dass ein gewisser George Lennox Watson das Boot konstruiert hatte, der damals auch der Hofdesigner von Königin Victoria und ihrer Thronfolger gewesen war. Der Bursche habe Yachten für den deutschen Kaiser und für viele amerikanischen Millionäre entworfen, vor allem aber trage die legendäre HMY Britannia seine Handschrift, die Yacht, auf der Albert, der Prinz von Wales und älteste Sohn der Königin, jahrelang seine *starlings* bei Laune hielt, während er auf die Königswürde wartete.

»Und das waren eine Menge an Jahren wie an Frauen«, grinste

der Ire. Auch der nächste König, George V., liebte das Schiff so sehr, dass er damit beerdigt werden wollte.

»Da hätten sie ein ziemlich langes und tiefes Grab ausheben müssen«, meinte Mikko. Soweit er sich erinnere, sei die Britannia mehr als hundert Fuß lang gewesen, und an Tiefgang müsse sie weit über zehn Fuß gehabt haben.

»Ihre Schätzung geht in die richtige Richtung, ist aber nicht ganz hinlänglich, Sir. Die Länge der Britannia betrug einhundertzwanzigeinhalb Fuß und ihr Tiefgang fünfzehn Fuß.«

Laut Murdoch war das Schiff in jeder Hinsicht überlegen gewesen. Es gewann eine Rekordzahl von Regatten sowohl in europäischen als auch in amerikanischen Gewässern. Übrigens werde die Wettkampfflagge der HMY Britannia noch immer im St. George Yacht Club aufbewahrt, der sich in fußläufiger Entfernung von der Rettungsstation befinde.

Mikko übersetzte mir die Fuß in Zentimeter und Meter: die königliche Yacht war demnach siebenunddreißig Meter lang. Wichtiger als die Länge war jedoch, dass ihr Kiel bei maximaler Zuladung bis in fast fünf Meter Tiefe reichte.

»Warum war das so wichtig?«

»Weil man in der Dublin Bay Männer einsetzen musste, die sich mit den Bedingungen auskannten. Gezeiten, Strömungen und Seegang verändern ständig die Sandbänke. Auf die Seekarten kann man sich da nicht verlassen. Nur Einheimische konnten ein Schiff navigieren, das einen solchen Tiefgang hatte. Einzig der hiesige Lotse traute sich, den optimalen Kurs zu wählen. Der Prinz muss bei den Wettfahrten, die in dieser Bucht stattfanden, einen Skipper aus Kingstown angeheuert und in der Crew einen Haufen einheimischer Fischer und Seeleute gehabt haben.«

Wir meinten, wir wären für diesen Tag genug gelaufen und würden schnurstracks ins Hotel gehen, wo zumindest ich ein heißes Bad nehmen würde. Aber wir würden wiederkommen. Murdoch nahm uns das Versprechen ab, dass wir nicht zögerten, Kontakt mit ihm aufzunehmen, wenn er uns in irgendeiner Weise bei unserer Recherche behilflich sein könne. Zum Schluss nahm er noch die Chronik der RNLI aus dem Schrank der Dienstkabine, die auch eine längere Darstellung der Havarie der Palme und der Tragödie der Civil Service enthielt.

Vor der Rettungsstation waren Verkaufsstände aufgebaut worden, aus denen die Aromen von heißen Kastanien, Krapfen und Zimt in die nasskalte Luft aufstiegen. Sie erinnerten mich an die Düfte auf dem Markt von Turku an den Heiligabenden meiner Kindheit, an Fackeln, Kerzen, Winteräpfel ... Und an den Geruch von nasser Wolle, wenn die selbst gemachten Strümpfe und Filzstiefel auf den Verkaufstischen der Marktleute im Lauf des Tages die Feuchtigkeit der Luft aufnahmen.

Anlässlich des Heiligabends kaufte ich uns Scones, die die Frauen des Fördervereins der RNLI gebacken hatten. Mikko interessierte sich für einen Hubschrauber mit Fernsteuerung, den ein kleiner Junge unglaublich geschickt fliegen ließ. Angeblich handelte es sich um einen Sea King, einen Rettungshubschrauber, wie er im Dienst der britischen und irischen Küstenwache stand. Der Verkäufer erzählte, Prinz William sei Pilot eines solchen Helikopters. Mikko wollte wissen, ob der Umgang damit schwer zu erlernen sei. Der Junge schaute ihn an und sagte:

»Ist der für Sie, Sir? Dann würde ich sagen, dass es nicht lange dauern wird, bis es läuft.«

Mikko nuschelte etwas von seinem siebenjährigen Enkel, aber der Verkäufer und ich tauschten einen vielsagenden Blick.

Irische Hotels sind insofern angenehm, als sie fast immer eine Badewanne haben. Während ich Wasser in die Wanne ließ, versuchte sich Mikko an den Künsten Prinz Williams beim Steuern des Helikopters. Er ließ das zwei Fäuste große Ding über dem Bett fliegen, schaffte es aber auch, es gegen die Wände, die Schranktüren und die Sessel prallen zu lassen, bis es abstürzte und auf den Teppichboden fiel. Ich sagte, jetzt könnten wir den Hubschrauber nicht mehr als verspätetes Weihnachtsgeschenk für Ville nach New York schicken. Mikko behauptete, das Gerät sei erstaunlich robust.

Ich lag lange in der Badewanne und trank Sekt der Marke Ocean, aber das Surren, die Aufprallgeräusche und die gedämpften Flüche, die durch die Tür drangen, beeinträchtigten meinen Genuss ein wenig. Wenn der Hubschrauber auf den Boden fiel, hörte man das gleiche Rattern wie an den Fahrrädern von kleinen Jungen, wenn sie Pappe zwischen die Speichen steckten. Als ich mich abduschte, meinte ich, Mikko etwas sagen zu hören und öffnete die Tür. Aber er hatte nicht mich gemeint, er telefonierte.

Ich föhnte mir die Haare, schminkte mich und probierte die roten Ohrringe aus, die ich gekauft hatte. Ein bisschen grell für eine Frau in meinem Alter, aber es war ja Heiligabend. Rot schien in Irland allerdings nicht so eine charakteristische Weihnachtsfarbe zu sein wie bei uns im Norden. In den meisten Kaufhäusern und Pubs waren die Christbäume hauptsächlich blau geschmückt, sogar die Kleidung der Plastikweihnachtsmänner war blau.

»Du hast lange telefoniert«, sagte ich, als ich ins Zimmer zurückkam.

Mikko berichtete, er habe Koistinen angerufen, den Chefausbilder für die Hubschrauberpiloten des Grenzschutzgeschwaders. Ich traute meinen Ohren nicht.

»Du hast den Mann wegen eines Spielzeugs an Heiligabend angerufen?!«

»Weißt du, die haben das gleiche Funktionsprinzip und die

gleiche Steuer-Avionik wie die großen Helikopter. Den Hauptrotor steuert man mit dem einen Joystick und den Heckrotor mit dem anderen.«

Er wollte mir zeigen, wie der Helikopter auf dem Papierkorb landet.

Ich sagte, wenn mein Nagellackfläschchen wegen des Apparats auf der Tagesdecke des Hotels umkippe, habe er seinen letzten Flug hinter sich, weil ich ihn dann nämlich aus dem Fenster werfen würde. Und das Handy hinterher.

Mikko warf mir einen gefügigen Blick zu, ließ den Hubschrauber hübsch auf dem Fußboden landen und schaltete die Fernbedienung aus.

»Da sieht aber jemand schön aus«, sagte er und erinnerte mich an seine ehelichen Rechte. Ich bat ihn so lange um Geduld, bis der Nagellack getrocknet war.

Ich hatte also umsonst befürchtet, in der fremden Kultur ein trostloses Weihnachten zu erleben, denn auch hier herrschte Friede im Land und bei uns beiden guter Wille, und als Engel brummte ein Minihelikopter am Himmel.

KINGSTOWN, WEIHNACHTSTAG 1895

Der Bostoner Diplomat Edward Everett wurde im Jahr 1882 in London dem indischen Prinzen vorgestellt, welcher Everett fragte, was er für die wichtigste Sache und die größte Segnung halte, die man aus Amerika und insbesondere aus Boston nach Indien gebracht habe. Everett zeigte sich unschlüssig, ob es sich dabei um die Tätigkeit der Missionare, das allgemeine Schulsystem oder womöglich um Daniel Websters Bunker-Hill-Rede gehandelt haben mochte.

Der Inder entgegnete, das absolut Bedeutendste, das die Amerikaner in sein Land gebracht hätten, sei Eis aus Boston gewesen.

Captains of Industry, 1884

Daniel

Im George – dem Königlichen St. George Segelclub – verfertigt Daniel Ford mit der Kraft von zwei Whiskeys und zwei Bieren den ersten Artikel über das Rettungsunglück an Heiligabend. Es ist eine Beschreibung der Stimmung, die am Vormittag im Krankenhaus von Monkstown geherrscht hat, als die Angehörigen kamen, um die Leichen der Lebensretter zu identifizieren, die im Lauf der Nacht und des Morgens geborgen worden waren. Er ist mit seiner Leistung zufrieden, auch weil er diesmal nichts hinzuerfinden muss. Nun gut, nicht alles kann und soll man wahrheitsgemäß schildern. Man denke nur an den Vater der Gebrüder Saunders. Dieser würde garantiert nicht wollen, dass jemand in der Zeitung liest, wie er auf die Knie fiel und wie ein kleines Kind in Tränen ausbrach, als er seine einzigen Söhne auf zwei nebeneinander stehenden Tischen liegen sah. Daniel ist sich sicher, dass ihm der Alte für die Wahrung seiner männlichen Würde in ein paar Jahren noch einmal innerlich dankbar sein wird. »Die Trauer des Vaters über den Verlust der beiden Helden war in diesem Moment so niederschmetternd, dass nicht einmal der erfahrene Seemann vermeiden konnte, dass ihm eine Träne ins Auge trat« et cetera …

Auf der schwitzenden Hand ist ein Tintenfleck entstanden, von dem verdammten Waterman-Füller, den er sich in aller Eile in der Redaktion geschnappt hat. Daniel holt sein Taschentuch hervor und kippt sich den letzten Rest des vom Kaminfeuer warmen Biers in die Kehle. Er ist fast fertig, noch wenige Zeilen, dann kann der Laufbursche der Redaktion mit seiner Beute auf den Zug nach Dublin springen. Daniel schaut aus dem Fenster. Der Sturm will nicht nachlassen, im Gegenteil. Zwischen den berghohen Wellen erkennt man den geisterhaft schwankenden Rumpf der schiffbrüchigen Fregatte auf der Sandbank. Daniel geht zum anderen Fenster. Auf dem nassen Wellenbrecher steht noch immer das kleine Mädchen, mit dem er vor über einer Stunde gesprochen hat. Es trägt eine Männeröljacke und einen Südwester, aber das arme Kind muss trotzdem völlig durchgefroren sein. Eine elende Angelegenheit durch und durch. Der dreißigjährige Onkel des Mädchens war unter den ersten Ertrunkenen, die ans Ufer gespült wurden, aber die Leiche des Vaters ist noch immer nicht aufgetaucht. Und wenn es nach der Kleinen geht, kann sie auch nicht auftauchen. Der Papa ist nämlich gar nicht ertrunken, sondern hat sich auf die Fregatte gerettet. Ein freundlicher Herr hat der Armen ein Fernrohr geliehen, und damit hat sie ihren Vater über das Deck des Schiffes stiefeln und in Richtung Festland winken sehen.

Daniel erinnert sich, wie die Ärmste ihn unter ihrer lächerlich großen Kopfbedeckung heraus mit vertrauensvollen Feenaugen angeschaut und erzählt hat, dies sei ganz und gar nicht das erste Mal, dass ihr Vater aus dem Boot gefallen sei. Wer weiß wie oft schon habe der Papa die Dummköpfe ausgelacht, die schon geglaubt hatten, er blase im Musikkorps des heiligen Petrus den Dudelsack. Ihr Vater sei nämlich ein hervorragender Schwimmer und der beste Lohnskipper im Segelclub, das wüssten alle. Wenn Onkel Thomas im Schwips behaupte, seinen Bruder eines Tages zu übertreffen, dann bilde er sich zu viel auf sich ein. Ihr Vater habe gesagt, so etwas könne auf dieser Insel nur ein Mann von sich geben, der voll bis an die Kiemen sei. Das Kind war sich seiner Sache unerschütterlich sicher. Sobald der Sturm abflaue, käme der Vater an Land, und dann würden sie zusammen mit ihrem Bruder mit der Eisenbahn nach Dublin fahren und sich das Puppentheater ansehen.

Soll er darüber schreiben?

Daniel tritt vom Kamin weg, und der Butler des Segelclubs kommt, um das Feuer zu schüren.

»Alles in Ordnung, Sir?«

Der Butler wirft einen Blick auf das leere Whiskeyglas, das auch kein Eis mehr enthält.

»Bitte noch einen Whiskey… Oder nein… doch lieber ein Bier«, ruft Daniel dem Mann hinterher. »Und ein Schinkenbrot nach Art des Earls von Sandwich!« Er setzt sich wieder hin und liest dort weiter, wo er stehengeblieben war.

»Die Gesichter vieler Männer bezeugten, dass ihr letzter Moment ein verzweifelter Kampf war. Ein Teil der Bekleidung fehlte. Einer der Männer trug nur noch einen Stiefel. Sie hatten versucht, sich im heftigen Todeskampf ihrer Öljacken und ihres Schuhwerks zu entledigen. Andere wiederum sahen vollkommen ruhig aus und schienen lediglich zu schlafen.«

Daniel nimmt ein frisches Blatt, aber anstatt darauf weitere Zeilen zu schreiben, zeichnet er eine Skizze von dem durchnässten kleinen Mädchen, das neben dem Wellenbrecher am gepflasterten Rand der Straße stand. Man muss in diesem Beruf stenografieren können, aber Daniel übt sich in allen möglichen Situationen auch in der Kunst des Zeichnens. Ein Reporter, der die Fähigkeit besitzt, rasch eine dramatische Zeichnung zum Thema seines Artikels anzufertigen, ist bei jeder Zeitung im Königreich ein gefragter Mann.

Der Butler bringt ein Tablett mit Broten und Bier. Daniel drückt das Löschblatt auf die Zeichnung und beißt in das Brot.

Noch nicht das Mädchen! Es ist humaner abzuwarten, bis die Leiche des Vaters auftaucht.

»Sagen Sie, Hunter, besucht Bertie… der Prinz von Wales, meine ich, häufig Ihren Club?«, fragt er den Butler beiläufig.

»Verzeihung Sir, aber ich beantworte nicht gern Fragen privater Natur, die Seine Hoheit betreffen.«

»Natürlich nicht. Vertraulichkeit geht vor. Ich frage mich nur… Ich habe nämlich darüber geschrieben, wie er im August die Regatta gewann. Oder genauer gesagt sein Boot, die Britannia. Das von Jameson gesteuert wurde. Oder wenn man es ganz exakt formuliert, haben die hiesigen Fischer und Skipper den Sieg nach Hause geholt, von denen gestern Morgen bedauerlich viele ertrunken sind.«

»Ja, das ist sehr traurig, Sir.«

»Was wird nun aus der Siegesserie des armen Bertie? Wo es seine Crew so schlimm erwischt hat.«

Der alte Mann wischt ausdruckslos nicht vorhandene Staubpartikel vom Nebentisch.

»Meine Güte, Hunter. Es war doch etwa keiner der Männer mit Ihnen verwandt?«

»Nein, Sir.«

»Ich frage mich gerade, ob Sie den Prinzen eigentlich persönlich bedient haben.«

Hunter scheint kurz die Alternativen abzuwägen, bis schließlich die Eitelkeit siegt.

»Ja, Sir, ich hatte in der Tat die Ehre, ihn persönlich zu bedienen.«

»Dann warten Sie sicherlich sehr auf die Ankunft des Thronfolgers zur Regatta im nächsten Sommer.«

»Heutzutage bediene ich hier nur außerhalb der Saison, Sir. Verzeihen Sie, ich möchte lieber nicht weiter über das Thema sprechen.«

»Verstehe. Verzeihen Sie meine Neugierde.«

Daniel wendet sich wieder seiner Schreibarbeit zu. Also gut, quälen wir den alten Butler nicht weiter, sondern berichten wir den Lesern der Irish Times von einem Mann, der um eine Minute zu spät zum Untergang kam.

»Der zweite Steuermann der Civil Service no. 7 heißt John Caffrey. Zu seinen Pflichten gehört es, die weiter weg wohnenden Rettungsleute einzusammeln, nachdem mit der roten Rakete und der von Hand gekurbelten Sirene Alarm geschlagen worden ist. Caffrey erreichte das Ufer mit einer Minute Verspätung und entging dadurch dem erschütternden Schicksal seiner Kameraden. Aufgrund dieser Verspätung ist davon auszugehen, dass Alexander Williams, der Kommandant des Rettungsbootes, ein gewöhnliches Mitglied der Mannschaft anwies, Caffreys Aufgaben zu übernehmen.«

Auch Caffrey war in der Leichenhalle, um die Toten zu identifizieren. Daniel hat selten einen so durch und durch erschütterten Menschen gesehen. Als er ihn zu fragen versuchte, was zu den Aufgaben des stellvertretenden Kommandanten eines Rettungsbootes gehört, sagte der Mann nur immer wieder: »Eine Minute, eine einzige Minute …« Caffrey plagten Schuldgefühle. Er hätte im Boot sitzen und die Aufgabe erfüllen müssen, für die er ausgebildet war. Er sah beileibe nicht wie ein Mensch aus, der Gott dafür dankt, dem Tod durch Ertrinken entronnen zu sein. Caffrey vermied es, die Angehörigen seiner ertrunkenen Kameraden anzuschauen. Vermutlich wird der arme Mann sich für den Rest seines Lebens den Kopf darüber zerbrechen, ob er das Unglück hätte verhindern können.

Caffrey hatte seinen Bootskameraden Crowe abholen wollen, aber der war zuvor von seiner Frau weggeschickt worden, den Weihnachtstruthahn zu kaufen und darum nicht zu Hause.

»Crowe hatte vom Fleischer oder sonst jemandem von dem

Alarm erfahren … und sich direkt zum Ufer begeben. Ich bin umsonst zu seinem Haus gefahren … Das war die fehlende Minute … Sie befanden sich noch im Hafenbecken, als ich ans Ufer kam … im Schutz des Wellenbrechers. Das Segel war gesetzt … Das war richtig … Denn das Segel bringt einen schneller zur Hafenausfahrt, aber man muss es rechtzeitig reffen, bevor man das Ziel erreicht …«

Der Laufbursche der Redaktion erscheint im Türrahmen. Der Butler richtet einen finsteren Blick auf dessen triefende Kleider und Schnürstiefel, durch die sich bereits eine Pfütze auf dem Fußboden gebildet hat. Dessen ungeachtet winkt Daniel den Jungen zu sich.

»Der Zug war schon in Dublin voll, Sir«, erklärt der Junge außer Atem, »und an jeder Haltestation sind noch mehr Leute eingestiegen! Alle wollen das Schiff sehen. Angeblich hat man dort Menschen erspäht. Donnerwetter, Sir, Sie hätten hören müssen, wie sie im Zug gejohlt haben. Die waren alle ganz beschwipst, Sir … Verzeihung, Sir.«

Daniel winkt ab. Wer ist hier schon ganz nüchtern.

»Und Ihre Majestät hat ein höchst … persönliches Beileidstelegramm geschickt«, fährt der Junge voller Eifer fort, wobei er unmerklich näher an den Kamin heranrückt. »Mr. Scott hat mir aufgetragen, Ihnen zu sagen, dass Lady Cadogan höchst … persönlich herkommt, um es zu verlesen …«

»Wer kommt höchstpersönlich her, Sam? Lord Cadogans Gemahlin?«

»Genau. Lady Cadogan kommt am Sonntag mit dem Morgenzug nach Kingstown. Sie beabsichtigt, in jedem Trauerhaus das Beileidstelegramm der Königin zu verlesen.«

Der Junge erklärt, Herr Ford müsse die gnädige Frau am Bahnhof in Empfang nehmen und ihr in jede Kate folgen.

Auch das noch!

Mit niederschmetternder Deutlichkeit erkennt Daniel, dass er seinen Traum, an Weihnachten Anna zu sehen, endgültig begraben muss. Königin Victoria und ihre Komplizin, die Gemahlin des irischen Vizekönigs, sowie der unionistische Chefredakteur der Irish Times mit seinen leuchtenden Augen haben über seinen Kopf hinweg alles so eingefädelt, dass er gezwungen ist, mindestens die nächsten vier Tage in diesem von Sturm und Kummer gebeutelten Hafen zu bleiben.

Eine gewisse Erleichterung bedeutet es, im George einquartiert zu sein und nicht im Mietzimmer einer Privatwohnung, wie sie außerhalb der Saison in diesem Kurort reichlich zur Verfügung stehen. In einem Club für Gentlemen hört man kein Weinen und Wimmern jenseits der Wand. Nahezu jeder Einwohner dieser Stadt scheint einen Verwandten oder zumindest Bekannten in dem verunglückten Boot gehabt zu haben.

Der Laufbursche rückt noch näher an den Kamin heran und sagt, der Chefredakteur habe ihm auch zu fragen befohlen, ob man wisse, aus welchem Land das Schiff stamme.

»Wir müssen die Nachricht als Erste haben, Sir!«

Daniel muss über den Versuch des kaum Zehnjährigen schmunzeln, einen ausgewachsenen Mann in dessen Beruf zu unterweisen.

»Nicht einmal ein Wahnsinniger versucht bei diesem Wetter zu dem Schiff zu gelangen«, antwortet Daniel, »aber ich habe über die Säcke geschrieben, die ans Ufer gespült wurden und deutsche Literatur enthielten. Das heißt allerdings nicht unbedingt mehr, als dass deutsche Seeleute an Bord sind. Damit muss sich der Chefredakteur vorerst zufriedengeben.«

Die Pfeife des zurückfahrenden Zuges ertönt, es wird bereits die Richtung gewechselt, und Daniels Artikel ist noch immer nicht fertig. Da hilft nichts, das Mädchen muss den Löwen zum Fraß vorgeworfen werden! Er nimmt die Zeichnung mit dem Mädchen in der Öljacke und schreibt darunter dessen Namen und den Namen des Vaters. »*Noch ist die Leiche nicht gefunden worden. Das Mädchen wartet auf seinen Vater, der versprochen hat, mit ihr ins Puppentheater nach Dublin zu fahren.*«

Daniel trägt dem Jungen auf, Herrn Hudson zu sagen, er solle über das wartende Mädchen ein paar Zeilen zusammenschustern und das Ganze dann – dies war wichtig – von O'Brien setzen lassen. Der kann seine Schnellschrift am besten lesen.

Er gibt dem Jungen die Blätter und eine Münze und stopft ihm aus einem spontanen Einfall heraus auch noch die übrigen belegten Brote in die Tasche. Kaum hat der Junge den Raum verlassen, kommt ein Mädchen mit einem Lappen aus der Küche geeilt und fängt emsig an, die Spuren des nach nasser Wolle riechenden Eindringlings zu beseitigen.

STEPHANSTAG 1895

Auf jedem Handelsschiff muss ein Schiffstagebuch geführt werden. Dabei handelt es sich um ein Dokument von erheblicher rechtlicher Bedeutung. Der Sinn der Einträge im Schiffstagebuch besteht darin, ein klares und sachliches Bild davon zu geben, wie das Schiff während der Fahrt gesteuert worden ist, sowie von allen Vorkommnissen, die eine rechtliche Bedeutung haben können. Darum müssen darin neben seefahrtspezifischen Vorkommnissen auch solche dargelegt werden, die der Reederei, dem Eigentümer der Fracht, dem Versicherungsgeber oder anderen, die mit der Fahrt des Schiffes zu tun haben, von Nutzen sein können.

Lehrbuch der Seefahrt I

IRISH TIMES, 26.12.1895

Die Dubliner werden nicht so schnell den Anblick vergessen, der am Weihnachtstag Tausende von Menschen auf den Uferdeich zwischen Blackrock und Kingstown zog. Von den Wellen gepeitscht, schwankte der Rumpf der im brausenden Meer havarierten Fregatte mit gebrochenen Masten auf der Sandbank. Gleichzeitig trieben die Leichen der ertrunkenen Männer an die Ufer, wo hunderte Suchkräfte ihrer traurigen Pflicht nachgingen. Die schwere Nachtwache dauerte auf dem Schiff wie an Land lange an. Noch spät am Abend des ersten Weihnachtstages wurde ein dritter Rettungsversuch ins Auge gefasst, aber noch immer war der Seegang so hoch, dass man es für das Beste hielt, den Tagesanbruch und die Flut abzuwarten.

Augenzeugen, die früh am Morgen das Ufer erreichten, erkannten beim ersten Lichtschein, dass sich das Schiff noch immer an derselben Stelle befand. Da die Wellen weiterhin hoch aufstiegen, war die Notlage des Schiffs offensichtlich. Es konnte jederzeit bersten. Unablässig wurde vom Schiff aus mit Flaggen signalisiert, dass man sich in Seenot befand. Mit großer Erleichterung registrierten die Beobachter, dass sich das Dampfschiff Tearagh des Irish Lights Board dem Wrack näherte. Das von Kapitän McCombie befehligte Schiff ließ ein Boot zu Wasser, und die Schiffbrüchigen konnten unter größten Anstrengungen gerettet werden. Zweimal wurde eine Ruderfahrt von einer halben Meile bei schwerer See durchgeführt. Bis gegen 11.30 Uhr hatte man es geschafft, alle achtzehn Personen in Kingstown an Land zu bringen, wo sie von den Beobachtern der Rettungsmaßnahme erfreut und herzlich willkommen geheißen wurden. Unter den Geretteten befanden sich auch die Gattin des Kapitäns und ihre kleine Tochter, deren Anblick bei den Beobachtern Gefühle großer Rührung weckte.

Es stellte sich heraus, dass es sich bei dem Schiff um die finnische Fregatte Palme handelte, die ursprünglich Frederick Tudor geheißen hatte und nun unter russischer Flagge segelte. Der Kapitän, der Steuermann und der größte Teil der Mannschaft sind Finnen, zwei Männer stammen aus Norwegen, einer aus Deutschland und einer aus Polen. Außerdem waren vier in Liverpool angeheuerte englische und irische Seeleute an Bord.

Die Besatzung beschreibt die Umstände von Dienstagnacht als sehr schwierig. Riesige Wellen schlugen über das Schiff hinweg, rissen die Back mit und richteten auch sonst großen Schaden an. Auch durch offene Fugen im Rumpf schoss Wasser herein. Die bedauernswerten Männer mussten darum die ganze Nacht an Deck bleiben, und auch die Frau des Kapitäns teilte mit ihrem kleinen Kind dieses Elend. In der ersten Nacht konnte von Schlafen keine Rede sein. Niemand konnte das Achterschiff verlassen.

Es war nicht möglich, sich dem von den Wellen zerstörten Kojenbereich der Mannschaft zu nähern, aber es gelang immerhin, den Ofen in der Kapitänskajüte zu entzünden, um Kaffee zu kochen. Frau Siren kämpfte unermüdlich und unter unmöglichen Umständen für die Verpflegung der Crew. Sie bewies beispielhaften Mut und Einfallsreichtum und stellte erfolgreich sicher, dass die Männer wenigstens etwas Warmes zu trinken und zu essen bekamen. Ihre Ausdauer und Gelassenheit ermutigte die Männer außerordentlich und stärkte sie in dem

Glauben, dass noch kein Grund bestand, die Hoffnung auf Rettung fahren zu lassen. Das Schiff ging allerdings rasch immer mehr zu Bruch, wenn der Sturm anhielte, würde er es komplett zerstören, und die Mannschaft wäre verloren. Das weihnachtliche Festmahl an Bord bestand aus Salzgurken und getrocknetem Fleisch. Weihnachtslieder wurden unter den schweren Bedingungen nicht gesungen.

Man versuchte, den Salon und die Offizierskabinen zu schützen, indem man ein Segel vor den Kajüteneingang spannte, aber es konnte nicht verhindert werden, dass Wasser eindrang. In die Kabinen gelangte man nur bei Ebbe. Das Schiff war schwer beschädigt, es knarrte, jammerte und schwankte unter den Schlägen der Wellen und hielt der Kraft des Meeres nicht ausreichend stand. Die Deckel der Trinkwassertanks wurden beschädigt, nachdem Meerwasser eingedrungen war, womit die Wasservorräte fast vollständig verdorben waren. Die Ersatzkleidung der Seeleute und alle sonstigen Sachen waren ins Meer gespült worden.

Dank der Gastfreundschaft von Herrn James Talbot-Power wurden die Geretteten zunächst ins Royal Marine Hotel gebracht, wo man ihnen trockene Kleidung gab und warmes Essen anbot. Die Familie des Kapitäns wurde im Hotel einquartiert, die Mannschaft wechselte am Nachmittag in Sir John Rogersons Seemannsheim, das sich in der Hafenstraße von Dublin befindet. Dort ist ein Sammelpunkt für Kleider und andere Spenden zu Gunsten der Seemänner eingerichtet worden. Auch die örtlichen Segelclubs nehmen Hilfsgüter für die Besatzung der Palme entgegen.«

Matias

Der große, glitzernde Weihnachtsbaum in einer Ecke des Speisesaals ist ein fesselnder Anblick, aber der schwere Duft nach Truthahn, der in der Luft schwebt, ist zu viel für Matias und seinen vollen Bauch. Er sitzt vor dem mit Kreuzdornzweigen geschmückten Kamin und hält den Welpen auf dem Schoß. Endlich taut die gegen den Rücken strahlende Wärme die Glieder auf, und er schneidet kleine Stücke von seiner Portion ab, die der Welpe gierig verschlingt. Aus der Küche kommt eine dicke Frau hereingewackelt. Sie stellt eine große Schüssel auf die weiße Tischdecke, sieht den Jungen an und lächelt.

»Pflaumenpudding, mein Schatz. Hast du so etwas schon mal gekostet?«

»Nein, Lady.«

Das stimmt nicht. Seine Mutter hat sich an einigen Weihnachten daran versucht, aber das Kochen war nicht ihre Stärke.

»Ich möchte wetten, dass er dir schmeckt. Du darfst dir den Bauch damit vollschlagen, aber zuerst musst du deinen Teller leer essen.«

»Danke, Lady«, antwortet Matias kleinlaut.

Die Frau mustert ihn und den Welpen mit schief gelegtem Kopf, sie will etwas sagen, sagt es aber dann doch nicht, sondern begnügt sich damit, die Hände an der blendend weißen Schürze abzuwischen und geht schließlich mit schaukelndem Gesäß in die Küche zurück. Dem Jungen dreht sich der Magen um. Er verspürt das schmerzhafte Bedürfnis, sein Hinterteil und seinen

Kopf an eine Stelle zu befördern, wo er sich entleeren könnte, ohne dass ihm ein Augenpaar dabei zusieht.

»Ich wusste gar nicht, dass du Englisch sprichst«, sagt die Frau des Kapitäns, die plötzlich hinter ihm steht.

»Mhm«, macht Matias verlegen.

»Wo hast du das gelernt?«

»Meine Mutter ist Engländerin.«

»Tatsächlich? Lebt deine Mutter noch?«

»Ja. Aber ich müsste mal raus.«

Frau Siren scheint nicht zu verstehen, was Matias sagt. Ihre Aufmerksamkeit richtet sich auf den Hund, und sie streckt die Arme aus, um dem Jungen den Welpen abzunehmen. Matias weiß nicht, wie man einer vornehmen Dame sagt, dass man mal muss. In Päivölä genügt es, wenn man sagt, man müsste mal raus. Normalerweise reicht das. Er hat Angst, vor aller Augen in die Hosen zu machen, und auch noch in Frau Sirens Gegenwart.

»Und was du von dem Waisenhaus gesagt hast, war das auch nur Unsinn?«

»Nein. Meine Mutter ist nach Liverpool zurückgegangen.«

»Warum?«

Frau Siren beäugt ihn mit offenem Misstrauen. Ihre grünen Katzenaugen sagen:

Du bist ein Lügner und Betrüger. Alles, was du bis jetzt getan und gesagt hast, ist unehrlich, obskur, Schwindel gewesen. Warum sollte ich dir jetzt glauben?

Matias breitet die Arme aus.

»Und dein Vater?«

Der Junge antwortet nicht.

»Ist er tot?«

Ein mattes Nicken ist die Antwort.

»Wolltest du dorthin, zu deiner Mutter?«, fragt Frau Siren nach langem Schweigen.

»Ja.«

»Und dein Bruder auch? Darum ist er vom Schiff geflohen?«

»Das weiß ich nicht.«

»Und ob du das weißt.«

Frau Siren nickt lautlos, überzeugt, recht zu haben, hebt aber nicht die Hand zum Schlag, wie es die Leiterin von Päivölä tat, wenn sie eine Arglist vermutete. Die schmale Hand streichelt den Welpen, am Ringfinger glänzen zwei Ringe, einer davon mit einem dunklen Stein. Dem Hund fallen die Augen zu, er wird jeden Moment einschlafen. Hinter der Frau und dem Hund flackert das Feuer.

Du bist ein Intrigant und Lügner, sagen die im Kamin tanzenden Flammen. Und das Gleiche denken die Seeleute, die in Reih und Glied zum Nachtisch marschieren: dieser Junge ist ein Spitzbube, dem müsste man das Tau zeigen, anstatt ihm Pudding vor die Nase zu stellen.

Die Männer reden untereinander mit gesenkten Stimmen und lachen zwischendurch sogar ein bisschen, bestimmt über ihn, und sie werden erst recht lachen, wenn ihm vor aller Augen ein Malheur passiert.

»Hör zu, Junge«, sagt Frau Siren. »Ich bin neben dem Kapitän die einzige Person, die dir hier helfen kann. Aber daraus wird nichts, solange du mir nicht erzählst, wie es wirklich um dich steht. Ich weiß nicht, was man mit dir machen soll. Das alles ist ohnehin schon fürchterlich genug. Sei so lieb und sag endlich einmal die Wahrheit!«

Die Bitte kommt mit so aufgeladenem Ton, dass der Junge die Frau erstaunt ansieht.

»Alles war geplant, nicht wahr? Dein Bruder hat dich auf dem Schiff versteckt, weil du zu jung warst, um angeheuert zu werden. Und du wärst mit ihm in Liverpool verschwunden, wenn man dich nicht erwischt hätte«, sagt die Frau mehr als

Feststellung denn als Frage. »Ich dachte schon, jemand hätte deinen Bruder schlecht behandelt. Dass es ihm auf dem Schiff nicht gefiel. Dass er etwas gegen den Kapitän hatte. Oder dass ihm Herr Peterson irgendwie zugesetzt hatte. Aber das war es nicht?«

»Nein.«

»Hat deine Mutter geschrieben und euch gebeten, zu kommen?«

Der Junge schüttelt den Kopf.

»Jetzt hör mal ... Wann hast du zuletzt etwas von deiner Mutter gehört?«

Die vorwurfsvolle Gereiztheit ist aus Frau Sirens Stimme gewichen, sie legt dem Jungen die Hand auf die magere Schulter. Dieser zuckt unter der Berührung zusammen, und die Frau zieht rasch die Hand zurück.

»Wisst ihr armen Knaben wenigstens, wo eure Mutter heute wohnt?«

»Verzeihung, aber ich müsste mal raus!«

»Wohin raus?«

Der Hund ist auf dem Schoß der Frau eingeschlafen, die kleine, rosa Zunge blitzt zwischen den Zähnen hervor. Die runden Pfoten zucken, als würde der Welpe im Traum einem Ball oder einem lebenden Wesen nachjagen.

Der Junge steht auf, die Hände auf dem angespannten, rumorenden Bauch.

»Ich muss jetzt sofort!«

Einer der Männer dreht sich zu ihm um. Es ist Nordström, der Zimmermann, der am Kopfende des Tisches sitzt. Er versteht den Grund seiner Not, er zwinkert ihm zu und grinst.

»Der Junge muss Kieljauche abpumpen.«

Die Frau mustert den Jungen und den Mann, bis sie es endlich kapiert. Errötend winkt sie dem Mann mit dem schwarzen

Anzug und dem weißen Kragen, der neben der Tür steht, und dieser eilt sofort zu ihr.

»Wo ist denn hier … die Herrentoilette? Dieser junge Mann hier möchte das wissen«, sagt sie in ihrem steifen Englisch.

Der Mann mit dem weißen Kragen führt Matias durch die große Eichentür und an etlichen Nischen und Gängen vorbei. In einem Nebenzimmer scharen sich Männer um einen grün bezogenen Tisch. Der Junge bleibt für einen Moment an der Tür stehen.

»Nicht hier, Junge, da wird Billard gespielt«, erklärt der Hoteldiener herablassend, ziemlich sicher, dass der Junge das betreffende Spiel noch nie gesehen hat.

Da täuscht er sich.

Doublé in die Mitte, über die Bande in die Ecke …

Aufwachen, Junge, das Spiel hat begonnen!

Für so eine einfache Sache muss man doch kein Genie sein. Zum Teufel, wie viele Elefanten für diese Kugeln geschossen werden mussten! Da sind jede Menge Elefantenkinder Waisen geworden, sage ich euch, aber ihr stinkfaulen Muttersöhnchen gebt euch nicht einmal Mühe, die Grundstöße und die Regeln zu lernen!

Was gibt es da zu flennen? Wer sich auf das Spiel einlässt, der muss das Spiel auch ertragen. Wie ein Mann.

Und dann greift die Hand nach dem Queue, reißt ihn an sich und hebt sich zum Schlag …

Das geschah in einem Reich, das aufgehört hat zu existieren. Niemand wusste, warum. Außer vielleicht sein Bruder, aber jetzt, da auch Samuel verschwunden ist, weiß Matias nicht mehr, was in jener Welt Wirklichkeit und was Einbildung war.

Zu dem Reich gehörten Pfauen, Pferde mit wehenden Mähnen, in den Mauerspalten Eidechsen, die ihre Schwänze abwarfen und noch mehr Geheimnisse im Schatten der Eichen. Aber auch die im Gartenstuhl liegende Frau gehörte dazu, aus deren Frisur sich Haarsträhnen lösten und die nicht antwortete, wenn man sie ansprach. Nicht einmal ihrem Goldjungen.

Dies war nicht immer so gewesen.

Nein.

Samuel erzählte Matias, dass es einmal ganz andere Dinge gegeben hatte. Waten im Uferwasser, das von der Sonne vergoldet wurde, winzige Segelboote, die der Vater aus Rinde geschnitzt hatte, vom Wind zerzauste Kleider, Saft und Marmelade in Porzellangefäßen, Vater, der einen knurrenden Eisbären spielte und mit einem an den Ecken geknoteten Taschentuch auf dem Kopf am Ufer entlangpirschte. Und noch mehr solcher Dinge, die sie alle gemeinsam zum Lachen gebracht hatten. Auch die Mutter.

Der Hoteldiener öffnet Matias die Tür zur Toilette. Es ist ein großer, von einer Gaslampe erleuchteter Raum mit Wänden aus hellem, rötlichem Stein. Im hinteren Teil steht eine spiegelblanke Porzellanschüssel, die er nie im Leben schmutzig machen würde, wenn nicht sein Körper an seiner Stelle die unausweichliche Entscheidung treffen würde, das gute Stück zu schänden.

Als er auf dem weißen Sanitärmöbel sitzt, sehnt er sich verzweifelt nach Samuel. Vielleicht hat sein Bruder inzwischen die Mutter gefunden, und sie ist nicht die Mutter, an die er sich erinnert, sondern diejenige, von der Samuel ihm erzählt hat. Die fröhliche Mutter, die Besuch empfing und ihn reichlich bewirtete. Ihr Vater pflegte immer wieder die Geschichte zu erzählen, wie das durch und durch englische Fräulein einst nach Finnland gekommen und seine Frau geworden war. In seiner Erzählung war er als wohlhabender finnischer Trottel, der nichts Böses ahnte, aber anfällig für Verlockungen war, lediglich nach England gereist, um sich – als Erfüllung seiner Träume – einen Billardtisch für seine Junggesellenresidenz zu kaufen, dann aber als verheirateter Mann zurückgekommen, und zwar mit einer Frau, die zufälligerweise genau das Billardspiel besonders hasste.

»Aber ich hasse es doch gar nicht. Wir haben nur keinen Platz für einen so riesigen Tisch«, erklärte die Mutter in ihrem ulkigen Schwedisch.

»Ich musste mein geliebtes Hobby aufgeben, nur weil die Dame den dafür reservierten Platz für ihre *Orangerie* haben wollte, in der ein Flügel und sonstiges Zubehör für Hausmusikabende stehen mussten. Aber was tue ich nicht alles für meine Schöne?«

»Herr Sahlman übertreibt mal wieder«, präzisierte die Mutter. »Es handelt sich lediglich um einen Palmensaal. Zitronenbäume gedeihen nicht so weit im Norden. Eine blanke Unmöglichkeit.«

»Wenn meine Frau einen Flügel will, zum Teufel, dann bekommt sie ihren Flügel! Und was immer sie an Zedern haben will. Wer braucht schon Zitronen? Aber Palmen und Dattelbäume gibt es in Hülle und Fülle, jede einzelne Sorte.«

»Glauben Sie ihm nicht. Der Flügel ist eine Schnapsidee von Herrn Sahlman selbst. Ich bat lediglich um ein Klavier. Der Mensch kann ohne Musik nicht leben, nicht wahr?«

»Tatsächlich hat Musik erwiesenermaßen eine therapeutische Wirkung«, bestätigte Doktor Bengtson.

»Da hörst du es!«

»Das gilt auch für Billard, meine Liebste. Das gilt auch für Billard.«

»Vielleicht bei Männern, aber nicht bei Frauen. Nenne mir eine Frau, die freiwillig stundenlang mit einem Stock, den sie zuvor mit Kreide eingerieben hat, nach Kugeln aus Elfenbein stochern würde. Für solche Torheiten haben Männer ihre eigenen Clubs.«

»Nun hört euch das an! Frau Sahlman will doch wohl nicht ihren Mann aus der Wärme des heimischen Herds vertreiben und zu wer weiß was für heimlichen Lastern anzustiften?«, mischte sich eine der Damen ins Gespräch ein.

»Ich habe bereits meine Theaterkarriere geopfert, als ich nach Finnland kam. Und ich habe mein Vaterland, meine Königin und meine Muttersprache aufgegeben! Soll ich jetzt auch noch die Musik aufgeben?«

»Frau Sahlman hat eine schöne Singstimme«, bekräftigte Doktor Bengtson. »Es wäre schade, wenn sie ihre musikalische Begabung nicht in die Tat umsetzen könnte.«

»Ich hätte nichts dagegen, wenn meine Gattin mich hin und wieder zu einem kleinen Amüsement mit meinen Freunden ermuntern würde«, beteuerte der Mann jener Dame, die gerade das Wort ergriffen hatte, gut gelaunt.

»Maria Stuart«, rief der Vater aus.

»Verzeihung, wer?«

»Maria Stuart, die schottische Königin, wollte eingewickelt in das Filztuch eines Billardtisches begraben werden. Meine Frau hat mich gebeten, Namen zu nennen. Und Marie Antoinette. Katharina die Große. Königin Christina. Und, und … Jeanne d'Arc, die Jungfrau von Orléans …«

Man hörte unterdrücktes Lachen.

»Nun, sie vielleicht nicht. Aber das kommt nur daher, dass unsere Märtyrerin nie auf den Geschmack des Billards gekommen ist. Vielleicht war das Spiel damals in Orléans noch nicht bekannt. Bei diesen rückständigen Franken. Aber wenn man mich fragt, wäre es besser gewesen, besagte Jungfrau hätte zum Queue gegriffen anstatt zum Schwert. Dann wären eine Menge guter Männer verschont worden, und sie hätte länger ihr liebes Leben behalten …«

Die Mutter verzog auf kindliche Art den Mund.

»Pfui … wie hässlich allein die Bezeichnung für das Spielgerät ist!«

»Es ist französisch und bedeutet Schwanz, gnädige Frau«, erläutert Doktor Bengtson. »Übrigens meine ich, dass es gerade die Franzosen waren, die besagtes Spiel erfunden haben … Freilich schlägt in einem Stück von Shakespeare sogar Kleopatra den Männern ihres Gefolges das Billardspiel vor.«

»So, so. Nun, ich habe dieses Stück nicht gesehen, aber die Geschichte habe ich oft gehört«, sagte der Vater. »Der Einzige, der bereit ist, gegen die Königin zu spielen, ist der Eunuch, aber Kleopatra findet, gegen einen Eunuchen zu spielen sei wie gegen eine Frau zu spielen …«

Auch wenn die Damen der Gesellschaft ab und an ihre Missbilligung für den Ton, den die Unterhaltung annahm, kundtaten, waren die Wortwechsel zwischen den Eheleuten damals noch harmlos und amüsierten die Anwesenden zumeist nur. Die allgemeine gute Laune steckte auch die im Zimmer spielenden Jungen an, denen gestattet wurde, eine gewisse Zeit bei den Erwachsenen zu bleiben. Man sah an allem, dass die adrette Frau des Hauses für die Gäste eine frische exotische Prise von jenseits des Meeres war und der Hausherr ein allseits geachteter Geschäftsmann. Ihre Stadtwohnung wie auch ihr Landhaus besuchte man gern, man genoss die üppigen Dinners, verglich die vom Hausherrn eingeführten französischen Weine und die Havanna-Zigarren untereinander.

Waren die Gäste gegangen, durfte die Mutter noch in ihrem Palmensaal am Flügel üben – so quälend langsam die Entwicklung ihrer Fertigkeiten auch vonstatten ging. Der aus Liverpool herbeigeschaffte Billardtisch blieb in dem Magazingebäude aus rotem Ziegelstein. Nur hin und wieder entfernte der Vater den schützenden Stoff von dem riesigen Tisch aus Stein und versuchte auf seine ungeduldige Art, seinen Söhnen, die auf Transportkisten standen, die Grundprinzipien des Königsspiels einzubläuen.

Elin

Nimm den Jungen nicht mit den anderen Männern mit nach Dublin«, sagt Elin und richtet die Hoteltagesdecke aus grünem Gobelinstoff, auf dem exotische Vögel mit langen Schnäbeln zwischen weißen Lilien umherflattern. Oskar gähnt und streckt die Arme über den Kopf nach dem zu kurzen Schläfchen.

»Den Sahlman? Natürlich nehme ich ihn mit. Die gesamte Mannschaft zieht ins Seemannsheim um. Das gilt auch für den Jungen.«

»Nein, ich möchte, dass er hierbleibt und mir hilft.«

»Warum, zum Teufel?«

»Weil er gut mit Ester zurechtkommt. Ich kann das Mädchen nicht überallhin mitschleppen, wo wir nun hinmüssen, um unsere Angelegenheiten zu regeln.«

»Es gibt hier Kindermädchen. Der Whiskeyfabrikant hat versprochen, sich darum zu kümmern.«

»Ja, aber das sind fremde Menschen. Sie verstehen nicht, was das Kind sagt. Und das Kind versteht sie nicht. Ester hat sich an den Jungen gewöhnt, sie mag ihn.«

Oskar bückt sich vor dem Mädchen, das auf dem Boden hockt, und verstrubbelt ihm die Haare.

»Mag Papas kleiner Wildfang keine fremden Tanten?«

Das Kind schüttelt den Kopf.

»Sehen die so aus?«

Er schaukelt auf den Fußballen hin und her und zieht ulkige Grimassen.

»Auf den Arm!«

Ester streckt die Arme nach ihrer Mutter aus, die das warme Wasser, das ein Dienstmädchen gebracht hat, in eine kleine Zinkwanne gießt. Elin nimmt das Mädchen und zieht es aus. Ihr Mann geht zum Kamin und fühlt, ob seine Kapitänsjacke, die dort hängt, schon einigermaßen trocken ist.

»Der Bengel macht sich doch bei der erstbesten Gelegenheit aus dem Staub«, sagt Oskar.

»Das wird er nicht tun. Er hat es versprochen. Der arme Junge ist ja selbst noch ein Kind. Wusstest du, dass er Englisch spricht?«

»Ein paar Wörter wahrscheinlich, ja. In dem Alter lernen sie schnell.«

Das Thema Sprachkenntnisse ist heikel. Oskar selbst beherrscht lediglich die beschränkte Schiffssprache.

»Nein, er spricht ganz fließend. Viel besser als ich. Seine Mutter stammt aus Liverpool, sie ist ihrem Mann nach Finnland gefolgt, vor einigen Jahren aber nach England zurückgekehrt. Und die Jungen mussten ins Kinderheim. Nach Päivölä. Ein trostloser Ort. Mein Vater hielt dort Sonntagsschule. Karin und ich waren manchmal dabei. Es wundert mich kein bisschen, dass man Lust hat, von so einer Zwangsanstalt zu fliehen.«

Oskar lacht auf.

»Oh … der Junge hatte Sehnsucht nach der Mami, war es das, verdammt noch mal?«

Elin glaubt zu wissen, was ihr Mann denkt. Er erinnert sich an die Schilderungen seines Vaters aus dessen Jugend. Den echten Seemann erkennt man daran, dass er schon als junger Bursche »dem Ruf des Meeres folgt« und allen Hindernissen zum Trotz auf das erstbeste Schiff flieht, um ein hartes, aber heldenhaftes Leben als Vagabund der Meere zu führen. Kein Zweifel darüber, dass der alte Siren das zerlumpte Kerlchen, das sich auf dem Schiff versteckt hatte, mehr achten würde als einen Kapitän, dem die Hartnäckigkeit fehlt, die das Meer verlangt. Oskar muss nun erfahren, dass ihr blinder Passagier keine Spur von Aufsässigkeit an sich hat. Er ist bloß ein verstoßenes, erschrockenes Knäblein, das nichts anderes will, als zurück in die Geborgenheit seiner Mutter. Nun, da Matias Sahlman der Gloriole und der Würde des Abenteurers beraubt ist, fällt es Oskar leichter, dem Wunsch seiner Frau zu entsprechen. Außerdem hat er keine Zeit, sich mit solchem Kleinkram zu beschäftigen. Gerade jetzt hat er wesentlich größere Probleme zu lösen.

»Aus dem kleinen Plagegeist wäre auch nie ein Seemann geworden, verdammt noch mal. Hoffentlich klappt es mit dem Kinderhüten besser.«

Ester sitzt in der Wanne, planscht und juchzt vor Begeisterung. Elin gießt das restliche warme Wasser in die Porzellanschüssel auf dem Waschtisch und reicht Oskar ein Handtuch. Er hat sich bereits vor dem Mittagsschlaf rasiert und begnügt sich nun damit, sich etwas Wasser ins Gesicht zu klatschen, damit er weniger verschlafen aussieht. Er singt ein Weihnachtslied vor sich hin: *Vom Himmel hoch, da komm ich her, ich bring euch gute, neue Mär, der guten Mär bring ich so viel, davon ich singen und sagen will …*

Seine Frau hat gelernt, dass er oft vor sich hin singt, wenn er sich Sorgen macht beziehungsweise schon ganz wirr vor Sorge ist, aber verzweifelt versucht, nach außen hin gelassen zu wirken, wie *ein Mann, der sein Ziel kennt und handelt, wie es das Ziel verlangt.* Der Oskar, der auf dem havarierten Schiff wie gelähmt war, mochte noch schwitzend vor Groll den Vater und die amerikanischen Eistransporteure verflucht und es ihnen angelastet haben, dass er nun mit seiner Familie und seiner Mannschaft auf dem von den Gezeiten überspülten Wunderschiff auf einer Sandbank lag. Nachdem er an Land gelangt war, hatte sein erster

Gedanke jedoch darin bestanden, ein Telegramm nach Hause zu schicken. Und Peterson, der im Verlauf des Vormittags auf die Schnelle vom Kapitän zum Ersten Steuermann degradiert worden war, beeilte sich, den Auftrag zu erledigen. Jetzt konnte man nur die Antwort des Alten abwarten, aber das hieß keineswegs, dass man tatenlos warten musste.

Die Männer müssen in ein geeignetes Quartier gebracht werden, aber noch wichtiger ist es, mit den maßgeblichen Persönlichkeiten zu sprechen, die bereits auf die herzlichste Weise jede erdenkliche Hilfe zugesichert haben. Nachdem die Nationalität des Kapitäns des Unglücksschiffs geklärt worden ist und sich herausgestellt hat, wie schwach seine Sprachkenntnisse sind, haben die hiesigen Kontaktpersonen einen Seemannspastor, der Schwedisch spricht, als Hilfe versprochen. Oskar ist nicht besonders überzeugt davon, dass ausgerechnet ein Geistlicher die Person ist, die er als Dolmetscher zwischen sich und seinen Verhandlungspartnern haben will – beziehungsweise zwischen seinem Vater und den hiesigen Entscheidungsträgern. Schließlich ist er letzten Endes nur rechte Hand und Sprachrohr seines Vaters. Der alte Erik Siren führt in Gestalt seines Sohnes die Verhandlungen, er entscheidet, verfügt, verlangt und sagt etwas zu. Und auch wenn es kaum einer wagen würde zu bestreiten, dass Erik Siren, verdammt noch mal, der frömmste Mann auf den Åland-Inseln ist, würde er es vermutlich nicht gutheißen, dass ein Pfaffe im Namen der Verkündigung Gottes und der Wahrheit diese lebenswichtigen Verhandlungen verdirbt. Elin wäre als Frau des Kapitäns und folgsame Schwiegertochter des Reeders unbedingt die bessere Wahl für diese heikle Aufgabe, aber zuerst muss herausgefunden werden, was die ehrwürdigen Herren auf dieser Insel von einer Frau im Verhandlungskabinett halten.

»Jetzt fängt ein zweiter Kampf an, mein liebes Mädchen«, sagt Oskar augenzwinkernd und zieht aus dem Ölstoffbündel auf der

Kommode eine Rolle heraus, die er als einen der unbedingt zu rettenden Gegenstände mitgenommen hat. Der Alte hatte von Elin verlangt, sie solle anlässlich der Reise ein Spruchbild für den Schiffssalon anfertigen, das sie von morgens bis abends daran erinnerte, woraus Helden gemacht sind:

> Ein Mann, der gleich beim ersten
> Unglück aufgibt und nicht
> gegen den zweiten Schicksalsschlag ankämpft,
> ist nie ein Held gewesen
> und wird nie einer sein, sei es
> im Krieg, in der Liebe oder im Geschäftsleben.

Das ist das Motto der Eislagertagebücher des amerikanischen Eiskönigs Frederick Tudor, die sich in dem Werk *Captains of Industry or Men of Business Who Did Something Besides Making Money. A Book für Young Americans* finden.

Für Elin kristallisiert sich in der Kreuzsticharbeit die quälende Zwanghaftigkeit des alten Siren heraus, aber Oskar hält sie vielleicht aus romantischen Gründen in Ehren: ohne solche Kapitäne mit Sinn fürs Geschäft, ohne diese Männer, die mehr machen als nur Geld, wären sie kein Ehepaar. Erik Siren hatte beschlossen, dass keineswegs nur junge Amerikaner das Recht besitzen sollten, Ratschläge für Erfolg und Reichtum zu erhalten. Er hatte das sprachkundige Fräulein Jussila engagiert, damit sie den Leitfaden übersetzte, damit auch ein gewisser junger Åländer ihn lesen konnte. Für Elin bedeutete das drei Monate Arbeit im Dachzimmer des großen Bauernhauses auf der Südwestspitze der Insel, mit Blick durch das von Spitzenvorhängen umrahmte Fenster aufs Meer. Sehr bald kam der gewisse junge Åländer, der gerade erst zweiundzwanzig geworden war, auf die Idee, in Sichtweite ohne Hemd das Boot zu teeren und überhaupt alle möglichen Dinge zu verrichten, die ein junger Mann so zu tun hatte.

Beim gemeinsamen Kaffeetrinken der Familie unter den Apfelbäumen im Garten warf der Kronprinz bedeutungsvolle Blicke auf den arbeitsamen Sommergast und fing an, durch die Blume gemeinsame Spaziergänge vorzuschlagen.

Überraschenderweise hatte der Alte nichts gegen die Verbindung, obwohl das vierundzwanzigjährige Fräulein Jussila keinen Pfennig besaß. Ihre Sprachkenntnisse und ihre Erfahrung als Tochter eines Seemannspfarrers reichten. Zwar war Elin zwei Jahre älter als sein Sohn, aber vom Aussehen her konnte man sie nicht gerade für eine alte Jungfer halten. Außerdem war der Erstgeborene in den Augen seines Vaters noch in vielerlei Hinsicht recht kindisch; die Gesellschaft einer reiferen Frau konnte womöglich sein Erwachsenwerden beschleunigen. Elin gereichte auch die Tatsache zum Vorteil, dass sie aus Turku stammte. Erik, der für die traditionelle Inzucht des Inselarchipels nicht viel übrig hatte, wollte frisches Blut vom Festland in seiner Sippe haben. Im Nachhinein betrachtet war klar, dass der Alte die ganze Geschichte eingefädelt hatte. Elin Jussila verfügte genau über die unabdingbaren Eigenschaften, die der wenig sprachkundige Prinz für die Großtaten benötigte, die sein Vater, der König, von ihm verlangte.

Elin hebt das Kind aus der Wanne und wickelt es in ein großes Handtuch. Auf der Kommode liegen Seidenbänder, Haarspangen, Kämme und Bürsten bereit, von denen eine klein und mit dem Bild eines Rehs verziert ist. Diese nimmt sie und bürstet damit dem Kind die feuchten Haare. Aber das Mädchen stößt die Bürste mit der Hand weg, und Elin gibt auf. Auf Esters Kopf bleibt eine zottige Tolle zurück, die nach Meinung ihrer Mutter letzten Endes eigentlich rührend aussieht. Vielleicht könnte man eine Schleife daran befestigen, wo doch die Bänder schon einmal da sind. Das Kind umklammert eine Ecke des Handtuchs und fängt an, am Daumen zu lutschen. Es blinzelt einen Moment, dann fallen ihm die Augen zu. Wie schnell so ein Kind das Elend, das es erlebt hat, hinter sich lässt. Man sieht an der Kleinen keine Symptome von Erkältung mehr. Elin legt das Kind aufs Bett, wickelt es und hüllt es in eine rosa Baumwolldecke. Als sie fertig ist, schläft Ester schon fest.

»Oskar…«

Der Mann wirft einen zerstreuten Blick auf seine Frau, die am Fenster steht. Draußen ist es dunkel, man sieht nur den Schein der Gaslampen vor dem Hotel und an der Uferstraße.

»Ja?«

»Warum hat es auf dem Schiff nicht so eine Leine gegeben?«

Elin schaut in die Richtung, wo das Meer in der Dunkelheit wogt, sie dreht sich nicht um. Ihr Mann hört kaum, was sie sagt.

»Was für eine verdammte Leine?«

»So eine Rettungsleine, ein Bändsel. Peterson hat davon gesprochen. Die ins Wasser geschossen wird. Damit hätte man wenigstens einige der Männer retten können…«

»Es gab keine, weil es keine gab«, sagt Oskar. »Das ist nicht Pflicht.«

»Nicht? Trotzdem.«

»Es war nun mal keine da, und damit hat es sich.«

»Und das Boot, das von unserem Schiff ins Wasser gelassen wurde… warum ist das gleich zersplittert? War das auch nicht so, wie es hätte sein sollen?«

»Bei dem Sturm wäre kein Boot heil geblieben.«

Oskar zieht die Schuhe an, tritt zu Elin und legt den Arm um sie.

»Denk nicht mehr daran, mein Mädchen«, sagt er. »Die Männer wussten, was sie tun. Alle waren Freiwillige. Sie hatten das Risiko abgeschätzt.«

»Sie starben, als sie versuchten, uns zu retten!«

»Das stimmt, und das ist schrecklich. Furchtbar. Glaubst du, das plagt mich nicht? Aber an solche Fürchterlichkeiten solltest du dich gewöhnen, wenn du die Frau eines Seefahrers bleiben willst. Das Meer gibt, und das Meer nimmt.«

Bei diesem Mann klingt alles einfach. Hier sind sie nun, nach einer erbärmlichen Woche auf See und nach einem Schiffbruch, in einem unfassbar prächtigen, palastartigen Hotel, wie es in Turku keines gibt und in Helsinki wohl auch nicht. Und jetzt soll man sich einfach an dem Luxus freuen und vergessen, was vor zwei Tagen und kaum einen Kilometer von diesem Gebäude entfernt geschehen ist?

»Aber wenn wir ein stärkeres Rettungsboot und so eine Leine gehabt hätten …«

»Wir konnten nichts tun. Glaub mir, und hör auf, dich zu quälen.«

Vielleicht hat er recht. Was hilft das schon! Es würde auch nichts helfen, Peterson danach zu fragen. Sie erinnert sich an die steifen, betont förmlichen Gespräche mit dem Obersteuermann, als sie auf Anweisung ihres Schwiegervaters lernte, mit Hilfe des Sextanten die Position zu bestimmen. Das musste dreimal am Tag gemacht werden, am Morgen, am Mittag und in der Abenddämmerung. Während dieser Lehrstunden wurde ihr sehr deutlich, dass neben ihr nicht mehr der Johannes Peterson stand, den Elin Jussila in Turku durch die Tätigkeit ihres Vaters kennengelernt hatte.

Wie andere Kapitäne und Steuermänner auch holte Peterson häufig Pastor Jussila, damit er mit Seeleuten sprach, die sich in seelischer Not befanden, die krank waren, sich verletzt hatten oder wegen mehrtägiger Sauferei kleine Teufel sahen. Zwischen dem Vater und Kapitän Peterson entwickelte sich dabei so etwas wie eine Freundschaft. War Peterson an Land, kam er oft vorbei, um eine Partie Schach zu spielen und mit dem Pastor zu plaudern. Der als wortkarger Mann bekannte Kapitän überraschte die Familie bisweilen, wenn eine sozialpolitische Messe aus ihm herausbrach, die mit der Angelegenheit der Armen zu tun hatte. Auch künstlerische Ambitionen offenbarte er: er malte. Seestücke vor allem, aber der Pastor beschloss, bei ihm ein Aquarell seiner verstorbenen Frau zu bestellen. Peterson malte es nach einer Fotografie, und der Pastor fand die Arbeit so gelungen, dass er als Nächstes ein Ölgemälde seiner Töchter in Auftrag gab.

Die Töchter standen Herrn Peterson im Turm des sechseckigen Pavillons der Rettig-Villa in Ruissalo Modell. Der Versuch, zwei lebhafte junge Frauen auf der Leinwand zu verewigen, erwies sich als nahezu übermächtige Aufgabe für den Mann. Keine einzige Sitzung verging, ohne dass etwas zu Boden gefallen wäre: Stifte, Farben, Lappen, einmal sogar die ganze Palette. Auf der Stirn des Künstlers perlte der Schweiß, auf den Ärmeln seines weißen Hemdes erschienen Farbflecken, schmerzerfüllt fixierten seine stechend blauen Augen die Modelle. Es war ein Wunder, dass er überhaupt fähig war, die nötigen Wahrnehmungen zu machen. Keine Spur von dem wachsamen und immer ein wenig amüsierten Blick, der Elin aufgefallen war, wenn der Mann mit dem Vater über dessen fennomanische Ansichten diskutierte.

Man konnte Kapitän Peterson wirklich nicht vorwerfen, dass er flirtete und ihn auch nicht für das verantwortlich machen, was zwischen ihm und Elin passierte und dessentwegen Elin die gemeinsame Seereise vier Jahre später wie eine blanke Unmöglichkeit vorkam. Wie sollten sie ihr beschämendes Geheimnis bewahren, wenn sie für so lange Zeit auf so engem Raum eingesperrt waren?

Die Vergangenheit würde sich unweigerlich öffnen, die nach frischer Ölfarbe und menschlichen Sekreten riechende Vergangenheit. Spritzer davon würden Oskar Sirens Augen ebenso unweigerlich treffen wie die Gischt, wenn man am Bug des durch die Wellen pflügenden Schiffes stand. In Elins Kopf flimmerten theatralische Vorstellungen von einem Dreiecksverhältnis, das in dem Aufflackern von Mündungsfeuern auf dem nächtlichen Schiffsdeck gipfelte.

Aber wie hätte sich die junge Frau Siren der Reise entziehen können, ohne die kristallklaren Pläne ihres Schwiegervaters zu durchkreuzen? Die Bedeutung der Ehefrau für die Befriedigung der normalen männlichen Bedürfnisse des jungen Kapitäns war dabei letztlich ein wesentlich geringfügigerer Aspekt als ihre Sprachkenntnisse und ihre Loyalität als Mitglied der Familie. Ohne Elin würde Oskar nichts zustande bringen auf der Fahrt zu den Seen und Eiskellern Neuenglands, wo er notwendige technische Details der Eislagerung ausspionieren sollte.

Vater Siren beabsichtigte, die norwegischen Konkurrenten mit amerikanischen Waffen zu schlagen. Das Eis aus dem Nachbarland würde immer »nur norwegisches Eis« sein und bleiben. Das Eis von Siren & Sohn wäre etwas ganz anderes. Sein Name wäre in aller Munde, wie einst das Eis vom Wenham Lake. Mit dem Unterschied, dass das Eis von Siren & Sohn vom Preis her wettbewerbsfähig wäre, im Gegensatz zur Ware, die aus Übersee kam.

Es gab also keine Wahl. Sollte Johannes Peterson überrascht gewesen sein, Elin nach vier Jahren wieder zu begegnen, so verriet er das mit keiner Miene. Mit der Zeit machte die strikte Zurückhaltung des Mannes samt seiner Bemühung, auf keinen Fall zu lächeln und sich auf förmliche Gespräche und die Lehrstunden in Navigation zu beschränken, den täglichen Umgang zu einer Art Ritualtanz, der nach anfänglichem Stolpern von Tag zu Tag besser klappte.

»Mit Hilfe des Sextanten bestimmt man die Latitudenposition des Schiffes, indem man den Winkel des Horizonts im Verhältnis

zu den Sternen, zur Sonne oder zum Mond misst. Wenn man das Gerät aus dem Kasten nimmt, fasst man es am Rahmen an, auf keinen Fall an der Alhidade oder an den Spiegeln, und danach hält man es am Handgriff. Genau so. Und den Kasten muss man sofort schließen, damit kein Wasser oder Ruß hineinkommt. In der Regel werden die Messungen auf dem Kommandodeck vorgenommen …«

»Herr Peterson, wenn Sie meinen, ich soll mit Ihnen vom Deck aus den nächtlichen Sternenhimmel betrachten, so muss ich diese Ehre zurückweisen.«

»Nein, Frau Siren. In der Nacht sieht man den Horizont nicht. Voraussetzung für eine gelungene Winkelmessung ist ein Horizont, der scharf und deutlich unter den Himmelskörpern zu erkennen ist. Bei Tagesanbruch muss mit den Messungen begonnen werden, wenn die Sterne und Planeten und der Horizont gleichzeitig zu sehen sind. Zu Beginn der Abenddämmerung ist der Horizont scharf, aber die Sterne sieht man mit bloßem Auge nicht, sondern nur mit dem Fernrohr. Man muss die blaue Stunde abwarten, wenn …«

Die Vorhänge blähen sich, weil der heftige Wind durch die Fensterritzen zieht. Der kalte Atem des Meeres will weiterhin hartnäckig in die tadellose Idylle des Zimmers eindringen. Oskar knöpft seine Kapitänsjacke zu und nimmt die Mütze von der Hutablage. Scherzhaft führt er die Hand zur Mütze:

»Na, kann ich so gehen?«

»Warte …!«

Elin nimmt die mit grünem Samt bezogene Bürste, die am Kleiderständer hängt, und entfernt damit die Haare und Schuppen vom Rücken und von den Schultern.

»Doch, du siehst wie ein Kapitän aus, aber was ist, wenn sie dich nach den Dokumenten fragen?«

»Das werden sie nicht tun. Ich sage ihnen, die sind ins Meer gespült worden.«

»Sie werden darum bitten, dass man aus Finnland neue schickt.«

»Kaum. Sie haben im Moment Wichtigeres zu bedenken. Und wenn sie doch darum bitten, wird sich der Alte etwas einfallen lassen.«

Das wird er in der Tat, da ist sich auch Elin sicher. Und sie fragt nicht, ob das alles richtig ist, wenn man an Johannes Peterson denkt, der sein Bestes getan hat, um das Schiff und die Mannschaft zu retten, während der Sohn des Reeders, der sich als Kapitän aufgespielt hat, vom Selbstmitleid gelähmt im Salon auf dem Sofa lag.

Daniel

Hudson legt die Seiten, die Daniel Ford für die Abendausgabe geschrieben hat, aus der Hand und nickt billigend. Das Interesse des Publikums für das Ereignis nimmt Ausmaße an, die die gesamte Redaktion überrascht haben. Als Daniel ihm am Vormittag nach elf Uhr ein Telegramm schickte, die gesamte Besatzung des Schiffes sei an Land, sprang der Redaktionschef auf den nächsten Zug nach Kingstown, um die Seiten persönlich abzuholen. Es zerriss ihn fast vor Begeisterung: zuerst hatten sie an Heiligabend die schreckliche Tragödie der fünfzehn armen Teufel, und jetzt ist nach mehreren mutigen Versuchen die komplette Mannschaft des Schiffes gerettet worden, bis hin zur Schiffskatze. Und als Bonus tritt auch noch eine ebenso tapfere wie entzückende junge Frau mit einem Bündel auf dem Arm ins Bild! Hudson wäre sofort bereit, dem gesegneten finnischen Käpt'n, der auf die Idee gekommen ist, Weib und Gör auf die schicksalhafte Fahrt mitzunehmen, ein oder auch zwei Guinness zu spendieren.

Die Auslöschung der Bootsbesatzung verlangt unbedingt Überlebensgeschichten als Gegengewicht, etwas Schönes und Kostbares, damit das Opfer nicht umsonst gewesen ist.

»Ist es nicht so, hä?!«

Daniel reibt sich die Augen. Die Nacht war kurz, und auch sonst mag er sich nicht in die Gemütslandschaften des Redaktionschefs mitreißen lassen, während dieser die Anweisung erteilt, als Nächstes müssten um jeden Preis Einzelheiten über die albtraumhafte Weihnacht der Kapitänsfamilie auf dem havarierten

Schiff sowie über die Stimmung nach der Rettung beschafft werden. Geschichten, bei denen kein Auge trocken bliebe.

Daniel sagt, er verstehe den Blickwinkel, aber das Problem sei, dass der Kapitän und die Besatzung, abgesehen von vier in Liverpool angeheuerten Seemännern, so gut wie kein Englisch sprechen. Die Umstände auf dem Schiff habe ihm der junge Thomas Mullen beschrieben, ein nordirischer Junge, der in Liverpool auf dem Schiff angeheuert hatte. Von den Offizieren scheine nur der Steuermann die Sprache einigermaßen zu beherrschen, mache aber ansonsten einen verschlossenen, ja geradezu mürrischen Eindruck. Der einzige Finne, der einigermaßen umstandslos die unendlich vielen Fragen der Menschen am Ufer beantwortet habe, sei ein Junge gewesen, fast noch ein Kind, mit einem Welpen auf dem Arm. Eine Schar Mädchen habe sich um ihn gedrängt, um das klatschnasse, zitternde arme Tier zu streicheln und ihm Leckerbissen zu geben. Auf weibliche Art hätten die Mädchen sich als Erstes nach dem Namen der Kreatur erkundigt.

»Er heißt Nelson, der Kapitän hat ihn in Liverpool gekauft«, antwortete der Junge mit heller Stimme und in gutem Englisch und brachte die jungen Fräuleins damit zum Lachen.

Steuermann Peterson habe erzählt, der Junge sei als blinder Passagier aufs Schiff gekommen und habe erklärt, er heiße Matias Sahlman und sei dreizehn Jahre alt. Das mochte stimmen oder auch nicht. Der Steuermann habe seine eigenen Vermutungen, aber man könne es nicht überprüfen. Als in Liverpool der Schiffsjunge von Bord geflüchtet sei, habe man Matias dessen Arbeit übertragen.

Hudson sieht Daniel mit glühenden Augen an.

»Herrgott noch mal! Mach den Jungen ausfindig und rede mit ihm! Die Leute lieben Geschichten über Jungen, die von Freiheitssehnsucht getrieben aufs Meer fliehen. Und dann die gerettete kleine Familie. Stell es dir als Tableau des Weihnachtswunders vor: die Frau mit ihren engelsblonden Haaren und dem Kind auf dem Schoß ist doch wie eine Madonna! Und Josef lächelt im Hintergrund. Also der Vater und Kapitän. Verdammt, da wird kein einziges Auge trocken bleiben! Herrschaftszeiten, was wird das bis Dreikönig noch alles geben?«

Daniel schaut aus dem Fenster. Noch immer sind viele Leute am Ufer unterwegs, aber nicht mehr annähernd so viele wie am Vormittag. Hudson hat recht: das verlassene Wrack und das falsch herum auf den Wellen treibende Rettungsboot würden nicht sonderlich lange ausreichen, um das Interesse der Leser hochzuhalten. Zwei Leichen sind immer noch nicht gefunden worden, und dieser Umstand zieht weiterhin Neugierige an.

»Das Mädchen in der Öljacke war schwer enttäuscht, weil sein Vater nicht unter den Schiffbrüchigen war. Es scheint aber trotzdem nicht die Hoffnung verloren zu haben. Es spinnt bereits eine neue Rettungstheorie aus. Ein eigenartiges Kind, kommt immer wieder zum Anleger und gibt nicht auf.«

Hudson sagt, er verstehe, wie unangenehm das Warten für die Angehörigen sein müsse, aber ein solches Detail sei in diesem Stadium vielleicht etwas irrelevant für das Gesamtbild.

Daniel begreift nicht, was am Schmerz der Hinterbliebenen irrelevant und inwiefern es ein Detail sein soll.

»Natürlich ist es das nicht«, gibt der Redaktionschef zu und wischt sich den Nacken.

Das alles sei sehr betrüblich, aber Herr Scott, der Chefredakteur, sei absolut der Ansicht, die Hervorhebung dieses Sachverhalts vermittle leicht ein Bild von der Ineffizienz der Behörden und würde im Grunde die Unzufriedenheit der Angehörigen nur noch steigern. So sei zum Beispiel das Mädchen am Wellenbrecher ein unnötig makabrer Hinweis in diese Richtung. Darum also keine Zeile über das Kind. Jetzt bestehe tatsächlich Anlass, sich auf positive Nachrichten zu konzentrieren. Für die Unterstützung der Witwen und Waisen wie auch für die Überlebenden des Wracks schössen Hilfsfonds wie Pilze aus dem Boden, und die Irish Times sei mit einem eigenen Fonds prominent beteiligt. Die Spender fänden sicherlich Gefallen an der Idee, zumindest die Geber größerer Summen mit Namen zu nennen. Aber neben einer Darstellung der heldenhaften Eigenschaften der Retter brauche man ansprechende Überlebensgeschichten, die das Publikum anspornten, ihre Geldbörsen zu öffnen.

Daniel erklärt, von ihm aus könne sich Scott mit seinen Ansichten zum Teufel scheren. Hudson sagt, er könne ihn verstehen. Es sei durchaus schweinisch, dass der Alte einen Mitarbeiter anweise, alle Weihnachtspläne rückgängig zu machen und tage-, wenn nicht wochenlang in dieser von Staatstrauer verdüsterten Hafenstadt festzusitzen, aber was könne man gegen die Umstände schon tun.

»Wollte unser junger Schriftsteller wieder nach Dover?«

Daniel antwortet nicht.

»Also, ich würde lieber Nägel fressen, als freiwillig Weihnachten mit so einem fanatischen Blaustrumpf zu verbringen.«

»Sie ist nicht so, wie du denkst.«

Hudson schüttelt den Kopf.

»Wie auch immer, unnötige Fahrerei ist es auf jeden Fall. In diesem Königreich ist kein Verleger so verrückt, dein Buch über sie zu veröffentlichen. Wo sie sogar der eigene Bruder verleugnet hat.«

»Kann sein, aber ich schreibe es trotzdem. Das bin ich ihr schuldig. Dieses Volk ist es ihr schuldig. Auch du. Was grinst du so? Was amüsiert dich? Die Wahrheit?«

Der Redaktionschef versucht ernst zu werden, jedoch ohne dass es ihm sonderlich gut gelingt.

»Dann musst du wohl dein Buch schreiben und dafür auf die Schnauze bekommen, wenn du so dafür zu brennen glaubst. Aber sag mal, du wirst doch nicht etwa mit dieser Frau… na, du weißt schon?«

»Ich weiß es nicht. Was denn?«

»Na ja… sie hat ja ganze Heerscharen umgarnt… eine ganz schöne Zauberin als Frau. Sie weiß, wie man seine Worte setzt. Manche behaupten, sie übertreffe darin sogar ihren Bruder.«

»Ja, Anna Parnell weiß ihr Publikum für sich zu gewinnen. Oder wusste es. Solange man sie reden ließ. Na und?«

Wieder, wie schon seit langem, empfindet Daniel ein prickelndes Wohlgefühl, wenn er den Namen der Frau aussprechen darf. Auf seltsame Weise wird dieses Wohlgefühl von der Wahrnehmung gesteigert, dass sein Kollege alles tut, es nicht zu tun.

»Nichts. Nichts. Gott weiß, dass ich nicht zu den Männern gehöre, die die Macht der weiblichen Sprache gering schätzen. Ich habe damit genügend persönliche Erfahrung seitens Frau Hudson, aber ich finde, du wirkst ein bisschen…«

»Ein bisschen was?«

Hudson lacht auf und dreht sich zum Fenster um. Der böige Wind hat wieder angefangen zu pfeifen, vom tosenden Meer weht Kälte durch die Fenster.

»Ich meine nur, dass… deine Flügellahmheit schon ziemlich bei den einzelnen Federn angekommen sein muss… ich will dich nicht beleidigen, aber… Fräulein P. befreit Irland nun schon gut und gern seit einem Vierteljahrhundert, so dass sie schon weit über fünfzig sein muss…«

»Anna Parnell ist knapp über vierzig«, antwortet Daniel in Hudsons Rücken. »Und weiter?«

Der Redaktionschef steht mit einer Hand in der Hosentasche da und klimpert mit den Münzen darin.

»An sich nichts, aber wenn ein unverheirateter Mann wie du seine gesamte freie Zeit damit verbringt, zu einer Frau wie ihr über die Irische See zu fahren … das wundert einen dann schon ein bisschen.«

Daniel starrt wütend auf den Rücken des anderen. Zum ersten Mal würde er seinem nächsten Vorgesetzten am liebsten aufs Maul hauen. Warum musste er auch in einem plötzlichen Anfall von Brüderschaft diesem Hudson von seinem tollkühnen Buchprojekt erzählen. Oder sogar damit angeben, an einem Nachmittag im Herbst, im seligen Zustand der Betrunkenheit nach einer guten Arbeit: deinem Kollegen ist die Ehre zuteilgeworden, Anna Parnell kennengelernt und ihr Vertrauen in einem Maße gewonnen zu haben, dass sie ihm gestattet, eine Biografie über sie und ihre für Irland gestorbenen Geschwister zu schreiben.

»Eine Frau wie sie?«

»Ich meine damit … na ja, so eine freie Erziehung nach französischer Art … und dazu das Beispiel des großen Bruders und so weiter und so fort …«

Daniel erkennt allmählich, dass Hudsons Weltbild trotz allen offenen Redens so eng ist wie bei einem Kämmerer. Er sagt jedoch nichts. Das Schweigen veranlasst den Redaktionschef, sich umzudrehen und verlegen umzublicken, wie auf der Suche nach einem Fluchtweg.

»Ich wollte damit natürlich nicht andeuten, dass … was geht mich das auch an … wirklich nicht …«

Hudson verheddert sich immer mehr. Letztendlich hat er nur versucht, auf kameradschaftliche Art scherzhaft zu sein, nicht mehr, so weit müsste der Kollege ihn eigentlich kennen.

Aber diesmal grinst ihn Daniel nicht wie einen Spaßvogel an, sondern ist unverhohlen wütend. So unverhohlen jedenfalls, wie es bei besseren Leuten mit Internatserziehung nun mal möglich ist. Er ballt die Faust, hält sie dem Kollegen aber nicht unter die

Nase. Ebenso wenig zieht er gemäß der Traditionen seines Standes den Handschuh aus der Tasche und fordert Hudson auf, die Waffen zu wählen und mit seinem Sekundanten im Morgengrauen am vereinbarten Ort zu erscheinen.

»Halt jetzt in Christi Namen die Schnauze! Ein bisschen Respekt für eine großartige Frau, wenn ich bitten darf!«

»Selbstverständlich, absolut«, erwidert Hudson gefügig und murmelt noch eine beschwichtigende Bitte um Entschuldigung, dass er die ehrwürdige Dame beleidigt und irrtümlicherweise laut gesagt hat, was er denkt. Letztendlich hat er mit seinen Andeutungen mehr über seinen Kollegen gelästert als über besagte weibliche Person.

»Ein prächtiges Zimmer hast du hier«, sagt Hudson und verstaut die Blätter sorgsam in seiner Aktenmappe. »Tja, wenn unsereiner wenigstens mal für eine Nacht in die Räumlichkeiten des Georges hinein dürfte.«

Nachdem der Redaktionschef gegangen ist, marschiert Daniel zum Ankleidetisch und gießt sich aus der Kanne Wasser in die hohle Hand. Er spritzt es sich ins Gesicht und auf den Hals und nimmt das Rasiermesser zur Hand. Er zittert und flucht halblaut, als er sich das Kinn einseift.

Eine halbe Stunde später steigt unten im Restaurant seine Stimmung schnell, als er das restliche Eis in seinem dritten Glas Whiskey schwenkt. Eis! Wie sentimental ein Mann werden kann, wenn er an so eine kalte Stange denkt. Wäre er jetzt bei Anna, wie sie es vereinbart hatten – es aber offenbar nicht sein sollte –, bräuchten sie nicht einmal Worte. Annas schnelles Denken würde im Nu eine auf ihrem familiären Hintergrund basierende Bedeutungskette konstruieren, die vom Klingeln der Eiswürfel im Glas bis zum amerikanischen Befreiungskrieg, zur britischen Handelsblockade, dem indischen Markt und am

Ende natürlich dem nationalen Befreiungskampf Irlands reichen würde. Daniel lächelt den Butler an, der auf einem Tablett Teetassen zur Anrichte bringt und nun stehen bleibt, um weitere Wünsche entgegenzunehmen.

»Sie haben erstklassiges Eis«, sagt Daniel. »Ist das aus Neuengland?«

»Leider nein, Sir. Es ist norwegisches.«

Auch wenn es aus dem letzten Winkel kommt, Daniel muss jetzt über Eis sprechen, und speziell über amerikanisches, weil er nicht von Anna und ihren für Irland gestorbenen Geschwistern sprechen kann.

»Das Eis aus dem Wenham Lake hielt man seinerzeit für unvergleichlich.«

»Ganz recht, Sir. Ich erinnere mich sehr gut daran. Ich diente in einem Hotel, in dessen Fenster ein Schild hing, auf dem hieß, man verwende Eis vom Wenham Lake.«

»Das muss schon lange her sein.«

»Fast vierzig Jahre, Sir. Zur damaligen Zeit wurde in London keine einzige Feierlichkeit von Niveau ohne Eis vom Wenham Lake veranstaltet. Es wurde auch am Hof Ihrer Majestät verwendet.«

»Ich habe irgendwo gelesen, dass im Fenster des Londoner Kontors der Wenham Lake Ice Company stets ein Eisbrocken von einem Fuß Stärke gelegen habe und darunter eine Ausgabe der Times vom selben Tag«, sagt Daniel. »Angeblich konnte man die Zeitung mühelos durch das Eis hindurch lesen, und der Block schmolz nie im Lauf des Tages.«

»Das stimmt, Sir. Angehörige des Kontors in der Strand Street legten jeden Morgen einen Eisblock ins Fenster. Manchmal bin ich mit meinen Arbeitskollegen bei der größten Hitze hingegangen, um nachzuschauen, und das Eis war tatsächlich nicht geschmolzen, obwohl das Kontor schon geschlossen hatte.«

Dem alten Mann gefiel es sichtlich, über das London seiner Jugend zu sprechen.

»Man hat wohl sogar Wetten abgeschlossen, nicht wahr, Hunter? Vielleicht auch Sie und Ihre Kollegen?«

Der Butler erstarrt. Wenn er auch eine Jugend voller zweifelhafter Angewohnheiten hinter sich hat, so ist er nicht gewillt, sie mit diesem Fremden zu teilen. Das Klimpern der Tassen und Teller auf dem Tablett verraten allerdings das Zittern des Alten.

»Meine Güte, Hunter, nun stellen Sie doch das verdammte Tablett ab, während wir ein bisschen plaudern!«

»Aber nein, Sir.«

Unter Daniels Mitgefühl mischt sich Ärger – verfluchte Butler-Etikette.

»Stellen Sie es nur für einen Moment auf dem Tisch dort ab, Hunter! Es ist ja niemand hier außer uns beiden. Und wenn Sie es niemandem verraten, verspreche ich, es meinerseits auch nicht zu tun.«

»Selbstverständlich, wenn Sie es wünschen, Sir«, willigt der Mann verlegen ein.

»Ich interessiere mich aus bestimmten Gründen für den Handel mit Eis. Wissen Sie, dass der ursprüngliche Name des Wracks dort draußen Frederic Tudor lautete und dass das Schiff in Boston gebaut wurde?«

»Das wusste ich tatsächlich nicht, Sir.«

»Aber Sie wissen, wer Frederic Tudor war?«

»Selbstverständlich, Sir. Er war seinerzeit der führende Eislieferant.«

»Ist es nicht auch Ihrer Meinung nach ein bemerkenswerter Zufall, dass ausgerechnet ein nach ihm benanntes Schiff als Wrack ohne Masten fast vor unseren Augen auf einer Sandbank liegt?«

»Nun, da Sie es sagen, ist es das in der Tat, Sir.«

Daniel merkt, dass er Schwierigkeiten hat, dem Leitgedanken seiner eigenen Ausführungen zu folgen. Er merkt, dass der Butler verlegen von einem Bein aufs andere tritt, aber der Gast will noch nicht aufhören, ihn zu quälen.

»Sind Sie je auf den Gedanken gekommen, dass es schwer zu begreifen ist, was in diesem Land geschieht, oder besser gesagt nicht geschieht, obwohl es geschehen müsste, wenn man nie daran denkt, wie das Eis hier in Ihre Kaltlager und schließlich in meinen Whiskey gelangt?«

Daniel hebt das Glas und betrachtet es so unverwandt, als wäre es eine Kristallkugel, in der man die Zukunft sehen kann. Der erfahrene Butler kommentiert mit keinem Wort den wirren Ausbruch des Gastes.

»Wussten Sie, dass Charles Stewart Parnell mit Frederic Tudor verwandt war?«

»Das wusste ich nicht, Sir.«

»Ja, Tudors Schwester war Parnells Großmutter. Und ich wage die Behauptung, dass es gerade das Blut der Tudors war, das sie zu der Kämpferin machte, die sie war. Nicht das der Parnells.«

Das Erstarren des Butlers kann nicht unbemerkt bleiben. Daniel flucht innerlich. Das kommt davon, wenn man auf leeren Magen trinkt. Gott sei Dank hat er sich nicht dazu aufgeschwungen, über die monumentale Degeneration der britischen Oberklasse zu sprechen oder über die Ausnahme, die die Regel bestätigt: über Annas lebhafte Gebärden, über ihre langen, elastischen Schritte und das aus der Tiefe hervorsprudelnde Lachen – alles Eigenschaften, die man sich nicht an britischen Internaten aneignet.

Woher kommt nur sein an Zwanghaftigkeit grenzender Eifer, sich immer wieder auf den Rang der Diener zu begeben, indem er kameradschaftlich mit ihnen redet, damit sich der Klassenunterschied zwischen ihnen wenigstes für kurze Zeit verringert – nur um daran erinnert zu werden, wie unmöglich es ist? Verfluchte Idiotie, mit einem Lakai, der so lange im Dienst der Oberklasse steht, wie Königin Victoria das Reich regiert, über eine in nationaler wie sozialer Hinsicht radikale Heldin zu reden.

Daniel kehrt zu seiner aristokratischen Haltung zurück und bedeutet dem Butler, er dürfe sich mit seinem Tablett entfernen.

Matias

Matias übernachtet in einer Dachkammer, die er mit einem Pagen namens Patrick teilt. In der Nacht wacht er von dessen lautem Schnarchen auf. Der Kamin ist erloschen und das Zimmer eiskalt. Der Junge zittert unter seiner dünnen Decke, traut sich aber nicht, aufzustehen, das Feuer zu schüren und Kohle nachzulegen, weil er nicht weiß, ob es erlaubt ist und wie das eigentlich geht. Die Nacht ist die Zeit des Übels, das weiß er nur zu gut. Die Schrecken der Nacht übertreffen in ihrer Unberechenbarkeit sogar die Prüfungen des Tages. Das gleichmäßige, leicht pfeifende Geräusch aus dem Nachbarbett verrät, dass der Page tief schläft. Im Gegensatz zu den großen Jungen in Päivölä hat er nicht die geringste Neigung gezeigt, sich nachts in eine Bestie zu verwandeln, die den Schwächeren quält, sondern lediglich Verwunderung geweckt durch seine Fähigkeit, vor dem Schlafengehen ungeheure Mengen fettiger Wurstenden und obskure Essensmischungen zu vertilgen, die von den Hotelgästen auf den Tellern zurückgelassen wurden. Auch der Welpe bekam etwas davon ab, weil Patrick riesigen Spaß an dessen Geschick hatte, jeden Brocken unfehlbar aus der Luft zu schnappen. Matias gefiel das Spiel nicht. Er wusste aus Erfahrung, dass der Welpe seine Bedürfnisse nicht die ganze Nacht einhalten konnte, wenn er spät am Abend noch etwas zu fressen bekam. Natürlich traute er sich nicht, es laut zu sagen. Jetzt liegt der Hund neben dem Bett auf der Seite und wimmert ab und zu gedämpft mit zuckenden Pfoten, wahrscheinlich weil er von der Jagd träumt. Matias liegt militärisch steif und reglos da, die Augen zur Decke gerichtet, und denkt unruhig an die bevorstehenden Kümmernisse: was tut er, wenn Nelson aufwacht und hinaus muss? Kann man einen Hund mitten in der Nacht nach draußen bringen? Zu welcher Tür ging es hinaus, würde er wieder zurückfinden? Würde dem Welpen drinnen ein Malheur passieren, wäre erst recht was los. Er hat auch gar keine Ahnung, wo die Lappen aufbewahrt werden. Vielleicht hätte er seinen Zimmergenossen danach fragen können, aber jetzt ist es zu spät.

In seinem Kopf läuft hartnäckig ein Musikstück, das Frau Siren für die kleine Weihnachtsfeier auf dem Schiff geübt hat. Als das in Liverpool gekaufte Klavier in den Salon getragen wurde, war die Frau ausgelassen vor Freude gewesen. Sie fing sofort an, nach den Tönen zu tasten, sprang aber immer wieder auf, um dankbar den Kapitän zu umarmen, ohne auf die Anwesenheit von Matias, der den Fußboden wischte, zu achten.

Als sie zu zweit waren, schlug Frau Siren ihr Notenheft auf und fragte ihn fröhlich lächelnd nach seinem Lieblingsweihnachtslied. Er wurde verlegen und nuschelte, er habe keines. Die Frau gab nicht auf, sondern wollte wissen, welche Weihnachtslieder Matias denn kenne. Er geriet in Panik und sagte, er kenne kein einziges.

Das war eine Lüge, eine weitere Lüge in der endlosen Reihe seiner Lügen. Frau Siren ahnte es, und ihre gute Laune war wie weggewischt. Sie hörte auf, nach den Tönen zu tasten, drehte sich auf ihrem Stuhl um und blickte den Jungen enttäuscht an. In Päivölä würden doch wohl Weihnachtslieder gesungen. Zumindest solche aus dem Gesangbuch. Als junges Mädchen sei sie einmal mit ihrem Vater, dem Pastor, bei der Weihnachtsfeier eines Waisenhauses gewesen und habe mit eigenen Ohren gehört, wie die Kinder sehr schön zusammen sangen. Der Junge müsse sich wenigstens an eine Zeile aus irgendeinem Lied erinnern …

Stumm wienerte er wie wild den Fußboden, wobei sein Herz vor Angst und Scham pochte. Er war sicher, dass seine Halsstarrigkeit eine harte Strafe nach sich ziehen würde. Aber die Frau des Kapitäns seufzte nur, drehte sich um und blätterte in ihrem Notenheft.

An jenen Tagen, an denen in der Werft in Liverpool die letzten Ausbesserungsarbeiten an dem Schiff vor dem Auslaufen vorgenommen wurden, spielte Frau Siren fleißig auf dem neuen Klavier. Matias war in der Kombüse beim Abspülen, als er sie ein Stück beginnen hörte, das schmerzliche Erinnerungen in seinem Kopf aufblitzen ließ.

Das Stück hieß »Sylvias Lied«, und seine Mutter hatte es mit Matias und Samuel wochenlang für den Hausmusikabend, der ihr letzter bleiben sollte, geübt. Es war nicht im Advent, sondern im September gewesen. Auch als der Sommer vorbei war, wohnten sie noch immer in der Villa in Ruissalo, denn die Stadtwohnung war wenige Wochen zuvor zwangsversteigert worden.

Das Programm des Abends war ehrgeiziger als sonst, unter anderem gehörte die Aufführung eines lebenden Bildes dazu, bei dem auch die Jungen Rollen innehatten. Als Musikstück hatte die Mutter eben »Sylvias Lied« gewählt, was der Vater absurd fand, da es sich nun einmal um ein Lied zur Weihnachtszeit handelte, aber die Mutter gab nicht nach. Die traurige Geschichte der Sylvia hatte bleibenden Eindruck bei Matias hinterlassen. Doktor Bengtson hatte erklärt, bei dem Vogel im Käfig, dem man die Augen ausgestochen hatte und von dem die Liedzeilen aus der Feder von Zacharias Topelius erzählten, handele es sich um *Sylvia atricapilla*, die Mönchsgrasmücke, die in Sizilien überwintere.

Die Mutter war von dem Gehörten schockiert gewesen und bekam es nicht aus dem Sinn.

»Großer Gott! Was für ein barbarisches Verhalten! Warum musste man dem armen kleinen Vogel die Augen ausstechen?«

»Damit er glaubte, es sei Nacht. Mönchsgrasmücken sind Nachtsänger, und auf diese Weise brachte man ihn dazu, auch tagsüber zu singen und so seine Artgenossen anzulocken und in die Netze gehen zu lassen, mit denen man sie fing.«

»Und das, weil die Grasmücken so schön singen?«

»Die italienischen Feinschmecker interessieren sich mehr dafür, womit sie singen. Sie sind auf die Zungen der Vögel scharf«, hatte der Vater hinter seiner Zeitung gesagt.

»Das ist wieder der grausame Spott meines Mannes, nicht wahr, Doktor Bengtson?«

»Leider nein. Genau darum geht es. Topelius ist ein großer Freund der Vögel und schrieb sein Gedicht als Protest dagegen, wie sie in Italien behandelt werden.«

»Das ist bestialisch«, hatte die Mutter mit feuchten Augen gestammelt. »Durch und durch bestialisch. Barbarisch. Wir müssen den armen Kleinen irgendwie helfen. Nicht wahr?«

Der Gedanke ließ der Mutter keine Ruhe. Nur zu gut war sie in der Lage, sich in so einen kleinen Singvogel, der nicht frei in sein Heimatland fliegen konnte, hineinzuversetzen. Schließlich hatte sie eine Idee. Beim Hausmusikabend würden sie ein lebendes Bild präsentieren, in dem sie selbst die im fremden Land eingesperrte Sylvia darstellen würde.

Anfangs war der Vater strikt dagegen, aber Doktor Bengtson brachte ihn dazu, seine Meinung zu ändern. Das Einstudieren des lebenden Bildes könne möglicherweise genau als das Ritual fungieren, das Frau Sahlman benötige, um an ihren »melancholischen Tagen« aus dem Bett aufzustehen und an den »Aktivitätstagen« ihren überbordenden Eifer in weniger Besorgnis erregende Tätigkeiten zu leiten.

Eine Erhöhung der Laudanum-Dosis hielt Doktor Bengtson nicht für empfehlenswert. Da sie besagtes Medikament in ihrem Heimatland bereits von früher Jugend an eingenommen habe, sei sie daran gewöhnt und ihre Toleranzschwelle für die Substanz über die Maßen gestiegen. Das Erreichen der gewünschten Wirkung erfordere eine Dosierung in einer Höhe, bei der man eher von Vergiftung als von medizinischer Behandlung sprechen müsse.

Also mussten Matias und Samuel Tag für Tag ängstlich mitansehen, wie ihre Mutter tastend die Gartenleiter hinaufstieg, zum »höchsten Ast«, wo an einem Dachbalken des Palmenzimmers eine Schaukel hing. Dort band sie sich einen gelben Schal um die Augen, um sich in den Käfigvogel, der sich nach seiner Heimat sehnt, zu verwandeln.

Die Jungen stellten in dem Tableau Vögel dar, die noch frei herumflogen und von dem traurigen Lied ihres Artgenossen in die Falle gelockt wurden. Mit Flügeln aus Pfauenfedern sollten sie zwischen Bäumen und anderen Pflanzen umherflattern, um schließlich die unter der Schaukel aufgestellten Holzkisten zu erklimmen, wo sie der hoch oben sitzenden Sängerin die Arme entgegenstreckten. Bisweilen nahm auch der Gärtner an den Proben teil. Dessen Rolle war klein, aber dramaturgisch wichtig: er lauerte mit einem von Jansson geborgten Fischnetz hinter einer Palme, bis er am Ende des Liedes hervortrat, um die nichts ahnenden Vogeljungen einzufangen.

Am Tag der Aufführung war bis zum angegebenen Zeitpunkt kein einziger Besucher in der Villa erschienen – wenn man nicht Doktor Bengtson als solchen zählte, der die Vorführung am Flügel begleiten sollte. Der Vater erklärte, das lebende Bild werde auf jeden Fall gezeigt. Er habe eine kleine Rede vorbereitet, und die werde er auch halten. Die Köchin und das Dienstmädchen wurden zum Zuschauen abkommandiert, wie auch Jansson, der

Fische gebracht hatte, und nebeneinander auf das Sofa vor den Palmen platziert.

Der Vater stellte sich neben den Flügel. Er schwankte etwas, stabilisierte seine Haltung aber, indem er sich mit einer Hand auf den Deckel des Instruments stützte. Vom Bartstutzen hatte er noch blutige Schrammen auf der Wange, denn er war es nicht gewohnt, selbst das Rasiermesser zu benutzen, und auch die vielen Gläser Kognak hatten nicht gerade zu einem besseren Resultat beigetragen.

»Wir haben uns heute hier versammelt, um ein Singspiel zu genießen, das meine liebe Frau Mary sich ausgedacht und in die Tat umgesetzt hat. Es handelt von einem Vogel namens Sylvia. Da ich selbst schon als Junge Vogeleier gesammelt und auf vielfache Weise ihr Leben studiert habe – also der Vögel, nicht der Eier –, muss ich unbedingt einen Aspekt erwähnen, mit dem ich allerdings auf keinen Fall die Art meiner Frau, sich feinfühlig in ihre Rolle zu stürzen, verderben will. Im Namen der wissenschaftlichen Wahrheit möchte ich dennoch hervorbringen, dass Sylvia genau genommen ein männliches Exemplar sein müsste.«

»Sylvia? Niemals«, rief die Mutter entsetzt auf ihrer Schaukel.

»Vielleicht aufgrund ihrer englischen Erziehung oder eher deren Mangelhaftigkeit weiß meine Frau nicht, dass weibliche Grasmücken nicht singen. Lassen wir uns von dieser Tatsache nicht beim Genuss der Vorstellung stören, aber es lohnt sich, auch diesen kleinen Wissenskrümel zu kauen, vor allem wenn man weiß, dass Herr Topelius sich als großer Vogelkenner ausgibt, und zwar in Kreisen, in denen meine Frau und ich nicht mehr willkommen sind. Wir wissen, dass Professor Topelius besagtes Gedicht verfasste, um gegen den recht bedauerlichen Brauch der Italiener zu protestieren, unsere kleinen Vögel umzubringen, die, nichts Böses ahnend, in jenes Land fliegen. Diese Massenschlachtung rührt von der Gier der italienischen Feinschmecker nach den kleinen Vogelzungen her. Nun möchte man fragen, und ich tue es auch, wie der geniale Plan des Herrn Topelius auf praktischer Ebene funktioniert hat. Ich meine den Plan, mit der Kraft der Poesie die mediterrane kulinarische Kultur zu schmälern. Sind die Italiener womöglich zutiefst erschüttert und bereuen ihre Missetaten gegenüber unseren Kleinvögeln?«

Er legte eine Kunstpause ein, während seine Hand nach dem Kognakglas tastete, das auf dem Flügel stand. Er merkte, dass es leer war, ließ sich von der unschönen Überraschung jedoch nicht entmutigen, sondern schlug das Glas leicht gegen das Instrument wie eine Stimmgabel und tat so, als lausche er dem Kristallton des Glases, indem er sich dessen Fuß ans Ohr hielt.

»Die Antwort lautet nein! Die verflixten Italiener sind nicht erschüttert und bereuen nichts, sondern verschlingen nach wie vor ihre exotischen Leckerbissen aus dem Norden, wie Gänseleberpastete oder Kaviar. In diesen Fällen müssen die Tiere statt ihrer Zungen ihre inneren Organe und ihren Laich hergeben. Herrn Topelius ist offensichtlich nicht in den Sinn gekommen, dass die Italiener kein Schwedisch verstehen, und selbst wenn sie es könnten, würden sie lieber ihren Dante Alighieri lesen, den unser Doktor hier so oft zitiert und neben dem sich das schwedische Gezwitscher eines Zacharias Topelius womöglich etwas handgestrickt ausnehmen mag.«

»Hör zu, Lasse«, versuchte ihn Doktor Bengtson zu stoppen, »sollten wir nicht allmählich zur eigentlichen Aufführung übergehen?«

»Gleich, sofort«, sagte der Vater und nutzte die Unterbrechung, um sich von dem braunen Getränk in der Karaffe nachzugießen und es mit einem Schluck hinunterzustürzen. Jansson, der schon lange nachdenklich auf seine Stiefel schaute, spuckte auf seinen Zeigefinger und bückte sich, um einen weißen Rand von der einen Stiefelspitze zu wischen.

»Wenn man mich nach meiner Meinung fragt, was heutzutage freilich keiner mehr tut«, fuhr der Vater fort, »dann würde ich Professor Topelius und seinem einflussreichen Bekanntenkreis raten, etwas schwereres Geschütz als bloß Trällerliedchen aufzufahren. Zum Teufel, diese Grasmücken werden in Finnland geboren, also sind sie Bürger des Großherzogtums Finnland und somit Untertanen des russischen Zaren. Ich sage nur ein Wort: Ukas! Einen solchen sollte man unverzüglich dem italienischen Konsul überbringen, aber zu so etwas taugen diese Büroratten, die sich hinter ihren Schreibtischen verschanzen, ja nicht.

Da meine liebe Frau Mary trotz aller genannten Fakten ausgerechnet dieses Lied für den zentralen Teil unseres Hausmusikabends ausgewählt hat, will ich die Sache noch von einer anderen Seite her beleuchten. Meine Frau bildet sich nämlich ein – und möchte dies mit ihrer Aufführung allen deutlich machen –, ihr sei es genauso ergangen wie der so genannten Hauptfigur im Lied der Sylvia. Wir können dieses Wort benutzen, ganz gleich welchen Geschlechts die Hauptfigur ist. Herr Topelius hat seinem Vogel ja Sätze der menschlichen Sprache in den Mund gelegt. In Wirklichkeit singt die Mönchsgrasmücke ungefähr so ...«

Der Vater räusperte sich und hielt sich die Hände so vor den Mund, dass sich die Zeigefinger berührten. Man hörte ein scharfes Schnalzen am Gaumen, dann ein gedämpftes Zwitschern, das in eine Folge von Pfeiflauten überging.

Die Pfauenfederflügel der Jungen hingen herab, Mutters Schaukel stand still.

»Nun ja, ich bin ein bisschen eingerostet, aber hoffentlich habt ihr trotzdem einen Eindruck vom wirklichen Gesang der Mönchsgrasmücke gewonnen. Das auf den Namen Sylvia getaufte Sonderindividuum, das von meiner Frau verkörpert wird, verfügt jedoch über eine weitaus breitere Skala. Ihr werdet merken, dass zu seiner Allgemeinbildung unter anderem naturwissenschaftliche Kenntnisse gehören, wie solche der Botanik, jedenfalls sofern es die Zypressen betrifft, sowie auch der Geografie insoweit, als der Vogel in der Lage ist, den Vulkan Ätna zu benennen.«

Der Vater hob den Zeigefinger. »Schaut nicht auf mich, sondern auf meine in Pfauenfedern gekleideten Söhne! Der Pfau ist fraglos ein stolzes Tier, das unseren Respekt verdient, aber die Frage lautet, will ich, dass meine Söhne wie Vögel sind, und seien es noch so stolze. Schaut auf die kleinen Vögel, die hastig am Futterhäuschen nach Nahrung picken und nach jedem Bissen den Kopf drehen, um sich zu vergewissern, dass sich von oben kein mächtiger Adler auf sie stürzt. Ein solches Verhalten nenne ich Unterwerfung, und diese scheint das Schicksal nicht nur meiner Söhne, sondern auch unseres Finnlands zu sein, auch wenn in diesen Dingen niemand mehr auf mich hört.«

Er zog ein fleckiges Taschentuch hervor und wischte sich die schweißnasse Stirn und den Nacken.

»Ich bin nicht bereit, meinen eigenen Söhnen dieser grausame Raubvogel zu sein, so wie es meine Frau mit ihrer Aufführung offenbar andeuten will. Oder bin ich es etwa? Hä? Samuel?«

Samuel schüttelte den Kopf.

Der Vater legte eine Hand hinters Ohr.

»Ich habe nichts gehört. Ist dein Vater ein Raubvogel oder nicht?«

»Er ist es nicht«, sagte der Junge leise.

»Verdammt, was für ein Genuschel … Und Matias?«

»Der Vater ist kein Raubvogel«, tönte Matias mit heller Kinderstimme.

Der Vater nickte zufrieden.

»Da hört ihr es … Als ich meine Frau nach Finnland holte, war ich sicher, sie werde sich anpassen und ihr Heimweh vergessen, sobald sie unser Land besser kennenlernt. Aber so ist es nicht gekommen. Damals glaubte ich noch an die Redensart, der zufolge die Zeit alle Wunden heilt. Diese These enthält den Gedanken, die Zeit sei eine Art Arzt, so wie Doktor Bengtson hier Arzt ist. Aber im Falle meiner Frau hat sich die Zeit als Kurpfuscherin erwiesen – und damit will ich selbstverständlich nichts über Doktor Bengtson gesagt haben wollen. Die Zeit hat die Wunden meiner Frau verpfuscht, mit dem Resultat, dass sie sich in Geschwüre verwandelt haben und sie noch mehr plagen – und ich spreche weiterhin nicht über den Doktor, sondern über seine so genannten Amtsbrüder, die mit falschen Dokumenten tätig sind.«

Die Anwesenden wurden allmählich unruhig, jeder auf seine Weise, seinem Alter und seinem Stande gemäß. Der Doktor hob die Hände zu einer abwehrenden Geste.

»Lieber Freund, das ist vollkommen unnötig.«

Der Vater ließ sich nun aber nicht mehr unterbrechen. Er goss noch etwas gelbbraune Flüssigkeit aus der Karaffe in sein Aromaglas, besann sich plötzlich der Etikette und ließ die Flüssigkeit in dem tulpenförmigen Glas kreisen und schnupperte daran, bevor er den Inhalt herunterkippte.

»Ich würde sagen, dass auch Sylvia ihres Glückes Schmied gewesen ist. Wer hat ihr denn befohlen, aus diesem prächtigen Land davonzufliegen? Es ist dummes Gerede, dass Grasmücken den finnischen Winter nicht ertrügen. Schließlich ertragen ihn auch viele andere Vögel. Ich habe mit eigenen Augen eine Mönchsgrasmücke auf meinen Ländereien überwintern sehen – die nun freilich als Pfand für meine Schulden in andere Hände geraten. Starke Individuen halten alles aus, nur die Schwachen erliegen diesem und jenem. Die einen den Verlockungen südlicher Gefilde, die anderen dem Opium, wieder andere …«

»Dem Alkohol und dem Glücksspiel«, rief die Mutter von oben und stieg wütend die Leiter hinab.

»Ich werde gar nichts aufführen, weil du ein solches Schwein bist«, zischte sie auf Englisch.

Der Vater konstatierte lediglich, das Schwein sei ein kluges und freundliches Tier. Der erschrockene Doktor machte Anstalten, der Mutter, die den Raum verließ, zu folgen, aber diese hielt ihn mit einer unwirschen Handbewegung davon ab und blieb dann doch im Türrahmen stehen.

»Vielleicht habe ich einen Fehler begangen, als ich diese Frau in unser Nordland schleppte. In ihrem eigenen Land durfte sie ihre ›künstlerische Berufung‹ verwirklichen, wenn auch nur als Chormitglied und Tänzerin, deren größter Verdienst ganz woanders als in der Singstimme lag, aber ohne diesen zu schmälern, sah ich in ihr auch Empfindsamkeit und Ambition, was mich sehr für sie einnahm. Also hielt ich um ihre Hand an, und sie willigte ein. Das war meine große Sünde, die sie mir nie verziehen hat. Ich bin schlicht und einfach der falsche Mann für sie.«

»Ja, äh… ich muss dann mal… die Abendnetze sind noch nicht im Wasser«, murmelte Jansson, stand auf und stapfte zur Tür.

»Das ist aber schade«, sagte der Vater mit gerunzelter Stirn. »Sie verpassen die einzigartige Aufführung meiner Frau. Sie wird sie schon noch meistern, wenn sie sich erst wieder gefangen hat. Unser tüchtiger Doktor wird ihr einen Schluck Laudanum verabreichen. Das ist ein Mann nach dem Geschmack meiner Mary. Aber nehmt zur Kenntnis, dass dies kein Vorwurf ist. Ich behaupte nicht, meine Frau turtle mit ihrem Leibarzt. Andererseits, woher soll ich das wissen? Ein Ehemann erfährt von diesen Dingen normalerweise als Letzter. Ich weiß nur, dass sie in meiner Gegenwart nie lächelt, geschweige denn lacht. Das bricht mir das Herz, denn trotz allem liebe ich sie. Aber wenn Doktor Bengtson, oder Benkku, wie wir ihn vertraulich nennen, unser bescheidenes Zuhause aufsucht, das genau genommen gar nicht bescheiden ist und außerdem bald nicht mehr uns gehören wird, kann meine Frau die Bohnen nicht im Mund behalten, um eine südwestfinnische Redensart zu bemühen.«

»Jetzt gehst du zu weit, Lasse«, sagte der Doktor und stand auf. »Ich gehe.«

»Oh, lieber Doktor, gehen Sie nicht ... ich bitte Sie ... ich traue mich nicht, allein mit ihm zu bleiben«, rief die Mutter aus.

Der Doktor bedachte sie mit einem bedauernden Blick und nahm wieder Platz.

»Als ihr gekommen seid, ist euch vielleicht aufgefallen, dass ich veranlasst habe, den Billardtisch in die Eingangshalle zu tragen«, fuhr der Vater fort, »denn hier konnte man ihn nicht hinstellen. An den Ort, den ich vor Jahren schon dafür vorgesehen hatte. Ich konnte das Instrument meiner edlen Leidenschaft nicht in diesen Raum stellen, weil auf Veranlassung meiner Frau hier eine Art Dschungel entstanden ist, wie ihr mit eigenen Augen sehen könnt. Und als Herrscher über den Dschungel prangt der Flügel, an dem meine Liebste vierhändig den Doktor Schubert misshandelt und auf dem auch unsere Söhne ihrer Mutter zuliebe klimpern müssen. Wohingegen sie die Vorstellung nicht ertragen kann, dass sie, Samuel und Matias, die in der Tat nicht gerade die Männlichsten sind mit ihren lächerlichen Flügeln auf Rücken und Armen, das Spiel der Könige lernen, welches das liebste Hobby ihres Vaters ist.«

Der Vater schwenkte den Arm im Halbkreis, wie ein Oberbefehlshaber, der seine Truppen zum entscheidenden Angriff kommandiert.

»Jungs, holt zwei Queues und sechs rote und sechs weiße Kugeln aus der Eingangshalle! Ihr habt noch eine Lehrstunde von eurem Vater verdient. Sofort! *Hurry up, hurry up*, wie es in der Sprache eurer Mutter heißt.«

»Wegen deiner Spiele stehen wir jetzt bettelarm da«, zischte die Mutter und spuckte zornig aufs Parkett.

»Wahrscheinlich stimmt das, wenn meine Frau es sagt. Bettelarm durchaus. Ich weiß auch nicht, seit wann meine Frau eine Kennerin meiner geschäftlichen Dinge ist. Ob sie wohl schon einmal auf den Gedanken gekommen ist, dass besagtes strategisches Spiel mir hilft, wichtigen Entschlüssen in meinem Leben Gestalt zu geben. Schließlich ist das Leben ein Spielfeld der Entscheidungen. Nach jedem gelungenen Stoß wird in mir eine ganz besondere Einsicht freigesetzt, die nötig ist, um den so genannten großen Kampf des Lebens zu gewinnen. Es sind nur kurze Gedankenblitze, aber dafür umso kostbarere. Das versteht meine Frau nicht. Sie begreift nicht, dass ein Mann solche Gedankenblitze braucht, um im Geschäftsleben wie überhaupt im Leben die richtigen Züge zu machen. Im Leben kann man in Situationen geraten, in denen man die Kugel über fünf Banden einlochen muss. Ohne unablässiges Üben landet ein Stein im Loch. Hätte ich meinen Tisch an den Platz stellen dürfen, den er verdient hat … Wenn es gestattet gewesen wäre, dass mir jene Gedankenblitze in einer menschlichen Behausung aufgehen dürfen und ich nicht wie ein räudiger Hund in den Vorbau vertrieben worden wäre, hätte ich womöglich ganz anders handeln können … Man kann keine ernstzunehmenden Spielpartner an so einen Ort einladen. Kleopatra hatte immerhin ihre Eunuchen, ich habe niemanden …«

Seine Stimme brach. Erneut zog er das Taschentuch hervor, wischte sich rasch über die Augenwinkel und goss sich Kognak ein. Er leerte das Glas sofort, dann zog er seine Jacke aus.

Die Jungen hatten die Kugeln und die Stöcke gebracht. Der Vater leerte umstandslos einen großen Pflanzenkübel. Auf dem Parkett lagen ein Haufen Erde und eine große Palme in voller Länge. Vor Bestürzung brachten die Mutter und der Doktor kein

Wort heraus. Der Vater trug den Kübel in eine Ecke und legte ihn mit der Öffnung zum Saal hin. Dann ging er ächzend auf alle viere.

»Das hier ist der Tisch«, erklärte er und beschrieb mit der Hand einen Bogen, der den ganzen Raum einschloss. Dabei wurden große Schweißflecken unter seinen Achseln sichtbar.

»Es reicht nicht, auf die Kugeln einzudreschen, darum geht es nicht. Merkt euch das, Jungs! Durch so ein Taktikspiel lernt man, wie der Gegner denkt und handelt. Finde die Schwäche des Gegners heraus und zwinge ihn, einen Fehler zu machen!«

Der Doktor bedeutete der Köchin und dem Dienstmädchen, dass es für sie an der Zeit war, zu gehen. Im Laufschritt verließen die Frauen den Raum.

»Lege ihm Lockbälle hin … berechne den Erfolgsquotienten! Gib dich selbstsicher, denn alle Anzeichen von Enttäuschung und Wut heben das Selbstvertrauen des Gegners …«

Als Ältester durfte Samuel anfangen. Er musste dem Beispiel seines Vaters folgen und auf alle viere gehen, in der Hand ein, gemessen an seiner Körpergröße, lächerlich langer Queue. Vor diesen wurde eine weiße Kugel gelegt. Der Vater deutete auf die Wand.

»Das ist die Bande. So, mein Junge, nun versuche die Kugel über die Bande ins Loch zu befördern. Inzwischen hast du wohl verstanden, dass ich damit den Blumentopf in der Ecke meine. Und denk daran, dass ein einziger Fehler dich das Spiel kosten kann, sogar das ganze Leben. Konzentriere dich, dann musst du dich im Nachhinein nicht fragen, wo du daneben gehauen hast! Stütze den Queue am Tisch auf, und halte ihn waagrecht. Der Fußboden ist jetzt der Tisch. Ist das klar geworden? Und, was für ein Griff? Natürlich die geschlossene Stützhand, Queue zwischen Zeige- und Mittelfinger, unten stützt du ihn mit dem Daumen ab … was ist daran so kompliziert? Das habe ich euch doch schon hundertmal erklärt. Für so einen Grundstoß muss man wirklich kein Genie sein.«

Samuel führte mit hängenden Schultern und zitternden Händen einen miserablen Stoß aus. Die Kugel schnellte in die Luft und plumpste nach einem Meter auf den Boden.

Der Vater riss Samuel den Stock aus der Hand und schlug dem Jungen damit auf den Oberschenkel.

»Was für eine verdammte Vorstellung sollte das sein?! Habe ich dir gesagt, du sollst die Kugel schaufeln, hä? Ich habe dir nicht gesagt, du sollst einen Sprungball spielen. Das gehört nicht zu dieser Spielsituation, und jemand mit deinen Fertigkeiten sollte ihn auch gar nicht erst versuchen. Der Sprungball gehört zum Stoßrepertoire der Meister.«

Matias, der das Leiden seines großen Bruders verfolgte, brach in Tränen aus.

»Was heulst du da? Du hast den Stock doch gar nicht zu spüren bekommen. Jedenfalls noch nicht. Ihr wisst, dass jedes Jahr eine riesige Elefantenherde wegen dieses edlen Spiels das Leben lassen muss, aber ihr verwöhnten und stinkfaulen Fräuleins wollt nicht einmal die Grundstöße lernen.«

»Hör auf, du Wahnsinniger!«, rief die Mutter und sank weinend aufs Sofa. »Ich halte das nicht mehr aus, ich halte das nicht mehr aus …«

Der Doktor griff nach dem Queue, um ihn dem Vater zu entwinden.

»Nun, du solltest dich tatsächlich beruhigen. Die Kinder gehen jetzt am besten.«

»Stop! Ihr geht nirgendwohin! Du erziehst meine Söhne nicht. Ich zeige ihnen, wie ein Mann handelt. Ich fordere dich zum Spiel heraus, Bengtson. Wir spielen um drei Kugeln, und wenn du gewinnst, gebe ich dir Mary und verkaufe mich an die Marine der Russen.«

»Jetzt hör aber mal…«

»Also gut, also gut. Ich bin heute freigebig. Wenn du mich schlägst, bekommst du auch noch die beiden Heulsusen dazu. Und ich schieße mir das Gehirn auf die Tapete dort. Was sagst du dazu? Aber wenn du verlierst…«

»Es reicht, Lasse! Ein für alle Mal!«, fuhr ihn der Doktor an.

DÚN LAOGHAIRE, WEIHNACHTSTAG 2012

Auf dem Schiff waren dreihundertvierzehn Kinder, Jungen und Mädchen, alle zum Arbeiten auf Bauernhöfen bestimmt. Er sagte, viele von ihnen waren erst drei oder vier Jahre alt. Sie hatten keine Ahnung, wie ihnen geschah, wohin sie fuhren. Einfach kleine Waisen, die zu einem Feldsklavenleben geschippert wurden.

Wenn du mich fragst, dann wurde Kanada auf der Sklavenarbeit dieser armen Heimkinder aufgebaut, geschunden bis auf die Knochen, behandelt wie Dreck, halb verhungert und wahnsinnig vor Einsamkeit.

Annie Proulx, *Schiffsmeldungen*,
übersetzt von Michael Hofmann

Schließlich waren wir an Heiligabend doch nicht zum Essen ausgegangen, denn in fußläufiger Entfernung hatte es kein einziges geöffnetes Restaurant gegeben. Ich holte an einem chinesischen Imbiss etwas zum Mitnehmen: Frühlingsrollen, Szechuan-Ente und Rindfleisch in Chilisoße. Mikko war inzwischen auf die Idee gekommen, sein Zwei-Deziliter-Fläschchen Bushmills zu leeren – und zwar nicht ins Klo. Anschließend hatte er das Waschbecken im Bad mit Wasser volllaufen lassen, um eigene Kentertests durchzuführen. Als ich zurückkam, setzte er gerade eine vierkantig zurechtgeschnittene Kartoffel auf einer Kante ins Wasser und beobachtete, wie sie sich im Waschbecken in ihre Ausgangsposition zurückdrehte.

»Du hast also beschlossen, als Pensionär einen auf Hemingway zu machen«, stellte ich fest.

»Yes.«

»Hast du auch vor, etwas zu schreiben, oder willst du bloß ein Schriftstellerleben führen?«

»Und in der Ferne schimmert eine Insel.«

»Verzeihung?«

»Und in der Ferne schimmert eine Insel – so wird mein Debütroman heißen. Untertitel: das kurze, aber glückliche Leben des Mikko Rafaelsson.«

Ich vermutete, dass es sich um den Scherz eines Beschwipsten handelte. Ich hoffte es.

»So kurz ist es ja auch wieder nicht. Als junge Nachwuchshoffnung wirst du nicht mehr sterben können.«

Mikko stand auf und sagte, von nun an hätte ich das Recht zu schweigen, aber alles, was ich sagte, könne in seinem Roman gegen mich verwendet werden.

Er grinste auf die bübische Art, mit der er seinerzeit meine Gunst gewann. Allerdings schaudert es mich bei diesem Gesichtsausdruck inzwischen auch ein bisschen.

»Ich will nicht Hemingway werden«, sagte Mikko. »Schließlich bin ich das, was Hemingway werden wollte.«

»Nämlich?«

»Soldat. Ernests ewiger Traum. Und mach dir keine Sorgen wegen meines Romans. Darin wird die Gerechtigkeit siegen, und die Gauner werden bekommen, was sie verdienen. So wie Graham Bell.«

Ich fragte mich, was Mikko gegen Bell hatte. Denn er konnte keinen Tag ohne dessen Erfindung leben.

»Bell hat das Telefon nicht erfunden. Er hat die Zeichnungen und die Prototypen von einem italienischen Einwanderer gestohlen. Von einem aus Florenz, um genau zu sein. An den Namen kann mich nicht erinnern. Das ist eine offiziell anerkannte Geschichte. Sogar von Western Union anerkannt. Bell war bloß ein habgieriger Gauner. Wäre es rechtens zugegangen, hieße das Gerät, mit dem sich die Menschen gegenseitig anrufen, Teletrophono! Du solltest wissen, dass in meinem Roman ›Und in der Ferne schimmert eine Insel‹ statt Unrecht Recht herrscht und die Personen darum stets mit ihren Teletrophonos sprechen.«

»Großartig«, sagte ich, obwohl ich mir bereits leichte Sorgen machte. Allerdings nicht, weil er womöglich seine Absicht wahrmachen und etwas schreiben würde.

»Dann werde ich als Rentnerin Kommodore.«

Mikko hüstelte.

»Vielleicht bleibe ich auch bei Erzählungen. Jedenfalls am Anfang.«

»Abgemacht. Und ich werde anfangs nur als Kommandantin auf kleine Schiffe gehen.«

Vielleicht um das Thema zu wechseln, erkundigte er sich, was ich von Salkonens Zeitungsausschnitten kopiert hatte. Ich versprach, sie ihm zu zeigen, aber nicht an Heiligabend.

»Das Gute an diesem Weihnachten hier ist, dass wir der Hyazinthen-Hölle entkommen«, sagte Mikko.

»Ich kann mich nicht erinnern, dass du jemals jemandem eine Hyazinthe gebracht hättest.«

»Vielleicht nicht, aber dafür sind uns von den anderen welche aufgedrängt worden.«

»Was hast du gegen Hyazinthen?«

»Ich bekomme Migräne von ihnen. Oder eher davon, dass es so ein blödes Gefühl ist, wenn jemand, den man gerade mal vom Sehen kennt, plötzlich vor der Tür steht und der Meinung ist, dass ich unbedingt so eine verdammte Weihnachtsprimel brauche und wie vor den Kopf gestoßen ist, dass ich kein Gegengeschenk für ihn parat habe.«

»Das wohl eher nicht. Die kennen dich nämlich.«

»Würden sie mich kennen, wüssten sie, dass ich ein traumatisches Verhältnis zu Blumen habe.«

»Hat es sich inzwischen zum Trauma ausgeweitet?«

Mikkos unumstößliche Theorie zu Beginn unserer Ehe lautete, dass nur Männer mit schlechtem Gewissen ihren Frauen Blumen mitbringen. Ich erklärte, in regelmäßigen Abständen Blumen zu wollen, ganz gleich, wie es um sein Gewissen bestellt war.

»Super-Uropa Salkonen hatte übrigens immer frische Schnittblumen, wenn wir ihn besuchten. Ich weiß nicht, ob sie ihm jemand brachte oder ob er sie sich selbst kaufte. Auch Zimmerpflanzen gab es, und zwar keine armselig Verschrumpelten. Er versorgte sie gut. Ich kann mich erinnern, wie er das Wasser zum Gießen in der grünen Kanne bereitstellte …«

»Wie sah er eigentlich aus? Ich kann mich nicht erinnern, je Fotos von ihm gesehen zu haben.«

»Weil wir keine haben. Sogar aus dem Hochzeitsalbum meiner Urgroßmutter mütterlicherseits ist er rausgerissen worden. Ein sehr großer Mann. Gutaussehend, würde ich sagen. Auch im Alter noch. Gerade Nase, regelmäßige Züge, dichtes Haar, große Hände. Und mit aufrechter Haltung, bis zum Schluss.«

»Aber ein gnadenloser Sünder?«

»Das weiß ich jetzt nicht. Aber seine Familie ließ er sitzen, und bei den Vorbereitungen zur Beerdigung stellte sich heraus, dass er im selben Jahr aus der Kirche ausgetreten war, 1919.«

»Im Jahr nach dem Bürgerkrieg.«

»Genau. Wir wussten, dass er einer von den Roten war.«

»Und die Familie seiner Frau gehörte zu den Weißen, ja?«

»Richtig.«

»Ein Sozialist, der Blumen pflegt und seine Frau verlässt …«

»Wie wäre es, wenn wir uns ans Weihnachtsessen machen?«

Wir verteilten das Essen auf Pappteller, gossen Wein in Einwegbecher und zündeten eine Kerze an. Das Gespräch drehte sich aber trotzdem um die Arbeit. Mikko erzählte, Koistinen habe versprochen, Korvettenkapitän Rainio zu bitten, mir eine E-Mail über die praktische Durchführung eines Kentertests und über die Prinzipien der Selbstaufrichtung eines Bootes zu schicken. Rainio wisse, wo man Informationen über die Stabilität eines britischen Seenotrettungsboots am Ende des 19. Jahrhunderts herbekäme. Tatsächlich hatte Rainio einen gewissen Jokinen ausfindig gemacht, der vor einigen Jahren für zwei Monate zu Schulungszwecken zum Flugwaffenstützpunkt Stornoway in Schottland abkommandiert worden war. Von dort aus agierten sowohl die Königliche Luftwaffe als auch der Königliche Grenzschutz, welcher die Verantwortung für Rettungsmaßnahmen an der britischen Küste innehabe. In Irland liege die Hauptverantwortung bei der Küstenwache, aber in der Praxis sei die Seenotrettung des armen Landes vollständig von der RNLI abhängig.

»Ich verstehe das mit der *Royal National Lifeboat Institution* irgendwie nicht«, sagte ich. »Wie kann die immer noch königlich sein, obwohl dieses Land hier nach großen Anstrengungen und viel Blutzoll längst unabhängig geworden ist? Und wieso national? Das wäre ja so, als hätten wir in Finnland immer noch eine Kaiserlich Gesamtrussische Seenotrettungsgesellschaft. Wie passt so ein kolonialistischer Name zu den stolzen Iren?«

Mikko schmunzelte. Vielleicht wirke das Jahresbudget von hundertvierzig Millionen Pfund so attraktiv, dass der Name keine Fallgrube bedeute. Auch wenn die Organisation unter der Befehlsgewalt der irischen Küstenwache operiere, seien Gerät und Besatzung doch von anderer Klasse als beim Hausherrn. Und ich sollte wissen, dass die RNLI überhaupt kein Geld von der Regierung annehme. Die gesamte Finanzierung komme von privater Seite. Landesweite Sammlungen verliehen der Organisation in PR-Hinsicht auf wichtige Weise Profil, aber die bedeutendste Unterstützung komme in der Praxis aus der Wirtschaft, von großen Firmen, die ihre Waren exportierten und für die deshalb die Sicherheit auf hoher See von großer Wichtigkeit sei.

Ich fragte ihn, ob er glaube, dass die beiden für Rettung zuständigen Instanzen, die wir bei der Zeremonie gesehen hatten, tatsächlich so gut miteinander auskämen, wie es den Anschein hatte. Mikko breitete die Arme aus. Spannungen gebe es bestimmt, aber wer werde aus den Paddys schon schlau. Zumindest hätten sie es immer geschafft, diejenigen zu rupfen, die Kohle im Überfluss besaßen.

Auch das konnte nun wohl als geklärt gelten, neben den anderen Mysterien. Also jetzt, da Mikko Koistinen gefragt hatte und Koistinen Rainio und Rainio Jokinen, der McGregor fragen würde, welcher wiederum … na, irgendwen fragen würde …

Konnte man die armen Kerle nicht wenigstens an so einem Tag in Ruhe lassen? Was mochten deren Frauen denken, wenn der Ex-Boss den Familienvater anweist, mitten am Feiertag nach See- oder Luftfahrzeugen zu recherchieren? Mikko behauptete, er habe vor allem *Bon Noël* gewünscht und nur nebenbei gebeten, ein paar Informationen über interessante berufliche Dinge zu beschaffen. Ja, ja, sagte ich, wenn ein Kommodore, auch ein pensionierter, einen Fregattenkapitän um etwas bat, dann war das ein Befehl.

Der Abend endete schließlich versöhnlich. Das chinesische Essen schmeckte vorzüglich, und wir vermissten weder Schinken, Heringssalat, Steckrübenauflauf noch Stockfisch, die zum finnischen Weihnachten gehörten, aber heute ist Mikko den ganzen Tag schlecht gelaunt gewesen. Nach dem Frühstück sah ich meine Unterlagen durch und machte den Fehler, ihm von der rührenden kleinen Tochter eines ertrunkenen Seenotretters zu erzählen, die Tag für Tag am Wellenbrecher auf die Heimkehr ihres heldenhaften Vaters gewartet hatte. Mikko schnaubte, das sei Blödsinn, mit dem man die Leute dazu gebracht habe, ihre Geldbörsen zu öffnen. Der Sturm hätte so ein kleines Gör innerhalb einer Nanosekunde ins Meer gefegt.

»Da war ein Mädchen, das auf seinen Vater wartete. Es stand in der Irish Times.«

»Na, wenn es in der Zeitung stand. Und auch noch in der Irish Times. Dann muss es ja stimmen.«

»Könnten wir uns darauf einigen, dass der Weihnachtsfriede auch den Verzicht auf Sarkasmus einschließt?«

»Wir sind nicht in Turku, Finnland, mein Schatz. Wir befinden uns einem katholischen Städtchen, in dem kein einziges

Restaurant geöffnet hat, geschweige denn ein Pub. War wenigstens ein Bild von dem pathetischen Anblick dabei?«

Ich hatte keine Lust, die Zeichnung zu erwähnen, für die es ein lebendiges Vorbild gegeben haben mochte oder eben nicht. Dass zur damaligen Zeit in irischen Zeitungen nicht sonderlich viele Bilder verwendet wurden, wusste er nur zu gut, nahm ich an. Außerdem hatte er recht. Ich verlangte ja selbst immer den kritischen Umgang mit Texten. Wo steckte dieser Anspruch jetzt? Warum hielt ich so stur an einer Vorstellung fest, die ich selbst im Verdacht hatte, sie könnte erdichtet sein?

»So beschissen war Weihnachten noch nie«, grollte Mikko. »Und ich habe Weihnachten immerhin schon im Libanon verbracht, wo wir mit Raketen beschossen wurden! Aber selbst den Kameraden von der Hisbollah würde ich kein Weihnachten in Irland wünschen, nicht einmal den Taliban!«

»Machen wir einen Spaziergang, mein Sonnenschein? Oder was sagt dein Knie?«

»Spielt sich auf wie ein Polizist bei Feuer, aber ich lass mich von ihm nicht herumkommandieren.«

Mikko schob das Einfachfenster nach oben. Der Mechanismus krachte und schepperte. Mikko streckte den Arm aus und zeigte mir die Regentropfen, die auf seiner Hand erschienen waren. Das Wetter war unbestritten trostlos, es nieselte, und das Licht war so spärlich, wie es an den dunkelsten Tagen des Jahres nur sein konnte. Zwischen den Wellenbrechern im Hafen war das Wasser glatt und grau wie Filz. Mikko nahm sich die letzte Flasche Bier vom Fensterbrett.

Dabei sah mein Marineoffizier aus wie ein Epos der Bedauernswürdigkeit oder eher noch wie eine Manguste kurz vor dem Verdursten, wie er sie im Sommer zusammen mit dem kleinen Ville in der Sendung »Unerschöpfliche Natur« gesehen hatte. Der medienkompetente Junge wusste, dass jemand die Not der

Manguste aus nächster Nähe gefilmt hatte und wollte von seinem Opa wissen, warum die Kameramänner dem armen Tier nichts zu trinken gegeben hatten. Als die Kreatur dann nur wenige hundert Meter von einer Tränke entfernt tatsächlich das Zeitliche segnete, wurde auch der Opa wütend.

»Die müsste man alle umbringen, diese Naturfilmer«, regte er sich später mir gegenüber auf, »wenn man jemanden oder etwas retten kann, dann rettet man, verdammt noch mal, und dreht nicht fürs Familienprogramm einen Film über den Sterbenden!«

Wenn ich Mikko mit Ville zusammen sehe, frage ich mich oft, ob er an seinem Enkel wettmacht, was er seinen eigenen Söhnen so gut wie nicht gegeben hat. Es gab mir einen Stich, als ich sah, wie er im Herbst eine Optimisten-Jolle in die Garage brachte. Er hatte das kleine Boot gekauft, um Ville das Segeln beizubringen, jetzt, da er endlich Zeit im Überfluss hatte.

Bestimmt dachte er wie ich an Ville und dessen Eltern auf der anderen Seite des Ozeans, während wir hier am Irischen Meer unsere Zeit verbrachten. Eines Morgens vor unserer Abreise hatte er über die Entwicklung des Wetters in Manhattan spekuliert: wenn ein Hochdruckgebiet über Nordamerika festsitzt, kann es dort wochenlang unter null Grad haben. Gleichzeitig bringt der Wind feuchte Seeluft vom Atlantik, und die gesamte Ostküste kann in einen Schneesturm geraten und metertief im Schnee versinken.

In der folgenden Nacht hatte ich einen Albtraum von Ville und seinem Vater im Schneesturm und fing am Tag darauf an, dem Jungen als Weihnachtsgeschenk einen Schal zu stricken. Es ist mein erstes selbstgestricktes Stück seit dem Handarbeitsunterricht in der Schule. Bis zu meinem Lebensende werde ich mich an die Demütigung erinnern, als die Lehrerin vor der ganzen Klasse meinen Topflappen präsentierte, als Beispiel dafür, wie man auch eine einfache Arbeit gründlich verpfuschen kann.

Danach trennte meine Mutter nach jeder Handarbeitsstunde meine Topflappen und Strümpfe wieder auf und strickte sie neu.

Diesmal gelang es mir besser, fand ich, aber Mikko meinte, ich hätte nicht die geringste Vorstellung von der Realität eines siebenjährigen Jungen. Ebenso gut könne er sich einen Zettel um den Hals hängen, auf dem er die großen Jungs aufforderte, seinen Kopf in die nächste Kloschüssel zu stecken.

Ich schickte den Schal also nicht weg. Für ein ebenso unsinniges Kleidungsstück hielt Mikko das Fan-Shirt der Minnesota Wilds, das Ville auf der Facebook-Seite seiner Mutter anhatte. »Wenn mein Sohn auch nur ein bisschen Verstand im Kopf hat, kauft er Ville ein Hemd oder wenigstens einen Schal der New York Rangers«, sagte Mikko. Ich erinnerte ihn daran, dass Vater, Sohn und Enkel Anhänger des Teams aus Minnesota waren, weil dessen Kapitän Mikko Koivu hieß und aus Turku stammte.

Mikko schnaubte, ob ich denn überhaupt nicht kapiere, wie es aussähe, wenn der kleine Kerl im Minnesota-Hemd in den Madison Square Garden gehe, um sich ein Spiel der New York Rangers oder der New York Islanders anzusehen? Da könnte er auch mit beiden Händen eine Fahne mit der Aufschrift »Torfkopp« schwenken. Oder sich eine Fellmütze aufsetzen, wie sie die Polizistin in *Fargo* trug, schwachsinnig in die Gegend glotzen und ständig sagen: »Jou.«

Mir war natürlich klar, worum es bei der lächerlichen Empörung meines Mannes ging: die Sehnsucht war groß. Wie auch bei mir. Jedes Mal, wenn ich hier Jungen in Villes Alter in ihren Schuluniformen sehe, befällt mich der Wunsch, mir einen zu schnappen und in die Arme zu schließen. Ich kann mir nur vorstellen, was das zur Folge hätte. Mikko hat bereits entsprechende Schlagzeilen vorgeschlagen:

»Erfolgsschriftstellerin bedrängt irischen Schuljungen. Sie weinte bei der Festnahme, beschwor ihre Unschuld …«

Damit lag er insofern richtig, als man in den Boulevardblättern sofort als Erfolgsschriftstellerin bezeichnet wird, wenn man Mist gebaut hat.

Erneut schlug ich einen kleinen Spaziergang vor. Ich wollte einen Blick auf das alte Gebäude in der Marine Road werfen, nicht weit vom Hotel entfernt. Es hieß Bird's Nest.

»Ein Vogelnest?«

»Das hiesige Waisenhaus.«

Ich erzählte ihm, dass vor hundert Jahren die größte Angst der Kinder dieser Stadt darin bestanden habe, dorthin zu geraten. Man musste nicht einmal Waise sein. Es genügte, dass der Vater starb oder so viel trank, dass er nicht fähig war, seine Familie zu ernähren. Eine Frau namens Clare Smiley hatte die Einrichtung gegründet. Sie war die Grande Dame der irischen Waisenhäuser und besaß eine ganze Kette solcher Einrichtungen. Außerdem gab es eine Schwesterorganisation in Kanada, wo auch viele irische Kinder landeten – da facto zur Zwangsarbeit. Mikko wollte wissen, ob es sich um die Art von Waisenhaus gehandelt habe, die Charles Dickens in *Oliver Twist* beschreibe.

»›Bitte Herr, ich möchte noch etwas mehr‹?«

»Exakt.«

Ich hatte am Morgen in einem Internetforum etwas über das Thema Bird's Nest gelesen. Ein Teilnehmer hatte in den Sechzigerjahren dort gelebt und beschrieb das Ehepaar Fortune, das damals die Leitung inngehabt hatte, als hyperreligiöse Kinderschläger. Es hatte dort einen speziellen Raum gegeben, in dem die Kinder regelmäßig mit dem Kleiderbügel, dem Gürtel, einem Stock oder einer sonstigen greifbaren Schlagwaffe gezüchtigt worden waren. Dann wurden sie in die Kirche geschleppt, damit sie Gott um Vergebung baten. Dort, im Heiligtum der Church of England, sang Frau Fortune mit ihrem hohen Sopran »den Turm von der Kirche«, so gewaltig war ihre Begeisterung über die Gesänge und das Gotteshaus. Die oberste Leitung der Waisenhauskette hatte auch damals in Dublin eine ehrwürdige Frau Smiley inne, die Enkeltochter der Gründerin.

Die Einrichtung wurde erst in den Siebzigerjahren geschlossen und zu Büros umfunktioniert. Vor wenigen Jahren hatte man aus den Büros dann Luxuswohnungen gemacht.

Mikko sah mich skeptisch an.

»Und diesen Ort der Heiterkeit zu besichtigen, soll also der Höhepunkt unseres Weihnachtstages sein?«

Ich fragte ihn, ob er einen konkurrierenden Vorschlag zu bieten habe. Es könne nämlich sein, dass ich beschreiben müsse, wie das Haus vor hundert Jahren ausgesehen habe.

Gleich am ersten Werktag würde ich die Namensregister lesen, um mich zu vergewissern, ob eine neue Information über einen bestimmten Fall der Wahrheit entsprach.

Mikko zog die Schuhe an und warf meine Daunenjacke und die Fargo-Fellmütze, die er einem Straßenhändler in Dublin abgekauft hatte, aufs Bett.

»Wir gehen nicht zum Vogelnest«, sagte er. »Anlässlich der Geburt Jesu lade ich mein Mädchen zum Stehkaffee am Bahnhof ein, aber zuvor machen wir es so wie Oberst Buendía in *Hundert Jahre Einsamkeit*. Wir gehen ans Meer, um uns das Eis anzuschauen.«

Eis, oder besser gesagt Bilder vom Eis, gebe es im Fährterminal des Hafens. Man könne sie jeden Tag sehen, weil das Terminal immer geöffnet habe, behauptete Mikko. Derzeit wurde dort eine Ausstellung über Ernest Shackletons Expedition zum Südpol gezeigt, die 1914 begonnen hatte. Mikko hatte einen Flyer davon, auf dem beschrieben wurde, wie das Expeditionsschiff Endurance im Treibeis feststeckte und davon nach und nach zermalmt wurde. Wir würden sehen, wie die Männer ein Lager nach dem anderen auf den Eisschollen aufschlugen, bis sie es zu einer Art Basislager auf der Elefanteninsel schafften und von dort lebendig nach Hause. Die Reise hatte ein glückliches Ende genommen, aber die Expedition war gescheitert.

Ich verstand wirklich nicht, warum eine Schar Männer mit Zwangsvorstellungen, die ihren Selbsterhaltungstrieb verloren hatten und auf Gletschern schlotterten, interessanter sein sollte als mein viktorianisches Waisenhaus.

»Dort wirst du die beängstigende Schönheit der Antarktis sehen.«

»Du und Yeats, ihr könnt das Schreckliche und das Schöne miteinander verbinden, ich nicht.«

Mikko gab zu, dass sich Menschen nicht vorsätzlich in Situationen begeben sollten, aus denen sie von offiziellen und freiwilligen Kräften gerettet werden müssen. Aber die Polregionen hätten trotzdem erforscht werden müssen. Es folgte ein Vortrag darüber, wie die Erforschung der Pole dazu beitrage, das Erdklima und die Ökosysteme der Meere zu verstehen. Ich begriff, dass wir erst nach frühestens zwei Stunden aus der Ausstellung herauskommen würden und sagte, er dürfe sich seine arktischen Eisbilder später anschauen, wenn ich die Gelegenheit hätte, das Archiv des Waisenhauses einzusehen.

Mikko erklärte, auch er sei nicht an dem von einer fixen Idee getriebenen Shackleton interessiert, sondern daran, wie es Worsley, dem Kapitän der Endurance, gelungen sei, die Besatzung vor dem nahezu sicheren Untergang zu retten. Ohne Sonne mussten die Positionsbestimmung und die sonstige Navigation blind vorgenommen werden, aber dieser Mann scheine eine Karte im Kopf gehabt zu haben. 1250 Kilometer durchs Eis! Mir sei doch wohl klar, dass es für die Positionsmessung mit dem Sextanten nötig sei, die Sonne hinter den Horizont fallen zu lassen, aber was wolle man in so einem kleinen Boot fallen lassen, wenn ringsum Polarnacht herrsche? Worsley sei ein außergewöhnlicher Kerl gewesen, dem die Ehre dafür gebühre, dass jeder einzelne Mann lebend nach Hause zurückgekehrt sei.

Ich hatte keine Ahnung vom Gebrauch eines Sextanten oder sonstiger Navigationsinstrumente und war ehrlich gesagt auch kein bisschen daran interessiert, es zu lernen, aber das Thema meiner Recherche verlangte, dass ich diese Bildungslücke schloss. Jedoch nicht heute, am Weihnachtstag.

Das mit dem Kaffee im Stehen hingegen interessierte mich weiterhin. Mikko nahm meine Interessenslage überraschend gelassen hin und wollte sein Versprechen halten, obwohl er sich meiner Meinung nach unter diesen Umständen davon hätte befreien können.

Als wir im Nieselregen zum Hafen gingen, sahen wir tapfere Familien, die dem Wetter trotzten.

»Sieh dir das an, die bringen ihre Kinder zum Ponyfahren!« Ich deutete auf einen kleinen Jungen, der in eine Karre stieg, die von einem Mädchen kutschiert wurde.

»Ponys sind Pferde im Kleinformat, und Kinder sind Menschen im Kleinformat. Beides habe ich schon mal gesehen«, sagte Mikko und wollte meine Aufmerksamkeit auf das von den Wellenbrechern eingefasste Hafenbecken lenken. Er hatte bereits ausgerechnet, dass dessen Fläche mehr als sieben Hektar betrug.

»Hier sind auch deine Waisenkinder auf Schiffe nach Kanada verladen worden. Stell dir mal vor, innerhalb eines halben Jahrhunderts sind mehrere Millionen Menschen von Irland nach Amerika übergesiedelt.«

»Auf sie wartete ein ziemlich fürchterliches Schicksal«, sagte ich.

»Nicht auf alle«, erwiderte Mikko, »aber auf die Waisenkinder schon.«

KINGSTOWN, 27.12.1895

Ich konnte ihn überzeugen, indem ich erzählte, der Zimmermann spreche nur Deutsch und Englisch. Das freut mich sehr, entgegnete der Koch. Ich hatte schon Angst, er wäre Finne. Ich fragte ihn nach dem Grund dafür und sah, dass er vollkommen überzeugt davon war, dass die Finnen Zauberer waren und insbesondere die Winde und Stürme beherrschten. Ich versuchte ihn zur Vernunft zu bringen, aber er hatte die besseren Argumente, nämlich solche, die aus der eigenen Erfahrung kamen, und man konnte ihn nicht dazu bringen, seine Meinung zu ändern. Er war im Archipel von Hawaii auf einem Schiff gewesen, das einen Finnen als Segelmacher gehabt hatte. Dieser war fähig, alles zu tun, was er zu tun beschloss. In seiner Koje bewahrte er eine alte Flasche auf, die stets halb voll mit Rum war, obschon er sich fast jeden Tag betrank. Derselbe Mann schnitt sich dann in seiner Koje die Kehle auf, und alle sagten, er sei vom Teufel besessen gewesen.

Der Koch hatte auch von Schiffen reden hören, die im Finnischen Meerbusen laviert seien und gesehen hätten, wie ein anderes Schiff achtern in Sichtweite kam, sie einholte und mit so gutem Rückenwind an ihnen vorbeifuhr, wie es nur ging, alle Stagsegel gesetzt, und da erkannten sie, dass es ein finnisches Schiff war.

Richard Henry Dana, *Two Years Before The Mast*, 1840

Elin

Ein sommersprossiges Dienstmädchen bringt der Frau des Kapitäns und dem kleinen Mädchen auf einem Wagen das Frühstück auf ihr Zimmer. Tee und Brötchen, einen riesigen Teller mit Speck, Würstchen, Spiegeleiern und in einer Porzellankanne Milch, vermutlich für das Kind. Elin nimmt einen Teller und ein Glas vom Tablett und setzt sich zu Matias und Ester auf den Fußboden. Sie schneidet das Brot in kleine Vierecke und tunkt sie in die Milch. Mit furchtsamem Erstaunen starrt das Mädchen auf den Kreisel, den Matias rotieren lässt. Es ist eines der vielen Geschenke, die man der Kleinen gebracht hat. Seit gestern treffen sie bei der Rezeption ein, und vor allem Matias ist von ihnen beeindruckt, geradezu baff. Esters Unterlippe zieht sich Unheil verkündend nach unten, als ihre Mutter den Kreisel, der sich noch dreht, nimmt und auf den Tisch legt. Das aufkommende Weinen wird aber unterbrochen, als das Kind das Brotstückchen auf dem Löffel sieht. Ester sperrt den Mund auf und fängt an, die Hände flattern zu lassen, als wären sie Flügel.

»Hat mein kleines Vögelchen einen solchen Hunger?«

Matias muss lachen. Er kommt in den Stimmbruch, und sein Lachen klingt nach den Tönen, die Seehunde von sich geben. Ester kaut eine Weile auf dem Brot herum, lässt es dann aber aus dem Mund fallen.

»Na, na, so ein böses Mädchen.«

Das Kind will ein neues Stück Brot selbst in die Hand nehmen, lässt aber auch das fallen. Matias steckt es sich in den Mund. Das findet das Mädchen lustig. Es streckt die Hand nach weiteren Brotstücken aus und schiebt sie mit gurgelndem Lachen dem Jungen in den Mund. Elin nickt billigend.

»Der Matias ist aber ein tüchtiger Junge, weil er so schön isst!«

Auch Ester will tüchtig sein, und Elin gibt Matias den Löffel. Kurz sieht sie zu, wie sich die Kinder gegenseitig füttern, dann setzt sie sich aufs Bett. Sie schlingt die mit Seide gefütterte Tunika, die sie am Abend zuvor von Frau Talbot-Power bekommen hat, enger um sich und nimmt sich erneut die Zeitungen der letzten Tage vor.

»Mein Schatz, Sie müssen verstehen, dass Sie die Heldin des Schiffbruchs sind. Alle auf dieser Insel sterben vor Neugierde, Sie zu sehen«, sagte Frau Talbot-Power, als sie am Abend des Stephanstages mit ihrer Näherin bei Elin vorbeischaute.

Eilends wurde bei der Frau des Kapitäns Maß genommen, dabei musste sie sich anhören, sie sei für eine Frau ziemlich groß, besitze jedoch eine entzückende Sanduhr-Figur, die wie geschaffen sei für ein Kleid mit S-Linie. Die Näherin zeigte ihr auch Reklame für Thomsons Korsette, die »sitzen wie ein Handschuh« und machte taktvolle Kopfbewegungen zu einigen Bildern des Modellkatalogs. Die Mütterlichkeit ausstrahlende Gattin des Whiskey-Fabrikanten versprach, Elin am nächsten Tag mit nach Dublin zu nehmen, damit sie die für die Beerdigung angefertigte Garderobe anprobieren konnte, aber es wäre angeraten, auch ein Alltagskleid und ein Festkleid in Auftrag zu geben. Außerdem würden ein Mantel, Schuhe, Hüte, Handschuhe und weitere Accessoires benötigt, die sie gemeinsam aussuchen könnten. Vor Elin wurden die Seiten eines Musterhefts umgeblättert. Sie sollte Modelle, Farben und Materialien, die ihr gefielen, auswählen, aber sie konnte nichts weiter tun, als verblüfft auf die Bilder zu starren, die ihr die Näherin zeigte.

Frau Talbot-Power erklärte begeistert, der Kapitän der Palme und seine Gemahlin würden im Trauerzug gleich hinter den Leichenwagen gehen. Bei der Zeremonie würden tausende Teilnehmer und sogar Journalisten aus London erwartet, weshalb man die Bedeutung angemessener Kleidung gar nicht genug hervorheben könne. Am Samstagmorgen käme auch ein Friseur ins Hotel, aber zuvor müsse die zur Trauergarderobe passende Kopfbedeckung ausgewählt werden.

Der Wohltäterin fiel Elins Verlegenheit auf und interpretierte sie zumindest teilweise richtig. Sie müsse sich naturgemäß keine Gedanken über die Kosten machen, die seien bereits übernommen worden. Wenn Frau Siren nur wüsste, wie viele eifrige Frauenvereine und Freundeskreise sich unmittelbar nach den ersten Rettungsmeldungen in den verschiedenen Salons der Stadt versammelt hatten. Ganz Britannien würde die Beerdigung verfolgen, bis hin zum Königshaus. Dass eine solche plötzliche Prominenz den neuen Schützling der großherzigen Gattin des Whiskeyfabrikanten bestürzte und beschämte, kam Frau Talbot-Power gar nicht in den Sinn. Sie lebte in Kreisen, in denen es für eine Selbstverständlichkeit gehalten wurde, dass man das Privileg besaß, in die Spalten angesehener Zeitungen zu gelangen. Wurde einem darin eine Doppelseite zuteil, hatte man einen Triumph errungen, der des Feierns würdig war. Außer natürlich, wenn es sich um einen Schmähbericht über ein Scheidungsverfahren handelte.

Die Näherin hielt Elin ein olivgrünes Stück Stoff neben das Gesicht.

»Sehr nah an der Farbe Ihrer schönen Augen, Madame«, sagte sie mit französischem Akzent.

Frau Talbot-Power trat zwei Schritte zurück und musterte Elin kritisch.

»Ganz recht – im Hinblick auf das Alltagskleid. Für das Festkleid würde ich mehr maritime Frische ins Auge fassen. Gleich als ich die Beschreibung Ihrer Retter hörte, wie Sie mit wehendem blondem Haar im Sturm das Wrack verließen, dachte ich an Blau. Marineblau. Mein Schätzchen, lassen Sie Ihren Tee nicht kalt werden! Ein Tässchen indischer Tee wirkt Wunder nach so einem Wirbel. Ich finde, chinesischer Tee wird überschätzt. Seitdem ich zum ersten Mal Darjeeling gekostet habe, habe ich keine Tasse chinesischen mehr getrunken. Ob Sie es glauben oder nicht, keine einzige!«

Elin setzte sich und trank einen kleinen Schluck aus ihrer Tasse. Die Besucherin betrachtete sie besorgt.

»Es macht Ihnen doch nichts aus, mein Schätzchen, dass keine Milch im Tee ist? Milch passt gut zum Assam, den wir morgens trinken, aber der Nachmittagstee ist Darjeeling, und den verdirbt die Milch. Herr Findlater, der ihn importiert, nennt ihn in seinen Inseraten nicht von ungefähr den Champagner der Teesorten.«

»Er ist sehr gut«, versicherte Elin.

Frau Talbot-Power nickte zufrieden und blätterte nun mit schnellen Bewegungen im Musterbuch.

Elin räusperte sich.

»Und die Männer, die ums Leben gekommen sind … Was ist mit ihren Familien?«

Die Besucherin legte das Musterbuch auf den Tisch und zog ein weißes Tuch mit Spitzen aus dem Ärmel, mit dem sie sich rasch über die Augenwinkel fuhr. Dann faltete sie das Taschentuch und riss sich zu einem tapferen Lächeln zusammen. Der Untergang der Rettungsbootbesatzung sei äußerst tragisch, aber man müsse nun so denken, dass dennoch Anlass bestehe, dem gütigen Gott für alles Geschehene zu danken. Immerhin habe die Besatzung des gestrandeten Schiffes komplett gerettet werden können, weshalb man durchaus von Glück im Unglück sprechen dürfe, nicht wahr. Man müsse auf jede erdenkliche Weise zeigen, dass jene tapferen Männer nicht sinnlos ums Leben gekommen seien. Frau Talbot-Power berichtete, am Tag des Schiffbruchs der Palme sei in der Nähe von Cork ein etwa gleich großes Schiff auf Grund gelaufen. Auch dort habe der Kapitän seine junge Frau und ein kleines Kind dabeigehabt. Die ganze Familie und siebzehn Besatzungsmitglieder seien ertrunken, weil die Männer der Rettungsstation bei dem Sturm nicht hinausfahren wollten. Das sei nicht sonderlich christlich gewesen, nicht wahr.

Frau Siren solle bedenken und Gott dafür danken, dass ihr Mann das Schiff ausgerechnet nach Kingstown gesteuert habe, wo furchtlose Männer bereit gewesen seien, ihr Leben bei jedem Wetter zu opfern. Es sei jetzt wichtig, dass den in Schlüsselpositionen befindlichen Personen jede bewegende Einzelheit der unglaublichen Überlebensgeschichte zu Ohren käme, und zwar von den Schiffbrüchigen selbst erzählt. Wie entzückend, dass die junge Dame ein so außerordentlich gutes Englisch spreche …

Elin rollt die Zeitung, in der sie geblättert hat, zu einem Trichter. Die meisten Zeilen, die sie betreffen, sind dem jungen Matrosen Mullen in den Mund gelegte Worte des Lobpreises über die unvergleichliche Tapferkeit der Kapitänsgattin am Heiligen Abend und in den folgenden zwei Nächten. Hatte sich der in Liverpool angeheuerte junge Ire tatsächlich so geäußert, wie die Zeitungen schrieben?

Es kommt ihr seltsam vor, dass Mullen inmitten des Durcheinanders Zeit gefunden haben soll, den Aktivitäten der Kapitänsgattin Aufmerksamkeit zu schenken, zumal es letztlich nur geringfügige Verrichtungen waren, um den Männern in der Extremsituation etwas Erleichterung zu verschaffen. Seit wann wurde es als unvergleichliche Heldentat betrachtet, Kaffee, getrocknetes Fleisch und Salzgurken aus der Kombüse zu holen und den hungrigen Mündern zu bringen? Hätte es einer der Männer oder gar der Schiffsjunge getan, wäre es für ganz natürlich gehalten worden unter den schwierigen Umständen. Elin selbst haben die Journalisten nicht befragt. Sicher waren sie davon ausgegangen, dass sie die Sprache nicht konnte. Vielleicht hat man sie auch in Ruhe gelassen, weil eine Frau mit einem kleinen Kind auf dem Arm beinahe etwas Heiliges war, das man schützen musste.

Elin hält sich den Zeitungstrichter vors Auge und späht damit nach den Kindern. Ester schaut sie an und geht mit wackligen Schritten auf sie zu. Plötzlich ist das, was ihre Mutter gebastelt hat, interessanter als all die schönen Spielsachen. Auch Ester will durch das Fernrohr gucken. Sie hält es sich ans Auge und verzieht rührend das Gesicht. Das andere Ende stößt gegen den Kimono ihrer Mutter.

»Warte, Matias zeigt es dir …«

Geduldig gibt der Junge dem Kind Ratschläge, und Elin kann sich in Ruhe in einer anderen Zeitung die Fotografie von dem Wrack des Rettungsboots ansehen, das am Ufer von Merrion angetrieben wurde. Civil Service no. 7. Im Textteil heißt es, das Boot habe seinen Namen nach einer Geldsammlung, die von Beamten durchgeführt worden sei und die Anschaffung des Bootes ermöglicht habe. Steuermann Williams, der nun zu Tode gekommen war, habe schon acht Jahre zuvor gegenüber dem Anschaffungskomitee der Organisation seiner Meinung Ausdruck verliehen, dass ein größeres, vorzugsweise mehr als vierzig Fuß langes, sich selbst aufrichtendes Boot nötig sei. Er wünschte sich ein Boot, das ein kleines Besansegel und davor ein etwas größeres Rigg habe. Elin kommt zwangsläufig die entsetzliche Vorstellung von dem Steuermann in den Sinn, der mit genauen Maßen den Sarg für sich und seine Mannschaft bestellt hatte. Noch erschütternder ist es, die Namen und Familienverhältnisse der bei dem Unglück ums Leben gekommenen Männer zu lesen. Dennoch kehrt Elin immer wieder zu der Liste zurück:

J. Baker, hinterlässt eine schwangere Frau und drei kleine Kinder.
J. Bartley, hinterlässt eine Frau und zwei Kinder.
E. Crowe, hinterlässt eine Frau. Keine Kinder.
T. Donoghue, hinterlässt eine Frau und drei sehr kleine Kinder.
W. Donoghue, Bruder des zuvor Genannten, hinterlässt eine junge Frau und vier Kinder.
E. Murphy, hinterlässt eine Frau und zwei Kinder.
F. McDonnell, hinterlässt eine Frau und ein Kind.
P. Power, ledig, hinterlässt eine von ihm abhängige Angehörige.
J. Ryan, ledig, hinterlässt von ihm abhängige Angehörige.
E. Shannon, hinterlässt eine Frau und drei sehr kleine Kinder.
F. Saunders, hinterlässt eine Frau und fünf Kinder.
G. Saunders, Bruder des zuvor Genannten, hinterlässt eine Frau. Keine Kinder.
H. Underhill, hinterlässt eine Frau. Keine Kinder.
H. Williams, hinterlässt eine Frau und erwachsene Kinder.
A. Williams, Sohn des zuvor Genannten, hinterlässt eine Frau und sechs Kinder.

Auf derselben Seite steht ein umfassender Bericht über eine große Versammlung im Rathaus von Kingstown. Dort wurde noch an Heiligabend ein Spendenfonds zur Unterstützung der Witwen und Angehörigen gegründet.

»Dank des lobenswerten Unternehmungsgeistes und Eifers des Vorsitzenden der Handelskammer, Herrn Adam Findlater, kam es noch am selben Abend, an dem die Stadt ein nie dagewesenes Unglück traf, zu der Versammlung. Es wurde zur letzten traurigen Pflicht des Dubliner Bürgermeisters Aldemar Dillon vor seinem Eintritt in den Ruhestand, diese Sitzung zu eröffnen.

Er sagte, die Untersuchung der Unglücksursache sei in keiner Weise Sache der Verwalter des zu gründenden Hilfsfonds. Ob es Schuldige an dem Unglück gebe oder ob Gott es aus Gründen habe geschehen lassen, die der menschliche Geist nicht zu fassen im Stande ist, bleibe der dafür ins Leben gerufenen Untersuchungskommission überlassen. Der Zweck der Versammlung bestehe einzig und allein darin, Sorge dafür zu tragen, dass kein einziger Angehöriger der Männer, die ein so edles Opfer gebracht hätten, aufgrund seines Verlusts materiellen Mangel leiden müsse.«

Ein Redner betonte, man dürfe auch die Tapferkeit aller anderen Männer, die sich an den Rettungsmaßnahmen beteiligt hatten, nicht vergessen. Etwas aufgeregter schien darüber diskutiert worden zu sein, wie der Mut der Männer in dem Boot Hannah Pickard zu bewerten sei, das bei den Rettungsarbeiten ebenfalls gekentert war. Nach Ansicht einiger Sprecher läge deren Tapferkeit sogar doppelt so hoch wie bei den Männern im ersten Boot, denn diejenigen, die ohne zu zögern das zweite Rettungsboot bestiegen, hatten mit eigenen Augen den Untergang ihrer Kameraden gesehen und waren trotzdem unter den hoffnungslosen Umständen aufs Meer hinaus gefahren. Ein Pfarrer der irischen Kirche glaubte das Bewertungsproblem lösen zu können, indem er als Beispiel zwei Märtyrer anführte, den heiligen Stephanus und den heiligen Johannes. Der heilige Stephanus sei bekanntlich ein Märtyrer der Tat wie des Willens, während der heilige Johannes kein Märtyrer in seinen Taten gewesen sei, aber unbestreitbar in seinem Willen, denn er habe sein gesamtes Leben dem Dienst für seinen Meister gewidmet. Beide Märtyrer hätten gelernt, folgerte der Pfarrer, wie auch die Besatzungen beider Boote zu lernen bewiesen hätten, dass wahres Christentum darin bestehe, dem Beispiel Christi zu folgen und sich für die Rettung seiner Nächsten zu opfern. Darum müsse der stolze und edle Beschluss der Männer des zweiten Bootes, die von ihren ums Leben gekommenen Kameraden begonnene Rettungsarbeit fortzusetzen, bei den Zuwendungen des Fonds berücksichtigt werden.

Der Vorsitzende der Handelskammer wiederum hob das großartige Geschick und den Mut von Kapitän McCombie und seiner Mannschaft hervor, die die Rettungsoperation mit der SS Tearagh zu einem glücklichen Ende gebracht hatten. Herr Findlater sagte, er habe die Freude, Kapitän McCombie persönlich zu kennen und könne sich keinen besseren Seemann mit mehr Opfergeist vorstellen. Es sei selbstverständlich, dass man an die Mannschaft der SS Tearagh und ihre Heldentaten denken werde.

Was nun die Männer der Civil Service no. 7 angehe, die ihr Leben geopfert hatten, so könne man sie ohne weiteres mit auf dem Schlachtfeld gefallenen Helden vergleichen, meinte der Vorsitzende. Hätten jene Männer doch das größtmögliche Opfer dargebracht, als sie sich unwiderruflich einer Gefahr aussetzten, die dem schlimmsten Kampf im Krieg gleiche und in gleichem Maße ein heißes Herz und Kaltblütigkeit erfordere. Für die Angehörigen der Opfer des Unglücks an Heiligabend müsse also ein Fonds gegründet werden, und als dessen Verwalter seien ausersehen …

Elin lässt die Zeitung sinken. Frau Talbot-Power hat ihr erzählt, ihr Mann sei eines der Gründungsmitglieder des Fonds. Man hörte ihrer Stimme an, wie stolz sie auf ihren tatkräftigen Gatten war: wenn mein Mann etwas in Angriff nimmt, dann geschieht es auch.

Matias hat das Kind auf dem Arm zum Fenster geschleppt und zeigt ihm, wie man das Zeitungsfernrohr nach draußen richtet.

»Ich, ich!«, verlangt Ester.

Aber auch Oskar bekommt etwas zustande, denkt Elin. Die wohlwollenden, wenn auch komplizierten Zeichen der irischen

Gastfreundschaft haben Oskar geschmeichelt und irritiert, aber vor allem haben sie die vorsichtige Hoffnung belebt, dass der Schaden vielleicht doch nicht so irreparabel sein muss, wie er noch zwei Tage zuvor niedergeschlagen geglaubt hat.

Mit dem schwedischen Seemannspfarrer als Dolmetscher ist Oskar hinter die vielen Spendensammlungen und verheißungsvollen Absichten gekommen, die hiesige Würdenträger hinsichtlich des Kapitäns der Palme, seiner Familie und seiner Mannschaft hegen. Gemäß den Anweisungen im nach Feuerstein riechenden Antworttelegramm des alten Siren hat Oskar auch die Not seines Vaters und Reeders zur Kenntnis gebracht. Die Palme war nicht versichert, und es steckte das gesamte Vermögen der Familie darin, weshalb Oskar wahre Schreckensszenarien malte, in denen die Alten im Armenhaus landeten und er mit seiner Familie auf der Straße. Auch Elin solle bei dieser Geschichte bleiben, wenn sich jemand bei ihr erkundige.

»Und wenn sie bei Peterson Erkundigungen einziehen?«, fragte sie.

Oskar sagte, er werde sich mit ihm treffen, um sich mit ihm auf einen Plan zu einigen, in dessen Rahmen einheitliche Aussagen gemacht würden.

Elin blickt auf ihr Kind. Das von der Mutter gebastelte Fernrohr liegt inzwischen verschmäht und offen auf dem Fußboden. Matias begnügt sich damit, auf Einzelheiten der Aussicht zu deuten und sie zu benennen. Das Mädchen wiederholt die Wörter, auch wenn es sich mehr für den Finger des Jungen interessiert, der sich in weiten Bögen bewegt. Erst die Erwähnung eines Hundes bringt Ester dazu, die kleine Stirn an die kühle Fensterscheibe zu legen.

»Was für Hund?«

»Das weiß ich nicht. Es ist ein irischer Hund«, antwortet der Junge geduldig.

»Nelson-Hund!«, ereifert sich das Kind.

»Nein, nicht der Nelson-Hund. Nelson ist in meinem Zimmer und schläft.«

Elin fragt Matias, ob er mit dem Welpen am Morgen Gassi gegangen sei, und der Junge sagt ja, aber es sei zu spät gewesen und das Malheur schon neben dem Bett passiert. Elin hofft, sich deswegen nichts anhören zu müssen. Matias schüttelt den Kopf, sagt, er habe die Spuren beseitigt, bevor es jemand bemerkt habe. Elin steht auf und tritt zu ihrem Kind. Sofort streckt Ester die Hände aus. Ihre Mutter nimmt sie auf den Arm und schaut über die Schulter des Jungen hinweg nach draußen. Die Bäume sind kahl, abgesehen von den immergrünen schwankenden Palmen an der Uferstraße. Es schlagen jetzt nur noch flache Wellen ans Ufer, die nach dem Brechen in niedrigem Schaum auslaufen. Die Sonne, die sich zwischen den Wolken zeigt, färbt ihn biergelb. Auf der Uferstraße und auf dem Wellenbrecher sind einige Leute unterwegs. Elin schlägt vor – wenn man den Plan, den eine Kapitänsgattin gegenüber einem Schiffsjungen ausspricht, als Vorschlag bezeichnen will –, dass sie alle drei noch am Vormittag gemeinsam den Hund ausführen. Es täte dem Mädchen gut, ein bisschen frische Luft zu schnappen. Sie könnten sogar vorsichtig den unglaublich vornehmen Kinderwagen ausprobieren, den der Hoteldirektor besorgt hat. Allerdings ist Elin nicht ganz von der Sicherheit des Gefährts überzeugt.

Nach dem Mittagessen soll die Kapitänsgattin abgeholt und zum Bahnhof gebracht werden. Den Nachmittag würde sie in Dublin verbringen. Frau Talbot-Power hat versprochen, für die Zeit der Abwesenheit der Mutter ein ausgebildetes Kindermädchen zu organisieren, aber Elin möchte, dass Matias im Hotel bleibt und zusieht, wie die neue Nanny mit dem Kind zurechtkommt.

Matias

Er hat noch bei keinem Mädchen solche Haare gesehen. Wenn die Sonne die bauschige, braune Lockenwolke trifft, wird das milchweiße Gesicht wie von einem leuchtenden Heiligenschein eingefasst. Starr vor Bewunderung starrt er das Mädchen an, während Frau Siren mit leiser Stimme Bekanntschaft mit ihr schließt. Sie heißt Sarah Donoghue. Alle wissen, dass sie diejenige ist, die noch immer darauf wartet, dass ihr Heldenvater, der seit dem Unglück in der Weihnachtsnacht verschwunden ist, zurückkehrt. Ihr Vater ist einer der Männer, die bei dem Versuch, die Schiffsbesatzung zu retten, ums Leben gekommen sind. Dieses Detail erwähnt die Frau des Kapitäns gegenüber Sarah nicht, als sie sich behutsam nach deren häuslichen Umständen erkundigt. Das Mädchen antwortet gehorsam auf alle Fragen, lächelt zwischendurch sogar fast, sie ist eindeutig daran gewöhnt, »das Mädchen aus der Zeitung« zu sein, eine lokale Berühmtheit. Hin und wieder bückt sie sich, um den Welpen zu streicheln, der sofort schwanzwedelnd mit den Pfoten nach ihrem Knie tastet und sich streckt, um sie am Kinn zu lecken. Frau Siren und Matias verbieten es ihm und tadeln den Hund einstimmig, aber das Mädchen lacht nur und krault ihn weiter.

Die Frau des Kapitäns mustert Sarahs Kleidung: der Wollmantel und der Schal sehen warm aus, aber die Waden sind ganz nackt. Sie schlägt Sarah vor, sie nach Hause zu begleiten, damit sie sich nicht erkältet. Außerdem mache sich ihre Mutter gewiss schreckliche Sorgen.

Das Mädchen sagt, Mami liege die meiste Zeit bei zugezogenen Vorhängen im Bett und weine nur. Oder schlafe. Mami bemerke wahrscheinlich nicht einmal, dass sie nicht daheim sei. So sehr vermisse die Mami den Papi, der noch immer nicht heimgekehrt sei. Frau Siren fragt das Mädchen, ob es den ganzen Tag überhaupt etwas gegessen habe. Sarah erklärt eifrig, die Nachbarin sei bei ihnen gewesen und habe für sie Essen gemacht, es sei genug da, weil der Laufbursche von Findlaters Laden und viele andere Leute ihnen körbeweise Lebensmittel brächten. Die kleinen Brüder seien glücklich, weil sie so viele Datteln essen dürfen, wie sie wollen. Sogar Limonade gebe es. Ab und zu koche Tante Rachel und sage zur Mutter, iss um Himmels willen wenigstens etwas, aber die Tante weine selbst ziemlich viel. Das komme daher, dass Onkel Thomas nicht zu Hause sei, sondern in der Michaelskirche, von wo er bald zu seiner letzten Reise in den Himmel aufbreche. Sarah warte nur, dass ihr Vater von seiner Reise zurückkomme, damit die Mami aufhöre, den ganzen Tag zu weinen und zu schlafen. Er werde ein schönes Gesicht machen, wenn er die ganzen Leckereien sehe, die ihnen in den letzten Tagen gebracht worden seien …

Die Blicke von Matias und Frau Siren treffen sich, aber beide wenden sich rasch ab. Die Frau beugt sich nach vorn, um Ester, die im Wagen eingeschlafen ist, die Wolldecke bis ans Kinn hinaufzuziehen, wahrscheinlich nur, um etwas zu tun. Inzwischen scheint die Sonne vom wolkenlosen Himmel, und das Meer leuchtet grün. Es riecht nach Algen und Teer. Gerade wird die Takelage eines im Hafenbecken ankernden Segelschiffs imprägniert. Mit Teereimern und Pinseln ausgerüstete Männer in Seemannshosen klettern wie Affen die Wanten und Rahen hinauf.

Als Matias und die Frau mit dem Kinderwagen weitergehen, folgt Sarah ihnen. Matias gibt sich Mühe, das Mädchen nicht anzuschauen. Schon der kleinste Blick auf dieses schöne Wesen bringt sein Herz heftig zum Pochen.

Das Mädchen sagt, es habe gehört, auf dem Schiff, das auf der Sandbank aufgelaufen ist, seien auch finnische Seeleute gewesen. Und jeder wisse ja, was das bedeute.

»Was denn?«, fragt der Junge.

Die braunen Augen des Mädchens sehen den Jungen, der nach etwas fragt, das doch selbstverständlich ist, groß an. Es breitet die Arme aus. Das Schiff sei natürlich verhext.

Die Frau des Kapitäns lacht kurz und abwehrend auf.

»Aber nein, mein Kind ... auf keinen Fall.«

Aber das Mädchen ist überzeugt davon, dass ein finnischer Seemann auf einem Schiff immer Unglück bringt.

»Auf See wird so manchmal geredet«, sagt die Frau errötend, »aber das ist nur Aberglaube.«

»Nein, nein!« Das Mädchen schüttelt heftig den Kopf. Tante Rachel habe erzählt, ein verfluchter Finne habe den Sturm entfacht, der das Boot mit dem Vater und dem Onkel zum Kentern brachte. Außerdem sei am selben Tag bei Cork ein weiteres Schiff gesunken, wobei die Familie des Kapitäns und die Mannschaft ertrunken sei. Nur die Finnen in der Crew hätten überlebt, weil Hexer nicht untergingen.

Frau Siren schweigt.

Das Mädchen erklärt, auch die kleine Tochter des Kapitäns sei ertrunken. Sie habe Edith Isabella geheißen und sei genauso alt gewesen wie Sarahs Bruder Joseph, zweieinhalb Jahre.

Matias dreht sich zu dem Postschiff um, das gerade am Kai vor dem Terminal angelegt hat. Die Passagiere schieben sich über das Fallreep von Bord. Postsäcke und Stückgut werden in Transportnetzen zusammengefasst auf den Kai gehievt, von wo sie von Hafenarbeitern im Laufschritt per Sackkarre zu den Güterwagen eines Zuges gebracht werden. Auf dem Bahnsteig, an dem der Zug steht, wimmelt es wie in einem Ameisenhaufen: Reisende, die vom Schiff zum Zug eilen oder vom Zug zum

Schiff, Gepäckwagen und Einwohner der Stadt, die den Reisenden entgegen drängen. Der Fahrplan ist knapp bemessen, denn das Schiff fährt jeden Tag zweimal nach Holyhead und zurück. Matias hat zu seiner Verblüffung gehört, dass die Fahrt mit dem Dampfschiff nach England kaum vier Stunden dauert.

Frau Siren geht schweigend weiter, während Sarah erzählt, ein Finne sei es auch gewesen, der ihren Vater irgendwie verhext habe. Sie wisse aber, dass ihr Vater so raffiniert sei, dass ihm schon etwas einfallen werde, um sich zu befreien.

Auf der Plattform an der Spitze des anderthalb Kilometer langen Wellenbrechers sind Parkbänke für die Leute aufgestellt worden, die sich für das Wrack interessieren. Die Menschen haben sogar Proviant mitgebracht. Stücke von Einwickelpapier, um die sich die Möwen kreischend balgen, flattern über das Pflaster. Viele Boote sind unterwegs, die Dreiecke der geblähten Segel jagen übers Meer. Nur das seitlich auf der Sandbank liegende Wrack der Palme stört die maritime Idylle an diesem schönen Wintertag.

Auf einer Bank sitzt Steuermann Peterson. Sein Blick ist auf das Wrack gerichtet, und er hat eine aufgeschlagene Kladde auf dem Schoß. Wahrscheinlich zeichnet er die Palme. Auch an Bord zeichnete er. Vögel, die um das Schiff ihre Kreise ziehen, Leuchttürme, Seemänner bei der Arbeit.

Zum Erstaunen des Jungen scheint Frau Siren nicht die Absicht zu haben, den Mann zu begrüßen. Sie wendet den Kinderwagen und bleibt kurz auf der Stelle stehen, macht dann aber doch wieder kehrt. Betont gemächlich geht sie auf die Bänke zu. Erst als sie fast unmittelbar neben dem Obersteuermann steht, hebt dieser den Blick, springt sofort auf und lüftet mit seiner verbundenen Hand die Mütze.

»Frau Siren.«

»Guten Tag. Ist es mit der Hand nicht schwierig zu zeichnen?

Stört es Sie, wenn ich mich zu Ihnen setze und Ihnen bei der Arbeit zuschaue?«

Der Mann lacht auf.

»Falls man das Arbeit nennen kann.«

Die Frau setzt sich und streckt die Hand aus.

»Zeigen Sie mal.«

Sie betrachtet die Zeichnung eine Weile und gibt sie ohne ein Wort zurück.

Sie sitzen schweigend nebeneinander. Die Frau des Kapitäns rückt ihren Hut zurecht, damit ihr die Sonne nicht direkt in die Augen scheint. Der Mann lässt das Kohlestück auf einem schattierten Teil der Zeichnung ruhen. Sarah fragt, ob sie den Hund führen darf, und Frau Siren gibt ihr die Leine. Das Mädchen lässt den Hund vor der Mauer herumtollen. Als er an ihr hochspringt, nimmt sie seine Vorderpfoten und tanzt leise lachend mit ihm.

»So ein schöner Tag«, sagt Frau Siren. »Herrlicher Sonnenschein. Und dann der Kadaver dort auf der Sandbank. Unser Schiff. Und das Mädchen tanzt, obwohl sein Vater ertrunken ist. Ehrlich gesagt weiß ich nicht mehr, was das alles soll.«

Der Mann sitzt stumm neben ihr.

»Das Mädchen glaubt, dass finnische Seeleute Hexenmeister sind und darum ein Fluch für jedes Schiff. Warum sollten wir verfluchter sein als die anderen?«, seufzt sie.

Der Obersteuermann hebt die Schultern.

»Wer hat sich das ausgedacht? In vielen Romanen und Reiseschilderungen bin ich auf diese Behauptung gestoßen. In einem Buch genügte ein böses Wort des Kapitäns an den finnischen Schiffszimmermann, um einen Sturm auszulösen, aufgrund dessen das Schiff zwei Wochen lang gegen den Wind lavieren musste. Der Wind ließ erst nach, als der Kapitän den Finnen ohne etwas zu essen in die Vorpiek sperrte, bis dieser bereit war, etwas zu unternehmen, damit der Wind drehte.«

»Tatsächlich?«

»Es wäre schon verdammt seltsam gewesen, wenn der Sturm nach zwei Wochen nicht ohnehin nachgelassen hätte.«

Der Steuermann nickt.

»Das Mädchen scheint nicht zu wissen, wer wir sind. Aber bald wird sie es erfahren. Und dann wird sie uns die Schuld für das Schicksal ihres Vaters geben, weil wir Finnen sind und auf dem Schiff waren. Und in gewisser Weise ist es ja auch unsere Schuld. Oder?«

Matias schaukelt den Kinderwagen. Sein Blick folgt zwei jungen Fräuleins, die auf der unteren Ebene ihre Fahrräder schieben und laut lachen.

»Ich möchte wirklich gern Ihre Meinung hören, Herr Peterson. Hätte man etwas tun können, um die Männer zu retten, wenn die Palme besser ausgerüstet gewesen wäre?«

Der Mann schüttelt schweigend den Kopf. Die Frau lacht mit bitterem Ton auf.

»Zwecklos, Sie etwas zu fragen. Sie sind bis zum Ende meinem Schwiegervater gegenüber loyal, obwohl es mit Ihrer Heuer schlagartig vorbei ist und auch mit der Fahrt auf der Fregatte.«

Matias richtet den Blick auf die Möwen, die über ihren Köpfen schweben. Eine unternimmt einen Sturzflug auf ein kleines Kind, das von seiner Betreuerin geführt wird, und schnappt ihm die Brezel aus der Hand. Das Kind fängt an zu weinen, und die Betreuerin starrt verdattert auf den Räuber, der sich mit der Beute im Schnabel entfernt. Ein Teil der Brezel fällt ins Hafenbecken, und die Artgenossen des Vogels schießen hinab, um sich auf der Wasseroberfläche darum zu streiten.

»Sie verlieren wegen solcher Fragen nicht Ihren Schlaf, oder«, sagt Frau Siren eher feststellend als fragend. »Ich wache mitten in der Nacht auf. Oder eher in den frühen Morgenstunden. Ohne jeden Grund. Schon vor dem elenden Aufprall. Ich habe einfach das Gefühl, aufwachen zu müssen. Ich meine nicht, dass ich etwas Schlimmes ahne. Vielleicht habe ich nur einen Albtraum gehabt, aus dem ich erwachen will, und danach will ich nicht mehr einschlafen, weil ich Angst habe, in denselben Traum zurückzukehren. Da drängt sich mir immer der Gedanke auf: Was soll das alles eigentlich? Geht es Ihnen nie so?«

Keine Antwort.

»In Anbetracht meiner Erziehung müsste gerade ich einen Glauben haben. Aber habe ich einen?«

»Haben Sie keinen?«, fragt der Steuermann verdutzt.

»Und Sie haben einen?«

Der Mann breitet die Arme aus.

»Man muss einen haben. Sonst hält man es nicht aus.«

»Genau, man muss. Sehen Sie sich das Mädchen an! Ihm fehlt es nicht am Glauben. Sie ist sich sicher, dass ihr Vater lebt und nach Hause zurückkehrt. Aber wir wissen, dass sie sich täuscht. So sehr, wie man sich nur täuschen kann. Man könnte ihren Glauben für lächerlich halten, wenn es nicht so tragisch wäre. Aber Sie sitzen trotzdem hier und sagen, ich müsse an Gott den Vater und seinen guten Willen glauben.«

Der Steuermann schweigt und schützt das flatternde Papier mit der Handfläche.

»Ich verstehe auch das mit den Gezeiten nicht, obwohl Sie sich so viel Mühe gegeben haben, mir zu erklären, warum die Gezeiten hier so sind, wie sie sind. Ich war in der betreffenden Stunde eine faule Schülerin, und jetzt bereue ich das. Was haben Sie da von Kanälen und Tidenwechsel und Schwankungsbäuchen geredet?«

»Schwingungsbäuchen.«

»Da sehen Sie es. Könnten Sie es mir freundlicherweise noch einmal erklären, damit ich wenigstens das verstehe?«

»Dieses Meer ist vom Charakter her ein geschlossenes Binnenmeer mit Kanälen im Norden und Süden von Irland. Darum entsteht eine stehende Welle, deren Schwingungsbauch sich vor Liverpool befindet und deren Schwingungsknoten in den Kanälen liegen«, sagt Peterson, wobei er die Himmelsrichtungen mit den Händen veranschaulicht. »Oberwasser und Tidenwechsel finden in dem ganzen Meer praktisch gleichzeitig statt, und danach strömt das Wasser zu beiden Kanälen hinaus …«

»Geben Sie sich lieber doch keine Mühe«, sagt Frau Siren und steht auf. »Diese Dinge beherrschen Sie, auch wenn Sie auf dem Kopf stehen. Ich verstehe, dass sie Ihr Lebensinhalt sind, aber ich bin allem, was mit dem Meer zu tun hat, überdrüssig. Die positive Seite dieser Havarie besteht darin, dass ich nie mehr Ihre Lehrstunden ertragen muss.«

Der Obersteuermann springt mit der Frau auf, hilflos, weil er nicht weiß, was er ihr antworten soll. Hinter ihnen schwebt der Rauch aus den Schornsteinen des Postschiffs. Die Frau gibt Matias zu verstehen, er solle sich den Hund geben lassen. Widerwillig übergibt ihm Sarah die Leine. Frau Siren spricht mit gesenkter Stimme weiter, aber Matias versteht trotzdem, was sie sagt.

»Noch vor wenigen Tagen genügte es mir als Lebensinhalt völlig, dass ich meinen Mann und meine kleine Tochter liebte. Und dass ich es hasste, mit Ihnen auf einem Schiff zu sein.«

Matias sieht aus dem Augenwinkel heraus, wie Herr Peterson verlegen aufs Meer starrt.

»Tatsächlich?«

»Allerdings bin ich mir auch dessen nicht mehr sicher. Nichts erscheint mir neuerdings eindeutig. Das ist widerwärtig, aber was will man tun? Es ist sicher das Beste, wenn wir unseren Weg fortsetzen und Sie hier sitzen lassen, stumm wie immer. Auf Wiedersehen!«

Der Obersteuermann hob die Mütze.

»Auf Wiedersehen, Frau Siren.«

Die Frau marschiert mit dem Kinderwagen so forsch davon, dass Matias, der den Welpen hinter sich herzieht, nicht mitkommt. Der neugierige Hund nimmt aufregende Gerüche wahr, und Matias lässt ihn schnuppern. Die vehement ausschreitende Frau Siren hat bereits einen großen Vorsprung, und Matias muss ihr im Laufschritt folgen und den Welpen an der Leine zerren. Als er sie eingeholt hat, lässt er das Tier wieder seine Umgebung erkunden. Begeistert läuft es um den Pfahl einer Gaslampe auf dem Wellenbrecher herum, und der Junge betrachtet außer Atem das Hafenbecken. Dort liegen zwei Dreimaster vor Anker, aber das Postschiff am Terminal fesselt die ganze Aufmerksamkeit des Jungen.

Aus beiden Schornsteinen des Schiffes steigt schwarzer Rauch auf, wie auch aus dem Schornstein der Lokomotive, die am Hafenbahnsteig angekommen ist. Auf dem Deck des Schiffes ist eine große Zahl Männer, Frauen und Kinder in Bewegung. Die letzten Transportnetze mit Postsäcken und Paketen werden an Bord gehievt. Männer schaffen sie mit Sackkarren heran, das Poltern der Metallräder wird über das windstille Hafenbecken hinweggetragen. Der Welpe hat es geschafft, die Leine um den Pfahl zu wickeln, und der Junge hat alle Hände voll zu tun, sie wieder freizubekommen. Im Laufschritt eilt er zu dem Schutzgebäude für das Seenotrettungsboot neben dem Wellenbrecher, vor dem Frau Siren mit finsterer Miene auf ihn wartet. Als Matias eine Ecke des Gebäudes erreicht, kommt von der anderen Seite eine Schar Jungen auf ihn zu. An ihrer Zielstrebigkeit und den ausdruckslosen Gesichtern, in denen sie sich in breiter Front nähern, erkennt Matias, dass ihm Ärger bevorsteht.

»Was musst du wieder trödeln?«

Frau Sirens durchdringende Stimme veranlasst die Jungen, sich zu ihr umzudrehen und ihr Vorhaben abzubrechen, was immer es auch gewesen sein mochte.

Als Matias an ihnen vorbeigeht, zieht einer der Jungen den Zeigefinger quer über den Hals und deutet danach auf ihn.

Frau Siren hat das weinende Kind auf den Arm genommen.

»Siehst du«, sagt sie tadelnd, »jetzt ist die Kleine wach geworden, weil ich dir hinterherrufen musste.«

Daniel

Daniel steigt auf das Dach des Leuchtturmgebäudes am Ende des Wellenbrechers und opfert dem Wrack der Palme drei Bilder. Als er wieder zur Fahrstraße des Wellenbrechers hinabgestiegen ist, sieht er den Steuermann mit einem selbst zurechtgeschnitzten Stück Kohle das Wrack seines Schiffes zeichnen. Daniel nimmt Stifte und hochwertiges Papier aus seiner Tasche.

»Sie müssen doch ein gutes Bild von dem armen Schiff mit in die Heimat nehmen. Dort brennen sicher alle darauf, von Ihrem Abenteuer zu erfahren.«

Peterson bedankt sich und dreht respektvoll den Bleistift hin und her.

»Die Kohle ist auch nicht so schlecht. Ich habe sie aus dem Seemannsheim, aber ein Bleistift ist natürlich immer … Sieh an, ein gelber.«

Der Mann hat einen hackenden Akzent und spricht manche Wörter etwas ulkig aus, aber Daniel kommt mit.

Er nimmt sein Zigarettenetui zur Hand.

»Wissen Sie, warum er gelb ist?«

»Nein, Sir.«

»Der Grafit dieses Stifts kommt aus China, und in China wird die Farbe Gelb mit Herrschern und anderen hochstehenden Menschen in Verbindung gebracht. Mit der Farbe der Stifthülle versucht man zu signalisieren, dass dieser Stift wesentlich vornehmer ist als die gewöhnlichen Bleistifte, die man in der Gesäßtasche jedes Bauerntrampels findet.«

Der Mann antwortet nicht, und Daniel deutet das Schweigen falsch.

»Sie haben sicher nicht alles verstanden? Ich wollte nur sagen, dass die gelbe Farbe nichts weiter als ein Verkaufstrick ist. Der aber funktioniert.«

»Ehrlich gesagt, Sir, habe ich mir Ihre Kamera angeschaut.«

»Die meisten Menschen wissen nicht einmal, dass es sich bei diesem Kasten um eine Kamera handelt. Sind Sie mit der Kodak vertraut?«

Der Mann schüttelt den Kopf.

»Dies ist eine Erfindung des Amerikaners Eastman. Damit kann jeder leicht und schnell Bilder machen. Und jenseits des großen Teichs kostet es nicht einmal viel, nur wenige Dollar. Das Problem ist, dass man neue Erfindungen nicht einfach so in Gebrauch zu nehmen wagt oder will.«

Sein Zuhörer nickt.

Daniel zündet sich eine Zigarette an. Der Obersteuermann skizziert mit dem Bleistift, den er bekommen hat, die Umrisse des Leuchtturms, der sich hinter dem Wachturm abzeichnet. In den neuen Kleidern und rasiert will Daniel den Mann nicht wiedererkennen. Der Steuermann wirkt jünger als bei der ersten Begegnung. Er ist wohl nicht einmal vierzig. Sein kantiges Gesicht ist vom Meer und Wind ziegelrot gegerbt worden, das Gleiche gilt für die Handrücken, aber die Hände insgesamt sind ausdrucksvoll, mit langen, schmalen Fingern.

»Man sieht, dass Sie nicht zum ersten Mal einen Stift in der Hand halten. Ich zeichne auch ein bisschen, aber …«

Ohne um Erlaubnis zu bitten, nimmt Daniel die Zeichnungen des Steuermanns in die Hand, die von einem kleinen Stein an Ort und Stelle gehalten werden. Auf einer sieht man im Vordergrund ein Stück der groben Felsbrocken des Wellenbrechers.

»Möchten Sie auch Farben? Ich kann welche besorgen. Ich

meine Aquarellfarben … Wasserfarben und Fixativ. Die Kohle ist so brüchig …«

Der Steuermann wirkt verblüfft.

»Das ist nicht nötig, Sir.«

Eine Weile sitzen sie schweigend da. Von den Verkaufsständen des Weihnachtsmarkts am Ufer schwebt ein verführerischer Duft herüber, der Daniel von Apfelkuchen mit Vanillesoße träumen lässt. Er weiß, dass er aus dem neben ihm sitzenden schweigsamen Mann Einzelheiten über die Ereignisse des Heiligabends, nach denen die Leser verlangen, herausholen müsste, aber seine Gedanken bewegen sich auf anderen Pfaden. Er hat William Donoghues Tochter unter den Menschen, die von der Spitze des Wellenbrechers zurückkehren, entdeckt, und sie ist die letzte Person, der er jetzt begegnen möchte.

»Wie gefällt es Ihnen im Seemannsheim unter der Obhut von Herrn Brennan?«, fragt Daniel, um etwas zu sagen.

»Gut, danke. Man kümmert sich sehr gut um uns. Von Kopf bis Fuß.«

Er deutet auf seinen Pullover und seine schwarze Jacke und hebt einen Fuß, damit man den blank polierten Schnürschuh sieht.

»Großartig. So soll es sein.«

Der Mann wickelt seine Kohle in Papier und steckt sie ein. Das hochwertige Zeichenpapier, das er bekommen hat, rollt er zusammen und schiebt es mit den neuen Stiften in die andere Tasche. Zwei katholische Pfarrer stehen vor ihnen, in ein heftiges Gespräch vertieft. Sie haben nicht bemerkt, dass ihre flatternden Soutanen zeitweise dem Künstler den Blick auf sein Motiv verstellt haben.

»Da drüben ist das arme Mädchen wieder auf seinem Posten«, seufzt Daniel. »Sie wissen sicher, wer sie ist?«

Der Skandinavier schüttelt den Kopf.

»Ihr Vater William Donoghue war in dem unglücklichen Rettungsboot. Und ihr Onkel auch, Thomas Donoghue. Eine deprimierende Geschichte, absolut. Morgen findet die Beerdigung statt, und die Leiche ihres Papas ist noch immer nicht gefunden worden.«

Der Mann nickt stumm.

»Haben Sie Kinder, Herr Peterson?«

»Ja. Einen Sohn. Dreieinhalb.«

»Ich habe keine. Und vermisse sie auch nicht allzu sehr. Vor allem, wenn ich das Mädchen sehe. Wie ein Terrier hängt es am geisterhaften Hosenaufschlag des toten Vaters. Eines Tages wird aber auch sie der Wahrheit ins Auge schauen und zugeben müssen, dass ihr Vater nicht mehr nach Hause kommen wird.«

»Genau.«

»Das Los der Seemannskinder, wie? Sie können nicht aufgeben, weil sie von klein auf das Warten gelernt haben. Vielleicht wächst Ihr Junge auch zum kleinen Terrier heran, der jeden Tag in den Hafen rennt, um nachzusehen, ob die weißen Segel Ihres Schiffes endlich am Horizont erscheinen?«

»Vielleicht.«

»Na, Sie kehren heil nach Hause zurück, bevor Ihre Reise noch richtig begonnen hat.«

Der Skandinavier richtet langsam einen unerforschlichen Blick auf ihn. Daniel weiß, dass er dummes Zeug geredet hat und schämt sich dafür. Zu seinem Verdruss bemerkt er, dass sich das Donoghue-Mädchen ihnen mit hüpfenden Schritten nähert.

Vielleicht ist das alles vonseiten des Mädchens nur eine Vorführung, kommt es Daniel in den Sinn. Es ist das berühmteste Mädchen der Gegend geworden und kostet das voll aus. Vielleicht ist der Vater ein brutaler Tyrann gewesen, und die Familie atmet vor Erleichterung auf, weil sie ihn los ist?

Daniel schämt sich für seinen Zynismus und geht dazu über,

dem Steuermann der havarierten Palme von dem zeitgleichen Unglück in der Dungarvan Bay zu berichten, wo die Mannschaft eines auf Grund gelaufenen Schiffes fast komplett ertrunken ist. Nur drei Männer konnten gerettet werden. Dann prophezeit er, dass man die in jeder Hinsicht missglückte Rettungsaktion bei den Ermittlungen mit dem Unglück der Palme vergleichen wird. Nach dem Fall in Kingstown werde man Männer, die sich weigerten, an den Rettungsmaßnahmen teilzunehmen, unter die Lupe nehmen und scharf auf der Held-Feigling-Skala beurteilen.

Wie sich herausstellt, weiß Peterson bereits von der Dungarvan-Tragödie, obwohl es noch nicht in der Zeitung gestanden hat. Aber einer der drei Geretteten traf vor zwei Tagen in demselben Dubliner Seemannsheim ein, in dem Peterson untergebracht ist.

»Tatsächlich? Ich wäre eventuell daran interessiert, mit dem Kerl zu reden.«

Peterson erzählt, der Gerettete sei ein Landsmann von ihm. Er wisse nicht, wie gut er Englisch spreche.

»Na, aber … wann haben Sie vor, nach Dublin zurückzukehren? Sie könnten ja als Dolmetscher fungieren.«

Der Steuermann sagt, er wolle noch nach Merrion gehen, um vor der Flut das dort angetriebene Rettungsboot zu zeichnen.

»Wie wäre es, wenn ich Ihnen die Stelle zeige?«

»Machen Sie sich wegen mir nicht unnötig Mühe, Sir! Ich finde den Weg auch allein.«

»Unsinn. Auch ich will mir das Boot einmal aus der Nähe ansehen. Das ist meine Arbeit. Ich habe gehört, dass das eine oder andere Ding daran fehlt. Angeblich sind sämtliche Kupfer- und Messingteile schon in der ersten Nacht verschwunden. Strandräuber kennen offenbar keine Scham.«

»Das ist bedauerlich. Es erschwert die Untersuchung des Unglücks.«

»Eben. Da würde ich auch gern Ihre Meinung hören. Wie wäre es, wenn Sie nach Ihrem Abstecher nach Merrion ins George kommen, um eine Kleinigkeit mit mir zu essen? Ich meine das Restaurant des Segelclubs, den Bau da drüben.«

»Danke, aber das ist nicht nötig.«

»Aber Sie müssen doch etwas zwischen die Rippen bekommen. Das Ganze ist also abgemacht? Ich lade Sie ein.«

Daniel steht entschlossen auf und wirft seine Zigarette ins glitzernde Wasser. Das Mädchen bleibt vor den beiden Männern stehen und ist enttäuscht, weil sie gehen.

»Hör zu, Mädchen. Solltest du nicht deiner Mutter helfen und dich um deine Geschwister kümmern, anstatt hier untätig herumzustromern?«, fragt Daniel. »Es waren vier, oder?«

»Drei«, korrigiert Sarah, nennt die Namen ihrer Geschwister und erklärt, dass im Moment ihr großer Bruder John, der ein Jahr älter sei, auf sie aufpasse.

»Wohin gehen Sie?«, will das Mädchen seinerseits wissen und hüpft von einem Bein aufs andere.

Daniel wirft einen fragenden Blick auf den Obersteuermann. Was soll man einem Kind in einer solchen Situation antworten? Peterson als Vater müsste es wissen, aber von dem wortkargen Seebären ist in der heiklen Lage keinerlei Hilfe zu erwarten. Was geht es das Gör außerdem an, wo sie hingehen? Weil Daniel nichts Besseres einfällt, sagt er die Wahrheit.

»Wir gehen nach Merrion, um uns die Civil Service anzuschauen.«

Das Mädchen hört auf zu hüpfen.

»Ach, Humpty Dumpty«, sagt es mit schräg gelegtem Kopf.

»Wieso das? Ist Humpty Dumpty nicht der kleine Dicke, der von der Mauer fiel?«

Sarah schüttelt den Kopf. Sie fängt erneut an zu hüpfen und trällert einen Reim:

»Humpty Dumpty versinkt im Meer,
für die Rettungsmänner ist das schwer,
die Männer des Königs zerren und reißen,
doch die Fehlgeburt will sie ins Wasser nur schmeißen …«

»Wo hast du das denn gehört?«, will Daniel wissen.

Das Mädchen antwortet nicht, sondern hüpft weiter.

»Warum wird das Boot Humpty Dumpty genannt?«

»Weil es eine Fehlgeburt ist.«

»Weißt du, was eine Fehlgeburt ist?«

»Ja, ein Ei«, sagt das Mädchen fröhlich, »ein Gänseei!«

Das Mädchen scheint tatsächlich nicht die Bedeutung des Wortes zu kennen, das sie benutzt. Diese Bälger lernen schon in der Wiege das Fluchen, glauben aber, dass ein Engel ihre kleinen Brüder und Schwestern bringt.

»Von wem hast du diesen Reim gehört? Sieh mich an und hör um Himmels willen auf, wie ein Kastenteufel herumzuzappeln!«

Das Kind verstummt und erstarrt auf der Stelle. Daniel greift nach den schmalen Schultern.

»Von wem, Sarah?«

Das Mädchen erschreckt sich so sehr vor dem Ton des Journalisten, dass es plötzlich kurz davor ist, in Tränen auszubrechen.

»Aber nicht doch, Sir«, beschwichtigt Peterson.

Der Obersteuermann kann nicht ahnen, weswegen Daniel das Mädchen so hart anpackt, aber er hat recht, und Daniel lockert den Griff. Was weiß er schon von Kindern? Und was ist das für ein Mensch, der ein kleines Mädchen zum Weinen bringt, dessen Vater gerade erst ertrunken ist? Nur eine Bestie, die vollkommen das Augenmaß verloren hat, kann sich in der Öffentlichkeit so blamieren.

Die ganze Geschichte wird anscheinend zu viel für seine Nerven. Ob grausam oder nicht, das Volk ist schnell dabei, sich Moritaten über schlechte Neuigkeiten auszudenken, und in denen werden die Scheußlichkeiten stets übertrieben. So ist es immer gewesen, und so wird es immer sein. Die Aufgabe des Journalisten hingegen besteht darin, neutral zu schildern, was passiert ist. Und dies herauszufinden ist jetzt die Aufgabe der Untersuchungskommission. Die Sachkenntnis eines Laien reicht da nicht aus. Aber dennoch: eine *Fehlgeburt*!

»Entschuldige, ich wollte dich nicht erschrecken«, sagt Daniel zu dem Mädchen, »der Vers ist … pfiffig, aber auch ein bisschen traurig. Weil es dem armen Humpty Dumpty so schlecht ergeht.«

Daniel setzt so etwas wie ein Lächeln auf und schiebt den Hut nach hinten, um als lässiger Bursche durchzugehen. Sarah sieht ihn noch immer argwöhnisch an.

»Aber mein Vater kann ihn reparieren.«

»Ach ja?«

Daniel nickt Peterson zu, und sie machen sich auf den Weg zum Strand. Dank seiner Fantasiewelt kommt das Kind über das Schlimmste hinweg, und das soll man respektieren. Es scheint der Kleinen aber nicht recht zu sein, dass man sich plötzlich nicht mehr für sie interessiert. Sie trippelt wie ein kleiner Hund neben ihnen her, als wäre der Schrecken vergessen und das Selbstvertrauen zurückgekehrt.

»Humpty Dumpty sah komisch aus, wenn es auf dem Kopf stand«, lacht Sarah.

Komisch? Es ist verständlich, dass der Verlust des Vaters ein Kind dazu veranlasst, sich irgendwie widersinnig zu verhalten, aber das Geplapper dieses Kindes geht allmählich zu weit.

»Deiner Mutter gefällt es bestimmt nicht, dass du in Merrion an den Strand gehst«, sagt Daniel in dem Versuch, onkelhaft zu klingen.

Das Mädchen sagt, es sei auch nicht dort gewesen, erinnere sich aber daran, wie sein Vater und zwei andere Männer das Boot mit einem Apparat auf den Kopf gestellt hätten. Damals war Sommer.

»Was meinst du?«

Das Mädchen erklärt lang und breit etwas von Tauen, Haken, Stützen und Schlaufen und gestikuliert dabei lebhaft. Für Daniel klingt es ebenso unbegreiflich wie das sonstige Geplapper, aber Obersteuermann Peterson nickt.

»Mit der Talje also.«

Daniel sucht Petersons Blick. Man sieht nicht die Spur eines Lächelns in den blauen Augen des Skandinaviers. Und die Feststellung klingt auch nicht nach planlosem Raten, sondern nach einer Schlussfolgerung, die ein Fachmann aufgrund seiner Kenntnisse gezogen hat.

»Sie haben offensichtlich eine Art Kentertest bei dem Boot vorgenommen.«

Daniel hebt die Augenbrauen. Er berichtet von der Aussage eines örtlichen Prüfers, demzufolge mit dem Boot kein einziger Kentertest durchgeführt worden sei, seit es sich hier befinde. Das in der Zeitung abgedruckte Geständnis löste natürlich sofort heftige Attacken gegen eine solche Pflichtvergessenheit aus. Vor allem der jetzige Hafenkapitän und Sekretär der Organisation, ein Mann namens Crofton, war ins Feuer geraten. Der Kapitän war in dieser Hinsicht von den Gepflogenheiten seines Vorgängers abgewichen. Crofton verteidigte sich gegen die Vorwürfe, indem er sagte, er persönlich hätte die Rettungsboote weiterhin regelmäßig getestet, aber aus dem Hauptquartier in London sei die unmissverständliche Anweisung gekommen, mit den Kentertests aufzuhören, da sie unnütz seien.

»Unnütz, Sir?«

»Ja«, sagte Daniel. »Der Grund für das Testverbot war laut

Crofton der, dass die Selbstaufrichtung immer von der Form und der Konstruktion des Bootes abhänge, und dass diese Eigenschaft gründlich und unter Anwesenheit sachkundiger Prüfer getestet worden sei, bevor man das Boot an seinen Bestimmungsort geschickt habe. Und weil sich Form und Konstruktion nach der Fertigstellung des Bootes nicht mehr änderten, könne logischerweise auch die Selbstaufrichtungseigenschaft keiner Veränderung mehr unterliegen.«

Der Obersteuermann sieht ihn an, ohne ein Wort zu sagen.

Je weiter Daniel in seiner Schilderung fortschreitet, desto dümmer klingt sie in seinen eigenen Ohren. Er hatte aufgeregte Briefe, die zu dem Thema an die Zeitung geschickt worden waren, ebenso gelesen wie die gequälten Antworten des in die Enge getriebenen Hafenkapitäns. Daniel hatte trotzdem jedes Mal gedacht, dass er wegen fehlender Fachkenntnisse schlecht Schlussfolgerungen aus den Aussagen treffen konnte. Am wichtigsten war es, sich an die unerschütterliche journalistische Grundregel der Neutralität zu halten. Laut ausgesprochen klangen die Begründungen der Organisation jedoch auch in seinen Ohren idiotisch. Wenn man sie in Frage stellte, war man vielleicht nicht mehr objektiv, folgte aber womöglich der Stimme der Vernunft.

»Laut Kapitän Crofton wurde in den neuen Anweisungen der Organisation hervorgehoben, dass die Boote durch die Kentertests nur unnötigen Belastungen ausgesetzt würden«, fügte Daniel als letzten dürftigen Versuch, glaubwürdig zu klingen, an.

»Unnötige Belastung, Sir? Bei einem Boot, von dem man annimmt, dass es unter allen vorstellbaren Bedingungen seetauglich bleibt?«

»Ja.«

»Vielleicht haben die Besatzungsmitglieder den Kentertest auf eigene Faust gemacht. Ich jedenfalls hätte das getan, wenn ich gewusst hätte, dass ich in dem Kahn meinen A..., also mein Leben aufs Spiel setze.«

»Vielleicht.«

Daniel zieht die Uhr aus der Tasche, öffnet den Deckel und knipst ihn wieder zu. Das Mädchen beobachtet ihn dabei genau.

»Herr Williams hat auch so eine Uhr«, sagt sie.

Sie spricht natürlich vom Kommandanten der Civil Service. Daniel will wissen, welchen sie meint, den Vater oder den Sohn.

»Herrn Williams Senior, Sir. Er hat sie bekommen, weil er so schrecklich viele Menschen gerettet hat.«

»Ach ja?«

»Sie ist auch golden, aber Herr Williams sagt immer, dass Silber besser zu ihm gepasst hätte.«

»Hör mal, Sarah ... Haben da viele Leute zugeschaut, als das Boot umgedreht wurde?«

»Nur ich und Joseph und Tom. Es war bei einem Sommerausflug zu einem Strand, an dem wir noch nie gewesen waren. Mein Vater sagte, es sei der Anleger von Fischern, die er kennt. Wir hatten Proviant dabei.«

Daniel fragt, wer das Boot gedreht hat.

»Na, Papi und Onkel Thomas und noch ein Mann.«

Das Mädchen antwortet eifrig. In der Schule ist es sicherlich eines der Kinder, die der Lehrer nicht schlimmer bestrafen kann als indem er ihnen befiehlt, still zu sein.

»War der dritte Mann auch einer von der Civil Service?«

Das Kind nickt.

Kann sein, dass Peterson recht hat, denkt Daniel, aber wenn es wirklich so ist, wird man die Männer, die den Kentertest gemacht haben, nie mehr fragen können, warum sie ihn gemacht und was sie dabei herausgefunden haben. Natürlich ist es möglich, dass noch jemand von der Sache weiß, aber wie, zum Teufel, könnte man das herausfinden?

Sie sind bei den Verkaufsständen am Ufer angekommen. Aus Kohlekesseln steigen graue Rauchkringel auf, unter den Fett- und Wurstgeruch mischt sich der Duft der Wichse, die von den Schuhputzjungen benutzt wird. Daniel gräbt eine Münze aus der Tasche und gibt sie dem Mädchen. Dieses wirkt erstaunt, umschließt das Geldstück aber fest in seiner kleinen Faust. Die Männer gehen gemeinsam weiter.

»Es war Onkel Thomas«, ruft ihnen das Mädchen nach.

Beide drehen sich um.

»Onkel Thomas hat sich den Reim ausgedacht«, ruft es und rennt mit wehendem Haar die Marie Road hinauf, dem sicheren Zuhause entgegen.

KINGSTOWN, 28.12.1895

Die mit Schiffen auf dem Meere fuhren
und trieben ihren Handel auf großen Wassern,
die des Herrn Werke erfahren haben
und seine Wunder auf dem Meer,
wenn er sprach und einen Sturmwind erregte,
der die Wellen erhob,
und sie gen Himmel fuhren
und in den Abgrund sanken,
dass ihre Seele vor Angst verzagte,
dass sie taumelten und wankten wie ein Trunkener
und wussten keinen Rat mehr,
die dann zum Herrn schrien in ihrer Not,
und er führte sie aus ihren Ängsten
und stillte das Ungewitter,
dass die Wellen sich legten
und sie froh wurden, dass es still geworden war
und er sie zum erwünschten Lande brachte:
Die sollen dem Herrn danken für seine Güte und
für seine Wunder, die er an den Menschenkindern tut.

Psalm 107

Matias

»Sahlman«, ruft der Kapitän im Kommandoton und weist auf den Kinderwagen, in dem Ester mit bettelnd ausgestreckten Armen schreit. Das irische Kindermädchen versucht vergebens, das Kind zu beruhigen.

»Hoch, hoch«, schreit Ester und strampelt die Decke von sich.

»Wenn das Kind so weitermacht, bringt ihr es ins Hotel zurück. Ist das klar?«

Matias nickt und beugt sich über das Kind, um lustige Grimassen zu schneiden, die bei Zornesausbrüchen normalerweise wirken. Das langsame Dröhnen der Glocken von St. Michael ist ein Zeichen dafür, dass alle, die am Trauerzug teilnehmen, sich an die ihnen zugewiesenen Plätze begeben. Frau Siren gibt dem irischen Kindermädchen letzte Anweisungen, bevor sie sich hinter dem Dubliner Polizeimusikkorps und der in Reih und Glied marschierenden vierzigköpfigen Polizei einreihen.

Matias hatte am Morgen gehört, wie der Kapitän zu seiner Frau sagte, der Platz der Offiziere und der Mannschaft der Palme sei an der Spitze des Trauerzugs, und das sei ein gutes Zeichen. Der Junge weiß nicht, was der Kapitän damit gemeint hat. Matias wäre selbst gern bei der Prozession dabei gewesen, aber Frau Siren hat ihn zum Zuschauen verurteilt. Sie sagte, die Veranstalter hätten ausgerechnet, dass der Zug länger als eine Stunde dauern würde, vielleicht sogar anderthalb, und dazu kämen noch die Zeremonien auf der katholischen und auf der protestantischen Seite des Friedhofs, und sie wolle Ester nicht so lange mit dem fremden Kindermädchen allein lassen.

»Herr Kapitän … Frau Siren.« Der Leiter des Seemannsheims weist auf den Trauerzug, wo Steuermann Peterson der Mannschaft bereits befohlen hat, Marschformation anzunehmen.

Nur wenige Meter von ihnen entfernt steht eine Schar kleiner Kinder, von denen Esters Kindermädchen sagt, es seien die jüngsten Kinder der Verstorbenen. Sie nehmen an der letzten Reise ihrer Väter nicht teil, sondern dürfen nur zuschauen, wie sich der Trauerzug abmarschbereit macht und die Zeremonie in Gang gesetzt wird. Danach werden sie von Betreuerinnen nach Hause gebracht, damit sie in der tausendköpfigen Menschenmenge nicht verloren gehen. Der Junge erblickt Sarah Donoghue unter den Kindern. Sie bemerkt ihn ebenfalls und schlängelt sich durch die Menge zu ihm durch.

»Gehst du nicht mit?«, fragt der Junge verlegen.

Sarah schüttelt den Kopf. Sie deutet auf die Kinderschar und erzählt, sie hüte zusammen mit einer Nachbarsfrau ihre kleinen Geschwister. Und was solle sie auch in dem Trauermarsch, wo ihr Vater doch gar nicht tot sei, sondern nur verschollen. Darum gebe es auch keinen Sarg, dem sie folgen könne.

Ester hat angefangen, vor sich hin zu plappern, und Matias beugt sich unter das Verdeck, um ihr Grimassen zu schneiden. Er sagt, gleich werde das Kind juchzen vor Begeisterung.

Auch Sarah späht unter das Verdeck, und Matias hört verwirrt mit dem Grimassenschneiden auf, weil ihm das Mädchen so nahe kommt, dass ihre Wange seine Wange berührt. Matias wünscht sich, der Moment würde ewig dauern, aber das Kindermädchen befiehlt dem fremden Mädchen zornig, sich vom Kinderwagen der Kapitänstochter fernzuhalten.

»Du bist also auch auf die Zuschauerränge verwiesen worden.«

Neben Matias ist der Journalist aufgetaucht, dieser Herr Ford, der ihn für die Zeitung befragt hat.

»Mit mir hat man die gleiche Gemeinheit gemacht«, sagt der Mann. »Offenbar befürchtet mein Chef, ich würde mir lauter unangemessene Sachen zusammenreimen oder den erhabenen Charakter der Trauerfeier nicht genügend preisen. Da täuscht er sich allerdings. Aber selbstverständlich würde ich mich nicht zu solchen Banalitäten aufschwingen wie meine so genannten erfahreneren Kollegen, deren Texte deine Herrschaften morgen in der Irish Times lesen dürfen. Stattdessen habe ich diese neue amerikanische Kamera hier.«

Matias schaut auf den Gegenstand in Herrn Fords Hand. Es ist ein Kasten in der Größe von ungefähr zwei Ziegelsteinen.

»Das hier ist eine Kodak von Eastman, mit der man leicht von allem Möglichen Bilder machen kann, und ich habe vor, mit meiner Kodak die Beerdigung zu fotografieren. Weiß der Teufel, ob eine Zeitung die Bilder veröffentlichen wird, aber jedenfalls existieren sie dann.«

Matias nickt und nimmt eine zur Situation passende aufrechte Haltung ein.

Herr Ford bedeutet ihm, auf die Männer in den dunklen Anzügen zu schauen, die auf der Treppe des Rathauses stehen und die Hüte abnehmen, als die Stadtfahne herbeigetragen wird, um den ersten Leichenwagen abzudecken. Auch Matias nimmt die Mütze ab. Der Journalist verfolgt die Situation durch den Sucher seiner Kamera und flüstert, einer der Männer sei der Bürgermeister von Dublin, und der neben ihm stehende Leutnant, der bei der Beerdigung Vizekönig Cadogan vertritt, sei eigentlich der Sohn des »miesen Schwänzers«, und bei dem dritten »Wichtigtuer« handle es sich um den reichen Kaufmann Adam Findlater, der auch der Vorsitzende der Handelskammer von Kingstown sei.

Der Journalist blickt in sein Notizbuch und erklärt, auf dem ersten Wagen werde die Leiche von Alexander Williams, dem

Steuermann der Civil Service no. 7, befördert. Danach kämen die Gespanne mit den anderen Toten. Die vierzehnte Kutsche sei ohne Sarg, aber voller Kränze und Erinnerungsgegenstände. Sie symbolisiere die fehlenden Leichen.

Das Kindermädchen rückt näher heran, um zu verstehen, was der Mann sagt. Dieser sieht seine Notizen durch und erklärt die Marschordnung: hinter der Mannschaft von der Palme würden die Besatzungen der anderen Rettungsboote von Kingstown gehen. Zuerst die Jungs von der Hannah Pickard, dem Kahn, der gekentert sei und unverrichteter Dinge habe umkehren müssen. Nach ihnen die Helden von »Glückspilz Tearagh«, angeführt vom stolzen Kapitän McCombie. Dann folge die »gemischte Gemeinde«, städtische Beamte und zu Hunderten Seenotretter der umliegenden Städte, Fischer und Segelclubmitglieder. Die »knackigen Kerle in den blauen Jacken« seien Marineoffiziere und die nach ihnen gehenden Uniformierten Mitglieder der Feuerwehr. Erst dann kämen die Leichenwagen, gefolgt von den Hinterbliebenen, dreizehn Gespanne.

»Die großen Bonzen müssen auch nicht zu Fuß gehen, wie du sicher schon erraten hast.«

Matias nickt. An die großen Bonzen hat er gar nicht gedacht, er ist sich nicht einmal darüber im Klaren, was mit dem Ausdruck gemeint ist. Ihn irritiert mehr als genug die Tatsache, dass ein Erwachsener mit ihm spricht wie mit seinesgleichen. Ihm kommt nicht in den Sinn, dass dieser Mann gar nicht in der Lage ist, mit Kindern anders zu reden.

»Ich frage mich nur, wie die alle auf den Friedhof passen sollen«, sagt Herr Ford kopfschüttelnd.

Der Trauerzug nimmt jetzt bereits die Marine Road in ihrer ganzen Länge vom Hafen aus ein, und die Menschenmassen, die seit dem Morgen aus den Eisenbahnwaggons gestiegen sind, bevölkern die Gehsteige und Straßenränder.

Die Kirchenglocken sind verstummt, und das Polizeimusikkorps setzt mit dem Trauermarsch ein. Langsam setzt sich der Zug in Richtung Friedhof in Bewegung. Sarah hat sich wieder durch die Menschenmenge zu ihnen hindurch geschlängelt. Sie hält ihren kleinen Bruder an der Hand und stößt Matias in die Seite.

»Da ist deine Herrin, die Frau des Kapitäns.«

Der Junge erstarrt auf der Stelle.

»Ist sie eine Russin? Oder eine Finnin?«

Matias bleibt stumm.

»Da stellst du dem Jungen aber eine komplizierte Frage, liebes Fräulein«, mischt sich der Journalist ein.

Das Mädchen nickt.

»Weißt du, die Finnen sind eigentlich Russen. Andererseits sind sie es auf keinen Fall und wollen es vielleicht auch nicht sein. Ein bisschen so wie du sowohl Irin als auch Engländerin bist.«

»Ich bin keine Engländerin, sondern Irin, Sir«, braust das Mädchen auf.

»Aber dein Vater ist unter dem Union Jack gesegelt, oder?«

»Und das tut er immer noch! Mein Vater ist ein waschechter Ire und sonst nichts, Sir!«

Der kleine Bruder erschrickt vor dem Zorn seiner Schwester, seine Unterlippe fängt an zu zittern, und das kleine Gesicht verzieht sich zum Weinen. Sarah geht in die Hocke und umarmt den Kleinen inständig.

»Verzeihung«, sagt Herr Ford. »Dein Vater war ein großer irischer Held. Oder ist es. Ich bitte um Verzeihung.«

Das Mädchen wirft ihm einen überraschten Blick zu, ihre Mundwinkel heben sich zu einem triumphierenden Lächeln, als sie wieder aufsteht. Ihr kleiner Bruder hat sich beruhigt und verfolgt mit großen Augen die langsam vorbeiziehende Prozession mit den großen Pferden. Eine solche Menge an Pferden und so prächtige Kutschen hat man auf diesen Straßen noch nicht gesehen.

Der Sturm vom Vormittag hat sich vollkommen gelegt, aber es ist noch immer nasskalt und bewölkt. Das Kindermädchen sagt, sie müssten ins Hotel, sobald sich die Menschenmenge aufgelöst habe und die Marine Road wieder frei sei. Sonst werde das arme Kind noch todkrank.

»Sir«, ruft Sarah dem Journalisten zu. »Der Mann, nach dem Sie gefragt haben, ist da drüben!«

Sie zeigt auf eine Reihe mit Männern aus den anderen Rettungsbooten. Daniel blickt in die Richtung, in die Sarah zeigt.

»Der da? Minuten-Caffrey?«

Ford wendet sich an den Jungen.

»Das ist der zweite Steuermann der Civil Service, der die Abfahrt um eine Minute verpasste. Daher hat er diesen grotesken Spitznamen bekommen. Was ist mit ihm, Sarah?«

»Sie haben nach den Männern gefragt, die im Sommer mit meinem Papi das Boot umgedreht haben«, sagt das Mädchen. »Er ist einer von ihnen.«

»Bist du dir sicher?«

Sie nickt, und Ford zieht Notizbuch und Bleistift aus der Tasche.

»Und du bist dir auch sicher, dass dein Onkel sich den Spottvers ausgedacht hat?«

»Garantiert.«

»Wenn das so ist, dann gab es den Vers schon vor dem Unglück.«

Matias versteht nicht, wovon der Mann spricht.

»Komm jetzt endlich, Sarah!«

Ein Junge von vielleicht zehn Jahren hat sich durch die Menge gedrängt und zerrt das Mädchen am Arm.

»Nein! Lass mich los!«

Der Junge zischt Sarah etwas ins Ohr, aber sie schüttelt den Kopf.

»Hörst du nicht, junger Mann, lass das Mädchen in Ruhe«, sagt der Journalist.

Der Junge macht kehrt und verschwindet in der Menschenmenge. Sarah erklärt, es sei ihr Cousin William gewesen, der auch nicht am Trauerzug teilnehme, obwohl der Sarg mit Onkel Thomas auf die letzte Reise gebracht werde. Das komme daher, dass der Cousin nicht bereit sei, sich auch nur einen Zoll in einem Gefolge voranzubewegen, in dem es auch Finnen gebe. Tante Rachel habe sich den ganzen Morgen die Augen ausgeweint, sei gegen ihren Sohn aber nicht angekommen. Die Tante habe zu Sarahs Mutter gesagt, aus William würde noch ein richtiger Nichtsnutz werden, weil er sich mit Jungen abgebe, die schlechte Manieren hätten. Richtige Gauner wären das, habe die Tante behauptet.

Der Journalist nickt zerstreut und schiebt sich, ohne sich zu verabschieden, in die Menge. Plötzlich brandet ein Donnerhall auf, weil alle Kirchen der Stadt in derselben Sekunde anfangen, ihre Glocken zu läuten. Die schwarzen Gespannpferde zucken zusammen und drehen die Ohren nach hinten. Erschrocken von dem Lärm fängt Ester in ihrem Kinderwagen an zu schreien. Das Kindermädchen weist in Richtung Hotel, um zu zeigen, dass es Zeit wäre zu gehen, und schickt sich an, sich mit dem Kinderwagen einen Weg durch die Menge zu bahnen.

Im selben Moment spürt Matias einen stechenden Schmerz in der Seite, und er wird gegen die Wand des Rathauses gedrückt. Drei große Jungen bilden eine Mauer, und William schlägt ihm mit den Fäusten gegen die Brust und ins Gesicht. Als Matias die Arme hebt, um sein Gesicht zu schützen, schlägt ihm der andere Junge in den Magen, und Matias krümmt sich schmerzhaft.

»Hört sofort auf!«, sagt eine Frauenstimme wütend. Matias sieht unter den Armen hindurch, wie eine schwarz gekleidete dicke Frau die Jungen mit ihrem Regenschirm davonscheucht. Die Jungen weichen zurück, aber William tritt Matias noch gegen das Bein und deutet auf die Särge, die sich entfernen.

»Das Blut meines Vaters schreit nach Rache«, zischt er. »Pass bloß auf, Finne!«

DÚN LAOGHAIRE, STEPHANSTAG, 26. DEZEMBER 2012

Schwimmfähigkeit und Stabilität sind die wichtigsten Eigenschaften eines Schiffes. Die Bestimmung der Schwimmposition, also mit anderen Worten der Trimmung und Neigung von Tiefgang und Winkelposition sowie des Neigungswinkels in Längs- und Querrichtung, ist sowohl beim Entwurf eines Schiffes wie auch im praktischen Gebrauch äußerst wichtig. Sie wirkt sich maßgeblich auf die Sicherheit und die Verwendungsweise des Schiffes aus.

Jerzy Matusiak, *Einführung in die Transportmitteltechnik. Stabilität und Hydrodynamik des Schiffes*

Das Leben in der Stadt ist fast in normale Bahnen zurückgekehrt, auch wenn noch Feiertag ist. Der Boxing Day, wie die Engländer sagen. Für die katholischen Iren ist es St. Stephen's Day. Im Einkaufszentrum haben die Geschäfte geöffnet, der Winterschlussverkauf beginnt. Ich hatte Lust, mich ein bisschen in Kleidergeschäften und Boutiquen umzusehen, in denen man vielleicht zu günstigen Preisen verspätete Weihnachtsgeschenke für die Familien meiner Söhne finden könnte. Wir einigten uns darauf, dass Mikko in den Pub neben dem Einkaufszentrum ging, der im Fenster mit seinem Cloudservice Reklame machte. Ich gab ihm meine ganze Arbeitsmappe, aus der in allen Einzelheiten hervorging, was ich bereits über die Fregatte Palme wusste: gebaut in John Taylors Werft in Boston, Stapellauf im April 1866 und getauft auf den Namen Frederick Tudor. Axel Erik Siren kaufte das Schiff am 03.02.1893 in Bremen für 22 000 Deutsche Mark. Als es die Segel für seine letzte schicksalhafte Fahrt setzte, hatte es sich also erst drei Jahre in Sirens Besitz befunden. Besonders interessierte mich, dass für die Fahrt von Turku nach Åland der Reeder Erik Siren selbst als Kapitän verzeichnet war, von dort an aber war als Kapitän Johannes Peterson und als Obersteuermann Oskar Siren eingetragen worden.

Wieso hatte sich der junge Siren in dem Moment zum Kapitän gewandelt, als die Mannschaft gerettet wurde? Mikko nahm an, dass Peterson der so genannte Flaggenkapitän war. Wahrscheinlich, weil der Sohn des Reeders aufgrund seines jungen

Alters noch nicht das offizielle Kapitänspatent innehatte. Dieses wurde jedoch vom Kommandanten eines Schiffes, das den Atlantik befuhr, verlangt, eigentlich schon unmittelbar nach dem Passieren der dänischen Meerengen. In alten Kapitänsmatrikeln würde man vermutlich genauere Informationen finden. Ich gab Mikko einige Links, über die ich selbst die Basisinformationen zusammengetragen hatte, ahnte jedoch, dass er lieber auf eigene Faust recherchieren würde. Vielleicht würde er auch Kameraden anrufen!

Es war schön, dass Mikko gute Laune hatte und offensichtlich an dem Thema interessiert war. In der Nacht hatte er wieder im Schlaf geschrien und damit die Bewohner von mindestens drei Stockwerken aufgeweckt. Als ich versuchte, ihn zu beruhigen, hörte er auf zu schreien, starrte mich aber mit blinden Augen an, vollkommen verschwitzt vom Schmerz.

»*Where are the little misters! Où sont les petits messieurs? Où? Where? Where?*«

Immer wieder fragte er nach den kleinen Herren, und ich versicherte ihm, sie wären in Sicherheit und gut aufgehoben. Schließlich gelang es mir, ihn zu beruhigen. Wie üblich konnte sich Mikko am nächsten Morgen nicht mehr an seinen Albtraum erinnern. Jedenfalls behauptete er das. Es stellte sich heraus, dass er die Medikamente, die ihm vom Arzt »sicherheitshalber« verschrieben worden waren, gar nicht mitgenommen hatte, weil er nicht »wie ein Zombie herumlaufen« wollte. Auch sonst lehnt er Medikamente strikt ab: nichts gegen Kopfschmerzen, überhaupt keine Schmerzmittel, nicht einmal als er sich, während wir noch verlobt waren, bei der Arbeit am Hausdach seines Vaters mit dem Hammer auf den Daumen geschlagen hatte. Natürlich löste sich der Fingernagel nach zwei Wochen, und ein neuer wuchs nach, der in der Mitte eine kleine Erhebung hat. Diese streichle ich nachts oft mit meinem Daumen.

In der einen Hand die große Tüte eines Sportgeschäfts, in der anderen den klatschnassen Regenschirm, betrat ich den Pub, aber Mikko war nicht da. Ich erkundigte mich beim Barkeeper, ob er einen Mann in grauem Mantel und verwaschenen Jeans mit Computer gesehen habe. Der Ire zwinkerte und sagte, Männer, die sich in Pubs verirrt hätten, würden über kurz oder lang immer wieder auftauchen.

Ich zog das Handy hervor, aber die Verbindung klappte nicht. Das ist an sich nichts Ungewöhnliches in diesem Land. Manchmal stockt es in der Leitung, wenn man von einem finnischen Anschluss aus einen anderen finnischen Anschluss anruft. Trotzdem machte ich mir Sorgen. Ich rief unseren Jüngsten in Finnland an und bat ihn, seinen Vater anzurufen. Dabei versuchte ich möglichst sorglos zu klingen, klagte über die örtlichen Mobilfunknetze und erkundigte mich, wie es gehe. Bestimmt ahnte der Junge trotzdem meine Verfassung. Wenig später rief er zurück. Sein Vater saß am vereinbarten Treffpunkt und wunderte sich, wo zum Teufel ich steckte. Der Junge nannte den Namen des Pubs und die Koordinaten, die sein Vater von seinem Navi abgelesen hatte: »50.30 Northern latitudes, 6.14 Western longitudes.« Ich rannte wieder in den Regen hinaus und folgte den Anweisungen des Jungen, nicht denen seines Vaters.

Dort saß Mikko tatsächlich an einem Ecktisch im fast leeren Pub und schüttelte den Kopf, als er mich sah. Vor ihm stand ein Glas Bier, das er noch nicht angerührt hatte. Er fand viel Gefallen an dem kupferbraunen örtlichen Bier, das überall in hohen Gläsern serviert wurde, auf denen natürlich ein Segelschiff abgebildet war. Ich suchte nach einem Schirmständer neben der Tür, aber es gab keinen.

»Meiner Meinung nach haben wir ausgemacht, dass du da drüben hingehst, wo die Cloudservice-Reklame hängt«, sagte ich.

»War das deine Landmarke? Da hätten wir auch ein Guinness-Schild nehmen können.«

Er drehte mir den Computerbildschirm hin. Auch darauf war ein Segelschiff zu sehen. Ich hielt es zunächst für die Palme, von der Siren in Liverpool ein Kapitänsbild hatte malen lassen. Aber nein.

»Schau dir das an!«

Die stolze Zwillingsschwester der Palme, tatsächlich. Schöne Linie, schwarzer Rumpf, drei hohe Masten mit geblähten viereckigen Segeln.

»Was für eine Schönheit, nicht wahr? Und was für eine Ähnlichkeit.«

Er schlug meine Mappe auf, deren erste Seite ein Bild der Palme zierte.

»Die Ähnlichkeit ist nicht zu leugnen.«

Mikko hatte herausgefunden, dass die Palme tatsächlich im Todesjahr von Frederic Tudor entsprechend seiner in Auftrag gegebenen Pläne fertiggestellt wurde. Daher komme der ursprüngliche Name, erklärte er. Ich müsse verstehen, dass Tudors Schiffe eine besondere Konstruktion gehabt hätten, weil sie für eine bestimmte Fracht vorgesehen gewesen seien.

»Nämlich …?«

»Etwas Geduld, meine Dame, eins nach dem anderen!«

Er musste alles der Reihe nach erklären dürfen. Eine eingefleischte Gewohnheit, an die ich mich allmählich gewöhnt haben sollte. Die Palme war in Boston gebaut worden, in einer der weltweit höchst angesehenen Städte im Schiffbau. Und die 1860er Jahre waren das goldene Zeitalter der Bostoner Segelschiffe.

»Hat die gnädige Frau jemals Richard Henry Danas Klassiker *Zwei Jahre vorm Mast* gelesen?«

»Bestimmt wird die junge Dame es bei der nächsten Gelegenheit nachholen«, entgegnete ich.

»Bei der Palme und ihrem Schwesterschiff waren die Rippen aus Eisen und das stehende Gut aus verzinkten Stahlseilen. In den 1860er Jahren waren finnischen Schiffsbauern Hanfseile noch gut genug als Wanten und Stagen und als Schiffsrippen natürlich gebogene Bäume, die sie im Wald fanden. Die Palme war das älteste Segelschiff mit Eisenrippen, das nach Finnland geholt wurde.«

»Mehr Festigkeit?«

»Genau, aber auch mehr Laderaum.«

»Und das gefiel unserem habgierigen Åländer?«

»Auch das. Aber vor allem waren Tudors Schiffe tatsächlich stabil genug gebaut, um die Verhältnisse der arktischen Ozeane und die Stürme auf den Gewässern um Kap Horn auszuhalten. Tudor transportierte seine Ware auch nach Kalifornien, und dafür musste man Kap Horn umfahren. Bei einem voll beladenen Schiff drohte der Schwerpunkt wegen der Art der Ladung zu weit oben zu liegen, und darum mussten Rumpf und Takelage den Drehkräften standhalten, die von dem schweren Ballast, der eigentlichen Ladung und der Takelage verursacht wurden.«

Ich bat ihn, ausnahmsweise auf die technischen Informationen zu verzichten und die Abkürzung zu der Besonderheit der Fracht zu nehmen.

»Und danke, dass du gefragt hast, ich nehme auch ein Bier!«

Mikko hob die Hand in Richtung des bärtigen, rotwangigen Barkeepers, zeigte sein Glas und deutete mit dem Finger auf mich. Der Bärtige hob den Daumen.

»Also, für welche kostbaren Frachten wurde die Palme gebaut?«

Mikko beugte sich langsam und überlegt hinter meine Rückenlehne und zog den Regenschirm hervor. Von dessen Metallspitze ließ er Wasser in die hohle Hand tropfen und streckte sie mir hin.

»Für das hier«, sagte er.

»Wasser?« Ich musste lachen. »Besteht das Grundprinzip der Seefahrt nicht darin, dass das Wasser hauptsächlich außerhalb des Schiffes bleibt?«

Er lächelte kopfschüttelnd über meine dumme Bemerkung, wohl wissend, dass ich ihm eine faire Chance gab, mit seinen frischen Erkenntnissen zu glänzen.

Genau darin liege die Genialität von Tudor, erklärte er. Seine neue, umwälzende Geschäftsidee sei es gewesen, Wasser in festem Zustand zu transportieren: Eis. Genies würden einfache Dinge vor ihrer Nase sehen, die andere Leute nicht sähen. Vermutlich habe der Mann beim Eisangeln auf einem zugefrorenen See in Massachusetts gesessen oder habe Kindern beim Schlittschuhlaufen zugeschaut, als er seinen großen Geistesblitz bekam. Wo die Nachbarn nur die winterliche Kälte ausstrahlende Eisdecke eines kleinen Sees im Nordosten der USA gesehen hätten, habe Tudor ein Vermögen gesehen. Und er sei sofort überzeugt gewesen. Das Eis würde ihn unanfechtbar und wahnsinnig reich machen. Die Frage sei nur gewesen, wie man es von dort, wo es zu viel davon gab, dorthin transportierte, wo man fast jeden Preis dafür bezahlen würde.

Allmählich füllte sich der Pub mit anderen Weihnachtsurlaubern, und immer wenn die Kellner aus der Küche kamen, strömte der Geruch von Pommes und Fleisch in den Gastraum. Ich hatte Lust, etwas zu essen. Die Auswahl war begrenzt, also bestellten wir Hamburger. Ich stapelte die Mappen und Hefte aufeinander, damit das Essen überhaupt auf den Tisch passte.

»Nur keine Hektik!«, sagte Mikko.

Er schlug eine Mappe auf und blätterte in den Fotokopien einiger Briefe, die Sirens Familie hinterlassen hatte. Mikko sagte, anfangs habe er gedacht, dass Erik Siren die Palme wohl kaum gekauft habe, um damit Eis zu transportieren. Nach der Lektüre der Dokumente war er jedoch zu einem anderen Schluss gekommen. Im Briefwechsel von Vater und Sohn fänden sich interessante Stellen mit Ladeplänen und Zeichnungen von der Nutzung des Rumpfs. Zumindest ginge aus ihnen hervor, dass sich Siren bewusst gewesen sei, was er für ein Schiff gekauft habe: ein Segelschiff, das genau dafür ausgerüstet war, zu Blöcken gesägtes Eis zu transportieren. Immerhin gebe es in Finnland im Winter unbegrenzte Mengen davon, auch in Åland.

Und das habe man nicht einmal bis in die Tropen transportieren müssen. London habe schon genügt. In den 1890er Jahren sei in den Städten Europas unendlich viel Eis für die Lagerung von Lebensmitteln und Rohstoffen benötigt worden, in Brauereien, auf Fischmärkten, in Schlachthöfen und Markthallen, und natürlich auch auf den Tafeln der vornehmen Herrschaften. Die maschinelle Herstellung von Eis sei noch nicht erfunden worden, Natureis die einzige Möglichkeit gewesen. Und eigentlich sei es ein bisschen peinlich, dass wir Bewohner eines Reiches aus Eis und Schnee diese grundlegende Erkenntnis irgendwelchen habgierigen Amis überlassen hätten.

Mikko hob sein Glas.

»Die Langsamkeit der Engländer in dieser Angelegenheit ist verständlich. Die hatten sich seit Jahrhunderten damit zufriedengegeben, warmes Bier zu trinken. Aber wenn die Rotnacken in Alabama nach einem schweißtreibenden Arbeitstag von ihren Baumwollfeldern zurückkamen, wollten sie ihr Bier kalt haben, verdammt noch mal. Darum musste spätestens dann, als die ehemaligen Sklaven Lohnarbeiter geworden waren, die am Samstagabend ihr kaltes Getränk brauchten, Eis in die südlichen Teile der Vereinigten Staaten transportiert werden.«

Mikko hatte noch mehr Neuigkeiten. Er hatte eine E-Mail an einen pensionierten Seekapitän geschrieben, und dieser, ein Mann namens Mikkola, hatte mit seiner Antwort einen Auszug aus einem alten Kapitänsverzeichnis geschickt. Sirens Sohn hatte sein Patent tatsächlich erst zwei Jahre nach der Havarie bekommen, im Jahr 1897.

»Oskar Siren ist also als eine Art Instant-Kapitän aufgetreten?«

»So könnte man es nennen … nachdem sie gerettet worden waren. Man darf nicht vergessen, dass damals sämtliche Hilfsleistungen und Entschädigungen, die mit dem Schiff und dessen Besatzung zu tun hatten, dem Kapitän direkt auf die Hand gezahlt wurden. Der Kapitän war im Hafen ein Geschäftsmann, der seinen Reeder vertrat.«

»Was war dann Petersons Rolle gewesen?«

»Vertrauensmann. Wahrscheinlich war Peterson seinem Arbeitgeber gegenüber absolut loyal. Sein Auftrag war heikel: den Kronprinzen anleiten, ihm Befugnisse überlassen, aber gleichzeitig schauen, dass alles gut und sicher läuft. Nach der Abreise des alten Siren lag die Palme länger als einen Monat in einer Werft in Liverpool, und dort lernte der Sohn offenbar, wie ein Kapitän in einem der größten Häfen der Welt agiert.«

»Und auf See? Wer übte da die Macht des eigentlichen Kommandanten aus?«

»Es sieht so aus, als wäre der junge Siren als Kapitän aufgetreten, aber auf allen offiziellen Dokumenten liegt die Befehlsgewalt weiterhin bei Peterson, weil nur er über die nach dem Seerecht erforderliche Eignung verfügte, das Schiff zu kommandieren.«

Ich fragte mich, was die Crew von einer solchen Zweiteilung gehalten haben mochte. Sollte die Macht eines Schiffskommandanten nicht uneingeschränkt sein? Auf hoher See kommt der Kapitän gleich nach Gott.

Mikko vermutete, dass die Seeleute zur damaligen Zeit gar keine Gelegenheit gehabt hätten, sich über so etwas den Kopf zu zerbrechen, außerdem habe der Kommandant nie direkt mit ihnen kommuniziert. Es habe eine Befehlskette gegeben. Das Mandat des jungen Siren beruhte darauf, dass er als Vertreter des Reeders, also seines Vaters, auftrat, und das hatte Peterson hinzunehmen, ob er das nun als demütigend empfand oder nicht. Mikko vermutete, der Lohn habe nach dem wirklichen Titel bezahlt werden müssen, was ein beträchtlicher Anreiz gewesen sein dürfte.

»Aber wer von den beiden Kapitänen hatte die Verantwortung inne, als es zu dem Unglück kam und fühlte sich deswegen womöglich schuldig?«

»Schuldgefühle kann man auch haben, wenn man nicht verantwortlich ist.«

»Was meinst du damit?«

Mikko antwortete nicht. Er hob meinen Regenschirm auf und brachte ihn zur Tür. Nachdem er eine Weile ungeschickt damit hantiert und ihn endlich an die Wand gelehnt hatte, wie es sich gehörte, kehrte er an den Tisch zurück und war bereit, mit seinen Spekulationen weiterzumachen.

Er hielt es für wahrscheinlich, dass Peterson als erfahrener Seemann bei den herrschenden Wetterverhältnissen Liverpool nicht verlassen wollte. Sie waren aber trotzdem ausgelaufen. Vermutlich auf Anweisung des jungen Siren. Dieser wiederum folgte dem Befehl seines geldgierigen Vaters. Man durfte es sich nicht im Hafen gemütlich machen, »Zeit ist Geld«, lautete gewiss das Motto des alten Siren, wie auch der Händler und Reeder in Boston. Aus demselben Grund war der junge Kapitän auch nicht bereit, nach Liverpool zurückzukehren, als der Sturm immer stärker wurde, und Peterson konnte ihn nicht umstimmen. Eindeutig die falsche Entscheidung, die dann zu der fatalen Havarie führte.

Der eigentliche Schuldige sei in diesem Fall wohl Vater Siren gewesen, überlegte Mikko. Er habe mit seinem Geiz die unklare und illegale Situation herbeigeführt. Er habe den Kuchen essen und zugleich aufbewahren wollen. Als Kontrollfreak habe er sich in die Befehlsverhältnisse eingemischt, was auf See lebensgefährlich sein kann. Aber selbstverständlich müsse ein Mann letzten Endes immer selbst überlegen, welche Befehle er befolge und welche nicht.

Ich versuchte auf unser morgendliches Gespräch zurückzukommen und ihm erneut eine Antwort auf die Frage abzuringen, ob es auf See nie zu einer Situation kommen könne, in der die Befehlsgewalt des Kapitäns in Frage gestellt werde. Wenn der Kapitän zum Beispiel das Gesetz bricht, wenn er betrunken ist oder krank wird. Oder wenn er Entscheidungen trifft, die eindeutig verhängnisvoll sind, wenn er etwa absichtlich auf einen Stein zuhält.

Mikko sagte, er kenne die Regeln der Handelsflotte nicht, glaube aber, dass es für solche Fälle die entsprechenden Paragrafen gebe. Auf Anhieb könne er nicht sagen, was sie besagen könnten. Zumindest sei der Steuermann berechtigt, eine Entscheidung des Kapitäns anzufechten und zu verlangen, dass seine Meinung ins Logbuch aufgenommen wird. Dennoch müsse er gehorchen. Ansonsten handele es sich um Meuterei, was von je her ein schweres Vergehen sei, das oft die Todesstrafe zur Folge gehabt habe.

»Wie ist das auf einem Kriegsschiff?«

Mikko nahm dazu nicht weiter Stellung, sondern sagte, die Leute des Grenzschutzes seien dem Innenministerium unterstellt und keine Soldaten.

»Und als du als Militärberater im Kosovo warst, wie sahen die Befehlsverhältnisse da aus? Warst du da auch Beamter?«

Mikko interessierte sich plötzlich für das Segelschiff auf dem Bierdeckel und drehte ihn hin und her. Ich hatte die Stimmung verdorben. Und auch noch mit Absicht. Ich wusste, dass er über diese Zeit schlicht und einfach nicht sprechen wollte. Ich wusste, dass ich einen wunden Punkt berührte und tat es trotzdem. Es kränkt und nervt mich, dass er noch immer nicht bereit ist, seine Erfahrungen bei den Auslandseinsätzen, vor allem im Kosovo, mit mir zu teilen.

Diesmal antwortete er immerhin auf die Frage, wenn auch kurz. Wenn er mit einer Patrouille unterwegs war, musste er dem Oberstleutnant gehorchen, der die Patrouille anführte und zur finnischen KFOR-Abteilung gehörte, obwohl dieser vom Rang her mehrere Grade unter ihm stand. Die Befehlsverhältnisse hängen von der Situation, dem Auftrag und den Befugnissen ab. So kann ein Feldjäger im Wachdienst einen General anhalten, und der General hat ihm zu gehorchen.

Ich hätte gern weitere Fragen gestellt, aber vielleicht war es besser, für das Wenige dankbar zu sein und klüger, wieder zu der hundert Jahre zurückliegenden Tragödie zurückzukehren. Der Barkeeper unterbrach uns, indem er die Hamburger brachte. Dazu gehörte ein riesiger Berg Pommes Frites, aber der Salat bestand lediglich aus einem Löffelvoll Kohl mit Mayonnaise. Die Frikadelle aus irischem Aberdeen-Angus schmeckte jedoch ausgezeichnet.

»Wem bist du anlässlich des Zweiten Weihnachtsfeiertags noch mit deinen Fragen auf die Pelle gerückt?«

»Niemandem, Ehrenwort, aber Rainio hat eine Mail geschickt.« Mikko nahm erneut den Laptop zur Hand und öffnete den Anhang von Rainios Mail. Es war ein Artikel aus der Zeitschrift *Der Seenotretter* mit der Überschrift »Kentertest von PV 5 geglückt«. Zu dem Artikel gehörte eine Fotoserie, wie sie in der RNLI-Station an der Wand hing. Auf dem ersten Bild war ein großes Rettungsboot mit Hilfe eines Krans umgedreht worden. Auf dem letzten Bild sah man, dass es sich wieder in die richtige Position gedreht hatte.

In dem Artikel hieß es, dass man schon Ende des 19. Jahrhunderts in Großbritannien damit begonnen habe, die Selbstaufrichtung von Rettungsbooten zu überprüfen. Mikko sagte, laut Vorschrift hätte auch mit der Civil Service no. 7 ein solcher Sicherheitstest durchgeführt werden müssen.

»Aber das ist nicht passiert.«

Mikko blickte vom Laptop auf.

»Hä?«

»Das ist nicht passiert.«

Am Morgen, als Mikko noch schlief, war ich mit den Zeitungsausschnitten aus der Irish Times bis zum Stephanstag vorgedrungen, an dem im Zusammenhang mit der Identifizierung der Leichen die offizielle Untersuchung des Unglücks aufgenommen wurde. Ich kramte meine mit der Hand geschriebene Rohübersetzung der Stellungnahme der Jury heraus und las sie vor:

»Mit Befriedigung haben wir zur Kenntnis genommen, dass die offizielle Untersuchung der Eigenschaften des Unglücksbootes möglichst bald in die Wege geleitet werden soll, da keine Erklärung für die Tatsache geliefert worden ist, warum sich das Boot nicht in die richtige Position zurückgedreht hat. Regionalinspektor Hall, der als Vertreter der Seerettungsgesellschaft anwesend war, sagte, die Civil Service no. 7 sei das einzige Boot der Seerettungsgesellschaft gewesen, das er innerhalb der letzten fünf Jahre nicht getestet und überprüft habe. Diese Tatsache ist äußerst ernst zu nehmen und muss von dem verantwortlichen Untersuchungsausschuss gründlich untersucht werden. Hall gab zu, dass besagter Umstand zweifellos den Eindruck eines unfassbaren Versäumnisses mache. Was die Besatzung des Bootes anging, wollte er zur Aussage bringen, dass man keine bessere hätte zusammenstellen können, auch wenn man die gesamte Insel Mann für Mann durchgekämmt hätte.«

»Was, zum Teufel? Zeig her …!«

Mikko riss mir aufgeregt das Notizbuch aus der Hand, obwohl ich Zweifel hatte, dass er meine Schrift lesen konnte. Ich merkte, dass wir von den Nebentischen beäugt wurden, wahrscheinlich rechnete man mit einem Ehestreit. Ich schlug vor, abzuhauen und unser Seminar im Hotelzimmer fortzusetzen. Mikko hielt das für eine gute Idee, wollte zum Nachtisch aber noch einen Kaffee, um seine grauen Zellen zu stimulieren. Während wir auf den Kaffee warteten, nahm ich die Postkarten mit alten Irland-Motiven aus der Handtasche, die ich an Bekannte verschicken wollte.

»Sieh dir das mal an!«

Auf dem Schwarzweißfoto balancierten zwei kleine, etwa vier-, fünfjährige Jungen in bis zum Knie reichenden Hosen auf Bierfässern, ein dritter lehnte am Fenster eines Ladens und aß mit leicht gelangweilter Miene einen Apfel.

»Der dritte Junge macht sich nichts aus dem Spiel«, sagte ich. »Oder er traut sich nicht, weil es alle sehen. Er hat Angst, kindisch zu wirken. Oder was glaubst du?«

Um mir einen Gefallen zu tun, warf Mikko einen Blick auf das Foto.

In dem Moment passierte etwas. Ich kann nicht erklären, was. Er sagte kein Wort, sondern stand auf und blickte sich irgendwie verirrt um. Der Barkeeper sah es und wies mit einer kleinen Kopfbewegung auf das Schild, das zu der Treppe wies, die zur Herrentoilette hinunter führte. Mikko nahm die Stufen auf eine Art, die mir verriet, dass etwas nicht stimmte. Wegen seines Knies konnte er Treppen eigentlich nicht so geschwind nehmen wie Barack Obama beim Verlassen eines Flugzeugs, aber jetzt hatte er ein ungeheures Tempo drauf.

Als er zurückkam, machte er an der Theke Halt und sagte etwas. Der Barkeeper goss ihm sofort einen doppelten Bushmills ein, den Mikko mit einem Schluck herunterkippte. Wieder am

Tisch, beglich er die Rechnung, nahm wortlos meinen Mantel vom Haken und half mir hinein. Ich stellte keine Fragen, als wir den Pub verließen. Es hatte aufgehört zu regnen, und hinter den Dächern blitzte blutrot die Wintersonne hervor.

»Der dritte Junge ist der große Bruder«, sagte Mikko und nahm meine Hand. »Er ist nicht gelangweilt. Er bewacht die Kleinen. Als großer Bruder weiß er, dass alles Mögliche passieren kann: Dinge, gegen die niemand ankommt. Dennoch passt der große Bruder auf. Weil das seine Aufgabe ist.«

KINGSTOWN, 30.12.1895

Darum, meine Töchter, die ihr dies in den kommenden Jahren lesen werdet: Segelt ihr auf der nächtlichen See mit einem melancholischen Skipper, willigt nie ein, wenn er euch hofiert, erst recht nicht, wenn es im Umkreis von hundert Kilometern keine andere Frau gibt. Seine Begierde macht ihn blind für Fehler und Mängel, die er später dann deutlich an euch erkennt. Fred zum Beispiel nimmt an, dass ich meine ganze Zeit fürs Saubermachen und Aufräumen verwende, obschon er begreifen müsste, dass ich lieber lese. Er erwartet von mir wenigstens einmal am Abend den Beischlaf, aber auch wenn ich bisweilen eine ganz schöne Hedonistin bin, so gibt es doch Zeiten, in denen ich mir lieber eine Oper anhöre, anstatt Bettgymnastik zu betreiben. Willigt niemals zu schnell ein; wartet, bis ihr wisst, ob er von euch verlangt, tagsüber eine erstklassige Putzfrau und nachts eine wilde Hummel zu sein, und falls er das tut, sagt ihm, dass ihr nur auf eine Reise mitkommt. Lasst euch nicht von einer prachtvollen Nase verzaubern, obschon ich weiß, dass ihr es doch tut, da ihr meine Töchter seid.

Dorothea Balano, *The Log Of The Skipper's Wife*, 13.2.1912

IRISH TIMES, 30.12.1895

Dem Begräbnis der an Heiligabend ums Leben gekommenen Lebensretter in Kingstown ist große internationale Aufmerksamkeit zuteilgeworden. Mit beispielloser Tiefe wurde den verstorbenen Männern die letzte Ehre erwiesen, was den gebrochenen Hinterbliebenen der tapferen Seeleute mit Sicherheit großen Trost spendete. Der lange Trauerzug war ein ergreifender Anblick, den niemand, der ihn mit eigenen Augen gesehen hat, je vergessen wird.

Seit dem Unglückstag hat unsere Zeitung zahlreiche Briefe veröffentlicht, die uns von nah und fern erreicht haben und die allesamt ihr Beileid zum Ausdruck bringen und die Heldenhaftigkeit jener Männer preisen. Viele Besitzer von Wettsegelbooten und ihre Besatzungen kannten die meisten der Opfer gut und müssen einen schweren Verlust bewältigen. Die zahllosen Geldspenden sind bereits eine bewegende Ehrenbezeigung. Gleich am ersten Tag nach der Veröffentlichung unseres Aufrufs gingen 400 Pfund bei uns ein, am zweiten Tag 862 Pfund mehr, und am dritten – dem Tag der Beisetzung – wurden unserer Zeitung noch einmal 644 Pfund anvertraut, was allein den Fonds der Irish Times auf 1906 Pfund anhebt. Die Liste der Schenker kündet in überzeugender Weise von der großen Achtung gegenüber jenen Männern, die bei der Ausübung der edelsten aller Tätigkeiten ums Leben gekommen sind. Bemerkenswert ist, dass die

Spenden aus allen Grafschaften Irlands, Englands, Wales' und Schottlands und in bedeutendem Umfang aus London gekommen sind, aber auch aus Kanada, Australien, Indien und dem übrigen Britischen Commonwealth. Dies zeigt, wie weit sich die Nachricht von dem tragischen Ereignis bereits verbreitet hat und wie sie das gesamte Inselreich und die Welt bewegt. Seit Menschengedenken ist kein Fall bekannt, bei dem in so kurzer Zeit eine so große Summe gesammelt worden wäre.

Die Angehörigen der Toten dürfte die Tatsache trösten, dass alle gesammelten Mittel auf eine den Spendern würdige Weise verwendet werden. Mittels ihrer Freigebigkeit wird man sich der Waisen auf jede erdenkliche Weise annehmen und den Verlust der Witwen so weit wie möglich lindern. Die Gemeinschaft, die so tadellos das stolze Andenken der Seenotrettungsstation und ihrer mutigen Mannschaft in Ehren hält, verdient für ihr beispielhaftes Handeln eine besondere Erwähnung.

Das Geleiten der dreizehn tapferen Lebensretter zur letzten Ruhestätte am Samstag ist einzigartig in der Überlieferung Kingstowns und in der Geschichte Irlands. Die universale Trauer wurde von Vertretern aller Gesellschaftsklassen und Konfessionen geteilt, unabhängig von Status oder Vermögen, vom Vertreter des irischen Vizekönigs bis hin zum demütigsten Arbeiter. Auch in Europa und in den großen Hafenstädten der Vereinigten Staaten, wohin die Telegrafenleitungen die alle Seefahrer betreffende Trauernachricht übermittelt hatten, hingen die Fahnen auf Halbmast.

Die Zeremonie begann um ein Uhr am Nachmittag, als sich der erste, von vier Pferden gezogene Leichenwagen mit den sterblichen Überresten von Alexander Williams, dem Steuermann des Rettungsbootes, im Hafengelände in Bewegung setzte. Wenig später erreichte der Wagen das Rathaus. Dort wurde die Fahne Kingstowns eingeholt, worauf der Sarg geschlossen und ebendiese Fahne darübergebreitet wurde. Feierlich wurde vor dem Sarg sowie vor den Särgen der anderen Opfer eine Auswahl prächtiger Kränze niedergelegt. Die Kranzgruppe unter Führung von Leutnant Gerald Cadogan, der als Adjutant des Vizekönigs tätig ist, legte auf jedem Sarg ein Blumengebinde in Ankerform nieder.

An erster Stelle im Trauerzug gingen die vierzig Mitglieder der Kapelle der Dubliner Stadtpolizei unter Leitung von Dirigent Dempsey, gefolgt von einer vierzigköpfigen Einheit von Polizisten. Die Männer in ihren Dienstuniformen waren dem Rang nach aufgereiht und trugen allesamt einen Trauerflor am herzseitigen Arm.

Um etwa zwanzig Minuten nach eins begannen die Polizeikräfte den Trauermarsch aus *Salomon* zu spielen, und der Trauerzug setzte sich langsam in Bewegung. Alle Geschäfte schlossen ihre Läden, als der Zug vorbeikam. Auch die Gitter der Privathäuser wurden zum Zeichen der Ehrerbietung geschlossen. Die Glocken sämtlicher Kirchen in der Umgebung läuteten.

Die Prozession erreichte den Friedhof Deans Grange erst um Viertel vor drei. Dort nahm man die Särge von den Wagen und trug sie an die jedem einzelnen zugewiesenen Stellen. Zunächst wurden die zur protestantischen Kirche gehörigen Toten auf ihrer Seite des Friedhofs beerdigt. Alexander Williams, der Steuermann des Unglücksbootes, wurde ohne seinen Vater Henry Williams in der Familiengruft beigesetzt, dessen Leiche das Meer noch nicht zurückgegeben hat.

Zum Abschluss las Methodistenprediger C. H. Crookshank Psalm einhundertsieben vor. Nachdem er den heiligen Text verlesen hatte, hielt der Pastor eine bewegende Rede, in der er sagte, er habe nicht vor, auf die äußerst betrüblichen Umstände zurückzukommen, die diesen Trauerzug hätten zusammenfinden lassen. Er glaube, nicht fähig zu sein, seinen von jener überraschenden und entsetzlichen Katastrophe ausgelösten Gefühlen ausreichend Ausdruck zu verleihen. Stattdessen wolle er sich darauf konzentrieren, die hellere Seite der Tragödie hervorzuheben. Die um die Gräber versammelten Trauernden hätten Grund zur Dankbarkeit, wenn sie daran dächten, dass die Männer, deren Särge nun zur letzten Ruhe hinabgelassen worden seien, nicht nur mutig und edel, sondern auch fest im Glauben stehende, rechtschaffene Christen gewesen seien, die ihren Gott liebten.

Pastor Crookshank wollte auch einige Worte zu Ehren des vor ihm ruhenden George Saunders sagen. Er erinnerte sich daran, wie nur wenige Monate zuvor der jüngere George Saunders vor ihm gestanden hatte, neben sich seine zukünftige Lebensgefährtin. Damals war es die Aufgabe des Pastors gewesen, die beiden zu Mann und Frau zu erklären. Es hatte allen Grund gegeben, davon auszugehen, dass das junge Paar eine lange, helle und glückliche Zukunft vor sich hatte. Aber leider trübt sich bisweilen auch die hellste Hoffnung, und uns wird das Glas mit dem süßesten Saft aus der Hand geschlagen, nachdem es nur einmal kurz unsere Lippen berührt hat.

Der Pastor betonte, die Tragödie habe einen ganz neuen Kanal zur Eintracht und zum gemeinsam geteilten Mitgefühl geöffnet, nicht nur in Kingstown, sondern im gesamten Königreich. Auch in England, Wales und Schottland empfinde man ungeteiltes Mitleid für die trauernden Witwen und die verwaisten Kinder. Die Menschen fragten einander nicht mehr, welche politische Haltung sie verträten, welcher Kirche sie angehörten oder welchen Beruf sie ausübten. Alle empfänden es als ihre Pflicht, im Geiste christlicher Brüderlichkeit zu handeln und ihre Unterstützung jenen zu zeigen, die von der entsetzlichen Katastrophe ereilt worden seien. Die Zeremonie endete mit einem Gebet.

Anschließend wurden die Särge der acht römisch-katholischen Toten auf den Schultern ihrer Träger zu dem Hauptweg gebracht, der den Friedhof teilt. Dort stellte man sie für die letzte Ölung, die unter Leitung von Monsignore Walsh vorgenommen wurde, Seite an Seite auf. Der Kirchenchor sang das Benedictus, zu dessen Abschluss man die Särge zu den Ruhestätten der Familien brachte. Jede Gruppe von Trauernden wurde von einem Kirchenmann begleitet, der als letzten Dienst die Begräbniszeremonie durchführte.

Nachdem mit dem Füllen der Gräber die letzte traurige Tat vollbracht war, wurden Kränze auf die Grabhügel gelegt, so dass sich kolossale Berge aus Blumengebinden erhoben. Anschließend verließ die gewaltige Menschenmenge den Friedhof.«

Elin

Als Elin mit dem Hotelpagen zur Tür hereinkommt, sieht sie ihren Mann vor dem Kamin knien und Papiere ins Feuer werfen. Im Zimmer riecht es nach verbranntem Leder. Sie zeigt dem Pagen, wo er die Einkäufe abstellen soll und gibt ihm eine Münze. Der Junge bedankt sich und geht. Elin zieht die Handschuhe aus und hält eine Hand vor den Kamin.

»Was, um Himmels Willen, tust du da?«

»Ich verbrenne Müll. Was sonst?«

Oskar fängt an zu summen. Aus Erfahrung weiß seine Frau, dass dies nichts Gutes verheißt.

»Schläft die Kleine?«

»Wie ein Engel. Ich habe das Kindermädchen weggeschickt, damit es nicht stört.«

»Damit es nicht sieht, was du verbrennst. Dieser Geruch ist für die Kleine alles andere als gut.«

Sie schnappt sich ein Stück Leder, das vor dem Kamin liegt.

»Das ist doch nicht etwa das Logbuch? Verbrennst du Dokumente vom Schiff?«

»Nur unnütze Notizen. Der Alte meint, das wäre in der jetzigen Situation am klügsten.«

»Ach ja?«

»Du kennst ihn doch. Übervorsichtig.«

»Darum bist du heute zum Wrack gefahren?«

»Ich musste das eine und andere holen. Schließlich muss der Kapitän eine letzte Besichtigung seines Schiffes vornehmen, bevor über dessen endgültiges Schicksal entschieden wird.«

»Weiß Peterson davon?«

»Was geht ihn das an? Die Mannschaft tut, was der Kapitän befiehlt.«

»Ich bin nicht bereit, bei so etwas mitzumachen.«

»Die Frau tut, was der Mann ihr befiehlt.«

»Und der Mann tut, was sein Vater ihm befiehlt.«

»Werde nicht niederträchtig! Was kann man gegen den Alten schon tun? Er ruht nicht eher, bis er wieder einen entsprechenden Kahn hat. Das weißt du doch. Letzten Endes wird das alles zu unserem Wohl ausgehen.«

»Was weißt du von meinem Wohl, und seit wann interessierst du dich überhaupt dafür?«

Von Zorn und Selbstmitleid ergriffen streichelt Elin ihre Sämischhandschuhe, als wären es kleine Schoßtiere.

»Ein paar Papiere hin oder her. Was soll man denen nachweinen. Die Leute hier … du siehst doch, wie wir behandelt werden, wie ein Bischof im Pfarrhaus! Aber mir ist klar geworden, dass ihre Freigebigkeit noch weiter reichen kann. Man muss sich nur über die Spielregeln einigen.«

»Welche Regeln … welches Spiel?«

»Der Whiskeyfabrikant hat verraten, dass man mit dem Geld, das für die Hinterbliebenen der Opfer gesammelt worden ist, schon jetzt einen Palast errichten könnte. Es ist vielleicht ein wenig unchristlich festzustellen, dass der Tod jener Männer letztendlich eine Art Glücksfall für ihre Familien darstellt.«

»Herrschaftszeiten! Weißt du eigentlich, was du da sagst?«

»In wirtschaftlicher Hinsicht, meine ich. Die Hinterbliebenen werden bis ans Ende ihres Lebens nicht mehr Hunger oder sonstigen Mangel leiden müssen. Rettungsmänner sind oft arme Teufel. Darum machen sie das Ganze überhaupt, in der Hoffnung auf zusätzlichen Verdienst. Aber auch das Fatale unseres Verlusts muss unterstrichen werden. Darum ist es wichtig, dass du, wenn wir morgen bei der Feierlichkeit bestimmte Schlüsselpersonen treffen, meine Worte genau so übersetzt, wie ich es wünsche. Wir gehen davon aus, dass in dem Schiff das gesamte Vermögen des Alten steckte. Und dass uns Schuldhaft und Armenhaus bevorstehen, wenn wir keine spürbare Hilfe erhalten.«

»Daraus wird nichts!«

»Wirst du es nicht übersetzen, oder werden sie uns nicht glauben?«

»Sowohl als auch. Natürlich finden sie heraus, dass dein Vater weitere Schiffe und außerdem Anteile an wer weiß wie vielen besitzt. Es ist kindisch, sich einzubilden, mit der Vernichtung von Schiffspapieren die Menschen hier täuschen zu können. Sie werden auch noch darauf kommen, dass du nicht einmal über ein Kapitänspatent verfügst.«

»Womöglich richtet sich ihr Interesse derzeit auf etwas anderes.«

»Kann sein, aber warum sollten sie einem ausländischen Schiffseigentümer ihr Geld zuschanzen, der sein Schiff vor lauter Geiz nicht einmal mit anständigem Rettungsgerät ausgerüstet hat? Oder hast du vor, auch das zu verheimlichen?«

»Mein kleiner Liebling. Du übertreibst die Bedeutung solcher Gerätschaften. Ich meine es nicht böse, aber die Realitäten und Risiken, die zur Seefahrt gehören, zählen nicht zu den Dingen, die du beherrschst.«

Elin setzt sich in einen Sessel und schnürt ihre Stiefeletten auf.

»Du bist verrückt geworden. Der Alte hat deinen Kopf endgültig durcheinander gebracht.«

»Im Gegenteil. Ich bin zur Vernunft gekommen. Und wie ich schon sagte, die Herren hier machen einen reellen Eindruck. Was ich von den Damen nicht unbedingt sagen würde …«

Oskar öffnet den Kleiderschrank. Darin hängt das Abendkleid, das Frau Talbot-Power hat anfertigen lassen, samt Accessoires. Die blaue Seide und die ebenfalls blauen Schulterverzierungen sollen zusammen mit den weißen Mousselinvolants der Kreation einen »maritimen Hauch« verleihen, der beim Abendkleid einer Kapitänsgattin unbedingt angebracht ist.

»Sinnlose Verschwendung, oder? Was würde der Alte für ein Gesicht machen, wenn er wüsste, was dieser Fummel gekostet hat? Aber uns kostet es ja nichts, also beschwere ich mich auch nicht. Es ist gut, wenn du dich so hübsch wie nur möglich machst. Selbstverständlich gefällt mir die Vorstellung nicht, dass meine Frau in der Gesellschaft fremder Männer kokettiert. Aber Not kennt nun mal kein Gebot. Wenn diese Art von Bekleidung der Zusammenarbeit mit diesen Leuten förderlich ist, dann … bin ich einverstanden damit, meine normalen männlichen Gefühle zu opfern und zu begraben.«

»Von was für einer Zusammenarbeit schwadronierst du da?«

»Von einer, in die ich den Pfarrer nicht hineinziehen will. Und auch Peterson nicht. Von jetzt an darfst du als Übersetzerin fungieren.«

»Peterson wird ihnen auf jeden Fall die Wahrheit sagen.«

Oskar fährt herum und tritt ans Fenster. Der Wind nimmt wieder zu.

»Ich glaube nicht«, sagt er, ohne sich umzudrehen. »Es ist Zeit, dass Peterson von hier verschwindet. Ich brauche ihn nicht mehr. Ehrlich gesagt habe ich den Mann noch nie leiden können. Ein verkrampfter Typ. Wenn mir der Alte den Kerl nicht mit Gewalt aufgedrängt hätte …«

»Der Kerl verfügt zufällig über das Kapitänspatent, das vom Seerecht verlangt wird!«

»Ganz recht, aber würdest du freundlicherweise damit aufhören, mir damit in den Ohren zu liegen? Es ist nur eine Frage der Zeit, bis ich das offizielle Patent habe. Es handelt sich schließlich um eine reine Formalität. Um eine Nebensache. Jetzt gilt es, sich auf das Wesentliche zu konzentrieren. Und dabei brauche ich die Unterstützung meiner Frau und nicht ständiges Aufbegehren, verdammt. Ist das zu viel verlangt?«

»Ja.«

»Was ist schlimm daran, wenn wir versuchen, uns eine neue Chance zu geben und damit gleichzeitig dem Alten ein verspätetes Weihnachtsgeschenk machen?«

»Ich schicke ihm als verspätetes Weihnachtsgeschenk die Erzählung von Dickens über das Weihnachtsfest des Geizigen.«

»Sei barmherzig mit dem alten Mann. Ich finde es ja auch nicht angenehm, aber auch du musst zugeben, dass dieser Schlag, verdammt noch mal, sogar für ihn ein bisschen zu viel gewesen ist ...«

Oskar legt die Hände um Elin und versucht sie zu küssen, aber sie wendet störrisch den Kopf ab.

»Wie wäre es, wenn du mir deine neue Korsage und das Ballkleid vorführst?«

»Auf keinen Fall.«

Oskar greift nach den Brüsten seiner Frau.

»Vielleicht doch? Wo auch die Kleine gerade schläft.«

Elin reißt sich los.

»Nein!«

Oskar lässt sich aufs Bett fallen, verschränkt die Hände hinter dem Kopf und starrt an die Decke.

»Du machst dir nichts mehr aus mir ... du verachtest mich. Ich habe das Schiff auf eine Sandbank gesteuert, und jetzt willst du nichts mehr mit mir zu tun haben.«

»Ich habe die ganze Zeit alles Mögliche mit dir zu tun.«

Oskar reibt sich mit dem Handrücken energisch über die Bartstoppeln.

»Aber du möchtest es nicht. Ich widere dich an. Schon lange. Glaubst du, ich habe das nicht bemerkt?«

Elin antwortet nicht.

»Als Ehemann habe ich gewisse Rechte, und du als Frau hast gewisse Pflichten. Aber ich habe nicht vor, ihre Erfüllung zu verlangen, wenn es dir nun einmal so zuwider ist.«

»Nun hör endlich auf. Das ist es natürlich nicht.«

Oskar dreht sich auf die Seite, zieht die Knie an und drückt das Kopfkissen an sich wie ein kleiner Junge.

»Du willst nicht mehr mit mir zusammen sein. Und weißt du was? Von mir aus. Aber es bricht mir das Herz.«

Elin setzt sich neben ihren Mann und fährt ihm durchs Haar.

»Ich will schon. Aber nicht gerade jetzt. Wo alles so sonderbar ist. Ich verstehe überhaupt nichts mehr. Ich habe Angst …«

»Wovor?«

»Ich weiß es nicht. Vielleicht davor, dass man in dieser Stadt überall den Tod sieht. Und andererseits auch wieder gar nicht. Als ich heute spazieren war, sah ich einen Mann, der einen Apfelbaum schnitt. Jedenfalls irgendeinen Obstbaum. Es war ein ziemlich großer Garten, man kann sich nur vorstellen, wie es dort im Frühling zur Zeit der Blüte aussieht. Ich weiß ja, dass man Bäume ausschneiden muss …«

Um das zu verstehen, muss man keine Pfarrerstochter sein, aber Elin hätte am liebsten gesagt: *Wer nicht in mir bleibt, der wird weggeworfen wie eine Rebe und verdorrt, und man sammelt sie und wirft sie ins Feuer, und sie müssen brennen.*

Stattdessen sagt sie: »Aus irgendeinem Grund machte mich das so wütend, dass ich das Tor öffnete und schon in den Garten rennen und dem Mann die Säge aus der Hand reißen wollte. Stell dir vor, ich hätte mich lächerlich gemacht, ohne einen vernünftigen Grund.«

Oskar setzt sich mit besorgtem Blick auf. Von Selbstmitleid war jetzt keine Spur mehr.

»Armer Liebling. Du scheinst tatsächlich überanstrengt zu

sein. Ist ja auch kein Wunder. Die letzten Tage haben uns allen viel abverlangt… und trotzdem bist du eine so tatkräftige und vernünftige Ehefrau gewesen. Ich bin es gewohnt, dass du das bist, aber vielleicht erwarte ich unter diesen Umständen ein bisschen zu viel von dir. Verzeih mir!«

Elin winkt ab und steht auf.

»Hast du gemerkt, dass vor unserem Fenster eine Amsel wohnt?«

»Ach ja?«, fragt Oskar mit gespieltem Interesse.

»Sie hat wohl ein Winternest im wilden Wein. Heute Morgen habe ich beobachtet, wie sie mit gesträubtem Gefieder im Wind schlotterte und mit dem gelben Schnabel zitterte. Fast wären mir die Tränen gekommen. Stell dir vor, deine vernünftige Frau hätte um ein Haar wegen eines Vogels angefangen zu heulen.«

Ihr Mann schaut sie eine Weile von unten heraus an, beißt sich dann aber auf die Lippen, um sein Lächeln zu unterdrücken. Er tritt vor Elin hin und legt die Arme um sie.

»Hör zu, mein Mädchen, dass du mir bloß nicht… weißt du noch, wie dich die im Eimer ertrunkene Maus so wahnsinnig zum Weinen brachte, als du Ester erwartetest? Damals wusstest du selbst noch nichts von deinem Zustand. Ich war mir, ehrlich gesagt, sicher, dass du im Begriff bist, verrückt zu werden. Zum Glück gab mir meine alte Mutter einen kleinen Wink…«

»Nein! Das glaube ich nicht«, fährt Elin auf. »Ganz und gar nicht…«

»Komm schon. Das ist sehr gut möglich. Sogar wahrscheinlich.«

Oskars Tonfall sprudelt vor Triumph. Der Gedanke an eine Schwangerschaft seiner Frau hat ihm im Nu seine männliche Ehre zurückgegeben.

Er kann durchaus recht haben, denkt Elin. Sie hat es sich selbst gewünscht. Oder zumindest geglaubt, es sich zu wünschen.

»Das wäre doch eine großartige Neuigkeit!« Oskar glüht vor Begeisterung. »Vielleicht ist es diesmal ein Junge? Aller guten Dinge sind zwei!«

Elin öffnet den Vorhang zum Alkoven einen Spaltbreit und betrachtet Ester, die auf dem Rücken schläft, beide Fäustchen neben dem Kopf.

»Ein Jammer, dass das Erste bloß ein Fehlschuss war«, sagt Elin.

Oskar lacht und schlingt die Arme um seine Frau, obwohl sie sich wehrt.

»Du weißt genau, wie ich diese kleine Meerkatze vergöttere. Aber jetzt dürften wir doppelten Grund haben, in die gleiche Kerbe zu hauen. Die Zukunft unseres Kindes geht vor alles andere.«

Seine Frau legt eine Hand auf den Bauch und schüttelt den Kopf.

»Verdammt! Den Alten wird es vor Freude zerreißen«, sagt Oskar. »Zerreißen wird es ihn, zum Teufel! Vor allem wenn es ein Junge ist …«

Daniel

Chefredakteur Scott beginnt, Daniels Artikel zu lesen.

»Ihre Hoheit die Gattin des irischen Vizekönigs Gräfin Cadogan erreichte Kingstown am Sonntag um drei Uhr mit dem Zug, in der Absicht, die Hinterbliebenen der fünfzehn ertrunkenen Rettungsmänner zu besuchen und ihnen die Beileidsbekundung Ihrer Majestät der Königin zu überbringen. Mit Ihrer Hoheit kamen Leutnant Gerald Cadogan, der Sohn der Gräfin und Adjutant des Vizekönigs, sowie Sir Horace Plunkett, Parlamentsabgeordneter der südlichen Grafschaft Irlands, an.

Obschon der Besuch strikt privater Natur sein sollte, verbreitete sich die Nachricht darüber schnell, und eine große Schar Zuschauer fand sich beizeiten ein, um das Erscheinen der Abordnung zu erwarten. Gräfin Cadogan entstieg dem Zug am Bahnhof Monkstown, wo sie von mehreren Beamten und Vertretern der Kirche empfangen wurde, katholischen und protestantischen, deren geistliche Pflichten es mit sich brachten, den Familien der ertrunkenen Männer beizustehen. Pastor Eugene Byrne dankte der Gräfin dafür, dass sie in ihrer großen Freundlichkeit persönlich angereist war, um den trauernden Familien Trost zuzusprechen.

Danach stiegen die Gräfin und ihre Begleiter in Dienstwagen des Vizekönigs und begaben sich eilends zur Adresse Hilton Court no. 8, wo Frau Thomas Donoghue mit ihren drei Kindern wohnt. Das bescheidene, aber reinliche Heim befindet sich in einer recht düsteren Gegend, und die Straße zu dem Häuschen ist schwer zu bewältigen. Die Gräfin meisterte den Weg und betrat das Heim von Frau Donoghue. Das sich anschließende Gespräch war von nahezu gleichem Inhalt wie an allen folgenden Besuchsorten. Die Gräfin erklärte, sie sei gekommen, um den Hinterbliebenen der bei dem Unglück ums Leben Gekommenen das Beileid der Königin zu übermitteln und las anschließend das Telegramm Ihrer Majestät vor.«

Der Chefredakteur legt das Blatt auf den Tisch, nimmt einen Stift in die Hand und fügt ein Wort hinzu.

»Das *bewegende* Telegramm Ihrer Majestät«, sagt er.

»Verstehe«, antwortet Daniel.

Er versteht es tatsächlich. Bewegt zu sein gehört nicht zu seinen Stärken, aber zum Glück hat sich Herr Scott diese schöne Eigenschaft bewahrt. Das Telegramm Ihrer Majestät ist an seine Hoheit den Lordleutnant gerichtet. Ihre Majestät bittet ihn, »den armen Witwen und Waisen der an Heiligabend ums Leben gekommenen tapferen Rettungsmannschaft von Kingstown ihre tiefe Anteilnahme« zu übermitteln. Das Lakonische der endgültigen Version sagt mit Sicherheit nichts über die mit Tränen benetzten Entwürfe, die die vom Schicksal ihrer tapferen Untergebenen ergriffene Monarchin in den Papierkorb zu werfen gezwungen war.

Der Chefredakteur liest weiter. Er weiß, dass er Daniel Ford eine Enttäuschung bereitet hat, weil er ihm nicht gestattet hat, sich an der großen Begräbnisreportage zu beteiligen, sondern ihn Lady Cadogan bei ihren Besuchen in den Trauerhäusern begleiten ließ. Scott fürchtete, dass man dem Ton dieses Artikels die Frustration seines Angestellten anmerkt. Aber da irrt er sich. Natürlich wurmt es Daniel, dass er bei dem Hauptartikel übergangen worden ist, aber er hat nicht die Absicht, Scott das wissen zu lassen, geschweige denn, sich darüber zu beschweren. Nein, auch wenn der Begräbnisartikel unglaublich pompös und langatmig war und sich Daniels Meinung nach auf völlig unwesentliche Dinge kaprizierte. Er will der Gattin des Vizekönigs aus Gründen gerecht werden, von denen der Chefredakteur keine Ahnung hat. Dieser liest weiter in Daniels Text.

»Die Gräfin erkundigte sich auch feinfühlig bei jeder Familie nach deren Bedürfnisse und konnte so vieles über die Probleme erfahren, mit denen die trauernden Familien zu kämpfen haben. Die Worte, die die Gräfin an die Frauen der Toten richtete, waren voller Mitgefühl und Wärme. Von Frau Thomas Donoghue fuhr Ihre Hoheit zu William Donoghues Familie in die York Street und bemühte sich mit vielen Worten, die Witwe und ihre fünf Kinder über deren Verlust und große Trauer hinwegzutrösten. Der Leichnam von William Donoghue ist noch nicht gefunden worden, und Ihre Hoheit brachte ihr besonderes Mitgefühl angesichts dieser schwierigen Situation zum Ausdruck, in der die Trauernden eine außergewöhnlich schwere Last zu tragen haben, da sie den geliebten Menschen noch nicht der Ruhe in gesegneter Erde überlassen konnten.

Von der Familie William Donoghues setzte die Gräfin ihren Weg fort und traf die Witwe von Henry Williams, dessen Leichnam ebenfalls noch nicht gefunden worden ist …«

Scott legt die Seiten auf den Tisch, nimmt die Brille ab und lächelt erleichtert.

»Genau so. Nach der großen Beerdigungsnummer ist es jetzt wichtig zu zeigen, dass das Leben weitergeht. Und dass es in kompetenten und mitfühlenden Händen weitergeht.«

Daniel kommen wieder die Bilder von den kleinen Waisenkindern in den Sinn, die mit großen Augen und sich die laufenden Nasen mit dem Handrücken abwischend auf die lila Sämischhandschuhe der hohen Besucherin starrten, während diese das von Ihrer Majestät zum Ausdruck gebrachte Mitgefühl verlas. In einigen Haushalten war es mit der Sauberkeit nicht sonderlich weit her, eher konnte man von einer hastig hergestellten Illusion von Ordnung sprechen. Lady Cadogan hatte sich die Reihenfolge der Besuche genau überlegt, indem sie bei den Familien der Gebrüder Donoghue anfing, wo die Pein von Williams Witwe und Kindern wegen des verschollenen Familienvaters weiterhin andauerte. Die Witwe war vollkommen apathisch, hörte kaum zu, was Ihre Hoheit sagte, und in ihren Antworten lag keine Spur von Vernunft.

Nicht einmal Sarah hatte an das lebhafte Mädchen erinnert, das Daniel kennengelernt hatte. Ausdruckslos, wenn nicht gar feindselig trug sie ihren kleinen Bruder auf dem Arm, der als Einziger weinte, aber nur deshalb, weil er die struppige Pelzstola und den dunkel schimmernden Rock der Besucherin nicht anfassen durfte, oder auch die darunter hervorragenden aufregenden Schuhspitzen. Gerald Cadogan, der als Adjutant seines Vaters fungierte, hatte seine Mutter schon einmal vor den Angriffen schmutziger Finger schützen und dem mit ihnen eingetretenen Pastor Byrne gegenüber anmerken müssen, die Waisen sollten bei ihrem Leisten bleiben. Als der Pastor im Brustton seiner kirchlichen Autorität die Marschordnung verkündete, wurde sie auch befolgt.

Daniel musste zugeben, dass Beatrix Cadogan sich ihrer Aufgabe als königliche Botin angesichts der beklemmenden Umstände geradezu stilvoll entledigte. Die schlammigen Höfe und die glatten, endlosen, nach Urin und Kohl riechenden Treppenhäuser raubten ihr zumindest äußerlich nichts von ihrem Elan. Die Lady las das lakonische Telegramm Ihrer Majestät auch noch im letzten Trauerhaus den unweit des Hafens wohnenden, heftig weinenden Angehörigen von Vater und Sohn William und Edward Shannon mit dem gleichen Nachdruck vor.

Nachdem sie ihre Arbeit gemacht hatte, wandte sich Lady Cadogan an ihren Sohn – der ihr sofort den Arm reichte – und sagte, nun bräuchten sie ein gutes Abendessen, das sie sich, bei Gott, auch redlich verdient hätten.

Im Salon des George sprach Lady Cadogan Daniel ernsthaft an.

»Jetzt darfst du mir erklären, was um Himmels willen du hier tust, mein Junge.«

»Das Gleiche wie Sie, Lady Cadogan. Ich versuche, Irland auf der Höhe der Zeit zu halten.«

»Du wirst also nett über mich schreiben, Danny?«

»Selbstverständlich. Wie könnte ich nicht?«

Die Frau lachte auf.

»Das stimmt allerdings, aber ich gebe zu, dass ich bei Frau Shannon ein wenig die Fassung verloren habe. Mir kam der Gedanke, dass ihr Sohn im selben Jahr geboren wurde wie Gerald, und wir Mütter sind gewiss auch etwa gleichen Alters. Mir brach die Stimme, und ich hab wohl ziemlich gestammelt …«

»Ich habe nichts dergleichen bemerkt, Lady Cadogan.«

»Nun hör auf, mich so förmlich anzureden! Wie bist du auf die Idee verfallen, nach Irland zu kommen und Journalist zu werden? Ist das etwa ein Beruf für einen Gentleman? Und was sagt dein Vater überhaupt dazu?«

»Das weiß ich nicht, Tante Beatrix.«

»O Gott! Du hast doch wohl nicht den Kontakt zu ihm abgebrochen? Du brichst deinem Vater das Herz. Warum um Himmels willen hast du deinen Namen geändert und nennst dich bloß Ford? Und lass bitte die Tante weg, so uralt bin ich auch wieder nicht. Bitte nur Bea, so wie früher! Da hast du dir wieder einmal etwas in den Kopf gesetzt. Du hast ja schon immer gegen den Strom schwimmen müssen, aber bist du nicht allmählich zu alt für ein solches Kleinkindbenehmen? Wenn auch nur eines meiner Kinder uns ablehnen würde … Huh, ich kann nicht einmal daran denken. Gerald, du kannst dich sicherlich nicht an Daniel erinnern? Er gehört zu den Whitefords aus Sussex. Ein Großcousin von der Seite meiner Mutter.«

»Mutter, ich kann mich sehr gut an meinem Cousin Daniel erinnern«, antwortete der junge Adjutant wohlerzogen. »Freut mich. Es ist lange her, dass wir uns gesehen haben.«

»Ja, mein kleiner Gerry ist zu einem ansehnlichen Soldaten herangewachsen, aber du siehst auch nicht übel aus, abgesehen von diesem Anzug … Man sieht deutlich, dass du keine Frau hast, aber du verfügst doch gewiss über einen Diener?«

Gerald Cadogan warf einen gequälten Blick über den Kopf seiner Mutter hinweg, als diese ein Taschentuch aus dem Ärmel zog und sich daran machte, damit an Daniels Seidenweste zu reiben.

»Warum, um Himmels willen, müssen Journalisten immer so schäbig aussehen? Um besser als Intellektuelle und Weltverbesserer durchzugehen, wie? Reicht dafür nicht die Kraft der Feder?«

Daniel weiß nicht mehr, was er darauf erwiderte. Vielleicht gar nichts. Wenn Beatrix in ihrem Element war, hagelte es mehr Fragen, als man beantworten konnte. Und sie wartete wohl auch kaum auf Antworten. Lady Cadogan gehörte zu den Menschen, die selbst ihre Schlussfolgerungen zogen und rasche Urteile fällten, aber Daniels Erfahrung nach waren sie von Grund auf wohlwollend und amüsiert.

Als Daniel jetzt vor dem Chefredakteur steht, kommt ihm zum ersten Mal der Gedanke, dass die absichtliche Vernachlässigung der Garderobe nicht nur ein Teil der kindischen Auflehnung gegen die eigene Gesellschaftsklasse ist, sondern auch ein raffinierter Täuschungsversuch im Umgang mit Aufsteigern wie ebendiesem Scott. Die Kleidung des Chefredakteurs ist im Prinzip einwandfrei, aber in qualitativer Hinsicht schwankend. Er trägt einen Anzug von einer Dubliner Maßwerkstatt statt einer von einem persönlichen Schneider angefertigten Garnitur wie Daniel, wenngleich es sich nur um einen bescheiden aussehenden Samtanzug handelt.

Auch wenn er sich noch so viel Mühe gäbe, würde der unwiderruflich dem Bürgertum angehörige Chefredakteur nicht vor dem in Stilfragen geschulten Auge einer Adligen wie Tante Bea bestehen können. Daniel begreift auch, dass die Verkürzung des Namens vom aristokratischen Whiteford zu Ford bloß ein törichter Täuschungsversuch seinerseits ist.

Lady Cadogan irrte sich in ihrer Annahme, er hielte keinerlei Kontakt zu seinem Vater, aber Daniel widersprach nicht. Es wäre peinlich gewesen, die Tatsachen einzugestehen: er hatte demonstrativ sein Jurastudium, in dem er schon lange auf der Stelle getreten hatte, abgebrochen und nur das Nötigste eingepackt, als er danach Türen schlagend das Haus verließ. Er hatte sich benommen wie ein trotziges Kind, das seinen Stoffbären in einen kleinen Seesack stopft. Nach wie vor empfing er einen monatlichen Zuschuss von seinem Vater und zeigte sich diesem wenigstens einige Male im Jahr in einem vornehmen Restaurant in London.

»Wie geht es jetzt weiter, Sir?«, fragt Daniel den Chefredakteur. »Ich habe mit einem Matrosen gesprochen, der im Seemannsheim am John Rogerson Quay untergebracht ist und den Schiffbruch an der Whitehouse Bank überlebt hat. Er ist Finne, und mit seinem Englisch ist es zwar nicht weit her, aber der Steuermann der Palme hat als Dolmetscher fungiert. Wir haben ja ziemlich wenig über das Unglück, lediglich eine kurze Meldung. Interessant ist, dass der Junge in dem katholischen Pfarrhaus, in dem er sich zunächst erholte, ziemlich schockierende Behauptungen über den Zustand der Rettungsboote gehört hat ...«

»Was soll das, Ford? Haben Sie nicht genug mit der Sache in Kingstown zu tun?«

»Selbstverständlich, aber ...«

»Das mit der Whitehouse Bank ist ein bedauerlicher Fall – ein Schiff, das ein Notsignal gesendet hat, sich selbst zu überlassen. Ein unfassbares und unehrenhaftes Verhalten der dortigen Küstenwache! Ist es nicht trotzdem besser, sich auf das heldenhafte Beispiel dafür zu konzentrieren, wie ein irischer Mann seinen Pflichten nachkommt, auch wenn er dabei das Leben verliert?«

»Aber es ist doch interessant zu überlegen, warum die Männer an der Whitehouse Bank sich weigerten, ihre Pflicht zu erfüllen.«

»Die Angelegenheit wird von Experten gründlich untersucht werden. Da können Sie sicher sein, Herr Ford! Ich werde heute mit Kommandant Nepean zu Mittag essen und danach vermutlich schlauer sein.«

»Gewiss, aber als leitender Ermittler der Königlichen Rettungsgesellschaft dürfte er wohl ziemlich parteiisch sein, finden Sie nicht, Sir?«

»Stellen Sie etwa die Kompetenz der Leitung der Rettungsgesellschaft hinsichtlich ihrer eigenen Anschaffungen in Frage, Herr Ford?«

»Finden Sie es nicht auch ein wenig seltsam, dass sich Crofton, der örtliche Sekretär der Gesellschaft, bei der ersten offiziellen Unfalluntersuchung überhaupt nicht hat blicken lassen? Zufällig ist Crofton auch der Hafenkapitän von Kingstown, zu dessen Amtspflichten es gehört, zu wissen, was im Hafen vor sich geht. Stattdessen kam ein Mann aus London, um zu berichten, in welchem Zustand das hiesige Rettungsboot war und wie alles am Morgen des Unglücks verlief.«

»Mein lieber Freund, Sie dürften sich daran erinnern, dass bei Kapitän Crofton ein Widerspruch im Informationsfluss vorlag? Der Ermittler der Todesursache wollte ihn in Monkstown treffen, während zur gleichen Zeit in Irishtown die polizeiliche Untersuchung vonstattenging. Er konnte ja wohl nicht an zwei Orten gleichzeitig sein, oder?«

»Selbstverständlich nicht, Sir. Aber der Ermittler der Todesursache befand sich meines Wissens an dem Tag nicht in Monkstown.«

»Genau, er stornierte seine Absicht wegen der polizeilichen Untersuchung. Diese Nachricht ist nur nicht bis zu Crofton durchgedrungen. So etwas kommt vor.«

Wenn Daniel auch nur einen Funken Vernunft habe, räumt er ein, wie üblich, ja sogar alltäglich solche unschönen, andererseits aber, je nach Standpunkt, doch auch sehr passenden Koinzidenzen sind – er solle unterlassen, weitere Nachforschungen anzustellen. Aber was könne er schon ausrichten gegen das innerlich lauter werdende Hufgetrappel, das die Schlachtrufe seiner Vorväter begleitete, die in den Rosenkriegen gekämpft hatten.

»Ist es nicht dennoch ein klein wenig sonderbar, dass die Information über das Verhör ausgerechnet beim Schlüsselzeugen so unklar ausfällt?«

»Herr Ford! Versuchen Sie etwa, mir bei meiner Arbeit Ratschläge zu erteilen?«

»Verzeihung, Sir. Keineswegs. Aber da nun einmal Hinweise aufgetaucht sind, dass das Gerät der RNLI nicht ganz auf der Höhe der Zeit sei ...«

»Inwiefern sind sie aufgetaucht? Ich hoffe, Sie verfügen zur Stützung Ihrer Behauptungen über Handfesteres als volkstümliche Gassenhauer und Geschichten von ausländischen Burschen!

Gerade haben Sie doch gesagt, dass der Matrose von der Moresby kein Englisch spricht.«

»Er beherrscht das Vokabular seines Fachs. Natürlich würde ich weitere Recherchen anstellen, um den Wahrheitsgehalt seiner Aussagen zu überprüfen … Wenn ich zum Beispiel hinfahren dürfte …«

»Wir haben schon einen Mann dort. Einen langjährigen Korrespondenten, auf den ich mich felsenfest verlasse. Sie sollten verstehen, dass es unverschämt wäre, ihm auf die Füße zu treten. Und Sie können sich mit Sicherheit vorstellen, wie brisant das Thema für die Ortsansässigen ist. Darüber zu berichten erfordert ein ganz besonderes Taktgefühl, über das Außenstehende nicht unbedingt verfügen. Wenn Sie mir keine weitere Informationsquelle als diesen finnischen Matrosen, der nichts als Finnisch kann, nennen können, sehe ich keinen Anlass, weiter in der Geschichte herumzustochern.«

Daniel will in diesem Moment noch nicht den Namen von John Caffrey ins Spiel bringen. Minuten-Caffrey ist noch zu durcheinander, um als Zeuge aufzutreten, und es gibt keine Garantie, dass sich sein Zustand in absehbarer Zeit bessern wird. Ihn in diesem Stadium unter Druck zu setzen, würde seine Qual womöglich noch verschlimmern. Wenn es in der Sache weitergehen soll, muss die Taktik geändert werden.

»Erinnern Sie sich an den so genannten Mablethorpe-Skandal vor drei Jahren? Da weigerte sich ein Steuermann, der im Dienst der Königlichen Seenotrettungsgesellschaft stand, unter Berufung auf die Verantwortung für das Leben seiner Mannschaft, einem dem Sturm ausgesetzten Schiff zu Hilfe zu kommen.«

»Ja, ich erinnere mich. Gut sogar. Der Mann wurde der schweren Vernachlässigung der Dienstpflicht für schuldig befunden und entlassen. Sein Ruf ist für alle Zeiten ruiniert! Und das geschieht dem Angsthasen ganz recht!«

»Man machte ihn tatsächlich zum warnenden Beispiel für alle Seenotretter. Ich möchte trotzdem an den Brief erinnern, den der Parlamentsabgeordnete Bayley damals an den Standard schrieb. Bayley nannte das Gerichtsverfahren eine Farce, weil es von den betroffenen Parteien selbst organisiert worden war, also von der Handelskammer und den leitenden Personen der RNLI. Geschieht das nicht auch jetzt? Bayley spielte ziemlich direkt auf Nachlässigkeiten und Unklarheiten in der Organisation hin, verlangte eine Untersuchung ihrer Tätigkeit und dass sie der öffentlichen Verwaltung unterstellt werde.«

»Na klar, verlangte er das, und auch noch im Standard«, schnaubte Scott. »Dieser verflixte Reformclub … Ist Ihnen nicht in den Sinn gekommen, dass unser Phileas Fogg seine eigenen Interessen hat oder zumindest ein höllisches Bedürfnis, Lärm um sich zu machen? Vor zwei Jahren stand der Herr Parlamentsabgeordnete im Gerichtssaal dem Künstler gegenüber, der sein öffentliches Porträt für das Unterhaus gemalt hatte. Bayley weigerte sich, für das Bild zu bezahlen, weil ›es nur an einen ihm ähnlich sehenden Mann mit Krawatte erinnert‹ und weil er nach Auffassung seiner Gattin nicht ›intelligent genug‹ aussehe. Kein Wunder, dass der Mann bei den letzten Wahlen seinen Sitz verloren hat. Der Arzt sollte ihm eine Reise um die Welt empfehlen – über acht Jahre! Das wäre gut für seinen überreizten Stoffwechsel!«

Daniel muss gegen seinen Willen lachen.

»Möglicherweise«, gibt er zu. »Aber ich finde, es gibt dennoch Anlass zu der Frage, warum die Retter sich weigerten, zur auf der Whitehouse Bank festsitzenden Moresby hinauszufahren, wo zur gleichen Zeit die Männer in Kingstown ohne zu zögern zur Razor Bank aufbrachen, um die Besatzung der schiffbrüchigen Palme zu retten. Vielleicht kannten die Männer ihr Boot und wussten, was sie die Erfüllung ihrer Aufgabe kosten konnte. In

Kingstown weigerten sich die Männer nicht, in den Sturm hinauszufahren, der sich dann aber als zu stark für ihr Gerät erwies. Mit den entsprechenden Folgen für die Männer von Kingstown.«

»Ob es Anlass zu Fragen gibt oder nicht, es ist trotzdem nicht aktuell, jetzt in der Sache herumzustochern. Und es gehört auch nicht unbedingt zu Ihren Aufgaben.«

»Aber ich habe das Thema zur Sprache gebracht, und wenn man die Vorwürfe verifizieren könnte ...«

»Verifizieren! Ihr jungen Journalisten ruft so gern der Wahrheit hinterher, aber ihr versteht nicht, dass es keine Wahrheit ohne Verantwortung gibt. Begreifen Sie überhaupt, wem Sie alles auf die Füße treten, wenn Sie anfangen, die Königliche Seerettungsgesellschaft zu beschuldigen, die von den bedeutendsten Institutionen des Landes unterstützt wird? Sie werden doch nicht so naiv sein zu glauben, dass die ausführenden Freiwilligen oder deren Familienmitglieder Ihnen mit beiden Händen danken, wenn sie das Ansehen der Gesellschaft oder gar das Ansehen der Männer selbst beschmutzen?«

Der Chefredakteur holt die frische Ausgabe der Zeitung hervor und breitet sie vor Daniel aus. Er pocht mit den Fingern auf die Liste der Namen und predigt von den einzigartigen Geldströmen, die zu Gunsten der Witwen und Kinder an die Zeitung und an andere Sammelquellen fließen. In materieller Hinsicht haben die Angehörigen der Ertrunkenen geradezu Glück. Diese Wahrheit könne man jedoch nicht öffentlich verkünden, geschweige denn in der Zeitung schreiben, stellt der Chefredakteur ausdruckslos fest. Auf jeden Fall sei das schnelle Zustandekommen der Hilfsfonds zur Abwechslung eine gute Neuigkeit, aus der man taktvoll jeden Nachrichtenwert herausholen müsse. Geschichten über Dankbarkeit, Anekdoten mit Vorfällen der vergangenen Woche, um die Düsternis zu lindern ... Das

Begräbnis hat stattgefunden, das Leben geht weiter und solche Dinge … Die Leser ertrügen Düsterkeit und Elend nicht endlos. Die Zeitung brauche jetzt eine Aufhellung ihrer Miene.

Kurz: der Mensch solle im Mittelpunkt stehen.

»Ganz recht, Sir.«

»Ich habe von Herrn Talbot-Power gehört, dass die hübsche Gattin von Kapitän Siren ein kultivierter Mensch sei und ganz brauchbar Englisch spreche. Sie wird mit ihrem Mann Ehrengast beim Neujahrsfest im Rathaus von Kingstown sein. Das ist eine Wohltätigkeitsveranstaltung, an der prominente Persönlichkeiten beider Städte mit ihren Gemahlinnen teilnehmen. Die Einnahmen fließen an den Fonds für die Witwen und Waisen. Sie werden dort hingehen und Interviews mit Frau Siren und anderen geeigneten Personen machen. Auch meine Wenigkeit wird bei dem Fest eine Rede halten, die Sie dann referieren können. Ich werde sie Ihnen vorab geben.«

Daniel seufzt bei dem Gedanken an die Wohltätigkeitsfeier zu Gunsten der Witwen und Waisen. Dort werden sich sowohl das schlagartig reich gewordene Bürgertum von Kingstown als auch Männer, die die oberste Führung des Inselreichs repräsentieren, samt ihren Frauen versammeln. Man wird Pfauenfedern, fantasievolle Kleider und Frisuren zu Gesicht bekommen.

Er muss sich also einen dem Anlass entsprechenden Anzug aus seiner Dubliner Wohnung bringen und ihn von Hunter zurechtmachen lassen.

Der Chefredakteur setzt seine Unterweisung fort.

»Sie stellen Betrachtungen über die Kleider und den Schmuck der Damen an und so weiter. Verstehen Sie, Ford? Das Volk liebt Geschichten mit Glanz und Pracht.«

»Ich verstehe, Sir.«

»Ich habe übrigens gehört, dass Sie im George logieren. Ich wusste gar nicht, dass Sie Clubmitglied sind.«

Daniel hält die Frage für rhetorisch und sieht keinen Grund, die Neugier des Chefredakteurs zu befriedigen.

»Das gibt Punkte für Sie, aber jetzt dürfen Sie im Royal Marine nächtigen. Die Zeitung zahlt. Sie verfolgen das tägliche Leben der Kapitänsfamilie. Wenn sie zum Lunch und zum Dinner gehen und so weiter. Die Leser wollen nur zu gern wissen, wie gastfreundlich die Familie behandelt wird. Ich hoffe, es wird Ihnen gelingen, das eine oder andere delikate Detail darüber aufzupicken, wie sich die Leute an das Leben auf den Britischen Inseln gewöhnen.«

»Das dürfte nicht gerade mein Spezialgebiet sein.«

»Aber guter Mann! Keine falsche Bescheidenheit«, sagt Scott und legt seinem Untergebenen ermutigend die Hand auf die Schulter. »Sie werden das schon hinkriegen.«

Daniel lauscht schweigend den Straßengeräuschen, die durch das Fenster dringen, den Zeitungsverkäufern, die die Schlagzeilen des Tages ausrufen und damit das Klappern der Pferdehufe und das Rattern der Wagenräder übertönen.

»Glauben Sie mir«, sagt Scott. »Nach der Beerdigung will keiner mehr makabre Erinnerungen an ertrunkene Väter oder deren Witwen lesen, geschweige denn an halb verwaiste Kinder. Die Leute wollen etwas von den Überlebenden erfahren, die eine positive Geschichte zu erzählen haben.«

Der Tonfall des Chefredakteurs verrät, dass er mehr als genug von der Ziererei seines Mitarbeiters hat sowie auch von dessen Art, wirre Gedanken zum Ausdruck zu bringen. Daniel hätte längst gehen müssen, anstatt Scotts kostbare Zeit zu vergeuden, hätte er nicht einen Artikel abgeliefert, bei dem der Chefredakteur so gut wie nichts hinzuzufügen oder zu streichen hatte.

DÚN LAOGHAIRE, 30.12.2012

Cast a cold eye
on life, on death.
Horseman pass by.

W. B. Yeats

Am Morgen las ich in den alten Ausschnitten aus der Irish Times eine Schilderung der Totenwache bei den katholischen Seenotrettern in der Kirche St. Michael. Ich wunderte mich über die Beschreibung und das Übermaß der Trauer, der sie sich widmete.

»Es war ja ein tragischer und dramatischer Fall, aber trotzdem: das ganze Commonwealth trauert bis nach Indien und Neuseeland. In allen Häfen der Welt die Fahnen auf Halbmast. Die Schilderung der Beerdigung erstreckt sich über zig Seiten…«

Mikko blätterte in den Ausschnitten und überflog die Beschreibung des Trauerzugs.

»Fin de Siècle, Belle Époque…«

»Was soll daran schön sein?«

»Ich meine, dass man so etwas nicht gewöhnt war. Man lebte am Ende eines Zeitalters des Friedens und des Wohlstands. Beziehungsweise die Menschen wussten ja nicht, dass es zu Ende ging. So ein Ereignis war gerade deswegen schockierend, weil es Menschen traf, die an Sicherheit und Stabilität gewöhnt waren. Weniger als zwanzig Jahre später fing der Weltkrieg an, und da hätte der Verlust von fünfzehn Männern keine besondere Aufmerksamkeit erregt. Auch aus dieser Stadt sind bestimmt zigmal so viele Männer umgekommen, und sie wurden sehr einfach begraben, wo sie gefallen sind, in Frankreich oder Belgien.«

»Stimmt.« Ich hatte vom Krimkrieg und von der großen Hungersnot gehört, aber seitdem war eine ganze Generation herangewachsen. Das Gleiche bei uns: Pax Russica. Zwischen dem Finnischen Krieg und dem Bürgerkrieg lag eine Friedenszeit von mehr als hundert Jahren.

Ich schlug vor, die Angeberei auf Latein und Französisch bleiben zu lassen. Nach dreißig Jahren hatten wir ja wohl nicht mehr das Bedürfnis, Eindruck aufeinander zu machen.

»Jedenfalls nicht mit Belle Époque und Pax Russica. Du kannst dir aussuchen, was unsere Beziehung besser beschreibt.«

Ich wollte St. Michael besuchen, wo die Totenwache stattgefunden hatte. Mikko war nicht begeistert von einem Ausflug in eine Kirche. Ich erinnerte ihn daran, dass sie immerhin seinem Namenspatron geweiht war. Im ersten Liebesrausch hatte ich ihn einst Mikael genannt, aber irgendwann bat er mich, die finnische Version zu benutzen, wie alle anderen auch. Er fand, die schwedische Form klinge peinlich. Ich folgte schweren Herzens, aber irgendwo in den romantischen Winkeln meines Inneren ist er immer noch Mikael für mich. Der irische Korvettenkapitän Murdoch hatte festgestellt, Mikkos Nachname käme von einem Erzengel, aber eigentlich hatte er beide Namen von Erzengeln bekommen, von Michael und Raphael. Mein Doppelengel ließ sich jedoch auch von meinen Argumenten nicht erwärmen.

»Sie hat gebrannt.«

»Die Kirche war an dem Abend ganz voll, auch Protestanten waren dort. Ich habe immer geglaubt, dass die Katholiken ihre Totenwache zu Hause abhalten, aber anscheinend habe ich mich getäuscht …«

»Die ganze Kirche hat irgendwann in den Siebzigerjahren gebrannt. Es ist nichts mehr übrig von der Kirche, wo damals die Totenwache stattfand. Außer dem Turm.«

»Wir können trotzdem hingehen. Und der Turm ist schließlich auch ein Teil der Kirche, normalerweise der auffälligste Bestandteil.«

»Dieser Turm war nicht Teil der Kirche. Er steht gesondert daneben, aber auffällig ist er, hundert Meter über dem Meeresspiegel. Er ist die wichtigste Landmarke an der Dublin Bay.«

»Du sicherst die Landmarke, ich erobere die Kirche! Klar?«

Das Gotteshaus erwies sich als gewaltiges Betongewölbe, und der Altar war ein aus demselben Material gegossener Klotz, der an drei Seiten von Bankreihen eingefasst war. Das Licht kam durch Dachfenster, die jedoch von riesigen Betonparallelogrammen verdeckt waren. Durch die Öffnungen am anderen Ende drang das Licht indirekt ein. Die Idee des Architekten war zweifellos beeindruckend. Es sah aus, als schwebten an der Kirchendecke viereckige Wolken aus Stein, die vor Licht glühten.

Mikko sagte, der Raum bereite ihm Unbehagen.

»Das ist wie ein wahnsinnig großer Bunker. Unsereiner hat lange genug in solchen Betonhöhlen gesessen.«

Beim Stab der Küstenwache gibt es unterirdische Räume, aber Mikko hat immer behauptet, ihm sei es egal, wo sich ein Arbeitsplatz befinde, ob unter der Erde oder in einem Wolkenkratzer. Die Büros seien immer gleich. Was war an diesem Ort also so besonders unbehaglich?

»Die unterirdischen Räume der Küstenwache sind gewöhnliche Zimmer, aber diese Betonhaube ist buchstäblich ein Teufelabwehrbunker.«

Die Kirche erinnerte ihn an die Zeit, die er als Militärbeobachter im Libanon verbracht hatte. Dort hatten sie unter ähnlichen, wenn auch wesentlich engeren Betonhauben gekauert.

»Ich nicht so sehr, weil ich im Stabsdienst war, aber die jüngeren Offiziere mussten Schichten von zwei Wochen schieben …«

»Ist Laine an so einem Ort zu Tode gekommen?«

»Ja … Zwanzig Jahre lang hatte an der Stelle eine Beobachtungsstation der UN gestanden, und trotzdem schossen sie eine

Rakete darauf, die Israelis. Sie behaupteten, die Station wäre auf ihren erneuerten Militärkarten nicht mehr eingezeichnet. Schwachsinn. Die wollten nur, dass keiner sieht, wie sie in den Südlibanon vordringen. Laine, ein chinesischer und ein kanadischer Beobachter sind dabei draufgegangen.«

Ich erinnerte mich an das Begräbnis von Hauptmann Laine vor zwanzig Jahren. Während der Einsegnung ertönte plötzlich ein ungeheurer Knall, der vor allem die Frauen erschreckte und die wenigen Kinder zum Weinen brachte. Mikko erklärte mir später, es habe sich um eine alte Tradition gehandelt. Laine sei Luftwaffenoffizier gewesen, und nach einem alten Brauch erscheine beim Begräbnis eines im Dienst ums Leben gekommenen Fliegerkameraden ein Jagdflugzeug, das direkt auf den Zenit zufliege. So erschien über der Einsegnungskapelle des Friedhofes Hietaniemi in Helsinki ein Hornet, der die Schallmauer durchbrach. Laut Buchführung befand sich die Maschine auf einem Übungsflug über dem Finnischen Meerbusen, und der Fall wurde nicht näher untersucht. Ein paar Eigentümergemeinschaften im Stadtteil Töölö verlangten eine Entschädigung für zerbrochene Fensterscheiben, und die Streitkräfte bezahlten ohne zu mucken und gaben eine Presseerklärung über ein Jagdflugzeug heraus, das sich aus seinem Einsatzgebiet hinaus verirrt habe.

»Also gut. Suchen wir einen Ort auf, für den auch du dich begeistern kannst.«

Mikko schenkte mir sein Charmeurlächeln, aber ich erstickte es im Keim.

»Wir sehen uns ein Schild an, aber keines, auf dem Guinness steht, sondern Palme. Das müsste sich einen Häuserblock weiter im Nationalen Marinemuseum befinden.«

Vor dem Einkaufszentrum in der Marine Street sah ich einen Briefkasten und kramte die Postkarten, die ich am Vortag geschrieben hatte, aus der Handtasche. Es fehlten noch Mikkos Unterschriften, und ich bat ihn mit leichtem Zögern darum. Diesmal betrachtete er die Karte mit den drei Jungen ruhig, schrieb seinen Namen auf die Rückseite und grinste, als er sie in den Kasten steckte.

»Da fällt mir ein: habe ich dir schon mal erzählt, wie Risto Terkki im Einkaufszentrum Myyrmanni einen ungefähr achtjährigen Roma-Jungen sah, der auf ein Baby im Kinderwagen aufpassen sollte? Das Baby schrie wie am Spieß, und der ratlose Babysitter versuchte den Wagen zu schaukeln, während er ihn auf dem Hauptgang des Einkaufszentrums hin und her schob. Das Schreien hörte nicht auf, es wurde nicht einmal schwächer. Schließlich steckte der Junge seinen Kopf in den Kinderwagen und schrie so laut, dass es im ganzen Gang widerhallte: ›Bruder Antero, was kotzt dich so an?‹«

Er hatte es mir schon erzählt, aber was hätte es genutzt, wenn ich es ihm gesagt hätte. Die Geschichte diente dem Zweck, dass ich nicht aus Versehen auf die Reaktion zurückkam, die die Postkarte zuvor bei ihm ausgelöst hatte.

Mikko warf einen Blick auf die anderen Karten. Ich hatte nur schwarzweiße ausgesucht, die ältesten Fotos darauf stammten vom Ende der 1880er Jahre. Auf einem davon stand ein bärtiger Mann neben einer schlanken Frau mit großen Augen.

»Charles Stewart Parnell. ›Der ungekrönte König Irlands‹, nicht wahr? Und war das die zum zweiten Mal verheiratete Wilde, die den großen Freiheitskämpfer vom Heiligensockel stürzte?«

»Nein, Parnell posiert hier mit seiner Schwester. Er interessiert mich auch gar nicht, sondern sie. Anna heißt sie. Und zwar deshalb, weil auch sie ihren Löffel in die Rettungssuppe von Kingstown steckte.«

»Ach ja?«

Mikko gab mir die Karten zurück, studierte den Stadtplan und zeigte, in welche Richtung wir gehen mussten.

Ich erzählte ihm, dass sich Anna aktiv an parnellistischen Aktionen beteiligt hatte, sogar in führender Position, als die Anführer der Bewegung, die für die Selbstverwaltung Irlands eintrat, im Gefängnis saßen.

»Okay«, sagte Mikko und streckte plötzlich einen Arm vor mich. »Pass auf, Hundescheiße!«

Obwohl ihn Annas mehr als hundert Jahre zurückliegende Aktivitäten nicht zu interessieren schienen, blieb ich hartnäckig beim Thema. So machte er es selbst immer, wenn er in Vortragsstimmung war.

»Über Annas Furchtlosigkeit waren viele Geschichten im Umlauf, die natürlich reine Legenden sein konnten«, erklärte ich. »Bei einer Kampagne gegen die schlechte Behandlung der Pachtbauern …«

»Tennant … mein Lieblingsbier hier … also was die Lager-Sorten betrifft …«

»… hatte Anna tollkühn den damaligen irischen Vizekönig und dessen bewaffnete Eskorte angehalten. Sie hatten sich auf dem Weg zu den neuen Gebäuden befunden, in die die vertriebenen Pachtbauern einziehen sollten. Fräulein Parnell hatte dem Pferd Seiner Hoheit in die Zügel gegriffen und gesagt: ›Lord Spencer, was fällt Ihnen ein, einen Ort zu stören, an dem wir Häuser für Pachtbauern, die von ihren Ländereien vertrieben worden sind, erbaut haben?‹ Lord Spencer war so verwirrt, dass …«

»So eine war das«, unterbrach mich Mikko mit einem Ton, dem ich anmerkte, dass er nicht einmal mit halbem Ohr zugehört hatte. Schon die geringste Anspielung auf Irland-Romantik brachte ihn auf die Hinterbeine, und ich versuchte matt, ihn daran zu erinnern, dass es einzig und allein darum ging, was Anna Parnell über das Rettungsbootunglück von Kingstown geschrieben hatte. Ich ging zu der Spekulation über, dass der ehrenwerte Lord Spencer ein Vorfahre von Lady Diana gewesen war, aber Mikko hatte bereits etwas anderes im Sinn als die Prinzessin der Herzen: er hatte das Marinemuseum lokalisiert und blieb auf der Stelle stehen.

»Nein, verdammt, schon wieder eine Kirche?«, sagte er. »Ich habe mein Kirchenpensum für heute erreicht.«

Das Marinemuseum befand sich tatsächlich in der ehemaligen Seemannskirche, und ich lenkte ohne Diskussionen ein. Zur Abwechslung war es ein sonniger Tag, und das Meer hinter der Kirche leuchtete blau. Aus dem Park drangen die fröhlichen Rufe Fußball spielender Jungen. Was spielte es schon für eine Rolle, ob man das mickrige Schild eines uralten Wracks gesehen hatte oder nicht.

KINGSTOWN, 30.1.1896

Das Großsegel unten, damit man mit der Gabel das Sägemehl, welches verhindert, dass das Eis schmilzt, aus dem Laderaum holen und über Bord werfen kann. Auch die Wache arbeitet unten, Schimpfworte ausstoßend. Rio gerät außer Sichtweite, aber nicht aus dem Sinn. Der Name schimmert in der Ferne wie ein Gerücht, von dem man ahnt, es könne sich als wahr erweisen, wie mein zauberhafter Diamantring, den ich jedes Mal anstarre und hin und her drehe und betaste, wenn ich den Blick senke vor der undeutlichen Aussicht auf den Horizont, hinter der Rio zurückbleibt. Ich würde weinen, wenn ich könnte, aber allein aus nostalgischer Freude über all die guten Zeiten, die Rio mir gewährt hat. Ich fühle mich wie ein junges Mädchen, das sich von seiner ersten Liebe trennt, in der Hoffnung, dass man sich wiedersieht, und zwar bald.

Dorothea Balano, *The Log of the Skipper's Wife*

Elin

Der Mann rudert mit gleichmäßigen Zügen dem Wrack entgegen. Er hat eine Frau bei sich, die Frau des Kapitäns. Es ist Ebbe. Über ihnen ziehen die Möwen ihre Kreise und schreien. Ein Dampfer lässt vor dem Wellenbrecher die Pfeife ertönen, um die Einfahrt in den Hafen anzuzeigen. Kurz schaukelt das Boot in den Wellen, die das Schiff verursacht, und die Frau, die auf der hinteren Ducht sitzt, hält sich mit beiden Händen an den Rändern fest. Zwischen den beiden Menschen im Boot herrscht Schweigen. Beide sind ausdruckslos und sehen einander nicht an. Nichts lässt vermuten, dass sie einmal weit weg von hier für ein paar Wochen hemmungslos Liebende gewesen sind. Der Obersteuermann hat den Kragen seiner Jacke hochgeschlagen und die Mütze tief ins Gesicht gezogen, um sich gegen den Seewind zu schützen, aber für die Frau gleicht seine Kleidung einem Harnisch, mit dem er sich gegen überraschende Aufdringlichkeiten panzern möchte. Sie überlegt, ob sie ihn fragen soll, wie es der verbundenen Hand geht oder sich gar am Rudern beteiligen soll, das mit der verletzten Hand schmerzhaft sein mag. Falls es so ist, sieht man es der verschlossenen Miene des Mannes nicht an.

Als Elin am Morgen erklärte, sie wolle ihre Sachen vom Schiff holen, hielt Oskar das für einen absurden Gedanken.

»Das Wasser hat dein Sack und Pack längst zerstört.«

»Es schadet doch nicht, wenn ich nachsehe. Schließlich hast du ja auch deine Sachen geholt.«

»Ich habe Besseres zu tun, als dich zu dem Sorgenkind zu bringen. Anscheinend kann eine Frau unmöglich verstehen, wie schwer es für einen Mann ist, sein Schiff in einem solchem Zustand zu sehen, mit zersplitterter Flanke, gebrochenem Mast… Außerdem ist es nicht mehr sicher, an Bord zu gehen. Es kann jeden Moment auseinanderfallen. Die Leute hier holen dir mit Freuden alles, was du brauchst.«

»Genau das will ich nicht.«

»Das ist dummes und offen gesagt undankbares Gerede. Das hätte ich einer Frau mit deiner Erziehung nicht zugetraut…«

»Ich will niemandem hier einen Dank schuldig sein.«

»Das bist du längst, ob du es willst oder nicht.«

Elin zog ihren Mantel an. Ihr Mann stand auf.

»Ich habe keine Lust, mit dir zu streiten. Ich habe genug davon, dass wir jeden Tag aneinandergeraten. Wegen allem. Sicher hat das mit deinem Zustand zu tun, und ich muss die daraus resultierenden Launen berücksichtigen. Dann geh eben auf das Schiff.«

»Danke.«

»Ich bin kein schlechter Mensch, wie du sehr wohl weißt. Aber ich kann nicht mitkommen. Peterson soll das übernehmen.«

»Nein. Nicht Peterson.«

»Elin… von der Mannschaft ist sonst niemand mehr hier! Die gesamte Besatzung befindet sich bereits auf dem Heimweg. Wenn es nach mir ginge, dürfte auch Peterson abreisen, aber weil der Obersteuermann bei der Untersuchung des Unglücks unbedingt anzuhören ist… weshalb ich mich auch noch vor den Vernehmungen mit ihm treffen muss. Bei der Gelegenheit werde ich ihm mitteilen, dass er mir noch diesen einen Dienst erweisen soll.«

Der von der Ebbe freigelegte Bootsrumpf ist von den Algen glitschig. Peterson greift nach den Wanten, die am Rumpf befestigt sind, klettert behände mit einem Seil an Deck und macht es an einem Belegnagel fest. Er holt die Strickleiter, auf der Elin dann über die Reling steigt. Er reicht ihr die Hand, um ihr zu helfen. Oben, als sie mit dem ersten Bein auf der Bordseite steht, bleibt der Unterrock an Splittern der Reling hängen. Sie greift mit der freien Hand danach und zieht daran, bekommt den Rock aber nicht los. Elin steckt in demütigend breitbeiniger Haltung fest, aus der sie nicht mehr herauszukommen scheint, und Peterson macht keine Anstalten, ihr zu helfen. Das Kreischen der Möwen am Himmel klingt nach schadenfrohem Spott.

»Um Gottes willen, Herr Peterson!«

Der Mann tritt näher und zieht ruckartig am Rock. Das einzige Ergebnis besteht darin, dass die Frau ins Schwanken gerät, weil der Fuß, der außerhalb der Reling steht, am glatten Rand abrutscht. Peterson umfasst ihre Hüfte und zerrt mit der anderen Hand weiter ungeschickt an dem Mousselinstoff.

»Sie müssen den Rocksaum anheben. Er ist am Unterrock befestigt«, zischt Elin wütend, und ihre zitternden Hände umklammern die Reling.

»Genau.«

»Reißen Sie ihn von mir aus kaputt, wenn nötig!«

Als Elin wenig später betont aufrecht über das abschüssige Schiffsdeck marschiert und dabei ihren zerrissenen Rock hochhält, ist klar, dass sie ihre Sachen unbedingt allein holen will. Peterson gehorcht widerwillig, verlangt jedoch, zuerst den Zustand der Räumlichkeiten überprüfen zu dürfen.

Trotz aller Warnungen ist es für Elin ein Schock zu sehen, was für eine Zerstörung die Kajüte erlitten hat, nachdem das Schiff eine Woche lang den Gezeiten ausgesetzt gewesen ist. Überall riecht es nach Meerwasser, Algen und Fäulnis. Der schöne Salon ist nur noch ein Zerrbild seiner selbst. Die mit Leder überzogene Platte des Mahagonitischs und der grüne Plüsch des ihn umgebenden Sofas sind von Schimmel überzogen. Der Deckel des in Liverpool gekauften Klaviers aus Nussbaumholz ist verzogen und hat Risse und Blasen, der ganze Fußboden ist von feuchten Büchern, Bildern und beschädigtem Geschirr übersät. Elin bückt sich, um einen Torso aus Porzellan aufzuheben, der einmal eine Teekanne mit Lilienmuster war. So genau wie Erik Siren es mit allen Kosten genommen hat, bei der Repräsentativität des Salons hat er keine Abstriche gemacht. Darin empfängt der Kapitän seine Geschäftspartner und Ehrengäste. Er muss möglichst überzeugend wirken.

Elin versucht den Deckel des Sekretärs anzuheben, merkt aber, dass er abgeschlossen ist und der Schlüssel nicht steckt. Vielleicht liegt er irgendwo auf dem Boden, oder Oskar hat ihn mitgenommen. Sie späht in die Küche, aber der Geruch der verdorbenen Lebensmittel ist so unerträglich, dass sie nicht hineingehen kann. Aus einer aufgerissenen Mehltüte schießt eine Ratte, die im Nu in ein Versteck geschlüpft ist. Elin flüchtet sich in die Kapitänskabine. Die Nachthemden, Kinderjäckchen und die aus weißem Fischergarn gehäkelte Tagesdecke, die auf dem Bett liegen, sind über und über von den Ausscheidungen von Nagetieren beschmutzt. Elin sieht vor ihrem inneren Auge, wie die Mäuse oder Ratten sich bei Flut auf dem Bett tummeln, und ihr wird schlecht.

Sie steigt die Treppe zum Deck hinauf und saugt mit heftigen Atemzügen den Seewind ein. Um sich richtig zu beruhigen, steht sie noch eine Weile da und hebt erst dann die Stimme.

»Herr Peterson!«

Überraschend steht er hinter ihr auf der anderen Seite der Treppenluke. Er betupft sich mit einem Taschentuch die Mundwinkel, steckt das Stück Stoff aber schnell ein. Zu seinen Füßen steht die Medikamentenkiste des Schiffes.

»Ja, gnädige Frau?«

»Könnten Sie den Sekretär im Salon aufbrechen? Ich finde den Schlüssel nicht.«

»Sehr wohl. Ich hole nur ein geeignetes Werkzeug.«

Elin stolpert mit gerafftem Rock über das Durcheinander aus Tauen und anderen Bestandteilen der Takelage, die auf dem Deck herumliegen, bis sie neben ihrem Fuß ein totes Huhn erblickt. Das ehemals bunte Federkleid ist ihm stellenweise ausgegangen, die verbliebenen Federn sind nass, und die Darmgase haben den Körper des Huhns zu einem Ball aufgeblasen, aus dem ein Kopf ohne Augen ragt. Das kann das Küken Amanda sein, schießt es Elin in den Kopf. Oder das Küken Lisa …? Sie und Ester hatten ihren Spaß daran gehabt, den in Liverpool gekauften Hühnern Namen zu geben. Das Kind hatte sich ein bisschen vor den bunten Tieren, die so viel größer und flauschiger waren als ihre finnischen Artgenossen, gefürchtet, war aber trotzdem ganz vernarrt in sie gewesen.

Peterson kommt mit einer Eisenstange zurück, die er im Vorrat des Zimmermanns gefunden hat. Elin deutet auf den Hühnerkäfig auf dem Dach der Back, dessen Tür offen steht.

»War das der Sturm? Oder ein Seemann, der Mitleid hatte?«

Der Mann winkt mit der verbundenen Hand ab und begibt sich zur Kajütentreppe. Elin wartet, bis Peterson hinabgestiegen ist, holt noch einmal tief Luft und folgt ihm.

Als sich der Obersteuermann bückt, um sich am Mahagonideckel des Sekretärs zu schaffen zu machen, fällt Elin auf, dass in seinem Mundwinkel eine kleine, rote Wunde aufgetaucht ist. Außerdem geht ein milder, aber unverkennbarer Alkoholgeruch von ihm aus. Elin weiß, dass zu der Ausstattung der Medikamentenkiste auch ein paar Flaschen Schnaps gehören, und sie denkt verwirrt an die Möglichkeit, Johannes Peterson könnte ein heimlicher Trinker sein.

Der Deckel geht auf, und der Obersteuermann zieht sich taktvoll zurück, damit die Frau des Kapitäns in Ruhe den Inhalt des Sekretärs in Augenschein nehmen kann. Die Schreibfläche und die obersten Fächer sind vergleichsweise gut von Wasserschäden verschont geblieben. Rasch leert sie eine Schublade nach der anderen in die Stoffbeutel, die sie mitgebracht hat. Ein Notizbuch, ein dünnes Büchlein und das Tintenglas fallen an der Beutelöffnung vorbei auf den Fußboden, aber das Glas bleibt heil. Als sie sich bückt, um es aufzuheben, verursacht ihr der Gestank auf Bodenhöhe eine solche Übelkeit, dass sie sich fast übergeben muss. Sie schluckt die Flüssigkeit herunter und ist für kurze Zeit handlungsunfähig. Peterson tritt einige Schritte näher an sie heran.

»Vielleicht sammle ich die restlichen Sachen ein, und Sie halten den Beutel auf?«

Elin kann nur mit Mühe antworten.

»Das wäre gut. Danke.«

Der Mann geht neben ihr in die Hocke und hebt das braun eingebundene Büchlein auf. *R. Hult: Anmerkungen zur physischen Geographie*. Ein durchsichtiger Zettel rutscht heraus und segelt Elin vor die Füße. Peterson versucht die kleine Zeichnung, die ein Schiff mit lodernden Masten darstellt, noch zu retten, aber obwohl er es möglichst vorsichtig tut, bricht das Papier, und die Schnipsel bleiben am feuchten Bretterboden kleben.

Wütend stopft Elin die restlichen Sachen in den Beutel: *Wenn du jetzt ein Wort sagst oder auch nur einen Blick auf mich wirfst, bist du des Verderbens!*

Sie steigen die Treppe zum Oberdeck hinauf.

»Frau Siren, ich möchte Sie um einen persönlichen Gefallen bitten«, sagt der Mann mit leicht heiserer Stimme.

»Und was wäre das?«

»Könnten Sie mir helfen, einen entzündeten Backenzahn zu ziehen?«

»Verzeihung, wie bitte?«

»Einen Zahn ziehen. Ich habe es selbst versucht, aber es wurde nichts. Ich kann mit dieser Hand die Zange nicht halten.«

»Großer Gott. Warum wenden Sie sich nicht an eine Person, die von Berufs wegen Zähne zieht?«

»Das kostet. Wenn man nicht bereit ist, zu einem Kurpfuscher zu gehen.«

»Stimmt, das wäre nicht klug. Aber die Leute hier werden Ihnen in dieser Angelegenheit helfen. Wenn Sie wollen, bitte ich den Kapitän, sich für Sie einzusetzen.«

»Nein. Man hat mir einen beliebten Arzt empfohlen, der auf die Behandlung von Zähnen spezialisiert ist, aber, wie gesagt, ich habe kein Geld und wollte einen solchen Gefallen nicht annehmen.«

»Ist das nicht etwas übertriebene Ziererei?«

»Ich sehe es nicht so.«

»Sie wollen niemandem einen Dank schuldig sein, nicht wahr? Aber wir stehen längst in ihrer Schuld.«

»Überall ist es die Pflicht der Küstenbewohner, Schiffbrüchigen ein Dach über dem Kopf, Verpflegung und ausreichend Kleidung zu geben. Wir würden diesen Dienst auch jedem erweisen, ganz gleich aus welchem Land er kommt. Aber damit hat es sich.«

»So schlicht sehen Sie das?«

»Ich muss in wenigen Tagen bei der Rettungsbootuntersuchung als Zeuge aussagen. Ich fürchte, die Entzündung wird schlimmer, und es könnte mir deswegen schwerfallen, verständlich zu sprechen.«

»Was wollen Sie dort aussagen?«

»Das, was ich gesehen habe.«

»Haben Sie darüber mit meinem Mann gesprochen?«

»Selbstverständlich.«

»Sie sind Ihrem Arbeitgeber treu bis zum Ende, nicht wahr? Ihnen geht es vor allem um das Wohl des Schiffseigners?«

»In Angelegenheiten, die mit meinem Beruf zu tun haben, ja. Meine Heuer ist nun zu Ende, wie Sie selbst festgestellt haben.«

»Sagen Sie … Hat man Sie unter Druck gesetzt, was Ihre Zeugenaussage betrifft?«

»Ich habe meine Gründe, Sie um diesen Gefallen zu bitten.«

»Einen Zahn zu ziehen erfordert Kenntnisse. Mein Onkel starb, kurz nachdem man ihm Zähne gezogen hatte.«

»Deswegen mache ich mir keine Sorgen. Solange die Instrumente sauber sind.«

»Aber ich mache mir welche. Und auch wenn ich glaube, dass die Maßnahme für denjenigen, dem der Zahn entfernt wird, eine einzige Qual ist, so dürfte sie doch auch für die ausführende Person keine geringe Herausforderung darstellen.«

»Verstehe.«

»Im Gegenteil. Mir scheint, Sie verstehen gar nichts.«

»Ich bitte um Verzeihung. Reden wir nicht mehr davon.«

»Nehmen Sie die Zange mit und bitten Sie einen anderen, die Sache zu erledigen.«

»Ich werde natürlich nichts vom Schiff mitnehmen, das nicht mir gehört.«

»Mit Ihnen hat man aber auch seine Last! Wer vermisst denn eine einzelne Zange, wenn der ganze Kahn in diesem Zustand ist? Was ist eigentlich los mit Ihnen? Riechen Sie wegen des Zahns nach Alkohol?«

»Ich habe die Zange gereinigt. Aber auch einen Schluck aus der Flasche genommen.«

»Da sehen Sie es. Auch Ihre Tadellosigkeit ist nicht ohne Risse. Ein Schluck zur Ermutigung?«

»Etwas in der Art.«

Peterson wendet sich ab und geht auf den Bug zu.

»Warten Sie! Ich will diese verflixte Zange sehen.«

»Das ist nicht nötig.«

»Seien Sie nicht kindisch, geben Sie die Zange her!«

Auf den groben Greifbacken ist Blut zu sehen. Elin nimmt das kalte Werkzeug in die Hand und legt es auf die Nagelbank.

»Schütten Sie mir etwas von dem Schnaps auf die Hand und zeigen Sie mir Ihren Zahn!«

»Er ist hinten links.«

Der Mann macht den Mund auf.

»Ich sehe ihn nicht. So wird das nichts. Sie müssen auf die Knie gehen.«

Sie schaut in den Mund, sieht sich die weißen Zähne rechts und links der roten Zunge und des Gaumensegels an. Dann nimmt sie den Kopf des Mannes zwischen die Hände, dreht ihn schräg nach hinten und schiebt ihm Zeigefinger und Daumen in den Mund.

»Ist er das?«

Der Mann nickt.

»Er bewegt sich leicht. Vielleicht könnte es klappen.«

Elin nimmt die Finger aus dem Mund des Mannes, lässt aber seinen Kopf nicht los. Der Wind sträubt ihm das Haar. Die Bartstoppeln stechen in die Handfläche, und unter den Fingern spürt man die Knochen, an die sie sich auch nach all den Jahren noch nur allzu gut erinnert.

Derselbe Mann.

Vielleicht sogar dieselbe Haltung.

Aber zwei unterschiedliche Zeiten und Orte. Kein grüner Schatten der Apfelbäume vor dem Fenster und kein herzzerreißendes Vertrauen »in uns«.

Hast du womöglich ganz vergessen, dass du mich vor vier Jah-

ren nebenbei verführt hast? Oder ich dich. Wie auch immer, aber dann hast du mich verlassen, um eine andere Frau zu heiraten. Das hat dich aber nicht daran gehindert, dich später auf das Schiff zu drängen, mit dem ich monatelang mit meinem Mann und meinem Kind fahren sollte. Und jetzt hast du auch noch die Stirn, mich darum zu bitten, dir einen Zahn zu ziehen.

Sie lässt los.

»Sagen Sie, Herr Peterson, warum handeln Sie aus meinem Blickwinkel betrachtet so vollkommen unsinnig? Ich meine nicht nur das mit dem Zahn. Warum haben Sie auf diesem Schiff angeheuert? Sind Sie ein vollkommen gefühlloser und ehrloser Mensch? Oder geisteskrank?«

Der Obersteuermann steht auf.

»Ich wusste nicht, dass ich Ihnen auf diesem Schiff begegnen würde.«

»Was denkt Ihre Frau über all das?«

Der Obersteuermann schüttelt den Kopf.

»Haben Sie sie wegen des Geldes geheiratet? Oder aus Liebe?«

»Meine Frau … also die Person, die meine Frau wurde, war im sechsten Monat schwanger, als ich davon erfuhr. Ich war der Ansicht, nicht anders handeln zu können.«

»Es war für Sie also eine Überraschung, wie Kinder entstehen?«

Keine Antwort.

»Auch ich hätte ein Kind erwarten können. Ist Ihnen das je in den Sinn gekommen?«

»Ja.«

»Ja was?«

»Ich dachte, dass es möglich ist.«

»Und das hat Sie überhaupt nicht geplagt?«

»Selbstverständlich.«

»Gab es noch weitere Frauen, bei denen Sie befürchteten, sie könnten ein Kind von Ihnen erwarten?«

»Nein.«

Elin deutet auf die Rahe des gefällten Großmasts, die auf dem Deck liegt und lächelt wie ein gehässiges Kind, dem sich die Gelegenheit bietet, sich an einem Schwächeren für ein erlittenes Übel zu rächen.

»Setzen Sie sich dahin und machen Sie den Mund auf!«

Peterson gehorcht, ohne auch nur zu versuchen, Einspruch einzulegen. Er zeigt auf die Zange und fängt an zu erklären, was für eine Drehbewegung nötig ist, um den Zahn zu lösen.

»Ruhe und Mund auf!«

Elin steckt dem Mann die Zange so forsch in den Mund, dass sie gegen die Zähne stößt. Sie setzt das Werkzeug an dem betreffenden Zahn an und zieht. Der Mann zuckt vor Schmerz, aber der Zahn bleibt, wo er ist.

»Das wird nichts, wenn Sie zappeln wie ein Kastenteufel.«

Elin drückt die Knie gegen die Oberschenkel des Mannes, hält mit einer Hand dessen Hinterkopf und setzt die Zange an. Sie müht sich an einer Bewegung ab, von der sie hofft, dass sie drehend genug ist. Dem Mann stehen Schweißtropfen auf der Stirn, und blutiger Speichel rinnt ihm aus den Mundwinkeln. Bei Elin werden die Achseln feucht. Man hört ein Knirschen, und der Zahn samt Wurzel löst sich. Elin nimmt die Zange aus dem Mund des Mannes und lässt sie auf einen Seilhaufen fallen. Ihre Hände zittern, als sie das Taschentuch aus dem Ärmel zieht und wie wild über ihre mit Spucke und Blut befleckten Hände wischt.

»So. Das hat wahrscheinlich höllisch wehgetan.«

Das ist eine Feststellung, keine Frage. Der Mann spuckt etwas Hellrotes über die Reling und hält sich das fleckige Taschentuch vor den Mund.

»Sie haben mir einen großen Dienst erwiesen. Vielen Dank«, murmelt er.

So oft habe ich gehofft, dass du stirbst. Am liebsten auf entsetz-

liche Weise. Aber dennoch ist es unerträglich, Zeugin deines Leids zu sein.

Ein Boot gleitet am Wrack vorbei, eine Slup mit Gabeltakelung. Die Fischer im Boot unterbrechen die Verarbeitung ihres Fangs, als sie Menschen an Deck des Schiffes bemerken. Elin wirft das blutige Taschentuch ins Wasser und wischt sich die Tränen mit dem Ärmel ab.

Die Fischer beobachten sie neugierig und beraten sich untereinander.

»Ist alles in Ordnung?«, ruft einer von ihnen.

»Alles in Ordnung«, antwortet Peterson und hebt die Hand zum gelassenen Gruß.

»Die halten uns für Wrackplünderer«, flüstert er der Frau zu.

»Verzeihen Sie, dass ich meine Selbstbeherrschung verloren habe«, sagt Elin. »Ich weiß, dass die Frau eines Kapitäns fähig sein muss, in jeder Situation die Nerven zu bewahren … Na, nach dieser Behandlung werden Sie sich jedenfalls bis ans Ende Ihres Lebens an mich erinnern«, lacht sie verlegen.

»Dafür ist kein Zahnziehen nötig.«

Elin weiß nicht, wie sie diese Antwort deuten soll. »Sie haben auf Ihren langen Seereisen das Gleiche bestimmt bei vielen Ihrer Untergebenen praktiziert, und es ist für Sie natürlich eine Kleinigkeit«, führt sie wütend fort. »Ich habe mich vor Ihren Augen lächerlich gemacht.«

»Im Gegenteil.«

»Hören Sie auf. Es gibt auf der Welt garantiert nichts, das *Sie* dazu bringt, die Selbstbeherrschung zu verlieren«, redet Elin hartnäckig weiter. »Sie werden wohl nicht einmal weinen können.«

»Doch, das kann ich.«

Elin schaut den Mann ungläubig an.

»Es wäre wirklich interessant zu erfahren, was einen Mann

wie Sie in Tränen ausbrechen lässt. Erzählen Sie mir, wann es das letzte Mal der Fall war?«

Die Slup hat die Schoten gefiert. Das Boot treibt mit flatternden Segeln auf der Stelle, und beide Fischer starren weiterhin auf den Mann und die Frau an Deck des Schiffes.

»Vor vier Jahren. Als ich einen Brief von einer Frau bekam, die ich viele Monate zuvor in Sankt Petersburg kennengelernt und nur einige Male getroffen hatte. Sie schrieb, sie erwarte ein Kind von mir, und ich …«

»Lassen Sie gut sein! Ich interessiere mich doch nicht für die Einzelheiten Ihres Geschlechtslebens.«

»Ich ging in die Sauna, um einen klaren Gedanken zu fassen. Als ich mich auszog, sah ich, dass ein langes blondes Haar an meiner Leiste hängen geblieben war …«

Er erwiderte den Gruß des Fischers am Ruder der Slup mit einem Winken der unverletzten Hand. Die Slup hat schließlich doch die Schoten dichtgeholt und fährt davon.

»… da habe ich geweint«, sagt er.

Daniel

Daniel liegt neben Anna, als ihm klar wird, wie er weiter vorgehen soll. Anna hat so eine Wirkung auf ihn. Außerdem scheint sie sonderbar hellsichtig zu sein und stets zu wissen, wann er sie braucht, um sich die Augen öffnen zu lassen.

Sie ist mit dem Postschiff aus England gekommen und hat sich als Frau Ford in einem kleinen, in der Wintersaison ruhigen Hotel am Ufer eingeschrieben. Daniel erfuhr davon, nachdem er ins George kam. Sogleich eilte er zu ihr, schier platzend vor überraschendem Glück. Sie hatte sich seines Nachnamens bedient, was ihn auf besondere Art bewegte, obschon er verstand, dass es sich lediglich um eine praktische Maßnahme in der aktuellen Situation handelte.

Sie kennen sich seit anderthalb Jahren, und in der Zeit hat Daniel dreimal um ihre Hand angehalten. Er wäre bereit, es noch einmal so oft zu tun, vermutet inzwischen aber, dass es vergeblich wäre. Der Altersunterschied von fünf Jahren spielt dabei wohl kaum eine große Rolle. Daniel weigert sich auch, an die offensichtliche Möglichkeit zu denken, dass die Frau ihn einfach nicht genug liebt, um ihr restliches Leben mit ihm zu teilen. Am wahrscheinlichsten ist es, dass Anna nicht die Absicht hat, sich jemals mit jemandem zu vermählen. Schließlich muss die durch und durch zauberhafte Frau unendlich viele Verehrer und Gelegenheiten zu besseren Partien als der mit Daniel gehabt haben. Alle in den Wind geschlagen. Anna will als eine Parnell begraben werden, auch wenn sie sich dafür im Leben immer wieder dazu herablassen muss, Decknamen zu benutzen. Und gewiss ist die Verbundenheit mit ihrem Familiennamen eine Hassliebe, die ihren Platz auf der Welt oder zumindest in Irland bestimmt. Ihr Großvater Parnell kämpfte sein ganzes Leben lang gegen die Briten. Allerdings kämpfte er nicht mit Waffen, sondern mit parlamentarischen Mitteln. An das gleiche Verfahren hielt sich Annas Bruder Charles. Die unbändige Anna war bereit weiterzugehen, wenn sie greller Ungerechtigkeit begegnete, und genau deswegen verstieß ihr Bruder sie, opferte sie im Grunde. Aufgrund ihrer Absolutheit konnte Anna nicht fassen, dass ihr Bruder hinter den Kulissen Abmachungen traf, mal mit der römisch-katholischen Kirche, mal mit der politischen Führung Großbritanniens. Charles Stewart Parnell hielt diese Mittel jedoch für erlaubt, sofern sie Irland der Selbstverwaltung näher brachten, aber seine Schwester hielt so etwas nur für geheimnistuerische, opportunistische Konspiration.

Bevor Daniel ihr begegnete, hatte er irgendwo gelesen, ihre Charakterzüge ließen sich am besten als männlich beschreiben, wäre sie nicht so ungeheuer weiblich. Als er sie dann zum ersten Mal sah, entsprach sein Eindruck genau dieser Beschreibung: eine schlanke Frau mit kindlichem Gesicht, deren leicht zu entfachendes Lächeln den ganzen Raum erhellte. Unter der äußeren Liebenswürdigkeit traten jedoch bald eiserner Wille und Stolz zu Tage, denen auch die bittere Trennung von ihrem Bruder nichts hatte anhaben können. Nicht einmal nach Charles' plötzlichem Tod war sie niedergeschmettert, obwohl dadurch die Chance zur Versöhnung für immer verloren war.

Zu Daniels großem Erstaunen stellte sich heraus, dass Anna an ihm auch als Mann interessiert war. Das schüchterte ihn ein, trotz aller Fantasien, die sich auf sie bezogen. Er hatte Angst, gerade aufgrund Annas Überlegenheit nicht von der Vorstellung zur Tat übergehen zu können. Eine Frau wie sie musste spüren, dass Daniels Murren gegen die eigene gesellschaftliche Klasse im Vergleich zu Annas Aktivitäten bloß bemitleidenswerter Selbstbetrug und im besten Fall theoretische Fantasterei war. Was sah ein so emanzipiertes und modernes weibliches Wesen in einem gehemmten Tollpatsch wie ihm?

Auch an diesem Abend war er kaum zur Zimmertür hereingekommen, als ihn Anna auch schon an die Wand zog und ihm zeigte, wie man eine Frau im Stehen nimmt. Dieser Beischlaf im Entree des Hotelzimmers war für Daniel eine völlig neue Erfahrung, und es ging auch nicht besonders gut, denn er war einfach zu erregt und zu konfus. Außerdem hatte man ihn stets belehrt, ein Mann dürfe niemals mit heruntergelassenen Hosen dastehen. Wie es ihm eigen ist, hat er unmittelbar nach dem Geschehenen nach Anzeichen von Enttäuschung bei Anna gesucht.

Als sie nebeneinander auf dem Bett liegen, hat sich seine Befürchtung bereits etwas gelegt, vollkommen verschwunden ist sie jedoch nicht. Daniel erzählt Anna von dem finnischen Matrosen, den er im Seemannsheim getroffen hat und dem es gelungen war, sich an der Whitehouse Bank von der SS Moresby zu retten, dem zweiten Schiff, das an Heiligabend eine Havarie erlitt. Der Junge war zusammen mit zwei Landsleuten vom sinkenden Schiff gesprungen. Einer von ihnen konnte nicht schwimmen, trug aber einen Korkgürtel, und die anderen beiden hielten ihn über Wasser, bis man sie aus dem Meer fischte. Noch als man ihn ins Rettungsboot hievte, war der Kamerad am Leben, am Ufer angekommen stellte man dann aber seinen Tod fest.

Der Kapitän der Moresby war mit seiner kleinen Tochter auf dem Rücken und die Frau des Kapitäns mit dem Steuermann ins Wasser gesprungen. Der Gezeitenstrom hatte sie jedoch alle vom Ufer weggetrieben.

Daniel ist in Erinnerung geblieben, wie der finnische Junge die Nacht des Heiligabends beschrieb. Er und die zwei Schiffsjungen, die zum ersten Mal auf See waren, standen auf dem Oberdeck, um auf die Ankunft des Rettungsboots zu warten, obwohl sie schon ahnten, dass ihre Hoffnung nach Einbruch der Dunkelheit vergebens war. Weil das Schiff heftig hin und her geschleudert wurde und es dabei entsetzlich krachte, konnte man voraussehen, dass der Rumpf nicht bis zum nächsten Morgen halten würde. Ein Schiffskamerad des Jungen war in den Mannschaftsraum gegangen und hatte die Weihnachtsleckereien geholt, die ihm seine Mutter mitgegeben hatte. Er nahm die Pflaumencreme heraus, teilte sie brüderlich mit den anderen und sagte, greift zu, Jungs, dies ist die letzte Pflaumencreme, die ihr in eurem Leben esst.

»Eine traurige Geschichte«, sagt Anna.

»Ich hatte auch den Plan, mich aufs Meer zu flüchten, als ich fünfzehn war«, sagt Daniel und schiebt seine Finger zwischen Annas Finger. Über ihren Handrücken laufen blaue Adern. Es heißt, man könne das Alter einer Frau am sichersten an ihren Händen erkennen.

»Tatsächlich?«

»Ich hatte mich schon darauf eingestellt, Pökelfleisch zu essen, in dem es vor Würmern wimmelte, aber dann fiel mir ein, dass man an Bord mit Sicherheit kein Minzgelee dazubekommen würde.«

Anna ließ ihr wunderbares Lächeln aufleuchten.

»Du hättest ja selbst welches mitnehmen können.«

»Auf die Idee bin ich nicht gekommen. Ihr Frauen seid so praktisch veranlagt.«

»Es bleibt uns nichts anderes übrig.«

»Weil ihr mit den Männern auskommen müsst?«

»Mit Männern in einer Männerwelt.«

Daniel gibt zu, dass es so ist, hält es jedoch für seine Pflicht, auch an die Verdienste seines Geschlechtes zu erinnern, zumal der Männer in Annas Familie.

»Mir wäre das Minzgelee schon vor Indien ausgegangen. Oder es wäre verdorben gewesen. Außer ich wäre auf einem Schiff deines Großonkels gefahren und hätte mein Gläschen in den Frachtraum mit dem Eis bringen dürfen. Daran, dass es das gibt, sieht man übrigens, dass sich auch Männer Lösungen für praktische Probleme ausdenken können.«

Anna merkt an, dass Frederic Tudor allerdings nicht das Eis erfunden habe, auch wenn er später dafür sorgte, dass es so aussah. Er habe nicht einmal erfunden, dass man im Sommer mit Hilfe von Eis Essen aufbewahren kann. Großonkel Frederic habe sich erst für Eis interessiert, als er begriff, dass es als Handelsware taugte, mit dem man ein Vermögen machen konnte.

»Habe ich übrigens je erwähnt, dass Tante Effi wieder ihren Mädchennamen annahm, als Onkel Frederic starb? So sehr hatte sie die Nase voll von dem großen Eiskönig.«

»Du gibst auch keinen Zollbreit nach.«

»Das ist es doch, was dich an mir erregt«, sagt Anna und leckt über Daniels Halsgrübchen. Ihre langen Haare kitzeln ihn an der Brust. Daniel legt Anna die Hand auf den Rücken und starrt auf das symmetrische Weinrankenornament an der Decke. An ihrer Behauptung mag etwas dran sein, dennoch würde er sich etwas mehr Gnade für das männliche Geschlecht wünschen. Ihr Zynismus ist allerdings verständlich, wenn man weiß, was sie durchgemacht hat. Daniel packt noch immer die Wut, wenn er daran denkt, wie die Behörden Anna und ihre Kameradinnen behandelten, als sie öffentliche Reden hielten. Unter Berufung auf das Gesetz gegen Landstreicherei wurden sie festgenommen und dazu erniedrigt, intime Untersuchungen über sich ergehen zu lassen, bei denen angeblich nach venerischen Krankheiten gesucht wurde.

»Eine Vergangenheit als Seemann … sofort stelle ich mir dich mit Ring im Ohr und Tätowierungen an geheimen Stellen vor«, sagt Anna und hebt hoffnungsvoll die Bettdecke an.

Daniel ist das peinlich, denn er will nicht, dass die Frau seinen Körper mustert, den er selbst für hässlich hält.

»Ich wäre sowieso nicht zum Seemann geeignet gewesen, jedenfalls nicht auf einem Segelschiff«, sagt er und zieht die Decke wieder über sich. »Mein Vater war der Meinung, eine der unumgänglichen Leidenschaften eines Jungen müsse darin bestehen, auf einen Baum zu klettern und Vogeleier zu sammeln. Um ihm einen Gefallen zu tun, oder eher um eine Abreibung zu vermeiden, kletterte ich auf eine Eiche. Aber man bekam mich nicht mehr herunter, bis der Stallmeister mit der Leiter kam.«

»Und es gab eine Abreibung?«

»Und ob. Eine ebenso klägliche Figur gab ich in der Turnstunde in der Schule ab. Ich lernte, sämtliche Disziplinen der Körperertüchtigung zu hassen …«

»Außer der rhythmischen Bettgymnastik, Gott sei Dank.«

Ist es das für sie? Bloß eine Leibesübung?, schießt es Daniel in den Kopf. Andererseits begreift er, dass Annas Stichelei als Kompliment gemeint ist. Inzwischen legt er körperliche Tugenden an den Tag, auf die er wirklich stolz ist.

»Das Einzige, bei dem ich je alle anderen besiegt habe, ist Luftanhalten unter Wasser. Das kommt daher, dass ich als Kind an dem Strand, der zum Gutshof gehörte, stundenlang Muscheln suchte. Der Sandboden dort ist so lange so flach, dass einem das Wasser nicht bis über den Kopf reicht. Mein Schwimmen war ein bescheidenes Planschen, aber ich tauchte wie eine Robbe. Stundenlang. Auch in kaltem Wasser.«

Das kleine Dickerchen hat eine Fettschicht wie ein Seehund, lachte die Köchin, ohne zu wissen, dass der Junge in Hörweite stand.

»Oh, in Devon gehe ich von Frühling bis Herbst jeden Tag schwimmen. Wir müssen unbedingt zusammen hinfahren. Das wird Spaß machen.«

»Genau. Du schwimmst, und ich lasse mich zwei Fuß unter die Wasseroberfläche sinken.«

»Was für ein verführerischer Gedanke!«

»Ich bin nur in solchen Künsten tüchtig, bei denen im richtigen Leben kein Penny herausspringt«, sagt Daniel melancholisch und öffnet sein Zigarettenetui. »Stört es dich, wenn ich …«

Anna schüttelt den Kopf und blickt auf die Zeitung, die auf dem Tisch liegt.

»Die Besatzung des russischen Schiffs ist also komplett gerettet worden?«

»Einschließlich der Schiffskatze«, bestätigt Daniel. »Und des Hundes. Aber es war kein einziger Russe im eigentlichen Sinn an Bord. Der Eigner und die Offiziere sind Finnen, die unter russischer Flagge segeln.«

»Finnland ist ja auch Teil von Russland.«

»Als autonomes Großherzogtum. Mit wesentlich größeren Rechten, als Irland sie als Teil Großbritanniens besitzt. Genau genommen scheint es dort eine Selbstverwaltung zu geben, die ungefähr der gleicht, für die ihr kämpft. Mit eigenem Senat und eigenem Parlament, mit eigenem Geld, eigener Post und eigenem Zoll. Und sie müssen nicht für den Zaren in den Krieg.«

Anna setzt sich interessiert auf.

»Nikolaus lässt die Finnen einfach so in Ruhe vor sich hin werkeln, in unmittelbarer Nachbarschaft seiner eigenen Hauptstadt?«

»So ziemlich. Sogar die finnischen Zollgebühren an Russland sind günstiger als bei anderen Ländern. Finnland dürfte die einzige Kolonie der Gegenwart sein, die ihr Mutterland im Grunde wirtschaftlich schröpft. Und der Wohlstand bringt Segen. Das

Land hat ein so gutes Schulsystem, dass der überwiegende Teil der Bevölkerung lesen und schreiben kann. Vermutlich weil man nicht heiraten darf, wenn man nicht lesen kann ...«

»Herrschaftszeiten! Du hast deine Hausaufgaben gemacht, Danny-Boy.«

Ihm gefällt dieser Kosename nicht, der ihm letzten Endes zeigt, wo er steht, ob die Frau es nun so meint oder nicht.

»Ich habe bei der Beerdigung mit dem russischen Konsul gesprochen. Und ich habe mich zweimal mit dem Obersteuermann der Palme getroffen. Er heißt Peterson; ein interessanter Kerl.«

»Inwiefern?«

»Na ja ... Anfangs völlig unzugänglich, aber nach ein paar Gläsern kommt allmählich etwas. Überhaupt nicht dumm. Und gut im Zeichnen, angeblich malt er sogar. In Merrion habe ich am Strand verfolgt, wie er eine schnelle und exakte Skizze vom Wrack des Rettungsboots anfertigte. Und das mit verbundener Hand! Ich wurde neidisch.«

»Wie sieht er aus?«

»Skandinavisch. Blond, groß, blauäugig, vielleicht knapp über vierzig, vielleicht auch etwas darunter. Ich habe ihn nicht gefragt. Er besitzt übrigens das Kapitänspatent. Und offensichtlich viel Erfahrung mit den Weltmeeren.«

»Und hat sich trotzdem mit dem Posten des Steuermanns begnügt?«

»Vielleicht ist das üblich in Finnland. Wenn es keine Kapitänsstellen gibt, heuert man als Steuermann an.«

»Und der Kapitän selbst?«

»Er spricht so gut wie kein Englisch, weshalb es schwer ist, etwas über ihn zu sagen. Oder was meinst du ...? Wie er aussieht?«

Frauen fragen immer zuerst nach dem Aussehen einer Person, aber irgendwie hat sich Daniel gedacht, Anna würde über so etwas stehen. Vielleicht war er aber auch nur eifersüchtig, wenn sich seine Frau für andere Männer interessierte. Das traut er sich jedoch nicht laut einzugestehen, weil Anna die Vorstellung, jemandem zu gehören, zweifellos abstoßen würde.

»Er sieht schrecklich jung aus, wie ein Bursche. Und er ist auch jung, vierundzwanzig.«

»Wirklich jung für einen Schiffskommandanten«, wundert sich Anna.

»Eben. Dies war seine erste Fahrt als Kapitän.«

»Vielleicht hat er irgendwie mit dem Schiff gestümpert.«

»Daran habe ich auch schon gedacht. Aber es herrschte schon ein teuflischer Sturm.«

Daniel streckt sich, um einen Stoß Papiere aus seiner Tasche zu nehmen.

»Ich habe mir auch ein paar Notizen zu den verstreuten Aussagen des Einheimischen John Caffrey gemacht. Das war der Ersatzsteuermann der Civil Service. Er wurde vor dem Ertrinken gerettet, weil er zu spät zur Abfahrt kam. Um eine Minute! Nach dem Begräbnis habe ich mit ihm gesprochen. Es stellte sich heraus, dass die Bootsbesatzung starke Zweifel an den Eigenschaften des Rettungsboots hatte. Es war nämlich schon einmal in eine Havarie geraten, bei der ein Mann ums Leben gekommen war. Caffrey war ziemlich durcheinander, aber wenn es dich interessiert…«

»Selbstverständlich, mein Liebling. Alles, was du tust, interessiert mich!«

Anna gibt ihm einen Kuss und schnappt sich die Blätter. Daniel möchte eine bestimmte Stelle im Text suchen, aber Anna springt in ihrer hastigen Art bloß im Unterhemd vom Bett auf. Sie holt den Porzellantopf hinter dem Paravent mit dem Drachenmotiv hervor und stellt ihn vor den Kamin.

»Es stört dich doch nicht, wenn ich hier pinkle? Dort in der Ecke gefriert mir der Bürzel.«

»Natürlich nicht«, antwortet Daniel unehrlich. Ihr schamloses Benehmen in diesen Dingen verwirrt ihn. Er hat noch nie eine Frau gesehen, die sich wie Anna verhält. Ihr Hinterteil auf dem Topf und der kindlich gebogene Rücken wirken im Schein des Kaminfeuers leicht unscharf. Sie sieht eher rührend als begehrenswert aus, als sie die Augen zusammenkneift und die Papiere sichtet. Sie hat aufgehört, Korsagen zu tragen, ihre Haut ist glatt und weich wie bei einem Kind, ohne die Abdrücke und Scheuerspuren von Walknochen.

»Du hast bestimmt einen guten Grund, auch hinsichtlich der letzten Stunden des zweiten Schiffes neugierig zu sein?«

Daniel begnügt sich damit, die Arme auszubreiten. Er will kein lächerliches Bild von sich als kopfloser, übereifriger Journalisten-Agent abgeben, aber noch weniger will er seine elementare Verwirrung preisgeben. Sie wird von der magischen Symmetrie der Fälle erzeugt: zwei Schiffe auf dem Weg zur langen Fahrt über den Ozean, es kommt Sturm auf, beide Kapitäne haben eine junge Ehefrau und ein kleines Kind dabei sowie ungefähr gleich viel Besatzung. Wenn man an die Meeresmythologie glauben will, muss man den Grund für das Unglück in dem Umstand suchen, dass auf beiden Schiffen mehrere Finnen an Bord waren. Interpretiert man die Bibel, wurden am Vorabend von Christi Geburt zwei Varianten der Arche Noah vor der Küste hin und her geschleudert. Und Gott sah es für gut an, die eine zu verschonen und die andere zerstören zu lassen.

»Du witterst etwas, nicht wahr? Soweit ich weiß, bist du ja nicht sonderlich religiös.«

Daniel erzählt, was er über die Unzuverlässigkeit, ja vielleicht sogar Seeuntauglichkeit der Schiffe der Seenotrettungsgesellschaft gehört hat.

»Die Gesellschaft ist reich und nimmt ständig beachtliche Geldströme entgegen. Wohin, zum Teufel, geht das ganze Geld?«

Anna setzt sich auf den Bettrand, legt die Blätter auf den Tisch und nimmt eine Hand des Mannes zwischen ihre Hände.

»Jetzt begibst du dich in gefährliche Gewässer, Danny-Boy.«

Daniel würde aus ihrer Stimme und ihren Gesten lieber Bewunderung für seine Tollkühnheit als mütterliche Sorge heraushören. Er möchte am liebsten mit seiner ganzen Erscheinung signalisieren, dass es dort, wo er herkommt, nicht üblich ist wegzuschauen, wenn man auf dubiose Machenschaften stößt. Gaunereien werden gründlich untersucht, auch wenn man sich dabei eine blutige Nase holt. Das ist nicht wahr, aber es könnte so sein. Die tiefe Wahrheit lautet, dass er sich hervortun will, um Eindruck auf Anna zu machen.

»Misst du die Länge meiner Lebenslinie?«

Der plumpe Versuch, sich scherzhaft zu geben, bringt sie nicht zum Lächeln. Sie hockt mit gerunzelter Stirn auf dem Bettrand, mit dunklen Schatten unter den Augen, und sieht gar nicht mehr wie ein kleines Mädchen aus.

»Auch das.«

»Wir müssen nicht über berufliche Dinge reden. Unglaublich, dass du hergekommen bist. Ich hatte solche Sehnsucht.«

Er versucht, sie an sich zu ziehen, tastet mit der freien Hand nach ihrer Brust, aber sie streckt sich nach ihrem grünen Strickjäckchen, das neben dem Bett liegt, und zieht es über. Sie drückt das Zierkissen an sich wie einen Schutzpanzer, um in Ruhe nachdenken zu können.

»Doch, das müssen wir. Was hast du vor?«

»In welcher Angelegenheit?«

»In deiner beruflichen Angelegenheit, davon reden wir doch gerade.«

Daniel kommt ein Bild von Anna als stillende Mutter in den

Sinn, und wieder fragt er sich, ob es ihr noch möglich wäre, Kinder zu bekommen.

»Wie gesagt, ich kann nicht gut mit Kindern und Jugendlichen«, sagt Daniel. »Ich verschrecke sie nur und bringe sie zum Weinen.«

Anna wirft einen Blick auf ihn.

»Gehst du umher und erschreckst kleine Kinder?«

»Ich glaube schon.«

»Wen hast du denn zuletzt zum Weinen gebracht?«

»Dieses Donoghue-Mädchen. Der Leichnam ihres Vaters ist noch nicht gefunden worden, und gestern bei der Beerdigung mussten zwei Leute ihre Mutter stützen, damit sie überhaupt fähig war, in den Wagen für die Angehörigen zu steigen. Das Mädchen, Sarah, stand neben mir und dem jungen blinden Passagier der Palme … Ich gab lauter unpassendes Zeug von mir.«

»Du übertreibst bestimmt. Ein Kind weint doch auch so, wenn sein Vater beerdigt wird.«

»Sie hat eigentlich nicht geweint. Sie war eher wütend. Im Grunde ist sie ein merkwürdiges Wesen. Weigert sich zu glauben, dass ihr Vater tot ist. Stattdessen glaubt sie, ein finnischer Seemann habe seine Zauberkräfte eingesetzt, und es sei nur eine Frage der Zeit, bis ihr Vater nach Hause zurückkehre.«

»Das ist die Art der Kinder, weiterzuleben. Sie flüchten sich in ihre Fantasiewelt, wenn die Wirklichkeit zu unerträglich wird.«

So ist es wohl, denkt Daniel, Kindern gestattet man das. Er erzählt Anna noch mehr über das bemerkenswerte Mädchen.

»Sie scheint der Liebling ihres Papas gewesen zu sein. Hat ihn oft begleitet. Als Letztes hat sie von einem Kentertest erzählt, den die Rettungsmänner im Sommer mit Boot Nummer sieben durchgeführt haben. Und sie hat mir den Tipp mit Caffrey gegeben, der offenbar der einzige überlebende Zeuge des Tests ist. Er müsste sich nur ein wenig beruhigen, dann kann er eventuell über genauere Einzelheiten hinsichtlich möglicher Mängel am Boot berichten. Und vor allem darüber, warum das nicht untersucht wurde.«

»Mit anderen Worten, du willst die Wölfe auf den armen Caffrey hetzen?«

Anna weiß nur zu gut, was es heißt, in die Fänge der Presse zu geraten.

»Natürlich schütze ich meine Quelle. Aber Scott will nichts davon hören, dass ich in dem Fall recherchiere. Und das kann man auch verstehen, wenn man in Betracht zieht, wessen Brot er isst und mit wem er seinen Lunch einnimmt.«

»Die Infragestellung einer von London aus gesteuerten und königliche Protektion genießenden Organisation bringt jeden Unionisten um den Nachtschlaf. Das dürfte dich eigentlich nicht überraschen.«

»Die erste Pflicht eines Journalisten besteht doch wohl darin, die Wahrheit herauszufinden. Wenn die Männer ihr Leben verloren haben, weil das ihnen zugewiesene Boot seeuntauglich war, dann muss öffentlich darüber gesprochen werden. Und dann wird die offizielle Untersuchung des Unglücks auch noch von einem eigenen Mann der Rettungsgesellschaft aus London geleitet! Was für eine unparteiische Entscheidung kann man da erwarten?«

Schon während er dies laut ausspricht, begreift Daniel, wie kindisch und blauäugig er für Anna klingen muss, die über die Presse ihres Landes sagt, sie sei nichts als gedruckter Kapitalismus. Um seine Glaubwürdigkeit wenigstens etwas zu erhöhen, hat er einen Einfall, der ihm sofort wie eine geniale Idee erscheint.

»Sagt dir der Name Edward Bayley etwas? Ein Liberaler. Hat letzten Sommer seinen Sitz im Unterhaus verloren.«

»Den kenne ich. Ich bin ihm oft begegnet. Und Charles sprach viel von ihm. Ein seltsamer Typ. Unbedingt für die irische

Selbstverwaltung, aber dann wieder ... Liberal bleibt liberal. Ich habe jedoch den Eindruck gewonnen, dass er mich irgendwie schätzt, ja geradezu mag. Warum fragst du?«

»Er hat der Königlichen Rettungsgesellschaft ziemlich unschöne Vorwürfe gemacht, und zwar in Zeitungen, die bereit waren, sie zu drucken: über die Untauglichkeit der gesellschaftseigenen Schiffe, über die Unterbesetzung der Stationen und über den Einsatz ungeschulter Amateure vor allem in abgelegenen Gegenden. Und er verlangt, dass untersucht wird, wie die Gesellschaft ihre Mittel verwendet.«

Anna nickt und fährt ernst über die schwarzen Härchen auf Daniels Handrücken.

Sie scheint sofort zu begreifen, worauf er hinaus will. Behauptungen über Unregelmäßigkeiten einer so mächtigen Organisation gibt man nicht einfach so von sich. Anonyme Leserbriefe entsprechenden Inhalts würden nicht veröffentlicht werden. Man braucht eine einflussreiche Person aus Fleisch und Blut, die über das Thema reden will – wenn sie nur weitere Informationen über Nachlässigkeiten oder Schlimmeres erhält.

»Und jetzt brauchst du jemanden, den Bayley kennt und dem er glaubt?«

»Gott bewahre, nein. Auf keinen Fall. Du hast schon genug für dieses Land getan.«

Und hast dafür nichts als Schmutz abgekriegt, hätte er am liebsten voller Wut hinzugefügt. Gerade in diesem Moment entsetzt es ihn am meisten, dass sie auch nur kurz denken könnte, er sei bereit, sie eiskalt auszunutzen. Natürlich ist das ihre immer wiederkehrende Erfahrung mit den Männern, die sie kennt, besonders mit denen, die ihr am nächsten stehen. Dennoch müsste sie erkannt haben, dass Daniel anders ist. Er will nichts so sehr, als sie mit allen Mitteln schützen und ihre Würde, die andere besudelt haben, wiederherstellen. Darum schreibt er an einer Biografie, die dieser Frau endlich gerecht wird. Kurz: Daniel will ihr das Glücklichsein zurückgeben.

»Ich dachte, ich schreibe Bayley einen Brief, in dem ich beide Fälle beleuchte und ihm die Informationen gebe, die ich habe.«

»Seien wir realistisch«, sagt Anna mit Schulmeisterstimme und nimmt erneut den Papierstoß zur Hand.

»Jedes Mitglied des Unterhauses und vor allem des Reformclubs erhält ordnerweise Bürgerbriefe, die auf solchen Aussagen beruhen. Kann sein, dass es dem Herrn eines Tages in seinem gemütlichen Pensionistendasein, nachdem er seinen Setter ausgeführt hat und er leicht gelangweilt eine Pfeife raucht, in den Sinn kommt, zum Zeitvertreib einen Blick auf einige dieser Schreiben zu werfen.«

»Aber Bayley hat bewiesen, dass er sich besonders für die Rettungsgesellschaft interessiert.«

»Umso mehr kann man davon ausgehen, dass es für ihn alle möglichen Briefe zu dem Thema gehagelt hat«, erklärt Anna geduldig, als spräche sie zu einem Kind. Daniel müsse verstehen, dass ein Missstand, den ein Mann in Bayleys Position aufgreifen soll, in gründlich recherchierter und gegliederter Form vorzuliegen habe. Er müsse sich darauf verlassen können, dass man ihn nicht ausnutzt und unter seinem Namen diffuser Unsinn publik gemacht wird, dessen eigentliche Bedeutung darin besteht, eine bestimmte Institution anzuschwärzen. Zweifellos dränge er erneut ins Unterhaus und brauche Unterstützer. Außerdem sitze er, wenn sie sich richtig erinnere, im Aufsichtsrat von mindestens drei Transportunternehmen auf dem Stuhl des Vorsitzenden. Der Mann sei schon immer an allen Arten von Fahrzeugen interessiert gewesen, an Straßenbahnen, Eisenbahnen und anderen modernen Gerätschaften.

»Aber trotzdem – oder gerade deswegen – kann er unser Mann sein!«, sagt Anna.

»Unser?«

»Ich fahre morgen zurück. Ich habe in London zu tun, also kann ich Herrn Bayley gut und gern ein gemeinsames Mittagessen vorschlagen. Wie gesagt, der Mann ist schon immer ein bisschen hinter mir her gewesen.«

KINGSTOWN, SILVESTER 1895

Kompassfehler. Normalerweise ist die Nordrichtung auf dem Magnetkompass nicht identisch mit der geografischen Nordrichtung, also mit dem echten Norden. Den Winkel zwischen dem echten Norden und dem Magnetkompassnorden nennt man Missweisung. Will man die wahre Richtung wissen, muss eine Begradigung der Kompassrichtung vorgenommen werden, die der Missweisung entspricht. Weicht der Kompassnorden vom wahren Norden nach rechts ab, ist das Zeichen für die Gesamtablenkung ein Plus, und wenn er nach links abweicht, ist es ein Minus. Die Gesamtablenkung besteht aus Deklination und Deviation.

Lehrbuch der Seefahrt I

Elin

Adam Findlater, der Vorsitzende der Handelskammer, schickt am Nachmittag des Silvestertages einen kleinen Brief ins Marine Hotel, in dem er Kapitän Siren bittet, eine Stunde vor Beginn des Neujahrsempfangs zu privaten Beratungen ins Rathaus von Kingstown zu kommen. Weil Pastor Dahl von der schwedischen Seemannsmission, der bislang als Dolmetscher fungiert hat, verhindert ist, wird gewünscht, dass auch Frau Siren zum Tee erscheint, sofern ihr daraus keine unverhältnismäßige Mühe erwachse. Frau Talbot-Power habe nämlich erzählt, wie ausgezeichnet die Gemahlin des Kapitäns die englische Sprache beherrsche, und in diesem Fall wäre es ungemein wichtig, exakt zu erfassen, worum es gehe …

Herrn Findlater wird geantwortet, dass Kapitän Siren und seine Frau die Einladung mit Vergnügen annehmen und zum gewünschten Zeitpunkt zur Stelle sein werden.

Die Beratungen finden in einem Büroraum mit Aussicht auf den Hafen statt. Mitten im Raum steht ein großer Konferenztisch mit Stühlen aus Nussbaumholz, und an den Wänden hängen Gemälde von Schiffen sowie einige Porträts von Herren mit ernsten Mienen. Auf einem Bild posiert ein schwarzweißer Preisbulle. Neben Herrn Findlater sind zugegen Kommandant Nepean, der aus London angereiste Vertreter der Königlichen Rettungsgesellschaft, und Kapitän Crofton, der nicht nur Hafenkapitän, sondern auch der Sekretär der Rettungsgesellschaft in Kingstown ist.

Adam Findlater, ein etwas rundlicher Mann mit Bart, lächelt Elin strahlend an und führt auf kontinentale Art ihre vom Abendhandschuh verhüllte Hand zum Mund, ohne sie jedoch mit den Lippen zu berühren.

»Enchanté, madame!«

Kommandant Nepeans Begrüßung fällt militärisch knapp aus, aber auch ihm gelingt es, ein kurzes Lächeln auf die Lippen zu zaubern. Als er spricht, bohrt sich sein Blick in Oskar, obwohl er weiß, dass der Kapitän die Übersetzungshilfe seiner Frau benötigt, um ihn zu verstehen.

»Wir haben uns hier versammelt, um später an diesem Abend das Ende des Jahres 1895 zu feiern und die Gastfreundschaft von Herrn Findlater und der Stadtführung zu genießen, aber zuvor wollte ich Sie, meine Herren, als Londoner Vertreter der Königlichen Rettungsgesellschaft, im privaten Rahmen treffen. Wir wissen alle, dass dieser Jahreswechsel von einer Tragödie überschattet wird, die sehr schwer für unsere Gesellschaft wie natürlich auch für alle Einwohner Kingstowns ist.«

Die Herren nicken ernst.

»Eigentlich möchte ich nur Folgendes sagen: wenn übermorgen im Royal Marine Hotel die offizielle Untersuchung beginnt, wird einzig und allein eine Sache wichtig sein, aber diese wird alles entscheiden!«

Der Kommandant macht eine wirkungsvolle Pause, bevor er seine endgültige Ansicht verkündet, aber Findlater kommt ihm zuvor.

»Die Wahrheit.«

»Ganz genau. Sie treffen den Nagel auf den Kopf, Herr Findlater«, sagt Nepean verärgert darüber, unterbrochen worden zu sein, und fährt fort.

»Kapitän Siren. Sie verstehen wohl, dass Sie als Kommandant der Palme ein Schlüsselzeuge sind?«

Oskar bestätigt dies.

»Hervorragend!«

Nepean möchte nun einen bedauerlichen Aspekt zur Sprache bringen, der schon jetzt unangenehmerweise wie ein Schatten über der bald beginnenden Untersuchung des Unglücks liege.

»Wie immer bei solchen tragischen Unfällen sucht das Volk nach Sündenböcken und lässt seiner Fantasie dabei freien Lauf. Das irische Volk, wenn Sie mir erlauben, das zu sagen, ist in dieser Hinsicht besonders begabt und geschickt.«

Der Kommandant sagt, er habe zu seinem großen Verdruss von Moritaten, Straßentheaterstücken und Versen gehört, denen zufolge die Civil Service no. 7 angeblich nicht alle Anforderungen erfüllt habe, die von einem Rettungsboot verlangt werden.

»Solche Behauptungen sind natürlich lächerlich, ja sogar gefährlich. Und ich werde sie auf keinen Fall zulassen!«

Elin übersetzt. Oskar hört zu, nickt kaum merklich, antwortet aber nicht. Das wird auch kaum von ihm erwartet. Der Kommandant steht aufrecht vor ihnen und redet im Rhythmus eines Offiziers, wobei er zwischendurch Pausen einlegt, damit Elin ihrer Aufgabe nachkommen kann.

»Das Schiff ist von allen seinen Eigenschaften her erstklassig. Wie könnte es auch anders sein? Schließlich ist es von George Lennox Watson persönlich konstruiert worden. Ich nehme an, dass Ihnen der Name bekannt ist?«

Der Kommandant deutet aus dem Fenster.

»Schauen Sie in diese Richtung! Auf die größte Yacht vor dem Königlichen Segelclub. Die Walküre von Lord Dunraven. Watsons Handschrift!«

Adam Findlater verspürt das Bedürfnis, zu präzisieren:

»Die Walküre III«, sagt er mit erhobenem Zeigefinger. »Die Walküre II sank vor anderthalb Jahren bei der Mudhook-Regatta.«

Nepean wirft einen verärgerten Blick auf Findlater. Er ist es offensichtlich nicht gewöhnt, unterbrochen zu werden.

»Das trifft zu. Weil sie von einer anderen Yacht gerammt worden ist, von der SY Satanita, die höchst ungeschickt navigierte. Die Walküre brach auseinander. Aber reden wir nicht davon. Der Kern der Sache besteht darin, dass Lord Dunraven unverzüglich eine neue Yacht bei Watson bestellt hat. Das sagt alles über sein Vertrauen in Herrn Watson. Noch wesentlicher erscheint es mir jedoch, eine andere von ihm konstruierte Rennyacht zu erwähnen.«

Nepean räuspert sich und streckt den Rücken noch mehr durch, so wie man es tut, wenn man sich auf eine bedeutsame Verlautbarung vorbereitet.

»Auf die HMY Britannia.«

Der Kommandant wartet schweigend ab, welchen Eindruck seine Aussage machte. Im Raum ist es mucksmäuschenstill.

»Deren Kommandant ist kein Geringerer als Ihre Königliche Hoheit der Prinz von Wales. Die HMY Britannia lief vor knapp zwei Jahren vom Stapel und hat seitdem die meisten Rennen, an denen sie teilgenommen hat, gewonnen.«

»Allein in der ersten Saison dreiunddreißig Siege bei dreiundvierzig Starts«, präzisiert Findlater.

»Genau«, sagt der Kommandant, »darauf wollte ich gerade zu sprechen kommen, und so frage ich, ob es in irgendeiner Form möglich sein kann, dass ein sorgfältig konstruiertes Rettungsboot aus der Hand des Schöpfers dieser Yacht, der überdies Hofschiffsarchitekt des Vertrauens des Königshofes ist, fehlerhaft sein kann … dass ein Konstruktionsfehler vorliegt, der den Tod von fünfzehn Männern verursacht haben könnte. Meine Antwort lautet nein. Das ist schlicht und einfach nicht möglich. Die Civil Service no. 7 war unbestreitbar ein Monument meisterlicher Schiffsarchitektur.«

»Ich verstehe, Sir«, antwortet Elin, nachdem sie die Worte des Mannes übersetzt hat.

Die Mundwinkel des Kommandanten heben sich so weit, dass man seine Miene als ein von der Antwort ausgelöstes zufriedenes Lächeln deuten kann. Kommandant Nepean weist auf den Serviertisch, der mit einem Teeservice sowie mit süßen und salzigen Häppchen gedeckt ist.

»Vielleicht möchte einer der anwesenden Herren unseren Gästen etwas mehr über die HMY Britannia und die Ereignisse, die im nächsten Sommer im schönen Kingstown stattfinden werden, erzählen?«

»Das werde ich sehr gern tun, Sir«, beteuert Findlater.

Kapitän Crofton, der bislang geschwiegen hat, führt Elin zum Tisch und schiebt ihr den Stuhl unter.

Auch Kommandant Nepean hüllt sich nun in Schweigen, da Herr Findlater eifrig die große Kraftanstrengung der Einwohner von Kingstown ausmalt, nämlich die Regatta, die im August starten wird und von der man sich großen Erfolg verspricht. Neben dem Prinzen von Wales werde wohl auch dessen Neffe, der deutsche Kaiser Wilhelm, an der Regatta teilnehmen, mit seiner Meteor, die, nebenbei gesagt, ebenfalls Watsons Handschrift trage. Ebenfalls ein großartiges Schiff, das im Ganzen an die Yacht Ihrer Königlichen Hoheit erinnere, welche jedoch dreizehn Fuß länger sei – und, wie alle hier fest glaubten, auch diesmal siegreich sein werde.

Findlater breitet die Arme aus und setzt seine Kaufmannsrede fort.

»Wie immer der Wettkampf auch ausgehen möge, allein das Erscheinen solcher prachtvollen Schiffe ist an sich bereits ein unvergessliches Erlebnis. Wenn die königlichen Yachten eintreffen, werden sie von einer Geschützbatterie an der Hafeneinfahrt mit Salutschüssen begrüßt. Tausende Menschen auf dem Wellenbrecher werden winken und Hurra rufen. Möglicherweise kann man einen solchen großartigen Moment gleich dreimal im August erleben, denn es bestehen vorläufige Zusagen, dass Nikolaus, der Neffe Ihrer Majestät, der bald in Russland zum Kaiser gekrönt werden wird, mit seinem neuen Luxuskreuzer Standart in unsere Stadt kommt, um das kameradschaftliche Wettrennen zwischen seinem Cousin und seinem Onkel zu verfolgen. Unnötig zu erwähnen, was dies für das Geschäftsleben von Kingstown und seiner näheren Umgebung bedeutet, für Kaufleute, Hotelbesitzer, Wirte und natürlich auch für Seeleute und Fischer. Ein großer Teil der Seenotretter wird als Besatzung an Bord der Yachten gehen und durch diese Tätigkeit einen bedeutenden zusätzlichen Verdienst erwerben. Es ist ein sehr trauriger Gedanke, dass sich unter den ertrunkenen Seenotrettern mehrere äußerst geschickte, mit dem Luxus- und Wettsegeln vertraute Männer befanden.«

Gereizt unterbricht Kommandant Nepean den Monolog des Kaufmanns.

»Im Hinblick auf die gesamte Zukunft der irischen Küste ist es von zentraler Bedeutung, zu verstehen, dass jedes sinnlose und unbegründete Anschwärzen des Rettungsgeräts der RNLI im Keim erstickt werden muss! Womöglich wird man sich schweren Herzens der bedauerlichen Wahrheit stellen müssen, dass menschliches Versagen der Grund für den Unfall war.«

»Als Personal der Königlichen Rettungsgesellschaft vor Ort werden freilich die besten Männer ausgewählt«, beeilt sich Kapitän Crofton nachdrücklich zu versichern.

»Das ist vollkommen klar«, bestätigt der Kommandant. »Und wir haben keinerlei Grund, davon auszugehen, dass hier in Kingstown nicht genau so verfahren worden wäre, sprich dass die *bestmöglichen Männer* ausgesucht wurden. Allerdings kann in diesem speziellen Fall der Zeitpunkt des Unglücks nicht übergangen werden. Ich weiß nicht, was für Weihnachtstraditionen Sie in Russland haben, aber ich habe eine Person eingeladen, die sich mit diesen Dingen auskennt. Vater Cullen hat viel Erfahrung mit den Bräuchen, derer sich seine Landsleute bedienen, wenn sie ihre freien Stunden und die großen Feiertage verbringen.«

Oskar will, dass Elin etwas richtigstellt. Die Bräuche, die er befolgt, seien keine russischen, sondern finnische, genauer gesagt åländische.

Nepean hebt leicht die Augenbrauen.

»So, so. Leider kann ich nicht behaupten, mich damit auszukennen.«

Er nickt dem Mann in Livree, der an der Tür steht, zu als Zeichen, dass nun die Tür geöffnet werden dürfe. Ein Pfarrer mit runder Brille und langer schwarzer Soutane tritt ein.

»Darf ich vorstellen? Vater Cullen.«

Man stellt dem Kirchenmann den Kapitän und dessen Frau vor. Die anderen Männer scheint er zu kennen. Es zeigt sich, dass er Jesuit ist und sein Leben der Rettung seiner Herde vor dem Fluch des Alkohols verschrieben hat. Was er sagt, ist für Elin leicht zu übersetzen. Er spricht rhythmisch und mit Nachdruck, als predige er vor seiner Gemeinde, und legt wirkungsvolle Pausen ein. Mit ernsten Worten schildert er das Elend, das in den Häusern und in der gesamten Gesellschaft entstehe, weil das irische Volk so unwahrscheinlich auf den Alkohol versessen sei. Kinder und Frauen würden geschlagen, in den Familien herrsche Mangel an allem, und es werde gehungert. Die Männer kämen ihren Aufgaben nicht nach, sie schluderten bei der Arbeit, drückten sich und würden schließlich gefeuert. Schließlich fielen die Familien auseinander, die Frauen müssten in Werkstätten, die Kinder in Waisenhäuser.

»Was glauben Sie, was ein Mann empfindet, der seine Familie ins Verderben gestürzt hat?«

Der Jesuit lässt sich dazu hinreißen, seine Schilderung mit so schwelgerischen Formulierungen zu färben, dass sich Elin allmählich vorstellt, der Pfarrer sei selbst an den von ihm beschriebenen üblen Vorfällen beteiligt gewesen: an Prügeleien in Trunkenheit und dem anschließenden trostlosen Torkeln des Betrunkenen durch die dunklen Straßen.

Flüsternd übersetzt Elin die Worte des Kirchenmanns. Sie glaubt zu wissen, was Oskar sich dabei fragen wird: wie viel wissen diese Menschen von meinem Tun oder eher von meiner Tatenlosigkeit auf dem havarierten Schiff? Soll Vater Cullens Predigt eine Anklage sein?

Und dann spricht es der Jesuit laut aus.

Er sagt, er wisse, dass die Trinkerei nicht nur eine Plage seiner Landsleute sei. Er sagt, er habe in den Seemannskirchen von Dublin viele Ansprachen an Männer gehalten, die in verschiedenen Ländern angeheuert worden waren, und jedes Mal habe er gemerkt, dass auch unter ihnen jener Geist der Zerstörung gewirkt habe. Vater Cullen sagt, er glaube, dass Kapitän Siren und seine Gattin verstünden, wovon die Rede sei. Oskar nickt blass dem Jesuiten zu, der es als sein Ziel bezeichnet, seine jeweiligen Zuhörer zu einem »heldenhaften Opfer« zu bekehren, nämlich zu lebenslanger Enthaltsamkeit.

Obwohl Oskars Miene in kapitänshafter Ausdruckslosigkeit gefroren ist, vermutet Elin, dass er kurz vor dem Zusammenbruch steht. Was wissen diese Männer über Kapitän Siren und die Umstände auf dem Schiff in der Stunde des Unglücks? Was erwartet man von ihm? Womöglich das Eingeständnis, dass er nicht einmal offiziell Kapitän ist und außerdem alles andere als auf der Höhe der Lage war, als das Rettungsboot vor der Palme zerstört wurde und ihre tapferen Retter in den Tiefen des Meeres versanken.

Innerlich hört Elin auch Oskars Verteidigungsrede: hätte es etwas geändert, wenn ich meine Nerven im Griff gehabt und nichts getrunken hätte? Ihm hatten keine Zaubertricks oder sonstigen Mittel zur Verfügung gestanden, die Steuermann Peterson nicht beherrscht hätte. Und auf der Palme gab es kein Gerät, mit dem man auch nur einen einzigen Menschen aus dem Meer hätte ziehen können. Außerdem waren die Umstände so höllisch, dass die Chancen der Männer auf Rettung ohnehin verschwindend gering waren, nachdem sich ihr Boot nach dem Kentern nicht wieder aufgerichtet hatte.

»Wollen Sie, dass ich auch zu Ihren Männern spreche, Kapitän Siren? Ich weiß, dass sie nicht katholisch sind, aber die Sache der Abstinenz kennt keine konfessionellen Grenzen.«

Elin übersetzt, Oskar hört zu, dann wendet er sich an seine Frau.

»Danke ihm an meiner Stelle, aber sag ihm, das sei nicht nötig. Meine Männer sind tüchtige und gottesfürchtige Leute. Außerdem befinden sie sich bereits auf dem Weg nach Hause, abgesehen von meinem Obersteuermann und einem Schiffsjungen, der erst dreizehn ist.«

Glaube bloß nicht, dass du so leicht davonkommst, denkt Elin. *Ich habe das Gefühl, dass er etwas weiß. Immerhin hatten wir auch hiesige Seeleute angeheuert.*

»Wenn das so ist«, entgegnet Vater Cullen mit feinem Lächeln, »dann gratuliere ich Ihnen und Ihrer Besatzung für Ihre Charakterfestigkeit. Ich für meinen Teil werde weiter auf den Tag warten, an dem ich das Gleiche über meine Herde sagen kann. Und ich werde diesen Tag wahrlich nicht müßig erwarten, aber nun beende ich meine Rede wie so oft zuvor mit den Worten: nur ein abstinenter Mann ist ein freier Mann. Und nur ein abstinentes Irland ist ein freies Irland!«

Für einen Moment ist es vollkommen still im Raum. Kapitän Crofton, der dem Jesuiten mit rotem Kopf zugehört hat, räuspert sich.

»Vater Cullen hat sicherlich recht, wenn er sagt, haltloser Gebrauch von Alkohol sei schlecht für die Seele und den Körper des Menschen, aber ich verstehe nicht, was diese Tatsache mit dem schrecklichen Unglück zu tun haben soll, bei dem wir fünfzehn tapfere Männer verloren haben.«

»Niemand behauptet, dass es so ist«, sagt Nepean. »Vater Cullen hat nur auf allgemeiner Ebene darüber gesprochen, nicht wahr?«

Der Jesuit nickt.

»Aber wie ich zuvor bereits erwähnte, haben wir Anlass, über den Zeitpunkt des Unglücks nachzudenken«, sagt Nepean mit Nachdruck. »Auch Sie müssen zugeben, dass sich vor Feiertagen die Abende schwer arbeitender Männer in die Länge ziehen können, auch unter Seenotrettern. Auch sie sind nur Menschen. Und Iren. Es war Sturmwarnung gegeben worden, und man darf annehmen, dass alle Schiffe und Boote Häfen aufgesucht hatten und die Besatzungen sich darauf einstellten, Weihnachten zu feiern. Wenn dann überraschenderweise doch noch ein Schiff auf dem Meer unterwegs ist und früh am Morgen des Heiligabends einen Notruf aussendet... dann mögen gewisse menschliche Nachlässigkeiten in einem solchen Zustand... einer solchen Situation durchaus verständlich, in ihren Folgen jedoch durchweg fatal sein.«

»Meine Männer trinken nie so viel, dass sie nicht in der Lage wären, am nächsten Morgen ihren Aufgaben nachzukommen«, sagt Crofton und springt von seinem Stuhl auf. »Es ist äußerst beleidigend, Anspielungen in diese Richtung zu machen.«

»Meiner Erfahrung nach muntert ein kleiner Schluck hier und da einen Mann nur auf«, sagt Findlater ebenfalls außer sich. »Ein vollkommen abstinenter Mann ist angespannt und darum schwierig und in den Augen seiner Kameraden ein Ärgernis. Angespannte Männer sind in bedrohlichen Situationen gefährlich, weil sie von den anderen gemieden werden. Das Gerede von der totalen Abstinenz ist, entschuldigen Sie, verflixter Blödsinn.«

»Das ist es gewiss für eine Person, die ihren Lebensunterhalt mit dem Verkauf von Spirituosen verdient. Vom Verkauf und dem unablässigen Aufdrängen von Spirituosen in Form von Reklame«, sagt der Jesuit, wobei er die schmalen Lippen zu einem höhnischen Grinsen verzieht. »Dieser Herr Findlater hier wird davon reich, dass der größte Teil des Lohns eines irischen Arbeiters auf Alkohol verwendet wird.«

»Wenn das so ist, dann kommt das nur von der unverschämten Importsteuer, die das an sich natürliche und allen zukommende Recht auf den kleinen Genuss als Ausgleich zum schweren Schuften so unnatürlich teuer macht«, ruft Findlater mit rotem Gesicht aus.

Der Jesuit nimmt die Brille ab, um sich die Nase zu putzen.

»Ich finde, Gladstone hatte ganz recht, als er fragte, warum es das Menschrecht verlangen sollte, dass sich ein Ire billiger betrinken darf als ein Engländer. Es ist klar, dass eine Abschaffung der Importsteuer die Leute noch mehr zum Trinken animieren würde.«

Elin hat es längst aufgegeben, ihrem Mann den erregten Wortwechsel zu übersetzen und nutzt die Gelegenheit, von dem Gebäck auf ihrem Teller zu kosten.

»Meine Herren«, sagt Kommandant Nepean im strengen Befehlston, »wir alle dürften Grund haben, uns zu mäßigen.«

Er dankt Vater Cullen für seinen Gedanken erweckenden Beitrag und entlässt ihm, »damit er seine gute Arbeit fortsetzen kann«. Nachdem sich der Jesuit entfernt hat, legt er Herrn Findlater kameradschaftlich die Hand auf die Schulter.

»Nun, mein lieber Freund, ich vermute, Sie brauchen nun einen anständigen Schluck und eine Zigarre, wie? Die Männer der Kirche sind bisweilen so schroff und düster. Gewiss wird ein kleiner Besuch im Rauchsalon auch Kapitän Crofton guttun? Gehen Sie um Himmels willen schon voraus, ich schließe mich in Kürze an, sobald ich noch einige Worte mit unserem Ehrengast Kapitän Siren und seiner reizenden Frau habe wechseln dürfen.«

Der Kommandant begleitet die Männer zur Tür und fordert den Diener im Livree auf, sie zu begleiten, damit sie auch wirklich angemessen bedient würden. Nachdem die Tür geschlossen ist, wendet sich Nepean ernst an Oskar.

»Wie gesagt, wird Ihre Zeugenaussage, Kapitän Siren, eine Schlüsselfunktion einnehmen. Ich habe nicht das Recht, Sie in diesem Augenblick zu fragen, was Sie gesehen haben, und tue es also auch auf keinen Fall. Regeln sind Regeln. Aber jetzt, da auch die Möglichkeit menschlichen Versagens aufgekommen ist, möchte ich Ihnen ein Bespiel von vor einigen Jahren erzählen.«

Der Kommandant nennt den Ort, präzisiert den Zeitpunkt und wartet geduldig ab, bis Elin ihrem Mann jedes Detail übersetzt hat.

»Dort war es so, dass der Kommandant des Rettungsschiffes aus dem einen oder anderen Grund verhindert war, zu kommen. Auch sein erster Stellvertreter war krank. Die Aufgabe übernahm ein ziemlich unerfahrener Kerl, der in aller Eile vergaß zu überprüfen, ob die Ventile der Lufttanks geschlossen waren. Auch wenn Sie die Eigenschaften unserer Rettungsboote nicht kennen, werden Sie gewiss erraten, was es für Folgen hat, wenn sie offen bleiben?«

»Die Lufttanks füllen sich mit Wasser.«

»Ganz recht. Und danach verliert das Boot seine Seetauglichkeit und vor allem seine Wiederaufrichtungsfähigkeit. Der Augenzeuge erkennt eine solche Nachlässigkeit daran, dass das falsch herum treibende Boot in horizontaler Position bleibt.

Hätte das Boot einen anderen Defekt, etwa ein Leck, würde das eine Ende niedriger als das andere liegen. Dies ist eine physikalische Tatsache, die mit dem Längsschwerpunkt der Boote zusammenhängt. Aber genug davon. Diese unschönen Varianten im Zusammenhang mit dem Unfall gehen mir im Kopf herum. Nur Sie, Kapitän Siren, und Ihre Mannschaft wissen, was Sie gesehen haben. Ich frage jetzt nicht danach, weil es nicht rechtens wäre, aber all das wird man Sie bei der Untersuchung des Rettungsbootunglücks fragen. Kapitän Siren, Sie verstehen gewiss, über was für eine wichtige Einzelheit wir hier sprechen?«

Oskar sagt, er verstehe es.

»Wir wiederum sind uns in vollem Umfang der Tatsache bewusst, dass Sie mit dem Verlust Ihres Schiffes genug Kummer haben. Sie können sich natürlich darauf verlassen, dass Ihre neuen Freunde hier alles tun werden, um Ihren Schaden möglichst gering zu halten. Vielleicht haben Sie gehört, dass man schon mit der bislang gesammelten Summe einen Palast wie den, in dem wir uns hier befinden, errichten könnte, und es würde anschließend noch immer Geld übrig bleiben.«

Oskar nickt.

»Ich will Sie und Ihre reizende Gattin nicht länger aufhalten. Begeben wir uns in den Festsaal! Wenn ich mich nicht vollkommen irre, ist dort für Sie ein kleines Überraschungsprogramm vorbereitet worden.«

Matias

Der Streit zwischen dem Kapitän und seiner Frau beginnt sofort, nachdem das Kindermädchen das Hotelzimmer verlassen hat. Der Wortwechsel ist nicht für Matias' Ohren bestimmt, aber das Paar scheint sich um die Anwesenheit des Jungen, der sich im Alkoven neben dem Kinderbett ausruht, nicht sonderlich zu kümmern. Vermutlich haben sie ihn völlig vergessen. Offenbar sind die Sirens beschwipst, auch die Frau, was den Jungen erstaunt. Nicht, dass er noch nie im Leben betrunkene Frauen gesehen hätte, aber Frau Siren hat für ihn bislang einer anderen Kaste angehört. Durch den Vorhangspalt sieht Matias, wie der Kapitän bei dem Versuch, sich die Galoschen von den festlichen Schuhen zu ziehen, ins Taumeln gerät. Die Frau bückt sich vor ihrem Mann, zieht ihm Galoschen und Schuhe aus und wirft sie demonstrativ in die Ecke.

»Ich verstehe dich nicht. Wie kannst du den ganzen Abend diesem schrecklichen Menschen um den Bart gehen? Erst recht, nachdem sie die Stirn hatten, von dir zu verlangen, dass du dir eine eidliche Aussage zu ihren Gunsten zurechtlegst«, zischt Frau Siren, während sie ihren Mantel aufhängt.

Der Kapitän sitzt an der Tür und zieht die Strümpfe aus.

»Hä? Ich bin niemandem um den Bart gegangen. Ich war nur höflich.«

»Wie ein Hund!«

»Unsinn … Wir waren die Ehrengäste der Feier. Das bringt gewisse … gewisse Pflichten mit sich …«

»Die Pflicht, ihnen die Stiefel zu lecken. Hast du kein Ehrgefühl im Leib?«

»Das ist jetzt aber vollkommen lächerlich. Was ist verkehrt, was regt dich so auf? Da will man sich als Mann nach einem anstrengenden Tag ausruhen, aber prompt muss sich jemand … muss sich jemand in vollem Zorn aufregen und lässt einem keine Ruhe. Aber gut, aber gut, vielleicht erklärt dein Zustand diese irrsinnigen Wutausbrüche, aber trotzdem bist du meiner Meinung nach ziemlich … ziemlich maßlos.«

»Anstrengender Tag? Anstrengender Verzehr von Spirituosen …«

»Dir schien es auch geschmeckt zu haben …«

»Mich regt eine gewisse Person auf, die nicht Manns genug ist, diesen Schurken ins Gesicht zu sagen, dass er auf keinen Fall mit der Hand auf der Bibel Blödsinn reden wird«, schreit die Frau.

»Halt endlich den Mund, meine Gute! Du weckst noch das Kind auf. Natürlich habe ich nicht die Absicht … die Absicht …«

»Was?«

»Natürlich habe ich nicht die Absicht, zu sagen, ich hätte etwas gesehen, das ich nicht gesehen habe.«

»Ach ja? Ich habe dich nicht davon reden hören, dass du etwas nicht gesehen hättest! Eher sieht es so aus, als würdest du dich auf eine Intrige einlassen, so dass ich dich gar nicht mehr kenne.«

»Unsinn …«

»Deine so genannten neuen Freunde sind bereit, wegen uns das Ansehen der toten Männer zu beschmutzen und verkaterte Pfuscher aus ihnen zu machen, die ihren eigenen Untergang herbeigeführt haben. Und du hast an keiner Stelle den Mund aufgemacht …«

»Was hätte ich denn sagen sollen? Ich … ich … weiß doch genau genommen gar nicht, was passiert ist. Ich habe die Männer nicht gekannt, und die Iren sind nun mal ... trinken gern mal einen Schluck, auch einen zweiten ... so wie es der Pfarrer gesagt hat. Das ist ja auch allgemein bekannt. Darum lässt auch der Alte nicht gern Iren auf sein Schiff.«

»Na, in dem Fall! In seinem Reich schaut man Trinker nicht schief an.«

Die Stimme der Frau ist voller Hohn, aber der Mann bemüht sich, wieder auf die sachliche Ebene zurückzukommen, wenn auch mit peinlichem Stammeln:

»Bei der Untersuchung wird sich herausstellen, was passiert ist ... genau genommen. Das ist deren interne Angelegenheit. Nicht unsere.«

»Das kann nicht dein Ernst sein! Diese Männer sind bei dem Versuch gestorben, uns zu retten. Was hat Peterson über das Rettungsboot gesagt? Hat er gesehen, in welcher Haltung es trieb?«

»Davon war nicht die Rede. Ich ertrage deine Schaumschlägerei nicht länger ... Lass uns schlafen gehen. Reden wir morgen weiter.«

»Wie hat der schwedische Seemannspfarrer mein Notenheft in die Hände bekommen?«, fragt die Frau.

»Ich habe es vom Schiff geholt und ihm zukommen lassen. Sie wollten ein schönes Lied aus unserer Heimat vortragen. Weil unsere Weihnachtsfeier wegen des verdammten Schiffbruchs in die Binsen ging ... Was ist dabei? Du liebst Sylvias Lied doch, oder nicht? Und es passt gut zur Situation. Alle waren ganz begeistert ... Der Pfarrer hatte sich immerhin die Mühe gemacht, den Text zu übersetzen, so dass das Publikum dem Verlauf des musikalischen Vortrags folgen konnte ... Aber du findest, ich hätte auch hier hinter deinem Rücken intrigiert. Hab ich das, hä?«

»In gewisser Weise.«

»Also gut, ich gebe es zu. Ich habe hinter dem Rücken meiner Frau intrigiert, weil die Programmnummer eine bewegende Überraschung für sie sein sollte. Alle anderen fanden die Geschichte von dem Vogel im Käfig, der sich nach seiner Heimat sehnt, sehr bewegend, aber meine Frau, die vor zwei Tagen noch zugab, wegen einer Wacholderdrossel geweint zu haben, sieht in der Auswahl des Liedes bloß den Beweis, dass sie mit einem Schwindler verheiratet ist.«

»Hör auf. Das ist dumm. Ich habe mich nur gewundert… Und eigentlich hätte man glauben sollen, dass auch sie sich wundern… Das Notenheft hast du im Wrack gefunden, die Schiffsdokumente aber nicht.«

»Wie oft muss ich das noch sagen: die Dokumente fielen mir ins Meer, als man uns in das Rettungsboot holte. Die Noten befanden sich unter dem geschlossenen Klavierdeckel und wurden deshalb nicht vernichtet. Sie halten das für eine vollkommen natürliche Erklärung.«

»Oder für eine zweifelhafte Einzelheit, mit der sie dich erpressen können.«

»Verdammt noch mal, Frau! Niemand wird erpresst. Nimm es mir nicht übel, aber meiner Meinung nach klingst du allmählich… geradezu wahnsinnig.«

Der Kapitän guckt in den Alkoven und sieht Matias neben Esters Bett liegen. Er bückt sich und schüttelt den Jungen.

»Aufwachen, Sahlman! Aufstehen und raus, und zwar ein bisschen plötzlich!«

Der Junge steht auf. Er gehorcht flink, versucht dabei aber verschlafener auszusehen, als er ist und bleibt an der Tür stehen.

Der Mann wendet sich wütend an seine Frau:

»Was zum Teufel macht der Bengel noch hier?«

»Er hat das Kind zum Einschlafen gebracht, weil dessen Mutter gefeiert hat.«

»Dafür gibt es ein Kindermädchen.«

»Das nicht versteht, was das Kind sagt. Es weiß nicht, ob die Kleine Durst hat oder mal muss oder was auch immer…«

Der Kapitän schubst Matias in den Vorraum, und die Tür fällt mit einem Knall ins Schloss. Der Junge geht den Flur entlang zur Dienstbotentreppe und steigt sie hinauf. Was ihn plagt, ist nicht der Streit zwischen dem Kapitän und seiner Frau, sondern der Albtraum, aus dem er aufwachte, als die beiden ins Zimmer kamen. Darin irrte er über das glitzernde Eis eines Teichs, das plötzlich unter ihm nachgab. Das Wasser war kalt, und er sah in der Tiefe einen goldenen Fischschwarm, aber als der Schwarm sich näherte, merkte er, dass die glänzenden Gestalten keine Fische waren, sondern menschliche Leichen. Und eine davon hatte den Körper seines Bruders. Er griff nach Samuel und wollte ihn an die Oberfläche ziehen, aber seine Beine gehorchten ihm nicht mehr…

Zu Matias' Überraschung liegt sein Zimmergenosse nicht schnarchend in seinem Bett, sondern kniet vor dem Kamin und schrubbt wie wild den Fußboden mit einem Bündel, das der Welpe winselnd und mit dem Schwanz wedelnd zu schnappen versucht.

»Was… was machst du da?«

Patrick blickt auf. Seine Augen schielen im Schein des Feuers, und er spricht lallend:

»Der Hund hat auf den Boden gepisst… keine Sorge… ich hab unten einen Staubwedel gefunden…«

Matias geht näher heran und schiebt den Welpen zur Seite.

»Das ist kein Staubwedel… Das ist ein Vogel.«

Der Hotelbursche plumpst auf den Hintern und wischt die Federn ab, die an ihm haften.

»Verdammt, das stimmt… zum Teufel, das ist ein Fasan.«

Der nach Schnaps und Zwiebeln riechende Patrick versucht

auf die Beine zu kommen, verliert aber sofort wieder das Gleichgewicht. Matias hilft ihm ins Bett.

»Was hast du eigentlich getrunken?«

Der Junge deutet auf die Kanne, die auf dem Nachttisch steht, und erzählt stammelnd, er habe darin die Reste aus den Gläsern des Neujahrsfestes zusammengeschüttet.

»Probier mal!«

»Nein, danke.«

»Ist den Bälgern der Reichen nicht mehr gut genug, was die Armen zu bieten haben?«, murmelt Patrick, fängt aber gleich an zu lachen und streckt die Hand nach der Kanne aus.

»Was kann man da machen …?«

»Solltest du nicht auch langsam aufhören? Du musst in wenigen Stunden aufstehen.«

»Pah«, winkt Patrick ab. »Mach dir um mich keine Gedanken … Ein O'Brien kommt immer klar …«

Matias überlegt fieberhaft, was er mit dem in Hundepisse getränkten Vogelkadaver tun soll. Er greift nach dem feuchten Aas und hängt es an den Flügelspitzen an den Eckschrank, so dass der Hund nicht heranreicht. Dann sinkt er auf sein Bett und nimmt den Hund neben sich, damit dieser versteht, dass das lustige Spiel jetzt vorbei ist.

Patrick murmelt noch etwas vor sich hin, aber wenig später schlafen alle drei fest, während die Turmglocke am ersten Tag des Jahres 1896 dreimal schlägt.

KINGSTOWN, 1.1.1896

Unter Deklination versteht man den Winkel zwischen dem geografischen und dem magnetischen Meridian. Letzterer bezeichnet die Richtung, nach der sich die frei bewegliche Magnetnadel an der betreffenden Stelle aufgrund des Magnetismus der Erde ausrichtet, wenn sich in ihrer Nähe keine anderen Störungen verursachenden Metallgegenstände oder elektrischen Leitungen befinden. Die Richtung, die im Bezug auf den magnetischen Meridian definiert wird, nennt man magnetische Richtung. Die Deklination ist an verschiedenen Stellen der Erde unterschiedlich, weshalb ihr Wert sich verändert, wenn man sich von einer Stelle zur anderen bewegt. Zugleich verändert sie sich auch an derselben Stelle im Lauf der Jahre, wenngleich langsam. Außerdem gibt es schmale Störbereiche, in denen aufgrund von Eisenerzschichten im Meeresboden die Veränderung der Deklination im Verhältnis zur näheren Umgebung auffallend groß und abrupt sein kann.

Lehrbuch der Seefahrt I

Matias

Nach dem Frühstück schickt Frau Siren Matias los, in Findlaters Laden Pfeifentabak für ihren Mann zu kaufen. Der Kapitän ist nicht gewillt, ins Freie zu gehen, weil es angefangen hat zu regnen, sagt aber zu seiner Frau, dem Bengel könne man kein Geld geben.

»Dann darfst du selbst gehen«, erwidert sie.

Er blickt aus dem Fenster und zählt Matias gefügig die Münzen in die Hand. Die Untersuchung des Rettungsbootunglücks, die an diesem Morgen im selben Hotel beginnt, geht ihm vor allem anderen im Kopf herum.

»Ich muss unbedingt meine Pfeife dabeihaben. Mein Vater pflegt zu sagen, ein Kapitän ohne Pfeife ist wie eine Stadt ohne Häuser und eine Bühne ohne Schauspieler. Oder wie ein Frühling ohne Blüten!«

»Ein unverbesserlicher Schöngeist, dein Vater.«

»Das weiß ich nicht, aber es geht um die Glaubwürdigkeit … Angel's Food, wenn sie den haben … der Whiskeyfabrikant hat ihn empfohlen. Wenn es den nicht gibt, nimmst du, was der Kaufmann empfiehlt.«

»Was wolltest du sagen?«, fragt seine Frau.

»Weiß ich nicht mehr. Also, das alles ist schon ein wenig aufregend. Ich bin es nicht gewohnt, von so einer Garde Herren verhört zu werden. Ich kann nicht einmal den Namen des Londoner Kommandanten aussprechen …«

»Commander Nepean. Was die Aussprache betrifft, bin ich mir nicht besonders sicher. Selbstverständlich mit Sir, wenn man ihn anredet. Du brauchst dir darüber nicht den Kopf zu zerbrechen, der Übersetzer erledigt diese Dinge für dich.«

»Ein Pfarrer als Übersetzer! Was soll das werden? Lieber hätte ich dich genommen, aber dort dürfen wohl keine Frauen …«

»Verstehe«, sagt Frau Siren versöhnlich. »Das Wichtigste ist es jetzt, im Kopf zu behalten, dass es vor allem um das Schicksal der Hinterbliebenen dieser armen Männer geht. Wir konnten sie nicht aus dem Meer retten, aber ihren Familien kann noch geholfen werden. Hör auf, dir Vorwürfe zu machen, weil du damals nicht in der Lage warst, Beobachtungen von dem Boot zu machen. Du hattest bei dem Chaos alle Hände voll zu tun.«

»Genau, die Takelage lag in einem einzigen Durcheinander auf dem Deck, und das Schiff stand schief wie eine morsche Scheune kurz vor dem Einsturz …«

»Du weißt, was für eine Aussage du machen sollst …« Sie blickt kurz auf Matias und bricht den Satz ab.

Wenig später spricht sie in förmlichem Ton weiter:

»Ich habe in der Zeitung gelesen, dass die Witwen und Waisen von einem Anwalt namens Barton vertreten werden. Hoffentlich beherrscht er sein Metier.«

»Bestimmt«, sagt ihr Mann und wendet sich an den Jungen, der an der Tür steht. »Also Angel's Food. Kannst du dir das merken, Sahlman?«

»Ja, Herr Kapitän.«

»Dann sieh zu, dass du Land gewinnst, und beeil dich! Die Sitzung beginnt um elf, und ich will rechtzeitig da sein.«

Der Junge hat nicht die geringste Ahnung, wo das Geschäft von Findlater liegt, aber er möchte nicht danach fragen, um nicht wie ein Holzkopf zu erscheinen. Außerdem brennt das Geld in seiner Tasche auf eine Weise, von der er weiß, dass sie gefährlich ist. Als er schon die Zimmertür schließen will, hört er den Kapitän noch sagen:

»Wieso stolziert der Bengel so herrschaftlich ausstaffiert herum? Der sieht ja aus wie ein kleiner Prinz. Sogar die Schuhe glänzen, dass man sich darin betrachten kann.«

»Alles ein Resultat der Kleidersammlung von Frau Talbot-Powers Damenclub. Was glaubst du denn, was diese Frauen in ihren Kleiderschränken finden? Und was ist verkehrt daran, dass der Junge sauber aussieht, wenn er mit uns unterwegs ist ...«

Matias zieht die Tür zu und blickt auf seine glänzenden Schnürschuhe. Er bückt sich, um sich zu vergewissern, dass die Bänder fest geknotet sind, bevor er die Dienstbotentreppe hinuntergeht. Auf dem Weg durch die Küche erwidert er auf eine Art, die an Schmeichelei grenzt, die Grüße der dort arbeitenden Frauen. Als er aus der Tür tritt, sieht er Patrick mit leicht geröteten Augen die überdachte Treppe vor dem Dienstboteneingang fegen und traut sich, ihn zu fragen, wo Adam Findlaters Laden ist. Patrick unterbricht seine Arbeit, tritt unter dem Vordach heraus in den Regen und schaut nachdenklich in die Ferne. Falls er noch ein bisschen wacklig auf den Beinen sein sollte, so zeigt er es nicht.

»Scheint ordentlich zu regnen, was?«

Matias nickt.

»Tja, wo der herkommt, werden die Wasservorräte nicht so schnell leer«, sagt Patrick.

Schließlich hebt er die Hand und deutet nach links.

»Siehst du den Kirchturm dort?«

Matias nickt.

»Da gehst du auf keinen Fall hin. Da müsstest du einmal um die Erde herumstapfen, bevor du Findlaters Laden zu Gesicht bekämst. Besser, du glaubst mir.«

Patrick fegt weiter. Matias versteht, dass der Junge witzig sein will, aber wie soll man sich dazu verhalten: lächeln oder nachfragen? Matias tut beides nicht, sondern geht aufs Tor zu.

»Er ist in der George's Street, vor dem Tor links und nach oben, dann nach rechts, bis du die große Uhr siehst«, ruft Patrick ihm lachend hinterher.

Der Regen sprüht Matias ins Gesicht, das Meer duftet. Das Nebelhorn eines Schiffes tönt, und der Junge spielt mit dem Gedanken, ans Ufer zu rennen und herauszufinden, was es kostet, mit dem Postschiff nach England zu fahren. Mit Sicherheit reichen die Münzen, die in seiner Tasche klimpern, nicht für eine Fahrkarte, aber er muss sie ständig anfassen. Er ahnt, dass ihm der Blick seines Zimmergenossen folgt, weshalb es ausgeschlossen ist, nach unten zum Ufer hin abzubiegen. Er geht den Anstieg hinauf und wartet an der Ecke, bis die Straßenbahn abgebogen ist. Die Pferde, die den Waggon ziehen, sind so groß wie Elefanten, wenn man sie mit den Straßenbahnpferden in Turku vergleicht. Eines hinterlässt einen eindrucksvollen, dampfenden Haufen. Er muss ihm beim Überqueren der Straße ausweichen.

Bis zu Findlaters Laden sind es nicht mehr als wenige hundert Meter. Im Schaufenster sind lange Reihen mit Flaschen und Zigarettenpackungen ausgestellt sowie Behältnisse mit bunten Etiketten. Die Türglocke bimmelt, als Matias eintritt. Drinnen ist die Luft schwer von Düften und Aromen, die dem Jungen entfernt bekannt vorkommen. Er stammelt etwas wie einen Gruß an den hinter der Theke stehenden dicken Mann, dessen blassgrüne Augen ihn durch runde Flaschenbodengläser hindurch anstarren.

»Was darf es für den jungen Herrn sein?«

Der Junge ist aufgeregt, schafft es aber, sein Anliegen vorzutragen. Der Mann nimmt eine Dose Pfeifentabak aus dem Regal, deren Deckel einen Engel mit wehendem Haar zeigt.

»Angel's Food… dieses Manna des Himmels soll es also sein. Der junge Herr verfügt über einen anspruchsvollen Geschmack«, sagt der Verkäufer mit einem scherzhaften Zwinkern. »Oder ist der für den Herrn Vater?«

Aus irgendeinem Grund korrigiert Matias den Fehler nicht, sondern nickt und hört sich hinzufügen:

»Für Kapitän Siren.«

»Um Himmels willen«, sagt der Mann, »jetzt erinnere ich mich, dass der Kapitän seine Familie bei sich hat. Euch hat es ganz schön gebeutelt, was?«

»Das kann man so sagen«, stellt Matias mit männlichem Räuspern fest und zieht die Münzen aus der Tasche. »Was bin ich schuldig, Sir?«

»Ich muss Ihnen leider mitteilen, dass in diesem Geschäft kein Geld von Kapitän Siren angenommen wird.«

Der Junge schaut den Mann erschrocken an.

»Das ist aber echtes englisches Geld, Sir.«

Der Verkäufer nimmt die Brille ab, haucht sie an und reinigt die Gläser mit einem Tuch.

»Gewiss, aber wir haben die Ehre, Kapitän Siren in dieser Angelegenheit dienen zu dürfen«, sagt der Mann und wickelt die Dose rasch und routiniert in Papier ein.

»Der junge Herr möge seinem Vater die wärmsten Empfehlungen unseres Geschäftes übermitteln sowie unsere Glückwünsche für seine ausgezeichneten Pfeifentabakkenntnisse.«

Auf einmal kommt sich Matias nicht mehr unbedeutend und schmächtig vor. Wie von einem geheimnisvollen Strom befördert kommen die Sätze aus seinem Mund:

»Ja, er pflegt zu sagen, ein Kapitän ohne Pfeife ist wie eine Stadt ohne Häuser. Oder wie ein Frühling ohne Blüten. Oder wie ein Theater ohne Schauspieler.«

»In der Tat … wie treffend gesagt«, lacht der Mann und überreicht Matias das Päckchen. »Ganz und gar unbestreitbar. Vielleicht werde ich Herrn Findlater persönlich vorschlagen, dass wir diese Beispiele als Reklamesätze ans Schaufenster schreiben? Kapitän Siren ist ein kluger Mann. Auf so einen Vater kann ein Sohn stolz sein, wie?«

Matias nickt, wobei er spürt, wie seine Wangen rot werden, aus einem unerklärlichen Wohlgefühl heraus, aber auch vor Angst.

Und wenn herauskommt, dass ich gelogen habe?

»Ja. Vielen Dank und einen schönen Tag noch!«

Matias weiß nicht, woher nun auch diese Worte den Weg in seinen Kopf gefunden haben, bevor er sich umdreht und den Laden mit einem unwirklichen, berauschenden Gefühl verlässt. Es bringt das Herz so sehr zum Pochen, dass er es bis in die Ohren hört. Erst als er zum Hoteleingang zurückgegangen ist, fällt ihm der überraschende Glücksfall ein, durch den er noch immer das Geld des Kapitäns in der Tasche hat. Er trifft seine Entscheidung aus dem gleichen Stärkegefühl heraus, das ihn im Geschäft erfasst hat. Man hat ihn dort behandelt wie den Erben eines mächtigen Mannes. Matias biegt nicht in den Hof des Hotels ein, sondern rennt ans Ufer, zum nebelverhangenen Postschiffanleger.

Daniel

Am Donnerstagmorgen um elf Uhr eröffnete Herr Macinerny, Q.C., im Royal Marine Hotel die offizielle Untersuchung des Rettungsbootunglücks von Kingstown. Bei dem Fall handelt es sich um eine der schlimmsten Tragödien, die sich in der Gegenwart auf dem Meer zugetragen haben. Am Vorabend des größten Festes der Christenheit setzten fünfzehn freiwillige Seenotretter aus Kingstown ihr Leben aufs Spiel, um die Besatzung eines ausländischen Schiffes zu retten, das in der Dublin Bay Schiffbruch erlitten hatte. Die tapferen Männer kamen vor den Augen der erschütterten Einwohner der Stadt ums Leben.

Als Zweites sprach Herr Edward Fitzgerald, der als Vertreter der Handelskammer anwesend war. Er dankte dem Vorsitzenden, Herrn Macinerny, für das zum Ausdruck gebrachte warme Mitgefühl, für Worte, denen alle im Saal gewiss von Herzen beipflichteten. Nun komme es jedoch darauf an, herauszufinden, warum dieses traurige Unglück geschehen konnte. Den Verlauf der Ereignisse könne man in Nachhinein nicht mehr ändern, aber es sei tröstlich zu wissen, wie freigebig unsere Landsleute Geld für die Hinterbliebenen der Opfer gespendet hatten, wobei der bemerkenswerte Anteil der Fonds der Rettungsgesellschaft bei der Unterstützung der Familien nicht zu vergessen sei. Mit anderen Worten bestehe der Grund für die Zusammenkunft darin, herauszufinden, welche Umstände zu dem Unglück geführt hatten. Seien es welche gewesen, gegen die der Mensch nichts ausrichten konnte, oder wäre das Unheil zu verhindern gewesen? Die Untersuchung sei auch deshalb notwendig, damit es künftig nie mehr zu einer vergleichbaren Tragödie komme.

Herr Fitzgerald nannte einen Fragenkatalog mit elf Punkten, der die Seetauglichkeit und die Kompetenz des Kommandanten und der Mannschaft des Bootes betraf. Erfüllte die Konstruktion des Bootes die Kriterien eines Seenotrettungsbootes? Waren die gesetzlich vorgeschriebenen Versuche auf See, die zur Ingebrauchnahme gehörten, durchgeführt worden? Das Boot war bereits zwei Jahre zuvor an einem Unfall beteiligt gewesen. Waren danach die erforderlichen Tests gemacht worden, bevor man das Boot wieder in Dienst gestellt hatte? Besondere Aufmerksamkeit galt der Überprüfung der Wiederaufrichtungsfähigkeit des Wasserfahrzeugs. Ein Rettungsboot muss sich nach dem Kentern unter allen Umständen wieder in seine ursprüngliche Position drehen, bei voller Besatzung und wenn Wasser hineingelaufen ist. Die Wiederaufrichtung beruht auf den eingebauten Lufttanks. Betreffende Eigenschaft muss laut Gesetz vor Inbetriebnahme des Wasserfahrzeugs getestet werden und danach bei der jährlichen Inspektion sowie nach jeder Unfall- oder Gefahrensituation.

Nach Herrn Fitzgerald sprach Dunbar Barton, Q.C., der die Familie des verstorbenen Steuermanns des Bootes vertritt. Es ist sicherlich unnötig zu sagen, dass seine Haltung gegenüber der Königlichen Seenotrettungsgesellschaft keinerlei Feindseligkeit enthielt. Alexander Williams war ein treuer und loyaler Arbeiter der Gesellschaft gewesen, und seine Familie empfand große Dankbarkeit für das, was die Gesellschaft nach diesem schrecklichen Ereignis für sie getan hat. Herr Barton versicherte, er habe allen Grund zur Hoffnung, das Unheil und seine Untersuchung werde keinen Schatten auf die Königliche Seenotrettungsgesellschaft und auf den bei dem Unglück ums Leben gekommenen Kommandanten des Rettungsbootes werfen, aber zugleich sei es seine Pflicht, den Ruf des Verstorbenen zu verteidigen und dafür alles zu tun.

Herr Clay, der Vertreter des Fondskomitees, sagte, seiner Meinung nach gehe es bei der Untersuchung nicht in erster Linie um die Suche nach einem Schuldigen, weshalb er seinem Freund Herrn Fitzgerald in aller Demut vorschlage, sich bei der Untersuchung vor allem darauf zu konzentrieren, warum sich das Boot nach der Havarie nicht wieder in die Ausgangsposition gedreht habe.

Der zweite Teil der Fragenliste betraf das Vorgehen des Kommandanten und der Besatzung des Boots. Ging man den Vorschriften gemäß vor? Wurde den herrschenden, außergewöhnlich anspruchsvollen Umständen Rechnung getragen? Waren die Vorbereitungen für die Rettungstätigkeit gemäß dem Sicherheitsprotokoll durchgeführt worden? Waren der Kommandant und dessen Stellvertreter trotz der Eile die Prüfliste durchgegangen, wie es die Vorschriften verlangten? Besondere Beachtung schenkte der Fragenkatalog den Ventilen der Lufttanks im Boot. Waren sie mit Sicherheit geschlossen gewesen, wie es die Vorschriften vor dem Einsatz verlangten …«

Daniel legt den Stift aus der Hand, als er sieht, wie Frau Siren den Speisesaal betritt und Kapitän Siren sich von dem Tisch erhebt, an dem er bereits seit einiger Zeit mit Herrn Talbot-Tower gesessen hat. Die Frau wirkt sehr beklommen, und ihr Gatte eilt zu ihr. Sie sprechen aufgeregt in einer Sprache, die Daniel nicht versteht, aber man kann sehen, dass etwas Unangenehmes vorgefallen ist. Er steht auf und geht zu ihnen.

»Kapitän Siren, Frau Siren. Verzeihen Sie, dass ich mich einmische, aber ich sehe, dass etwas nicht stimmt. Kann ich Ihnen irgendwie behilflich sein?«

Die Frau wendet sich ihm zu.

»Oh, danke, aber … ich weiß nicht.«

Der Kapitän sagt etwas in seiner Sprache zu seiner Frau, wendet sich dann an Daniel und antwortet in steifem Englisch:

»Wir brauchen keine Hilfe. Alles ist in Ordnung.«

»Das ist es bestimmt nicht«, sagt seine Frau. »Ich verstehe nur nicht, wer in dieser Angelegenheit etwas unternehmen könnte.«

»Lassen Sie es mich versuchen«, sagt Daniel. »Sie sind in einem fremden Land, aber es gehört zu meinem Beruf, die hiesigen Umstände zu kennen.«

Die Frau wägt verschiedene Möglichkeiten ab und trifft dann eine schnelle Entscheidung.

»Unser Schiffsjunge ist verschwunden. Er ist erst dreizehn, wenn überhaupt, und ich verstehe nicht, was ihm hätte zustoßen können. Mein Mann ist der Ansicht, dass der Junge schlicht und einfach abgehauen ist, aber ich kann das nicht glauben.«

Der Mann sagt etwas zu seiner Frau und kehrt dann an seinen Tisch zurück.

»Sie haben noch etwas Wichtiges zu besprechen, das mit der Untersuchung des Unglücks zu tun hat«, erklärt Frau Siren mit Bitte um Entschuldigung. »Mein Mann wird morgen in der Sache gehört.«

»Ich weiß. Und ich werde den Lesern unserer Zeitung berichten, wie sich Kapitän Siren äußert. Seine Aussage ist sehr wichtig. Aber erlauben Sie mir, Sie zu einer Tasse Tee im Salon einzuladen? Ich möchte mehr über Ihren Schiffsjungen hören. Ich bin ihm ja schon zweimal begegnet. Er machte einen tüchtigen Eindruck, und auch für mich ist schwer vorstellbar, dass ein solcher Junge in einem fremden Land aus Ihrer guten Obhut flieht. Soll ich den Kellner bitten, Kapitän Siren zu fragen, ob er einverstanden ist?«

»Es ist nicht nötig, den Kapitän zu stören. Er hat wichtigere Dinge zu bedenken. Mein Mann glaubt, der Junge sei nach Dublin gefahren, um sich dort zu vergnügen. Aber wenn er bis zum Abend nicht zurück ist, möchte ich eine Vermisstenanzeige in Ihrer Zeitung aufgeben. Was würde das kosten?«

»Nichts, wenn ich einen kleinen Artikel dazu schreibe«, sagt Daniel und packt seine Schreibutensilien in die Tasche. Sie begeben sich in den Salon. Der Kellner schlägt zum Tee Gebäck mit französischen Namen vor. Die Frau des Kapitäns ist ratlos, worauf Daniel anständige englische Scones empfiehlt.

»Haben Sie schon der Polizei Mitteilung gemacht?«

»Noch nicht. Mein Mann findet, die Polizei werde keinen Finger krumm machen wegen eines ausländischen Schiffsjungen, der einen halben Tag verschwunden ist.«

Daniel will die Frau nicht deprimieren, indem er sagt, dass der Kapitän da leider recht habe. In diesem Land einen verschollenen Jungen zu suchen wäre, als würde man einem Straßenköter einen einzelnen Floh aus dem Fell kämmen wollen. Stattdessen interessiert die lesende Bevölkerung alles, was mit der Kapitänsfamilie der Palme zu tun hat. Einen Leckerbissen dieser Art dürfte Chefredakteur Scott im Sinn gehabt haben, als er seinem Redakteur den Befehl gab, der Familie auf den Fersen zu bleiben. Daniel hatte sich damals unter Berufung auf seinen Berufsstolz geweigert, wie ein Klatschspaltenschreiber den Spion zu spielen, aber da ihm nun das Thema für einen Artikel direkt über den Weg läuft, wäre es unvernünftig, die Gelegenheit nicht zu ergreifen. Er sieht die Überschrift schon vor sich: *Das neue Leid der Kapitänsfamilie*. Gewiss könnte man betonen, dass der Junge für den Kapitän und seine Frau wie ein eigenes Kind gewesen ist.

Sobald der Kellner Frau Siren den Tee und einen Teller mit Scones serviert hat, holt Daniel Notizblock und Stift hervor.

»Wie hieß der Junge noch gleich?«

Die Frau schreibt den Namen auf.

»Ich bin nicht sicher, ob das sein richtiger Name ist. Er hatte keinerlei Papiere bei sich«, sagt sie und gibt das Blatt zurück.

Ihre Handschrift ist sehr klein, flott nach vorne geneigt und ganz und gar nicht so schön, wie Daniel es sich vorgestellt hat.

»Wann haben Sie ihn zuletzt gesehen?«

»Am Vormittag, kurz vor zehn. Er verließ das Hotel, um im Laden von Adam Findlater Pfeifentabak für meinen Mann zu kaufen. Er sollte nur kurz weg sein.«

»Er hatte also Geld bei sich?«

»Nur so viel, wie man für Pfeifentabak braucht. Es dürfte allerdings eine etwas teurere Marke gewesen sein. Bald wird es dunkel, und er ist immer noch da draußen, das ist schrecklich.«

Sie blicken aus dem Fenster. Die Gezeiten wechseln, und die sinkende Sonne beleuchtet matt die grauen Wellen im Hafenbecken hinter den schwankenden Schiffsmasten. Aus dem Speisesaal des Hotels dringt gedämpftes Klavierspiel herüber, Schubert, was die Betrübtheit der Kapitänsgattin gewiss noch verstärkt.

»Was hatte der Junge an, als er das Hotel verließ?«

»Graue Hosen und eine braune Wolljacke … und braune Schuhe. Der Pullover war grün, und wenn ich mich recht erinnere, auch der Schal. Die Kleider sahen teuer aus. Frau Talbot-Power hatte sie besorgt.«

»Sie glauben trotzdem nicht, dass er aus irgendeinem Grund eine Flucht geplant hatte?«

»Das würde ich nicht sagen, aber ich war in dem Laden. Der Junge hat die Tabakdose geholt. Warum hätte er das tun sollen, wenn er die Absicht gehabt hatte, zu fliehen?«

»Stimmt«, gibt Daniel zu. »Aber in dem Fall hat er kein Geld mehr bei sich.«

»Doch. Der Verkäufer, mit dem der Junge zu tun hatte, erzählte, er habe kein Geld verlangt, sondern dem Jungen die Dose mit dem Tabak als Gruß an meinen Mann mitgegeben.«

Daniel hebt die Augenbrauen.

»Das ist bemerkenswert.«

»Ach ja? Wir haben ziemlich viele Geschenke erhalten, seit wir hier sind.«

»Gewiss, aber dennoch …«

»Seltsamer ist jedoch, dass der Verkäufer glaubte, Kapitän Siren sei der Vater des Jungen. Aber solche Irrtümer sind wohl verständlich. Wir kennen Ihre Kultur nicht sonderlich gut. Ständig unterlaufen uns lächerliche Fehler im Benehmen. Sicherlich habe ich auch im Rahmen dieses Gesprächs schon wer weiß wie viele gemacht.«

»Keinen einzigen, Frau Siren«, sagt Daniel mit einem Lachen. Die Unumwundenheit der Frau findet er erfrischend, außerdem sieht sie im Schein der Wandampeln sehr attraktiv aus in ihrem schön sitzenden, grau dominierten Kleid und mit dem leuchtenden blonden Haar.

»Mit dem Geld für den Tabak kommt man nicht weit. Der Junge hat genug Verstand im Kopf, um das zu verstehen«, überlegt sie. »Dumm ist er nicht, aber andererseits ist er auch früher schon mal geflohen. Seinen eigenen Worten nach aus dem Kinderheim. Mit Gewissheit weiß ich von dem Jungen nur, dass er als blinder Passagier auf unser Schiff kam. Er hatte es zusammen mit seinem Bruder, der in Turku als Schiffsjunge angeheuert hatte, geplant. Die Jungen versuchten in Liverpool vom Schiff zu flüchten. Dem großen Bruder ist es gelungen, der Kleine ist erwischt worden.«

»Warum, glauben Sie, wollten sie dort fliehen?«

»Sie denken bestimmt, sie wären auf dem Schiff schrecklich schlecht behandelt worden. Aber ich habe so etwas jedenfalls nicht gesehen. Kapitän Siren ist nicht grob, auch Steuermann Peterson nicht. Matias erzählte später, eigentlich erst hier, nach dem Schiffbruch, dass seine Mutter in Liverpool lebt. Das mag auch stimmen, wenn man in Betracht zieht, wie fließend er ihre Sprache spricht. Er gab zu, sich mit Hilfe seines Bruders in Turku an Bord geschlichen zu haben, das übrigens auch meine Heimatstadt ist.«

»Wie schreibt man das?«

Daniel reicht ihr erneut den Stift und ein Blatt Papier, und sie schreibt den Namen der Stadt auf.

»Ich habe noch nie eine so kleine Handschrift gesehen«, wundert sich Daniel laut.

»Können Sie sie nicht lesen?«

»Doch. Mir fiel nur gerade ein, was ich irgendwo gelesen habe: je kleiner die Handschrift, desto intelligenter die Person.«

Daniel errötet sofort, nachdem er das gesagt hat. Wieder so eine idiotische Entgleisung, die man deuten kann, wie er es gar nicht gemeint hat, nicht als Beleidigung, nicht als Flirt und auch nicht als etwas dazwischen, zum Teufel. Lernt ein Mann denn nie, zuerst zu denken und erst dann den Mund aufzumachen? Frau Siren sieht ihn mit einem Lächeln auf den Lippen an.

»Ich kann auch noch kleiner schreiben.«

Sie macht Scherze, geht Daniel auf, aber er weiß nicht, wie er darauf reagieren soll.

»Ehrlich gesagt, fürchte ich, dass es sich nicht so sehr um Intelligenz handelt. Die Erklärung ist wesentlich banaler«, sagt die Frau. »Ich habe für meinen Schwiegervater, Kapitän Siren Senior, verschiedene Schreibarbeiten gemacht. Er ist ein sehr sparsamer Mensch und hat zum Ausdruck gebracht, man dürfe nicht übermäßig Papier vergeuden. Aus diesem Grund habe ich gelernt, sehr ökonomisch zu schreiben.«

Ihre Miene ist vollkommen ernst, aber jetzt ist sich Daniel absolut sicher, dass sie Spaß macht.

»Ich kann die Merkmale, die Sie mir genannt haben, an die Polizei weitergeben und sie bitten, die Männer auf den im Hafen liegenden Schiffen zu fragen, ob ein Junge, der aussieht wie Matias, versucht hat, an Bord zu gelangen«, sagt Daniel, um einen sachlichen Ton bemüht.

»Aber leider kann ich mich erst darum kümmern, wenn ich den Bericht über die Eröffnung der Unfalluntersuchung fertig habe. Ich habe noch einige Seiten ins Reine zu schreiben. Eine Stunde oder anderthalb wird es noch dauern, bevor ich mein stenografisches Gekrakel in lesbare Form gebracht habe. Mit etwas Glück ist der Junge bis dahin zurückgekehrt.«

»Das wäre eine große Erleichterung«, sagt die Frau und steht auf. »Ich werde Sie jetzt nicht länger stören. Danke für den Tee, und natürlich für Ihre Hilfe.«

»Hoffentlich bin ich eine Hilfe. Sollten Sie heute noch etwas Neues erfahren, könnten Sie mir vielleicht freundlicherweise eine Nachricht hierher schicken oder später am Abend in den St. George Segelclub. Für die Dauer meines Aufenthalts hier bin ich dort einquartiert. Ich habe mich unter dem Namen Whiteford eingeschrieben. Nur Ford ist bei der Arbeit praktischer, aber im George kennt man mich unter dem Namen meiner Familie …«

Es ist ihm peinlich, das sonderbare Namensspiel zu erklären, das letzten Endes nichts weiter ist als zwanghafter Selbstbetrug und eine Flucht aus der Rolle des Nachfahren eines britischen Adelsgeschlechts. Der fanatische Aufständische und Leugner seiner Wurzeln entpuppt sich sofort als Feingeist, der verwöhnt werden will, wenn seine Bequemlichkeit es verlangt. Und hier verlangt sie die Unterbringung in den Räumlichkeiten des aristokratischen Yachtclubs.

»Verstehe«, entgegnet die Frau und versteht es offensichtlich nicht. »Natürlich teile ich Ihnen sofort mit, wenn sich die Lage ändert. Vielen Dank noch einmal für Ihre Mühe, Herr Whiteford.«

Elin

Das Dienstmädchen hat in der Kupferwanne, die ins Hotelzimmer getragen worden ist, ein Bad für Frau Siren vorbereitet. Elin hat ganz vergessen, dies am Vortag vereinbart zu haben. Jetzt, da Matias verschollen ist, erscheint es ihr unpassend, einen solchen Luxus zu genießen. Aber das arme Mädchen hat sich viel Mühe gemacht und verdient außer einem dankbaren Lächeln auch ein kleines Trinkgeld. Ester fängt sofort lauthals an zu schreien, als sie ihre Mutter sieht, und kommt mit ausgestreckten Armen auf sie zu gewackelt. Das Kindermädchen, Daisy mit Namen, versucht vergeblich, das Kind zu beruhigen, das sich wütend ihrem Griff entwindet und schreiend verlangt, zu seiner Mutter zu dürfen. Elin nimmt das Kind auf den Arm, und das Weinen bricht in derselben Sekunde ab. Das schniefende Mädchen legt den Kopf an den Hals seiner Mutter, und die kleinen Arme umschlingen sie fest.

»Du kannst jetzt gehen, wir brauchen dich nicht mehr vor morgen früh«, sagt Elin zu dem verschwitzten und erschöpft wirkenden Kindermädchen und zieht eine weitere Münze hervor.

Für Elin hat es den Anschein, als flüchtete die arme Daisy mehr, als sie sich entfernt. Vermutlich hat Ester ihre Nerven strapaziert.

»Mamas kleine Furie. Auf lange Sicht kann man so ein Spiel nicht treiben«, tadelt sie das Kind matt.

Aber was kann Ester schon dafür? Der lange Aufenthalt an Bord, bei dem das Kind die meiste Zeit mit ihrer Mutter und

Matias verbracht hat, lässt es mit allen anderen fremdeln. Darum ist es unangenehm, es jemandem zur Betreuung anzuvertrauen.

Elin prüft mit der Hand das Wasser, stellt fest, dass es angenehm temperiert ist, nicht zu heiß, und zieht zuerst sich und dann das Kind aus. Mit dem Kind auf dem Arm steigt sie in die Wanne, geht auf die Knie, lässt das Mädchen planschen, und setzt es dann vor sich hin. Ester ist erwartungsgemäß begeistert, im Schutz der Arme ihrer Mutter mit den Händen auf das Wasser klatschen zu dürfen, aber Elin beschäftigt ihre wachsende Unzufriedenheit mit dem Vater des Kindes. Was hat Oskar eigentlich gemeint, als er sagte, im Bezug auf Matias solle sie zur Vernunft kommen und sich auf die schlimmste Variante einstellen? Was ist die schlimmste Variante, und wie stellt man sich darauf ein? In Elins Ohren klingen solche Reden verantwortungslos, geradezu gleichgültig. Hat der Mann kein Herz? Sollte sie auf den in einem fremden Land verschollenen Jungen, den ihnen das Schicksal in die Arme geworfen hat, pfeifen?

Wasser spritzt über den Rand, und Elin merkt, wie sie dem Kind einen Absatz über das Gewicht und das Volumen einer verdrängten Fluidmenge vorplappert, den sie in dem Buch *Physische Geographie*, das Johannes Peterson ihr gab, gelesen hat. Sie legt eine Hand auf den Bauch, aber anstelle von Wohlbefinden drängt sich ihr die von Abscheu erfüllte Vorstellung auf, wie ihr Bauch bald unweigerlich anschwellen wird wie die Schallblasen eines Froschs. Ester hat die Brüste ihrer Mutter entdeckt und spielt entzückt mit der einen Brustwarze, die verdächtig empfindlich ist. Gereizt schiebt die Mutter die Hand des Kindes weg und schützt ihre Brust mit dem Arm.

Eine Viertelstunde nachdem sie gegangen ist, um den Journalisten seine Arbeit machen zu lassen, hat sie Peterson im Hotelfoyer gesehen.

Was für ein gelassener, aber zielstrebiger Gang, dazu das glatt rasierte Gesicht und die blau schimmernden Augen, der dunkle Anzug und die glänzend gewienerten Schuhe, sogar die Haare sprühten Funken wie ein Elmsfeuer …!

Für einen Moment dachte Elin, vor Rührung und Begehren fast vergehend, dass da endlich ihr Johannes war, von einer langen Seereise zurückgekehrt, um zu einem schönen Ende zu bringen, was er vor langer Zeit mit festen Absichten begonnen hat.

Was für eine peinliche, beinahe von Geisteskrankheit kündende Halluzination! Allmählich ist sie mit ihren Nerven doch am Ende, ein Wunder, dass sie nicht die Arme ausgebreitet und sich dem Mann an den Hals geworfen hat! Aber dumm war auch, was sie dann tat. Anstatt korrekt zu nicken, den Obersteuermann zu grüßen und ihn nach seinem Anliegen zu fragen, machte Elin linkisch auf dem Absatz kehrt und flüchtete Hals über Kopf nach oben wie ein Kind, das bei einer Missetat ertappt worden ist.

Das Elmsfeuer, und nichts Geringeres!

»Wenn die Wolken bei einem Gewitter sehr niedrig ziehen, wird die Spannung zwischen ihnen und der Erdoberfläche so stark, dass Gegenständen mit einer Spitze, die weit in die Höhe ragt, Elektrizität entströmt. Dann entsteht eine elektrische Flamme, der man den Namen Elmsfeuer gegeben hat. Manchmal kann man sie auch an Masten und Rahen von Schiffen sehen.«

Die kleine Broschüre der Geografischen Gesellschaft, die Johannes aus dem Pavillon am Ufer geholt hatte, war nicht bebildert. Er versuchte zunächst mit Worten zu erklären, wie die knisternden, bläulich hellen Flammen aussahen, wenn sie von den Spitzen der Masten und Rahen eines Schiffes dem dunklen Nachthimmel entgegenströmten oder geradezu sprühten. Schließlich ging er auf seine charakteristische Art dazu über, die Dinge zu veranschaulichen und zeichnete ein Schiff, das »im heiligen Feuer« badete.

»Natürlich hat das Phänomen nichts Heiliges. Alles lässt sich physikalisch erklären«, versicherte er den Modell sitzenden Geschwistern, die sofort aus dem Pavillon fliehen wollten, als sie den ersten Donner hörten. Johannes beteuerte, sie wären im Pavillon besser aufgehoben. Würden sie auf der von hohen Bäumen gesäumten Allee zum Haupthaus laufen, wäre die Gefahr wesentlich größer, wenn auch in dem Fall äußerst gering. Der Blitz würde eher in den Alleebäumen einschlagen als im Pavillon. Außerdem war er sich ziemlich sicher, dass das Gewitter diesmal einen Bogen um die Insel machen würde, was nach der langen Trockenheit selbstverständlich nicht wünschenswert war.

Abweichend von seiner sonstigen Wortkargheit schwang sich der Kapitän zu einem regelrechten Vortrag über die verschiedenen Erscheinungsformen des Gewitters auf. In der Publikation von Dozent Hult wurde erklärt, das Elmsfeuer habe seinen Namen vom Castel Sant'Elmo bei Neapel erhalten, dessen hohe Türme manchmal in einem solchen Licht leuchteten. Johannes' Auffassung nach kam der Name des Naturphänomens vom heiligen Erasmus, dem Schutzheiligen der Seeleute, der auf italienisch St. Elmo hieß und bei drohendem Gewitter und Sturm angerufen wurde. Erasmus war der Anfang des 4. Jahrhunderts in Formia gestorbene Bischof von Antiochien, einer der vierzehn Nothelfer.

Als dieser aufgrund seines Glaubens gefoltert wurde, hatte sich Gott eingemischt, indem er mit einem Blitz alle tötete, die den Märtyrer quälten. Über dessen Kopf hatten die gleichen Flammen geleuchtet, die die Seeleute bisweilen an den Masten ihrer Schiffe sahen und die von ihnen als Zeichen für höheren Schutz betrachtet wurden. Aber das war alles nur Glaubenssache. Der praktische Nutzen dieses Aberglaubens bestand natürlich darin, dass die Seeleute in der Notsituation ihre innere Ruhe und Handlungsfähigkeit wiedererlangten.

Die Erklärung war nicht dazu angetan, die Schwestern zu beruhigen, aber sie fingen an, leicht nervös zu kichern und gaben zu, dass sie als Kinder bei Gewitter unter das nächste Bett oder unter einen Tisch gekrochen waren und dort den Tränen nahe Jesus angefleht hatten, sie zu retten, trotz ihrer blutroten Sünden. Jetzt trauten sie sich das nicht mehr, schon gar nicht, da sie Sommergäste waren, obwohl sie es gern täten.

»Das wäre schon ein etwas seltsamer Anblick: Karin und ich mit hochgestrecktem Po unter dem Tisch, wenn die Herrschaften Rettig hereinkämen, um das Abendessen einzunehmen«, sagte Elin.

Johannes warf ihr einen verwirrten Blick zu und las weiter.

»Normalerweise springt der Blitz von einer Wolke zur anderen. Aber oft schlägt er auch auf der Erde ein. Dann sucht er sich hauptsächlich Strom leitende Dinge wie Kirchtürme, Windmühlen, Fabrikschornsteine und hohe Bäume. Befindet sich weiter unten ein besserer Leiter, springt der Blitz darauf über und kann so auf sehr verschlungenen Wegen vorankommen, bevor er die Erde erreicht. Um Blitzschäden zu verhindern, kann man jedoch Blitzableiter montieren, die nichts anderes sind als Leitungen aus gut leitendem Metall. Sie müssen vom Boden bis zum höchsten Punkt des Gebäudes reichen, das man schützen will. Ein Blitzableiter schützt auf einem Gebiet, das viermal so groß ist wie seine eigene Höhe.«

Eigentlich, erklärte Johannes, habe er die Absicht, in den nächsten Tagen an dem Pavillon, in dem er übernachte, einen solchen Blitzableiter zu installieren. Im vorletzten August hatte der Blitz das alte Ufergebäude in Brand gesetzt und komplett abbrennen lassen.

Der Mann hatte recht, was das Gewitter betraf. Es zog an der Insel vorbei, und die drückende Hitze hielt auch die dritte Woche an. Am Samstagnachmittag fing Johannes an, die Gewittervorrichtung anzubringen. Die Geschwister hätten Anschauungsunterricht in Sachen Abwehr von Gewitterschäden erhalten sollen, aber Karins Zahnschmerzen waren so schlimm geworden, dass sie mit Frau Rettig in die Stadt fuhr, um sich behandeln zu lassen, und Elin verfolgte das Schauspiel allein.

Verwirrt sah das Mädchen, das selbst Höhenangst hatte, zu, wie Johannes auf das Dach des Pavillons stieg. Das weiße Hemd aufgekrempelt, kletterte er mit der Behändigkeit des Seemanns den Fahnenmast, der am Dachfirst befestigt war, hinauf und arbeitete dort, während er sich mit zusammengepressten Beinen an der weiß gestrichenen Stange hielt. Als er mit der Arbeit fertig war, ließ er sich langsam nach unten gleiten, wobei er eine Spule Draht abrollte.

»Ist das nicht vergebens?«, rief Elin von unten, während sie mit ihrem Strohhut eine Wespe verscheuchte. »Der Blitz schlägt doch nie zweimal an derselben Stelle ein.«

»Das ist reiner Volksglaube. Genau deshalb bringe ich den Blitzableiter ja an. Zum Glück konnte ich Herrn Rettig davon überzeugen, den Kupferdraht zu kaufen, auch wenn er etwas teuer war. Es wäre doch schade, wenn das Gebäude ein weiteres Mal zerstört würde. Ich schlug vor, den Fahnenmast nicht wieder aufs Dach zu stellen, aber da gab der Fabrikant nicht nach. Seine Fahne soll so hoch wehen, dass man es bis weit aufs Meer hinaus sieht …«

Der plötzlich ungewohnt gesprächige Kapitän führte den Draht die Dachschräge entlang und klopfte ihn mit einem Hammer fest, den er aus dem über seiner Schulter hängenden Stoffbeutel nahm, in dem sich auch Nägel befanden, wie sie Elin noch nie gesehen hatte. Sie fungierten angeblich als »elektrische Isolierungen zwischen Kupferdraht und Dach«. Als der Kapitän die Traufe erreichte, stieg er auf der Leiter nach unten und führte dabei weiterhin die Drahtrolle mit sich.

Elin seufzte vor Erleichterung auf, als der Kapitän wieder auf festem Boden stand, stieß aber im selben Moment einen entsetzten Schrei aus. Die Wespe war zurückgekehrt und schwirrte ihr unter der breiten Krempe des Sonnenhuts um den Kopf herum.

»Rühren Sie sich nicht«, sagte Johannes und trat zu ihr, den Blick auf die Wespe gerichtet. Mit ausgestreckter Hand verfolgte er die unruhige Bewegung des Insekts und griff plötzlich zu. Als er die Faust öffnete, lag dort die zerquetschte Wespe. Johannes klebte das Hemd am Rücken, und unter seinen Achseln hatten sich Flecken gebildet, aber Elin nahm keinen Schweißgeruch wahr, sondern nur den Duft des Mannes.

»Dieser Blitzableiter macht das Häuschen sicher, ganz gleich, was für ein Unwetter aufzieht.«

Das Mädchen sah zu, wie der Mann ein Loch grub. Da erblickte sie einen Regenwurm in der Erde.

»He, darf ich den haben? Sobald Karin aus der Stadt zurückkommt, wollen wir angeln gehen.«

Der Mann nahm den Regenwurm auf die Handfläche und wartete geduldig, bis Elin das Wurmglas aus dem Ruderboot geholt und Erde auf die trockenen toten Würmer darin gestreut hatte. Dann wurde der sich ringelnde Wurm feierlich in das Glas hinabgelassen.

»Wollen Sie noch mehr davon?«

»Ja, bitte«, antwortete Elin gut erzogen und ging dazu über, der Situation angemessen vom Wetter zu reden. »Nach so langer Trockenheit sind sie wirklich schwer zu finden.«

Es wurden noch ein paar weitere Würmer ausgegraben, dann durfte der Kapitän mit seiner eigentlichen Arbeit weitermachen.

Von einem prickelnden Gefühl erfasst sah Elin zu. Der Mann versenkte das Ende des Kupferdrahts im Loch, das er gegraben hatte, und kletterte danach erneut aufs Dach und den Fahnenmast hinauf. Dann befestigte er mit seinen komischen Nägeln den steif im Wind schwankenden Metalldraht an der Stange.

»Ich wette, es wird heute ein Gewitter geben«, stellte er fest, als er von oben aufs Meer blickte.

»Oh nein! Gibt es am Hauptgebäude auch so einen Blitzableiter?«

»Wohl nicht.«

»Dort muss aber einer hin«, rief Elin aus.

»Tja«, lachte der Mann. »Da wäre dann eine Menge mehr Kupferdraht nötig. Außerdem scheint Frau Rettig ein bisschen der Meinung zu sein, dass so ein Draht an der Hauswand überhaupt nicht hübsch aussieht … aber warten Sie doch einen Moment!«

Johannes holte die Broschüre von Dozent Hult aus dem Pavillon und reichte sie leicht verlegen dem Mädchen.

»Darin können Sie nachlesen, dass man keine Angst vor Gewitter haben muss, wenn man sich über dessen Wesen im Klaren ist. Sie können es behalten. Ich brauche es nicht mehr.«

Herr Rettig kam allein aus Turku zurück. Frau Rettig blieb mit der noch immer unter Zahnschmerzen leidenden Karin in der Stadt. So saßen sie zu dritt am Abendbrottisch, der Hausherr, Kapitän Peterson und Elin.

Herr Rettig war guter Laune. Da die Frau des Hauses nicht anwesend war, um vor den traurigen Folgen des überreichlichen Genusses geistiger Getränke zu warnen, hatte das Dienstmädchen alle Hände voll zu tun, den Männern die Gläser zu füllen. Der Fabrikant wollte, dass Johannes der jungen Sommerfrischlerin von den Seereisen erzählte, die er unternommen hatte, um den Rohstoff für Rettigs Tabakwarenfabrik zu liefern. Da sich der Kapitän auch durch Nachbohren keine Schilderungen seiner Abenteuer auf den Weltmeeren entlocken ließ, fing der Hausherr selbst an, Geschichten, die er gehört hatte, zu erzählen. Johannes saß etwas gequält da, als der Geschäftsmann seine Großtaten pries oder von lautem Lachen begleitete Anekdoten über die Findigkeit des Kapitäns in verschiedenen heiklen Situationen zum Besten gab.

»Es ist dem Kapitän zu verdanken, dass unsere auf den Tabak versessenen Würdenträger nicht die unerträgliche Pein ertragen müssen, die eine Verzögerung oder gar der Verlust einer Fracht mit sich bringen würde. Tabak ist empfindlich gegen Feuchtigkeit, und darum trägt der Befehlshaber des Schiffes eine besondere Verantwortung. Schließlich können die Wellen des Ozeans über das ganze Schiff hinwegschlagen, und bisweilen gießt der Himmel darüber das gleiche Element aus, auf dem gesegelt wird.«

Dem Hausherrn machte allein die Vorstellung Angst, welche miesen Entscheidungen ein Mann in der verantwortungsvollen Position des Senators bei innerer Unruhe aufgrund von Tabakqualen treffen könnte …

Der Sommerabend war noch immer schwülwarm. Durch die weit offene Terrassentür hörte man das Zirpen der Grillen aus dem Garten. Die frisch gemähte Wiese duftete, und Johannes' Hand, die auf dem Tisch ruhte, war für Elin die schönste Männerhand, die sie je gesehen hatte. Auch Elin wurde Wein eingeschenkt. Sie trank ihn bereitwillig. Und spürte die Nähe des Mannes im Bauch und in der Scham.

Das heftige Gewitter brach erst spät in der Nacht aus. Die Fensterscheiben klirrten, und Elin floh bloß im Nachthemd aus dem Schlafzimmer. *Der Kugelblitz bewegt sich langsam voran und kann im schlimmsten Fall entsetzliche Verwüstungen anrichten …* Sie hatte fürchterliche Angst, es könne jeden Moment ein Kugelblitz zum Fenster hereingeschossen kommen.

Die Fenster im Erdgeschoss waren geschlossen, ebenso die Terrassentür. Elin setzte sich an den Esstisch, auf dem noch immer die Weinkaraffe und die Gläser standen, weil der Hausherr die Bediensteten, gleich nachdem der Nachtisch serviert worden war, ins Bett geschickt hatte. Sie nahm eines der Gläser und füllte es mit Wein. Durch das Fenster sah man, wie die Blitze den Nachthimmel über dem Meer erleuchteten.

Die Elektrizität, die sich in den Wolken sammelt, wirkt unablässig auf die Elektrizität der Umgebung ein, stößt Gleichpoliges ab und zieht Gegenpoliges an, so dass elektrische Spannung zwischen den Wolken sowie zwischen Wolken und Erde entsteht. Wird die Spannung stark genug, um den Widerstand der Luft zu überwinden, entlädt sie sich in einem Blitz, dem ein Donnern folgt …

Plötzlich ging ein Sturzregen nieder und prasselte gegen die Scheiben. Elin trank das Glas leer und ging in den Garten. Als sie unter Meidung hoher Bäume den Uferpavillon erreichte, waren ihre blonden Haare und das weiße Nachthemd vollkommen nass.

Elin versuchte gar nicht erst, sich eine Erklärung auszudenken, und Johannes tat nicht so, als wäre er überrascht. Beide sagten kein Wort.

Daniel

Herr Balfour Woolfe war der erste Zeuge, der bei der Untersuchung gehört wurde. Er vertrat das Schiffsbauunternehmen Woolfe Brothers aus Limehouse. Die Königliche Seenotrettungsgesellschaft RNLI hatte bei dem Unternehmen das verunglückte Rettungsboot in Auftrag gegeben, das 1890 fertiggestellt wurde und später den Namen Civil Service no. 7 erhielt.

Herr Woolfe konnte das Fassungsvermögen des Bootes nicht nennen, berichtete aber, es sei im Ganzen aus Mahagoni gebaut, einschließlich der Kammern unter Deck, in der sich die Lufttanks befanden, welche die Wiederaufrichtung garantierten. Die Rettungswesten und Sicherheitsleinen enthaltenden Aufbewahrungskästen auf Deck bestanden aus Kiefer und waren mit wasserfestem Lack behandelt worden. Die Kästen für die wichtigsten Gerätschaften bestanden aus Kupfer. Herr Woolfe kannte das Volumen der Ballasttanks nicht genau, schätzte aber, dass etwa zwei Tonnen Wasser hineinpassten. Die Lufttanks des Bootes verfügten über vier Lüftungsventile, zwei hinten, eines in der Mitte und eines am Bug.

Herr Fitzgerald: »Wie wurden die Lüftungsventile geschlossen?«

Herr Woolfe: »Sie wurden zugedreht.«

»Befanden sie sich unter einem Deckel mit Scharnier?«

»Ja, aber die wasserdichte Schleuse bildete aus Messing angefertigte runde Flansche, die mit Messingketten am Rumpf befestigt waren.«

»Konnte man die mit den Händen aufdrehen?«

»Ja.«

»Worin bestand ihr Zweck?«

»Die Tanks und die Piek zu belüften, wenn das Boot nicht im Einsatz war.«

»Waren Sie anwesend, als das Boot getestet wurde?«

»Ich glaube, ich war nicht anwesend.«

»Haben Sie schon mehrere Boote der entsprechenden Klasse gebaut?«

»Ja.«

»Was ist diese Selbstaufrichtungseigenschaft? Worauf beruht sie?«

»Wenn das Boot kentert, bringen es die Lufttanks wieder in die richtige Position.«

»Haben die mit Wasser zu füllenden Ballasttanks etwas damit zu tun?«

»Nein, sie haben nichts mit der Selbstaufrichtung zu tun. Ihre Aufgabe besteht darin, dem Boot bei Seegang Stabilität zu geben. Dem gleichen Zweck dient der aus Blei gegossene Kiel.«

»Das Boot drehte sich also in die richtige Position zurück, ganz gleich, ob die Ballasttanks Wasser enthielten oder nicht?«

»Genau. Wird ein Boot getestet, führt man den Kentertest mit leeren und vollen Ballasttanks durch.«

»Sie können also sagen, dass das Boot auf die bestmögliche Weise gebaut worden ist, auch im Hinblick auf die Materialien.«

»Ja.«

Als Nächstes befragte Herr Barton, Q.C., der die Familie des verstorbenen Kommandanten des Bootes vertritt, den Zeugen.

Herr Barton: »Da Sie von Piek sprechen, möchte ich wissen, was das bedeutet. Meinen Sie den Raum, in dem sich die Ballasttanks und die Lufttanks befinden?«

Herr Woolfe: »Die Piek ist der Raum, der sich unter dem Deck eines Bootes befindet.«

»Die Ballasttanks und die Lufttanks befinden sich also unter Deck?«

»Ja.«

»Ich vergewissere mich noch einmal, dass ich es richtig verstanden habe. Die Ballasttanks haben also nichts mit der Selbstaufrichtung zu tun?«

»Nein.«

Danach befragte Herr Clay, der Vertreter der Hilfsfonds, den Zeugen.

Herr Clay: »Haben Sie das Unfallboot untersucht?«

Herr Woolfe: »Nein. Ich bin erst heute Morgen in Irland angekommen.«

»Sie kennen, mit anderen Worten, nicht den Grund dafür, warum sich das Boot nicht wieder in die richtige Position gedreht hat?«

»Nein.«

»Können Sie ohne genaue Untersuchung einen Grund für das Verhalten des Bootes finden?«

»Das kann ich nicht.«

Als Nächstes befragte Kommandant Nepean, der Vertreter der Nationalen Seenotrettungsgesellschaft, den Zeugen.

Kommandant Nepean: »Sie haben gesagt, das Boot sei gemäß der besonderen Anforderungen der Seenotrettungsgesellschaft RNLI gebaut worden.«

Herr Woolfe: »Ja.«

»Gehört die Selbstaufrichtung zu diesen besonderen Anforderungen?«

»Ja.«

»Unter welcher Aufsicht wurde das Boot gebaut? War ein offizieller Aufseher von behördlicher Seite von Anfang bis Ende des Konstruktionsprozesses anwesend?«

»Ja.«

»Kam der Oberaufseher, um jede Bauphase abzunehmen?«

»Ja.«

»Das Boot wurde also unter Aufsicht von Behördenvertretern, die für ihre Aufgabe geeignet waren, gebaut?«

»Ja.«

Kommandant Nepean bat den Zeugen, die Konstruktion der Lufttanks zu beschreiben, so dass alle anwesenden Herren es auch bestimmt verstünden. Der Zeuge erklärte, die äußere Verkleidung der Lufttanks sei zweifach ausgeführt. Das Material sei über Kreuz geleimtes Eichensperrholz. Der Zwischenraum der Doppelhülle betrage vier Zoll.

Kommandant Nepean: »Die Konstruktion dieser Kammern ist also äußerst stark und kann durch keinen von natürlichen Umständen verursachten Schlag oder Druck beschädigt werden?«

Herr Woolfe: »Nein, sie können nicht beschädigt werden. Es ist unmöglich, dass sich die Kammern aufgrund einer Beschädigung mit Wasser füllen. Würde das passieren, befänden sich allein in der hinteren Kammer fünf Tonnen Wasser. An Deck gibt es vier Lüftungsöffnungen, jede hat einen Durchmesser von viereinhalb Zoll.«

»Anders gesagt, man kann einzig und allein dann Wasser in die Kammern lassen, wenn die Lüftungsventile nicht geschlossen sind?«

»Ja.«

Herr Barton: »Sie haben ausgesagt, dass die Kammern nicht beschädigt werden können. Sie behaupten also, dass die Kammern nicht brechen können, auch wenn das Boot auf eine Untiefe stößt, gegen einen Felsen fährt oder auf eine Sandbank aufläuft?«

Herr Woolfe: »Nur bei mutwilliger Gewalteinwirkung.«

»Ich wiederhole: diese Kammern können nicht brechen, wenn sie auf Steine oder eine Sandbank prallen, auch wenn der Sturm so heftig ist, wie es an Heiligabend der Fall war?«

»Es hat nur aus dem Grund Wasser in die Lufttanks, die sich in den Kammern befinden, gelangen können, weil die Lüftungsventile offen geblieben sind.«

»Sie waren also nicht vor Ort, als die Inbetriebnahmetests des Bootes gemacht wurden?«

Herr Woolfe erinnerte sich nicht, ob er dabei war oder nicht.

Herr Barton: »Es existiert also kein Protokoll, das die Durchführung der Tests und Ihre Anwesenheit dokumentiert? Zuvor wurde jedoch ein Test gemacht, den das Boot nicht gemäß den Anforderungen des Auftraggebers bestand. Sie können uns mit anderen Worten keinen schriftlichen Beweis dafür vorlegen, dass das Boot als seetauglich getestet wurde, wie es die Vorschriften verlangen? Sie nehmen nur an, dass die Kontrolleure der RNLI die Stabilitäts- und Wiederaufrichtungstests durchgeführt haben?«

Herr Woolfe: »Soweit ich mich erinnere, erhielt ich einen Brief, in dem es hieß, sie wären dann und dann anberaumt worden oder etwas in der Art.«

Weiter sagte der Zeuge, die Lüftungsventile blieben offen, wenn sich das Boot im Bootshaus befinde. Ginge es aufs Meer hinaus, seien sie geschlossen oder man gehe davon aus, dass sie es seien. Sollten die Ventile offen gelassen worden sein, sei Wasser in die Tanks gelangt, jedoch nur sehr wenig, außer falls das Boot sich gedreht habe.

Herr Barton: »Nehmen wir einmal an, die Ventile wären offen geblieben, hätte das in die Lufttanks geratene Wasser dann das

Boot daran gehindert, sich wieder in die richtige Position zu drehen?«

Herr Woolfe: »Das weiß ich nicht.«

»Wie lange hätte das Eindringen einer fatalen Menge Wasser in die Lufttanks gedauert?«

»Das kann ich nicht sagen.«

Daniel schraubt seinen Füllfederhalter zu und bringt die Blätter in die richtige Ordnung. Aus dem Speisesaal dringt lebhaftes Stimmengewirr herüber, weil die Männer, die an der Untersuchung teilgenommen haben, das Mittagessen einnehmen. Es liegt der verlockende Duft nach Braten und Madeirasoße in der Luft, aber Daniel hat trotzdem nicht vor, sich anzuschließen. Er geht ins Foyer, wo der Laufbursche bereits auf die Bögen mit dem Manuskript für die Druckerei wartet. Daniel bittet den Portier um seinen Mantel und seinen Hut. Er lehnt die Hilfe des Mannes ab und zieht den Mantel alleine an.

Die Gaslaternen beleuchten den vom Regen nassen Parkweg, aus der Ferne hört man Kirchenglocken und Hundegebell. Ein grünes und ein rotes Licht brennen an der Spitze des östlichen und des westlichen Wellenbrechers, und im Hafenbecken tanzen die Ankerlichter der Schiffe wie ferne Glühwürmchen. Daniel schüttelt seinen vom langen Schreiben schmerzenden Arm aus und zieht das Zigarettenetui aus der Tasche. Gerade als er die Zigarette entzünden will, rollt ein Golfball vor ihn hin. Er blickt sich um und sieht eine männliche Gestalt, die vom seeseitigen Rand der Rasenfläche her näher kommt. Vor dem Mann, der einen Schläger trägt, läuft ein Junge mit einem Segeltuchsack über der Schulter her. Als der Mann ins Licht einer Gaslaterne tritt, erkennt Daniel Herrn Barton, den Rechtsanwalt, der die Familie Williams vertritt. Daniel hat während der Untersuchung eine Karikatur von dem ehrwürdigen Parlamentsmitglied gezeichnet, auf der er dessen große Nase, die hohe Stirn und den langen dünnen Hals übertreibt und die Schöße des schwarzen Rocks über dem dünnen Leib so weit verlängert, dass sich zusammen mit den grauen Hosen und den Gamaschen das Bild eines Pinguins auf Hungerkur ergibt. Nun hat Herr Barton die Jacke gewechselt. Die bis unters Knie reichenden neumodischen Golfhosen und die langen, die Waden verhüllenden karierten Strümpfe lassen ihn wie einen Schüler aussehen, der dreißigmal sitzen geblieben ist und sich als erwachsener Mann noch wie ein kleiner Junger kleiden muss.

»Verzeihung, mein Herr«, sagt der Anwalt. »Ich übe Annäherungsschläge. Hauptsächlich schlage ich in Richtung Meer, aber jetzt bin ich davon ausgegangen, dass alle Herren beim wohlverdienten Abendessen sitzen. Mein Caddie wird morgen früh, wenn es hell ist, alle Bälle einsammeln. Sie haben sich doch nicht verletzt?«

»Aber nein«, lacht Daniel und stellt sich vor. »Ist das Ihr Geheimnis, beziehen Sie daraus die Kraft, zum Wohle Ihrer Klienten lange Tage zu machen?«

»Ich gebe nichts zu, weil Sie es sonst in Ihrer Zeitung drucken, und dann ist es kein Geheimnis mehr«, erwidert Barton. »Ich habe Sie übrigens heute im Saal gesehen, Herr Ford. Ihr Stift qualmte förmlich.«

Zum Glück weiß er nichts von der Karikatur, denkt Daniel leicht geniert, auch wenn an sich nichts Schlimmes dabei ist, ein solches Bild zu zeichnen. Es ist ein Hobby von ihm, mit dem er sich die Zeit vertreibt, wenn nichts passiert, das man aufschreiben muss.

»Es war ein Vergnügen, Ihren Dialog mit dem Zeugen zu Papier zu bringen, Herr Barton – wie die Repliken eines Dramas, die verheißen, dass noch viel Interessantes kommen wird.«

»Sie bilden sich doch nicht ein, dass ich Ihnen mein Manuskript verrate«, lächelt Barton, »aber ja, ich bin absolut der Meinung, dass eine Gerichtsverhandlung im besten Fall an ein Theaterstück erinnert, wie auch ein gutes Theaterstück den Geist der Gesetze eines Landes und deren Umsetzung imitiert. Shakespeare ist ein hervorragendes Beispiel dafür.«

»Ach ja? Auf diesen Gedanken bin ich noch nicht gekommen.«

»Die wenigsten sind es. Vielleicht sollte ich ein Buch darüber schreiben?«

»Das würde gewiss großen Zuspruch finden, Herr Barton.«

»Es wird auch kaum darüber geredet, was für eine bedeutende Rolle die irische und keltische Erzähltradition in Shakespeares Werken einnimmt. Kein Zweifel, dass zum Beispiel Duncan, Macbeth und Lady Macbeth keltischen Ursprungs sind. Und König Lear stellt absolut eine Analogie zur irischen Legende von Lir dar.«

»Tatsächlich?«

»Hat es Sie nie zum Nachdenken gebracht, warum Hamlet in seinem Dialog mit Horatio auf den Namen des heiligen Patrick schwört, in einer Situation, in der er gerade dem Geist seines Vaters begegnet ist?«

Daniel hat keine Erinnerung an die Schwüre des Protagonisten in Shakespeares Drama. Hamlets Worte sind für ihn nur das in der Schule zu lesende wirre Gerede eines Prinzen aus einem fernen Land. Dennoch gibt er sich interessiert.

»Interessant.«

»Nicht wahr? Bemerkenswert ist jedoch, dass die Figuren in seinen Stücken nie eigentlich als Iren präsentiert werden. Von einer Ausnahme abgesehen. Erinnern Sie sich, wer das ist?«

»Leider nein.«

»Kapitän McMorris! Ein praktisch veranlagter Soldat von gesundem Verstand, gut in der Schlacht und ein sehr stolzer Gentleman. Ein wenig wie unser Freund Steuermann Peterson dort, auch wenn dieser ganz und gar kein Ire ist.«

Daniel dreht sich um. Auf dem gekiesten Parkweg nähert sich tatsächlich Petersons hohe Gestalt.

»In einem Theaterstück würde man einen finnischen Seemann zweifellos als Zauberer auftreten lassen, so wie die seltsamen Hexengeschwister in *Macbeth*, die meiner Meinung nach auch keine echten Hexen sind, sondern eher Seherinnen aus der irischen Mythologie. Aber jetzt, wenn Sie gestatten, trainiere ich noch ein wenig meine Annäherungsschläge. Tägliches Training ist unabdingbar. Körper und Geist verschmelzen nur durch endlose Wiederholung. Die Bewegungsabläufe werden automatisiert. Sie erlauben?«

Barton legt den Ball vor sich hin, setzt den Schläger an, holt aus und schlägt. Der Ball fliegt in hohem Bogen auf die andere Seite der Rasenfläche und verschwindet in der Dunkelheit. Der Anwalt entfernt sich, und der Caddie eilt ihm mit dem schweren Sack hinterher, der noch immer zig Bälle, die in die Dunkelheit geschlagen werden sollen, enthält. Daniel wendet sich dem Ankömmling zu.

»Sieh an. Guten Abend, Herr Peterson. Haben Sie auch genug von dem Herrenchor?«

»Guten Abend, Sir. Das weiß ich nicht, aber ich habe Sie weggehen sehen, und wenn es Sie nicht stört, würde ich Sie ein paar Dinge fragen, die mir bei der Sitzung heute unklar geblieben sind, wegen meiner mangelnden Sprachkenntnisse.«

»Fragen Sie nur, aber ich weiß nicht, ob ich Ihnen helfen kann, auch wenn ich mich den ganzen Tag mit all dem beschäftigt habe.«

»Ganz recht. Es ist zu viel verlangt, wenn ich Sie auch noch damit belästige.«

»Unsinn. Ich bin auf dem Weg zum Polizeipräsidium. Wenn Sie Lust haben, ein Stück in dieselbe Richtung zu gehen, schauen wir mal, was aus mir noch herauszuholen ist.«

»Grob gesagt geht es doch darum, ob der Grund für das Unglück bei dem Boot liegt oder bei den Männern, nicht wahr? Die schwierigen Umstände wurden zur Sprache gebracht, aber für meine Begriffe wurde zu verstehen gegeben, dass es zu den beruflichen Fähigkeiten des Bootskommandanten gehört, die Risiken einzuschätzen und ...«

»Ungefähr so. Sie scheinen es gut verstanden zu haben.«

»Der Status von Kommandeur Nepean ist ziemlich außergewöhnlich, weil es sich einerseits um seine Untergebenen und andererseits um ein von der Seenotrettungsgesellschaft in Auftrag gegebenes und überprüftes Boot handelt.«

»Ist Ihnen das auch aufgefallen?«, fragt Daniel. »Der Mann hat den Schiffsbauer gar nicht im eigentlichen Sinn verhört, sondern ihm dreist die Worte in den Mund gelegt. Woolfe musste nur mit ja oder nein antworten. Nepean hat eindeutig seine Wahl getroffen und wirft die Besatzung den Wölfen zum Fraß vor.«

»Herr Barton hat Herrn Woolfe jedoch ziemlich zugesetzt, oder?«

»Wie ein Terrier hing er an seinem Hosenbein. Und seine Hausaufgaben hatte er sorgfältig gemacht. Vor diesem Auftritt ziehe ich den Hut! Es sieht nun schwer danach aus, als hätte der Schiffbauer die erforderlichen Seetauglichkeitstests vernachlässigt. Die Frage lautet, warum.«

»Was vermuten Sie, Sir?«

»Auf Anhieb kommen mir zwei Möglichkeiten in den Sinn: pure Gleichgültigkeit oder, was noch schlimmer wäre, er hat gewusst, dass das Boot die Tests nicht bestehen würde, aber es wurde trotzdem in Gebrauch genommen.«

»Klingt unglaublich. Das macht doch gar keinen Sinn.«

»Alles hat irgendeinen Sinn. Man muss sich fragen, wessen Interessen vertreten werden oder wer geschützt wird. Sagen Sie mir, Herr Peterson, doch einmal als Mann vom Fach, warum die Civil Service no. 7 gekentert ist und sich nicht wieder aufgerichtet hat.«

»Das kann ich in diesem Einzelfall natürlich nicht wissen, aber im Prinzip ist es immer eine Frage der Stabilität. Ein Boot kentert, wenn sein Schwerpunkt zu hoch liegt. Es handelt sich dabei um unausweichliche Naturgesetze. Nach den gleichen Gesetzen kehrt es in die Ausgangsposition zurück, vorausgesetzt, es ist entsprechend konstruiert.«

»Wovon hängt die Stabilität eines Bootes ab?«

»Bei einem Segelschiff nimmt man mit der Beladung darauf Einfluss. Das Schiff muss ausreichend Ballast an Bord haben.«

»Aber ein Rettungsboot ist kein Frachtschiff.«

»Mir fällt auf Anhieb keine andere Erklärung für seine Instabilität ein als ein Konstruktionsfehler.«

»Sehen Sie. Wer wird also hier geschützt? Wie Sie gehört haben, wurde der Erbauer des Bootes heute schwer gegrillt, aber der Schiffbauer kann ja nichts weiter tun, als sich an die Pläne halten, die man ihm gibt. Wie schätzen Sie die Möglichkeit ein, dass die Besatzung des Bootes die Lüftungsventile nicht geschlossen und somit das Unglück verursacht hat?«

»Das halte ich für unmöglich. Das ist, als würden fünfzehn Männer gemeinsam ohne Hosen in die Stadt gehen. So etwas passiert nicht versehentlich oder aufgrund von Achtlosigkeit.«

Daniel blickt auf die Scharen der Menschen unter den Gaslichtern des Eisenbahnhofs und kann nicht vermeiden, dass er sich unter ihnen fünfzehn Männer ohne Hosen vorstellt.

»Die Männer haben bestimmte Handgriffe hunderte Male gemacht. Sie müssen sie automatisch ausgeführt haben«, ergänzt Peterson.

»Mal sehen, ob man dem Konstrukteur des Schiffes bei der Untersuchung überhaupt auf den Zahn fühlen wird.«

»Warum zweifeln Sie daran?«

»Weil er ein Mann ist, der schlicht und einfach keine Fehler machen kann. George Watson, Konstrukteur der Königlichen Yacht, der Britannia, das Lieblingskind des Hofes in Bootsangelegenheiten. Vor zwei Jahren gab der Neffe des Kronprinzen, der deutsche Kaiser Wilhelm, viereinhalb Millionen Reichsmark für seine Yacht Hohenzollern aus. Auch die hat Watson entworfen. Schiffe, die ein solcher Mann konstruiert hat, dürfen einfach nicht kentern.«

»Dafür dass Sie eine Landratte sind, kennen Sie sich gut mit Yachten aus, Sir.«

»Ganz und gar nicht… Ein Zeitungsmann muss von allem etwas wissen, aber nicht von etwas alles. Ich habe einen Artikel über die Hohenzollern geschrieben, als sie vor zwei Jahren vom Stapel lief. Außerdem hat Watson viele Yachten für amerikanische Millionäre entworfen, die damit untereinander und mit den Angehörigen der europäischen Königshäuser konkurrieren.«

»Bedeutende Aufträge, viel öffentliche Aufmerksamkeit…«

»Im Gegensatz zu den Kähnen der Seenotretter, die von bescheidenen Fischern und Seemännern benutzt werden.«

»Sicher muss ein so gefragter Konstrukteur doch auch mal Verantwortung für weniger anspruchsvolle Aufträge an seine Mitarbeiter abgeben?«

»Sie treffen den Nagel auf den Kopf«, sagt Daniel, verwundert über die schnelle Auffassungsgabe des Seemanns.

Er bleibt vor dem Eisentor stehen.

»Ich würde das Gespräch mit Ihnen über dieses Thema gern fortsetzen, aber jetzt muss ich bei der Polizei etwas für Frau Siren erledigen.«

Der Steuermann sieht ihn fragend an.

»Sie haben sicher gehört, dass Ihr Schiffsjunge wie vom Erdboden verschluckt ist?«

»Nein … das ist … sehr bedauerlich.«

»Vor allem, weil sich Frau Siren erkennbar Sorgen macht. Ich habe ihr versprochen, bei der Polizei Meldung über das Verschwinden des Jungen zu machen, und wir werden auch einen kleinen Text darüber in unsere Zeitung setzen. Viel mehr kann man wohl nicht tun. Der Junge scheint ein alter Hase darin zu sein, sich zum Verschwinden zu bringen, oder was glauben Sie, was dahintersteckt?«

»Schwer zu sagen.«

»Man möchte glauben, dass sich der Junge wohlfühlt in dem bequemen Hotel und unter den Fittichen von Frau Siren. Die Gattin des Kapitäns macht einen sehr freundlichen Eindruck.«

»Ja, sie ist zu dem Jungen sehr … freundlich und gut gewesen. Was immer auch passiert sein mag, es kann auf keinen Fall mit Frau Siren zu tun haben.«

Daniel ist von der plötzlichen Erregung, ja Wut des Mannes überrascht. Es klingt, als wäre der Schatten eines unverschämten Verdachts auf die Frau des Kapitäns geworfen worden.

»Ich bitte Sie, mitkommen zu dürfen«, sagt der Obersteuermann. »Immerhin hat Sahlman meiner Crew angehört, und auch wenn mein Dienst zu Ende ist, fühle ich mich weiterhin für ihn verantwortlich, vor allem in Anbetracht seines geringen Alters.«

»Ohne weiteres, wenn Sie wollen.«

Sie treten in dem Moment durchs Tor, als die Turmuhr am Rathaus zu schlagen beginnt.

»Dieses verfluchte Ding«, sagt Daniel, als sie die Treppe hinaufgehen, »ich wache jede verflixte Stunde von ihren Schlägen auf. Die Hiesigen sind es wohl gewohnt, dass sie mitten in der Nacht loshämmert, aber ich habe gehört, dass der Hoteldirektor einen Antrag stellen will, damit die Höllenmaschine zwischen abends um zehn und morgens um neun zum Schweigen gebracht wird …«

»Ach ja«, antwortet Peterson ohne großen Eifer. Man merkt ihm an, dass er mit seinen Gedanken woanders ist. Daniel kann trotzdem nicht aufhören zu plaudern:

»Sie halten mich wohl für eine ziemliche Prinzessin. Das bin ich auch. Ein Seemann muss wohl lernen, ohne sich um etwas zu scheren, zu schlafen, wenn er die Gelegenheit dazu hat?«

Peterson zuckt mit den Schultern, er sagt wahrscheinlich nichts, weil ihm die Frage keine Antwort wert ist. Daniel hat das Gefühl, zum Papagei zu schrumpfen, der auf der Schulter eines Seebären sitzt und dessen Geplapper der Mann zu überhören gelernt hat. Er versteht selbst nicht, woher sein wachsendes Minderwertigkeitsgefühl neben diesem Mann kommt.

Auf der Polizeistation teilt Daniel einem Polizisten im Vorraum mit, warum sie gekommen sind, und sie werden zum hochgewachsenen, rotgesichtigen Constable Foot geführt. Dieser hört zu und nickt und macht sich dabei Notizen.

»Wir haben hier einen blonden Jungen, Sir. Er wurde vor ungefähr einer Stunde gebracht. Aber ich glaube nicht, dass er Finne ist, denn er hat ständig auf Englisch nach seiner Mutter gefragt.«

»Meiner Auffassung nach stammt die Mutter des Jungen, den wir suchen, aus England. Aber warum hat er nach ihr verlangt?«

»Der arme Junge ist in sehr schlechtem Zustand. Er hat allerlei Blessuren, aber vor allem ist er schwer unterkühlt. Gerade wird seine Körpertemperatur gemessen. Als er gebracht wurde, war sein Bewusstseinszustand äußerst verwirrt. Der Arzt ist bei ihm.«

»Hat man ihn aus dem Meer gezogen?«

»Nein, Sir. Das ist ja das Seltsame. Der Laufbursche des Marine Hotels fand das Opfer eingesperrt im Eislager, was auf ein Delikt hindeutet, aber wie gesagt, man kann den Jungen noch nicht danach fragen. Ich hoffe, man wird es je können.«

»Dürfen wir zu ihm?«

»Sobald der Arzt seine Arbeit gemacht hat. Er muss natürlich identifiziert werden. Falls er die Person ist, die Sie suchen, was keineswegs sicher ist, gibt es noch etliche Dinge zu erledigen.«

»Selbstverständlich. Aber er entspricht also der Beschreibung?«

»Was die Haare und das Alter betrifft, ja, Sir. Probleme gibt es mit der Bekleidung.«

Der Obersteuermann hat dem Gespräch schweigend zugehört, aber jetzt mischt er sich ein:

»Was für Probleme?«

»Er hat keine. Also Kleidungsstücke. Oder genau genommen keine Jacke, kein Hemd und auch keine … Hose.«

»Verstehe. Untersucht der Arzt auch …?«

»Der Arzt untersucht jede Möglichkeit von ausgeübter Gewalt, Sir. Möchten Sie sich setzen und warten und vielleicht eine Tasse Tee trinken?«

In dem Moment geht die Tür auf, und ein Mann, der sich als Doktor Keegan vorstellt, tritt ein.

»Ich denke, er wird sich erholen, aber man muss ihn warm halten«, sagt er. »Die Körpertemperatur zu erhöhen ist eine große Herausforderung. Die anderen Verletzungen sind oberflächliche Blessuren. Sie können jetzt zu ihm, aber ich warne Sie, er ist sehr verwirrt. Und noch etwas. Der Junge braucht auch deshalb ein anständiges heißes Bad, weil er von oben bis unten voller Urea ist. Man hat versucht, ihn mit einem Schwamm etwas zu waschen, aber der Geruch von Pisse ist verdammt hartnäckig, wie die Herrschaften bestimmt wissen.«

Daniel weiß allerdings, was Harngeruch ist. Schon als kleiner Junge mied er ihn. Er erinnert sich an das öffentliche Pissoir in der Nähe der Markthalle, um das herum jener Geruch in der Luft lag. Das Kindermädchen warnte den kleinen Daniel auf unbestimmte, aber so unheimliche Weise vor diesen Einrichtungen, dass er eine ewige Abscheu vor öffentlichen Bedürfnisanstalten entwickelte. Der Nanny zufolge passierten in den Häuschen schreckliche Dinge, und vor allem kleine Jungen seien in großer Gefahr, körperlich, vor allem aber seelisch. Es handelte sich um grau gestrichene Konstruktionen in Form eines Schweinsöhrchen-Gebäcks, die aus vernieteten Metallplatten bestanden, wie Dampfschiffe. Seit seinem sechsten Geburtstag hatte Daniel keine Schweinsöhrchen mehr essen wollen.

Constable Foot führt sie einen Gang entlang und bleibt vor einer Zellentür stehen.

»Es gab keinen anderen Raum mit einem Bett«, sagt er um Entschuldigung bittend. »Selbstverständlich haben wir die Tür nicht abgeschlossen.«

In der engen Zelle liegt ein Wesen, das von Kopf bis Fuß in eine Wolldecke der Königlichen Armee gewickelt ist. Als sie näher treten, wird Daniel von dem Uringeruch so übel, dass er einen Schritt zurück machen muss. Peterson beugt sich über das Bündel und hebt die Wolldecke an. Eine Weile steht er still auf der Stelle, streicht dem Jungen über die Stirn und sagt mit gedämpfter Stimme etwas in seiner Sprache. Dann dreht er sich zu dem Polizisten um.

»Das ist er. Matias Sahlman. Darf ich ihn mitnehmen? Seine Herrschaften wohnen im Hotel Royal Marine.«

Constable Ford nickt ernst und räuspert sich:

»Selbstverständlich. Dies ist kein geeigneter Ort für ein Kind. Wir befragen ihn später, wenn er sich ordentlich erholt hat.«

Daniel, der an der Tür steht, merkt, dass er darüber nachdenkt, warum der Arzt ein so grobes Wort für die menschliche Ausscheidung benutzt hat. Vielleicht hat sich der unter dem Volk arbeitende Arzt vorgestellt, Peterson als einfacher Seemann verstehe nicht, was Urea bedeutet. Er empört sich über seinen Gedankengang: nur ein vollkommen degenerierter Snob hat die Stirn, sich in dem Moment über den Sprachgebrauch seiner Landsleute aufzuregen, in dem er bezeugt, dass einem Kind eine Form von Gewalt angetan worden ist, die sogar einen erfahrenen Polizisten erschüttert.

Peterson hebt den Jungen mitsamt der Wolldecke hoch, um ihn hinauszutragen. Constable Foot beeilt sich, ihm die Tür aufzuhalten.

»Mit der Rückgabe der Wolldecke eilt es nicht«, sagt er heiser. »Die königliche Truhe würde gewiss auch ihren Verlust verkraften.«

DÚN LAOGHAIRE, 2.1.2012

Zieht man die harten Erfahrungen ab, verliefen die Segelfahrten der Frauen ruhig, wenn nicht gar eintönig. Was taten sie eigentlich an Bord, und was für ein Familienleben konnte man dort führen? Ein wichtiger Bestandteil der hausfraulichen Tätigkeiten auf den Wellen bestand darin, die Wohnräume des Kapitänspaars sauber zu halten und für allgemeine Behaglichkeit zu sorgen. Der Kapitänssalon und die Kajüte waren während der Fahrt nicht nur das Zuhause des Kapitänspaars, sondern auch die Empfangsräume des Kapitäns, wenn das Schiff im Hafen lag. In ihren Salons unterhielten die Kapitänspaare die Kollegen des Mannes sowie Geschäftspartner, Schiffsmakler und die Offiziersebene der Hafenbehörden, und bei fröhlichen abendlichen Zusammenkünften waren die Fähigkeiten der Kapitänsgattin in Sachen Organisation und Konversation sehr gefragt.

Merja-Liisa Hinkkanen, *Familienleben auf den Wellen. Die segelnden Frauen der Kapitäne im 19. Jahrhundert*

An den Tagen nach Weihnachten fiel uns der Vorschlag des Mannes mit der Pfeife, der an der Gedenkfeier für das Rettungsbootsunglück teilgenommen hatte, wieder ein, seinen maritimen Geschenkartikelladen zu besuchen, der sich im weniger belebten Teil der George Street befand.

Korvettenkapitän Murdoch war selbst zur Stelle und beeilte sich begeistert, uns die Kopien der Anzeigen und kleinen Artikel über die Fregatte Palme zu zeigen, die er in Nussbaumholz gerahmt hatte. Angeblich verkauften sie sich gut. Wir fanden die Preise haarsträubend, sagten es aber nicht laut. Als Mikko das Portemonnaie herauszog, schüttelte Murdoch den Kopf und verlangte, uns diejenigen, die uns interessierten, schenken zu dürfen.

In einer Anzeige der Irish Times aus dem Januar 1896 inserierte der Segelmacher John Fullham Robe, er verkaufe »sämtliche Taue, Segel und Segelstoffe der Palme«, und im Februar desselben Jahres erschien ein zweites Inserat, in dem die Navigationsgeräte, die auf dem Schiff gewesen waren, angeboten wurden, Kompasse, Ferngläser, Barometer und so etwas.

Eine kleine Meldung vom März berichtete, das Schiff habe für 22 Pfund den Besitzer gewechselt, aber als der neue Eigentümer mit fünf Helfern hinfuhr, um sich seinen Kauf anzusehen, gerieten sie in einen unerwarteten Sturm, und die Männer der Königlichen Rettungsgesellschaft mussten sie vom Wrack an Land holen.

Im Oktober 1896 ging das Schiff wieder an einen neuen Besitzer, an den in Williamstown lebenden Herrn Caffrey, der seinerseits vier Arbeiter mitnahm. Wieder kam Sturm auf. Vom Wrack der Palme wurde das Notsignal gezeigt, und die Rettungsmänner von Kingstown durften wieder ihr Boot zu Wasser lassen. Auch diesmal bekam man alle, die auf dem Schiff gewesen waren, sicher an Land, aber es kam zu dem unschönen Vorfall, dass ein Bekannter des neuen Besitzers der Palme, ein junger Mann namens Thomas Cullen, gekommen war, um sich das Wrack anzuschauen und nun vom Bahndamm aus die Rettungsarbeiten verfolgte, bis ihn eine gewaltige Welle ins Meer riss, wo er ertrank.

»Allmählich hielt man die Palme tatsächlich für ein Schiff des Pechs«, sagte Murdoch, »sogar für verflucht, und es ist schon reichlich merkwürdig, dass sich das Wrack fünfzehn Jahre halten konnte und auf der Sandbank kauerte wie ein Riesenunglücksvogel, bis die Eisenbögen endgültig auseinanderfielen und die Überreste auf den Meeresgrund sanken, wo sie zur Plage der Fischer wurden, die illegal fischten und nichts von ihnen wussten.«

Murdoch lachte und erzählte, er habe selbst als junger Mann auf einem allerdings legalen Fischerboot gearbeitet, dessen Trawl so schlimm an dem Unterwasserwrack hängen geblieben sei, dass der fluchende Käpt'n keine andere Wahl gehabt habe, als die Schleppseile zu kappen und die teure Fangvorrichtung dem Meer zu überlassen. Legale und illegale Fischer umkreisten das unglückliche Wrack, weil sie wussten, dass sich die Fische in seiner Nähe wohlfühlten.

Mikko richtete seine Aufmerksamkeit auf die Wobbler der Marke Rapala und erklärte, wir kämen aus dem Land, in dem diese hergestellt würden.

»Ganz richtig, Sir … in der Tat … die sind aus Finnland! Ich bin ja kein Verkäufer von Angelzubehör im eigentlichen Sinn, aber nach den Ködern von Rapala wird so oft gefragt, dass ich sie ins Sortiment aufgenommen habe, und ich kann sagen, dass das Geschäft mit ihnen in der Sommersaison floriert. Die meisten Fischer, die auf unsere Insel kommen, gehen zum Fliegenfischen an die Fließgewässer im Binnenland, aber viele unserer Sommertouristen wollen ihr Glück in der Dublin Bay versuchen. Und die Fischerbootkapitäne, die ihnen verschiedene Dienstleistungen anbieten, empfehlen ausnahmslos Rapala.«

Mikko war begeistert, er sah wohl die Chance gekommen, den patriotischen Schweif zu heben und setzte zu einem Referat über das Thema an, wie ein Ausbilder im Geschichtsunterricht an der Militärschule: *Der Aufstieg des kleinen Finnland zur Großmacht der Anglerausrüstung*. Ob Fregattenkapitän Murdoch wisse, dass Lauri Rapala ursprünglich ein einfacher, bescheidener und – geben wir es ruhig zu – einem guten Gläschen nicht abgeneigter Arbeiter aus einer kleinen Gemeinde namens Asikkala gewesen sei, setzte Mikko an. Der junge Rapala habe sich etwas hinzuverdient, indem er mit der langen Schnur und der Spinnangel gefischt habe. Das Fangen der kleinen Fische, die man als Köder benutzte, sei schwierig und unsicher gewesen, darum habe Rapala angefangen, Fischnachbildungen aus Kiefernrinde zu schnitzen. Diese Blinker imitierten einen verletzt zappelnden Beutefisch und brachten die größeren Raubfischer der Gewässer mit so hoher Wahrscheinlichkeit dazu, zuzuschnappen, dass sie auf lokaler Ebene legendär geworden seien. Es habe sich herumgesprochen, und bald seien Angler nach Asikkala geströmt, um Rapalas Wobbler zu kaufen. Dieser sei dazu übergegangen, sie beruflich herzustellen und habe bald eine kleine Manufaktur geleitet.

Die Männer sahen sich respektvoll den Inhalt der Schachteln an, die Murdoch aus der Vitrine genommen hatte.

»Aber der eigentliche Riesenschritt erfolgte im August 1962«, fuhr Mikko fort. »Damals veröffentlichte das Life-Magazin den

Bericht eines amerikanischen Fischers, der in Finnland gewesen war und die Produkte von Lauri Rapala unter der Überschrift pries: ›Der Köder, an dem kein Fisch vorbeikommt.‹ Damit explodierte der internationale Markt für Rapalas Produkte. Bis dahin hatte die Jahresproduktion bei zweihunderttausend gelegen, aber jetzt gingen innerhalb eines Monats drei Millionen Bestellungen ein.«

»Unerhört«, meinte Murdoch.

»Der Artikel selbst hätte wohl keinen solchen Effekt bewirkt, aber weil die gerade verstorbene Marylin Monroe auf der Titelseite des Magazins abgebildet war … Man druckte die Zeitschrift in der größten Auflage aller Zeiten. Die Illustrierte Nummer eins der amerikanischen Elite und der sich an dieser orientierenden Mittelklasse verbreitete sich in einem solchen Umfang, dass …«

»Da war wieder mal des einen Not des anderen Brot«, sagte ich, um die Stimmung zu lockern, aber beide Männer drehten sich zu mir um und schauten mich an, wie man jemanden anschaut, der mitten in einer wichtigen Besprechung vom Thema abweicht.

»Lauri Rapala wäre ein trinkfreudiger Rindenschnitzer wie viele andere geblieben, hätte sich die arme Marylin nicht das Leben genommen. Oder hätte man sie nicht umgebracht …«

Immerhin genierte ich mich für meine Bemerkung und konzentrierte mich darauf, die Bilder der Palme, die ich vor mir hatte, zu betrachten. Murdoch konnte es durchaus als Anspielung von mir verstanden haben, dass er zum Beispiel heute noch seinen Nutzen aus der Tragödie zog.

»Auch mein Urgroßvater fertigte Fischnachbildungen an und fischte damit in den Schären vor Turku«, murmelte ich. »Also derjenige, der als Junge als blinder Passagier auf der Palme gewesen war …«

Ich hielt es nicht für nötig zu erwähnen, dass laut den Behauptungen meines Vaters während der Prohibition an der Langschnur meines Urgroßvaters oft kein Köder, sondern ein Spirituskanister gehangen hatte.

»Durften Sie bei seinen Fischzügen dabei sein?«

»Es kam nicht dazu, ich war erst acht, als er starb.«

»Ja, natürlich. Aber ich sage Ihnen, es gibt in diesem Alter nichts Schöneres, als mit dem Enkelkind fischen zu gehen.«

Murdoch zieht ein Foto von sich und einem schlaksigen Jungen aus dem Portemonnaie. Sie halten einen Fisch, an dessen Maul ein glänzender Wobbler hängt.

»Rapala«, bestätigte der Korvettenkapitän feierlich.

Mikko und ich vermieden es, uns anzuschauen. Dann fiel mein Blick auf einen kleinen Artikel, den ich zuvor nicht bemerkt hatte. Dazu gehörte eine Zeichnung von einer kunstvoll geschnitzten Treppe mit Geländer und der Bildunterschrift: »Das Interieur der Fregatte Palme als Bestandteil häuslichen Designs.«

»Können Sie mir dazu etwas sagen?«, fragte ich und hob das Bild kurz hoch.

Murdoch, der nach Pfeifentabak und etwas Säuerlichem roch, trat neben mich und deutete mit seiner leberfleckigen Hand auf die gezeichnete Treppe.

»Das ist tatsächlich ein interessanter Aspekt der letzten Phase der Palme«, sagte er. »Ein origineller Typ namens George Prescott kaufte Ende 1896 Teile der Fregatteneinrichtung und möblierte damit sein Haus in einem ziemlich individuellen Stil. Er verwendete dabei alle möglichen Hölzer aus der Palme, bis hin zu Deckplanken, der Treppe zum Salon und Wandvertäfelungen. Haben Sie je vom ›Club der grafischen Kreuzfahrer‹ gehört?«

Das hatten wir nicht.

»Das war eine ziemlich lustige Gruppe vielfach begabter Künstler, die mit dem Schiff Iris, das Prescott gehörte, die Küste Irlands entlang kreuzten«, ereiferte sich nun Murdoch. Er erzählte, die Iris sei ein sechzig Fuß langes Segelschiff mit flachem Boden gewesen, deren Tiefgang nur dreieinhalb Fuß betragen habe. Sie habe Gabel-Takelung gehabt, wie eine Küsten-Galeasse, so dass man damit an sehr flache Stellen kam, sogar in Häfen, aus denen sich bei Ebbe das Wasser zurückzog. Die Clubmitglieder veranstalteten Kreuzfahrten, auf denen sie malten, fotografierten, Konzerte abhielten und natürlich gut aßen und tranken. Prescott selbst spielte Cello und Orgel in den Kirchen von Kingstown und Dublin, produzierte Opern von Gilbert und Sullivan, machte die Kulissen dafür und sang selbst darin …«

»Ein wirklich vielfach talentierter Kerl«, sagte Mikko.

»Jetzt komme ich vom Thema ab, aber ich dachte, Sie interessieren sich vielleicht für den Mann, der schließlich die so genannten sterblichen Überreste der Palme rettete.«

»Der Fluch des Schiffes hat ihn also nicht getroffen?«

»Soweit ich weiß, nicht. Wenn man nicht berücksichtigt, dass er wahrscheinlich friedlich in einem Bett starb, das durchaus aus Deckenplanken der Palme bestanden haben könnte. Haben Sie vor, etwas davon in Ihr Buch aufzunehmen?«

»Ja, bestimmt«, versprach ich.

Die Ladenglocke bimmelte, und vier junge Leute schoben sich herein, zwei Mädchen und zwei Jungen. Ihre skianzugartige Kleidung fiel auf, weil sie besser zur Vierschanzentournee gepasst hätte. Die Logos von Nike, Tommy Hilfiger und Adidas blitzten auf. Gut gelaunt riefen sie sich gegenseitig etwas in einer mir fremden Sprache zu und verteilten sich, um das Angebot des Ladens in Augenschein zu nehmen. Murdoch hatte es eilig, seine Kunden, die eindeutig nicht zu seiner üblichen Zielgruppe gehörten, zu fragen, wie er ihnen helfen könne.

»Habe ich Mist geredet bei der Rapala-Geschichte?«, fragte ich Mikko.

»Ein bisschen blöd klang es schon.«

Auf rührende, weiblich-alberne Art blöd oder bloß peinlich dämlich blöd?, fragte ich mich und war mir irgendwie sicher, dass er Letzteres meinte.

»Im Prinzip schätze ich es schon, dass der Mann nach seiner Pensionierung eine Beschäftigung gefunden hat, die ihm gefällt«, sagte ich.

»Statt dass er daheim hockt und Federn an Teile von Eierkartons klebt und Holzperlen auf eine Angelschnur fädelt.«

»Jetzt hör aber auf…«

»Das wird von uns Pensionären doch erwartet.«

Es klang mehr ironisch als selbstmitleidig, und ich merkte, dass sich sein Augenmerk hauptsächlich auf die vier jungen Leute richtete. Einer von ihnen sah sich einen Retro-Globus an, löste ihn vom goldfarbenen Ständer und warf ihn in die Luft.

»Was kostet der?«, fragte er auf Englisch.

Murdoch streckte die Arme aus, er befürchtete offensichtlich, der Globus könne auf die sonstigen wertvollen Dinge fallen oder auf dem Fußboden zerschellen.

»Lassen Sie mich nachsehen, Sir.«

Der Junge warf ihm die Kugel zu, und Murdoch konnte sie fangen. Er nannte einen Preis, der meiner Meinung nach nicht mehr nur haarsträubend, sondern geradezu lächerlich war, aber der Junge wandte sich an die Blondine neben sich und sah sie fragend an. Sie murmelte etwas in ihrer Sprache. Der Junge griff ihr an den Hintern und deutete grinsend mit dem Zeigefinger auf Murdoch, der versuchte, den Globus wieder auf der Halterung zu befestigen.

»Okay. He, Sie da. Packen Sie den ein! Und das hier auch… oops…«

Dem Jungen rutschte die Replik eines Flaschenschiffes, wie sie die Seeleute früher gebaut hatten, aus der Hand. Es zerbrach auf dem Fußboden, und das unter vollen Segeln stehende, vom Leim stabilisierte Schiff lag zwischen den Scherben wie ein hart gekochtes Ei auf seiner Schale.

»Vergiss das da! Das ist ja scheiß kaputt.«

Da trat Mikko vor den Jungen hin und sagte sehr ruhig einen Satz in dessen Sprache. Innerhalb einer halben Minute war die ganze Bande aus dem Laden, außer demjenigen, der das Wort geführt hatte und jetzt seinen Einkauf und den angerichteten Schaden bezahlte.

Als sie weg waren, schaute der erbleichte Korvettenkapitän Mikko fragend an, welcher antwortete:

»Das waren Serben. Ich habe sie freundlich gebeten, ihren Einkauf zu bezahlen und sich zu entfernen.«

»Mein Mann hat bei den Friedenstruppen im Kosovo gedient«, beeilte ich mich hinzuzufügen.

Nachdem wir den Laden mit allen Palme-Bildern, die uns halb mit Gewalt geschenkt worden waren, verlassen hatten, fragte ich Mikko, was er wirklich gesagt habe.

»Ich habe gesagt, ihr geht jetzt und du zahlst, oder ich schlage dir den Kopf gegen die Wand, dass das Blut spritzt.«

»Aha«, sagte ich, »etwas in der Art hatte ich vermutet.«

KINGSTOWN, 2.1.1896

Unter Deviation versteht man den Winkel, den die Nord-Süd-Richtung des Kompasses mit dem magnetischen Meridian bildet, also die Ablenkung des Kompasses von der magnetischen Richtung. Die Deviation kommt vom Einfluss der Eisenbauteile des Schiffes auf den Kompass. Sie ist in unterschiedlichen Richtungen und bei unterschiedlicher Neigung verschieden. Außerdem verändert sich die Deviation mit der Zeit, beim Transport bestimmter Lasten und beim Wechsel der Breite. Darum muss die Deviation vor allem beim Hauptkompass des Schiffes von Zeit zu Zeit in verschiedenen Richtungen und rund um den Kompass genau bestimmt werden. Dieses Vorgehen nennt man komplette Deviationsbestimmung. Ferner muss die Deviation während der Fahrt bei jedem eingeschlagenen Kurs überprüft werden, so oft sich die Gelegenheit dafür bietet. Dies nennt man Kurskontrolle.

Lehrbuch der Seefahrt I

Elin

Oskar kehrt mit gemischten Gefühlen ins Hotelzimmer zurück. Er und Peterson sind noch immer nicht gehört worden, weil die Aussagen und Kreuzverhöre der anderen Zeugen länger gedauert haben als erwartet. Vor allem Kapitän McCombie, dem es schließlich geglückt war, die Besatzung der Palme zu retten, schwadronierte endlos über die Einzelheiten seiner Heldentat. Der Vorsitzende des Gerichts hielt es für seine Pflicht, ihm in Erinnerung zu rufen, dass ausufernde Schilderungen der Sternstunden seines Heldentums am Stephanstag nicht zu einem Verfahren gehörten, bei dem die Schicksalsstunde des Rettungsboots Nr. 7 am Morgen des Heiligen Abends untersucht wurde.

Oskar berichtet, Pastor Dahl, der als sein Dolmetscher fungiert, habe erklären müssen, warum bei McCombies Zeugenaussage im Saal immer wieder vor Lachen geprustet wurde. McCombie hatte verlangt, seine Geschichte mit eigenen Worten und im eigenen Takt erzählen zu dürfen, und nicht, indem er die Fragen des Leiters der Untersuchung beantwortete. Schließlich hatte Fitzgerald nachgegeben, jedoch daran erinnert, dass er als Vorsitzender dem Stenografen verbieten müsse, Aussagen von Zeugen aufzuschreiben, die nicht geladen waren. Das störte den Mann überhaupt nicht, und die versammelten Herren durften sich in allen Einzelheiten alles anhören, auch die Rettung der tapferen Frau Siren und des kleinen Bündels. Mit feuchten Augen erzählte der Held von seiner Erschütterung, als sich herausstellte, dass jenes »Bündel« ein kleines Kind gewesen war …

»Hast du gehört, Ester, wir zwei Mädchen durften auch vor Gericht auftreten«, sagt Elin und gibt dem Kind einen Kuss. »Wehten meine blonden Haare wieder wild im Sturmwind?«

»Hä?«

»Schon gut. Man hat hier aus meiner aufgegangenen Frisur bloß ein bedeutsames Detail gemacht, aber erzähl weiter!«

Oskar berichtet, dass als Erstes ein Kerl gehört worden sei, der Evans geheißen habe, falls er sich recht erinnere. Der sei damals, als die Civil Service no. 7 gebaut worden war, verantwortlicher Kontrolleur der Königlichen Rettungsgesellschaft gewesen. Aus seiner Aussage sei hervorgegangen, dass das Boot nur einmal getestet worden war – im Hafenbecken, bei Windstille und ohne Besatzung. Dem Kontrolleur zufolge habe das Boot einwandfrei funktioniert. Als Barton gefragt habe, ob dies der einzige Test vor der Übergabe des Bootes gewesen sei und ob der Zeuge das für ausreichend halte, habe Evans mit Ja geantwortet. Seiner Ansicht nach hätte der Seegang bei stärkerem Wind die Selbstaufrichtungseigenschaft nur unterstützt, und insofern seien weitere Tests nicht nötig gewesen. Auf Bartons Frage, ob dieser erste und letzte Test ein Kentertest gewesen sei, habe Evans ebenfalls mit Ja geantwortet. Er habe darauf insistiert, das Boot sei erstklassig gewesen. Als einziger Grund für das Kentern komme in Betracht, dass man die Ventile an den Lufttanks offen gelassen habe.

»Klingt seltsam«, sagt Elin, als sie ihrem Mann die Schuhe auszieht.

»Finde ich auch«, gibt Oskar zu und fragt seine Frau, ob sie ihm kurz die Schultern massieren könne.

»Die sind aber auch verspannt. Findest du es so schrecklich dort?«

»Ja. Ich hätte Lust, nach Hause zu fahren. Aber zuerst muss ich dem Alten ein neues Schiff besorgen.«

»Aber das geht doch nicht einfach so?«

»Es sieht gar nicht so schlecht aus. In der Spendentruhe ist ganz schön viel Geld zusammengekommen. Und wir sind ja auch Opfer ... somit also berechtigt, eine Entschädigung zu erhalten!«

»Das stimmt wohl ...«

»Wie geht es dem Bengel, der verschollen war?«

»Besser, aber er hat noch nichts gesagt. Schrecklich, sich vorzustellen, was ihm zugestoßen ist. Verstehst du das?«

»Solche Kerle, die ohne Vater aufwachsen, bringen sich mutwillig in Schwierigkeiten. Mehr steckt nicht dahinter. Ich habe doch gesagt, man darf ihm kein Geld geben. Das haben wir jetzt davon ... man hätte sich ihn nicht auch noch aufhalsen sollen, wo wir ohnehin schon genug zu tun haben.«

»Wie kannst du das sagen? Gott sei Dank hat Peterson ihn zurückgebracht ...«

»Peterson hat ihn nicht gerettet«, erwidert Oskar postwendend.

Elin verstummt, weil sie kurz daran zurückdenkt, wie man sie benachrichtigt hat, der Junge sei gefunden worden. Sie eilte sofort nach unten auf die Dienstbotenseite, wo der Steuermann den in eine Wolldecke gehüllten Jungen die ganze Zeit im Arm hielt, während die Küchenmägde den Blechzuber, den man vor die Feuerstelle im Waschraum gestellt hatte, füllten. Dann legte er den Jungen in die dampfende Wanne. Elin saß auf einer Bank und sah zu, wie der Mann die Ärmel hochkrempelte und ruhig und behutsam den dünnen Jungen wusch, der blaue Lippen und überall Blessuren hatte und dessen Rippen sich unter der Haut abzeichneten. Eine der Mägde hielt sich die Nase zu und trug die stinkende Wolldecke im Laufschritt hinaus, und allmählich eroberte der Duft von Mandelseife den Raum.

»Soll ich hier massieren?« Elin drückt mit den Daumen auf eine Stelle unterhalb der Schulterblätter und bewegt sie im Kreis. Oskar greift nach hinten und legt die Arme um seine Frau.

»Du bist wunderbar. Schon seit Tagen so lieb zu mir. Ich vermute, das hat mit deinem Zustand zu tun ... Du freust dich doch darüber?«

»Es ist ganz und gar noch nicht sicher«, weicht Elin aus. »Ich freue mich, dass du den Familien dieser Männer helfen willst.«

»Nur darüber?«

Er steht auf, um sich mit düsterer Miene eine Pfeife zu stopfen und sich dann auf dem Bett niederzulassen.

»Was ist bei der Verhandlung noch herausgekommen?«

»Ich möchte jetzt nicht daran denken. Komm zu mir!«

Elin nimmt das Kind auf den Arm und setzt sich auf die Bettkante. Ester fasst Interesse für die Pfeife ihres Vaters und greift danach. Oskar nimmt die kleine Faust in die Hand und tut so, als würde er hineinbeißen.

»Schläft die kleine Meerkatze denn nie? Und wo versteckt sich eigentlich das verflixte Kindermädchen?«

»Es ruht sich aus oder isst. Daisy heißt sie. Ich kann sie nicht die ganze Zeit hier behalten. Wenn dir ein Kind schon zu viel ist, was geschieht dann, wenn es mehr werden? Sie zu machen gefällt dir, aber das Ergebnis geht dir auf die Nerven!«

»Hör auf ... Also, es ist zum Beispiel lange darüber geredet worden, was für ein Mann der ertrunkene Kommandant des Bootes war.«

»Alexander Williams.«

»Williams Junior, genau. Auch über seinen Vater wurde gesprochen, schließlich war er der ehemalige Kommandant des Kahns.« Oskar berichtete, was der Pastor ihm gedolmetscht hatte, nämlich dass Nepean offensichtlich versucht habe, durch seine Fragen den Eindruck zu erwecken, die Männer seien unzuverlässig und an jenem Morgen nicht auf der Höhe gewesen, aber Barton habe dem Kommandanten den Mund gestopft. Alle Zeugen sagten einmütig aus, dass es auf der ganzen Insel keine gewissenhafteren und zuverlässigeren Männer gegeben habe.

Williams Senior hatte vierzig Jahre Erfahrung gehabt, sein Sohn zwanzig. Zusammen hatten sie bei unterschiedlichen Stürmen weit über hundert Menschen gerettet. Allesamt übrigens mit anderen Booten der Rettungsgesellschaft, nicht mit der Nummer 7. Williams Senior hatte für seine außerordentlichen Verdienste alle möglichen Tapferkeitsmedaillen und sogar eine goldene Uhr erhalten. Diese hatte er jedoch nicht annehmen wollen. Eine silberne passe besser zu ihm, hatte er gesagt. Hinzu kam, dass zumindest der junge Williams allen Zeugen zufolge fanatischer Abstinenzler war, womit sich die Anspielungen auf einen Kater am Morgen des Heiligabends erledigt hatten …

»Aha, das also bedeutet dieses *teetotaler*«, lacht Elin kurz auf. »Ich habe in der Zeitung gelesen, dass Williams als solcher charakterisiert wurde, verstand aber nicht die Bedeutung des Wortes.«

»Wahrscheinlich weil es schwer ist, sich einen abstinenten Iren vorzustellen.«

Ebenso schwer wie einen abstinenten Kapitän, möchte Elin am liebsten hinzufügen, hält es aber für klüger, ihren Mann nicht zu reizen, nun, da sie seit langem einmal wieder zu einer gewissen Versöhnlichkeit und Leichtigkeit gefunden haben.

»Ich läute, damit Daisy kommt und das Kind holt. Du musst dich jetzt ausruhen.«

»Bringst du mich ins Bett?«

»Selbstverständlich.«

Elin nimmt ihrem Mann die Pfeife aus dem Mund und küsst ihn, bis sich Ester eifersüchtig dazwischendrängt und ebenfalls Zärtlichkeit verlangt. Die Mutter nimmt das Kind auf den Arm und steht auf. So weit ist es gekommen, denkt sie. Vor lauter Schuldgefühlen bietet die Frau ihrem Mann Liebe an, um wettzumachen, dass sie sich wenige Stunden zuvor bei dem Gedanken an einen anderen Mann selbst befriedigt hat.

Fast unmittelbar nachdem Elin geläutet hat, klopft es energisch an der Tür. Als sie leicht verwundert öffnet, steht kein Hoteldiener dort, sondern ihr leibhaftiger Schwiegervater.

»Gottes Friede diesem Haus!«, sagt Erik Siren und schiebt sich an seiner Schwiegertochter vorbei, wobei er einen kalten nordischen Hauch mit ins Zimmer bringt.

»Junge, du hast bei der Verhandlung doch noch nicht den Mund aufgemacht?«

Oskar springt im Nu vom Bett auf und fährt sich durch die Haare.

»Guter Gott, Vater! Wie kommen Sie denn hierher?«

»Mit dem Schiff natürlich, wie sonst. Mit dem Dampfschiff, weil ich auf Nummer sicher gehen musste. Ich kann diese Dinger ja nicht ertragen, und wenn ich eine Fettschicht wie ein Seehund hätte, wäre ich geschwommen.«

Er knallt ein Päckchen auf den Tisch. »Gruß von deiner Mutter. Ordentliches Schärenbrot, damit ihr nicht das weiche Zeug von diesen Teeschlürfern essen müsst. Also? Hast du oder hast du nicht? Eine Aussage gemacht.«

»Noch nicht. Heute hätte ich es eigentlich tun sollen, aber es kam nicht dazu, weil …«

»Verdammt gute Sache«, tönt der Alte. Er nimmt die Kapitänsmütze ab und hängt sie mit Schwung an die Garderobe. »Dann komme ich ja gerade rechtzeitig. Aber jetzt zeigt dem Opa mal das Mädchen! Ist es gewachsen, oder bleibt es für immer ein Stummel?«

Matias

Frau Siren rückt einen Stuhl neben Matias' Bett, setzt sich und flößt dem Jungen warme Fleischbrühe ein, da klopft es an der Tür, und der Obersteuermann tritt ein. Als er die Frau erblickt, weicht er zurück und sagt, er komme später wieder, um sich nach dem Befinden des Jungen zu erkundigen.

»Kommen Sie nur herein, Herr Peterson, ich muss Sie etwas fragen.«

Der Mann muss in dem Dachzimmer in gekrümmter Haltung dastehen, und die Frau deutet auf Patricks Bett.

»Es wird dem Zimmergenossen sicherlich nichts ausmachen, wenn Sie sich kurz setzen. Oder, Matias?«

Der Junge bewegt den Kopf auf eine Art, die man als Verneinung deuten kann.

»Ich bekomme kein Wort aus ihm heraus«, sagt die Frau. »Auch die Polizei war hier, aber er bleibt stumm. Das einzige Wort, das ich aus seinem Mund gehört habe, ist ›Nelson‹. Ich habe ihm gesagt, dass sich jemand um den Hund kümmert. Die Küchenmädchen mästen ihn wie ein Ferkel, und Patrick, der Zimmergenosse, hat versprochen, ihn auszuführen. Über Nacht darf Matias den Hund bei sich behalten.«

»Es ist immer gut, wenn ein Wachhund da ist«, meint Peterson.

»Genau das habe ich auch gesagt«, stimmt die Frau lächelnd zu.

Der Steuermann dreht die Mütze in seinen Händen und sieht die Frau still an. Für einen Moment blitzt ein kleines Lächeln in seinem Gesicht auf, und in den Wangen bilden sich Grübchen.

»Wonach wollten Sie mich fragen, Frau Siren?«

Matias ist erleichtert, als sich die Frau dem Obersteuermann zuwendet und diesem erzählt, sie habe in der Zeitung gelesen, Schaulustige hätten sich das Rettungsboot angesehen, nachdem es an den Strand gespült worden war, obwohl die Stelle hätte bewacht sein sollen. Weil die Ventile der Lufttanks am Wrack des Bootes nicht mehr vorhanden seien, diskutiere man nun darüber, ob sie möglicherweise jemand entfernt und mitgenommen habe, oder ob sie sich aus einem anderen Grund gelöst hätten und auf den Grund der Dublin Bay gesunken seien. »Warum sollte jemand so etwas tun?«, wundert sich die Frau.

Herr Peterson erklärt ihr, dass Lüftungsventile aus Messing samt ihren Flanschen eine wertvolle Beute für Strandräuber seien, es aber für die Untersuchung des Unfalls äußerst wertvoll wäre, zu wissen, ob sie im Augenblick des Kenterns des Bootes offen oder geschlossen waren.

Frau Siren schiebt einen weiteren Löffel mit heißer Brühe zwischen Matias' Lippen. Der Junge schluckt mühsam, und etwas Brühe läuft ihm übers Kinn. Die Frau wischt es mit ihrem duftenden Taschentuch ab und wendet sich wieder dem Mann zu: Ob der Obersteuermann freundlicherweise auf auch für Frauen verständliche Art erklären könne, warum die verschwundenen Ventile so wichtig seien. Warum herrsche so viel Aufregung um sie?

Der Mann nimmt ein Blatt Papier und einen Stift zur Hand. Er beginnt zu zeichnen.

»Sehen Sie, das ist der Querschnitt des Boots. Hier ist das Deck…«

Die Frau sagt, sie wisse, was das Deck eines Bootes sei.

»Das Deck eines Rettungsboots ist doppelt gebaut, damit es möglichst stabil ist«, erklärt der Obersteuermann. »Unter dem Deck gibt es einen Hohlraum, in dem sich sowohl die mit Wasser gefüllten Ballasttanks als auch die Lufttanks, die die Selbstaufrichtung garantieren, befinden. Die Lufttanks müssen jedes Mal gelüftet werden, wenn das Boot vom Meer zurückkommt, und dies geschieht über die vier Ventile. Sie gleichen Messingrohren, mit einem Durchmesser von viereinhalb Zoll, also gut zehn Zentimetern. Ein Flansch mit Gewinde schließt das Ventil, eine Art Deckel, der mit einer Kette am Rumpf des Bootes befestigt ist. Deckel und Kette bestehen ebenfalls aus dem Edelmetall Messing.«

»Verstehe.«

»Die Deckel werden geöffnet, wenn man an Land kommt, um die Lufttanks zu lüften. Fährt man aufs Meer hinaus, müssen sie unbedingt geschlossen werden, ansonsten dringt Wasser in den Raum unter dem Deck ein. Bei starkem Seegang schlagen die Wellen über das Boot hinweg, und Wasser wird über das ganze Deck gespült. Vor allem wenn das Boot kentert, fließt tonnenweise Wasser durch die Ventile, so dass sich das Boot nicht mehr aufrichten kann.«

»Darum wird bei der Verhandlung so endlos darüber geredet?«

»Genau deshalb«, bestätigt Peterson. »Das Finden der unangetasteten Ventile würde eindeutig offenbaren, ob die Besatzung vor der Ausfahrt die Flansche zugedreht hat oder nicht.«

»Genau. Aber wenn die Ventile so wichtig sind, warum wurde das Boot dann nicht bewacht, nachdem es an Land getrieben war?«

»Das habe ich mich auch schon gefragt. Vor allem weil Kontrolleur Hall von der Rettungsgesellschaft bei der Untersuchung gesagt hat, er habe die Hafenpolizei um Amtshilfe bei der Bewachung des Bootes gebeten, und Constable Foot sei losgeschickt worden, den Auftrag zu erfüllen. Aber als Hall am nächsten Morgen bei Ebbe hinkam, standen dort keine Wächter. Stattdessen scharte sich eine große Menge Neugieriger um das Boot.«

»Der Polizist, der hier war, hieß Foot. Ein sehr freundlicher Mann. Ihm wird doch etwa nicht vorgeworfen, seine Dienstpflicht vernachlässigt zu haben?«

»Soweit ich weiß, nicht.«

»Sonderbar. So wie viele andere Dinge auch, deren Kausalzusammenhang ich nicht verstehe. Haben Sie übrigens schon meinen Schwiegervater getroffen?«

Der Mann wirkt verblüfft.

»Ist Herr Siren Senior hier?«

»Allerdings. Vor zwei Stunden stand er vor der Tür.«

»Das ist ja …«

Der Obersteuermann steht auf und stößt sich den Kopf an der Decke.

Die Frau erhebt sich ebenfalls und tritt näher an ihn heran, als wollte sie die Verletzung untersuchen, die er sich möglicherweise zugezogen hat.

»Tut es sehr weh?«

Er schüttelt den Kopf.

»Nein, aber ich habe … Wissen Sie, wo Ihr Schwiegervater jetzt ist?«

»Mit seinem Sohn irgendwo. Er war ganz aus dem Häuschen, als er von dem Eislager im Hafen hörte, in dem man diesen Helden hier gefunden hat. In Dublin gibt es angeblich ein richtig großes von der Sorte. Sie wissen bestimmt, dass er auf die fixiert ist? Auf Eislager, meine ich. Ich kann nachsehen, ob sie schon zurück sind.«

Sie deckt Matias, der nun mit geschlossenen Augen daliegt, sorgfältig zu und verspricht ihm, später noch einmal nach ihm zu sehen.

Als sie das Zimmer verlassen, öffnet der Junge die Augen und streckt die Hand nach der Zeichnung aus, die der Steuermann auf Patricks Bett vergessen hat. Ein kurzer Blick genügt, dann schiebt er sie mit pochendem Herzen unter die Matratze. Er dreht sich auf den Bauch und drückt sich fest das Kissen auf die Ohren, aber das verhindert nicht, dass die Kakofonie der Jungenstimmen in seinen Kopf drängt.

»Hey, wer latscht denn da…? Ist das nicht der kleine Finne? Wie goldig. Und so fein… Wir hätten da was mit dem jungen Herrn zu besprechen…«

Der Kreis um Matias herum wird enger. Zwei Jungen packen ihn und halten ihn fest.

»Nicht jetzt, Joe, kümmern wir uns erst um die andere Angelegenheit.«

»Halt die Fresse! Willy hat dem Kerl hier etwas Wichtiges zu sagen, wegen dem sein Vater jetzt sechs Fuß unter der Erde liegt… oder, Willy?«

»William!«

»Verzeihung, Herr William Donoghue, wollte ich sagen… Könntet ihr freundlicherweise die Taschen unseres kleinen Freundes durchsuchen?«

Ein kleiner Junge, Sarahs Cousin, schiebt die Hand in Matias' Tasche und bringt die Münzen und die Tabakdose zum Vorschein. Jemand stößt einen Pfiff aus.

Matias kann eine Hand losreißen und versucht, die Dose wieder an sich zu bringen. Daraufhin tritt man ihm gegen die Beine, und bald schon liegt er bäuchlings auf der Erde. Ein Junge stellt den braunen Sack, den er getragen hat, ab. Aus dem Sack rollt ein Stück Rohr und poltert über das Pflaster direkt vor Matias' Gesicht. Eine Hand greift danach, und es verschwindet aus dem Blickfeld.

»Verdammt, er hat es gesehen!«

Ein heftiger Tritt trifft ihn an der Seite.

»Er hat nix gesehen! Oder, du kleiner finnischer Teufel?«

»Nein… ich…«

»Da kommt jemand. Hauen wir ab … Joe?«

»Gut, aber der da kommt mit.«

Matias wird gepackt und zu einem Magazingebäude aus Backstein gezerrt. Die Jungen umringen ihn und Joe, damit die Passanten nicht sehen können, was vor sich geht. Matias hört, wie hinter ihm getuschelt wird.

»Wenn er es gesehen hat und den Bullen erzählt, werden wir gehenkt.«

»Ach was.«

»Wir kommen zumindest ins Gefängnis, verdammt!«

»Schnauze jetzt, verflucht! Oder ist es besser, den Rest des Lebens hinter Gittern zu verbringen? Wo euch alte, syphilitische Kerle von hinten rannehmen?«

»Wie rannehmen?«

»Oh Willy, du Baby, das kann dir Onkel Joe jetzt nicht erklären … Wir haben erst mal dieses finnische Problem hier …«

»Aber wir hatten das Recht, die Dinger mitzunehmen, weil mein Vater und Onkel William … Wir hatten das Recht dazu … Du hast selbst gesagt, dass …«

»Hört auf zu quengeln. Alle zur Tür rein, und zwar ein bisschen plötzlich! Schau'n wir mal, was für einen Houdini wir hier haben … an diesem Ort kann man was lernen … Unser werter Gast wird nun die edle Kunst des Maulhaltens lernen …«

Eisige Kälte, wie er sie vom finnischen Winter her kennt, strömt Matias entgegen, als man ihn durch den Spalt der Eisentür stößt.

»Zieh dich aus, kleiner Lord, wir haben nicht den ganzen Tag Zeit!«

Matias weiß nicht mehr, ob er die Kleider selbst ausgezogen hat, oder ob man sie ihm vom Leib gerissen hat. Er erinnert sich nur an die Kälte und den Schmerz, als sie ihn mit Eisklumpen bewarfen, während er vor der Backsteinmauer kauerte und seinen Kopf schützte.

»Unserem Jungen aus dem Norden wird doch nicht kalt werden? Der ist Schnee und Eis doch gewöhnt ... Sollen wir ihm etwas zum Aufwärmen gönnen, bevor wir gehen?«

Wenig später spürt Matias von allen Seiten warme Urinduschen auf seinem nackten Körper, begleitet von lautem Gelächter. Dann wird es in dem halbdunklen Magazin plötzlich still. Er hört nur noch, wie sich die Schritte der Jungen entfernen, wie die Tür zugeschlagen und der Riegel vorgeschoben wird. Danach herrscht schmerzende, vernichtende, ekelhaft stinkende Eiseskälte.

KINGSTOWN, DUBLIN, 3.1.1896

Vorsicht! Die Veränderung der Kompassrichtung hängt einzig und allein von Kompassfehlern, von Deviation und Deklination ab. Sie hat somit nichts mit der Drift zu tun. Darum muss genau darauf geachtet werden, die Drift nicht in die Berechnungen der Richtungsablenkungen einzubeziehen.

Lehrbuch der Seefahrt I

Daniel

Im George gibt es ein Wasserklosett, für das Daniel jeden Morgen nach dem Aufwachen dankbar ist. In seiner Dubliner Wohnung holt das Dienstmädchen morgens den Nachttopf zum Leeren, was ihm jedes Mal peinlich ist.

Bei der Benutzung des Klosetts macht Daniel eine erschütternde Feststellung. Er sieht sein Glied unter der Bauchwölbung fast nicht mehr. Zu viel ungesundes Essen und vor allem zu viele Getränke und zu wenig Bewegung in den letzten Tagen? Ein beklemmender Gedanke schießt ihm in den Kopf: wie lange hält es Anna mit einem Mann aus, der einen Bauch hat und nur zwei Liebesstellungen kennt, von denen sie ihm eine selbst beigebracht hat? Nur wenige Wochen, nachdem sie sich kennengelernt haben, als sie noch kein Verhältnis hatten, sagte Anna, sie hoffe, Daniel sei keiner von den Männern, die die Kerze ausblasen und an Königin und Vaterland denken, wenn sie mit einer Frau schlafen. Sie lachte zwar heiter zu ihrer Bemerkung, aber Daniel war trotzdem gekränkt und muss immer wieder daran denken. Gibt er tatsächlich ein so unmännliches Bild ab? Sollte er seine Leidenschaft auf besondere Art unter Beweis stellen?

Einmal war er mit seinen Kameraden in eine gewisse Kneipe in Whitechapel gegangen und hatte gehört, wie am Nebentisch darüber geredet wurde, dass Frauen schnell von Männern genug hatten, die ihnen im Bett keine Abwechslung boten. Aber wie könnte diese Abwechslung aussehen? Er erinnert sich, dass die Betrunkenen auch darüber diskutiert hatten, ob Frauen von hinten genommen werden wollten. Als junger Mann war Daniel auf dem heimischen Gut oft Zeuge gewesen, wie Pferde und Hunde dabei vorgingen, aber wie übertrug man diese Maßnahme auf Mann und Frau, ohne dass es in ein einziges Gemurkse oder gar in ein Verbrechen ausartete? Außerdem kam ihm allein die Vorstellung, eine Frau wie Anna zu besteigen wie ein Tier, geradezu blasphemisch vor. Während des Studiums in Eton hatte ihm sein Zimmergenosse Zeichnungen gezeigt, auf denen Frauen, die nur Korsett und Stiefel trugen, Männern mit stehendem Glied und Peitsche in der Hand ihre grell geschminkten Lippen, ihre nackten Hinterteile oder ihre Geschlechtsorgane darboten. Die Bilder hatten ihn durchaus auf obskure Weise erregt, aber eine normale Frau konnte sich doch wohl so etwas nicht wünschen. Und wenn doch, so musste Daniel zu seinem Kummer feststellen, dass er nicht der richtige Mann dafür war.

Auf jeden Fall muss etwas gegen den Bauch unternommen werden. Er versucht sich an die Turnübungen zu erinnern, die ihnen der Trainer der Rugbymannschaft, ein ehemaliger Offizier der Königlichen Armee, im Internat beigebracht hat.

Daniel wurde nie in die Mannschaft gewählt, aber der Trainer leitete die Leibesübungen, die zum Lehrplan für alle Jungen gehörten. Schon kehren der abstoßende Schweißgeruch, die niederschmetternde Erschöpfung und der grobe Spott der Jungen aus der Rugbymannschaft in Daniels Gedächtnis zurück. Dennoch fängt er mit schwerem Hockspringen an, muss aber aufhören, nachdem er ein paarmal plump mit nach vorne ausgestreckten Armen gehüpft ist. Keuchend versucht er sich an eine weniger anstrengende Übung zu erinnern, die ihnen Kapitän Stone abverlangt hatte. Daniel beugt sich mit durchgedrückten Knien nach vorne, in dem Versuch, mit den Fingerspitzen die Zehen zu berühren, muss aber abbrechen, nachdem er seine hoffnungslose Steifheit konstatiert hat. Es bleiben fast zehn Zentimeter zwischen Fingerspitzen und Fußboden. Da klopft es an der Tür.

Er öffnet im Nachthemd, keuchend und schwitzend. Vor ihm steht das Dienstmädchen mit dem Frühstückstablett und der frischen Irish Times.

Daniel legt sich wieder hin und betrachtet abschätzig das Frühstück auf seinem Nachttisch. Zwei Spiegeleier, Speck, Würstchen, Blutpudding, Brot, Butter, eine Kanne Tee. Alles wird er nicht verschlingen, absolut nicht. Keinen Speck und keine Würstchen heute und nur eines von den Eiern. Er gießt sich Tee ein, nimmt dem Teller auf den Schoß und schlägt die Zeitung auf. Seine eigene Reportage über die Verhandlung am Vortag interessiert ihn nicht, aber ein Artikel, der in der letzten Spalte von Seite drei versteckt ist, elektrisiert ihn:

»In der London Times wurde gestern ein äußerst ernster Brief unter der Überschrift ›Rettungsboote oder Särge‹ veröffentlicht, den E. H. Bayley, Mitglied des Reformclubs, unterzeichnet hatte. Der Verfasser erinnert daran, dass schon letztes Jahr eine Debatte darüber geführt wurde, wie gefährlich die Boote der Königlichen Seenotrettungsgesellschaft seien. Er nennt den Rettungsunfall von Kingstown ›einen unter vielen‹: ›Im vergangenen Jahr sind neunundneunzig Männer, die im Dienst der Gesellschaft standen, ertrunken, nachdem ihre Schiffe gekentert waren. In einem Fall – dem der Lydd – musste das Boot zweimal kentern und beide Male mit menschlichen Verlusten, bevor es durch ein neues ersetzt wurde.‹ Es gebe keine Argumente dagegen, fährt Bayley fort, dass die wohlhabende Seenotrettungsgesellschaft anstelle von Booten, die sich mit Rudern und Segeln vorwärts bewegen, Dampfschiffe anschaffe, die besser durch den Sturm stampfen und dreimal mehr Passagiere retten könnten, als in die heutigen Boote passen. ›Letztes Jahr wurde vor dem

Parlamentsgebäude ein neuartiges Dampfrettungsschiff vorgestellt, das mit seinen Eigenschaften viele Parlamentsabgeordnete wie auch die anwesenden Experten überzeugte. Die Königliche Seenotrettungsgesellschaft verfügt über eine halbe Million Spendenvermögen, und ständig strömen neue Schenkungen. Mir ist zu Ohren gekommen – allerdings besitze ich keine Beweise dafür –, dass der Gesellschaft vor sechs Jahren zehntausend Pfund gespendet wurden, unter der Bedingung, die Summe für die Anschaffung von mit Maschinenkraft betriebenen Rettungsschiffen zu verwenden. Seitdem sind lediglich zwei Dampfrettungsschiffe angeschafft worden, und eines davon haben die Einwohner von Glasgow selbst bezahlt, nachdem sie für diesen Zweck dreieinhalbtausend Pfund gesammelt hatten. Es wäre interessant zu wissen, wofür die gespendeten zehntausend Pfund verwendet worden sind. Man hätte damit drei Dampfrettungsschiffe kaufen können, die heutzutage etwa dreitausend Pfund pro Stück kosten. Die Königliche Seenotrettungsgesellschaft hat gewiss Antworten auf diese Fragen, daran zweifeln wir nicht, und wir werden sie bald zu hören bekommen.‹«

Daniel legt die Zeitung zur Seite und nimmt sich Speck und ein Ei vom Tablett. Chefredakteur Scott kommentiert den von ihm zitierten Leserbrief: »Die Veröffentlichung eines solchen Briefes trägt dazu bei, die Trauer und die Beklemmung zu steigern, die in Kingstown und in ganz Irland wegen des Unglücks gerade jetzt empfunden wird. Herr Bayley ist der Meinung, der verunglückte Bootstyp sei ›als Fehlgeburt‹ in den Dienst gestellt worden und fügt hinzu, auch an vielen anderen Orten hätten sich diese Boote als unfallanfällig und somit unbrauchbar für ihre Aufgabe erwiesen.«

Daniel füllt erneut seine Tasse. Unbemerkt hat er bereits mit beiden Spiegeleiern, fast dem ganzen Speck und dem Brot kurzen Prozess gemacht, aber bei seiner gehobenen Stimmung erscheint ihm das als lässliche Sünde. Anna hat bei Bayley also tatsächlich für frischen Wind gesorgt, denkt er und platzt beinahe vor Stolz und Triumph. Niemand hat so eine Frau wie er! Da Bayleys Brief in England veröffentlicht wurde, und auch noch in der Times, blieb Scott keine andere Möglichkeit, als wenigstens einen Teil davon in seiner Zeitung zu drucken, wenn auch selbstverständlich mit genau überlegten Kommentaren. Der Chefredakteur legt seine persönliche Meinung in vermeintlich neutralem Leitartikelstil dar. Daniel schnappt sich das letzte Stück knusprigen Speck und liest weiter:

»Das katastrophale Unglück von Dungarvan hat gezeigt, dass man bei Seerettungstätigkeiten keine Freiwilligen einsetzen soll, die zwar edler Absicht sind, denen es aber an der Disziplin und der Kompetenz fehlt, die nur durch ständige Übung entstehen. Anstelle von Freiwilligen müssten die Boote mit bezahlten Spezialisten besetzt sein, für deren Zuverlässigkeit die Regierung gegenüber dem Unterhaus verantwortlich ist. An Heiligabend verweigerten die freiwilligen Seenotretter bei einem anderen Fall von Schiffbruch die Rettungstätigkeit unter Berufung auf die übermäßig schwierigen Umstände, aber gleichzeitig fuhr eine Gruppe gewöhnlicher Fischer mit eigenen Booten hinaus und schaffte es, fünf Besatzungsmitglieder der schiffbrüchigen Moresby zu retten. Der Kapitän, seine Frau und sein Kind sowie achtzehn Seemänner ertranken nach vielen Stunden entsetzlichen Leidens.«

»Zum Teufel aber auch«, entfährt es Daniel halblaut. Anna hat ihn gewarnt, dass der Versuch, über Bayley Einfluss auf die Öffentlichkeit zu nehmen, einem Ritt auf einem Wildpferd gleiche. Das originelle Reformclubmitglied lasse sich nicht unbedingt lenken. Jetzt scheint er in vollem Galopp in seine eigene Richtung zu preschen. Chefredakteur Scotts verhüllte Entrüstung überrascht Daniel nicht:

»Herr Bayley zieht die Schlussfolgerung, die Seenotrettung müsse unter behördliche Aufsicht gestellt werden, anstatt weiterhin einem privaten Verein die Verantwortung dafür zu überlassen. ›Die Frage lautet: *Quis custodiet ipsos custodes*? Wer wird die Wächter selbst bewachen?‹«

Daniel fährt sich durchs Haar. Was soll man dazu sagen? Wo bekommt man einen Oberaufseher her, wenn die Demokratie nicht funktioniert? Und wer beaufsichtigt dann diesen? Gott? Oder die unabhängige Presse? Kann es die überhaupt geben?

Falls ja, dann wird sie nicht von Chefredakteur Scott repräsentiert, als er in förmlich-höflichen Wendungen anfängt, Bayleys Brief auseinanderzunehmen:

»Die breite Unterstützung des Publikums für die Witwen und Waisen berechtigt uns, diese düsteren Behauptungen gründlich und kritisch unter die Lupe zu nehmen, die auch von der Führung der Königlichen Seerettungsgesellschaft nicht übergangen werden können. Man muss in der Lage sein, öffentlich nachzuweisen, dass solche Reden falsch sind. Sollte die Behauptung jedoch stimmen und die Gesellschaft über solche Mittel verfügen, warum werden sie dann nicht auf die bestmögliche Weise eingesetzt? Ein derartiger Brief weckt beim Publikum eine besorgte Frage, und die soll auch geweckt werden: ist das Opfer der fünfzehn tapferen Männer sinnlos gewesen? Eine solche Tragödie müsste Neuerungen bewirken, die ähnliche Unglücksfälle in Zukunft verhindern.«

Daniel stößt die Zeitung unzufrieden zur Seite. Der Kommentar hat seine Verdienste, aber die Anspielung auf die fehlende Kompetenz der ertrunkenen Männer wurmt ihn. Es würde ihn nicht überraschen, wenn Bayley sich bereits einen Stoß Aktien einer Werft für Dampfschiffe gesichert hätte.

Daniel stellt den leeren Teller auf den Tisch und merkt, dass sein rechter Ärmel Eigelbflecken hat. Er steht auf, wäscht sich und zieht sich an. Bevor er in den Verhandlungssaal geht, muss er sich noch beim Barbier das Kinn säubern lassen. Er klingelt, damit das Dienstmädchen das fleckige Nachthemd möglichst schnell zum Waschen bringt.

Als Allererstes schaut Daniel auf der im selben Viertel liegenden Polizeistation vorbei, um sich zu erkundigen, ob es etwas Neues zur Misshandlung des Schiffsjungen der Palme gibt.

»Leider nein, Sir«, sagt Constable Foot. »Der Junge gibt keinen Mucks von sich. Ich wette, dass hier eine Auseinandersetzung zwischen jungen Kriminellen, die sich im Hafen herumtreiben, vorliegt. Der Junge war geradezu von Urin getränkt, mit Abduschen war es da nicht getan. Herr Findlater ist, gelinde gesagt, außer sich, dass man sein Eislager als Pissoir missbraucht hat. Ich kann Ihnen versichern, Sir, dass sich die Schuldigen auf einiges gefasst machen können, wenn wir sie haben. Denken Sie nur, was es kostet, das Magazin zu reinigen! Und das dort gelagerte Eis kann man niemandem mehr verkaufen. Mehrere Tonnen gestoßenes Eis sind damit verdorben, und auch das noch nicht gestoßene ist unverkäuflich. Allerdings weiß man nie. Irgendwelche Spitzbuben versuchen vielleicht auch damit noch Geld zu verdienen …«

Daniel kommt die widerliche Vorstellung von harnstoffgetränkten Eiswürfeln in seinem Whiskeyglas in den Sinn, und er beschließt, sich vorläufig an Getränke zu halten, die keine Kühlung verlangen.

»Erwachsene Männer tun so etwas nicht«, sagt Foot kopfschüttelnd, »nicht einmal in betrunkenem Zustand. Und das Opfer im Eismagazin einzusperren ist absolut eine Gedankenlosigkeit von Halbwüchsigen. Das arme Kind war tatsächlich nahe daran, zu erfrieren. Es muss der Unfug einer Jungenbande gewesen sein, der aus dem einen oder anderen Grund aus dem Ruder gelaufen ist. Dem Arzt zufolge haben nur ein, zwei Stunden gefehlt, und wir hätten es mit einer Mordermittlung zu tun. Hier im Hafen sind Banden unterwegs, die Waren aus den Lagern stehlen und an die Händler in der Stadt verkaufen. Einen solchen Fall aber hat es bislang nicht gegeben. Zum Glück ist durch Herrn Findlater nun eine Gesetzesinitiative eingeleitet worden, die die Kaufleute verpflichten würde, die Herkunft ihrer Ware nachzuweisen. Ein solches Gesetz würde den Verkauf von Diebesgut effektiver bekämpfen als zehn Polizeistreifen.«

»Wenn wertvolle Ware so leicht aus verschlossenen Magazinen verschwindet, wie kann es dann sein, dass das in Merrion gestrandete Rettungsboot überhaupt nicht bewacht wurde, trotz der entsprechenden Bitte von Kontrolleur Hall?«

»Ich war bis zehn Uhr am Abend dort, Sir, aber anstatt der Ablösung kam die Mitteilung des Polizeipräsidenten, dass die Bewachung von der Hafenpolizei an die Königliche Seenotrettungsgesellschaft übergeht.«

»Fanden Sie das merkwürdig?«

»Ganz und gar nicht, Sir. Schließlich ist das Rettungsboot Eigentum der Gesellschaft. Wenn mich etwas verwunderte, dann die Tatsache, dass ich auf meiner Morgenrunde eine große Menschenmenge sah, aber keinen einzigen Mann von der Rettungsgesellschaft. Außer dann, als Kontrolleur Hall selbst kam.«

»Danke für diese Informationen, Constable Foot.«

»Es war nur eine geringe Hilfe, mit der ich Ihnen heute dienen konnte, Sir.«

»Im Gegenteil«, versicherte Daniel. »Sie war nützlicher, als Sie ahnen.«

Elin

Das Eismagazin im Hafen von Dublin ist ein großes Backsteingebäude, das in Elins Augen bedrohlich und abstoßend wirkt, weil seine Wände fensterlos sind. Wegen dieses seltsamen Ortes hat sie also das warme Bett verlassen und sich in die Unbarmherzigkeit des Wintermorgens begeben müssen.

Ihr Schwiegervater klopfte ganz früh an die Tür, und kaum hatte Oskar geöffnet, brüllte der Alte seinen üblichen Morgengruß.

»Auf und raus! Gott nährt keine Faulpelze.«

Oskar versuchte schläfrig zu erklären, die Sitzung fange erst um halb zwölf an, aber der alte Siren verkündete, bis dahin hätten sie noch eine Menge zu tun. Und diese Dinge wären von einer Natur, dass Elin mitkommen müsse. Peterson war bereits mitgeteilt worden, wo er sich eine Stunde später einzufinden hatte.

Als sie im Frühnebel vom Bahnhof zum Ufer gehen, fällt Elin auf, dass sich das Magazin in der Nähe des Kais befindet, der komplett für norwegische Eisschiffe reserviert ist. Ihr Schwiegervater deutet mit dem Zeigefinger vielsagend auf ein Schiff, das am Kai festgemacht hat, äußert sich jedoch mit keinem Wort. Man hat ein schmales Gleis vom Kai zum Magazin verlegt, auf dem die Arbeiter die vom norwegischen Schiff auf Wagen verladenen Eisblöcke zum Magazin schieben. Der dünne Mann mit dem grauen Schnurrbart, der den Besuchern als Führer dient, erklärt, morgens kämen immer die »Eismänner« mit ihren Wagen zum Magazin, um Eisblöcke in die Markthallen, Schlachthöfe, Molkereien, Hotels und überall hinzubringen, wo Kälte benötigt werde. Wie die Hafenarbeiter sind die Eismänner kräftig gebaut und stehen unter den Augen eines rothaarigen Aufsehers Schlange. Überall vor dem Gebäude sieht man die dampfenden Hinterlassenschaften der Pferde. Später kämen andere Eismänner, die auf Bestellung zerstoßenes Eis an Privathaushalte lieferten, erklärt der Mann, und Elin übersetzt.

Sie beobachtet einen Mann, der einen Jungen zum Aufseher führt und fragt, ob es auch für diesen etwas zu tun gebe, wo doch zusätzliche Arbeitskräfte gebraucht würden. Der Arbeitsleiter scheint an den Fähigkeiten des Jungen zu zweifeln, aber dessen Vater versichert, er habe dem Jungen alles beigebracht, was man über den Umgang mit Eis wissen müsse.

»Der Bengel macht dir aus Eis eine Fotze, wenn es sein muss, bloß zum Riechen bringt er sie nicht«, sagt der Vater. Der Arbeitsleiter lacht laut und macht eine Kopfbewegung in Richtung Magazin, und erst da merken die Männer, dass eine Frau anwesend ist, worauf sie verschämt die Mützen lüften.

Es sei außergewöhnlich hektisch an diesem Morgen, entschuldigt sich der mit dem grauen Schnurrbart. Das Eismagazin von Kingstown sei wegen Vandalismus geschlossen, darum seien von den Unternehmen der Hafenstadt große und eilige Eisbestellungen eingegangen. Man bewirte dort wichtige Herren, Journalisten und das an der Untersuchung des Unglücks interessierte Publikum. Die nötige Lieferung solle bereits mit dem nächsten Zug abgehen.

Auf der zum Kai hin gelegenen Seite hat das Magazin eine große Doppeltür. Dahinter befindet sich ein Eingangsbereich mit einer weiteren Doppeltür. Diese darf erst geöffnet werden, wenn die erste geschlossen ist. Der Schnurrbärtige erläutert, dass so das Einströmen warmer Luft ins Eislager verhindert werde.

Der Eingangsbereich ist so groß, dass ein Pferd mit Wagen mühelos hineinpasst. Als der Mann die innere Doppeltür öffnet, schlägt einem aus dem dunklen Lager Kälte entgegen, die nach der morgendlichen Eisenbahnfahrt besonders brutal wirkt, aber Erik Siren scheint sie nichts auszumachen. Er ist aufgekratzt wie ein aus dem Winterschlaf erwachter Bär.

»So soll auch mein Reich aussehen, wenn ich erst König Eis bin! Seht euch alles genau an«, tönt der Alte und schwenkt seinen Gehstock in weitem Bogen. Allmählich erhellen matte Wandlampen, die der Aufseher eine nach der anderen entzündet, das dunkle Magazin.

»Denkt daran, was Gott zu dem aufsässigen Hiob gesagt hat: ›Bist du gewesen, wo das Eis herkommt, das ich verwahrt habe …?‹«

Elin erinnert sich, dass Gott genau genommen von verwahrtem Schnee und Hagel gesprochen hat. Die braucht der Allmächtige wohl, um die aufsässige Menschheit mit Kälte strafen zu können, wenn Heuschrecken, Dürre und sonstige Plagen nicht mehr ausreichen.

Und wo ist die Liebe verwahrt? Die grausamste aller Plagen?

»Seht und lernt, damit ich euch nie mehr einschärfen muss, um welche Größenordnung es bei diesem Geschäft geht«, predigt der Alte. »Ich unterstreiche die Tatsache, dass wir uns hier im kleinen Irland befinden. Ihr könnt euch vorstellen, was für ein Bedarf an Eis in London und den anderen Metropolen Europas besteht. Überall wollen die Menschen ihren Fisch, ihre Austern, ihr Fleisch frisch zu sich nehmen. Sie müssen ihr Getränk gekühlt haben und ertragen es nicht, wenn die Milch sauer wird. Und bei all der Überfülle haben sie gelernt, auch Eiscreme und weiß der Himmel was für Sorbets zu begehren … Ich habe mich über all das genau informiert …«

Elin und Oskar stehen nebeneinander, Peterson hält sich ein

gutes Stück hinter ihnen. Dennoch glaubt Elin, Petersons Atem im Nacken und seinen Blick im Rücken zu spüren.

»Eis ist ein Schatz, der nicht auf Bäumen und nicht auf Feldern und in den hiesigen Breiten nirgendwo wächst. Aber bei uns wächst er! Gott ließ die Erde um die Sonne kreisen und richtete es so ein, dass die Erde sich dabei in einem Winkel um die eigene Achse dreht, dass es bei uns im Norden in jedem Jahr Gottes einen Winter gibt. Er gab uns Schnee, der die Bäume unter seinem Gewicht zur Erde biegt, und er sagt zu uns auserwählten Menschen des Nordens: ›Dies ist mein eisiges Paradies, ihr seid mein Volk, nehmt und esst von den Bäumen jeglicher Art.‹ Jedes Jahr lässt er sein Eis als haltbare Hülle auf unsere Gewässer kommen. Es bildet ebene Flächen, von denen wir ernten sollen. Stellt euch nur die erste richtige Frostnacht des Herbstes bei uns in Finnland vor …«

Die erste richtige Frostnacht in Finnland ist das Letzte, woran Elin in dem kalten Eismagazin denken möchte. Immerhin trägt sie einen gefütterten Wollmantel und einen Muff, aber sie kann nicht anders, als sich Matias' Pein vorzustellen, als dieser stundenlang nackt in seinem dunklen, eisigen Verlies lag.

Der Schwiegervater besteigt die Laderampe und malt sich seine Vision von dort aus begeistert weiter aus.

»Stellt euch vor: es ist windstill, vielleicht lodert das Polarlicht am Himmel. In Teichen, Seen und Meeresbuchten fängt das Wasser an, Kristalle zu bilden, und die kalten Kristalle klammern sich aneinander wie winzige Händchen beim Volkstanz. Immer mehr Tänzer schließen sich dem Kreis an, bis alle miteinander verschmelzen wie Liebende. Die Erde gefriert, man kann mit dem Pferd über Sümpfe fahren. Auf den Pfützen und den Verandafenstern bilden sich herrliche Eisblumen, deren fantasievolle Formen bei jeder einzigartig sind. Und wenn es kalt genug ist, trägt das Eis auf den Buchten und Teichen schon am nächsten Tag, so dass die Burschen auf die zwar nachgebende, aber nicht brechende Fläche gehen können, um Aalquappen zu erschlagen, die gut zu sehen sind, da sie an Ort und Stelle verharren, unmittelbar unterhalb der transparenten Eisdecke. Hält die Kälte an, wird das Eis schnell dicker und jammert und jault des Nachts wie eine Schar vor Wonne kreischender Wilder. Bis Februar wird das Eis Dutzende Zentimeter dick, und wenn du dein Eisfeld richtig und mit Sorgfalt bestellt hast, wenn du es nach jedem Schneesturm und jeder milderen Periode gepflügt und gehobelt hast, wenn du all das bewerkstelligt hast, kannst du anfangen, das kristallklare Gut auf dem Feld, das Gott dir gegeben hat und das es nur bei uns im Norden gibt, zu ernten …«

Dampf steigt aus dem vom Bart umgebenen Mund des Redners auf. Elin erträgt es nicht mehr, ihren Schwiegervater anzuschauen. Sie macht einige Schritte, um ihre Füße zu wärmen und rutscht beinahe auf dem Steinboden aus. Sie spürt, wie ihr Arm ergriffen wird, als Peterson ihr hilft, das Gleichgewicht wiederzufinden. Dabei nimmt sie einen zarten Hauch von Rasierseife wahr und den Geruch des Mannes, der ihr erneut den Boden unter den Füßen wegzuziehen droht.

»Für uns ist das Eis kostenlos«, predigt Erik Siren begeistert von sich selbst weiter, »aber es muss zu denen gebracht werden, die bereit sind, für das kalte Gold des Nordens zu bezahlen. Der Transport verursacht Kosten, und diese Kosten im Zaum zu halten ist, verdammt noch mal, die Voraussetzung des Erfolgs in dieser Branche.«

Er deutet mit dem Gehstock auf sein geringes Publikum.

»Ich hatte ein Schiff, das für den Transport von Eis gebaut war. In seinen sorgfältig isolierten Frachträumen sind Millionen Tonnen Eis aus Neuengland von Boston nach Indien gebracht worden. Bei jeder Fahrt musste zweimal der Äquator überquert werden, aber das Eis ist trotzdem nicht geschmolzen. So ein Schiff war die Palme alias Frederic Tudor. In der Tat! Aber wo ist meine Palme jetzt? Sie liegt wie ein toter Wal auf einer Sandbank in der Dublin Bay, geschändet und zersplittert. Und wer hat das getan? Ihr habt das getan. Ihr Versager und Dummköpfe. Ihr seid mir und der Zukunft der Familie ein Schiff schuldig.«

Der mit dem grauen Schnurrbart bläst sich schon lange in die hohlen Hände während der fremdsprachigen Redeflut. Als der Schwiegervater eine effektvolle Pause einlegt, gelingt es ihm, zu sagen:

»Verzeihung, Sir, wir müssen nun wirklich die Eismänner hereinlassen, damit sie laden können.«

Der alte Siren blickt den Aufseher an wie ein Kapitän einen Schiffsjungen, der es wagt, ihn bei einer Rede, die er vom Kommandodeck aus an seine Mannschaft hält, zu unterbrechen.

»Mir wird jedenfalls kalt«, sagt Elin und wendet sich hoffnungsvoll der Tür zu.

Oskar macht einen Schritt auf seinen Vater zu und erinnert ihn mit gesenkter Stimme an Elins Zustand. Sie sieht, wie Peterson sie aus dem Augenwinkel heraus anschaut, als die Sorge um die Kontinuität der Eisdynastie den Schwiegervater dazu veranlasst, für sein Alter erstaunlich behände von der Laderampe zu springen. Betont vorsorglich bietet er seiner Schwiegertochter den Arm und geleitet sie aus dem Eismagazin.

»Es ist überhaupt nicht sicher«, stellt Elin fest.

Die Worte sind nicht an ihren Schwiegervater gerichtet, der ihnen auch keinerlei Aufmerksamkeit schenkt.

»So eine kleine Abhärtung von Anfang an wird dem Jungen nur guttun, was?«, meint er, noch immer begeistert von seiner eigenen Verkündigung.

Elin wirft einen wütenden Blick auf Oskar, der nichts Besseres zu tun hat, als gegenüber seinem Vater die Nachricht von der möglichen Schwangerschaft auszuplaudern.

Draußen erwartet sie der rothaarige Arbeitsleiter mit der Mütze in der Hand. Offensichtlich sitzt er bereits auf Kohlen, weil sich die Gäste so lange im Magazin aufgehalten haben. Sofort geht er auf Elin zu.

»Ich bitte um Verzeihung, Madame, wir sind einfache Leute, Seemänner und Hafenarbeiter. Wir sprechen unsere eigene Sprache, weil nur sehr wenige Frauen hierher kommen … also Frauen wie Sie, Madame … andere schon, aber davon wissen Sie ja nichts … Und sollen auch nichts davon wissen! Damit wollte ich nicht sagen, dass …«

Der Mann ist so nervös, dass er nicht aufhören kann.

»Ich meine nur, dass O'Brien ein fester … einer von den festen Arbeitern hier ist, und ich weiß, dass der Junge was kann … also nicht in dem Sinn! Wieder habe ich es falsch gesagt, Madame … ich meine bloß …«

»Ich weiß nicht, wovon Sie reden, guter Mann«, sagt Elin und zwingt sich zu einem Lächeln. »Ich habe kein Wort von Ihrer Konversation mit Herrn O'Brien gehört, aber ich bin sicher, dass es darin keinen Raum für unangemessene Äußerungen gegeben hat.«

»Ach so … na dann … bitte ich um Verzeihung, Sie unnötig belästigt zu haben …«

»Danke, dass wir uns Ihr Eismagazin ansehen durften. Es hat auf uns, vor allem auf meinen Schwiegervater, Kapitän Siren, großen Eindruck gemacht. Einen schönen Tag noch!«

Der Arbeitsleiter verbeugt sich und wünscht der Dame und der gesamten Gesellschaft mehrmals das Gleiche, bis ihn der alte Erik verärgert zur Seite stößt.

»Was will der von uns? Wir geben diesen Bettlern nichts, ist das klar? Wir haben schon gesehen, was es auf dieser Insel für

Menschen gibt. Unersättliche, habgierige arme Teufel, die jedes Maß verloren haben, sonst nichts. Darum ist es wichtig, dass wir Finnen jetzt als Familie zusammenhalten, damit diese Hyänen uns nicht vollkommen ausnehmen. Auch und vor allem bei der Untersuchung der Havarie.«

Der Alte klopft mit seinem Gehstock heftig aufs Pflaster.

»Wenn wir den Zug erreicht haben, werde ich euch Herren genau erklären, was ihr bei den Vernehmungen zu sagen habt«, schnaubt er. »Ihr braucht eure Gehirnzellen damit nicht zu strapazieren, denn ich habe alles für euch vorgedacht. Ihr wiederholt es dort einfach Wort für Wort. Ist das klar?«

Oskar wirft Elin einen verstohlenen Blick zu und murmelt etwas Undeutliches. Erik Siren ist so von seiner eigenen Kraft erfüllt, dass ihm die Zaghaftigkeit seines Sohnes gar nicht auffällt.

»Peterson, Sie kommen mit uns ins Hotel, dann können wir an Ihren Antworten feilen, im Hinblick auf alle Arten von Niederträchtigkeiten, nicht wahr?«

»Das ist nicht nötig, Herr Siren«, sagt Peterson ruhig.

»Wie, nicht nötig? Was wollen Sie damit sagen, guter Mann?«

»Ich habe meine Aussage bereits zu Papier gebracht und werde sie den Anwesenden vorlesen.«

»Das geht nicht. Ich habe Ihnen ja noch nicht einmal klargemacht, was Sie sagen müssen.«

»Ich berichte in meiner Aussage nur, was auf dem Schiff passiert ist und was ich gesehen habe, Herr Siren.«

»Kommt überhaupt nicht in Frage«, fährt ihn der alte Erik an und stößt dabei den Gehstock aufs Pflaster. »Außerdem bin ich für Sie der Herr Kapitän, ganz gleich, ob Ihre Heuer noch in Kraft ist oder nicht!«

»Wenn Sie wollen«, antwortet Peterson versöhnlich. »Mir soll es recht sein, dass wir uns gegenseitig als Kapitän anreden, Herr Kapitän Siren.«

Daniel

Daniel sitzt auf seinem üblichen Platz und stenografiert die an die Zeugen gestellten Fragen und die Antworten mit. Im Gegensatz zu den bisherigen Sitzungen ist auch Frau Siren gekommen, um zusammen mit ihrem Schwiegervater die Aussage ihres Manns zu hören. Sie nehmen neben Daniel Platz, der sie mit einem Kopfnicken begrüßt.

»Wie geht es dem Jungen?«, flüstert er.

»Viel besser, danke«, formt die Frau mit den Lippen ihre Antwort. Dann richtet sie den Blick auf den Tisch, hinter dem Obersteuermann Peterson steht, der als erster Zeuge aufgerufen worden ist. Er hat seine Aussage vorab niedergeschrieben und liest sie nun mit starkem finnischem Akzent vor, der in Daniels Erinnerung in der freien Rede des Mannes schwächer ausgeprägt ist.

Die Aussage beginnt mit der Schilderung, wie die Fregatte Palme am 18. Dezember in Birkenhead ausläuft und wie gegen Abend des 23. der Sturm so stark zunimmt, dass man das Schiff in die Dublin Bay steuern musste, damit man möglichst bald anlegen konnte. Weil die Sicht wegen des Nebels und der Dunkelheit schlecht war, gelang es nicht, das Schiff ins Hafenbecken von Kingstown zu lenken. Stattdessen wurden die Segel gerefft und ungefähr auf Höhe des Wellenbrechers beide Anker geworfen. Auf dem sandigen Grund hielten die Anker jedoch nicht, und das Schiff wurde auf eine Sandbank namens Razor Bank getrieben. Als die Offiziere merkten, dass sie nicht mehr alleine klarkamen, zog der Obersteuermann die Signalflagge »Ich brauche

Hilfe« am Achterstag auf. Kurz danach sah er ein Segelboot von Kingstown aus auf sie zukommen.

»Das Boot reffte die Segel und mühte sich rudernd auf uns zu. Ich war nicht sicher, ob es sich um ein Rettungsboot handelte, hoffte es aber inständig, denn ich begriff, dass kein anderes Boot einen solchen Seegang überstehen würde. Nachdem ich die notwendigen Pflichten, die die Situation erforderte, erfüllt hatte, sah ich, dass es bis auf ungefähr eine Viertelmeile an uns herangekommen war, aber es trieb mit dem Boden nach oben. Mit diesem Unglück zerbrach unsere Hoffnung auf Rettung. Wir ließen unser eigenes Rettungsboot zu Wasser, um zu helfen, aber es füllte sich sofort mit Wasser und zerbrach. Da sah ich zwei Männer mit Korkgürteln auf den Wellen treiben. Meiner Einschätzung nach betrug der Abstand zu ihnen ungefähr 200 Yard. Unser Schiff war nicht auf die von den Seeversicherungsgesellschaften geforderte Weise geprüft worden und insofern auch nicht versichert. Aus diesem Grund hatten wir keine Rettungsleinen, die wir mit der Rakete zu den Männern im Meer hätten schießen können. Darum musste ich mich damit begnügen, hilflos zuzusehen, wie die Männer, die unseretwegen ihr Leben aufs Spiel gesetzt hatten, vor meinen Augen ertranken. Das umgedreht im Wasser treibende Rettungsboot war den ganzen restlichen Tag über auf der Steuerbordseite zu sehen, aber am nächsten Morgen, am Weihnachtstag, war es nicht mehr da. Ich kann nicht sagen, ob es am Bug oder Heck an uns vorbeigetrieben ist.

Es ist bekannt, wie tapfer McCombie mit seinen mutigen Männern uns am nächsten Tag gerettet und wie gastfreundlich die Einwohner von Kingstown und Dublin uns behandelt haben, weshalb ich es in diesem Zusammenhang nicht zu wiederholen brauche. Dies ist meine ehrliche Zeugenaussage über das, was geschehen ist, so wie ich mich daran erinnere. Wenn ich weitere Informationen zu dem Sachverhalt geben kann, werde ich es sehr gern tun.«

»Als Sie das gekenterte Rettungsboot beobachteten, befand es sich da in horizontaler Position?«, fragte Nepean.

»Ich habe es nicht eigentlich beobachtet, weil wir auf unserem eigenen Schiff alle Hände voll zu tun hatten. Aber ich würde sagen, dass seine Position auf keinen Fall vollkommen horizontal war«, sagt Peterson in überraschend tastendem Englisch. Daniel führt die Unsicherheit auf die Anspannung aufgrund der Situation sowie auf die in Oxford-Englisch gestellten schnellen Fragen zurück.

»Aber doch nahezu horizontal. Könnte diese ›nicht vollkommen horizontale‹ Position, also die andersherum und in verständlichem Englisch ausgedrückt ›nahezu horizontale Position‹ zum Beispiel mit dem hohen Seegang zu tun haben, der das Boot von einer Seite auf die andere warf?«

»So habe ich es nicht gemeint. Die horizonte Position hängt nicht …«

»Die horizonte Position? Verstehen Sie den begrifflichen Unterschied zwischen ›horizontal‹ und ›Horizont‹? Wir reden hier nicht über den Horizont und nicht über den Gesichtskreis, den Sie auf Ihrem Schiff mit bloßen Augen oder mit dem Fernrohr abmessen«, erklärt der Kommandant betont langsam in belehrendem Ton.

»Ich kenne den Unterschied. Es geht in diesem Fall um die waagrechte Position des treibenden Bootes …«

»Waagrecht?«

Nepean hebt die Hand und wendet sich an den Vorsitzenden: »Meiner Ansicht nach reichen die Sprachkenntnisse dieses Zeugen absolut nicht aus, um präzise Antworten zu geben, weshalb ich darum bitte, dass seine Aussage nicht zu Protokoll genommen wird. Wie Obersteuermann Peterson selbst festgestellt hat, war er mit seiner Aufmerksamkeit ganz woanders, was seiner Zeugenaussage die Glaubwürdigkeit nimmt. Ich wünsche, dass lediglich die Formulierung ›nahezu horizontale Position‹ protokollarisch festgehalten wird.«

Die totale Hinrichtung, denkt Daniel. Er wundert sich eigentlich nicht, als der Vorsitzende Nepeans Bitte stattgibt und der Sekretär den von Nepean vorgeschlagenen Satz als Antwort des Obersteuermanns aufschreibt.

Barton steht auf und bittet darum, den Zeugen vernehmen zu dürfen. Der Vorsitzende schlägt jedoch mit dem Hammer auf den Tisch und erklärt, es sei Zeit für den nächsten Zeugen. Barton protestiert und sagt, das Prinzip des Kreuzverhörs verlange, dass dem Zeugen Fragen aus verschiedenen Blickwinkeln gestellt werden. Der Vorsitzende erklärt, der Fall sei erledigt, und wiederholt, es werde nun der nächste Zeuge gehört, der Kapitän der Palme, Oskar Siren. Pastor Dahl, der schwedische Seemannspfarrer, sagt anstelle des Zeugen, er werde die Fragen und Antworten dolmetschen, da der Zeuge der Ansicht sei, nicht ausreichend gut Englisch zu sprechen.

Kapitän Siren ist sichtlich nervös. Er blickt sich mit leicht schiefem Kopf um und scheint nicht zu wissen, wo er die Hände hintun soll. Schließlich steckt er die eine in die Tasche, zieht sie aber sogleich etwas verschämt wieder heraus. Er versteht nicht, was um ihn herum geredet wird, nur die direkt an ihn gerichteten Fragen bekommt er übersetzt.

Hinsichtlich der Seereise und der Havarie wiederholt der Kapitän exakt das Gleiche, was der Obersteuermann bereits vorgetragen hat. Die kurzen Antworten kommen ohne Zögern. Erst als Kommandant Nepean die entscheidende Frage stellt, die nach der Position des treibenden Rettungsboots, steht der Kapitän quälend lange schweigend da. Er wirft einen Blick auf seine Frau und seinen Vater. Daniel sieht, wie der neben ihm sitzende Alte seinem Sohn zunickt.

Schließlich kommt die kurze Antwort auf Englisch:

»Ich weiß es nicht.«

Im selben Augenblick springt Kapitän Siren Senior auf, schwenkt seinen Stock und brüllt etwas.

Später fragt Daniel die Schwiegertochter des alten Mannes, was dieser gerufen habe.

»Fragt ihn noch einmal, zum Teufel«, antwortet die Frau.

Matias

Nach der Mittagszeit darf sich Matias zum ersten Mal nach seiner Heimsuchung auf die Bank vor dem Dienstboteneingang setzen. Nelson tobt vor seinen Füßen wie verrückt mit der Leine und versteht nicht, warum der Junge nicht wie sonst mit ihm in die Welt der Gerüche hinausläuft, die vor dem Tor wartet.

Wind ist aufgekommen. Er bläst vom Meer her, und der Frühnebel treibt auf die Hügel des Binnenlandes zu. Die trockenen Blätter der Bäume an der Uferstraße wirbeln über den grünen Rasen und die braunen Fußwege. Der Hund muss sicherlich mal, denkt Matias, aber wo könnte er sein Geschäft verrichten, ohne dass die Hinterlassenschaft einem Erwachsenen ins Auge springt? Er geht über den Rasen auf den Gartenschuppen zu, wo das Gras höher steht. Der Welpe bleibt zwischendurch stehen, um an einer Geruchsspur zu schnuppern, vielleicht von einem der Füchse, die angeblich in den Mülltonnen des Hotels wühlen. Dem Jungen fällt auf, dass im dichten Rasen reichlich Klee wächst, und ihm kommt ein Spiel aus der Kindheit in den Sinn, bei dem er Samuel stets überlegen war. War es überhaupt ein Spiel? Oder mehr eine mit pochendem Herzen durchgeführte Jagd, um die Mutter glücklich zu machen?

An ihren traurigen Tagen, von denen es nach und nach immer mehr gab als fröhliche, sagte die Mutter immer wieder das Gleiche: ihr Leben sei nichts als eine Kette von Unglücken, sie sei von Geburt an zu einem Kind des Kummers und des Schmerzes im düsteren Tal der Herzlosigkeit verdammt. Der stets freundliche

Doktor Bengtson versuchte sie zu überzeugen, der Hoffnungslosigkeit nicht nachzugeben. Sie sei noch jung, und niemand wisse, was das Schicksal für sie ausersehen habe. Einmal brachte der Doktor zur Unterstützung seiner Worte ein vierblättriges Kleeblatt mit, das er im Garten entdeckt hatte, und legte es der Mutter zärtlich auf die offene Hand.

»Sehen Sie, Frau Sahlman«, sagte er. »Darf ich Sie bitten, das in Verwahrung zu nehmen und etwa in ein Buch über Ihr Heimatland zu legen und es hin und wieder hervorzuholen, als Erinnerung Ihres Doktors und, wenn Sie erlauben, Freundes daran, dass im Leben auch die Möglichkeit des Glücks besteht.«

Nachdem der Doktor gegangen war, weinte und lachte die Mutter vor Glück, sang vor sich hin und machte Tanzschritte und küsste ein ums andere Mal ihre lieben Söhne. Die verstanden, dass der Klee eine geradezu wundersame Wirkung auf ihre Mutter ausübte.

Sie beschlossen sofort, weiteren Glücksklee zu sammeln, um die traurigen Tage ihrer Mutter zu retten. Samuel war oft erfolglos, aber Matias merkte, dass sich seine Fähigkeit, ein vierblättriges Kleeblatt fast auf den ersten Blick zu erkennen, rasch entwickelte. Der einzige Kummer bei dieser Jagd bestand darin, dass sich auch die Bienen und Wespen auf den Kleewiesen wohlfühlten. Einige Male bekamen die Jungen so schmerzhafte Stiche, dass sie tagelang mit geschwollenen Armen oder Gesichtern im Bett lagen. Das Leiden wurde jedoch belohnt: ihre Mutter nannte sie ihre tapferen kleinen Ritter und gab einen Schuss von ihrer kostbaren Laudanum-Medizin in die Milch, wonach Matias die absonderlichsten Träume hatte.

Aber in Finnland sind im Winter keine vierblättrigen Kleeblätter zu haben, und Matias kannte keine Mittel, um Rettung in die unerträgliche Finsternis zu bringen, mit der der eisige Winter des Nordens die Seele seiner Mutter peinigte.

»Nelson, Nelsoon …!«

Matias sieht jenseits des Eisenzauns eine Gestalt im roten Mantel, die umherhüpft wie ein Floh. Der Welpe erkennt die Stimme und seinen Namen und freut sich so, dass er dem Jungen die Leine aus der Hand reißt. Wie ein Blitz rennt er auf den Zaun zu, hinter dem Sarah in die Hocke gegangen ist und sich lockend auf die Knie schlägt. Matias steht auf und trabt dem Hund hinterher. Dieser ist verrückt vor Wiedersehensfreude und springt und drängt gegen den Zaun, zwischen dessen Stangen das Mädchen die Hände gestreckt hat, um den wild mit dem Schwanz wedelnden Hund zu umfassen.

»Du darfst Nelson nicht so wild machen«, schnauft der Junge. »Er verletzt sich noch am Zaun.«

»Kommt auf diese Seite!«

»Das geht jetzt nicht. Komm du rüber.«

»Ich darf nicht. Nur Leute vom Hotel dürfen durch das Tor.«

»Na dann.«

Matias nimmt die Leine und zieht den elend winselnden Welpen vom Zaun weg. Sarah hat sich erhoben und steht mit hängenden Armen da, und der Junge merkt, dass sie anders ist als zuvor, sie strahlt Mattigkeit aus und scheint geweint zu haben. Das erschüttert ihn. Er ist von ihr nicht nur wegen ihres Aussehens hingerissen, sondern weil sie so couragiert und tollkühn für ein Mädchen ist, geradezu kampflustig. In Päivölä gab es keine tollkühnen, geschweige denn kampflustigen Mädchen. Man hatte ihnen jegliche Courage ausgetrieben, ausgetrocknet, abgehackt.

Sie stehen sich wortlos gegenüber. Auf der George Street übertönt das Quietschen einer Straßenbahn und das Hufgetrappel der Pferde, die sie ziehen, kurzzeitig den Lärm der spielenden Kinder. Der Himmel ist grau, das gegen den Wellenbrecher schlagende Meer rauscht.

»Kannst du meinen Vater wieder herzaubern?«, fragt das Mädchen und streicht sich die vom Wind verwirbelten Haarsträhnen aus dem Gesicht.

»Was?«

Sie schiebt eine Hand in die Tasche des zu großen Mantels und zieht vorsichtig einen in Stoff gewickelten Gegenstand heraus.

»Du bekommst das, wenn du meinen Vater wieder herbeizauberst. Er hat es gemacht.«

Sie wickelt eine kleine Flasche aus dem Stoff und reicht sie Matias zwischen den Zaunstäben hindurch. Die Flasche enthält ein Schiff mit vollen Segeln auf blaugrünen Wellen. Auf dem Heck kann man geradeso die Aufschrift HMY BRITANNIA erkennen. Die Yacht hat einen weißen, schlanken Rumpf. Am Steuerruder steht ein Mann. Matias erfasst die enorme Größe erst im Vergleich mit dem winzigen Steuermann auf dem Achterdeck. Am unfassbarsten ist jedoch die Fülle der geblähten Segel, die sich wie Gewitterwolken über dem Rumpf ballen.

»In Wirklichkeit ist es hunderteinundzwanzigeinhalb Fuß lang«, erklärt das Mädchen sachkundig. »Tiefgang fünfzehn Fuß.«

Matias steht wie erstarrt auf der Stelle. Sie sind sich so nah. Er sieht die dunklen Wimpern aus nächster Nähe und spürt den Atem des Mädchens auf seiner Wange, als es sich streckt, um auf das Oberdeck des winzigen Flaschenschiffs zu zeigen.

»Da bin ich gewesen. Letzten Sommer, mit meinem Vater. Der Prinz von Wales hat ihn gebeten, ihm zu zeigen, wie man damit segelt.«

Sie deutet auf die Dublin Bay.

»Die Britannia braucht siebzehn Fuß Wasser unter sich, und da draußen gibt es unheimlich viele Stellen mit weniger, zumindest bei Ebbe. Auch euer Schiff liegt im Flachen. Mein Vater weiß alles über Sandbänke und Strömungen. Darum hat ihn der Prinz um Rat gebeten. Die Britannia kommt nächsten Sommer zur Regatta hierher, und dann wird mein Vater als Lotse an Bord sein. Ohne ihn kommt der Prinz nicht aus. Ohne meinen Vater läuft die Britannia auf Grund. Du bekommst das hier, wenn du meinen Vater wieder herzauberst.«

Der verwirrte Matias sagt, er könne das Flaschenschiff nicht annehmen. Er will es Sarah zurückgeben, die aber die Hände hinter dem Rücken versteckt.

»Wer kann es? Welcher Finne kann zaubern? Der Kapitän? Dann bring ihm die Britannia!«

»Ich glaube nicht, dass er es kann.«

Der Junge stellt das Schiff mitsamt dem Tuch auf der anderen Seite des Zauns ab.

»Jemand muss es können. Irgendein Finne hat meinen Vater verhext«, schreit das Mädchen schrill, schnappt sich das Bündel vom Boden und rennt davon. Matias sieht verdutzt zu, wie sie zum Tor herein und mit flatterndem roten Mantel und wehendem Haar auf ihn zu gestürmt kommt.

»Du verfluchter finnischer Hexer nimmst das jetzt und holst meinen Vater zurück! Hörst du!«

Die kampfeslustige Sarah ist mit erhobenen Fäusten zurückgekehrt. Der Junge versteht, dass mit dem Vater, der an Bord des Geisterschiffs gegangen ist, und schon gar nicht mit dessen Tochter gut Kirschen essen ist, aber er weiß nicht, wie er aus der Situation herauskommen soll. Mit dem um seine Beine springenden Hund weicht er zurück und streckt abwehrend die freie Hand aus, aber Sarah gibt nicht auf, sondern nutzt den Moment aus, in dem sich die Hundeleine um Matias' Beine wickelt. Sie stopft ihm das Bündel einfach in die Tasche. Der Junge zieht es sogleich wieder hervor, und dabei fliegt ein Stück Papier heraus, das er mit diffusem Entsetzen versteckt gehalten hat. Er hat Angst gehabt, es aufzubewahren, aber noch mehr ist er in Sorge gewesen, der Obersteuermann oder Frau Siren könnten nach der Zeichnung fragen und behaupten, er habe sie gestohlen. Das Mädchen schnappt sich das zerknitterte und zum Teil verschmierte Blatt vom feuchten Rasen. Es ist eine Zeichnung, die Herr Peterson für Frau Siren angefertigt hat: zwei Bilder. Das eine zeigt genau so ein Ding, das vor Matias' Gesicht rollte, als er der Jungenschar in die Hände fiel.

»Dein Cousin ist ein Dieb«, sagt Matias. »Wenn ich das der Polizei erzähle, wird er aufgehängt.«

»William? Nein.«

Sarah gibt ihm das Blatt zurück. Ihre Wut hat sich unerwartet gelegt, so wie böiger Wind manchmal kurz nachlässt, und ihre Stimme klingt geradezu beängstigend ruhig.

»Doch«, sagt Matias. »Er wird aufgehängt. Und seine Freunde auch.«

Er legt sich die Hand an den Hals, verdreht die Augen und flüstert blutrünstig:

»So. Sie werden alle erdrosselt. Wenn ein Mensch erdrosselt wird, scheißt und pisst er sich in die Hose. Und die Zunge hängt heraus …«

Matias streckt die Zunge heraus. Das Mädchen mustert ihn.

»Das lässt mein Vater nicht zu. Mein Vater ist Williams Patenonkel.«

»Ganz egal. Dein Vater ist tot. Tot wie ein Stein. Er kann niemanden mehr beschützen.«

»Nein, ist er nicht! Nein, nein, nein …«

Er hing im Oktober an der Eiche im Garten. Wie eine Rieseneichel. Aber es war keine Eichel, sondern sein Vater. Der Gärtner musste die längste Leiter holen, um ihn abnehmen zu können. »Kann nicht mal jemand die Jungen wegbringen, verdammt!«, rief der

Doktor, aber die Mutter blieb mit getrübten Augen und schwankend auf der Stelle stehen. Schließlich nahm jemand die Jungen an der Hand. »Warum ist Papa auf den Baum geklettert?«, fragte Matias, aber niemand gab ihm eine Antwort, damals und auch später nicht.

»Worüber wird hier gezankt?«, fragte eine Stimme hinter ihnen. »Ist das ein Streit unter Verliebten?«

Matias stopft das Blatt Papier in die Tasche, und das Mädchen versteckt das Flaschenschiff hinterm Rücken.

Die Stimme gehört Herrn Ford.

»Ich habe schon gehört, dass es dir besser geht, Matias, aber ich würde sagen, wenn ein Junge es mit so einem lebendigen Mädchen aufnimmt, ist er bereits ganz wiederhergestellt. Das ist auch gut so, denn wie es aussieht, kommt da gerade Constable Foot, um sich eine Aussage von dir zu holen.«

Der Polizist kommt auf dem Parkweg auf sie zu, im dunkelblauen Mantel mit einer silbernen Ziffernfolge an den Schultern. Unter dem zweitobersten Knopf ist eine ebenfalls silberne Kette befestigt, die im Takt von Foots energischen Schritten schwingt. Auf dem Kopf trägt der Constable einen hohen Helm, dessen Riemen vorschriftsgemäß exakt auf der Kinnspitze sitzt. Für Matias sieht das imposant aus.

Als er noch ein Kind war, zeigte die Mutter ihren Söhnen mit Tränen in den Augen Bücher mit Zeichnungen aus ihrem Heimatland. Auf einer davon sah man einen englischen Polizisten in seiner ganzen Pracht. Matias wunderte sich damals schon, wie es den Bobbys gelang, die Riemen ihrer Helme unverrückbar auf einer Stelle zu halten. Die Mutter erklärte, überall im Britischen Commonwealth hätten die Polizisten die gleiche Uniform, auch in Kanada und Australien. Sie trügen keine Waffe, sondern klärten jede Situation mit Worten, im Gegensatz zu den Gendarmen in Finnland. Wegen ihrer Freundlichkeit würden die Bobbys auf der ganzen Welt bewundert.

In der Heimat der Mutter war immer alles besser. Der Vater fragte hinter seiner Zeitung, ob die Mutter die Bobbys auch dann für freundliche, sympathische Kerle hielt, als sie ihn in Whitechapel festnehmen ließen und über Nacht in einer stinkenden Zelle behalten hatten …

»Guten Tag, Constable Foot. Ich habe gerade festgestellt, dass der Junge seine Sprache wiedergefunden hat.«

»So, so. So, so. Sehr gut. Aber die Ermittlungen sind vorübergehend eingestellt worden. Ich komme in einer völlig anderen Angelegenheit.«

»Wieso eingestellt?«

»Offen gesagt, weiß ich es nicht, Sir. Es kam jedoch der Befehl. Aber wie gesagt, mein Anliegen ist ein völlig anderes … Aha, Sarah ist auch hier. Ich glaube, du solltest jetzt nach Hause gehen.«

Der Polizist schaut in irgendwie sonderbarer Weise abwechselnd auf den Journalisten und auf Sarah.

»Worum handelt es sich denn?«, erkundigt sich Herr Ford und nimmt ein Zigarettenetui aus der Tasche.

»Wie Sie wissen, haben sich private Suchpatrouillen Tag und Nacht abgemüht, William Donoghue zu finden … Nun, man hat ihn gefunden … vor einer Stunde …«

Das Mädchen hält sich die Ohren zu und fängt an zu schreien. Der Junge schaut auf die kleine Gestalt zwischen den beiden großen Männern, im Hintergrund flimmert das Meer.

»La, la, la … Das war nicht mein Vater. Ich habe es gesehen. Es war so ein Dicker, ein hässlicher Seehund … irgendeiner … es war nicht mein Vater.«

»Mein Liebes, geh jetzt nach Hause zu deiner Mutter«, versucht Constable Foot das Mädchen zu beruhigen.

Sarah stößt ihn mit ausgestreckten Armen von sich und rennt mit unbändigem Schreien davon.

»Großer Gott«, sagt der Journalist.

»In der Tat. Kein schöner Anblick. Man hätte ihn dem Kind ersparen sollen«, seufzt der Polizist, lockert den Riemen seines Helms und wischt sich den Schweiß von der Stirn. »Wirklich. Die Darmgase hatten den Körper aufgebläht und die Wasserlebewesen das ihre getan. Ganz und gar kein schöner Anblick. Minuten-Caffrey fand ihn … ein schrecklicher Spitzname … der arme Caffrey ist alle Tage und Nächte lang die Ufer abgelaufen und hat schließlich seinen verschollenen Bootskameraden gefunden … Nun gut, eigentlich bin ich gekommen, um mitzuteilen, dass Donoghue, also das, was von dem armen Mann noch übrig ist, jetzt in die Leichenhalle von Monkstown überführt wird. Gewiss möchten Sie diese Neuigkeit in Ihre Zeitung aufnehmen.«

»Selbstverständlich. Danke für die Information.«

»Als Nächstes werde ich der Witwe berichten, dass wir die Leiche gefunden haben, falls sie es nicht schon weiß. Gerüchte verbreiten sich hier immer schnell … Die Angehörigen müssen den Toten natürlich identifizieren. Eine schreckliche Aufgabe. Bisweilen ist dieser Beruf …«

Der Constable schüttelt den Kopf.

»Verstehe«, sagt der Journalist.

»Aber auf irgendeine Art wird es doch tröstlich sein, dass sie den Toten begraben können. Das ist doch immerhin etwas, oder?«

»Mit Sicherheit.«

»Die Meldung kommt dann in der morgigen Zeitung?«

»Selbstverständlich. Für die Abendausgabe ist es zu spät. Ich fahre sofort nach Monkstown.«

»Ich gehe jetzt zu Frau Donoghue.«

Als sich der Polizist entfernt hat, wendet sich der Journalist an Matias.

»Angeblich ermitteln sie in dem Fall nicht mehr. Das ist außergewöhnlich. Aber ich will hören, was man dir angetan hat.«

Der Junge betrachtet verlegen seine Schuhspitzen, erspäht ein vierblättriges Kleeblatt und bückt sich, um es zu pflücken.

»Du willst nicht darüber sprechen, wie? Oder traust du dich nicht? Was hast du da auf der Erde gefunden?«

Der Junge zeigt ihm das Kleeblatt auf seiner Handfläche.

»Du hast mir aber scharfe Augen. Hoffst du, dass es dir Glück bringt?«

Matias nickt. Herr Ford zündet sich die Zigarette an, die er bisher nur nachdenklich zwischen den Fingern hin und her gedreht hat.

»Du solltest wissen, dass auf dieser Insel alles anders ist. Das Kleeblatt ist das Zeichen des heiligen Patrick, des irischen Schutzpatrons. Aber es ist dreiblättrig, weil er den Klee benutzte, um den Heiden die heilige Dreifaltigkeit einzubläuen, Vater, Sohn und Heiliger Geist. Das vierte Blatt bringt kein Glück, sondern hilft dem Teufel, in der göttlichen Ordnung Verwirrung zu stiften.«

Ja, das Böse lässt sich nicht wegwischen. Es ist überall. Die Nacht ist die Zeit des Bösen, aber der Tag ist es auch. Das Böse versteckt sich überall, im Meer, in den Blättern, in den Mündern, in den Händen der Menschen, im Gras …

»Das vierblättrige Kleeblatt wird hier auf der Insel als Teufelsklee bezeichnet. Das solltest du dir merken.«

»Das tue ich, Sir«, sagt der Junge und lässt das Kleeblatt fallen.

»Darf ich einen Blick auf das Blatt Papier werfen, das du in die Tasche gesteckt hast?«

Matias dreht sich abrupt um und versucht, den Welpen mit sich zu ziehen.

»Nun lauf nicht davon«, sagt der Journalist und fasst ihn an der Schulter. »Ich will dir nur helfen, glaub mir. Zeig es mir …«

»Das kann ich nicht, Sir.«

»Unsinn. Du bist genug misshandelt worden. Jetzt müssen wir Maßnahmen ergreifen, damit sich das nicht wiederholt. Hör zu, auch ich weiß über diese Dinge das eine oder andere. Weil ich mit sieben ins Internat kam … Aber na ja, zeig mir nun das Blatt!«

Widerwillig zieht Matias das Papier hervor.

»Was stellt das dar?«, fragt der Journalist, nachdem er sich die Zeichnung kurz angesehen hat.

Der Junge zuckt mit den Schultern.

»Wo hast du das her?«

»Herr Peterson hat es für Frau Siren gezeichnet.«

»Sieh an. Und warum hast du es dann?«

»Ich habe es nicht gestohlen«, haucht der Junge aufgeregt. »Ich schwöre es, ich habe es nicht gestohlen.«

»Das habe ich auch nicht behauptet.«

Daniel gibt ihm die Zeichnung zurück.

»Geh jetzt. Du brauchst bestimmt noch ein wenig Ruhe.«

DUBLIN, 3.1.2012

Die Besatzung eines Segelschiffs bildete eine nahezu militärisch strikte Rangordnung, innerhalb derer der Kapitän so weit über seinen Steuermännern stand wie diese über der gewöhnlichen Crew.

Auf einem Segelschiff gab es mehr oder weniger rationale und funktionale Rituale, an der sowohl die Offiziere als auch die Mannschaft teilnahmen. Der vorrangige Zweck dieser Rituale bestand darin, das herrschende Machtgefüge zu festigen. Die Mystifizierung des Kapitäns machte es einem gewöhnlichen Seemann praktisch unmöglich, direkten Kontakt mit dem Kapitän aufzunehmen:

»Da musste es einen außerordentlich triftigen Grund geben. Den sprach man nicht einfach so an. Das kam überhaupt nicht in Frage! Und der Kapitän konnte sich auch nicht einfach so mit seinen Steuermännern abgeben.«

Als Beispiel für rituelle Kommunikation kann der »Sturmtrunk« genannt werden, mit dem die Besatzung beispielsweise nach einem Reffen der Segel bei schwerem Sturm belohnt wurde. Der Kapitän verteilte den kleinen, symbolischen Trunk üblicherweise persönlich an alle Besatzungsmitglieder – als Zeichen seiner Macht, belohnen und bestrafen zu können, und zugleich als Zeichen der untergeordneten Stellung der Crew.

MARIKA ROSENSTRÖM, *DAS LEBEN AUF DEN LETZTEN SEGELSCHIFFEN*

Als ich aufwachte, hatte Mikko bereits auf seine soldatische Art unsere Sachen für den Umzug nach Dublin in die Rucksäcke gepackt. Er hatte sich Wolkensimulationen angesehen und daraufhin über die Reisekleidung entschieden, auch für mich. Nur mein Kulturbeutel und mein Schminktäschchen standen noch im Badezimmer auf dem Waschbecken.

»Wo ist der Föhn?«, fragte ich gereizt.

»Eingepackt. Den brauchst du nicht. Deine Haare werden sowieso nass. Die kannst du dir in Dublin kräuseln.«

»Kräuseln?«

»Oder in Locken legen. Was weiß ich.«

»Schönen Dank auch!«

»Aus gutem Grund. Ich habe deinen Rucksack bei der Gelegenheit nämlich von einem erschütternden Chaos erlöst. Vielleicht findest du jetzt zur Abwechslung mal was. Auch den Laptop und die Bücher habe ich eingepackt. Jetzt ist keine Zeit mehr, sich auf Virginia Woolf zu stürzen. Wir müssen bald auschecken. Hopp, hopp!«

Ich nuschelte etwas von Privatsphäre, die man respektieren müsse, tat dies aber ziemlich matt. Ich verstand, dass Mikko nach dem Aufwachen etwas mit seinen Händen anfangen musste. Er warf einen kurzen Blick auf mich, vermutlich mit der Überlegung verbunden, ob sich unser Aufbruch nicht doch etwas aufschieben ließe, aber ich griff bereits nach BH, T-Shirt, Pulli und Jeans, die sauber gefaltet am Fußende des Bettes lagen.

»Und das Frühstück?«

»Gott nährt keine Faulen«, sagte er, sah sich aber doch veranlasst, seine Haltung abzumildern.

»In Dublin dann. Mit dem Dart dauert die Fahrt gut eine Viertelstunde. In der Zeit findet man hier nicht mal einen Ort zum Frühstücken.«

Er strotzte vor Tatendrang. Ich hatte trotzdem den Verdacht, dass es nur der täuschende Panzer war, mit dem er seinen nächtlichen Horror abwehren wollte. Das ärgerte mich und tat mir zugleich leid.

»*Les petits messieurs... the little misters.* Wer ist damit gemeint?«, fragte ich ihn, als ich mich anzog.

»Hä?«

»Nach denen suchst du schon seit vielen Nächten.«

Mikko hielt in straffer Haltung inne, mit starrem Kinn. Entweder er strengte sich an, um sich an seinen Traum zu erinnern oder um mit keiner Miene zu verraten, was meine Worte in ihm auslösten. Dann schüttelte er einfach den Kopf.

»Übel, dass ich dich wieder wach gehalten habe. Entschuldige.«

»Eigentlich war es die Chronik von der Rettungsstation, die mich wach gehalten hat«, sagte ich, ohne eigentlich zu lügen.

Ich schaute fragend auf den leeren Nachttisch.

»Das Heftchen ist auch schon eingepackt.«

Ich erklärte, diese Bezeichnung treffe den Sachverhalt nicht ganz. Die Chronik hatte der ehemalige Sekretär des Instituts des Irischen Meers verfasst, der sechsundzwanzig Jahre lang als hochgeachteter Sekretär in der Rettungsstation von Dún Laoghaire tätig gewesen war, ein Mann namens John de Curcy Ireland. Aus dem Klappentext ging hervor, dass der Herr der Spross einer angesehenen Familie war, der zum Kämpfer für die Menschenrechte und einer Art Sozialist wurde. Mit siebzehn floh er ganz romantisch aufs Meer, kehrte dann aber nach Oxford zurück und promovierte schließlich am Trinity College über das

Verhältnis von Meer und Erziehung oder etwas dergleichen. Auf dem Umschlag war eine lange Liste mit Publikationen aufgeführt, zumeist mit Meeresthemen. Auch bei dem Fall Palme hatte er seine Hausaufgaben gemacht, noch dazu erwies er sich als sehr textkritisch.

»Außerdem werden in der Chronik interessante Einzelheiten über die Civil Service berichtet. Der Verfasser weist auf etliche dubiose Unklarheiten seit der Anschaffung des Boots hin. Zum Beispiel, dass es nur drei Jahre vor dem Unglück schon einmal eine schwere Havarie hatte.«

»Was für eine Art von Havarie?«

»Das ist ja das Merkwürdige, dass die Einzelheiten nicht bekannt sind. Sie sind nie im Minutenbuch der Untersuchungskommission der Rettungsstation festgehalten worden. Bei dem Unglück verlor jedoch ein Mann das Leben, ein Patrick Hammond. Die Witwe erhielt eine ansehnliche Schenkung von der Gesellschaft, und der Fall wurde totgeschwiegen. De Courcy schreibt ziemlich direkt, dass die Arbeitsmoral der Rettungsbootbesatzungen seiner Meinung nach damals wesentlich höher gewesen sei als die der Vorgesetzten. Jedenfalls war die Episode nicht nur tragisch, sondern auch ominös im Hinblick auf den Heiligabend drei Jahre später ...«

Der Regen hielt an, als wir kurz vor Mittag an der Connolly Station aus dem Zug stiegen. In der Talbot Street drängten sich die Weihnachtsurlauber, und es war nicht besonders angenehm, sich mit Rucksack und Regenschirm auf den engen Bürgersteigen fortzubewegen. Hier und da wurde auch Finnisch geredet. Offenbar waren wir nicht die einzigen Sonderlinge, die weiße Weihnachten gegen nasses Grau getauscht hatten.

»Kein bisschen Selbsterhaltungstrieb«, sagte Mikko, als wir in der O'Connell Street an der Ampel standen und zusahen, wie japanische Touristen über die Fahrbahn liefen. Sie wollten zwischen den hohen Bussen hindurch zu dem Monument des Lichts, das mitten auf der Straße aufragte.

Wir gingen zu unserem Hotel, und am anderen Ende der Straße scharten sich auch um das Denkmal für Charles Parnell waghalsige Touristen.

»Das kann man verstehen. Sie wollen eben mit dem ungekrönten König Irlands auf ein Foto«, sagte ich.

»Dieser Kult geht mir nicht in den Kopf. Der Mann hat doch total versagt. Weder hat Irland zu seinen Lebzeiten die Selbstverwaltung erlangt, noch ist den Armen des Landes Recht geschehen. Und das alles nur, weil sich der Kerl in den Rockschößen eines Frauenzimmers verheddert hat, wenn ich es richtig verstanden habe.«

»So redet ihr Männer über die große Liebe? Wo ich schicksalhafte Gewitterdonner mit Blitzen höre …«

»Die Aussicht auf ein Liebesspiel in nassen Klamotten bringt mich jedenfalls nicht in Fahrt.«

»Ach ja«, sagte ich beleidigt, »dann hast du also vollkommen vergessen, wie wir damals in Ruissalo …«

Mikko hörte mir nicht mehr zu. Ich sah ihn die grell orangefarbenen Signalwesten für kleine Kinder betrachten, die in einem Eckladen verkauft wurden. Sie trugen die Aufschrift: *Grandpa's little helper*.

Wir verstummten beide und gingen weiter.

Das Charles Stewart Guesthouse befand sich in einem Gebäude aus der georgianischen Ära am Charles Parnell Square. Im Zimmer angekommen, war ich so erschöpft und verschwitzt, dass ich das Frühstück ausfallen ließ und als Erstes unter die Dusche wollte. Es gab keinen Kühlschrank im Zimmer, aber einen Wasserkocher. Mikko bot an, im nahe gelegenen Tesco Kaffee und etwas zu essen zu kaufen.

»Der Wechsel eines Kapitäns läuft in Finnland nicht ganz so wie in dem Film«, sagte ich, als ich eine halbe Stunde später auf dem Bett mit der roten Tagesdecke Instantkaffee trank und einen Handtuchturban auf dem Kopf balancierte. Als Bademantel diente ein Hemd von Mikko, weil ein solcher Luxus in diesem Hotel nicht vorgesehen war.

»In welchem Film?«

»*Crimson Tide – In tiefster Gefahr*. Da sagt Denzel Washington einfach zu Gene Hackman, dem U-Boot-Kommandanten: ›Fahr zur Hölle … Vorschrift 815!‹«

»Ganz so war es auch in dem Film nicht«, sagte Mikko. »Aber ich muss zugeben, dass unsereiner sowohl Gott als auch Onkel Sam dankbar für diese Vorschrift ist. Die strategischen U-Boote der Amis haben bestimmt die hundertfache Waffenladung der Hiroshima-Bombe. Und es ging darum, ob durch das Drehen eines Schlüssels ein dritter Weltkrieg ausgelöst wird oder nicht.«

»Und bei uns gibt es so eine Vorschrift nicht? Also bei euch?«

»Das weiß ich nicht, weil ich nicht zur Marine gehöre, aber unsere Kriegsschiffe sind Ruderboote im Vergleich zu Gene Hackmans Kahn. Bei uns reicht in Problemsituationen die Allgemeine Dienstvorschrift aus, die vorschreibt, was die nächstälteste Militärperson zu tun hat, wenn der Vorgesetzte die Handlungsfähigkeit verloren hat.«

»Bei der finnischen Flotte gibt es in den Vorschriften keinen Paragrafen, der die Kommandoverhältnisse in einer entsprechenden Situation festlegt.«

Mikko entfuhr ein verblüfftes Lachen.

»Ach nein? Woher weißt du das so genau?«

»Ich habe Wilén angerufen.«

»Welchen Wilén?«

»Dan Wilén. Du kennst ihn. Kommodore der Seestreitkräfte. Du hast doch gesagt, in der Kapitänsfrage sollte man sich an jemanden wenden, der über Erfahrung als Kommandant eines Kriegsschiffs verfügt. Ich ahnte, dass es bei ihm der Fall sein könnte.«

»Du hast ihn nicht angerufen!«

»Doch, doch. Was ist daran ungehörig? Es ist ja kein Feiertag mehr.«

»Okay. Die Botschaft ist angekommen. Ich werde meine Anrufe bei Kameraden einschränken.«

»Das ist es nicht. Ich dachte einfach, er könnte aufgrund seiner langen Erfahrung im Einsatz der richtige Mann sein, um mir einen Rat zu geben. Ich kenne ihn. Oder besser gesagt kannte ihn, aus Studienzeiten. Habe ich das wirklich nie erwähnt? Bestimmt habe ich das. Er war damals mit meiner schönen, intelligenten und gutherzigen Mitbewohnerin Hannele zusammen. Später haben sie sogar geheiratet und zwei schöne, intelligente und gutherzige Kinder bekommen. Dan und ich hatten viele lustige Diskussionen, weil unsere Weltbilder nicht in jeder Hinsicht übereinstimmten. Aber er vertrat interessante Gesichtspunkte, die ich respektierte.«

Mikko starrte mich weiterhin an wie eine Geisteskranke. Oder wie eine Plage, die einen schlechten Täuschungsversuch ausbrütet.

»Alles klar … Wenn du ihn so gut kennst, dann beschreibe mir doch mal, wie der Mann aussieht.«

»Schwer zu sagen, weil ich ihn seit fast dreißig Jahren nicht gesehen habe.«

»Wie sah er damals aus?«

»Das kann man sich ja vorstellen, ein Mann in Uniform, auch noch in Marineblau … Soldatisch … durchaus beeindruckend.«

»Ein bisschen genauer. So kann man jeden beschreiben.«

»So genau habe ich ihn mir nicht eingeprägt. Schließlich war er in meine Mitbewohnerin verliebt. Und das war, wie gesagt, etwas Ernstes.«

»Beschreibe ihn trotzdem irgendwie. Groß, klein, dünn, gedrungen … besondere Kennzeichen? Mit wem würdest du ihn vergleichen?«

»Na ja, ich würde sagen, zur damaligen Zeit sah er am ehesten wie der junge Denzel Washington aus, aber nach fast dreißig Jahren ähnelt er jetzt vielleicht dem nicht mehr so jungen Morgan Freeman. Andererseits ist er so alt wie du, warum sollte er also nicht ebenso jungenhaft aussehen. Ihr Seeleute seid von der haltbaren Sorte.«

»Aha. Du hast im Internet Armee-Anekdoten gelesen.«

»Natürlich. Wie zum Beispiel die, in der Wilén seinen Untergebenen befiehlt, die Kommandobrücke des Kanonenboots Karjala zu verlassen, mit der Begründung, es sei nichts für weiße Männer, bei Schneesturm halb im Freien herumzustehen. Aber persönlich ist mir in Erinnerung geblieben, wie er sich mir in seiner Rekrutenzeit als erster Räucherhering der Finnischen Seestreitkräfte vorstellte. Soweit ich mich erinnere, verstummte ich angesichts einer solchen Direktheit.«

Ich zeigte Mikko auf meinem Handy Wiléns lange SMS. Er nahm die Brille aus der Tasche und fing an zu lesen. Vor dem Einfachfenster des Hotels pfiff ein böiger Wind. Wir hatten um ein Zimmer zum Hof gebeten, damit wir nicht zu früh vom Verkehrslärm geweckt würden. Das Fenster ging auf einen Schulhof. Zum Glück waren Weihnachtsferien. Weil ein Kühlschrank fehlte, hatte Mikko die Brötchen, den Käse, die Meeresfrüchte in Öl und die für mich bestimmten Stücke Zitronen-Käse-Kuchen auf der Fensterbank gestapelt. Daneben stand ordentlich aufgereiht ein Sortiment irischer Biere, Mineralwasser, Milch und eine Flasche Weißwein.

»Auch dein Freund scheint bei den Allgemeinen Dienstvorschriften zu landen«, meinte Mikko, nachdem er die SMS gelesen hatte.

»Was wird darin zum Kommando über ein Schiff gesagt?«

»Es wird nicht ausdrücklich etwas darüber gesagt. Es wird nur vorgeschrieben, dass in dem Fall, in dem der Vorgesetzte einer militärischen Abteilung seine Handlungsfähigkeit verliert oder die Absicht hat, Kampfmittel falsch einzusetzen, zum Beispiel für Gesetzeswidrigkeiten, sein direkter Untergebener das Recht und die Pflicht hat, seine abweichende Meinung schriftlich darzulegen und nötigenfalls das Kommando zu übernehmen. Die Besatzung eines Kriegsschiffes ist natürlich auch eine militärische Abteilung.«

Mikko hatte wieder den gleichen Gesichtsausdruck wie am Morgen, als ich ihn nach den kleinen Mistern und Messieurs gefragt hatte.

»In bestimmten Situationen kann eine Person niedrigeren militärischen Ranges dem Höherrangigen einen Befehl erteilen oder, besser gesagt, ihn an etwas hindern.«

»Ja, und?«

»Reden wir nicht darüber.«

Mikko riss sich auf die gleiche Weise wie am Morgen zusammen und fing an, über das Buch *Our Good Health* zu sprechen, das ich mir in der Buchhandlung in Dún Laoghaire gekauft hatte. Es behandelte die Geschichte der kommunalen technischen Infrastruktur Irlands. Offenbar war Kingstown in den 1890er Jahren auch in dieser Hinsicht die fortschrittlichste Stadt des Landes. Es gab 1895 sogar schon Gebäude mit elektrischer Beleuchtung, und ein Jahr später liefen die bis dahin von Pferden gezogenen Straßenbahnen mit Strom.

»Die Elektrizität war in dem Jahrzehnt auf der ganzen Welt der reinste Wunschbrunnen, allerdings auch eine Quelle der Ängste. Es wurden wer weiß was für Anwendungsmöglichkeiten geplant, in der Energiewirtschaft, aber auch in anderen Lebensbereichen. Wie in der Medizin.«

»Elektroschocks?«

»Zum Beispiel. Aber zur damaligen Zeit wurden alle möglichen fantasievollen Elektrotherapien erfunden. Das gerade erst entdeckte Wunderphänomen faszinierte alle: eine gewaltige Kraft, die man jedoch nicht sehen konnte. Die Tätigkeit einer Dampfmaschine sah jeder allein am Schnaufen der Lokomotive und am Qualm, der aus den Schiffsschornsteinen aufstieg. Aber die Elektrizität summte höchstens leise oder sprühte Furcht erregend knisternde Funken wie der Gott des Alten Testamentes, der mal als brennender Dornbusch und mal als Wirbelsturm auftrat. Darum versammelten sich die Leute auch in den Kirchen und beteten um Schutz vor der neuen Erfindung, die womöglich nicht von Gott kam, sondern vom Satan.«

»Wann fing man an, Elektrizität zur Kühlung einzusetzen?«

Mikko erklärte, zuerst habe man beim Kühlen mit Ammoniak experimentiert, aber das sei eine unsichere und gefährliche Angelegenheit gewesen. Ammoniak sei nämlich Bestandteil von Sprengstoffen, und vor dem Ersten Weltkrieg seien alle Ammoniakvorräte vom Markt verschwunden und für militärische Zwecke benutzt worden. Hotels, Molkereien, Schlachthöfen und entsprechenden Einrichtungen sei damit das Material genommen worden, das man zur Herstellung von Kälte gebraucht habe. Nach dem Krieg seien dann allmählich Kühlschränke für Privathaushalte auf den Markt gekommen, die einen elektrisch betriebenen Kompressor hatten. Allerdings wären die teurer gewesen als ein Auto.

»Wenn ich mich richtig erinnere, brachte General Electric irgendwann Ende der 20er Jahre einen Kühlschrank namens Top Monitor auf den amerikanischen Markt. Der Name kam von dem Kondensator, der auf dem Gerät montiert war und an den Kanonenturm des Kriegsschiffs USS Monitor erinnerte.«

Ich hatte keine Ahnung, wie der Kanonenturm eines Kriegsschiffs aussah, aber warum um Himmels willen endeten unsere Gespräche früher oder später immer bei Schiffen?

»Könnte man also sagen, dass der Transport von Eis mit Schiffen Ende des 19. Jahrhunderts eine dem Untergang geweihte Branche war?«

»Auf keinen Fall. Meiner Auffassung nach war der Transport von Eis um die Wende vom 19. zum 20. Jahrhundert am lebhaftesten. Sicher war es noch jahrzehntelang allgemein üblich, Natureis zu verwenden.

Im Internet habe ich die Information gefunden, dass die Wenham Lake Ice Company schon in den 1840er Jahren einen Kühlschrank für Privathaushalte auf den britischen Markt gebracht hatte. Er wurde mit Natureis aus Amerika gekühlt, den Eismänner zwei-, dreimal die Woche aus den Magazinen des Unternehmens brachten. Der Schrank selbst kostete acht Pfund und die benötigte Eismenge im Jahr zehn Pfund. Natürlich waren das zur damaligen Zeit ziemlich hohe Summen, aber doch nicht so übermäßig hohe, dass es sich der wachsende Mittelstand nicht hätte leisten können, einen eigenen Kühlschrank anzuschaffen und in Betrieb zu halten. Von da an war das Eis nicht mehr das Privileg der Reichen, und der Weltmarkt für nunmehr alltäglich gewordenes Natureis explodierte. Natürlich revolutionierte der Apparat die ganze Küchenkultur, weil man plötzlich Milchprodukte, Gemüse, frisches Fleisch und Fisch zu Hause aufbewahren konnte.«

Ich erzählte Mikko eine Erinnerung, die ich an den großen Kühlraum der Juhana-Herttua-Schule hatte. In den 60er Jahren zogen wir in dieser neben dem Gefängnis Kakola gelegenen Schule ein, weil mein Vater dort Hausmeister wurde. Unser voriges Zuhause, die Dienstwohnung im Jungenheim Lauste, war ein Holzhaus, das sich praktisch in ländlicher Umgebung befand, jedenfalls im Vergleich zu den Backsteinbunkern, die um einen betonierten Hof herum angeordnet waren. Mein Vater heuerte uns Kinder ziemlich bald an, das Mülleinsammeln rund um die Schule zu übernehmen. Als Lohn bekamen wir kein Geld, aber weil die Schüler damals mit Pfennigen spielten, fand man jedes Mal ein paar Münzen, für die man am Kiosk Gummibärchen bekam. Unschönere, regelmäßige Funde waren die zahlreichen toten Vögel, deren Lebensweg an den riesigen Fensterscheiben der dreistöckigen Schule geendet hatte.

Anfangs beerdigten wir die kleinen Toten mit den gebrochenen Hälsen nach Zeremonien der Pfingstbewegung auf einem kleinen Hügel in der Nachbarschaft des Seemannsinstituts. Weil sich dort jedoch bald Kreuze und Grabhügel ansammelten wie in René Cléments Film *Verbotene Spiele*, hielten uns die zwei Rektoren einen Vortrag darüber, was sich für ein Schulgelände gehört und was nicht. Mein Vater erklärte strikt, von nun an würden die Kadaver in die Mülltonne geworfen, aber wir fanden heraus, dass es einen eigenen Friedhof für Tiere gab, den man mit dem Bus erreichen konnte. Als wir dann eines Tages gegen Ende des Frühlings eine kleine tote Goldammer fanden, fingen wir an, deren letzte Reise zu planen. Das gelang nicht im Handumdrehen, und weil wir wussten, dass Tote im Kalten aufbewahrt wurden, kamen meine Schwester und ich auf die Idee, sie in den Kühlraum der Schulküche zu bringen, bis es so weit war. Man kann sich unschwer vorstellen, dass man uns nicht gerade lobend die Köpfe tätschelte, als die Hauswirtschafterin zwischen den Lebensmitteln eine Federkugel voller Würmer fand. Immerhin war sie so zartfühlend, dass sie uns die Leiche zurückgab, und da fiel uns der Eiskeller von Großvater Salkonen ein. Nachdem wir in die Schule gezogen waren, hatte sich der Weg zu seiner Wohnung um einen halben Kilometer verkürzt, aber wir besuchten ihn trotzdem nicht besonders oft, und bald starb er dann auch.

Jetzt war er jedoch zu Hause, schlug aber anstelle einer Aufbewahrung im Eis vor, die Goldammer im Blumenbeet vor seiner Tür zu begraben. Als Sarg gab er uns eine Pfeifentabaksdose, deren Inhalt er in ein gewöhnlicheres Behältnis füllte. Wir fanden den Sarg großartig. Seinen Deckel zierten ein Engel und die Aufschrift *Angel's Food*. Die Begräbniszeremonie war feierlich, auch ein Kirchenlied wurde gesungen. Es war das letzte Mal, dass wir Großvater sahen. Er starb wenige Wochen später, nachdem er auf dem Weg zur Sauna ausgerutscht war.

KINGSTOWN, GLASNEVIN, 3.1.1896

Gelangt Wasser aufs Oberdeck oder bildet sich Eis auf den über Wasser liegenden Teilen eines Schiffes, ändern sich dessen Gewicht und Schwerpunkt, was sich wiederum auf die Stabilität auswirkt. Läuft das Schiff auf Grund oder prallt es mit einem anderen Schiff zusammen, kann dies so starke Schäden verursachen, dass Wasser eindringt und sich bedeutende Veränderungen in der Stabilität vollziehen. Im schlimmsten Fall sinkt das Schiff.

Jerzy Matusiak, *Einführung in die Fahrzeugtechnik*

Daniel

Im Palmenhaus des Königlichen Botanischen Gartens in Glasnevin schlagen Daniel tropische feuchte Wärme und die schwere Treibhausluft aus den Düften von Erde und tausenden Blüten entgegen. Er hört Papageien schreien und gurren. Aufkommender Kopfschmerz sticht in den Schläfen, und am liebsten hätte er wieder kehrtgemacht.

Er ist in den Botanischen Garten abkommandiert worden, um einen Artikel über eine von Frau Talbot-Power organisierte Exkursion zu schreiben, was nichts anderes ist als eine Maßnahme des Chefredakteurs, seinem Untergebenen zu zeigen, wer das Sagen hat. Dem Chef waren Daniels Kommentare über die außerhalb des Protokolls gemachten Aussagen zu viel gewesen. Er hatte wissen wollen, wem Ford zu dienen glaube, wenn er zu verstehen gebe, Kommandant Nepean missachte im Kreuzverhör den Geist des Gesetzes und der Vorsitzende segne es ohne Einwände ab.

»Wenn der Zeuge kein Englisch kann, dann ist dafür ja wohl nicht unser Rechtssystem verantwortlich zu machen«, fuhr Scott ihn an.

»Obersteuermann Petersons Sprachkenntnisse sind durchaus brauchbar. Ich habe mehrmals mit ihm gesprochen und kann versichern …«

»Diese Zeitung braucht keine linguistischen Ansichten von Ihnen, sondern eine objektive Einstellung zu den Sachverhalten, über die Sie schreiben.«

»Ich versuche ja gerade, objektiv zu sein. Das ist meiner Ansicht nach der Auftrag der freien Presse.«

»Ich bestimme, was objektiv ist, worin der Auftrag der Presse besteht und was Freiheit ist. Die sinnlosen Spekulationen in Ihrem Artikel stehen weder für Objektivität noch für den Auftrag der Presse! Ich habe Besseres zu tun, als Annahmen und einseitige Meinungen aus Ihren Texten zu entfernen.«

Der Chefredakteur war auch enttäuscht davon, dass Daniel nicht fähig gewesen war, einen stimmungshebenden Blickwinkel auf die Tatsache zu entwickeln, dass die Leiche von William Donoghue, dem letzten noch verschollenen Opfer des Unglücks, endlich gefunden worden ist.

Daniel schwieg und versuchte erst gar nicht, dem Chefredakteur zu erklären, was bei der Identifikation von Donoghues Leiche tatsächlich passiert war.

Die Erschütterung von Frau Donoghue in der Leichenhalle von Monkstown war natürlich zu erwarten gewesen, und es war klar, dass von deren wirklicher Ausdrucksform kein Wort in die Zeitung kommen würde. Man konnte allerdings schwerlich von würdevoller Trauer sprechen, weil die Witwe die Karbolsäureflaschen vom Tisch riss und derart tobte, dass ihr der Arzt einen gefährlichen psychotischen Zustand bescheinigte.

»Das soll mein schöner William sein? Dieser entsetzliche, aufgedunsene, übel riechende Sack ist nicht mein Mann. Warum habt ihr mich hergebracht, und was habt ihr mit meinem Mann angestellt? Wo ist er? Ihr haltet ihn versteckt!«, schrie die Frau.

Die Situation eskalierte so weit, dass die Witwe eine Flasche mit Säure nach dem Hausmeister warf, der die Leiche enthüllt hatte. Dieser konnte ausweichen, und die Flasche mit dem ätzenden, giftigen Stoff zerschellte an der Wand. Schließlich gelang es drei Männern, die Frau in den Griff zu bekommen. Sie wurde in eine Zwangsjacke gesteckt und in die Nervenheilanstalt von Dublin gebracht.

Scotts Maß war voll, als Daniel noch den Wunsch vortrug, im

Fall des misshandelten Schiffsjungen der Palme weiter recherchieren zu dürfen, nachdem die offiziellen Ermittlungen ohne triftigen Grund abgebrochen worden waren.

»Jetzt stellen Sie meine Geduld wirklich auf die Probe, Herr Ford. Nach den Informationen, die ich erhalten habe, hat sich der Junge von der Heimsuchung, an der er möglicherweise eine Teilschuld hatte, vollkommen erholt. Er entkommt den Ermittlungen hauptsächlich deshalb, weil wir das Ansehen der Palme-Besatzung nicht beflecken wollen. Man kennt diese blinden Passagiere, die sind allesamt Abschaum. Und wenn Herr Findlater keine Anzeige wegen Vandalismus gegen sein Eigentum erstatten will, dann ist das seine Sache. Wir respektieren seine Entscheidung, weil wir wissen, dass er auch so alle Hände voll zu tun hat. Nicht zuletzt mit dem Spendenfonds und der Beobachtung der Unglücksuntersuchung. Alles hat miteinander zu tun, wie Sie als Journalist wissen müssten.«

»Gerade darum würde ich …«

»Entschuldigen Sie, aber ich finde, Ihre Einstellung liegt weit abseits der Linie unserer Zeitung, ich möchte fast sogar sagen, sehr weit abseits von dem, was gesund ist. Meiner Meinung nach beruhen Ihre Anspielungen auf Gerüchten und klingen geradezu paranoisch. Die Aufgabe der freien Presse besteht darin, inmitten der unhaltbaren Gerüchte, die im einfachen Volk verbreitet werden, die Wahrheit ans Licht zu bringen.«

Daraufhin übergab der verärgerte Scott die Berichterstattung über die Unfalluntersuchung einem anderen Redakteur. Fords Aufgabe bliebe es, den Besuch der Frauenschar im Botanischen Garten zwischen Orchideen und Papageien zu schildern.

Als Guide der Damen fungiert Phyllis Moore, die Gattin des Gartendirektors. Unter den Geladenen sind auch die Offiziere der Palme sowie die reizende Frau des Kapitäns. Leider ist Kapitän Siren nicht gekommen, weil seine Anwesenheit bei wichtigen Beratungen andernorts verlangt wird. Die Palme wird von Obersteuermann Peterson vertreten. Zur Freude der Damen nimmt auch der Schiffsjunge, der Schlimmes durchgemacht, es jedoch heroisch überstanden hat, am Ausflug teil. Er schiebt den vor Begeisterung juchzenden Nachwuchs des Kapitänspaars zu den Käfigen der Kakadus und Kanarienvögel, hindert das kleine Mädchen daran, den Vögeln den Finger vor die spitzen Schnäbel zu halten und beantwortet geduldig die Fragen nach seinem Befinden, die ihm von den Damen voller Mitgefühl gestellt werden.

Zu Beginn der Führung erzählt Frau Moore von den umfassenden Forschungen ihres Mannes Frederick Moore auf dem Sektor der für die Kartoffel bedrohlichen Pflanzenkrankheiten. Wie die Besucher sicherlich wüssten, hätten solche Krankheiten in den 1840er Jahren mehrere Kartoffelmissernten und somit eine große Hungersnot verursacht, wie sie sich nie mehr wiederholen dürfe. Auch die gründliche Kenntnis zahlloser einheimischer Pflanzen gehöre zu den Forschungsschwerpunkten in der Direktions-Ära ihres Mannes.

Höhepunkt der Führung ist der riesige Orchideensaal, den Frau Moore stolz als gelungene Schöpfung der langen gemeinsamen Bemühungen ihres Mannes mit David Moore, ihrem Schwiegervater und ehemaligen Direktor präsentiert. Soweit man wisse, gebe es auf der ganzen Welt nichts Vergleichbares. Unter dem hohen Gewölbe aus Eisenstreben und Glas herrsche gerade zu dieser Zeit im Jahr eine Blütenpracht, wie man sie früher in diesen Breiten nicht für möglich gehalten habe.

Die helle Wintersonne scheint durch das Glasdach, und es wird in der feuchten Luft fast unerträglich heiß. Die Damen wedeln mit ihren Fächern und stoßen vor den gewaltigen Blumenkübeln und von Backsteinmäuerchen eingefassten Beeten Rufe der Bewunderung aus.

An der Nordwand des Saales steht vor einer in die Waagrechte gebrachten Staffelei eine aufrechte Frau mit grauen Haaren, die einen Blumentopf voller weißer, durchscheinender Orchideenblüten vor sich hat. Neben den Blumen liegen längliche, gebogene schwarze Gebilde, von denen Daniel vermutet, es könnten getrocknete Samenhülsen sein.

Die Gastgeberin stellt die Frau als Fräulein Lydia Shackleton vor. Sie ist vom Direktor damit beauftragt worden, jede einzelne Orchidee des Botanischen Gartens auf Papier zu verewigen. Im Laufe dieser Jahre sind bereits Hunderte Arbeiten entstanden, aber fast tausend Arten sind noch nicht dokumentiert. Jede Besucherin begreift die Dimensionen dieses Vorhabens.

Daniel schätzt die Künstlerin auf über siebzig. Man kann ihr nur ein langes, mit Gesundheit gesegnetes Leben wünschen, damit sie es schafft, ihre Aufgabe zu erfüllen. Fräulein Shackleton konzentriert sich so stark auf ihr Aquarell, dass sie das Publikum, das sich um sie geschart hat, nicht einmal bemerkt. Sie legt den Pinsel hin und pustet mit geblähten Backen Fixativ auf ihr Bild. Die Damen klatschen in die Hände, und Fräulein Shackleton reibt sich die Augen wie ein gerade aufgewachtes Kind und schaut verdutzt auf das applaudierende Publikum.

Die Gastgeberin erzählt, die Arbeitsweise der Künstlerin beweise Beharrlichkeit und Kunstfertigkeit, was laut Frau Moore beispielhaft das berühmte Motto der Familie Shackleton repräsentiere: »Die einzige Regel ist die Arbeit.«

Frau Moore beeilt sich, die Führung fortzusetzen, damit die Künstlerin ihre große Genauigkeit erfordernde Tätigkeit wieder aufnehmen kann. Nur Obersteuermann Peterson und Matias mit dem Kinderwagen bleiben, um der alten Frau vom Schatten des Springbrunnens aus bei der Arbeit zuzuschauen. Daniel nimmt das Zigarettenetui zur Hand, obwohl er weiß, dass seine Kopfschmerzen vom Rauchen wahrscheinlich nur schlimmer werden. Das kleine Mädchen im Kinderwagen erklärt lebhaft etwas in ihrer Sprache, und der Junge scheint ihr so gut es geht zu antworten. Da dreht sich die Künstlerin um. Der Junge scheint zu erschrecken. Vielleicht befürchtet er, sie gestört zu haben. Die Künstlerin lächelt jedoch breit und bedeutet ihnen, näher zu kommen.

»Spricht deine kleine Schwester Schwedisch?«, fragt sie auf Englisch.

Der Junge bestreitet das Verwandtschaftsverhältnis nicht, sondern erzählt, sie sprächen Schwedisch und Finnisch durcheinander, je nachdem in welcher Stimmung Ester sei. Das Fräulein hebt die Augenbrauen, und der Obersteuermann beeilt sich, dem Jungen zu Hilfe zu kommen und zu erklären, in Finnland würden beide Sprachen gesprochen. Er sagt, sie kämen von dem Schiff Palme, das Schiffbruch erlitten habe.

»Meiner Beobachtung nach spricht der Kapitän mit dem Kind Schwedisch und Frau Siren Finnisch«, sagt Peterson.

»Na, so was. Ihr seid aber tüchtige Kinder. Ich habe schon gehofft, dass ihr aus dem Land des Carl von Linné kommt.«

»Genau genommen war Finnland zu Linnés Zeiten ein Teil Schwedens«, sagt Peterson lachend. »Insofern können wir ihn als unseren Landsmann durchgehen lassen.«

Daniel fällt auf, dass sich Peterson als Kapitän vorstellt. Er wundert sich auch über den geradezu heiteren Ton, in dem der Mann mit einer ihm vollkommen unbekannten Frau plaudert.

»Ich gehöre der Linnaeus-Gesellschaft an, bei der hin und wieder Referenten aus Schweden zu Gast sind«, sagt Fräulein Shackleton. »Wir bitten sie stets, uns etwas aus den Schriften des Professors in seiner eigenen Sprache vorzulesen, auch wenn wir kein Wort verstehen. Sie halten uns sicherlich für albern, wie? Das sind wir auch. Aus Finnland also … Dann müssen Sie auch Russisch können, oder?«

»Ich spreche es nur ein bisschen, zu meinem Bedauern«, sagt Peterson.

»Ist das bedauerlich?«

Der Obersteuermann breitet die Arme aus, noch immer mit einem Lächeln auf den Lippen:

»Ich bin ...« Er wirft einen Blick auf den Jungen. »Wir sind sehr beeindruckt von Ihrer Arbeit. Wie kunstvoll Sie die Blattadern gestaltet haben. Das Ergebnis ist ... wie soll ich das sagen ... mein Englisch ist nicht sonderlich gut ... skulptural? Wäre das ein passendes Wort?«

»Ein hervorragendes Wort. Danke dafür. Das hat mir den Tag gerettet. Ich habe schon geglaubt, heute nicht gut in Form zu sein. Ich sehe nicht mehr so gut wie früher.«

Sie deutet auf die in voller Blüte stehende Pflanze auf dem Tisch.

»Wissen Sie, was an dieser hinreißenden Orchidee besonders kostbar ist?«

Der Mann und der Junge tauschen einen Blick und schütteln den Kopf. Die Frau zieht ein kleines Klappmesser aus der Kitteltasche, wischt Körnchen von Zeichenkohle ab und schneidet dann mit leicht zitternden Händen eine der langen, schwarzen Schoten auf.

»Das verlangt Präzision ... Meine Sehkraft nimmt in einem Maße ab, dass ich am besten Tag und Nacht arbeite, damit ich alle Pflanzen zu Papier gebracht habe, bevor ich blind bin ...«

Sie hält dem Jungen die offene Hülse hin: »Riech mal! Und lass auch deine Schwester vorsichtig daran riechen! Duftet das nicht herrlich?«

Der Junge nickt, und auch der Obersteuermann bückt sich, um zu schnuppern.

»Vanille. Der Schatz der Dschungelindianer«, sagt das alte Fräulein und fängt an zu erzählen, wie die geschickten und furchtlosen Ureinwohner Mexikos dieses kostbare Gewürz sammeln.

Sie erwähnt, sich eine Zeitlang in Mexiko aufgehalten zu haben, um die dortigen Pflanzen kennenzulernen. Daniel fällt es etwas schwer, sich die zerbrechliche Frau mit einem Tropenhelm und gerafftem Rock durch den feuchten Dschungel wandernd vorzustellen, aber der Junge hängt ihr an den Lippen und scheint begeistert zu sein.

»Diese Orchidee hat einen großartigen wissenschaftlichen Namen, aber ich habe sie Blizzard getauft, wegen der schönen weißen Blüten. Gleichen sie nicht auch Ihrer Meinung nach einem kleinen Schneestürmchen?«

Der Mann und der Junge nicken. Daniel findet, dass sich der Gesichtsausdruck des Jungen bereits der Verzückung nähert. Vermutlich haben noch nicht viele Menschen so zu ihm gesprochen wie dieses weißhaarige Fräulein.

»Und willst du später auch Kapitän werden?«, fragt sie den Jungen.

Vor Verblüffung weiß er nicht zu antworten.

»Ich stelle aber auch dumme Fragen, wenn man bedenkt, wie unschön eure Reise unterbrochen wurde …«

Das kleine Mädchen fängt an zu quengeln, vielleicht wegen der Hitze oder weil der Junge es nicht frei herumlaufen lässt. Dieses Weinen des Kindes ist zu viel für Daniel, der von Kopfschmerzen geplagt im Schatten einer Palme steht und sich ohnehin schon wie ein lächerlicher Lauscher vorkommt. Am besten, er holt sich am Eingang eine Broschüre und macht daraus eine Zusammenfassung.

In der Eingangshalle kommt ihm ein Mann mit einer Kamera entgegen, gefolgt von einem Gehilfen, der das Stativ trägt. Der Fotograf erklärt ihm in miserablem Englisch mit französischem Akzent, er habe den Auftrag, von der Familie des Kapitäns der Palme ein Porträt vor exotischen Pflanzen zu machen. Daniel versucht ihm zu erklären, dass nicht alle Familienmitglieder anwesend sind, aber der Fotograf versteht nicht, was er meint. Also begnügt sich Daniel damit, den Fotografen zum Orchideensaal zu führen. Frau Siren ist, alarmiert vom Weinen des Kindes, dorthin zurückgekehrt und hat das Mädchen auf den Arm genommen. Peterson steht verlegen im Schatten des Springbrunnens im Hintergrund.

»*Vous êtes monsieur le capitaine?*«, fragt der Fotograf den Obersteuermann. Dieser begreift erkennbar nicht, worum es geht, stellt sich jedoch als Kapitän Peterson vor, worauf der Fotograf seiner Kompositionsidee entsprechend die verdutzte Schar vor den Blumenarrangements platziert.

»*Bien … papa ici … madame, la belle maman, venez ici avec la bébé … le petit monsieur à droite … c'est bon …*«

Die Frau und Peterson wechseln in ihrer Sprache ein paar Worte und versuchen dann dem eifrigen Fotografen zu erklären, dass ein Irrtum vorliegt.

»Gar kein Irrtum …«, versichert dieser und legt Petersons Hand auf die Schulter des Jungen. »*Et le petit monsieur, comme ça* … Nicht bewegen, *attendez … attendez … Voilà*!

Dann eilt er hinter seine Kamera und kommandiert streng: »*Silence s'il vous plaît … à la place! Et maintenant …*«

Der Magnesiumblitz flammt auf, und eine herbe Rauchwolke schwebt zur Deckenkuppel. Daniel begreift, dass vor seinen Augen etwas enthüllt wird, dessen sich die Fotografierten vielleicht selbst nicht bewusst sind.

Für wenige flüchtige Augenblicke sieht er den Mann und die Frau dort, den Jungen und auch das kleine Mädchen auf dem Arm seiner Mutter genau die Familie bilden, von der sie insgeheim geträumt haben. Darum wehren sie sich nicht gegen den entschlossenen Fotografen.

Als alles vorbei und der Franzose mit seinem Apparat verschwunden ist, bricht Frau Siren in ein Lachen aus, das gar nicht mehr aufhören will. Auch der Mann lächelt und geht etwas unbeholfen dazu über, ein Rad des Kinderwagens in Augenschein zu nehmen, das offenbar in einer Fuge des Ziegelsteinbodens feststeckt.

Der Junge bückt sich neben ihm und zieht einen Zettel aus der Tasche. Peterson nimmt ihn und steckt ihn ein, aber dann kommt es zu einer Wendung, die Daniel seltsam vorkommt. Der Junge fängt an, dem Mann halblaut etwas zu erklären, wobei er sich unablässig nach allen Seiten umblickt. Der Mann steht auf und schaut den Jungen mit gerunzelter Stirn an. Er legt ihm eine Hand auf die Schulter und stellt ihm eine Frage, und der Junge begleitet seine Antwort mit vogelhaftem Kopfnicken.

Auch Frau Siren ist auf das Gespräch zwischen dem Obersteuermann und dem Schiffsjungen aufmerksam geworden. Peterson wendet sich ihr zu, und sie wechseln einige Sätze. Dann verstummt die Kapitänsgattin, sieht den Jungen geradezu entsetzt an und sagt:

»Großer Gott …«

Elin

Nachdem Erik Siren lange genug seine Wut über die Zeugenaussage von Peterson und seinem eigenen Sohn herausgelassen hatte – auch gegenüber seiner Schwiegertochter, die er für die Hauptschuldige an dem »unzurechnungsfähigen Geschwätz des hirnlosen Trottels« hielt –, vollzog sich in ihm eine unheilvolle Veränderung. Er schloss sich in vollkommener Stummheit ein und fing an, mit qualmender Feder zu schreiben. Elin vermutete zu recht, dass der Alte Briefe an die Prominenz der Stadt verfasste, die sie zu übersetzen haben würde.

Weil der Schwiegervater für seine Logis selbst aufkommen musste, hatte er ein billiges Zimmer über einer Hafenkneipe gemietet, aber das Hotelzimmer seines Sohnes und seiner Schwiegertochter zu seinem Büro gemacht. Für Elin kam Frau Talbot-Powers Einladung, mit dem Frauenclub den Botanischen Garten kennenzulernen, als Erleichterung. Sie fand es quälend, sich mit dem zwanghaft Text ausstoßenden Alten in einem Raum aufzuhalten. Zumal dieser keinerlei Störung ertrug, schon gar keine, die von einem Kind verursacht wurde.

Als Elin nach der Exkursion ins Hotelzimmer zurückkommt, findet sie dort zwei tief schlafende Männer vor. Ihr Schwiegervater liegt gedämpft schnaufend auf dem Diwan im Alkoven. Auf der Kommode steht eine fast leere Flasche Aquavit.

Elin zieht die Samtvorhänge zu. Zum Glück ist auch das Kind im Wagen eingeschlafen. Elin zieht Mantel und Schuhe aus und setzt sich neben ihren Mann aufs Bett. Dieser schläft mit angezogenen Knien, im Arm die Bettdecke als eine Art dürftiger Ersatz für seine Frau, und sieht wie ein rührender kleiner Junge aus. Elin streicht ihm übers Haar. Oskar verdient jetzt ihre ganze Fürsorge und Zuneigung, da er sich im Würgegriff seines rabiaten Vaters befindet. Es kommt ihr geradezu wie ein Wunder vor, dass ihr Mann als Zeuge nicht die von seinem Vater vorgegebene Version aufgesagt hat, der zufolge er das gekenterte Rettungsboot in horizontaler Position treiben gesehen habe. Andererseits hat er auch nicht das Gegenteil behauptet, wie sie es sich gewünscht hätte. Hat er sich nicht entscheiden können, wem er gefallen will? Oder kann es sein, dass er einfach ehrlich sein wollte? Falls ja, offenbart ihr Mann damit ein ganz neues Maß an Mut und Rückgrat, das man nur bewundern kann.

Mit Sicherheit hat ihr Schwiegervater seinem Sohn die Hölle heißgemacht, nachdem sie allein waren. Es war Erik Sirens unerschütterliche Ansicht, dass die Zeugenaussage des Kapitäns der Palme in jeder Beziehung die Ansicht derjenigen zu stützen hatte, die über die Geldtruhe wachten. Der Fehler konnte nur bei der Besatzung des Rettungsboots gelegen haben. Die Kerle hatten gepfuscht, und fertig aus.

Sein Sohn hätte, verdammt noch mal, nichts weiter sagen müssen, als dass die Nussschale in der Position trieb, in der sie die Herrschaften treiben sehen wollten, dann würden sie sich jetzt guter Dinge von der Entschädigung ein neues Schiff kaufen. Aber nein. Der Junge hängt als erwachsener Mann am Rockschoß seiner Frau, und das haben wir nun davon. Aber noch ist es nicht zu spät. Oskar bekommt eine letzte Chance zu zeigen, wessen Blut in seinen Adern fließt. Ein Mann erhebt sich von seinen Rückschlägen und kämpft gegen die zweite, wenn nötig auch gegen die dritte Welle an. Es gilt jetzt, schnell zu korrigieren, was zu korrigieren ist, und der Herr Stümper kann endlich mal etwas richtig machen, oder er findet sich bald ohne Schiff und Erbe als Ladenschwengel oder Büroschimmel in irgendeiner verdammten Zollkammer wieder.

»Wach auf, Oskar«, flüstert Elin. »Nun wach schon auf, Liebling. Ich muss dir etwas Wichtiges sagen.«

Sein Atem riecht nach Alkohol, aber als er die Augen öffnet, sind sie klar.

Elin lächelt und drückt ihm einen leichten Kuss auf die Wange.

»Hattest du einen harten Tag?«

»Dreimal darfst du raten!«, antwortet Oskar.

»Du Armer.«

»Ist der Alte weg?«

Elin schüttelt den Kopf und deutet auf den Alkoven.

»Nein, aber er ist aus dem Spiel. Hör zu, ich habe eine neue, interessante Information«, sagt sie mit gesenkter Stimme.

Oskar stützt sich auf den Arm.

»Matias behauptet, er habe so ein Lüftungsventil bei seinen Peinigern gesehen.«

Oskar gähnt und streckt sich.

»Weiß man jetzt, wer sie waren?«

»Nicht die Namen. Eine Schar Jungen jedenfalls.«

»Wo hast du das gehört?«

»Der Junge hat es Peterson erzählt und Peterson mir.«

»Seit wann habt ihr ein so vertrauliches Verhältnis?«

»Oskar …«

»Ich wundere mich nur. Das wird man ja wohl noch fragen dürfen. Wenn die eigene Frau tagelang mit dem ehemaligen Ersatzkapitän durch die Gegend zieht, während ihr Ehemann in der Hölle schmort!«

»Hör zu, Peterson hat bei dem Ausflug die Besatzung der Palme vertreten. Auf Befehl deines Vaters.«

»Wie war es dort?«

»Es ist ein unglaublicher Ort. Voll von den erstaunlichsten Pflanzen … Und Papageien gibt es. In Käfigen, aber es fliegen auch welche frei herum. Ester war natürlich begeistert.«

Elin überlegt, ob sie Oskar von dem französischen Fotografen und dem verrückten Missverständnis erzählen soll. Bestimmt würde ihr Mann den Vorfall ebenso witzig finden wie sie.

»Und der Sahlman hat was von Ventilen erzählt?«, fragt Oskar, setzt sich auf den Bettrand und gießt sich Wasser aus der Karaffe ein. »Woher weiß der Held überhaupt von so etwas?«

»Peterson hat einmal ein Bild davon gezeichnet, weil ich mich dafür interessierte. Das heißt, ich wollte wissen, warum um die verschwundenen Ventile bei der Untersuchung so ein Aufhebens gemacht wird.«

»Ach, unser künstlerisch begabter Hilfskapitän hat der jungen Dame sogar ein Bild gemalt? Wann hat er das denn geschafft?«

»Hör auf … Bleiben wir bei der Sache. Peterson kam, um nach Matias zu schauen, weil der Junge noch in ziemlich schlechtem Zustand war und ich den armen Kerl füttern musste … Der Koch hatte ihm eine Fleischbrühe gekocht. Das, was dem Jungen zugestoßen ist, hat die junge Dame gewaltig aufgeregt, sie hat versprochen, die Übeltäter eigenhändig zu versohlen, wenn sie erwischt werden …«

Oskar sieht seine Frau mit spöttischem Lächeln an, und Elin macht den Mund zu. Der wütende Wortschwall klingt in den Ohren ihres Mannes wahrscheinlich nach einem Versuch, etwas zu überdecken. Was es ja auch ist.

»Und da hat Sahlman die Einzelheiten der Ventile kennengelernt?«, fragt Oskar. »Obwohl er in so schlechter Verfassung war, dass er nicht mal den Löffel zum Mund führen konnte.«

»Ja. Das heißt, die Zeichnung von Peterson blieb im Zimmer zurück, als ich … als wir dich und den Alten suchen gingen. Das musst du doch noch wissen, dein Vater war gerade angekommen ...«

»Bist du schon mal auf den Gedanken gekommen, dass zwischen diesen Dingen ein Zusammenhang bestehen könnte?«

»Inwiefern?«

»Sahlman hört, wie du dich mit Peterson darüber unterhältst, wie wichtig die gezeichneten Ventile sind, und auf einmal hat er sie angeblich irgendwo gesehen. Hast du nicht mal den Bruchteil einer Sekunde an die Möglichkeit gedacht, dass der kleine Intrigant alles tun könnte, um sich wichtig zu machen und eure Gunst zu gewinnen? Ich kenne diese Kerle, die man als Bälger schon krumm geschlagen hat. Du darfst bei so einem nicht so blauäugig sein.«

»Gewiss nicht, aber im Botanischen Garten war auch der Journalist dabei, der über uns geschrieben hat. Und der Matias auf der Polizeistation fand. Dieser Ford. Er sagte, die Ermittlungen in Matias' Fall seien eingestellt worden. Er findet das sonderbar.«

»Ich nicht. Wenn man anfängt, jeden einzelnen Fall zu untersuchen, in dem irgendein Bengel eins auf die Schnauze kriegt, kommt die Polizei zu nichts anderem mehr.«

»Der Journalist hat auch gesagt, das Wrack des Rettungsbootes sei in der Nacht, als es ans Ufer getrieben wurde, überhaupt nicht bewacht worden. Geradeso, als wollte man es den Dieben auf dem Silbertablett servieren.«

»Komischer Schleicher, dieser Redakteur. Steckt seine Nase überall hinein.«

In dem Moment wird der Vorhang des Alkoven aufgezogen, und der alte Siren kommt leicht schwankend zum Vorschein.

»Was wird hier pausenlos geschwätzt? Kann man einen Mann nach einem harten Arbeitstag nicht wenigstens mal ein Nickerchen machen lassen?«

»Nichts«, antwortet Elin und fragt sich, wie viel ihr Schwiegervater wohl mitbekommen hat. »Ich habe Oskar nur vom Botanischen Garten erzählt.«

Der Schwiegervater winkt ab.

»Weiberkram. Solche Einrichtungen kosten nur und bringen nichts. Ich sage nur ein Wort, Mädchen: Profit.« Der Alte beugt sich zum Bauch seiner Schwiegertochter hinab.

»Profit«, brüllt er. »Und das sage ich so deutlich, dass es auch der Junge hört. Profit ist das Einzige, auf das sich ein Mann in diesem Leben konzentrieren soll. Profit! Hast du gehört, kleiner Erik? Hä?«

Elin reagiert gar nicht erst darauf. Sie weiß, dass sie sich im Kriegszustand mit ihrem Schwiegervater befindet, aber das hindert diesen nicht daran, immer wieder das Gespräch mit dem mutmaßlichen Nachfolger in der Dynastie zu suchen. Weiterhin tippt er mit den Fingern auf Elins Bauch.

»Wenn der Junge sechs wird, darf er mit seinem Opa zu seinem ersten langen Törn hinausfahren und das Segeln lernen. Das ist das wahre Männerleben.«

Das werden wir ja sehen!

»Schenk einem alten Mann Wasser ein, Mädchen! Die war aber auch salzig, die Forelle. Aber gut, was, Oskar? Vielleicht probieren wir zusammen noch ein bisschen mehr davon?«

Oskar zuckt matt mit den Schultern, ohne zu verstehen, wo die überraschende gute Laune seines Vaters auf einmal herkommt.

»Du darfst mich den Herren unten vorstellen. Glaubst du, dieser nichtsnutzige Pfaffe ist noch da?«

»Ich weiß es nicht.«

Nachdem er zwei Gläser Wasser getrunken hat, zieht der Alte einen Kamm aus der Tasche, bläst einen Moment darauf und tritt dann vor den Spiegel, um seine nach dem Schläfchen abstehenden Haare in Fasson zu bringen.

»Finden wir es heraus. Ich will wissen, was heute vor Gericht passiert ist. Jacke an!«, kommandiert Erik seinen Sohn und wendet sich dann an seine Schwiegertochter: »Falls der Pfarrer verschwunden ist, musst du zum Dolmetschen runterkommen. Hol schon mal für alle Fälle das Kindermädchen!«

Elin ist erleichtert, als sich die Zimmertür hinter den beiden Männern schließt. Sie wirft einen Blick auf den Stoß mit den dicht beschriebenen Blättern voller Randbemerkungen auf dem Tisch im Alkoven, der zweifellos schwer übertriebene Schilderungen des Untergangs enthält, die dem Eigner der Palme und der Familie ihres Kapitäns bevorstehen: Armenhaus, die Kinder am Bettelstab, das Erlöschen eines edlen Geschlechts durch den unausweichlichen Hungertod. Seltsam nur, dass sie nicht sofort dazu abkommandiert worden ist, die Niederschrift zu übersetzen. Der Alte muss über einen neuen Trumpf verfügen. An Elin nagt der unangenehme Gedanke, dass diese Trumpfkarte das Bild von Matias Sahlman zeigt und dass sie es war, die sie ihrem Schwiegervater unvorsichtigerweise zugespielt hat.

Daniel

Gerald Cadogan gibt sich überrascht, als er seinen Großcousin den Salon des Segelclubs betreten sieht. Daniel ist sich jedoch sicher, dass der junge Mann eigens auf sein Erscheinen gewartet hat. Zunächst vermutet er, Beatrice habe den Jungen geschickt, um herauszufinden, wie es um das schwarze Schaf der Familie steht, eventuell nachdem sie mit dessen Vater wegen der überraschenden Begegnung neulich einen Briefwechsel geführt hat. Der Auffassung seines Vaters nach hat Beatrice Cadogan schon immer gern die Angelegenheiten anderer Leute nach ihrem Gusto geregelt, aber zweifellos stets in guter Absicht. Jedenfalls im Hinblick auf das, was Beatrice selbst für ein gutes Leben erachtet. Es ist die unumstößliche Meinung der Tante, dass alle Menschen innerhalb der Gesellschaft einen bestimmten Platz haben, der dadurch bestimmt wird, in welche Familie sie hineingeboren worden sind. Tante Bea dürfte kaum Seelenfrieden gefunden haben, nachdem sie gesehen hat, welchen Lebenswandel ihr junger Verwandter derzeit führt.

Die von Gerald vorgebrachte Version über seine Anwesenheit im George lautet, er habe den Tag damit verbracht, die Untersuchung des Unglücks im Royal Marine Hotel zu verfolgen und brauche nun etwas Entspannung ohne Trubel um ihn herum.

Daniel funkelt den aufrechten jungen Mann, der ihm gegenübersitzt, streitlustig an, den Leutnant der Königlichen Leibgarde und seit dem Sommer Adjutant seines Vaters, des neuen irischen Vizekönigs, und wartet ab, wann der Junge anfangen wird, mit dem Mund seiner Mutter zu sprechen. Es war ein harter Tag gewesen, auf eine Art, die Daniel Ford beinahe zu viel ist. Als letzter Tropfen, der das Fass zum Überlaufen brachte, kam die Mitteilung, dass man William Donoghues vier Kinder ins Waisenhaus gebracht habe, damit sie dort die allerdings unwahrscheinliche Genesung ihrer Mutter von dem in der Leichenhalle erlittenen Nervenzusammenbruch abwarteten.

»Hast du dich auf der Insel schon eingelebt?«, fragt Daniel ohne größeres Interesse, aber der Großcousin antwortet wohlerzogen, ja, das habe er, danke der Nachfrage, sehr gut sogar.

»Und du?«

»Glänzend. Es könnte nicht besser sein.«

»Nicht die geringste Sehnsucht nach der Heimat?«

»Wenn du damit die Mutterinsel meinst, dann nein. Was diese Insel hier betrifft, so ist sie für mich ja eigentlich die Mutterinsel.«

»Ich weiß, dass deine Mutter aus Belfast stammt, aber war es nicht so, dass eure Familie nie in Irland gelebt hat?«

»Das hat meine Mutter auch umgebracht. Die Sehnsucht nach Irland. Und natürlich die Hungersnot.«

Gerald lächelt verlegen und schwenkt sein Kognakglas.

»Na, aber das war doch sicher nicht …«

»Die Hungersnot, die fast die Hälfte ihres Volkes umgebracht oder über den großen Teich getrieben hat. Während ihr Mann mit anderen Politikern der Whig-Party im Oberhaus saß und Entscheidungen traf, die das ganze Unglück verursachten.«

»Ist das nicht etwas zu schroff ausgedrückt?«

»Es ist die Wahrheit.«

»Ich verstehe durchaus, dass es eine sehr traurige Erfahrung ist, als Kind seine Mutter zu verlieren. Vom Tod eines Angehörigen erholt man sich nie. Das weiß ich von meiner Mutter. Als mein Vater diesen Posten bekam, graute ihr bei der Vorstellung, nicht mehr das Grab ihres ältesten Sohnes besuchen zu können, wann immer sie will … Und Alberts Tod liegt immerhin schon Jahre zurück … Ich war damals neun, glaube ich … Du bist meinem Bruder auch begegnet, in dem Sommer bevor …«

Daniel erinnert sich schwach an die kleinen Lümmel, die auf die Anweisungen von Tante Bea pfiffen und über seine Ungeschicklichkeit im Umgang mit Pferden um die Wette lachten. Als er starr vor Entsetzen ein seiner Meinung nach riesiges Ross erklomm und nach den ersten Schritten mit der Schnauze im Gras landete, wollte der Spott der Jungen kein Ende nehmen. Der elfjährige Erstgeborene, der seinen Namen nach seinem Patenonkel Albert, dem Prinzen von Wales, bekommen hatte, sprang lachend auf das Pferd, um seinem ungeschickten Cousin zu zeigen, wie man reitet, und Daniel empfand heiße Wut auf den Jungen, aber im Nachhinein hätte er deswegen nicht sterben müssen. Daniel beschließt, bei seinem Großcousin eine versöhnliche Linie einzuschlagen. Vermutlich hat das Leben in sechsundzwanzig Jahren der jugendlichen Allmacht den einen oder anderen kleinen Schaden zugefügt. Trotzdem schießt ihm der von zwei schnell heruntergekippten Gläsern verstärkte selbstmitleidige Gedanke in den Kopf, dass Gerald Oakley Cadogan noch immer sieben Geschwister und Tante Bea acht lebende Kinder hat, wohingegen Daniel George Whiteford, neuerdings auch nur unter dem Namen Ford bekannt, keine Schwester und keinen Bruder mehr hat, geschweige denn eine Mutter.

»Als Adjutant vergehen die Tage gewiss im Nu, oder?«

Daniel hofft, nicht maliziös zu klingen, sondern nur interessiert. Es wäre ihm jedoch recht, wenn ihm der junge Karrierist Einzelheiten ersparen würde.

»Du kannst es dir gar nicht vorstellen … Gerade in diesem Moment beschäftigt mich hauptsächlich die Regatta im kommenden Sommer. Wie du natürlich weißt, werden drei hochrangige Vertreter von Königshäusern hier anlegen, der Prinz von Wales und zwei seiner Verwandten, beide Kaiser«, sagt Gerald. »Dementsprechend sind die Vorkehrungen. Und natürlich streng geheim, in diesem Stadium also kein Wort an die Presse.«

Daniel legt den Zeigefinger auf die Lippen. Irrt er sich, oder ärgert sich sein Cousin über diese Geste?

Gerald erklärt Daniel, wie unglaublich vielfältig die Aufgaben des Adjutanten des irischen Vizekönigs seien, unter anderem hinsichtlich der königlichen Besucher. Deren Wort sei buchstäblich Gesetz und werde in keiner Weise in Frage gestellt.

»Mit Sicherheit nicht.«

»Zunächst muss man konstatieren, dass das Unglück des Rettungsboots zu einer wirklich ungünstigen Zeit geschehen ist. Also wenn man an die Regatta im kommenden Sommer denkt.«

Daniel würde am liebsten sagen, es sei in der Tat bedauerlich, dass die Männer ihr Ertrinken nicht auf die Nachsaison verlegt hatten, aber noch ist er nicht betrunken genug für solch makabren Sarkasmus.

»Und jetzt hat die Untersuchung des Unglücks sehr bedauerliche Züge angenommen, die, offen gesagt, verdammt unschöne Vorstellungen vom Niveau der Boote entstehen lässt, die Watson konstruiert – ein Mann immerhin, der die Britannia des Prinzen von Wales konstruiert hat, wie auch das Segelschiff seines Neffen Kaiser Wilhelm … Dieser Barton lässt Tag für Tag Personen als Zeugen aufmarschieren, die sich in keiner Weise dafür verantwortlich zu fühlen scheinen, welchen Schaden ihre Aussagen dieser Stadt und ihren Einwohnern zufügen können.«

»Ach ja? Ich war heute nicht dort. Wie du natürlich bemerkt hast.«

»Diese so genannten Zeugen glauben offenbar, den Familien der hiesigen Fischer und Skipper zu helfen, wenn sie auf Defekte am Rettungsboot anspielen und beteuern, am Vorgehen der Männer könne nichts auszusetzen gewesen sein. Aber in Wahrheit gefährden sie die Zukunft der ganzen Stadt. Sollte als Ergebnis der Untersuchung festgestellt werden, dass das von Watson konstruierte Boot untauglich war, muss die ganze Regatta abgesagt werden, das ist klar. Kein Mitglied des Königshauses kann im Sommer hier erscheinen und mit einem von ebendiesem Watson konstruierten Boot an einem Rennen teilnehmen. Man würde den Namen mit einem Sarg in Verbindung bringen, der eine Gruppe hiesiger Männer mitgenommen hat. Das verstehst du doch?«

»Ich denke schon.«

»Die Einwohner dieser Stadt werden von der Regatta nächsten Sommer auf großartige Weise profitieren. Und ich spreche jetzt nicht nur von Hotel- und Restaurantbesitzern und sonstigen Anbietern von Diensten. Ich meine auch das arme Volk, unter anderem Fischer und Schiffer. Die werden gut dafür entlohnt werden, dass sie in den Besatzungen der Segelschiffe tätig sind.«

»Vor allem, da fünfzehn Männer, die sich auf diesem Gebiet Verdienste erworben haben, nun auf verdammt bedauerliche Weise aus dem Spiel sind«, wirft Daniel ein. Er schafft es nicht mehr, bei seinem Entschluss zu bleiben, aber Gerald scheint den Stil nicht zu erkennen.

»Genau. Das kommt noch hinzu.«

»Entschuldige, aber habe ich es richtig verstanden: man sollte jetzt so vorgehen, dass die ertrunkenen Rettungsmänner in der Untersuchung als Schuldige am Unglück dastehen? Weil dadurch kein Schatten auf die Regatta im August fiele?«

»Gewissermaßen … Ich meine nur, dass zumindest kein Grund besteht, bei dem ganzen Trubel um das Unglück zusätzliche Unruhe zu wecken.«

Trubel, denkt Daniel, das ist ja ein interessantes Wort für den Tod von fünfzehn altruistischen Männern, aber in Ermangelung eines besseren soll es mir recht sein.

»Hat denn außer Barton noch ein verantwortungsloser Hitzkopf eine solche Stimmung hervorgerufen?«

Gerald ordnet verlegen das auf dem Tisch liegende Raucherzubehör.

»Offen gesagt, Daniel … du weißt ja, dass wir unsere Informationsquelle haben, und die Art, wie du mit dieser Angelegenheit umgehst …«

Daniel ist sich bereits sicher, dass Cadogans Kanzlei Kontakt zu Scott aufgenommen hat, sagt aber mit unschuldigen Augen:

»Der Chefredakteur liest jeden einzelnen meiner Artikel, bevor sie in Druck gehen.«

»Gewiss, keine Frage. Aber wir wissen zufällig, dass du bei Bayleys Brief mit den Särgen die Finger im Spiel hattest.«

»Glaubst du das?«

»So wurde es uns gesagt.«

»Man sollte vielleicht nicht alles glauben, was man hört, lieber Cousin.«

»Nun, auch mein Vater hat gesagt, dass es aus der Luft gegriffener Unfug ist. Es kommt nur daher, dass dein Name mit einer gewissen revolutionären Frau in Verbindung gebracht wird. Die wieder in Bayleys Gesellschaft gesehen worden ist und selbst über das Thema geschrieben hat …«

Daniels Herz macht einen Hüpfer. Am liebsten würde er Annas Namen aussprechen, und zwar so oft wie möglich, allein wegen der Freude, ihn in den Mund zu nehmen. Und seinen Stolz und seine Seligkeit darüber zu verkünden, dass das Gerücht absolut stimmt:

Ja, Anna war in unserem gemeinsamen Interesse aktiv. Ja, ich habe das Glück, Anna zu kennen. Ja, ich darf Anna dann und wann für meine Gefährtin halten. Ja, ich darf mit Anna schlafen – wenn auch vielleicht auf eine Art, die zu wünschen übrig lässt, in der ich mich aber zu entwickeln gedenke.

Stattdessen sagt er: »Aufgrund meines Berufs habe ich Umgang mit vielerlei Menschen. Das solltest du eigentlich wissen.«

»Selbstverständlich. Aber ich verstehe nicht … und schon gar nicht meine Mutter, warum du ihn weiter ausüben musst. Ihrer Meinung nach ist das kein Beruf für einen Gentleman.«

»Da hat Tante Bea absolut recht. Ich verstehe mich selbst nicht immer.«

Geralds Verlegenheit weicht mit zunehmender Betrunkenheit. Der junge Mann scheint sich ehrlich zu quälen.

»Schwörst du, dass du mit dem Sarg-Text nichts zu tun hast?«

»Ich schwöre bei Gott, Vaterland und Königin. Und bei ihrem segelnden Sohn, dem künftigen Herrscher des Inselstaats und Vereinigten Königreichs und Kaiser von Indien und so weiter und so fort … Gott segne ihn.«

Gerald glotzt seinen Großcousin mit seinen schönen braunen Augen an, die bereits ein wenig schielen, und bemüht sich sichtlich zu verstehen, ob der Cousin Scherze macht oder ob man sich mit ihm auf ein ehrlicheres, die Sache beförderndes Gespräch einlassen kann. Geralds Wohlwollen obsiegt über die Vorsicht. In dieselbe Richtung lenkt ihn die von der Betrunkenheit geweckte Verlockung, eine Insiderinformation seines Standes und seiner Generation mit dem überraschend aufgetauchten Verwandten zu teilen. Er bedeutet dem Butler, die Gläser zu füllen.

»Offen gesagt ist der Prinz von Wales unser eigentlicher Grund zur Sorge.«

»Was hat sich Bertie denn zum Verdruss seiner Mutter und seiner Frau wieder einfallen lassen?«

Gerald gefällt es nicht, dass der Patenonkel seines Phantombruders Albert Bertie genannt wird, aber er verbirgt seine Missbilligung gut.

»Du kennst ja die Lebensgewohnheiten des Prinzen … Wir sind natürlich verpflichtet, für all den Service zu sorgen, den er gewohnt ist und der ihm zusteht, aber es sind überraschende Schwierigkeiten zu Tage getreten ...«

»Man sollte glauben, das wäre hier einfacher als unter den Augen seiner Frau Mama. Ich habe gehört, dass Victoria mit dem Fernglas auf die Themse schaut, wenn die Britannia in London ist, um zu sehen, was für Frauenzimmer Bertie wieder auf seine Yacht eingeladen hat.«

Daniel weiß nur zu gut, dass die halb blinde verwitwete Königin so gut wie gar nicht mehr ihre Gemächer verlässt und außer mit politischer Unschlüssigkeit nur noch damit beschäftigt ist, darauf zu achten, dass die Temperaturen im Palast beispielhaft niedrig bleiben und die Zeitungen jeden Tag in Stücke geschnitten werden, die man später bei Hof als Toilettenpapier verwenden kann. Es liegt jedoch auf der Hand, dass Geralds Loyalität gegenüber der Majestät ihm nicht erlaubt, über diese Dinge zu sprechen, nicht einmal mit seinem Großcousin.

Der Lebensstil des Prinzen von Wales muss hingegen ständig Probleme verursachen, die wirksame, aber diskrete Lösungen erfordern. Nicht einmal Gerald versucht zu vertuschen, dass man aufgrund der Unbeherrschtheit des Thronfolgers bei Hof Jahr für Jahr mit der Angst vor Geschlechtskrankheiten, unehelichen Kindern, Erpressern und der Rache eifersüchtiger Ehemänner leben muss, aber man hat sich daran gewissermaßen schon gewöhnt. Dennoch ist Prinz Albert seiner Frau all die Jahre auf seine Art treu geblieben. »Alex ist meine Deckstute, die anderen sind nichts als Fahrgelegenheiten«, wie es der Prinz selbst ausdrückt.

»Du hast vielleicht die Gerüchte über Lady Daisy Warwick gehört, die Gemahlin von Lord Warwick.«

Daniel nickt. Über die Frauen des Prinzen wird ständig geredet, aber Daniel hat schon lange keine Lust mehr, sich ihre Namen einzuprägen.

»Es sieht so aus, dass es dieser Frau gelungen ist, den Prinzen wirklich zu umgarnen und auf ihn derart Einfluss zu nehmen, dass … Kannst du dir vorstellen, dass Ihre Majestät die Frau halb öffentlich als ›Ehefrau Daisy‹ bezeichnet?«

Hunter füllt die Gläser und bückt sich, um die Kohle im Kamin zu schüren. Zu Daniels Erstaunen spricht Gerald weiter, ohne sich um die Anwesenheit des Butlers zu kümmern. Wie betrunken ist er eigentlich? Man sollte meinen, er hätte in der Offiziersschule gelernt, seine Grenze einzuschätzen.

»Das ist Besorgnis erregend und muss berücksichtigt werden, falls der Prinz hier im August mit der HMY Britannia an der Regatta teilnimmt.«

Als sich Hunter entfernt hat, interpretiert Gerald Daniels Gesichtsausdruck ganz richtig und lacht.

»Mach dir keine Sorgen! Hunter ist ein alter Fuchs in diesen Dingen und absolut loyal. Er kennt die Vorlieben des Kronprinzen ziemlich gut. Im Grunde … und das sagst du jetzt niemandem weiter, aber weil es zur Sache gehört, ist es besser, es dir zu erzählen … Im Grunde hatte Hunter seine Finger schon im Spiel, als der Prinz mit zwanzig seine Jungfräulichkeit verlor. Du wirst doch wohl wissen, dass es hier in Irland geschah?«

»Ich war nicht dabei, um Hilfestellung zu leisten.«

»Es ist ein öffentliches Geheimnis. Der Kronprinz nahm im Sommer 1861 an Manövern des Militärlagers Curragh teil. Dabei kamen seine Kameraden bei einem Trinkgelage auf die Idee, ihm ein passendes Mädchen zu beschaffen … und so, na … meiner Auffassung nach war Hunter daran irgendwie beteiligt, schließlich war er damals selbst ein junger Mann.«

Einzelheiten kennt Gerald nicht, aber das Unschöne an dem Ereignis bestand darin, dass die Errungenschaft des Prinzen auf dem Feld der Männlichkeit seinen Eltern zu Ohren kam.

Gerald erläutert, Vater Albert habe sich »den Fall« seines Sohnes sehr zu Herzen genommen. Dessen Verlobung mit der Prinzessin von Dänemark habe auf der Kippe gestanden, aber Geralds Mutter, die das Ganze aus nächster Nähe verfolgt habe, sei der Auffassung, die moralische Erschütterung des Prinzgemahls sei auch zutiefst persönlicher Natur gewesen. Vater Albert sei selbst unberührt gewesen, als er mit seiner Victoria vor den Altar trat und habe das Gleiche von seinen Kindern erwartet, auch von seinen Söhnen. In dieser Hinsicht habe er tatsächlich keinen Unterschied zwischen Söhnen und Töchtern gemacht. Kurzum, die Tatsache, dass sich der künftige König mit einer leichtfertigen Frau, einer halben Prostituierten, eingelassen habe, sei zu Vater Alberts Schicksal geworden. Es habe ihm buchstäblich das Herz gebrochen und die Gesundheit ruiniert. Der Prinzgemahl sei persönlich zu seinem Sohn gefahren, um ihn zu maßregeln, und habe sich während der Reise schwer erkältet. Ein, zwei Wochen später fand die Beerdigung statt. Den engsten Kreisen zufolge sei auch die Königin nach wie vor der Meinung, das Treiben des Sohnes in Irland habe den frühzeitigen Tod des Vaters verursacht. Beatrice Cadogans feste Überzeugung sei es, dass Victoria gerade deshalb Irland mit Abneigung betrachte. Die Königin könne ihren eigenen Sohn, den Thronfolger, nicht verstoßen, aber Irland könne sie verachten.

Allmählich bildet sich in Daniel die Vorstellung, ein unberechenbarer königlicher Hurrikan, dessen Kraft man nicht unterschätzen sollte, käme auf ihn und die ganze Insel zu.

»Aufgrund seines regen Lebens kommt der Prinz vielleicht nicht allzu oft dazu, die Sache zu bedenken, aber inzwischen ist er älter, als sein Vater zu seinem Tod war, und es hat den Anschein, als melde sich nun das schlechte Gewissen. Oder sei es dazu gebracht worden, sich zu melden.«

»Durch Lady Warwick?«

»Genau. Es liegt auf der Hand, dass besagte Lady gewisse Seiten von Berties Charakter nicht akzeptiert. Es heißt, sie sei ernsthaft darauf bedacht, das Verantwortungsbewusstsein im Prinzen zu wecken.«

»Das ist ein Ding!«

Gerald achtet nicht auf den Zwischenruf seines Großcousins, sondern geht zur Charakterisierung von Daisy Warwick über. Sie beschäftige sich mit allerlei Wohltätigkeitsunfug, verschwende bei ihren Festen Geld wie die späte Marie Antoinette, bedenke aber auch ihre armen Untergebenen, indem sie mal in dieser, mal in jener Form ihr Eigentum mit ihnen teile. Kurz gesagt sei die Frau der Meinung, die von Gott nur wenigen gegönnte Adelszugehörigkeit bringe reichlich Privilegien mit sich, die man aus vollem Herzen genießen dürfe und solle, die sich jedoch im Gleichgewicht mit den Verpflichtungen des Adels befinden müssten. Sonst habe das schlechte Folgen.

Gerald nimmt einen Schluck und beugt sich wie ein Verschwörer zu Daniel hinüber.

»Laut den Informationen, die mir zu Ohren gekommen sind, hat der verstorbene Albert angefangen, aus dem Grab heraus zu spuken wie der Geist von Hamlets Vater. Der Prinz fürchtet die himmlische Rache wegen des frühen Todes seines Vaters, wenn er seine Übeltaten nicht wiedergutmacht.«

»Klingt fatal.«

»Das ist es vielleicht auch. Vor allem weil Schuldgefühle ihren Preis haben. Zumal bei einer Person wie dem Prinzen von Wales, der an sich kein schlechter Mann ist. Lediglich schwach. Insbesondere bei Frauen. Aber doch in vielerlei Hinsicht ein feiner, sensibler Mensch. Das beteuert jedenfalls meine Mutter. Als mein Bruder starb, war sein Patenonkel vor Kummer gebrochen …«

Daniel versucht mit ernster Miene sein Beileid kundzutun, will aber schnell wieder auf den Preis der Schuldgefühle des Thronerben zurückkommen.

Diesmal beugt sich Gerald vor, um die Antwort zu flüstern:

»Es ist so, dass der Prinz gewisse elektrische Behandlungen in Anspruch nehmen muss …«

Daniel ist ehrlich verblüfft.

»Was? Willst du behaupten, dass man dem Gehirn des künftigen Herrschers des mächtigsten Reiches der Welt Elektroschocks verpasst?«

Gerald hüstelt und antwortet mit vorgehaltener Hand:

»Nicht diesem Teil seines Körpers, lieber Cousin, ganz und gar nicht diesem Teil des Körpers …«

Daniel nickt, versteht aber noch immer nicht ganz, was Berties mögliche Impotenz mit der kommenden Regatta in Kingstown zu tun hat, außer in dem Sinn, dass der arme Hunter sich nicht darauf einstellen muss, die Badewanne des Prinzen mit Champagner zu füllen und ihm vielfach begabte Damen zur Unterhaltung zu beschaffen. Solche, die zu allen Spielchen bereit sind, die dem hochrangigen Gast in den Kopf schießen.

Gerald versucht weiterhin geduldig, wenn auch wirr, die heikle Lebenslage des Thronfolgers zu erklären, die sich auf traumatische Weise mit dessen widersprüchlichem Verhältnis zu Irland verbindet.

»Ist es so, dass wir es hier mit einem über fünfzigjährigen Mann zu tun haben, dem seine Mutter weiterhin keinerlei politische Macht zugesteht, und dem das einzige Gebiet, auf dem er hin und wieder sein Zepter schwingen und sein Selbstwertgefühl steigern konnte, nun auch verloren zu gehen scheint?«, fragt Daniel.

Gerald würde es vielleicht nicht ganz so ausdrücken, aber in groben Zügen entspricht die Schlussfolgerung seines Großcousins in etwa dem, worauf er selbst gekommen ist.

»Was bleibt also zu tun?«, will Daniel wissen. »Wie könnte man dem armen Mann helfen? Mit Pferden, die das Derby gewinnen? Mit einem stromlinienförmigen, riesigen Segelschiff, das als Ersatz für sein funktionsuntüchtiges Geschlechtsorgan stolz die Gischt durchpflügt und alle Konkurrenten schlägt? Soll der Mann, der einst auf irischem Boden auf schwere und fatale Weise versagt hat, an ebendiesem Ort der Welt ein reinigendes Erlebnis des Gelingens erfahren?«

Gerald antwortet nicht, sondern lässt bekümmert den Kopf hängen und versucht die braunen Locken, die ihm ständig in die Stirn fallen, wieder in Fasson zu bringen.

»Und man darf es nicht schon vorab verderben, indem man die edle Yacht des Kronprinzen in makabres Licht rückt, nur weil sich hier an Weihnachten eine Tragödie deprimierender Art zugetragen hat?«, fragt Daniel nach.

»Du verstehst doch«, seufzt Gerald gequält. »Es geht nicht nur um die Interessen dieser Stadt und unseres Inselreichs. Es geht um die Zukunft des gesamten Imperiums.«

Das melancholische Pathos des jungen Mannes würde Daniel amüsieren, begriffe er nicht, dass Gerald es ernst meint.

»Ich verstehe deine Not«, sagt Daniel. Das tut er auch und ruft sich innerlich noch einmal die Konstellation vor Augen: der künftige König, der sich einer schmerzhaften Elektroschocktherapie unterzogen hat, muss mit allen Mitteln aufgemuntert werden. Besonderes Gewicht ist darauf zu legen, dass er bei seinem maritimen Sport Erfolg hat, wie es sich für den Regenten eines die Meere beherrschenden Inselreiches gehört. Nikolaus ist bereits in Russland und Wilhelm in Deutschland an der Macht, obwohl beide wesentlich jünger sind als Albert. Sie beim Segelrennen zu schlagen wäre ein ausreichender Männlichkeitsbeweis. Damit dieses Ziel erreicht werden kann, muss die geplante Regatta auch wirklich im August in Kingstown stattfinden. Daher muss ein Rettungsbootskandal, der sie gefährden würde, verhindert werden. Dies wiederum setzt als Ergebnis der Untersuchung des Unglücks voraus, dass die Männer im Boot selbst an ihrem Schicksal schuld waren. Und der gequälte und betrunkene junge Cousin, der Daniel gegenübersitzt, soll der Garant all dessen sein.

»Da bist du ja wirklich in die Rolle des Hüters vieler Dinge geraten«, sagt Daniel, »die Zukunft des ganzen Imperiums ruht auf deinen jungen Schultern.«

»Darum bitte ich dich auch um Hilfe.«

»Ich verstehe nicht recht, wie ich dir oder dem Prinzen in dieser Angelegenheit helfen könnte.«

»Ihr Journalisten seid doch in der Lage, auf mannigfache Weise Einfluss auf die öffentliche Meinung zu nehmen.«

»Das hoffe ich doch. Durch die Tatsachen.«

»Ist die Wahrheit in gewisser Weise nicht relativ?«, murmelt Gerald, »ich meine, dass sie vom jeweiligen Blickwinkel abhängt.«

Daniel ist sich einigermaßen sicher, dass derartiges Philosophieren über das Wesen der Wahrheit nicht zu den ureigenen Übungen seines Großcousins gehört, aber er lässt ihn weiterreden, auch wenn der Monolog des jungen Mannes Züge annimmt, die ihnen beiden unangenehm sind:

»Also, meine Eltern … insbesondere meine Mutter ist der Ansicht, dass du in diesem Land unter Einsamkeit leidest, weil es dir trotz deiner Wurzeln mütterlicherseits vielleicht doch recht fremd ist. Meine Mutter macht sich wohl … entschuldige, falls dir das aufdringlich erscheint … etwas Sorgen, da du nicht verheiratet bist. Sie hat hier bereits die Töchter vieler guter Familien kennengelernt und würde dich bei passender Gelegenheit gern den betreffenden Fräuleins vorstellen.«

»Danke, aber du kannst Tante Bea ausrichten, dass alles gut so ist, wie es ist.«

»Das dachte ich mir schon«, sagt Gerald, verstummt kurz und

starrt mit leicht glasigen Augen wie ein vom Licht überraschter Hase in die Ferne. Dann gurgelt er mit einem Ermutigungsschluck, räuspert sich und bringt seinen eigentlichen Vorschlag zur Sprache:

»Wie ich bereits gesagt habe, muss ich bei meiner Arbeit … also als Adjutant … viele solcher, wie soll ich sagen … Sitzungen organisieren … private Veranstaltungen … besondere Wünsche erfüllen. Darum frage ich dich direkt, ob du einen solchen im Sinn hättest?«

»Einen besonderen Wunsch?«

Ja, ich habe besondere Wünsche, denkt Daniel. *Ich wünschte, ich könnte auf der Stelle aufs Postschiff springen und zu Anna fahren. Ganz besonders wünschte ich mir, dass sie dann, wenn ich zum vierten Mal um ihre Hand anhalte, sagt, ja, ich werde deine Frau und liebe dich unsterblich, du wunderbarer Mann!*

Es ist jedoch schwer zu erkennen, wie der Großcousin solche Sonderwünsche erfüllen sollte, auch wenn er der Adjutant des allmächtigen Vizekönigs von Irland ist.

»Du versuchst mich doch nicht etwa zu bestechen, Gerry?«

»Natürlich nicht. Ich meine nur«, stammelt Gerald, »dass das Familienleben nicht allen Männern liegt oder dass sie aus anderen Gründen eingeschworene Junggesellen sind, aber das heißt nicht, dass sie nicht auch … gewisse Gelüste … also Bedürfnisse haben. Geradeheraus gesagt, wenn dir etwas einfällt – was auch immer –, kannst du es Hunter gegenüber erwähnen. Ich habe ihn bereits bevollmächtigt, auf die von dir gewünschte Weise zu verfahren und garantiere auch, dass alles vollkommen diskret erledigt wird.«

»Tatsächlich? Ist das so?«

Nach langem und schmerzhaftem inneren Ringen leuchtet endlich wieder ein erleichtertes, geradezu brüderliches Lächeln auf dem Gesicht des jungen Mannes auf:

»Absolut diskret! Und ich betone noch einmal: *was auch immer*!«

Später am Abend liegt Daniel mit hinter dem Kopf verschränkten Händen auf dem Bett und starrt auf die Deckenornamente aus der georgianischen Ära. Ungewollt melden sich in seinem Kopf verschiedene Interpretationsmöglichkeiten für die Formulierung: *was auch immer*.

Wie ein grotesker Zirkus schwirren ihm die Wörter durch den Kopf.

Huren in Korsagen und Stiefeln und mit Peitschen entsprechen gewiss den fantasielosen Wünschen eines Amateurs. Ebenso wie ein Liebesspiel in eiskaltem Champagner. Was außerdem unangenehm und ungesund klingt. Kein Wunder, dass der Prinz Schwierigkeiten im Bereich der Prostata hat. In Daniels Vorstellung tut der vom Rheumatismus geplagte Hunter alles, um Herrn Whiteford Begleitung nach seinem Geschmack zu besorgen: muskulöse Männer, rotwangige Jungen mit Cherubimflügeln, minderjährige, vor Schreck starre nackte Mädchen. Oder darf es für unseren Journalisten zur Abwechslung ein Schäferstündchen mit dem Lieblings-Setter des Lordleutnants sein? Der künftige vierte Baronet von Whiteford wird Hunter jedoch hoffentlich nicht mit der Forderung nach Pferden belasten, um seine Vorlieben zu befriedigen.

Matias

Der Junge wacht von dem Jaulen des Welpen auf, aber auch davon, dass ihm die Bettdecke weggezogen wird. Der ältere Kapitän Siren steht mit der Öllampe in der Hand an seinem Bett und befiehlt ihm, aufzustehen. Der Alte legt den Zeigefinger auf den Mund und deutet auf Patrick, der im Bett nebenan schnarcht. Schläfrig und frierend zieht sich der Junge an. Nelson springt um ihn herum, wedelt mit dem Schwanz und leckt ihm, wenn er sich bückt, übers Gesicht.

Dann bedeutet der Alte Matias, ihm auf den Gang hinaus zu folgen. Der Hund versucht mitzukommen, aber der Mann stößt ihn mit der Stiefelspitze unsanft in die Dachkammer zurück und schlägt die Tür zu. Sie gehen über die Dienstbotentreppe und durch die Küche nach draußen. Der Junge hat gelernt, still zu folgen und keine Fragen zu stellen, aber sein Herz pocht vor Angst.

Sie gehen über die vom Mond erleuchtete Marine Street, ohne anderen lebenden Wesen zu begegnen als einigen miauenden Katzen. Vor einem Eisentor bleibt der Mann stehen. Dahinter ragt ein hohes, burgartiges Backsteinhaus auf.

Auf dem ganzen Weg hat der alte Kapitän kein Wort gesagt, und erst nachdem er den massiven hundeköpfigen Türklopfer am Tor betätigt hat, wendet er sich an Matias und klopft ihm geradezu väterlich auf die Schulter:

»Du darfst jetzt eine Weile hierbleiben, sozusagen in Sicherheitsverwahrung. Hier können dir die Lümmel nichts anhaben. Das ist für dich das Beste, das verstehst du doch?«

Der Junge starrt auf das Tor, das sich öffnet, und kann vor Entsetzen nicht einmal nicken. Ein kahlköpfiger Mann in Hemdsärmeln tritt heraus und fordert sie auf, einzutreten.

»Danke nein, nur der Junge«, sagt der Kapitän in steifem Englisch. Er berührt noch einmal kurz den Kopf des Jungen, bevor er ihn mit einem Schubs in Bewegung setzt und ermuntert ihn auf Schwedisch: »Benimm dich, wie es sich für einen anständigen künftigen Seemann gehört, Sahlman, und enttäusche uns nicht, ja?«

Matias nimmt an der Tür den Geruch der Verzweiflung wahr und weiß, dass dieses Gebäude ein Berg ist, in dem verschwundene Kinder landen, und dass im Innern dieses Berges eine Herrscherin mit kaltem Herzen und Peitsche auf ihn wartet.

DUBLIN, 4.2.2012

Mein Mann sagt, keine neuen Schuhe für mich. Ich habe mir übrigens welche besorgt. Ob er je mit mir an Land gehen wird?

DOROTHEA BALANO, *THE LOG OF THE SKIPPER'S WIFE*

Während ich im Kaufhaus Debenham in der Henry Street Stiefeletten anprobierte, kam ich auf Psalm 107 zu sprechen, den ich in mein Arbeitsjournal übertragen habe und aus dem der Pfarrer bei dem Begräbnis der Männer von der Civil Service vorgelesen hat. Mikko bestätigte, dass auch heute noch in vielen Ländern eben jene Verse beim Gedenken an Ertrunkene erschallen.

»Das verstehe ich nicht. Warum soll man Gott für das Ertrinken von Angehörigen danken? Das ist doch grotesk«, sagte ich.

Mikko zuckte mit den Schultern.

»Meiner Auffassung nach gehört der Tod durch Ertrinken zu den angenehmeren Methoden, den Geist aufzugeben.«

Ich warf ihm einen warnenden Blick zu, aber er redete weiter.

»Es gibt darüber eine Menge Aussagen, die auf Erfahrung beruhen. Leute, die wiederbelebt wurden, haben den Zustand als geradezu euphorisch beschrieben. Es dürfte wohl auch die Angehörigen trösten, wenn der Tod so gnädig wie möglich ist. Falls sie den Verstorbenen nicht gehasst haben und denken, jetzt ist das Arschloch schon wieder leicht davongekommen. Nimm die Schwarzen!«

Ich schob die schwarzen Stiefeletten mit dem hohen Schaft zur Seite und probierte noch einmal die grauen an.

»Musst du immer anfangen, Vorträge zu halten oder aus allem Witze zu machen, wenn du gebeten wirst, dich einfach ein bisschen in eine schockierende Lage hineinzuversetzen?«

»Hineinversetzen gehört nicht zu meinem Aufgabenbereich.

Das nützt nichts. Im Gegenteil. Es lähmt die Handlungsfähigkeit.«

»Du bist nicht im Einsatz. Und du warst es auch nicht, wenn ich dich nach einem furchtbaren Auftrag fragte, wie es war. Zum Beispiel als die Estonia unterging. Ich hatte solche Angst um dich, dass ich fast verrückt geworden wäre. Aber du hast geschwiegen wie eine Mauer.«

»Du weißt genau, dass ich nicht für pathetische Gefühlsäußerungen gemacht bin. Und nach meiner Erfahrung tun diejenigen, die eine Tragödie mit großer Geste wiederkäuen, nur so, als hätten sie Gefühle. In Wirklichkeit wollen sie anstelle des oder der Toten im Mittelpunkt stehen.«

»Ich verlange ja nicht, dass du laut heulst, aber irgendetwas schon. Da nimmt der Mann an der Rettungsaktion beim größten Unglück auf der Ostsee zu Friedenszeiten teil, aber seine Frau muss sich mit Informationen aus den Medien begnügen.«

»An so etwas will man sich nicht erinnern.«

Ihm war anscheinend noch nicht in den Sinn gekommen, dass jene Tage auch für uns, die wir die Ereignisse vom Festland aus verfolgten, entsetzlich waren. Ich möchte ebenfalls nicht daran zurückdenken, aber wie kann man das nächtliche Dröhnen vergessen, als die Rettungshubschrauber über das Haus flogen? Die Angst hatte mich nicht sofort gepackt. Zuerst dachte ich, die Flüge seien Teil der großen nächtlichen Ölabwehrübung, an der Mikko teilnahm.

Aber es schienen immer mehr Helikopter in beide Richtungen zu fliegen, aufs Meer hinaus und nach Turku. Das wunderte mich bereits, und ich konnte nicht schlafen, sondern kochte mir einen Kaffee und fing mit der Arbeit an, bevor die Kinder zur Schule gingen. Jussi, der Älteste, war auch vom Lärm der Hubschrauber aufgewacht und erschien um sieben mit dem Fernglas in der Hand in der Tür. Er zog Stiefel an und ging hinaus.

Als ich kurz darauf aus dem Fenster schaute, sah ich ihn am Ufer stehen und aufs Meer hinausspähen. Mir zog sich das Herz zusammen. Als er wieder hereinkam, sagte er, da wären auch Hubschrauber dabei, die es in Finnland nicht gebe. Er behauptete, drei Kronen auf den Rümpfen erkannt zu haben. Als Pfadfinder hatte er mit dem Kompass die Flugrichtung der Helikopter überprüft und schätzte, dass sie ungefähr in Richtung Nauvo flogen. Ich erinnerte ihn an die Ölabwehrübung, an der sein Vater teilnahm, aber Jussi erklärte mit der Sicherheit des Zwölfjährigen, das Manöver fände ganz woanders statt, auf dem Finnischen Meerbusen. Hier in den Schären werde nicht geübt, irgendjemand müsse in richtig großer Not sein. Ansonsten wären nicht so viele Hubschrauber aus zwei Ländern am Himmel. Auch zu diesem Zeitpunkt musste ich noch lächeln, weil der Junge redete wie sein Vater. Dann schaltete ich das Radio ein.

»Ich weiß mehr über die Erfahrungen meines ehemaligen Klassenkameraden Reijo Salminen an der Unglücksstelle als über das, was mein Ehemann zur gleichen Zeit getan hat.«

»Salminen war auch ein Held. Kein Wunder, dass er damals zum Feuerwehrmann des Jahres gewählt wurde.«

»Und du warst keiner?«

»Ach. Reden wir über was anderes. Was hat es für einen Sinn, in alten Dingen herumzustochern und darüber zu schwadronieren, wie sie sich angefühlt haben?«

»Keinen. Außer, dass das mein Beruf ist.«

Ich kann nicht sagen, warum ich gerade in dem Moment ausrastete. Ich zog die Schuhe aus, warf sie vor Mikko auf den Boden und zog meine alten Stiefeletten wieder an. Mikko blieb seinen Gepflogenheiten treu, nahm die grauen Stiefeletten in die Hand und legte sie, nachdem er überprüft hatte, dass sie nicht beschädigt waren, sachgerecht in den Karton zurück. Ich marschierte auf die elektrische Schiebetür zu, von den Blicken der Leute begleitet.

»Eeva! Was ist jetzt …«

Ich lief die Treppe hinunter und segelte auf den Haupteingang zu.

»So wird das nichts.«

»Was jetzt?«

»Alles. Es wird alles nichts. Vergessen wir den ganzen verfluchten Roman! Du hast recht, es hat keinen Sinn, in alten Sachen zu wühlen, und noch weniger Sinn hat es, über Dinge zu schreiben, die man nicht selbst erlebt hat. Ich habe es satt, diejenige zu sein, die immer am Ufer steht und wartet. Die nur dasitzt und sich vorstellt, wie es für die Menschen gewesen ist, die aufgebrochen sind. Ich habe Angst vor dem Meer, und ich hasse es und alles, was damit zu tun hat.«

»Nun komm schon … Was solltest du denn sonst tun?«

»Eben. Ich kann nichts anderes. Aber mit deiner Pension werden wir schon über die Runden kommen, oder? Oder vielleicht hast du auch andere Zukunftspläne, von denen ich noch gar nichts weiß?«

»Wo gehst du eigentlich hin?«

Ich hatte keine Ahnung, aber ich konnte auch nicht stehen bleiben.

»Jetzt beruhige dich erst mal. Kommen wir vielleicht weiter, wenn ich alle meine Empfindungen ausbreite?«

»Wenn du es unbedingt so ausdrücken willst.«

»Vielleicht ist bei mir ja schon als Kind jede Empfindlichkeit erstickt worden.«

»Das glaube ich nicht.«

Mikko schob sich vor mich und legte die Arme um mich, so dass ich nicht mehr weitergehen konnte.

»Also gut. Ich rede.«

»Worüber?«, fragte ich eisig und marschierte entschlossen weiter.

»Ich rede über die Traumata meiner Kindheit.«

»Danach habe ich nicht gefragt.«

»Irgendwo muss man anfangen. Wenn du endlich umdrehst und in eine vernünftige Richtung gehst.«

»Was ist denn eine vernünftige Richtung? Die zum nächsten Pub?«

»Wenn mein Schatz möchte. Aber ich hatte eher an Stephen's Green gedacht.«

»Auf einer Parkbank in Gefühlen schwelgen und Enten füttern?«

»In der Jahreszeit eher Tauben.«

So machten wir es, und tatsächlich liefen Tauben vor unseren Füßen umher, obwohl wir ihnen kein Brot hinwarfen. Wir hatten uns kaum gesetzt, als große Flocken vom Himmel fielen. Flocken war ein zu klein bemessenes Wort, es waren die reinsten Lappen. Trotz des Wetters tauchte auf der Bank nebenan ein anderes Paar auf, ein Junge und ein Mädchen, beide in schwarzen Lederjacken und mit Piercings in Lippen und Nase. Das Mädchen setzte sich bei dem Jungen auf den Schoß, und sie fingen an, sich heftig zu küssen und zu liebkosen.

Wir standen auf und gingen weiter. Das laute Lachen des Pärchens eilte uns nach. Ich weiß nicht, ob sie darüber lachten, dass wir Alten das unangenehme Wetter nicht ertrugen, oder über das, was sie sich im Liebesrausch gegenseitig erzählten. Am liebsten wäre ich umgekehrt und hätte ihnen ein paar Fakten über die Wetterbedingungen in Finnland, und wie wir sie aushielten, präsentiert. Auch über die Liebe wussten wir etliches, das ihnen auf einen Schlag die durchlöcherten Schnauzen gestopft hätte.

»Lass dich doch nicht von solchen Kindern stören«, sagte Mikko und nahm meine Hand. »Ich erzähle dir, wie es als fünfjähriger Halbwaise in Helsinki war, in unserem Stadtteil Katajanokka.«

»Dann erzähl!«

»Das erste Mal, als ich aus dem Haus ging, musste ich gleich am Mangelschild hängen ...«

»Ja, ja.«

»Ehrlich wahr. Neben dem Hofeingang hing ein kaputtes Schild aus Sperrholz, auf dem *Mangel* stand, und ein großer Kerl hängte mich dort an den Hosenträgern auf.«

»Wie gemein. Hast du da lange gehangen?«

»Ziemlich lange. Und danach bin ich nicht mehr besonders oft nach draußen gegangen.«

»Und es war keine Mutter daheim, die dich getröstet hat«, stellte ich fest.

»Nein. Aber dann kam Licht in mein Leben.«

»Mikko!«, sagte ich drohend.

»Doch, durch meinen Freund Usko. Der war so alt wie ich und zog ins selbe Haus. Da bekam ich endlich einen echten Spielkameraden. Bis dahin hatte ich immer nur mit meinen ausgedachten Schwestern gespielt. Dann kam die Zeit, in der ich in der Volksschule die Schulpflicht zu erfüllen hatte.«

»Also gut, hören wir mit den Faxen auf und gehen.«

»Nein, hör zu. Damals gab es so viele Kinder, dass man in verschiedenen Schichten zur Schule ging. Die Eichhörnchen gingen um acht, die Häschen erst um neun. Ich wurde zu den Eichhörnchen gesteckt und Usko zu den Häschen, ich musste also den Schulweg ohne Usko und somit ohne Hoffnung bewältigen ...«

»Du machst bloß Witze.«

»Nein. Weil ich im Dezember geboren bin, war ich der Jüngste und Kleinste in der Klasse. Usko fand bei den Häschen gleich neue Freunde. Ich versuchte das Gleiche bei den Eichhörnchen, aber deren Auffassung von Spaß bestand darin, mit dem Lineal Popel auf mich zu schießen.«

»Sauerei!«

»Davon stirbt man nicht. Es tut nicht mal weh. Und als sie versuchten, mich zu zwingen, die Popel zu essen, sagte ich, ich würde sie so lange schlagen, wie es die Hand hergibt. Offenbar kam das in einem Ton heraus, dass sie mir glaubten.«

»Ich habe es verstanden«, sagte ich und entzog ihm meine Hand. »Du spielst die Ekel-Realismus-Karte, damit ich aufhöre, Fragen zu stellen.«

»Nein, ich präsentiere dir die einzige funktionierende Doktrin kleiner Völker: den entschlossenen Verteidigungswillen. Außerdem ging ihnen irgendwann die Munition aus.«

»Sei still!«

»Ehrlich wahr. Die Schusstechnik erforderte eine bestimmte Konsistenz der Popel. Nicht jeder konnte so einen kompakten Rotz erzeugen. Dafür brauchte man einen Schnupfen, der kurz vorm Ausheilen war.«

»Du wirst diese Nacht nicht mit mir in einem Bett schlafen.«

»Ich bringe lediglich einen Aspekt der Kriegswirtschaft zur Sprache. Normalerweise kulminiert die Schlacht darin, dass die Geschosse ausgehen.«

»Darüber kannst du nachdenken, wenn du auf dem verschossenen Teppichboden liegst!«

Seine Angewohnheit, auf den Berufsjargon zurückzugreifen, gehörte zu den Dingen, die am Anfang unserer Beziehung seine männliche Anziehungskraft gesteigert hatten, aber nach und nach war es zu einer ärgerlichen Manier geworden. Selten einmal gelang es ihm noch, mich mit dieser Methode zu beeindrucken oder zu amüsieren. Ich erinnere mich allerdings, manchmal auch gelacht zu haben. Vor ein oder zwei Jahren, als wir mit dem Auto zum Sommerhaus fuhren, hörten wir eine Radiosendung, in der es um die Verletzungen des finnischen Luftraums und der Hoheitsgewässer ging. Zu meiner Überraschung hörte ich plötzlich Mikkos Stimme. Der Redakteur hatte ihn zu dem Thema interviewt. Mikko berichtete, das betreffende Objekt sei mit den Methoden der Sinneserfassung beobachtet worden, wobei man teilweise optische Geräte eingesetzt habe. »Ihr habt also in die entsprechende Richtung geguckt und ab und zu das Fernglas angesetzt«, sagte ich. Mikko bestätigte meine Interpretation, sagte aber auch, dass er es in der Situation, bei Anwesenheit der internationalen Medien, nicht so hätte ausdrücken können.

Er versuchte erneut meine Hand zu nehmen, aber ich schob sie brüsk in die Tasche und fragte mich nun schon, ob ich meinen Sinn für Humor verloren hatte oder ob Mikkos Art, zum Berufsslang überzugehen, tatsächlich eine ärgerliche Methode war, mit der er vermeiden wollte, mit mir über Dinge zu sprechen, die mir keine Ruhe ließen.

»Okay, keine unschöne Einzelheiten mehr«, sagte er. »Der Kern der Geschichte lautet: wäre ich gemeinsam mit Usko zu den Häschen gekommen, wäre ich jetzt womöglich ein wesentlich sensiblerer Mann.«

»Könntest du endlich das Thema wechseln? Oder den Mund halten?«

»Ich meine es ernst. Es ist angemessen zu erwarten, dass ein Mann sich gegenüber seinen Liebsten mehr als einmal in dreißig Jahren öffnet«, sagte er.

»Bin ich das noch?«

»Hä?«

»Eine deiner Liebsten.«

»Was für eine Frage ist das denn jetzt?«

»Was für eine Antwort ist das?«

»Meinst du die Jungs und Ville? Die Gefühle für Kinder entstehen aus einem anderen Impuls, aber zweifellos sind sie auf ihre Art genauso stark.«

»Du hast meine Frage immer noch nicht beantwortet.«

»Das wird mir jetzt zu dumm.«

»Bist du derjenige, der festlegt, was dumm ist?«

»Was ist eigentlich mit dir los, verdammt? Dir ist nichts recht. Hast du wieder so viel gearbeitet, dass dein Nacken verspannt ist? Wir wollten schöne Weihnachtstage im fröhlichen Irland verbringen, aber du drehst mir im vollen Zorn jedes Wort im Mund herum. Hör auf zu schreiben, wenn es so schrecklich ist!«

Wie immer, wenn er die Fassung verlor, musste Mikko etwas Praktisches tun. Er bückte sich, machte einen kleinen Schneeball und warf ihn auf einen Baumstamm, den er als Ziel auserkoren hatte. Wieder brannte es in meinen Augen, und ich wandte mich ab.

»Oder schreibe über lustigere Themen. In meinem Roman beziehungsweise in meiner Erzählung mit dem Titel ›Und in der Ferne schimmert eine Insel‹ wird nichts Schlimmes vorkommen.«

Ich verstand, dass er beschwichtigen wollte, indem er sich scherzhaft gab, aber das machte es nur noch schlimmer, und die Tränen des Selbstmitleids waren nicht weit. Er merkte, wie ich mir die Augen wischte und drehte mich um.

»Okay. Wir gehen folgendermaßen vor: wir kehren ins Hotel zurück und setzen den Tag der offenen Worte fort. Wir folgen dem Weg, den uns die Häschen gewiesen haben – Zeit der Zärtlichkeit!«

Er zog ein Papiertaschentuch heraus und wischte mir die Tränen ab.

»Ich werde deinen Nacken massieren und dir von der Estonia erzählen. Die Stimmung wird davon nicht besser, aber ich erzähle es dir. Ist das ein guter Plan?«

Im Hotel fragte Mikko, ob ich mich an die Szene in *Der Pate* erinnere, in der Al Pacino zu Diane Keaton sagt: »Okay, Kay, dieses eine Mal darfst du mich nach meinen Geschäften fragen.« Und seine Frau fragt ihn, ob er seinen Schwager umgebracht habe, den Vater seines gerade erst getauften Patensohns. Ohne mit der Wimper zu zucken, sagt der Mann nein.

»Michael Corleone hat gelogen«, sagte Mikko, »ich lüge nicht, auch wenn ich ebenfalls Mikael heiße.«

Auf dem Rücken liegend und an die Decke starrend, erzählte er von der Unglücksnacht und den darauffolgenden Tagen. Sein Wachschiff war bei der Ölabwehrübung dabei gewesen, die wenige Stunden zuvor zu Ende gegangen war. Sie lagen vor Anker, als sie über Funk Mayday hörten.

Eine estnische Autofähre hatte den Notruf abgesetzt. Mikko hatte Alarm gegeben und sofortige Einsatzbereitschaft befohlen. Die Hauptmaschinen wurden gestartet und die Anker gelichtet. Das Wachschiff war bereit einzugreifen. Es dauerte fast drei Minuten, bis der Befehl kam. Sie waren der Leitzentrale der Seenotrettung unterstellt und durften nicht ohne Befehle und Anweisungen tätig werden. Mikko sagte, alle hätten sofort gewusst, dass etwas wirklich Schlimmes geschehen war, wenn eine große Personenfähre Mayday sendete. Die Estonia hatte mitgeteilt, das Schiff habe einen Black-out und neige sich um dreißig Prozent.

Sie konnten nicht helfen. Der Weg zum Ort des Geschehens betrug drei Stunden. Während dieser Zeit hörten sie über Funk die Notfrequenzen und Behördenkanäle. Eine halbe Stunde nach dem Mayday hieß es, die Estonia sei vom Radarschirm verschwunden. Auf der Brücke herrschte bestürztes Schweigen. Ein Schiff mit mehr als tausend Passagieren war innerhalb einer halben Stunde untergegangen. Während dieser halben Stunde hatte sich jeder gefragt, was die Neigung der Estonia verursacht haben könnte. Keiner hatte den auf der Hand liegenden Grund laut ausgesprochen: es musste damit zu tun haben, dass unkontrolliert Wasser ins Fahrzeugdeck eingedrungen war. Auf dem nicht unterteilten Deck verhielt sich das Wasser wie Flüssigkeit auf einem Backblech. Es lief haltlos in dem riesigen Raum hin und her. In so einer Situation verliert ein Schiff sofort und vollkommen die Stabilität.

Der Rettungshubschrauber des Wachgeschwaders in Turku wurde erst elf Minuten nach dem Notruf der Estonia alarmiert – acht Minuten später als Mikkos Wachschiff. Um drei Uhr morgens erreichte das Geschwader die Unglücksstelle. Sein Helikopter Nummer eins barg fünfunddreißig Menschen aus dem Meer, die auf die vor Ort befindliche Personenfähre Silja Europa gebracht wurden. Die nächsten Hubschrauber trafen erst drei Stunden später ein. Sie kamen aus Visby auf der schwedischen Insel Gotland und aus Helsinki und fanden noch einige lebende Personen. Nach Tagesanbruch kamen weitere Helikopter aus Turku, Utti, Helsinki, Schweden, Dänemark und den baltischen Ländern hinzu. Schließlich waren fast dreißig Rettungshubschrauber im Einsatz, aber sie fanden nur noch Leichen.

Der diensthabende Beamte in der Leitzentrale in Turku hielt sich an den vorgeschriebenen Alarmplan, wie es sich auch gehörte. Das verursachte jedoch eine fatale Verzögerung. Der Diensthabende war allein und konnte immer nur ein Telefonat auf einmal führen. Mikkos Schiff stand in der Alarmhierarchie weit oben, aber die schwedische Seerettungszentrale wurde zum Beispiel erst eine halbe Stunde später alarmiert. Wäre sie sofort alarmiert worden, wären die Retter aus Visby als Erste vor Ort gewesen oder zumindest gleichzeitig mit dem Wachgeschwader aus Turku.

Mikko sagte, ihn unverzüglich alarmiert zu haben, sei zwecklos gewesen. Sie hätten es nicht rechtzeitig zur Unglücksstelle geschafft und dort nichts ausrichten können. Unter den Umständen könnten Schiffe nur dann Menschen aus dem Wasser retten, wenn sie über Notrutschen verfügten, wie sie zu den Rettungsgerätschaften von Autofähren gehörten. Auf Wachschiffen gab es so etwas nicht. Bei derartigem Sturm seien Hubschrauber das mit Abstand effektivste Rettungsmittel, darum hätte es oberste Priorität haben müssen, sie zu alarmieren. Acht kostbare Minuten seien zwischen dem Startbefehl für ihr Schiff und dem Alarmieren des Wachgeschwaders vergangen.

»Wir waren drei Stunden entfernt, aber was hätten wir tun sollen?«

Mikko sagte immer wieder, Retter, die mit der Winde abgeseilt werden, seien praktisch die einzige Möglichkeit, Menschen aus dem Wasser zu retten. Ihr Wachschiff sei zwar für Seenotrettungseinsätze ausgerüstet gewesen, aber die Verhältnisse seien unüberwindbar schwierig gewesen, und sie hätten sich eben nun mal hoffnungslos weit entfernt befunden. Als die Estonia sank, war die Autofähre Mariella in der Nähe und die Silja Europa auch nicht weit entfernt. Bald waren auch die Fähre Isabella und das Frachtschiff Finnhansa vor Ort. Die Leitzentrale hatte den Kapitän der Silja Europa zum *On Scene Coordinator* bestimmt. Das wäre Mikkos Aufgabe gewesen, aber er konnte den Kapitän der Silja Europa erst um halb fünf am Morgen ablösen.

Den Kapitän der Isabella lobte Mikko, weil er auf die Idee gekommen war, die Rutschen von den Oberdecks auszulösen, an deren Enden sich automatisch aufblasbare Rettungsflöße befanden. Zwei freiwillige Matrosen waren hinuntergerutscht und hatten zig Personen auf ein Rettungsfloß ziehen können, von wo aus sie nach oben gehievt wurden.

»Uns blieb nur noch das Einsammeln der Leichen«, sagte Mikko. »Dein Klassenkamerad, dieser Feuerwehrkommandant Reijo Salminen, flog mit seinen Männern in einem der Helikopter unseres Wachgeschwaders mit, um unser Team abzulösen. Salminen war ein mutiger und verantwortungsvoller Mann, der sich selbst als Erster abseilen ließ. Er folgte dem Prinzip, dass ein Vorgesetzter seine Leute nicht an einen Ort schicken soll, an den er selbst nicht gehen würde. Mit seinen Leuten konnte er noch drei Menschen retten, und das unglaublich spät, um acht Uhr am Morgen, sieben Stunden nachdem sie ins Wasser geraten waren.«

Mikkos Wachschiff war drei Tage und drei Nächte auf der hinteren Linie des Suchgebiets hin und her gefahren, um nach Unglücksopfern zu suchen. Der Wind hatte inzwischen nachgelassen. Es war eine fürchterliche Nacht gewesen. Man wusste bereits, dass neunzig Prozent der tausend Passagiere der Estonia ertrunken oder an Hypothermie gestorben waren.

Mikko fragte mich, ob mir klar sei, was es bedeute, auf einer Personenfähre zu sein, die sich um dreißig Grad neige und dann sinke. »Da fliegen Spielautomaten und andere Sachen, die mehrere hundert Kilo wiegen, durch die Gegend und zermalmen alles, was ihnen in den Weg kommt. Wer das überlebt, der landet im Wasser und ertrinkt, falls ihn niemand rettet.«

Zum Schluss erzählte Mikko, wie sie ein Rettungsfloß mit einer kleinen Familie darauf entdeckt hatten: ein Vater mit seinem dreijährigen Sohn, beide tot. Die Geretteten der Estonia waren überwiegend junge, kräftige Männer. Diesem jungen Mann war es gelungen, sich mit seinem Kind aus dem Chaos der Kabinendecks aufs Oberdeck zu retten und sogar auf ein Rettungsfloß zu gelangen. Mikko war im Gedächtnis geblieben, dass der kleine Junge nur einen Schlafanzug anhatte, dessen Oberteil mit einem Zitat aus Star Wars bedruckt war. Im Wasser, das im Rettungsfloß stand, schwamm eine rote Plastikkugel, die das Kind wohl aus dem Kugelmeer an Bord mitgenommen hatte. Offensichtlich hatte es diesen Schatz auch bei sich haben wollen, als sein Vater es auf das Oberdeck des sinkenden Schiffes trug.

Plötzlich begriff ich, warum Mikko nie mit Ville die Fähre nach Schweden nehmen wollte.

»Was für ein Star-Wars-Zitat war das?«

Mikko goss sich einen Schluck Bushmills ein und trank ihn.

»*The Force is strong with this one*«, antwortete er und stellte das Glas auf den Tisch.

DUBLIN, KINGSTOWN, 5. JANUAR 1896

Drift. Durch den Einfluss von Wind und Wellengang bewegt sich das Schiff nicht immer in Kielrichtung, sondern treibt oder driftet normalerweise etwas zur Leeseite hin ab. Dann bewegt es sich schräg im Wasser. Den Winkel zwischen der Längsrichtung des Schiffes und der tatsächlichen Fahrtrichtung nennt man Drift. Die Größe der Drift lässt sich einschätzen, indem man den Winkel beobachtet, den das Kielwasser zu der Längsrichtung des Schiffes bildet. Um das Schiff in die gewünschte Richtung zu bekommen, muss es um den geschätzten Winkel der Drift gegen den Wind oder den Seegang gesteuert werden.

Lehrbuch der Seefahrt I

Daniel

Daniel bringt die Seiten, die vom Abschlusstag der Unglücksuntersuchung berichten, in die Redaktion, wartet, bis der Text gesetzt wird und nimmt eine Kopie der Korrekturfahnen mit. Danach geht er zum Seemannsheim in der Sir-John-Rogers-Uferstraße, wo Peterson bereits in der Eingangshalle auf ihn wartet. Es ist der letzte Abend des Steuermanns in Dublin, und sie haben vereinbart, noch ein Abschiedsbier im nahegelegenen Pub zu trinken, den Daniel zu kennen behauptet hat.

Er kennt ihn auch und weiß um seinen Ruf, aber in Wirklichkeit hat er nie einen Fuß in den Old Soldier oder eine andere Seemannskneipe gesetzt. Dennoch hält er einen kenntnisreichen Vortrag über den Pub. Der Name komme daher, dass in den Vierteln am Ufer einst Truppen des Imperiums einquartiert gewesen waren, die zu Kriegen jenseits der Meere eingeschifft werden sollten. Daniel glaubt, auf alles vorbereitet zu sein, aber als er die Kneipe betritt, trifft ihn fast der Schlag.

Der künftige Sir Whiteford muss sich alle Mühe geben, um sich nicht anmerken zu lassen, was für einen Eindruck die Gerüche, der Lärm der Betrunkenen und die Aufdringlichkeiten der Freudenmädchen in der dämmrigen Beleuchtung auf ihn machen. Mit einem Seitenblick versucht er einzuschätzen, ob Peterson seine Irritation bemerkt, aber die Miene des Steuermanns ist unerforschlich. Er geht ganz natürlich an einen freien Tisch, zieht für sich und Daniel Stühle heran und holt eine brennende Kerze vom Nachbartisch. Dort ist ihr Eintreffen bemerkt worden, und ein gerade ausbezahlter Seemann, der bereits gut in Fahrt ist, erzählt unnötig laut von einem Passagier, der bei der letzten Fahrt an Bord seines Schiffes gewesen ist.

»Der Engländer war der Teufel weiß was für ein Insektenforscher und musste bei den Galapagosinseln an Land gerudert werden. Dort schwang er dann tagelang sein Schmetterlingsnetz. Bei der Umrundung von Kap Horn betrachtete er die Uferfelsen der Isla de Hornos am Horizont – und ihr wisst ja, Jungs, was für ein gottverlassener Ort das ist, einen halben Kilometer hohe, senkrechte Felsen! Da würde nicht einmal der Teufel freiwillig hingehen, aber dieser Herr wollte an Land gehen, um ›Proben zu nehmen‹. Da sagte unser Alter, lieber schiebt er ihm das große Boot an einer gewissen Stelle rein, als es bei diesem Wetter zu Wasser zu lassen.«

Am Tisch wird laut gelacht, und man wirft Blicke auf Daniel. Auch Petersons Mundwinkel verziehen sich zu einem leichten Grinsen.

Peterson will erwartungsgemäß wissen, wie der letzte Tag der Untersuchung gelaufen ist. Genau deshalb hat Daniel die Korrekturfahnen mitgenommen, aber zuerst berichtet er bei einem Glas Bier von den seiner Meinung nach wichtigsten Einzelheiten. Fast als letzter Zeuge vor Nepeans und Bartons Abschlussplädoyers wurde John Caffrey, der Steuermann des Rettungsbootes, gehört, der wegen seiner Erkrankung zuvor nicht gehört werden konnte. Der blasse Caffrey leistete seinen Eid mit zitternder Hand und sagte, er habe am Tag vor dem Unglück zum letzten Mal mit Steuermann Williams gesprochen. Als er ihn gefragt habe, ob das Boot bereit sei, hinauszufahren und dem Sturm zu trotzen, habe dieser geantwortet: »Vollkommen bereit, Jack!«

Nachdem er das gesagt hatte, musste der arme Caffrey sein Taschentuch hervorholen und sich die Augen wischen. Kurz darauf konnte er fortfahren und bestätigte, was die anderen Männer aus den Rettungsbooten gesagt hatten: einem qualifizierten Anführer könne es unmöglich verborgen bleiben, wenn die Lüftungsventile offen geblieben sind.

Nepean erinnerte daran, dass der für die Aufgabe eigentlich ausgebildete *qualifizierte* Anführer krank gewesen sei und der zweite *qualifizierte* Mann, nämlich Caffrey selbst, die Abfahrt um eine Minute verpasst habe.

Dieser Hieb saß. Caffrey sah aus, als würde er auf der Stelle in sich zusammensinken, und Barton gestattete dem Vorsitzenden, den Zeugen ohne weitere Fragen zu entlassen.

Peterson nickt und sagt: »Das englische Wort *proper* hat, soweit ich weiß, viele Bedeutungen, zumindest im Bereich der Seefahrt. Es kann ›eigentlich‹, ›brauchbar‹ oder ›qualifiziert‹ bedeuten. Mir fällt nicht sofort ein entsprechendes finnisches Wort ein.«

»Stimmt. Sie haben etwas von Kommandant Nepeans Wortverdrehungen abbekommen. Er hat sie schweinisch behandelt.«

»Was soll's. Schade nur, dass ich so wenig nützlich sein konnte.«

»Das war wirklich nicht Ihre Schuld.«

Peterson räuspert sich.

»Zu der Sache mit den Ventilen habe ich möglicherweise neue Informationen bekommen, Sir.«

»Keine Titel, haben wir ausgemacht … Was für Informationen?«

»Ich weiß nicht, ob man sich darauf verlassen kann … Der Junge hat womöglich eine rege Fantasie, aber Sahlman hat mir erzählt, er habe bei seinen Peinigern einen Gegenstand gesehen, der dem Lüftungsventil des Lufttanks eines solchen Bootes sehr ähnlich gesehen habe.«

»Gott behüte«, seufzt Daniel. »Wenn das stimmt, haben die

Lümmel tatsächlich das Boot vor Tagesanbruch beraubt. Haben Sie jemandem davon erzählt?«

»Ich habe es versucht. Ich habe Macinerny, den Leiter der Ermittlungen, aufgesucht, aber er hatte es sehr eilig und mir eigentlich nicht zugehört. Auch bei der Hafenpolizei habe ich vorbeigeschaut. Constable Foot war äußerst freundlich, sagte aber, die Ermittlungen im Fall Sahlman seien abgeschlossen, und er könne in der Sache nichts weiter tun. Außerdem sei es in keiner Weise möglich, die Misshandlung des Jungen mit der Untersuchung des Unglücks in Verbindung zu bringen.«

»Was geht in dieser Stadt eigentlich vor, verdammt?«, sagt Daniel. »Es macht den Eindruck, als wollte keiner diese Straßenjungen finden. Womöglich deshalb, weil sie wahrscheinlich wissen, in welcher Position die Verschlussflansche der Lüftungsventile waren, offen oder zu?«

»Barton sollte es eigentlich wollen.«

»Ganz recht, aber er macht sich nicht die Krokodillederschuhe schmutzig, um die Jungen zu finden. Man muss die Spitzbuben im Genick packen und in den Sitzungssaal schleifen. Ansonsten begnügt sich Barton mit den vorliegenden Fakten. Außerdem sind die Schlussplädoyers bereits gehalten worden … Aber wenn die Sache an die Öffentlichkeit kommt … Das ist eine interessante Information. Äußerst interessant. Ob der Junge wohl bereit ist, mit mir zu sprechen?«

»Hoffentlich. Sind die Verschlüsse der Lüftungsventile bei den abschließenden Vernehmungen in irgendeiner Weise zur Sprache gekommen?«

Daniel nickt und berichtet, als allerletzter Zeuge sei ein Kerl namens O'Keeffe gehört worden, ein dünner, kleiner Mann, dem es gelungen war, am Stephanstag, irgendwann nach Mittag, in das Wrack des in Merrion gestrandeten Rettungsboots zu gelangen. Da hatte man die Flanke des Bootes bereits aufgehackt, und da O'Keeffe klein genug war, kroch er durch die entstandene Öffnung. Er versicherte, dass weder am einen noch am anderen Ende Deckel von Lüftungsklappen herabgehangen hätten.

Kommandant Nepean fragte, ob der Zeuge eine Vorstellung davon habe, wie die Deckel von Belüftungsklappen und die sich darunter befindlichen Verschlussflansche der Ventile aussehen. O'Keeffe sagte, er sei früher Bootsmann gewesen und kenne die Ausrüstung des Rettungsbootes gut. Barton stellte auch diesem Zeugen keine Fragen.

»Und dann kamen die Schlussplädoyers?«

»Genau, Nepean legte es natürlich darauf an, die Experten der Rettungsgesellschaft und den Konstrukteur des Bootes zu Schlüsselzeugen zu erheben, die versichert hätten, die Civil Service no. 7 sei ein ›unvergleichliches Monument der Bootsbaukunst‹, das unter keinen Umständen kaputtgehen könne. Als unzuverlässig stempelte er hingegen alle zum Zeitpunkt des Unglücks anwesenden Augenzeugen ab, die bestritten hatten, das Boot sei in horizontaler Position auf den Wellen getrieben. So dürfe man zum Beispiel den Zeugenaussagen von Constable Foot oder des Leuchtturmwärters von Poolbeg keinerlei Wert beimessen, da beide von Berufs wegen keine Seeleute sind. Nepeans unumstößliche Schlussfolgerung lautete: das Unglück sei dadurch verursacht worden, dass die Besatzung des Rettungsbootes die Lüftungsventile der Lufttanks nicht geschlossen habe.«

»Und Herr Barton? Wie hat er sich geschlagen?«

»Meiner Meinung nach ausgezeichnet. Sie sollten es selbst hier in diesen Korrekturfahnen lesen. Der Mann kann reden. Betreibt keine Haarspalterei und dreht niemandem die Wörter im Mund herum wie Nepean, sondern kommt auf den Kern der Sache.«

Am Nachbartisch wird nun in vielsagendem Ton von einem Ersten Steuermann erzählt, der auf einer Fahrt nach Shanghai eine ganze Bibliothek im Gepäck gehabt habe. Aber der Alte habe im Südchinesischen Meer jedes einzelne Jesus-Buch über Bord geworfen, weil der Steuermann ohne Erlaubnis des Kapitäns befohlen hatte, die Decklast zu verringern. »Und ihr wisst ja, Jungs, was in den Gewässern für Stürme herrschen können …«

Peterson schmunzelt über die provozierend gemeinte Geschichte. Er verscheucht ein Freudenmädchen, das an den Tisch kommen will und liest weiter.

»In seiner Erwiderung an Kommandant Nepean sagte Herr Dunbar Barton, Q.C, bevor er zur Sache selbst komme, wolle er sein Bedauern darüber zum Ausdruck bringen, einen offenen Konflikt mit dem Herrn Kommandanten austragen zu müssen. Er schätze die Vernehmungskunst von Kommandant Nepean, die selbst einem hauptamtlichen Juristen zur Ehre gereichen würde. Er respektiere auch dessen Auftreten als Offizier und Gentleman. Nichtsdestotrotz müsse er zu seinem Bedauern feststellen, dass die Theorie, die sich Kommandant Nepean bezüglich der Ursachen des Unglücks zu eigen gemacht habe, voreilig sei und die Tatsachen übergehe. Sie werde de facto nur von zwei Zeugen gestützt. Beide Herren seien zum Zeitpunkt des Unglücks Hunderte Meilen von Kingstown entfernt gewesen. Einer von ihnen, der Prüfer der Rettungsboote, habe das Boot, um das es gehe, seit der Fertigstellung nicht mehr zu Gesicht bekommen, und der andere, der Qualitätskontrolleur der Werft, die das Boot gebaut habe, sei nicht zur Stelle gewesen, als sich das Unglück ereignet habe, sondern erst zwei Tage danach in Kingstown eingetroffen.

Barton betonte, dass sämtliche Aussagen der tatsächlich vor Ort gewesenen Augenzeugen im Widerspruch zu Kommandant Nepeans Theorie ständen. Kommandant Nepean habe in seinem Schlussplädoyer seiner Verwunderung darüber Ausdruck verliehen, dass sich das Rettungsboot überhaupt gedreht habe.«

Daniel hat zwei weitere Bier bestellt, aber Peterson rührt seines nicht an. Er liest weiter in den Fahnen der Zeitung von morgen.

»Kommandant Nepean sollte jedoch wissen, dass Kentern und Umdrehen zum Gefahrenszenario eines jeden Rettungsboots gehören. Darum würden sie so gebaut, dass sie sich in allen erdenklichen Situationen von selbst wieder in die richtige Position drehen, ohne das Zutun der Besatzung.«

»Na also, der Mann redet vernünftig …«

»Es sei also keineswegs ungewöhnlich gewesen, dass das Boot gekentert sei. Ungewöhnlich sei vielmehr, dass es sich nicht wieder in die Normalposition gedreht habe, und genau diese Tatsache müsse bei der Untersuchung ins Auge gefasst werden.«

»Merken Sie, wie er den Kommandanten zu einem Esel macht, der sich nicht einmal in seinem eigenen Fach auskennt?«

Peterson nickt.

»Nahezu alle Zeugen hätten beobachtet, wie eine riesige Welle das Boot so umgeworfen habe, dass zuerst der Dollbord auf der Steuerbordseite unter Wasser geraten sei. Gleichzeitig habe sich das Heck aufgerichtet, und der Bug sei unter die Wasseroberfläche gedrückt worden. Herr Barton behauptete nicht, das Boot habe eine komplette Rolle gemacht oder sei senkrecht abgetaucht, er hatte jedoch keinerlei Zweifel daran, dass es in steilem Winkel mit dem Bug voran unter Wasser geraten sei. Es bestehe also Anlass zu der Frage, an welcher Stelle das Abtauchen stattgefunden habe. Allen Beweisen nach habe die Wassertiefe zu jenem Zeitpunkt und an jener Stelle ungefähr 14-15 Fuß betragen. Das Boot sei 42 Fuß lang, vom Mittelschiff bis zum Bug 21 Fuß, weshalb sich bei der Schätzung, in welchem Winkel das Boot eintauchen müsse, um mit dem Bug voran auf Grund zu stoßen, ein großer Spielraum ergebe.

Als Nächstes richtete Barton seine Aufmerksamkeit auf die Stelle in Kommandant Nepeans Plädoyer, an der dieser die Meinung geäußert hatte, John Horner, der Leuchtturmwärter von Poolbeg, sei seines Berufes wegen eine Landratte und somit ungeeignet, ein Seeunglück zu interpretieren. Barton berichtete nun, Horner sei auch als Seemann tätig gewesen, so wie bei Leuchtturmwärtern üblich. Es sei im Grunde schwer, auf der ganzen Welt einen Mann zu finden, der besser geeignet sei, Vorgänge auf den Küstengewässern zu beobachten, als gerade dieser Leuchtturmwärter. Horners klare Wahrnehmung entspreche derjenigen von Constable Foot: das Heck richtete sich auf, und der Bug schlug auf Grund. Es stimme, dass der Constable kein Seemann sei, aber er sei immerhin Hafenpolizist mit einem geschulten Auge und habe den Vorgang von der Spitze des westlichen Wellenbrechers seines eigenen Hafens aus verfolgt.«

Daniel fragt Peterson, was er von der geschilderten Situation hält.

»Ich kann dazu nichts sagen, ich hatte keine Zeit, hinzuschauen. Die mittlere Höhe der Wellen lag bei mehr als fünf Metern, und es gab in der Tat wesentlich größere Riesenwellen, über zehn Meter hoch. Die schlugen über die Palme hinweg, und wir mussten uns darauf konzentrieren, den Mast zu fällen, damit der Sturm nicht kurzen Prozess mit dem ganzen Schiff machte. Die Wanten und Stage der Palme waren Stahlseile. Sie mussten auf der Luvseite gekappt werden, und das war unter den Bedingungen und bei der Eile nicht einfach. Ich konnte erst Beobachtungen machen, nachdem wir aus dem Schlimmsten raus waren.«

»Glauben Sie, das Rettungsboot hat auf die beschriebene Weise abtauchen und Grundberührung aufnehmen können?«

»Die größten Wellen sind von einer Art, dass alles passieren kann. Unser großes Rettungsboot zersplitterte in derselben Sekunde, in der wir es zu Wasser ließen.«

Peterson hebt sein Glas, trinkt es mit einem Zug zur Hälfte aus und liest dann weiter.

»Im Grunde stütze keine einzige Zeugenaussage Kommandant Nepeans Auffassung davon, das Unglück sei nicht auf die geschilderte Weise vonstattengegangen, das Rettungsboot sei nicht heftig auf den Grund geschlagen und danach so im Wasser getrieben, dass ein Ende höher als das andere gelegen habe. Die einzige Person, die das abstreite und fest und feierlich an seine eigene Sicht der Dinge glaube, sei Kommandant Nepean selbst. Während der gesamten Untersuchung habe er ein ums andere Mal den Refrain wiederholt, besagtes Rettungsboot Nr. 7 sei unbestreitbar ein ›Monument der Stärke und Kompetenz‹. Jetzt könne man dieses Monument der Stärke und Kompetenz am Strand von Merrion besichtigen. Seine Lufttanks seien zersplittert, und der Sturm habe seine Masten an die Westküste Schottlands getrieben. Das von Kommandant Nepean gepriesene Monument der Stärke und Kompetenz liege mit aufgerissenem Rumpf und halb im Sand vergraben in Merrion …«

Das grell bemalte, nach Schweiß riechende Freudenmädchen kommt erneut und stützt sich auf den Tisch, so dass ihre zur Hälfte entblößten Brüste fast gegen Daniels Gesicht stoßen.

»Hat der Herr mit Bug und Heck im Old Soldier festgemacht? Mit Kohlenfeuer vor dem Bug und der Theke auf der Steuerbordseite …? Will der Herr einem frierenden Mädchen an diesem kalten Abend nicht einen Drink spendieren?«

Daniel ist zu irritiert, um zu reagieren, aber Peterson zieht eine Münze aus der Tasche.

»Geh jetzt«, sagt er entschieden. »Wir haben etwas zu besprechen.«

Die Frau richtet sich auf und segelt auf den nächsten Tisch zu, murmelt dabei aber etwas von »gepuderten Ärschen«, die wahrscheinlich im heimischen Gut auf den Herrn warten. Am Nachbartisch ist man auf den Zwischenfall aufmerksam geworden, und der Seemann von vorhin fängt lautstark mit einer neuen Geschichte an:

»Einmal, als wir auf dem Atlantik den Äquator überquerten, bat eine feine Dame, die als Passagier an Bord war, den Kapitän, ihr zu zeigen, wo genau die Äquatorlinie verläuft. Dem Alten fiel nicht auf Anhieb ein, was er tun sollte. Ihr wisst ja, Jungs, dass der Reeder von den Kapitänen verlangt, vor den Passagieren zu katzbuckeln, wenn sie von der vornehmen Sorte sind, und diese war so eine, das kann ich euch sagen. Die hatte garantiert auch Puder auf dem Arsch. Jedenfalls nahm der Alte das Fernrohr und klebte unauffällig mit Spucke ein Haar, das er sich ausgerissen hatte, auf die Linse. Die Dame spähte durchs Fernrohr aufs Meer und rief, ›Oh, ich sehe tatsächlich den Äquator, und mein Gott, es geht ein Tier darauf entlang, ist das vielleicht ein Kamel …‹«

Peterson legt die Fahnen auf den Tisch und trinkt sein Glas aus. Schmunzelnd blickt er zum Nachbartisch.

»Machen Sie sich nichts aus denen. Ich habe die gleichen Geschichten schon hundertmal in verschiedenen Häfen gehört. Die nächste Runde geht auf mich, nehmen Sie einen Whiskey dazu?«

»Danke, gern. Danach werde ich mich wohl hinlegen.«

»Sie haben einen langen Arbeitstag hinter sich«, sagt Peterson. »Vielleicht lese ich den Rest auch erst später in aller Ruhe … Wann wird das Ergebnis der Untersuchung verkündet?«

»Übermorgen. Reisen Sie wirklich ab, ohne es sich anzuhören? Ich verstehe ja, dass Sie in die Heimat zurückkehren wollen, aber das ist doch ein ziemlich spannendes Stück. Auch wenn Barton seine Arbeit lobenswert gemacht hat, schwant mir Böses.«

»Was hat es Ihrer Auffassung nach zur Folge, wenn den ertrunkenen Männern die Schuld zugeschoben wird?«, fragt Peterson.

»Das weiß nur Gott. Zunächst einmal hat die Spendensammlung bereits alle Erwartungen übertroffen. Die damit betrauten

Männer sitzen auf solchen Geldbergen, dass es jeden nachdenklich stimmt. Und die Wächter des Schatzes sind zufällig dieselben Kerle, die an der Untersuchung des Unglücks beteiligt sind. Wenn die ums Leben gekommenen fünfzehn Männer für schuldig am Unglück erklärt werden, verliert die Entschädigungspflicht gewissermaßen ihr moralisches Fundament. Denn dann haben sie nicht nur sich selbst getötet, sondern auch teures Gerät der Rettungsgesellschaft zerstört …«

»Die Witwen und Waisen würden das für sie bestimmte Geld dann nicht erhalten?«

»Im schlimmsten Fall nicht. Wenn Sie mir Ihre Adresse in Finnland geben, schicke ich Ihnen unsere Zeitung, nachdem die Entscheidung gefallen ist.«

»Danke, das wäre großartig.«

Wieder nähert sich die Hure dem Tisch, um zwei Drinks zuversichtlicher. Daniel und Peterson stehen wie auf Absprache auf und gehen zur Tür.

Als sie auf die nach Urin riechende Gasse treten, sehen sie einen Mann an der Mauer lehnen, vor dem eine Frau kniet. Daniel beschleunigt fast panisch den Schritt und redet etwas von der Adresse, die Peterson ihm in seinem Quartier aufschreiben soll.

Das Seemannsheim liegt nur einen kurzen Fußweg entfernt, und Daniel rennt die Treppe hinauf wie ein Waldtier auf der Suche nach einem Zufluchtsort.

Der Mann an der Pforte scheint sich über ihr Kommen zu freuen.

»Sie werden schon erwartet, Herr Peterson«, sagt er und nickt bedeutungsvoll mit dem Kopf. »Drüben im Kaminzimmer …«

Peterson wirkt erstaunt.

»Von einer Dame«, sagt der Pförtner und senkt etwas die Stimme. »Der Gattin des Kapitäns Ihres Schiffs, Frau Siren.«

Daraufhin wirft er Daniel einen vielsagenden Blick zu. Es ist klar, dass weibliche Besucher in diesem Haus nichts verloren haben, dies muss in jeder Hinsicht eine Ausnahme sein. Peterson steht wie angewurzelt da.

»Sie macht einen sehr erregten Eindruck, wenn ich das sagen darf«, erklärt der Mann. »Bestimmt ist etwas Unangenehmes passiert … Wir haben ihr eine Tasse Tee angeboten, aber …«

Peterson nickt, schreibt rasch seine Adresse auf einen Zettel und reicht ihn Daniel.

»Vielen Dank im Voraus und leben Sie wohl, Herr Ford.«

Daniel reicht ihm die Hand.

»Leben Sie wohl, Kapitän Peterson. Es war mir eine Freude, Sie kennenzulernen, ein Privileg, möchte ich sagen. Gute Heimreise!«

Matias

Matias liegt den Anweisungen gemäß im Dunkeln auf dem Rücken, die Hände über der Decke. In dieser Haltung ist es schwer einzuschlafen, wenn man es gewohnt ist, auf der Seite zu schlafen, aber er hat nicht vor, sich wegen eines solchen Vergehens eine zusätzliche Abreibung zu holen. In Päivölä hatte es derartige Regeln nicht gegeben. Einer der Jungen hat ihm erklärt, der Sinn der Anordnung bestehe darin, ihn davor zu bewahren, sich zu beflecken. Matias erinnert sich, in Päivölä aus den Betten der größeren Jungen oft ein Stöhnen gehört zu haben und glaubt auch aufgrund gewisser eigener Empfindungen zu wissen, von welcher Sünde die Rede ist.

Zum ersten Mal in seinem Heimleben hat Matias keine Angst, aus den Nachbarbetten könnten Peiniger aufstehen, er denkt nicht einmal daran. In ihm kreisen ganz andere Anblicke und Stimmen. Irgendwo weit weg hört er das helle Rufen eines Kindes und seine eigenen Antworten:

»Tias… Tias!«

»Was?«

»Tias…!«

»Was ist, Ester?«

»Tias…«

»Ich verstehe dich nicht. Was willst du, Ester?«

Das Mädchen kann sein Anliegen nicht anders ausdrücken als dadurch, dass es seinen Blondschopf an Matias drückt und aufgeregt die kleinen Arme um ihn schlingt.

»Tias…«

Dem Jungen treten Tränen in die Augen, aber er wischt sie rasch mit dem Ärmel ab und kehrt sofort in die soldatische Schlafhaltung zurück.

Nein, er darf nicht an Ester und die Kapitänsfamilie denken, das liegt alles hinter ihm, da hilft auch kein Heulen. Er muss sich jetzt darauf konzentrieren, über seine Situation nachzudenken und über die von Sarah und ihren Brüdern.

Er traute seinen Augen nicht, als er während der Bewegungsstunde im Freien das Mädchen an der Hofmauer stehen sah. Zwei Mädchen aus dem Haus und ein Junge bewarfen Sarah mit Eicheln und kleinen Steinen, aber sie stand nur auf ihre stolze Art da, ohne sich zu schützen, und blickte in die Ferne, als berührte es sie kein bisschen, die Zielscheibe zu sein.

Matias hatte genügend Erfahrung, um zu wissen, dass es mit den Schikanen damit nicht vorbei war, sondern dass es sich erst um den Auftakt des Bösen handelte. Seine Position als Neuankömmling war ebenso schwach, aber in dem Moment hielt er nicht, wie sonst, nach Fluchtmöglichkeiten Ausschau, sondern ging geradewegs auf das Mädchen zu.

»Was tust du hier?«, fragte er.

Sie drehte sich um, und ein kleines Lächeln huschte über ihr blasses Gesicht.

»Mein Gott …«

Sie musterten einander, während verschiedene von der Erde aufgehobene Geschosse auf sie flogen.

»Du Arschleckerin des Papstes …«, plärrte jemand. »Wie schmeckt die Kacke vom Papst …?«

»Was …?«, entfuhr es Matias, obwohl er geglaubt hatte, alle Arten von Sprüchen gewohnt zu sein.

»Hier scheint es keine weiteren Katholiken außer mir und meinen kleinen Brüdern zu geben«, sagte das Mädchen. »Wir sollten eigentlich in ein Heim mit Nonnen kommen ... Ich verstehe nicht, warum man uns hierher gebracht hat ...«

Anderswo wäre es auch nicht besser, dachte Matias als erfahrener Kinderheimveteran bei sich, sagte es aber nicht laut. Stattdessen trat er zwischen das Mädchen und die Quälgeister.

»Wartet nur, bis mein Vater kommt und uns abholt«, verkündete das Mädchen trotzig, aber man sah an ihren Augen, dass sie geweint hatte.

Den Peinigern ging vorübergehend die Munition aus, oder der neue Junge interessierte sie mehr als das dünne Mädchen. Ein großes, grobknochiges Mädchen und ein untersetzter Junge, dem ein Ohr fehlte, traten vor Matias hin. Ihnen waren seine glänzenden, sorgfältig geschnürten Schuhe aufgefallen.

»Und wer ist dieser Herr hier? Wo kommen wir denn her?«

Matias blickte sich um und sah, dass die Lage nicht besonders rosig war. Viele andere Kinder waren auf sie aufmerksam geworden, und die Schar näherte sich auf eine Art, die keinen Irrtum zuließ. Sie dürsteten danach, Leid zu sehen, das diesmal nicht sie betraf.

Er stand eine Weile da und maß mit gesenktem Kopf den Rasen vor sich ab. Man hätte die Gebärde als Zeichen der Unterwerfung deuten können, und Matias setzte die Betrachtung des Rasens absichtlich fort, er wusste schon, was er tun würde. Er holte Luft, richtete den Blick auf seine neuen Feinde und sagte so ruhig, wie er nur konnte:

»Wir sind mit der Fregatte Palme aus Finnland gekommen, das Schiff liegt derzeit fast vor eurer Nase auf einer Sandbank in der Dublin Bay.«

»Ha, ein finnischer Hexer!«, rief die Kinderschar begeistert.

»Genau das. Ich bin Matias Sahlman aus Turku in Finnland und habe den Teufel schon in der Wiege kennengelernt.«

»Hä?«

»Das Wrack da draußen würde längst bei gutem Wind nach Amerika segeln, wenn ich es nicht anders entschieden hätte.«

Das grobschlächtige Mädchen lachte ungläubig auf, blickte aber fragend auf den Einohrigen.

»Wir zeigen es dem Angeber, wer hier was entscheidet, oder?«

Der Junge legte die Hand hinter sein gesundes Ohr.

»Sprich weiter!«

»Ich war als blinder Passagier an Bord«, erklärte Matias. »Deswegen kam es zu einem kleinen Streit mit dem Kapitän. Die Einstellung des Alten gefiel mir nicht. Ich lasse mich nicht schief anreden.«

»Pah, glaubt das bloß nicht, das ist kein Hexer«, maulte das große Mädchen.

»Doch«, rief Sarah hinter Matias' Rücken. »Er hat meinen Vater in einen Seehund verhext. Und die anderen Männer im Boot meines Vaters ertränkt. Das wissen doch alle. Darum ist er auch hergebracht worden. Die Leute haben Angst vor ihm.«

Der Einohrige wägte mit gerunzelter Stirn die Alternativen ab.

»Beweise es! Beweise, dass du Hexenkräfte hast!«

Matias schaute den Jungen fest an:

»Soll ich dir das andere Ohr wegzaubern?«

Der Junge lachte unsicher auf.

»Lieber das fehlende wieder zurück.«

»Ich heile nicht. Ich mache nur teuflische Sachen.«

»Ganz bestimmt«, höhnte das grobschlächtige Mädchen. »Das kann jeder sagen. Ihr glaubt diesem Irren doch nicht?«

Matias stand nachdenklich da und sah den Jungen an.

»Also gut. Du darfst dein Ohr vorerst behalten. Ich beweise es auf andere Art … Ihr wisst ja, dass der Klee, die Pflanze dieser Insel und des heiligen Patrick auf die heilige Dreifaltigkeit verweist …«

»Das meinen die Papstgläubigen!«

»Die drei Blätter stehen für den Vater, den Sohn und den Heiligen Geist«, spricht Matias trotz des Zwischenrufs weiter. »Ihr wisst bestimmt auch, dass das vierte Blatt am Klee vom Teufel selbst stammt, oder?«

Der Einohrige hörte ernst zu, und auch im Kreis um sie herum wurde widerwillig genickt.

»Darum werde ich euch auf der Stelle hier im Hof so viel Teufelsklee zeigen, wie ihr wollt.«

Das Abwägen der Möglichkeiten ging diesmal schnell.

»Alles klar ... Abgemacht!«

Matias schaute kurz auf den Rasen, den er bereits kartiert hatte. Nun war es eine leichte Übung für ihn. Innerhalb weniger Minuten war seine Handfläche voller Kleeblätter.

Er ging zu der steinernen Bank an der Mauer und ließ die Blätter darauf rieseln.

Die Kinder scharten sich neugierig um ihn und starrten sprachlos auf die zig Kleeblätter.

Jedes hatte vier Blättchen.

Elin

Endlich tritt Johannes Peterson durch die Tür des Kaminzimmers im Seemannsheim, und Elin begreift die groteske Erbärmlichkeit ihrer Anwesenheit, aber auch, dass sie noch immer innig und hoffnungslos in diesen Mann verliebt ist. Sie verließ das Hotel wütend und fest entschlossen, um ihm zu erzählen, wie sehr sie ihren intriganten, habgierigen und herzlosen Schwiegervater hasst und wie tief sie von ihrem schwachen Ehemann enttäuscht ist, der sich den elenden Befehlen seines Vaters unterwirft. Doch nun bringt sie kein Wort heraus. Vor dem bestürzenden Anblick des Mannes geht ihr auf, wie sonderbar und illoyal sich ihre Flucht und das Anschwärzen ihrer eigenen Familie in den Augen des zurückhaltenden Obersteuermanns ausnehmen muss.

»Frau Siren, was ist mit Ihnen?«

Seine blauen Augen sind voller Besorgnis, aber vielleicht auch voller Verlegenheit wegen des unangemessenen Eindringens der ehemaligen Geliebten in seine Männerwelt, und Elin fällt es noch schwerer, ihr Anliegen vorzutragen. Die Arbeit des Obersteuermanns auf dem havarierten Schiff ist zu Ende, der Mann bereitet sich auf die Heimreise vor. Warum sollte er sich noch in die familiären Probleme seines ehemaligen Schiffseigners einmischen?

»Ich, äh … es ist so, dass …«

Elin richtet den Blick auf die glühende Kohle im Kamin, von der immer wieder Flammen und Funken aufsprühen wie orangerote Schwärme fliegender Fische.

Ein plötzlich ausbrechender und erlöschender Feuersturm, genau so ist die Liebe des Mannes, und ihr folgt vernünftige Gelassenheit. Einen Mann bringt sie nicht an den Rand des Wahnsinns, sie macht ihn nicht blind und nicht taub und gleichgültig gegenüber allen anderen Verlockungen. Kann sein, dass du geweint hast, als du ein Haar von mir fandst, das an dir haften geblieben war, aber deine Tränen sind schnell getrocknet!

»Matias ist wieder verschwunden.«

Der Mann setzt sich ihr gegenüber in einen Sessel.

»Er ist heute nicht nach dem Frühstück in unserem Zimmer erschienen, wie er es gewöhnlich tut. Ich ging in die Küche hinunter und hörte, er habe nicht am Frühstück der Bediensteten teilgenommen und sei auch nicht auf seinem Zimmer gewesen, als man ihn wecken wollte. Als ich meinem Mann davon erzählte, war mein Schwiegervater bereits gekommen und vertrat die Ansicht, der Spitzbube sei schlichtweg abgehauen und müsse uns nicht mehr kümmern. Aber ich kann das einfach nicht glauben … nach allem, was der Junge in diesem Land hat durchmachen müssen …«

»Verstehe.«

Versteht er sie wirklich? Wenn ja, würde sich Elin ihm liebend gern an den Hals werfen und ihm dafür danken, dass es einen Menschen auf der Welt gibt, der sich wenigstens einigermaßen vorstellen kann, wie sie sich fühlt.

»Dann wollten mein Mann und sein Vater ins Parterre gehen, um sich die Abschlussplädoyers der Unglücksuntersuchung anzuhören, und ich sollte als Dolmetscherin mitkommen … Sie gingen voraus, ich blieb noch kurz für einige Morgenverrichtungen …«

Elin verstummt verlegen. Was plappert sie da eigentlich, es geht den Mann nichts an, was sie alles zu erledigen hatte, und es wird ihn auch nicht interessieren.

»Aber dann klopfte es an der Tür, und Patrick, der Page, mit dem Matias das Zimmer teilt, stand davor. Er hatte unseren Hundewelpen dabei.«

»Nelson«, stellt der Mann fest.

»Richtig, er hatte Nelson dabei und fragte, was er mit dem Hund machen soll, weil Matias nicht mehr da sei. Ich fragte Patrick natürlich, was er wusste, und er erzählte, Kapitän Siren, mein Schwiegervater, habe Matias in der Nacht geweckt und mitgenommen.«

»Sieh an.«

»Ich ging dann nach unten und teilte meinem Schwiegervater mit, ich wisse, wer hinter dem Verschwinden des Jungen stecke. Ich verlangte zu wissen, wohin er das Kind gebracht hatte. Er stritt alles ab.«

Elin erzählt nicht, dass sie im Salon des Hotels einen ziemlichen Wutanfall gehabt und Kapitän Siren Senior als verlogenes Schwein und ihren Gatten, der alles glaubte, was sein Vater sagte, als buckelnden Angsthasen beschimpft hatte. Der Vorfall erregte Aufmerksamkeit, aber zum Glück rief sie ihre Schmähungen auf Schwedisch.

»Dann kehrte ich ins Hotelzimmer zurück.«

Unter entschiedener Mithilfe meines Schwiegervaters und meines Mannes, hätte sie der Ehrlichkeit halber hinzufügen müssen, aber stattdessen sagt sie:

»Die Herren folgten mir, und schließlich gab mein Schwiegervater zu, den Jungen tatsächlich geholt zu haben, aber nicht in böser Absicht, sondern um ihn sicher in seine Heimat zurückzubringen. Er behauptete, im Hafen seinen ehemaligen Schiffskoch getroffen zu haben, der nach Finnland fahren wollte und eingewilligt habe, den Jungen gegen eine kleine Entschädigung mitzunehmen. Aber ich glaube dem Mann kein Wort mehr.«

»Was glauben Sie denn, ist wirklich passiert?«

»Ich weiß es nicht, aber ich bin sicher, dass mein Schwiegervater sowohl mit der Königlichen Rettungsgesellschaft wie auch mit den Herren vom Hilfsfonds verhandelt hat. In letzter Zeit hat man mich nicht mehr als Dolmetscherin hinzugebeten. Ich weiß, dass wir ein neues Schiff bekommen werden. Aber so ein Schiff bekommt man nicht einfach so. Da wird eine Gegenleistung verlangt. Und ich habe das Gefühl, dass diese etwas mit Matias zu tun hat. Und mit dem Lüftungsventil des Bootes, das er gesehen hat. Mein Schwiegervater weiß das. Es ist mir sogar selbst herausgerutscht, weil ich damals noch nicht begriff…«

Elin kommen die Tränen, hauptsächlich vor Selbstmitleid.

»Nicht doch, nichts am Verschwinden des Jungen ist Ihre Schuld. Da bin ich mir ganz sicher«, sagt Peterson und zieht ein Taschentuch hervor. »Lassen Sie uns die Lage in aller Ruhe überdenken…«

Ich will nichts mehr in aller Ruhe überdenken! Ich will, dass du den Jungen findest und ihn auf deinen starken Armen zu mir und Ester zurückbringst, so wie du es beim letzten Mal getan hast, und ich will, dass du uns mitnimmst und das Flittchen sitzen lässt, das dich gezwungen hat, sie zu heiraten, obwohl ich unsterblich in dich verliebt war und es immer noch bin!

»Ja, ich habe den ganzen Tag versucht, mir Klarheit zu verschaffen, aber es hat sich nichts Neues ergeben«, antwortet Elin, in der Hoffnung, es möge ruhig klingen.

»Weiß Kapitän Siren, dass Sie hier sind?«

»Er hat keine Ahnung, wo ich bin.«

»In dem Fall dürfte er sich ziemliche Sorgen machen.«

»So wie ich mir Sorgen um den Jungen mache.«

»Ganz recht.«

»Er ist auch sehr wütend auf mich. Es ist nämlich noch etwas anderes vorgefallen… Und zwar das Foto, das von uns im Botanischen Garten gemacht wurde… Hier erscheint eine neue Zeitung, die Bilder von Leuten aus den gesellschaftlichen Kreisen und von interessanten Ereignissen druckt …«

»Das Bild war in der Zeitung?«

Elin nickt.

Die Kapitänsfamilie der Palme …

Als Oskar ihr die Zeitung unter die Nase hielt und tobte, dachte sie, sein wildes Gebaren sei eher eine Verteidigung gegen mögliche neue Anschuldigungen. Er hätte doch die lustige Seite sehen müssen. Aber weil zwischen ihnen schon den ganzen Tag eine Art Kriegszustand geherrscht hatte, brüllte er nur, seine Frau und der Obersteuermann hätten ihn öffentlich zum Narren gemacht. Elin erwiderte, das sei er sowieso. Sie schalten und beleidigten sich gegenseitig auf vielfältige Weise, aber Elin hatte das Gefühl, dass Oskar dennoch keine echte Eifersucht empfand. Obschon er, so grotesk es war, allen Grund dazu gehabt hätte.

Ihr kommt in den Sinn, wie quälend es auf dem Schiff gewesen war, wenn Oskar sich beim gemeinsamen Abendessen gegenüber dem Obersteuermann über Familienangelegenheiten ausließ: »Ja, auf Sie wartet zu Hause ein Junge, nicht wahr? Wir haben nur das Mädchen hier, aber wir hoffen und warten schwer auf einen kleinen Käpt'n …«

Es war schwer, Petersons Gemütsregungen bei solchen Plaudereien zu deuten, bestimmt hatte ihn Stolz erfüllt, weil er Vater eines strammen Jungen war. In solchen Momenten hasste Elin beide Männer aus tiefstem Herzen.

Inzwischen ist der Mann von der Pforte an der Tür erschienen. Elin steht auf und Peterson unmittelbar nach ihr.

»Ich muss jetzt wohl gehen«, sagt sie und denkt, dass ihr ohnehin schon mit lauter unpassenden Handlungen gefüllter Tag nun damit zu Ende geht, dass ein armer Mann, der zum Personal des Seemannsheims gehört, sie praktisch mit Gewalt aus einem nur für Männer bestimmten Gebäude entfernen muss.

»Ich begleite Sie«, sagt Peterson.

»Das ist nicht nötig.«

»Eine Frau sollte hier nicht allein auf die Straße gehen, schon gar nicht um diese Zeit. Man muss einen Wagen nehmen. Die Eisenbahn wird kaum noch fahren.«

Als sie auf die Straße treten, sagt er: »Die Lage macht einen komplizierten Eindruck. Was für eine Art von Hilfe wünschen Sie sich von mir?«

Wenn du es nun einmal ansprichst, würde ich sagen, wie wäre es, wenn du meine Tochter raubst und davor bewahrst, wie ihre Mutter als Zuchtstute einer Eisdynastie zu enden? Du könntest mit deinen Spezialkenntnissen in physischer Geografie den jungen Unglücksritter ausgraben, wo immer er auch stecken mag, und dann würden wir alle zusammen in die Nacht hinein flüchten, ohne uns auch nur einmal umzublicken.

»Ich wünschte, Sie würden mit meinem Schwiegervater reden. Möglicherweise sagt er Ihnen Dinge, von denen er glaubt, man könne sie einer hysterischen Frau nicht anvertrauen.«

Den Abwasserpfützen und Ausscheidungen der Hunde in der dunklen Gasse auszuweichen, erfordert Aufmerksamkeit. Am Ende der Gasse schimmert eine breitere, von Gaslampen erleuchtete Straße, von der man Hufgetrappel hört.

»Selbstverständlich, wenn Sie das wünschen. Ich fürchte nur, es wird nicht viel nützen. Aber natürlich werde ich mir alle Mühe geben.«

»Das genügt mir. Ich weiß, dass Sie kurz vor der Heimreise stehen und meine Bitte in dieser Situation in jeder Hinsicht unangemessen ist, aber ich bin Ihnen äußerst dankbar.«

»Dazu besteht kein Grund. Achtung …!«

Peterson packt sie fest an der Schulter und verhindert, dass sie unter einen dicht an ihnen vorbeifahrenden Wagen gerät.

DUBLIN, 6. JANUAR 2012

Die Seefahrt war denn auch ein typischer Beruf für junge Männer ohne Familie, den man später zu Gunsten ruhigerer und weniger gefährlicher Erwerbszweige aufgab. Ohne Zweifel verließen die meisten Seeleute den Beruf eher aufgrund einer freiwilligen Entscheidung als durch Tod oder wegen Invalidität, wie zeitgenössische Beobachter mitunter zu verstehen geben.

TIMO SALOVAARA, *DIE GEFAHREN DES SEEMANNSDASEINS. ANMERKUNGEN ZU DEN GRÜNDEN FÜR ERKRANKUNGEN UND TODESFÄLLE UNTER FINNISCHEN SEELEUTEN AM ENDE DES 19. JAHRHUNDERTS*

He, hör dir das mal an …«, sagte ich zu Mikko, der bereits die Kleider für die Heimreise zusammenlegte. »Und hör auf damit. Wir fliegen erst morgen Abend, ich brauche das eine oder andere Kleidungsstück noch.«

»Du trägst die, die du am Leib hast.«

»Nein. Heute Abend will ich etwas Hübsches anziehen. Gehen wir zur Feier des Tages aus, um zum letzten Mal Aberdeen-Steaks zu essen?«

Mikko runzelte die Stirn. Nicht wegen der Steaks, sondern weil ich mich in sein genau geplantes Tun einmischte.

»Was soll ich mir anhören?«

Ich zeigte ihm den Umschlag des Buches, das ich gekauft hatte. Es war eine gerade erschienene sechshundertseitige Biografie von Edward VII. Geschrieben hatte sie Professorin Jane Ridley von der Buckingham University, die früher schon über das Königshaus geforscht hatte. Das Buch trug den Titel *Bertie*, und ich brauchte eine Weile, bis ich kapierte, dass der Spitzname des künftigen Königs vom Taufnamen Albert stammte, den er von seinem Vater geerbt hatte. Auf dem Umschlagbild saß er breitbeinig und falsch herum auf einem goldenen, mit rotem Samt gepolsterten Stuhl, er trug ein grünes Sakko, helle Hosen und Zylinder und stützte einen Arm lässig auf die Stuhllehne. Die andere Hand hatte er in der Hosentasche, und in seinem Mund steckte eine brennende Zigarre.

»Hör zu: ›Ab dem Herbst 1895 kamen Gerüchte in Umlauf, dass Bertie impotent sei. An den meisten Tagen, die als D-Tage in seinem Notizbuch verzeichnet waren, hatte er morgens einen Termin bei Doktor Laking …‹ D-Tage bedeutet Lady-Daisy-Warwick-Tage«, erklärte ich.

»Ich habe mir auch nicht vorgestellt, dass es Landungstage sind. Aber na ja, ein Mann kann in seinem Leben auf mancherlei Art stranden …«

»Im Januar 1896 durchlief er eine ›Elektrotherapie‹ genannte Kur. Das war eine neue, höchst modische Wundertherapie gegen Impotenz. ›Mit fünfundfünfzig war Bertie übergewichtig, litt unter Herzbeschwerden und wahrscheinlich auch an Diabetes.‹ Was sagst du dazu?«

»Hmm … Jemand wie der noble Professor Klinge in Finnland würde es strikt ablehnen, ein Mitglied der Herrscherfamilie Bertie zu nennen, vor allem den König«, sagte Mikko.

»Bestimmt, aber kann es sein, dass die Männer damals wirklich bereit waren, sich Elektroschocks verabreichen zu lassen, um wieder zu können?«

»Zweifellos, wenn es bezeugt ist. Ich habe als kleiner Junge auch Feuer aufs Gemächt gekriegt.«

»Was?«

»Wegen Bettnässens. Damals wurde in der Mütterberatung eine Matratze empfohlen, die das schlafende Kind jedes Mal aufweckte, wenn es tropfte.«

»Das ist bestialisch.«

»Finde ich auch. Aber der Arzt war der Meinung, es würde helfen. Und mein Vater und meine Mutter glaubten ihm. Sie dachten, es wäre zu meinem Besten.«

»Hat es denn geholfen?«

»Kaum. Ich lernte nur, im Schlaf durchs Haus zu rennen, um Menschen vor den sadistischen Waffen von Angreifern aus dem Universum zu retten und in den Kleiderschrank zu pinkeln.«

»Kein Wunder, dass du im Schlaf wimmerst«, sagte ich und

stand auf, um mein rotes Kleid von dem Stoß der sauber gefalteten Kleidungsstücke zu nehmen.

Mikko funkelte mich an:

»Wenn du meinen Stoß wegen eines anderen Kleidungsstücks durcheinandergebracht hättest, hättest du etwas erleben können«, sagte er.

Während ich mich umzog, fragte ich ihn, wie der 6. Januar in Irland hieß, worauf er sich sofort auf Wikipedia stürzte.

»Epiphanie und Dreikönigsfest.«

»Nach den drei Weisen aus dem Morgenland, die nach Bethlehem kamen? Die Reise hat aber gedauert, zwölf Tage!«

»Aus dem Morgenland ist es weit.«

»Ich weiß, dass Epiphanie so etwas wie Erscheinung heißt. Jedenfalls war James Joyce dieser Meinung. Aber wer erscheint da? Gott selbst? Und wem?«

»Ja, laut Bibel erschien Gott bei der Taufe Jesu als Stimme vom Himmel, die verkündete: ›Das ist mein geliebter Sohn, an dem ich mein Wohlgefallen habe.‹ Und der Heilige Geist erschien auch, als Taube.«

»Ja, ja.«

»Epiphanie bedeutet Fest des Lichts, um den Menschen das richtige Wissen und den richtigen Glauben zu vermitteln«, las Mikko vom Bildschirm ab. »Angeblich ist Dreikönig älter als Weihnachten. Heiden, wie die Kelten, begingen es ausgelassen mit Menschenopfern. Apropos Ofer, es ärgert mich maßlos, dass wir es nicht nach Newgrange geschafft haben. Der Ort interessiert mich. Er ist älter als Stonehenge, und es gibt dort ein anständiges Ganggrab. Wie zum Teufel konnten die armen Menschen dreitausend Jahre vor Christus eine solche Menge Steinbrocken schleppen und daraus einen Tunnel bauen, an dessen Ende ein Opferaltar stand, auf den exakt zur Wintersonnenwende der knauserigste Lichtstrahl des Jahres fiel?«

»Ich bin auch nicht in den Botanischen Garten gekommen. Um diese Zeit blühen dort Hunderte Orchideen, und ich hätte gern mehr von Lydia Shackletons Blumen-Aquarellen gesehen«, sagte ich und deutete auf den Druck an der Wand.

»Mit was für Werkzeugen und Geräten konnten die diese gewaltigen Brocken kilometerweit schleppen und eine Deckenkonstruktion bauen, durch die es auch fünftausend Jahre später nicht hineinregnet?«

»Der Baumarkt für die Männer, die Gärtnerei für die Frauen«, seufzte ich.

»Hä?«

»Wir haben gerade über Dreikönig geredet!«

»Richtig«, sagte Mikko und blickte wieder auf den Bildschirm. »Für die Orthodoxen ist es die große Wasserweihe, allerdings feiern sie die erst am neunzehnten Januar. Dann wird im Gedenken an Jesus ein Kreuz dreimal ins Wasser getaucht, am liebsten in einen Fluss oder See, und dann hofft man, dass der Heilige Geist seinen Job macht. Als Nächstes sind die Gläubigen an der Reihe, ins heilige Wasser zu tauchen.«

»Bei den finnischen Orthodoxen artet das dann in Eislochschwimmen aus. Wieder ein Grund, auch dieser Kirche nicht beizutreten«, sagte ich, während ich meine Stiefeletten anzog.

»Eislochschwimmen ist gesund«, meinte Mikko, klappte aber bereitwillig den Laptop zu und half mir in den Mantel.

Wir aßen in einem kleinen Steak-Restaurant in der Henry Street, einen kurzen Fußweg entfernt. Eine gut gelaunte Frauenrunde hatte das Lokal erobert, so dass Mikko der einzige Mann war. Die Bedienung sagte, in der irischen Tradition werde Dreikönig als Fest der Frauen gefeiert, das man auch *Women's Little Christmas* nenne, auf Irisch *Nollaig Bheag*. Die Frauen hatten an den Weihnachtsfeiertagen schuften müssen, nun waren sie mit

Feiern dran. Die Männer durften sich um die Hausarbeit kümmern. Im Prinzip würden auch in diesem Lokal nur Frauen bedient, aber bei Mikko könne man eine Ausnahme machen, weil wir Touristen waren. Zu dem Tag gehöre auch, dass man allen Frauen, Müttern, Tanten, Schwestern in der Verwandtschaft Geschenke mache. Aber auch die Kinder mochten den Tag, weil er eben noch zu den Weihnachtsferien gehöre.

»Nicht alle Männer scheint es in der Küche zu halten«, sagte ich.

Ich hatte nämlich durchs Fenster beobachtet, wie ein Mann einen Mischlingshund an einer Laterne anleinte, bevor er sich in den Pub nebenan begab. Der Hund hatte ein schwarzes und ein weißes Ohr. Er tat mir leid, aber Mikko sagte, dem Hund fehle nichts, er sei die Pubbesuche seines Herrchens garantiert gewohnt.

»Ein Hund vergöttert sein Herrchen immer«, sagte er. »Das liegt in der Natur der Hunde. Außerdem hat das Herrchen bestimmt einen Leckerbissen dabei, wenn es aus dem Pub kommt. Habe ich dir eigentlich je von Doktor Koskis Dragoner-Opa und seinem Schniedel erzählt …«

»Bitte nicht so was jetzt!«

»Nein, im Ernst. Koskis Großvater hatte einen Hund, der so hieß. Der Alte diente nach dem Bürgerkrieg als Dragoner in Lappeenranta und kümmerte sich dort um einen herrenlosen Hund, der den Namen Schniedel bekam. Ich weiß nicht, ob die Regimentskameraden ihren Anteil an der Hundetaufe hatten. Jedenfalls musste der Dragoner wehmütig von seinem Hund Abschied nehmen, als der Tag der Entlassung nahte. Er kehrte nach Hause an den Pälkäne-See zurück, und für Schniedel war es Zeit, sein eigenes Leben zu führen, so wie Gogols Nase …«

»Der Ärmste!«

»Überhaupt nicht. Schniedel rannte quer durch halb Finnland

von Lappeenranta zum Pälkäne und kam fünf Wochen nach der Entlassung des Dragoners bei diesem zu Hause an. Ich finde, das ist eine edle und schöne Geschichte über die Wiedervereinigung von Schniedel und Herrchen.«

»Also … Wenn der Mann der Vater von Koskis Mutter war, dann hat er bestimmt auch eine Frau. Ich frage mich nur, ob die auch den Hund beim Namen rief, wenn er mal weg war.«

Wir lachten beide wie Halbwüchsige. In solchen Momenten dankt man Gott für die finnische Sprache im fremden Land. Mikkos schöne blaue Augen funkelten bübisch im Kerzenschein, und ich strich über seine Hand, die auf dem Tisch ruhte.

»Ich habe immer geglaubt, du magst keine Hunde«, sagte ich.

»Ach, so wie ›wer kleine Kinder und Hunde hasst, kann nicht durch und durch schlecht sein‹? Nein, ich mag Hunde.«

»Warum warst du dann so strikt dagegen, dass wir uns einen anschaffen? Ich weiß noch, wie du einmal fast einen Tobsuchtsanfall bekommen hast, als die Jungs wegen des Retriever-Welpen quengelten, den sie billig hätten bekommen können.«

»Ich habe selbstverständlich nicht getobt. Auch wegen der Katze habe ich nicht getobt. Oder wegen des Hamsters. Und was für Kreaturen noch angeschafft werden mussten.«

»Aber bei dem Hund hast du getönt wie eine Schiffssirene. Ich hätte ihn auch gern gehabt. Als Wachhund.«

»Weil der Hausherr ständig weg war«, sagte Mikko bissig. »Ein Hund als Ersatz für Ehemann und Vater.«

»Es hätte auch unabhängig davon Spaß gemacht«, versuchte ich zu beschwichtigen, aber nicht besonders nachdrücklich, denn ich hätte den verflixten Retriever wirklich gern gehabt.

»Sollen wir nicht bei der Gelegenheit wieder über die Estonia reden?«

»Nein. Hast du in letzter Zeit ein gutes Buch gelesen?«

»Habe ich nicht.«

»Ach ja, du liest ja keine Bücher, sondern schaust sie dir als Filme an. Die Epiphanie-Erzählung von James Joyce ist übrigens auch verfilmt worden. Die letzte Regiearbeit von John Huston, *The Dead*, mit Tochter Anjelica in der weiblichen Hauptrolle. Ich bin nicht sicher, ob der Film an Dreikönig spielt, aber …«

Mikko unterbrach mich und fing an, als Gegengewicht zu meiner Stichelei eine Geschichte über die Estonia zu erzählen. Er hatte sie von Janne Porkka gehört, als er mit dem Schiff von Turku nach Stockholm fuhr.

»Porkka moderierte ein Quiz für die Passagiere, und wir unterhielten uns in der Messe. Es stellte sich heraus, dass er als Matrose an Bord gewesen war, als die Estonia noch Viking Sally hieß. Zu den Aufgaben der Matrosen, die auf dem untersten Fahrzeugdeck arbeiteten, gehörte es, vor dem Auslaufen die Verriegelung der Bugklappe zu kontrollieren. Porkka hatte es einmal machen müssen. Man musste Gummistiefel anziehen und bekam als Werkzeug einen Vorschlaghammer. Dass die Gummistiefel nötig waren, merkte er, als er vor die Klappe trat. Dort stand Wasser, dessen Höhe der estnische Zweite Steuermann vom Fahrzeugdeck hinter der Auffahrrampe aus rufend erfragte: ›Wie viel … Knöchel oder Knie?‹ Porkka antwortete, es stände eher bis zum Knöchel. ›Dann können wir fahren‹, hatte der Steuermann gerufen und ihm befohlen, mit dem Vorschlaghammer die Verriegelung des Bugvisiers festzuklopfen. Eigentlich hätte es elektronisch per Knopfdruck verriegelt werden müssen.«

Mikko erzählte die Geschichte lachend und bedauerte nur, den Akzent des Steuermanns nicht so gut nachahmen zu können wie Porkka. Ich wusste nicht, was ich davon halten sollte. Man wurde aus diesem Mann einfach nicht schlau! Ich ging zur Toilette, und als ich zurückkam, machte Mikko ein honigsüßliches Gesicht.

»Was ist denn mit dir los?«

»Du gehst ab jetzt nirgendwo mehr hin«, sagte er. »Kaum warst du weg, haben mich die Frauen da drüben angegraben wie das Schwein den Trüffel. Von der Enkelin bis zur Großmutter. ›Na, mein Schöner‹ und so weiter …!«

»Hat man dich armen Kerl nicht in Ruhe gelassen?«

»Eben nicht.«

Die Frauen winkten vom Nachbartisch herüber, aber Mikko saß soldatisch aufrecht da und tat so, als bemerkte er die fröhlich Feiernden nicht. Ich erzählte ihm von der Toilettenpapierrolle, die mit grünen Kleeblättern verziert war und von der ich als Beweisstück zwei Blätter in die Handtasche gesteckt hatte.

»Wollen die tatsächlich, dass sich ihre Kunden den Hintern mit der Pflanze des heiligen Patrick abwischen?«

Mikko sagte, er wisse nicht, worüber er sich mehr wundern solle, über die Geschmacklosigkeit der Iren oder darüber, dass sich seine Frau, die kein Kind im eigentlichen Sinn mehr sei, dazu herabließ, auf einer Restauranttoilette Klopapier zu klauen. Er hielt mir einen kleinen Vortrag über den St.-Patrick-Kitsch, den er in den vor allem für Touristen gedachten Läden gesehen hatte. Auf allen möglichen Tassen, T-Shirts und Mützen sah man ziemlich oft auch vierblättrige Kleeblätter, die mit dem heiligen Patrick nichts zu tun hatten, sondern mit dem alten Heidentum, das der Heilige, der das Christentum auf die Insel gebracht hatte, im Volk ausrotten wollte.

»Ich weiß. Das dreiblättrige Kleeblatt ist ein Symbol der Dreifaltigkeit. Habe ich dir übrigens erzählt, dass mein Urgroßvater Salkonen die sonderbare Gabe hatte, im Nu auf jeder Wiese ein Vierblättriges zu finden? Das machte auf uns Mädchen großen Eindruck. Wir dachten, er hat bestimmt viel Glück im Leben gehabt …«

Mikko erzählte, er habe irgendwo gelesen, dass manche Menschen tatsächlich über so eine Gabe verfügten. Ein Botaniker habe gezählt, dass in einem Kleebestand ein vierblättriges auf zehntausend dreiblättrige komme, so dass das blitzschnelle Erkennen eines vierblättrigen Kleeblatts eine optische Spezialbegabung darstelle.

»Vielleicht kann man das üben?«

»Bestimmt«, gab Mikko zu. Er zog einen Vergleich zu den Menschen, die in einer Hühnerfarm arbeiteten und auf dem Fließband die männlichen Küken herauspicken konnten. Ein Normalsterblicher könne bei Küken Männchen nicht von Weibchen unterscheiden, alle sähen wie die gleichen Osterküken aus …

Wir mussten unser Geplauder unterbrechen, denn die Frauen wurden so laut, dass wir unser eigenes Wort nicht mehr verstanden. Also baten wir um die Rechnung. Draußen sahen wir, dass der arme Hund noch immer neben dem Laternenpfahl hockte. Er sah aus wie der Inbegriff des Bedauernswerten, und ich hatte Lust, in den Pub zu gehen und dem herzlosen Herrchen die Leviten zu lesen. Mikko sagte, wenn ich das täte, würde das der arme Hund wahrscheinlich zu spüren bekommen.

Wieder im Hotelzimmer beschloss ich, noch einen Blick auf die Mails zu werfen, für den Fall, dass jemand sich im letzten Moment noch ein Mitbringsel wünschte. Die einzige Nachricht neben Angeboten zur Penisverlängerung und sonstiger Spam-Post kam von meiner syrischen Bekannten Ruken.

Ruken war eine Kurdisch- und Englischlehrerin aus Aleppo, mit der ich mich lange über die Rechte der Frauen in Syrien unterhalten hatte, als ein Jahr zuvor ein Roman von mir ins Arabische übersetzt worden war und ich das Land besucht hatte. Seit dem Ausbruch des Bürgerkriegs hatte ich nichts mehr von ihr gehört, und jetzt war ich erleichtert, dass sie zumindest noch lebte. Während meiner Reise hätte ich nach Damaskus in

Rukens Heimatstadt auftreten sollen, aber mein syrischer Verleger hatte eine Nachricht erhalten, in welcher der Mufti von Aleppo erklärte, ich sei in der Stadt nicht willkommen, da mein Roman unsittliche Stellen enthalte, die den Islam beleidigten. Wir hatten beide auch nächtliche Anrufe bekommen. Der Verleger hatte deswegen eine Pressemitteilung verfasst, der zufolge Frau Rafaelssons und sein Leben in Gefahr waren. Trotzdem hatte er nicht vor, das Buch vom Markt zu nehmen, vielmehr wollte er seinen unnachgiebigen Kampf für die Meinungsfreiheit fortsetzen. Er hatte erklärt, er sei Veteran von zwei Kriegen und lasse sich keine Angst einjagen. Ich selbst hatte mich nicht sonderlich kampflustig gefühlt, und die letzten Tage in einem Fünf-Sterne-Hotel in Damaskus waren quälend langsam dahingekrochen, während vor der Tür ein Leibwächter saß, den der Sicherheitsdienst geschickt hatte.

Als die entzückende Ruken ins Hotel-Foyer kam, um mich zu treffen, war das eine angenehme Abwechslung in der Monotonie des goldenen Käfigs. Sie war nach Damaskus gefahren, weil man mir verboten hatte, nach Aleppo zu kommen. Sie wollte Informationen über die Menschenrechtssituation und die Stellung der Frauen in Syrien an die westlichen Länder übermitteln. Per E-Mail konnte man es angeblich nicht wagen, solche Dinge zu verbreiten. Mir war sogar kurz durch den Kopf gegangen, sie könnte eine Selbstmordattentäterin sein, aber ich hatte den Gedanken schnell als lächerlich verworfen. Sie hatte einen niedlichen kleinen Jungen dabei, der gerade erst laufen gelernt hatte und mit Hilfe von Keksen und Saft erstaunlich geduldig unser langes Gespräch ertrug.

Oft hatte ich an sie gedacht und ihr auch geschrieben, aber nie eine Antwort auf meine Mails erhalten.

Die Nachricht, die mich jetzt erreichte, kam als angehängte Datei, die ich nicht öffnen konnte. Ich bat Mikko um Hilfe.

»Und was kriegt Bob der Baumeister dafür?«

»Was glaubst du?«

»Leider habe ich keinen Blaumann dabei. Wenn ich den anziehe, kannst du bekanntermaßen nicht die Finger von mir lassen … andererseits auch wieder gut, weil unsereins ja nichts gebacken kriegt, wenn man keine Sekunde Ruhe hat …«

»Wie nichts gebacken?«

»Siehst du …!«

Er klapperte munter auf der Tastatur, in der einen Hand eine Flasche Bier, und sang das Lied der Provinz Uusimaa vor sich hin: *Die Felder so prächtig, die Wasser so frisch … Halbinseln, Buchten, geliebter Strand …*

Dann wandelte sich der Takt des Liedes in einen Walzer:

… Uusimaa, Perle so glänzend in der finnischen Krone. Hier erblühen Künste und Wissen, denn hier liegen das Herz und das Haupt von Finnland …

»Könnten wir ein bisschen Sordino auf diesen Winkelpatriotismus haben, bitte«, rief ich aus dem Bad, wo ich das Make-up entfernte.

»Klappt«, rief er durch die Tür zurück.

»Liest du es mir vor?«

Ich hörte, wie er sich räusperte und ein paar Sätze auf Englisch sagte, die ich kaum verstand. Dann schwieg er. Die Bierflasche wurde auf den Tisch gestellt. Ich verließ das Bad. Als Mikko mich sah, klappte er schnell den Laptop zu und stand auf.

»Was ist?«

Er nahm mich fest in den Arm.

»Du darfst diese Nachricht nicht lesen«, sagte er mit Mühe. »Sie enthält Bilder. Die darfst du nicht sehen. Und du darfst auch den Text nicht lesen. Verstehst du, mein Schatz? Du darfst es nicht!«

KINGSTOWN, 6.1.1896

O Captain! My Captain! Our fearful trip is done,
The ship was weather'd every rack, the price we sought is won,
The port is near, the bells I hear, the people all exulting,
while follow eyes the steady keel, the vessel grim and daring…

Walt Whitman, 1865

Elin

Der Dreikönigstag bricht grau und neblig an. Entgegen seiner Gewohnheit hämmert der Schwiegervater nicht um acht Uhr gegen die Tür, aber Elin und Oskar sind aufgestanden und haben sich angezogen, um auf ihn zu warten. Schweigend und ohne einander anzusehen, verzehren sie das Frühstück, das ihnen das Dienstmädchen gebracht hat. Oskar war nicht wütend geworden, als seine Frau am Vorabend spät ins Hotel zurückkam, ohne eine Erklärung für ihre Abwesenheit zu geben. Er wirkte sogar erleichtert und versuchte ungelenk, sie zu besänftigen.

Seine Frau ist auch früher gelegentlich, vor allem in der Schwangerschaft, im Zorn davongelaufen, hat sich stundenlang versteckt oder ist zu einem irrsinnig langen Spaziergang ohne Ziel aufgebrochen. Bei einer Frau, die ein Kind erwartet, muss man mit den sonderbarsten Anfällen von Verrücktheit rechnen, und ein vernünftiger Ehemann hat sie zu ertragen, wenn er will, dass sein Geschlecht weiterhin Bestand hat.

Als der Schwiegervater auch um zehn noch nicht aufgetaucht ist, wird Oskar allmählich nervös und beschließt, zum Quartier seines Vaters zu gehen, um nach ihm zu sehen. Elin fragt sich, ob die Verspätung des Alten damit zu tun haben könnte, dass Peterson bei ihm ist.

Patrick, der Page, kommt mit dem Dienstmädchen, um den Hund zum Gassigehen abzuholen. Elin will ihre Hände beschäftigen, darum sagt sie dem bestürzten Dienstmädchen, sie mache das Bett selbst und räume auch das Zimmer auf. Von diffuser

Selbstverachtung erfasst rettet sie die Zeitung aus dem Papierkorb, in der sie mit Peterson und den Kindern im Botanischen Garten posiert, entfernt das Bild mit dem Papiermesser und legt es in das Büchlein von Professor Hult. Die Zeitungsschnipsel verbrennt sie im Kamin.

Wie tief bin ich bereit wegen dieses Mannes zu sinken?

Wenig später kehrt Oskar mit seinem Vater zurück. Dieser teilt mit, sie nähmen in einer Stunde das Postschiff nach England, um sich in Liverpool ein zum Verkauf stehendes Schiff anzusehen, und übernachteten dort. Die Schwiegertochter brauche nicht mitzukommen, er kenne in der Stadt einen guten Dolmetscher.

Keine besonders feinfühlige Art mitzuteilen, dass das Dreikönigsfest im Hotel ohne das Kapitänspaar stattfinden wird, allerdings wäre die Teilnahme unter den Umständen ohnehin peinlich gewesen. Dennoch wurmt es Elin, das von Frau Talbot-Power geschickte moosgrüne Tunika-Ensemble nicht tragen zu können, zu dem ein golden bestickter Turban und eine Hose mit Schlangenmuster gehören. Das Kostümthema des Dreikönigsfestes ist der Orient, im Angedenken an die Weisen aus dem Morgenland, und das hat Elin von Anfang an fasziniert. Als sie das Kostüm anprobierte und sich im Spiegel in einen Prinzen aus einem fernen Land verwandelt sah, fiel ihr die Weihnacht bei den Herrschaften Rettig wieder ein, wo sie und Karin zusammen mit einigen anderen Gästen die Sternsinger gaben. Elin war Balthasar, die schüchterne Karin trug als Melchior den Stern. Der Neffe von Frau Rettig stellte den grausamen Herodes dar und dessen unter dem Stimmbruch leidender Cousin den Kaspar. Das lebende Bild, das sie spielten, erzählte von der Reise der Weisen zum Jesuskind und vom strikten Befehl des Herodes, alle zweijährigen und jüngeren Knaben Bethlehems zu töten. Wegen der ständigen Schnitzer der Darsteller nahm die Aufführung sehr bald den Charakter einer unfreiwilligen Farce an. Letzten

Endes lachten Publikum und Schauspieler gemeinsam darüber, und der Applaus war gewaltig.

»Du hast also das Geld zusammen, Schwiegerpapa«, stellt Elin bitter fest und blickt auf Oskar, der ihr ausweicht und eilends seine Sachen für die Reise packt. Der Schwiegervater winkt ab, um zu bedeuten, dass diese Angelegenheit seine Schwiegertochter nicht das Geringste angeht. Er ist unübersehbar glänzender Laune, schaukelt Ester auf seinem gesunden Knie und stimmt laut lachend in deren Kichern ein.

Da klopft es erneut an der Tür. Diesmal ist es Obersteuermann Peterson.

»Verzeihung, dass ich auf diese Weise störe, aber ich habe dringend etwas mit Kapitän Siren zu besprechen.«

Beide Männer schauen den Ankömmling fragend an, aber Peterson richtet das Wort an den Älteren, als wolle er deutlich machen, dass nur eine Person anwesend ist, zu der die Anredeform passt.

»Könnten Sie für einen Moment mit nach unten kommen?«

»Ich habe keine Zeit für Schwätzchen«, sagt der Alte und setzt das Kind ab. »Wir müssen gleich zum Postschiff. Ich dachte, Sie sind schon auf dem Weg nach Finnland. Nennen Sie Ihr Anliegen!«

Peterson schließt die Tür und räuspert sich.

»Wie Sie sicher wissen, ist Matias Sahlman, der Schiffsjunge von der Palme, erneut verschwunden, und als ehemaliger Kommandant des Schiffes betrachte ich mich als verantwortlich für ihn. Darum frage ich Sie, ob Sie eventuell über eine Information verfügen, die mir helfen könnte, ihn zu finden.«

»Teufel aber auch. Sie haben die Stirn, mit einer so nichtigen Kleinigkeit einen Mann zu belästigen, der alle Hände voll zu tun hat!«

»Die Gesetze müssen befolgt werden. Als Kommandant des

Schiffes ist es meine Pflicht, dafür zu sorgen, dass nach erfolgtem Seeunglück jedes Mitglied meiner Besatzung sicher in seine Heimat zurückkehrt.«

Peterson betont das Wort Kommandant in keiner Weise, aber schon indem er es wiederholt, bringt er den Alten zum Kochen.

»Wollen Sie mir, verflixt noch mal, drohen?«

Petersons Unerschütterlichkeit erinnert Elin an einen Leuchtturm, dessen Aufgabe darin besteht, die Dunkelheit, die ihn umgibt, zu erleuchten und den Schiffen, die in seinen Lichtkreis kommen, die Richtung zu weisen.

»Würden Sie freundlicherweise meine Frage beantworten?«, sagt er. »Kennen Sie den derzeitigen Aufenthaltsort von Matias Sahlman?«

Der Alte macht eine Handbewegung zum Meer hin.

»Der blinde Passagier ist auf dem Weg nach Finnland.«

»Mit welchem Schiff?«

»Was spielt das für eine Rolle?«

»Ich war heute Morgen im Hafenkontor. Weder gestern noch heute Morgen ist ein Schiff nach Finnland ausgelaufen, auch nicht in Richtung anderer Häfen, von denen aus Schiffe dorthin gehen.«

»Sie haben sich die Mühe gemacht, wegen so einer Angelegenheit die Kontore abzuklappern?«

»Ja. Ich musste außerdem meine Reise aufschieben. Ich habe nicht vor abzureisen, bevor diese Sache geklärt ist. Wenn nötig, werde ich eine offizielle Meldung machen. Das ist die vom Seegesetz vorgeschriebene Pflicht eines Kapitäns, wie jeder, der das Kapitänspatent besitzt, weiß.«

Der alte Siren blickt mit rotem Kopf auf seinen Sohn:

»Das ist mir ein hinterfotziger Kerl! Ich werde dafür sorgen, dass sämtliche Reeder von diesem Vorfall erfahren, damit niemand diesen Schurken anheuert, oder was meinst du?«

Der blasse Oskar sagt nichts.

Elin bückt sich, um Spielsachen vom Fußboden aufzuheben, sie ist sich sicher, dass ihr Anteil an diesem Schurkenstück den beiden Sirens jeden Moment klar wird: *So, bist du nun zufrieden? Womöglich ist es dir gelungen, seine Laufbahn und seine Zukunft zu zerstören. Was hat gestern Abend schlimmer an dir genagt, die Sorge um den Jungen oder die Möglichkeit, dass dieser Mann für immer und ohne sich umzublicken aus deinem Leben geht …?*

»Kapieren Sie Hammel eigentlich die Größenordnung der Dinge, um die es hier geht?«, wütet der Schwiegervater weiter. »Wir müssen ein neues Schiff bekommen, als Ersatz für die Palme, die Sie zu Schrott gefahren haben. Und wir werden es auch bekommen, das werden Sie mit Ihren Machenschaften nicht verhindern!«

Elin steht auf, sie drückt den Stoffhund und die Bildwürfel an sich wie ein vernachlässigtes Kind, das nichts mehr hat außer dem Trost, den ihm die Spielsachen spenden. Peterson verzieht keine Miene und ist ganz er selbst, auch als er dem Alten antwortet.

»Ich will nur wissen, ob Sie am Verschwinden von Matias Sahlman beteiligt sind und wenn ja, ob Sie mir freundlicherweise sagen können, wo ich den Jungen finde, damit ich ihn mit nach Finnland nehmen kann.«

Erik Siren ist kurz vorm Platzen. Er ballt die Faust und schlägt damit so heftig auf die Schreibtischplatte, dass Ester in Tränen ausbricht. Ihre Mutter nimmt sie auf den Arm.

»Und ob ich etwas damit zu tun habe, was mit dem Bengel passiert«, explodiert der Alte. »Jeder, der meint, mir in die Quere kommen zu können, darf die Folgen am eigenen Leib spüren. Glauben Sie, gegen mich kommt jemand an? Ich weiß, wo der Junge ist, verdammt. Auf meinen Schiffen bricht kein Härchen, ohne dass ich es weiß. Auf dem Papier mögen Sie der Kommandant der Palme sein, aber ich bin der Alleinherrscher über alle meine Schiffe und alle Entscheidungen, die ihre Besatzungen betreffen. Und wenn ich einen loswerden will, dann geht das niemanden etwas an! Scheren Sie sich fort!«

Der Schwiegervater dreht sich um und droht der aus vollem Hals weinenden Ester mit dem Finger:

»Und du hältst ebenfalls den Mund! Oskar, wir gehen!«

Oskar schaut verlegen auf Peterson, der vor der Tür steht und sich nicht vom Fleck rührt, sondern ruhig seine Frage nach dem Aufenthaltsort des Jungen wiederholt.

Der Schwiegervater tritt vor ihn hin, so dass er peinlicherweise den Blick schräg nach oben richten muss:

»Ich habe ihn ins Waisenhaus gebracht. Wo er auch hingehört. Ich habe das verdammte Miststück dorthin zurückgebracht, wo es herkommt. Ich bin ein Mann der Ordnung und der Vernunft und ertrage kein weibisches Geheul in glasklaren Angelegenheiten.«

»Ich verstehe, Kapitän Siren. Ich bitte dann noch darum, den Namen und die Adresse der Einrichtung zu erfahren.«

»Vogelnest. Das reicht als Adresse. Und sorgen Sie dafür, dass ich weder Sie noch den Jungen antreffe, wenn ich zurückkomme. Ist das klar?«

»Das ist klar, Herr Kapitän.«

Alle drei Männer schieben sich zur Tür hinaus. Draußen steht der verdutzte Patrick mit dem Hundewelpen auf dem Arm.

»Das gilt auch für den Köter«, sagt Erik Siren und droht seiner Schwiegertochter mit dem Zeigefinger. »Im Laufe dieses Tages wirst du ihn los!«

Noch während er mit seinem Stock zur Treppe humpelt, hört Elin ihn krächzen:

»Verdammt, was für ein Pack ein starker Mann manchmal mit sich herumschleifen muss…«

Matias

Als Matias von der bevorstehenden Reise hörte, bat er oder bettelte er eher darum, seiner Dienstherrin einen Brief schreiben zu dürfen, um ihr von seiner Abreise zu berichten, aber Frau Smiley sagte, das sei nicht nötig. Es sei alles mit der Familie, in deren Dienst Sahlman gestanden habe, abgesprochen, alles sei, wie es sein solle. In Kanada würden große Apfelgärten auf ihn warten, in denen er sich jeden Tag den Bauch vollschlagen dürfe. Er müsse vor allem seine Dankbarkeit dafür zum Ausdruck bringen, als eines von zehn Waisenkindern ausgewählt worden zu sein, denen sich nun ein vollkommen neues Leben auftue.

Matias sitzt im Bauch der träge schaukelnden Bark auf seinem Jutesack.

Er meint, in den dunklen Ecken des schwankenden Verschlags bleiche Teufel zu erkennen, lauernd, ohne Gnade und beispiellos in ihrer Grausamkeit.

Sie hecheln, knirschen mit den Zähnen und wetzen sich die Krallen …

Während sein Herz vor Entsetzen pocht, versucht er seine Gedanken zu ordnen. Ist es möglich, dass all das stimmt: dass Frau Siren tatsächlich weiß, dass er auf einem Schiff eingesperrt ist, das den Ozean überqueren wird, dass sie es gelassen hinnimmt?

Erst vor einer Woche hörte Matias, wie seine Dienstherrin für Kapitän Siren einen in der Zeitung abgedruckten Brief übersetzte, in dem es um die Frage der Auswanderung ging. Ein Mitglied des Unterhauses behauptete, die von der britischen Regierung abgesegnete Emigrationspolitik habe nichts anderes im Sinn, als die Armen und Waisen in fremde Länder abzuschieben, damit sie aus den Augen waren. Dort dürften sie dann praktisch als Sklaven arbeiten, ohne die Wohlhabenden Britanniens mit ihren Schmerzensschreien zu stören.

Frau Siren wirkte erschüttert von dem, was sie las, auch davon, dass die Zahl der in die Kolonien verschickten Kinder in die Zehntausende ging. Und doch liegt Matias Sahlman jetzt im Bugmagazin einer Bark eingesperrt, die nach Kanada auslaufen wird, und hört dem leisen Knarren des Rumpfes zu, obwohl Frau Siren ihm mehrmals versprochen hat, ihn mit nach Finnland zu nehmen. Ihm kommen Bilder davon in den Sinn, wie sie sich lächelnd herabbeugte, um ihm und Ester beim Spielen zuzusehen, wie sie ihm die Hand auf die Schulter legt und ihm über die Haare streicht, so wie sie es beim blonden Haarschopf ihrer Tochter tut. In solchen Augenblicken war er erstarrt. Seit dem Weggang seiner Mutter hatte ihn keine Frau mehr mit zarter Hand berührt. In seinem Inneren hatten sich vorsichtige, ungeordnete Hoffnungen gebildet, es könne durch die Hilfe eines wundersamen Zauberstabs Tag für Tag so weitergehen. Als hätte er nicht von seinem Vater gelernt, dass Mütter und Väter einen immer enttäuschen: Merk dir das, Junge, das ist ihre Natur!

Seine jungen Reisegefährten liegen schlafend kreuz und quer auf Tauen und Ersatzsegeln, mit ihren Kleiderbündeln als Kopfkissen. Sie haben die Ersatzkleidung dabei, die kleinen Auswanderern nach dem Armenfürsorgegesetz zustehen: fünf Hemden, fünf Paar Strümpfe, ein Paar Schuhe und eine Garnitur Überkleider aus warmem Stoff. Bei den Mädchen sind es fünf Unterkleider, ein Unterrock aus Flanell, fünf Paar Strümpfe, ein Paar Schuhe und eine Garnitur Überkleider aus warmem Stoff. Ohne die geht niemand in Kanada an Land, keiner soll sagen, dass sich das Imperium nicht um seine Kinder kümmert!

Der kleine Junge neben Matias liegt auf dem Rücken auf einem Rosshaarsack, drückt die Wolldecke an sich und schnarcht laut. Gegenüber liegen die Mädchen, Sarah unter ihnen. Im Schein der an der Decke hängenden und mit dürftiger Flamme brennenden Öllampe sieht Matias, dass Sarah nicht schläft, sondern mit offenen Augen und angezogenen Knien auf der Seite liegt. Man hat ihnen unter Androhung von Schlägen mit dem Tau verboten, einen Laut von sich zu geben, solange das Schiff im Hafen liegt.

»Matias«, flüstert das Mädchen.

»Psst...«

Der Junge steht auf und schlängelt sich an dem Eimer, der als Klo dient, vorbei näher an das Mädchen heran, wobei er ständig den Finger auf den Lippen hat. Sarah lässt sich von ihrer Schlafunterlage herab und streckt die Hand nach Matias aus, bis sie seinen Ärmel erwischt hat.

»Matias...«, flüstert sie und klammert sich an ihn. »Du musst hexen! Ich will nicht nach Kanada! Ich kann nicht! Ich will nach Hause... Du musst hexen!«

Der Junge schwankt ratlos im Takt des schaukelnden Schiffes, auf dem Gesicht spürt er den heißen Atem des Mädchens. Dann kommen ihm wie von selbst die düsteren Sätze in den Sinn und schwellen zu einem unheilverkündenden Donnern an. Er reißt einen der Belegnägel vom Stapel, hebt ihn in die Höhe und fängt an, mit der Stimme und in der Sprache seines Vaters zu deklamieren:

»Doublé in die Mitte, Stoß über die Bande in die Ecke... Den Queue waagrecht über dem Tisch halten... Geschlossene Stützhand, unten mit dem Daumen abstützen... Und denk daran, ein einziger Fehler kann dich das Spiel kosten, sogar das Leben...«

Daniel

Das neuerliche Verschwinden von Matias Sahlman erstaunte Daniel nicht, auch nicht, dass Frau Siren sich in der Sache wieder an ihn wendete. Leicht verwundert war er darüber, dass aus der Nachricht hervorging, auch Kapitän Peterson werde zur Stelle sein. Nachdem Daniel bei einem Glas Whiskey darüber nachgedacht hatte, kam es ihm jedoch natürlich vor.

Die Nachricht der Kapitänsgattin wurde am frühen Abend ins George gebracht, doch Daniel war nicht gewillt, sofort zum Royal Marine Hotel aufzubrechen, wo er jeden einzelnen Tag dieser Woche verbracht hatte. Er hatte seinen ersten freien Tag seit langem, und auch wenn er wusste, dass er eine unmögliche Hoffnung hegte, vergrub er sich hinter einer Zeitung, um auf eine andere Nachricht zu warten, von einer anderen Frau. Warum sollte der herrliche Engel der Zaubernacht nicht wieder auf seinen starken Seidenflügeln zu ihm geflogen kommen? Andererseits könnte er nach dem morgigen Tag um Urlaub bitten und selbst zu Anna nach Devon fahren. Was immer das Ergebnis der Unglücksuntersuchung sein würde, so war der Fall danach doch abgeschlossen. Jedenfalls wäre Scott kaum damit einverstanden, weiter darauf herumzukauen. Daniel merkte selbst, dass er ziemlich erschöpft und kraftlos war, angesichts der diffusen und schwer zu beweisenden Manipulation, von der die Untersuchung des Rettungsbootunglücks und die Tätigkeit der zu Gunsten der Opfer gegründeten Fonds die ganze Zeit überschattet gewesen waren.

Was konnte man dagegen schon tun? Fünfzehn tapfere Männer waren bei dem Versuch ums Leben gekommen, ihnen unbekannte Mitmenschen zu retten. Sie waren gescheitert und selbst ertrunken. Und es war einfach für zu viele Seiten von Vorteil, dass dies mit dem Versagen der Männer selbst zu tun gehabt hatte. Mut geht der Dummheit voraus, so etwas kommt vor! Zwecklos, wenn die Witwen da weiter jammerten. Warum hatten sie so dumme Männer geheiratet…

Daniel schüttelt verbittert den Kopf und steht auf. Hunter beeilt sich, ihm in den Mantel zu helfen.

»Nehmen Sie auch den Regenschirm mit, Sir?«

»Brauche ich den?«

»Ich fürchte, Sie brauchen ihn, Sir. Mir scheint, es wird bald anfangen, etwas zu nieseln.«

Daniel überlegt, was er an Arbeitsgerät möglicherweise benötigt. Schließlich entscheidet er, die ganze Tasche mitzunehmen und auf den Schirm zu verzichten.

Peterson sitzt bereits im Hotelrestaurant. Nachdem der Portier eine Nachricht aufs Zimmer gebracht hat, kommt auch Frau Siren eilends hinzu. Daniel bereut verlegen seine Verspätung. Es stellt sich heraus, dass Kapitän Siren mit seinem Vater zur Hauptinsel aufgebrochen ist, Herr Siren Senior aber vor der Abreise erzählt hat, Matias Sahlman aus vorläufig unbekannten Gründen in Frau Smileys Waisenhaus gegeben zu haben.

Peterson berichtet, er sei dort gewesen, aber man habe ihm fest versichert und geschworen, der Junge sei nicht da. Er hatte sich frei unter den Kindern bewegen dürfen und den Jungen tatsächlich nicht gesehen. Es war ihm nichts anderes übrig geblieben, als sich enttäuscht zu entfernen und Frau Siren die unschöne Nachricht zu überbringen.

Aber dann war es zu einer neuen Wendung gekommen. Es

stellte sich heraus, dass die Tante des Pagen, der das Zimmer mit Matias geteilt hatte, in eben jenem Waisenhaus arbeitete. Diese Frau erzählte ihrem Neffen, im Heim sei am Abend zuvor eine zehnköpfige Kinderschar für die Schiffspassage nach Kanada ausgestattet worden. Ihrer Meinung nach war das außergewöhnlich gewesen. Üblicherweise werden Kinder in wesentlich größeren Gruppen in die Kolonien geschickt, und die Vertreter der Auswanderungsbehörden kommen selbst mit einem Arzt, um sie zu holen, aber diesmal ging alles mit außergewöhnlicher Eile vonstatten, und es war weit und breit auch kein Arzt zu sehen gewesen. Nach Einbruch der Dunkelheit fuhr Herr Smiley die Kinder mit seinem eigenen Wagen zum Hafen.

»So was«, sagt Daniel und nimmt das Zigarettenetui zur Hand. »Riecht nach gesetzeswidrigen Machenschaften.«

»Im Moment liegt nur ein Schiff im Hafen, die Bergen, die nach Kanada fährt«, sagt Peterson. »Das ist eine norwegische Bark, die Eis gebracht hat und nur mit Ballast nach Halifax fährt, um dort Stückgut zu laden. Sie sollte schon gestern Morgen auslaufen, aber das Wetter war nicht günstig.«

»Haben Sie mit dem Kapitän der Bergen gesprochen?«

»Nein, weil … Wie Sie sagen, das Vorgehen wirkt nicht normal. Es gibt Kapitäne, die unter bestimmten Umständen bereit sind, illegale Lasten zu transportieren, aber sie geben es nicht zu. Und man entert kein Schiff, nur um Fragen zu stellen.«

»Natürlich nicht.«

»Darum sind wir auch auf Sie gekommen, Herr Ford«, schaltet sich die Frau ein. »Wir haben gemerkt, dass Sie Ihre Methoden haben.«

Daniel lacht geschmeichelt auf.

»Mag sein, aber mir fällt gerade keine ein, die zu dieser Situation passen würde.«

»Herr Peterson sagte, Sie interessierten sich für Matias' Geschichte von den Ventilen der Lufttanks. Der Junge hat ja eines bei seinen Peinigern gesehen.«

»Schon, aber … Im Grunde glaube ich nicht, dass sich am Ergebnis der Untersuchung etwas ändern würde, wenn ein Beweisstück auftauchte. Ich glaube, das Ganze ist besiegelt.«

Frau Siren lässt sich vom Zynismus des Journalisten nicht niederschmettern.

»Es interessiert Sie doch sicher trotzdem, dass zehn Kinder unter dubiosen Umständen außer Landes gebracht werden sollen?«

Daniel nickt, denkt aber bei sich: *Ich weiß nicht, ob ich meine Hände in diesen neuen Misthaufen stecken will. Eine knappe Tagesreise von dieser Insel der endlosen Sorgen entfernt steht von Maulbeerbäumen umgeben ein weiß verputztes Haus, in dem eine unvergleichlich wundervolle Frau auf mich wartet … jedenfalls sage ich mir, dass sie auf mich wartet, einzig und allein auf mich.*

»Wenn mein Mann hier wäre und wir unser Schiff noch hätten«, fährt die Dame hartnäckig fort, »wäre nichts natürlicher, als den Kapitän zu uns an Bord einzuladen. Zumal der Kapitän Norweger ist und wir einen Feiertag haben.«

»Verstehe, aber Ihr Mann ist nicht hier, und Sie haben auch kein Schiff, auf das Sie jemanden einladen könnten«, meint Daniel, sogar seiner eigenen Meinung nach unnötig schroff.

Seine Einstellung entmutigt die Frau weiterhin nicht.

»Ja, aber mit Sicherheit interessieren sich alle Kapitäne, die den Hafen hier anlaufen, für das Wrack auf der Sandbank. Wenn der norwegische Kapitän erfährt, dass wir noch hier sind, lädt er uns gewiss in seinen Salon ein, um etwas über die Havarie zu hören.«

»Stimmt«, bestätigt Peterson. »Das gehört absolut zu den guten Sitten unter Seeleuten.«

»Auch wenn der Mann im Rumpf seines Kahns eine zehnköpfige Kindersklavenschar versteckt?«

»Auch dann.«

Daniel begreift allmählich, dass der Mann und die Frau, die hier bei ihm sitzen, im Begriff sind, ihn zu überreden, sich an dem Plan, den sie geschmiedet haben, zu beteiligen. Dieser ist allem Anschein nach in unerschütterlicher Einmütigkeit gemacht worden und beinhaltet eine sehr weit gehende, freilich ein wenig wahnsinnig klingende Handlungsstrategie. Der Redakteur hat außerdem stark das Gefühl, dass es bei der unnachgiebigen Suche nach Matias Sahlman nicht allein um die Rettung eines armen Jungen geht, sondern um etwas, das diese beiden Menschen gemeinsam zu Ende führen müssen und über das ein Außenstehender nur Vermutungen anstellen kann.

Frau Siren zieht einen Zeitungsausschnitt hervor und legt ihn vor Daniel hin.

»Ich weiß nicht, ob Sie das zufällig gesehen haben. Sie waren ja anwesend, als ...«

Auf dem Foto posiert inmitten exotischer Pflanzen eine Gruppe von vier Personen, die ihm alle bekannt sind. Die Bildunterschrift lautet: *Der Kapitän der Palme und seine Familie.*

»Zum Teufel aber auch.«

Zum ersten Mal während des Gesprächs lässt die Frau ein kurzes Lächeln aufblitzen.

»Ein peinliches Missverständnis, dachte ich ...« Sie wirft einen Seitenblick auf Peterson. »Aber unter den jetzigen Umständen könnte es nützlich sein.«

Als sie von ihrem Plan erzählen, hat Daniel wieder das gleiche Gefühl wie in dem Moment, als der französische Fotograf auf den Auslöser drückte. Auch wenn diese Frau und dieser Mann ihren Plan durchaus sachlich begründen, bleibt der Eindruck nicht aus, dass sie eigentlich von dem vollkommen vernunftwidrigen Bedürfnis angetrieben werden, die familiäre Verbindung, die sie auf dem Foto darstellen, zu realisieren. Bilden sie sich tatsächlich ein, ein Journalist, der seinen Beruf ernst nimmt, würde bei diesem Spiel mitmachen? *Verzweifelte Eltern appellieren an den Entführer ihres Sohnes …*

Nur Stunden später geht Daniel über die Gangway an Bord der Bergen, um dem leicht angetrunkenen Kapitän Eger, der an einen schäbigen Graubären erinnert, die Hand zu schütteln. Er sagt, er vertrete eine neuartige Zeitung, die rund um Fotografien aufgebaut sei und angefangen habe, eine kleine Artikelserie über die interessantesten Schiffe, die in den Häfen von Kingstown und Dublin einlaufen, zu veröffentlichen.

»Für so etwas habe ich jetzt keine Zeit, wir sind schon fast am Auslaufen«, wehrt der Kapitän mürrisch ab.

»Für die jüngste Ausgabe haben wir den Kapitän der Fregatte Palme, die vor Kingstown Schiffbruch erlitten hat, interviewt«, fährt Daniel fort und holt das Familienporträt hervor. Er gibt es dem Norweger zur Ansicht und sagt, er habe gerade von diesem Kapitän Siren den Wink bekommen, als Nächstes den Kommandanten der Bergen zu befragen, weil dieser über massive Erfahrung im Eistransport verfüge. »Sie haben sicher gehört, dass die Palme ursprünglich den Namen von Eiskönig Frederic Tudor trug und dass ihr jetziger finnischer Besitzer vorhatte, das Schiff für den Transport von Eis einzusetzen.«

Nein, das sei Kapitän Eger nicht bewusst, auch wenn ihm so manches über das Wrack und die Rettungsversuche seiner Besatzung zu Ohren gekommen sei.

»Ist der Kommandant der Fregatte noch hier?«, fragt er erstaunt.

»Ja, er ist hier«, bestätigt Daniel und deutet in Richtung Hotel, »nur ein paar hundert Meter von Ihrem Schiff entfernt. Kapitän Siren ist der Sohn des Schiffeigners. Er hat mit seiner Familie bereits zwei Wochen hier ausharren müssen, da die Untersuchung des Unglücks noch nicht abgeschlossen ist. Gerade vorhin erst habe ich mit ihm gesprochen. Sowohl er als auch seine Frau lassen Ihnen herzliche Grüße bestellen und bedauern es, Sie nicht zu Ehren des Feiertags auf ihr Schiff einladen zu können. Sie haben gesagt, bei Ihnen im Norden werde dieser Tag Hochneujahr genannt, nicht wahr?«

Der Norweger nickt verdutzt.

»Bei uns heißt er Epiphanie oder volkstümlicher Dreikönigsfest, aber es ist das Gleiche gemeint, das Ende der Weihnachtszeit. Wer weiß, vielleicht sind wir von euch Wikingern beeinflusst worden. Sie wissen ja, dass die Stadt Dublin im 9. Jahrhundert von einem Wikingerhäuptling gegründet wurde. Der hielt die Kelten, die in der Gegend wohnten, in Angst und Schrecken ...«

Der Kapitän fängt schallend an zu lachen.

»In Angst und Schrecken hat sie der Norweger gehalten?«

»Gelinde ausgedrückt. Ihr Norweger seid schon damals der Schrecken der Weltmeere gewesen. Habt den Nordatlantik und das Polarmeer befahren. Und Vinland habt ihr entdeckt, das Land, wo sich das Gras nie legt und wo die Indianer reiten.«

Das Thema amüsiert den Kapitän.

»Na ja, bei uns ist man halt scharf auf den Wein.«

»Sie persönlich haben wohl auch enorme Seefahrten hinter sich, wie?«

»Das eine oder andere hat man schon gesehen, ja.«

»Gern würde ich unseren Lesern von Ihren Abenteuern berichten«, versichert Daniel. »Den Nachfahren der Kelten, die sich seit der Gründung unserer Hauptstadt ein wenig beruhigt haben. Ihnen schlottern nicht mehr gleich die Knie, wenn sie einen Norweger zu Gesicht bekommen.«

»Ihnen schlottern nicht mehr die Knie, he he! Jau, das wäre schön ... aber ich hab keine Zeit dafür.«

»Nur ein kleines Interview, mit Porträt. Ich kann Ihnen versichern, dass dabei nicht lang gefackelt wird.«

»Ich habe schon gar keine Zeit, in ein Atelier zu rennen. Vor dem Auslaufen werde ich das Schiff auf keinen Fall verlassen.«

»Das ist auch nicht nötig«, sagt Daniel und bringt seine Kamera zum Vorschein. »Vielleicht kennen Sie diese amerikanische Neuheit, eine Kodak. Schnell und praktisch und leicht mitzuführen«, zählt Daniel routiniert wie ein Vertreter von Eastman auf. »Man kann sie überall einsetzen. Die umwälzende Technik basiert darauf, dass sie keine Glasplatten verwendet, sondern ein Aufnahmematerial, das man Film nennt. Fragen Sie nur Kapitän Siren. Er würde Ihnen sofort bestätigen, dass ich keine Scherze mache.«

Der Kapitän stützt sich auf die Reling und starrt auf die dunklen Wellen im Hafenbecken, als würde er dort die Lösung für die ihm fremde Situation finden.

»Der Mann ist also immer noch hier. In dem Hotel da drüben, ja?«

»Genau. Mit seiner außerordentlich reizenden Gattin.«

»Wenn sie schon einmal Grüße bestellt haben und all das … vielleicht sollte da unsereiner auf irgendeine Art … verdammt unangenehm, die Havarie …«

»Eben.«

Schließlich wird vereinbart, dass Redakteur Ford dem Kapitänspaar die Einladung übermittelt, um neun Uhr zu einer kleinen Dreikönigsvisite auf die Bergen zu kommen und Kapitän Eger zu treffen, der es sich vorerst noch überlegen will, ob er zu einem Interview bereit ist oder nicht.

Elin

Erst um neun, war Elins erster Gedanke, als sie Fords Neuigkeiten hörte. Es kam ihr wie eine Ewigkeit vor, war aber vielleicht auch ein Zeichen dafür, dass sich die Kinder tatsächlich auf dem Schiff befanden und der Kapitän sicherstellen wollte, dass sie schliefen, wenn die Gäste kamen. Das Schiff würde nur mit Ballast den Atlantik überqueren, hatte Peterson herausgefunden, was einen Einkommensverlust nicht nur für den Reeder, sondern auch für den Kapitän bedeutete. Der Norweger konnte also durchaus der Versuchung erlegen sein, ein bisschen Kapplaken an Bord zu nehmen.

Sie hielten im Salon eine kurze Beratung ab, bei der sie ihr Vorgehen besprachen. Peterson fertigte für den Journalisten eine grobe Grundrissskizze der Bark an und machte ein Kreuz an der Stelle, wo er das Versteck der Kinder vermutete.

»Das Bugmagazin scheint mir die einzige logische Möglichkeit zu sein. Dort werden hauptsächlich Ersatzsegel und Taue aufbewahrt. Wenn nötig, wird es auch als Arrestzelle benutzt. Es ist der am meisten geächtete und gefürchtete Ort auf einem Schiff. Bei Sturm ist es schrecklich dort, und was die Sicherheit betrifft: es liegt am weitesten vom Heck entfernt, wo der Kapitän und die Offiziere untergebracht sind. Das sagt alles.«

»Wird nicht die Deckwache einschreiten, wenn ich mich auf dem Oberdeck bewege?«, fragte sich Daniel.

»Auf keinen Fall. Dazu ist sie nicht befugt. Sie sind Gast des Kapitäns und ein Gentleman, und sollten Sie betrunken vor sich hin torkeln … wird man es Ihnen gestatten.«

»Wie können Sie so sicher sein, dass es Ihnen gelingt, die Aufmerksamkeit des Alten so zu fesseln, dass ich ungestört agieren kann?«

»Machen Sie sich deswegen keine Sorgen«, sagte Elin und lächelte selbstsicher, »wir haben da unsere Mittel.«

Sie hatte schon vorher beschlossen, doch ihr orientalisches Hoheitsgewand anzuziehen. Das würde ihrem Auftreten etwas Leichtes, Schelmisches verleihen und käme der Aufführung zugute, auf die sie sich mit Peterson überraschend einmütig verständigt hatte. Auch wenn Elin wusste, dass fast jeder Mann aus Pietarsaari in seiner Jugend einmal als Sternsinger von Haus zu Haus gezogen ist, um Münzen zu sammeln, fällt es ihr schwer, sich Johannes Peterson bei einem solchen Spaß vorzustellen.

»Das war alles andere als ein Spaß«, beteuerte er denn auch. »An einem Abend konnte man so viel verdienen wie ein Arbeiter im Monat. Genau genommen wurde zwischen den verschiedenen Grüppchen fast bis aufs Blut gekämpft. Man musste verdammt gut sein, damit man auch im nächsten Jahr dabei sein durfte.«

»Und Sie waren gut.«

»Ich nicht so sehr, aber die anderen Jungen.«

»Wen haben Sie dargestellt?«

»Den Balthasar.«

»Ich auch!«, sagte Elin mit leichtem Lachen über ihr damaliges Fiasko.

»Ich glaube nicht, dass es mit Ihnen zu tun hatte«, sagte der Mann edel, fügte aber hinzu: »Bei Ihnen spielte niemand die Rolle wegen des Lohns, darum konnten Sie es sich leisten, dass es misslang.«

»*Hoo, ich bin der Schwarze* …«, fing Elin an zu singen, und zu ihrem großen Erstaunen antwortete Peterson. Er hatte einen schönen, tragenden Bariton.

»*Allen bin ich wohlbekannt …*«

»Gut, Sie bekommen Balthasar und Kaspar, und ich nehme Herodes und Melchior«, entschied sie, wie ein kleines Mädchen, das beim Spiel bestimmt.

»Ihnen ist doch klar, dass Sie als Balthasar Ihr Gesicht schwarz anmalen müssen«, sagte sie.

»Ich werde Zeichenkohle mitnehmen.«

»Großartig!«

»Ich kann mir Sie nur sehr schwer als König Herodes vorstellen«, sagte Peterson.

Elin lächelte.

Du wirst dich wundern!

Sie erklärten Ford, dass fast jeder Finne die Worte der Sternsinger auf Schwedisch und Finnisch auswendig konnte und dass die Vorstellung überall in den Ländern des Nordens bekannt sei. Vor allem die Norweger seien damit ganz närrisch.

»Der alte Seebär wird unseren Auftritt nicht trockenen Auges verfolgen«, erklärte Elin, von einem plötzlichen Überlegenheitsgefühl beflügelt.

Der Redakteur betrachtete die beiden nachdenklich, immer mehr davon überzeugt, dass sie in einen unerklärlichen Wahnzustand abglitten, aber etwas daran musste ihn doch faszinieren, denn er nahm sein Zigarettenetui zur Hand und sagte:

»Das wird etwas, das man gesehen haben muss!«

Nachdem Elin mehrmals wiederholt hat, was Daisy tun soll, wenn Ester unvermutet aufwacht, und noch ein paarmal ins Zimmer zurückgekehrt ist, um dem Kindermädchen eine weitere, äußerst wichtige, zuvor vergessene Einzelheit zu nennen, gehen sie endlich in neuer Erscheinungsform die Treppe hinunter. Auf den Hotelfluren wandeln bereits Dutzende Wesen ihresgleichen, ausstaffiert mit exotischen Kaftanen, Haremshosen, Turbanen und Perücken. Einige tragen auch Masken mit gefärbten Vogelfedern an den Rändern und verdecken damit die Augen oder sogar das ganze Gesicht.

Den Haupteingang zum Foyer bewachen zwei fast pferdegroße künstliche Kamele, deren Zügel von schwarzen Jungen aus Holz gehalten werden. Als Elin sich durch das zum orientalischen Basar dekorierte Restaurant zum Salon schlängelt, kommt ihr das Hotelzimmer mit dem Kind und dem Kindermädchen bereits wie eine ferne Erinnerung aus einem fernen Land vor.

Zu Peterson und Ford hat sich Herr Barton höchstpersönlich gesellt. Er bringt seine tiefe Bewunderung für Frau Sirens Kostüm zum Ausdruck und schlägt vor, sich zu viert in das kleine Kabinett, das er reserviert hat, zu begeben. Dort könnten sie vor dem Beginn des Festes in aller Ruhe plaudern.

Nachdem der Kellner die von Herrn Barton bestellten Getränke gebracht hat, erhebt dieser das Glas und sagt: »Sobald Sie in Ihrem strahlenden Jungengewand durch die Tür getreten sind, Frau Siren, haben Sie mich an eine ganz spezielle Figur erinnert, die mit dem heutigen Datum zu tun hat, und darum möchte ich das Glas auf Viola erheben! Die Stücke Shakespeares sind Ihnen doch bekannt?«

»Nur einige davon.«

»Gehört denn die Komödie *Twelfth Night or What You Will* dazu?«

Elin schüttelt den Kopf und denkt, dass sie aus Sicht des Rechtsanwalts wahrscheinlich den Eindruck einer Barbarin aus dem Norden macht.«

»Aber *Hamlet* habe ich gesehen …«

»In dem Fall erzähle ich Ihnen kurz die Handlung des Stückes, damit Sie sie vor sich haben. Zunächst geschieht alles an einem Ort namens Illyrien. Stellen Sie sich eine sehr romantische, uralte Küste irgendwo an der östlichen Adria vor. Dorthin retten sich nach einem Schiffbruch bei Sturm eine vornehme junge Dame namens Viola und der Kapitän, dessen Namen wir nie erfahren. Viola kann sich nicht darüber freuen, überlebt zu haben, weil sie befürchtet, ihr geliebter Bruder sei ertrunken. Zum Glück entspricht dies nicht den Tatsachen, aber das weiß das arme Mädchen zu diesem Zeitpunkt noch nicht.

Aus dem einen oder anderen Grund beschließt Viola, ihre Identität geheim zu halten und sich als Knabe zu verkleiden. Sie tritt in den Dienst des mächtigen, die Region beherrschenden Herzogs und avanciert zum Brautwerber ihres vor Liebeskummer schmachtenden Herrn. Das Objekt seiner Sehnsucht verliebt sich jedoch nicht in den Absender der Liebesbotschaften, sondern in den schmucken Überbringer, der sich wiederum in seinen Herrn verliebt und so weiter …«

Herr Barton schnuppert an seinem Wein, nimmt einen Schluck und lässt ihn eine Weile im Mund kreisen, bevor er ihn mit dem Kopf im Nacken trinkt wie ein Hahn. Erst dann spricht er weiter:

»Auch den Kapitän gibt es doppelt. Der eine wird wie ein Schurke behandelt, obwohl er in Wirklichkeit Violas Zwillingsbruder vor dem Ertrinken gerettet hat …«

Schaut dieser Mann gerade meinen Johannes vielsagend an, oder kommt mir das nur so vor?

»Wenn Sie *Hamlet* gesehen haben, werden Sie ahnen, Frau Siren, dass nichts ist, wie es scheint … Die ganze Situation nimmt sich aus der Sicht der Schiffbrüchigen höchst Besorgnis erregend aus, aber dann ist die Maskerade zu Ende, und schließlich finden die richtigen Liebenden zueinander. Es gibt noch mehr Personen, deren Bedeutung keineswegs als gering einzustufen ist. Wesentlich ist jedoch, Frau Siren, dass ich viele Fassungen der Komödie gesehen habe, mich jedoch an keine einzige Schauspielerin erinnern kann, die meinem inneren Bild der Viola so entspricht wie Sie in Ihrem kecken Kostüm.«

Elin schweigt betreten. Es liegt auf der Hand, dass der Anwalt sich auf ihre Kosten lustig macht, aber alles, was er sagt, klingt, als wäre ein Medium in ihr unruhiges und verwirrtes Inneres eingetaucht.

»Sind Sie mit mir einer Meinung, Herr Ford?«, fragt der Anwalt.

»Leider bin ich kein so großer Freund des Theaters wie Sie, Herr Barton.«

»Aber den Text kennen Sie?«

»Man bekam ihn in der Schule eingetrichtert«, antwortet Daniel unumwunden. »Aber ich frage mich gerade, warum die Komödie *Twelfth Night* heißt. Warum gerade zwölf?«

»Die zwölfte Nacht nach Weihnachten, also der Vorabend von Epiphanie«, erklärt Barton, wobei er das Wort mehr an die Finnen als an seinen Landsmann richtet. »Soweit ich weiß, kommt der Name daher, dass das Stück gerade am Vorabend von Epiphanie zum ersten Mal am Hof Elizabeths im Whitehall Palace aufgeführt wurde, am 5. Januar 1601.«

»Wie Sie sehen, kennt sich Herr Barton gut mit Shakespeare und seiner Zeit aus«, meint der Journalist anmerken zu müssen. »Er scheint davon überzeugt zu sein, dass der Dramatiker selbst gelernter Jurist war, oder?«

Der Rechtsanwalt lacht kurz auf.

»Dessen kann man sich nicht sicher sein, aber er besaß eine verflixt gute Gesetzeskenntnis und nahm in seine Texte viele Rechtsfälle seiner Zeit auf. So entstammen zum Beispiel die Vorbilder für die eher komödiantischen Figuren dieses Stücks eindeutig dem Fall Sir Posthumus Hoby gegen Herrn William Eyre, der einige Zeit vor der Uraufführung des Stücks diskutiert wurde. Dabei beschuldigte der Puritaner Sir Hoby den freisinnigen, wenn nicht gar zur Papstgläubigkeit neigenden Herrn Eyre des leichtsinnigen und störenden Benehmens während des Besuchs, den er Hobys Haus zusammen mit seinen Begleitern am Vorabend des Dreikönigstages abgestattet hatte. In der Anklage wurden Kartenspiel, Weinverzehr und fröhliches Lärmen genannt, wodurch die Hausherrin bei ihren Andachtsübungen gestört wurde ... Aber es langweilt Sie sicher, wenn ich über berufliche Dinge spreche.«

»Keineswegs«, sagt Ford. »Ich wollte Sie gerade fragen, zu welchem Urteil die Untersuchungskommission Ihrer Meinung nach kommen wird.«

»Zu welchem Urteil ... Da sagen Sie etwas. Aber gedulden Sie sich. An einem solchen Feiertag dürfen wir den unschönen Alltag mit seinen Gerichtssälen vergessen und Violas Zwillingsbruder zitieren: ›Wenn das ein Traum ist, soll er ewig währen!‹ Stimmen Sie mir zu, Frau Siren?«

»Ja«, erwidert Elin, und so meint sie es auch.

»Haben Sie denn einen Bruder, damit Sie sich in die Rolle der armen Viola hineinversetzen können?«

Ich habe keinen, doch manchmal kommt mir in den Sinn, dass mein Mann für mich wie ein kleiner Bruder ist, den ich vor der Unterdrückung seines Vaters schützen möchte. Das einzige Bedürfnis, das er bei mir noch auslöst, ist das Bedürfnis, ihn zu schützen.

»Ich habe nur eine Schwester. Aber wenn ich glauben würde, sie wäre ertrunken ...«

»Eine Schwester geht ebenso gut«, meint Barton. »Meiner Meinung nach ist die Grundstimmung des Stückes sehr traurig, auch wenn es sich um eine Komödie handelt. Und die Traurigkeit entspringt eben der Viola. Während des größten Teils des Stückes glaubt sie, ihr Zwillingsbruder sei ertrunken. Und was noch schlimmer ist, sie hält ihre große heimliche Liebe für vollkommen einseitig und aussichtslos.«

Warum sagt der Mann das? Durchschaut er mich?

»All das kann im leicht melancholischen Illyrien geschehen,

aber zum Glück sind wir Fremden alle im fröhlichen Irland gestrandet, wo für uns heute ein ganz besonderes Dreikönigsfest ausgerichtet wird, weshalb wir nun auf das Wohl unserer Gastgeber trinken«, sagt der Rechtsanwalt und hebt das Glas. Die anderen folgen seinem Beispiel.

»Was ist mit unserem schweigsamen Freund Kapitän Peterson? Was halten Sie von solch einem prunkhaften Weihnachtsabschlussgelage? Wird in Ihrem Land Dreikönig gefeiert?«

»Nicht unter diesem Namen. Wenn ich mich recht erinnere, steht in der Bibel, also im Matthäus-Evangelium, an keiner Stelle, dass die Weisen aus dem Morgenland Könige waren.«

»Ha, da haben Sie ganz recht, Kapitän«, ruft Barton mit erhobenem Zeigefinger begeistert aus. »Dort wird nicht einmal erwähnt, ob die Weisen Männer oder Frauen waren. Vor allem im Bereich der Malerei werden sie oft als Magier bezeichnet, und man weiß, dass es unter den alten morgenländischen Magiern auch Frauen gegeben hat. Ich habe Dutzende Gemälde der Weisen gesehen, die sich über das Jesus-Kind beugen, aber soweit ich mich erinnere, ist kein einziger Künstler auf die Idee gekommen, der Gruppe eine Frau zuzugesellen. Sehr schöne weibliche Engel schweben freilich auf den Bildern. Und gelegentlich habe ich eine Frau das für Jesus bestimmte Gefäß mit Myrrhe halten sehen. Leicht interpretationsbedürftige Figuren kommen einem allerdings zumindest bei Botticelli und Gossart in den Sinn … Mein Gott, jetzt habe ich mich schon wieder auf langweilige Nebenpfade verirrt, aber vielleicht können wir uns darauf einigen, dass der Charakter dieses Festes ohne Übertreibung und gemäß den uralten Weissagungen der Propheten als von Grund auf magisch zu definieren ist?«

Die Zuhörer stimmen höflich zu, und wieder wird das Glas erhoben. Der Kellner hat inzwischen eine Schüssel mit Brot, das an flache Pfannkuchen erinnerte, und kleine Gefäße mit verschiedenen Soßen aufgetragen.

»Wir glauben, dass unsere Weisen während der Reise zu dem göttlichen Säugling etwas in der Art gegessen haben«, sagt Barton. »Die Idee ist, dass Sie sich Brot nehmen, kleine Stücke davon mit der Gabel aufspießen und sie dann in diese Mischungen tauchen. Unsere Reisenden damals taten das mit bloßen Händen, aber im Namen der Zivilisation bedienen wir uns der an sich unnötigen Hilfsmittel. Haben Sie keine Angst, dies ist nur eine kleine Vorspeise und wird uns den Appetit auf das Abendessen nicht verderben.«

Der Anwalt macht es selbst vor, schneidet von einem unförmigen Pfannkuchen ein sauberes Viereck ab, tunkt es mit der Gabel in eines der Schälchen und mümmelt es dann eine Weile hastig wie ein Hase, der von einem Jäger belauert wird, und wiederholt das Ganze noch einmal. Die anderen folgen seinem Beispiel.

Die starken Gewürze werden von einer angenehmen Süße ergänzt. Zwischen den Happen trinkt man abwechselnd Wasser und Wein. Bald spürt Elin, dass ihr der Alkohol schon so weit zu Kopfe gestiegen ist, dass sie sich bei dem Engländer einschmeichelt, indem sie eine Frage stellt, die ihrer Meinung nach fachkundig genug ist, dem anderen aber Raum lässt, um mit der Antwort zu glänzen:

»Und Epiphanie? Ich weiß, dass damit die dreifaltige Erscheinung Gottes bei der Taufe Jesu gemeint ist, aber wird das auch in Ihren Festtagsbräuchen ersichtlich?«

»Was für ein großartiger Blickwinkel, Frau Siren«, sagt der Anwalt, der sich mit der Serviette den Mund abwischt und die Arme ausbreitet. »Im Grunde habe ich nie darüber nachgedacht, tatsächlich nicht, auch wenn ich immer sage: Epiphanie hier und Epiphanie dort! Was meinen Sie, Herr Ford?«

»Ob man bei unserem Jahresfest eine gottgleiche Erscheinung sehen kann? Ich kann mich nicht erinnern, eine gesehen zu haben«, antwortet der Journalist und bringt Elin mit seiner brüsken Bemerkung dazu, vor Zorn und Scham rot zu werden.

»Wir wollen doch nicht wie ein herrisches Pferd blindlings dorthin galoppieren, wo die Schnauze hinzeigt, lieber Freund!«, ruft Barton aus. »Dies ist ein ebenso kniffliges wie interessantes Dilemma, das wir kurz ernsthaft bedenken sollten. Ich habe gelernt, und zwar nicht zuletzt bei heiklen Rechtsfällen, dass man mitunter eine externe, ich möchte sogar sagen unabhängige Instanz benötigt, um etwas zu erkennen, was wir unmittelbar vor der Nase haben. Etwas, das wir für so selbstverständlich halten, dass wir seine Existenz nicht einmal bemerken.«

»Ich wollte niemanden beleidigen, in keiner Form«, beteuert Ford mit nervösem Blinzeln und offenbar echter Reue. »Ich bin nicht besonders gut in solchen Gesprächen. Ich bitte um Verzeihung. Ich war in Gedanken woanders, bei der Schlusserklärung des Untersuchungsverfahrens und ...«

Barton winkt heiter ab.

»Im Grunde möchte ich wiederholen, was ich schon gesagt habe. Als Frau Siren in ihrem erstaunlichen Kostüm unter unsere Augen trat, hatte ich eine Erscheinung, von der ich Ihnen bereits berichtet habe. Ich sah eine Dramenfigur, die von einer genialen Einbildungskraft geschaffen wurde, leibhaftig auf mich zukommen, und das hat in mir zahllose Erinnerungen aus meinem langen Leben geweckt und gleichzeitig die Frage zu bedenken verlangt, der ich die Überschrift geben würde: ›Die Last, Viola zu sein‹. Genau so, die Last, Viola zu sein.«

Elin schätzt, dass der Advokat höchstens gut vierzig Jahre gelebt hat und durch diese Tatsache, addiert zu der sonstigen Übertreibung, wird ihr noch unbehaglicher zu Mute. Als hätte sie zu viel Aufmerksamkeit auf sich gezogen.

»Ich bin noch auf einen anderen Gedanken gekommen«, fährt Barton fort. »In vielen europäischen Ländern haben Kinder, aber auch Erwachsene die Angewohnheit, sich am letzten Tag der Weihnachtszeit zu maskieren, so wie die Feiernden heute hier. Wovon kündet diese Maskerade? Vom Verbergen des eigenen Selbst? Ist es so, dass man im Schutz der Maske alles tun kann, was man sonst niemals zu tun wagen würde? Und was hat das mit der ›großen Erscheinung‹ zu tun?«

»Es könnte ja auch sein«, mischt sich Peterson nach einem Räuspern überraschend ein, »dass die Menschen gewissermaßen ständig mit einer Maske durchs Leben gehen, jeder auf seine Art. Ich zum Beispiel als Kapitän. Und von einem Kapitän wird ein bestimmtes Verhalten verlangt. Kapitänshaftigkeit …«

Peterson verstummt, als schämte er sich für seinen plötzlichen Redeschwall, aber Barton beugt sich nach vorne, um ihm die Schulter zu tätscheln.

»Lieber Freund, fahren Sie fort, das ist höchst interessant.«

»Ja, reden Sie weiter«, bringt Elin mit Mühe heraus.

»Ich meine nur, dass … Es könnte sein, dass der Mensch, wenn er sich einmal im Jahr andere Kleider anzieht, seine übliche Maske absetzt und für einen kurzen Moment so ist, wie er eigentlich immer sein möchte … Und vielleicht hat er dabei eine Erscheinung von seiner inneren Natur.«

Damit schweigt Peterson wieder, und nun ist die ganze Tischgesellschaft still. Der Kapitän gießt sich Wein ins Glas und leert es mit einem Schluck.

Der Anwalt bekommt als Erster den Mund wieder auf:

»Ein vortrefflicher Gedanke, alter Junge, ganz großartig! Er gefällt mir sehr. So sehr, dass ich das Glas darauf erhebe. Ich bin absolut sicher, dass Sie nicht Dr. Jekyll und Mr. Hyde meinen, sondern etwas vollkommen anderes. Auf unsere innere Natur!«

Elin hebt mit zitternder Hand das Glas, obschon sie denkt, dass sie mit dem Weintrinken aufhören sollte. Schließlich haben sie noch eine wichtige Aufgabe zu erfüllen. Eine geradezu gefährliche, bei der nichts schiefgehen darf.

Aber dass Peterson, ihr Johannes, das alles laut ausgesprochen hat!

Könnte das bedeuten, dass …?

»Apropos Erscheinung. Ich möchte Ihnen etwas anvertrauen, von dem ich hoffe, dass es unter uns bleibt, bis die Schlusserklärung der Untersuchung publik gemacht worden ist. Das gilt auch und vor allem für Herrn Redakteur Ford. Wird das gelingen?«

»Absolut, wenn Sie darum bitten, Herr Barton.«

»Ich muss Ihnen gestehen, was mir schon seit einiger Zeit deutlich geworden ist: wir befinden uns bei dieser Untersuchung in einer so genannten Patt-Situation, um einen Begriff aus dem Schach zu verwenden. Keine Partei kann von ihrem Standpunkt abrücken, und keine kann gewinnen. Dies hat mit verschiedenen Gründen zu tun, die ich jetzt nicht im Einzelnen darlegen werde. Man kann das natürlich nicht im Gerichtssaal laut sagen. Und eigentlich auch außerhalb desselben nicht. Ich habe mir darüber den Kopf zerbrochen wie Hiob, der Gott wie ein Wahnsinniger Fragen stellt, um eine Antwort zu erhalten. Und wissen Sie was? Letzte Nacht hat der Hiob, den Sie hier vor sich haben, eine Antwort erhalten. Und in der Tat handelt es sich dabei um eine göttliche Erscheinung, um die Epiphanie aller Epiphanien, direkt aus der Heiligen Schrift.«

»Tatsächlich?«, sagt Ford mit trockener Skepsis.

»Es ist nur ein Wort!«

Alle warten still ab. Barton legt eine beeindruckende Kunstpause ein und sagt dann langsam und jede Silbe betonend:

»Eine Riesenwelle!«

»Eine Riesenwelle«, wiederholt der Journalist verdutzt.

»Ich meine keine gewaltige Sturmwelle, wie sie jeder Küstenbewohner schon einmal gesehen hat. Nein, nichts Gewöhnliches. Ich spreche von einer gigantischen Welle apokalyptischen Ausmaßes. Eine solche, mit Worten nicht zu beschreibende Erscheinung haben uns fast alle zuverlässigen Augenzeugen ausgemalt, aber wegen unserer genialen Theorien haben wir ihr keine Beachtung geschenkt. Oder wir haben uns nicht vorstellen können, wovon sie sprachen, weil wir die Riesenwelle nicht mit eigenen Augen gesehen haben. Im Traum aber erhob sich eine solche vor meinen Augen, und ich begriff sogleich, dass sie alles erklären würde. Kein von einem Menschen konstruiertes Schiff würde eine solche Zerstörungskraft aushalten, ebenso wenig wie die aus Menschen hervorgegangenen Männer. Beide Parteien wären damit von der Verantwortung befreit.«

»So, so«, sagte Ford kopfschüttelnd. »Das wäre es also …«

»Sie werden sich vorstellen können, dass ich mich nach dem Aufwachen sofort ankleidete, was für mich keineswegs gewöhnlich ist, und zum Frühstück eilte, um die verehrten Mitglieder des Ausschusses und natürlich Kommandant Nepean zu treffen. Die Herren saßen bereits einträchtig vor ihrem wohlschmeckenden Frühstück und sahen mich mit bösen Vorahnungen an, wie man es bei einem Spielverderber normalerweise tut, aber sei's drum. Ich schloss mich ihnen munter an und berichtete ihnen von meinem Traum. Und wissen Sie was?«

»Na, was?«

»Meines Erachtens haben sie genickt, und zwar keineswegs spöttisch. Ich glaube sogar, dass sie meinen Traum sehr interessant fanden.«

»Tun wir gleich Advokaten im Prozess, die tüchtig streiten, doch als Freunde schmausen«, deklamiert Ford mit unverhohlenem Spott.

»Sieh an, Herr Ford war zumindest in den Stunden wach, in denen die Widerspenstige gezähmt wurde«, meint Barton schmunzelnd.

»Nicht in der Schule, aber ich habe auf Verlangen meines Vaters seinerzeit Jura studiert. Als Referendar habe ich es immer gehasst, wenn die Männer mit den Perücken und den Seidenroben, die im Saal als Feinde auftraten, zwischen den Sitzungen bestens miteinander auskamen.«

»Was nützt es, sich mit Kollegen oder Herren, die sich als solche ausgeben, außerhalb des Gerichtssaals zu streiten? Das hilft niemandem. Dank der Riesenwellen-Theorie würden die armen Männer immerhin ihren Ruf wahren, und die Witwen und Waisen könnten Linderung für ihre Not erhalten. Manchmal muss man eben Kompromisse machen, wenn bestimmte Varianten von Schlussfolgerungen nicht möglich sind …«

»Wenn die Wahrheit als Schlussfolgerung unmöglich ist?«, fragt Ford.

»Wenn ich mit Menschen- und mit Engelszungen redete …«

»So hätten Sie nichts tun können, ja?«

»Leider ja.«

»Weil Sie die Liebe nicht haben …«

»Ich soll keine Liebe für meine ums Leben gekommenen Landsleute haben? Natürlich habe ich das. Aber nun hat auch dies nichts genützt. Nicht einmal das.«

»Also die ganze Untersuchung nur eine Farce? Eine hehre Posse der Machthaber, um die Unterprivilegierten zu täuschen. Wieder einmal hat man die Schafsköpfe dazu gebracht, sich einzubilden, für sie gälten die gleichen Rechte wie für die Elite.«

Barton breitet die Arme aus.

»Das haben Sie gesagt.«

Elin hört sich den Wortwechsel der Männer an und begreift den Ernst des Themas. Die ertrunkenen Seenotretter werden nicht das Recht, das sie verdienen, bekommen. Ihr eigener Anwalt muss einräumen, dass ihnen zu große Kräfte entgegenstehen, und bietet als Blendwerk und Trost einen dürftigen Vergleich an. Dennoch erfasst sie eine egoistische Erleichterung angesichts eines moralischen Fehltritts, der nicht der ihre ist, sondern der eines Mannes, den sie für den Inbegriff des Tadellosen gehalten hat.

Sie wirft einen Blick auf Peterson, der wieder ausdruckslos wie immer ist, aber die Hand, die im Schoß ruht, zur Faust geballt hat. Erschüttert von seiner Betroffenheit streckt Elin die Hand nach ihm aus, zieht sie aber gleich wieder zurück. Sie erinnert sich schmerzhaft genau daran, was es für ein Gefühl war, an jenem heißen Tag, als sich ein Gewitter ankündigte, auf dem von der Sonne vergoldeten Steg zu stehen, das Glas mit den Würmern in der Hand, voller kindlicher Gewissheit: wenn sie dem Mann nur sagt, was sie für ihre unvergleichliche Liebe zu opfern bereit ist, wird er keinen Augenblick zögern, den entscheidenden Schritt zu tun. Sie fragt sich, ob sie nach vier Jahren der Weißglut fähig wäre, die Maske wieder abzunehmen und zu sagen: *Johannes, schau, wer hier ist. Weißt du noch, wie zügellos und unersättlich wir einmal waren? Aber dann hast du meine große Liebe weggeworfen wie einen benutzten Lappen … Du kannst dich geben, wie du willst, aber ich wusste die ganze Zeit, dass du eines Tages noch einmal auf Knien zu mir kommen wirst.*

»Liebe Freunde«, sagt Barton, »wir sollten auch das Denkmal nicht vergessen!«

Die anderen schauen ihn verdutzt an.

»Ohne Riesenwelle gibt es keine Heldentat. Und ohne Heldentat kein Denkmal.«

»Was verdammt schade wäre«, sagt Ford. »Auch im Hinblick auf Ihre Bemühungen.«

»Eben«, stimmt der Anwalt zu. »Unschöne Dinge widerfahren uns allen, aber mit der Zeit geraten sie in Vergessenheit. Denkmäler hingegen halten ewig.«

»Ewig?«, schmunzelt Ford. »Das nun auch wieder nicht.«

Barton schwenkt sein Glas.

»Ja«, meint er schließlich melancholisch. »Sie haben recht. Wie es meine Art ist, habe ich wohl wieder einmal etwas übertrieben.«

DUBLIN – COUNTY MEATH, DREIKÖNIGSNACHT 2012

Die Anker auf,
Festland ade.
Ist der Himmel auch bewölkt,
sind die Wellen noch so wild,
die Männer der Marine
sorgen sich nicht.
Die Anker gelichtet,
schon bläht der Morgenwind die Segel.
Die Anker auf,
die Nacht ist vorbei.
Wieder tragen Wellen uns
weit über den Horizont,
die Männer der Marine
sorgen sich nicht …

Anchors Away,
Ehrenmarsch der US-Marineakademie

UND IN DER FERNE SCHIMMERT EINE INSEL

Die lange und therapeutische Nacht des Mike Rafaelsson

Erzählung

Es war die Dreikönigsnacht, und Mike Rafaelsson saß in einem Drei-Sterne-Hotel namens Charles Steward mit der Fernbedienung in der Hand in einem Sessel vor dem Fernseher. Seine Frau Eva schlief regelmäßig atmend im Doppelbett, als könnte nichts ihren Schlaf stören. Sie hatte allerdings Melatonin genommen, das sie als Mitbringsel für ihren unter Schlafstörungen leidenden Sohn gekauft hatte. Die als Dunkelhormon bezeichnete Substanz ist die gleiche, die im Gehirn von der Zirbeldrüse produziert wird, weshalb man von einem Schlafmittel im eigentlichen Sinn nicht sprechen kann, aber zwei Tabletten hatten ihr offenbar geholfen, Schlaf zu finden.

Ihr Mann hatte den Ton fast auf das Minimum heruntergedreht und zappte durch die Kanäle. Er sah schwarze Basketballspieler, Ganzkörperstrümpfe, die Fett verbrannten, ohne dass sich ihre Träger anstrengen mussten, Jamie Oliver, der für eine fast hundertjährige enge Angehörige kochte, welche zugab, schon immer eine Genießerin und ein Schleckermäulchen gewesen zu sein, einen finnischen Eishockeyspieler, der nach einem verlorenen Vorrundenspiel mehr als lakonisch die Fragen eines Reporters beantwortete, das Resultat einer Straßenbombe im Irak, das Schmelzen des Polareises, Rocklegende Little Steven mit rotem Kopftuch, der keinen einzigen Satz sagen konnte, ohne dreimal die Formulierung »you know« unterzubringen …

Rafaelsson schaltete den Apparat aus, öffnete eine Flasche Bier, legte sich möglichst leise neben seine Frau und versuchte im Licht der matten Nachttischlampe in Norman Mailers *Das Epos der geheimen Mächte* zu lesen, das die Geschichte des CIA in Romanform erzählte. Er blickte vom Buch auf und starrte auf den Druck eines Aquarells an der Wand gegenüber, das Blumen zeigte, die Buschwindröschen ähnelten. Dank seiner Frau wusste er jedoch, dass es Christrosen waren, *Helleborus niger*, und dass eine Künstlerin namens Lydia Shackleton sie verewigt hatte, obschon diese in bescheidener Weise lediglich unterhalb einer Blume mit den Initialen L.S. unterzeichnet hatte.

Je genauer Rafaelsson die drei miteinander verschlungenen Blumen betrachtete, desto sicherer schienen sie ihm eine Art Ringelreihen darzustellen. Ihm fiel ein Blumenarrangement ein, das sein mittlerer Sohn im dritten Schuljahr gemalt und mit dem Namen »Tulpen, die Liebe machen« versehen hatte. Die junge Lehrerin änderte den Namen in »Tulpen im Frühling« ab, was nach Ansicht Rafaelssons und seines Sohnes fürchterlich verkehrt war. Da warf man den Männern immer vor, sie seien verstockte Gegner alles Romantischen, aber wenn einer mal seine Gefühle oder Träume zum Ausdruck brachte, wurde kaltblütig darüber hinweggewalzt.

Die leichtfertigen Änderungen von Pflanzennamen beschäftigten Rafaelsson nun ernsthaft. Warum behauptete der lateinische Name der Blumen, sie wären schwarz, und warum hieß die Pflanze ausgerechnet Christrose?

Google hatte eine Menge dazu zu sagen. Es handelte sich wirklich nicht um eine beliebige Straßenrandverschönerung. Der Mythologie zufolge blühte die Blume zum ersten Mal in Bethlehem, und zwar aus der Träne eines jungen Mädchens heraus. Das Mädchen trauerte, weil es kein Geschenk für den kleinen Jesus hatte, aber als ihre Tränen in den Schnee fielen, entsprang ihnen diese Pflanze. Rafaelsson hatte bis dahin keinen Schnee mit der Konstellation in Bethlehem in Verbindung gebracht, aber warum sollte am bedeutendsten Wendepunkt der Christenheit ein Wunder mehr oder weniger ins Gewicht fallen?

Noch Bemerkenswerteres folgte. In England erblüht die Blume stets um den 6. Januar herum, der im alten Julianischen Kalender der Weihnachtstag war. Als 1588 zum Gregorianischen Kalender übergegangen werden musste, wagte man das zunächst nicht, weil die Christrose nicht zwölf Tage früher ihre Blütenblätter öffnen wollte. Man musste fast zweihundert Jahre warten, bis man im Reich mutig genug war, einen so gewagten Schritt zu machen, ohne sich um den von der Christrose vorgegebenen Zeitplan zu kümmern.

Im Mittelalter blieb der Glaube an die überirdischen Kräfte der Pflanze jedoch unerschüttert. Die Menschen streuten ihre Blätter auf den Fußboden, um die bösen Geister fernzuhalten, aber die Hexen, so teuflisch wie sie waren, spannten die Christrose für sich ein und machten sich mit Hilfe ihres Gifts unsichtbar und fähig zum Fliegen. Klingt nach einem LSD-Trip, dachte Rafaelsson, vor allem als sich herausstellte, dass man glaubte, die Pflanze könne Gelähmte und Verrückte heilen, man zugleich aber auch wusste, dass sie den Puls verlangsamte, Schwindelgefühle, ein Anschwellen der Zunge und Katharsis bewirkte. Hoffentlich hat der kleine Jesus nicht versucht, das Blumengeschenk in den Mund zu stecken …

Rafaelsson erinnerte sich, wie er als junger Mann einmal für seine Angebetete Blumen gepflückt hatte. Als das Mädchen endlich mit fast einer Stunde Verspätung am Treffpunkt erschien, war der Strauß bereits verblüht, aber er hoffte dennoch, das Mädchen wisse die Geste zu schätzen. Es kam anders. Sie bekam einen hysterischen Anfall, in dem sich Zorn und Lachen mischten, weil die Blumen Gelbe Windröschen und nicht nur giftig waren, sondern auch unter Schutz standen, und weil an einigen noch die Wurzel hing. Außerdem war die Wahl gelber Blumen ein unbestreitbarer Beweis für Mike Rafaelssons eifersüchtigen Charakter …

Rafaelsson klappte den Laptop zu und vertiefte sich wieder in sein Buch. Nach einiger Zeit begriff er, dass er bereits mehrere Seiten umgeblättert hatte, ohne noch etwas vom Gelesenen zu wissen. Er war auf Seite 121. Er schlug die letzte Seite auf. Sie trug die Nummer 1073. Er stellte fest, dass er noch 952 Seiten zu lesen hatte und legte das Buch auf den Nachttisch zurück.

Seine Frau war strikt dagegen gewesen, ein so schweres Buch als Reiselektüre mitzunehmen, denn sie wollte Platz im Gepäck für die Buchkäufe in Irland reservieren. Ihr Mann hatte sich jedoch durchgesetzt. Das Werk war sein langsam wirkendes Schlafmittel, und ihm behagte der Gedanke nicht, dass ihm das Medikament ausgehen könnte. Wie es aussah, würde das nicht passieren, aber diesmal wirkte es auch nicht wie gewünscht.

Rafaelsson stand auf und zog die Outdoorhose von Fjällräven, Daunenjacke und Wanderschuhe an. In seinen kleinen Rucksack packte er Pullover, Mütze, Stirnlampe und Proviant. In der Tasche fand er einen Kassenzettel von Tesco, schrieb auf dessen Rückseite eine Nachricht, die besagte, er hole ein schlimmes Versäumnis nach, sei aber rechtzeitig zum Abflug zurück, und legte ihn auf den Tisch, der vor dem Fernseher stand. Dann steckte er Portemonnaie, Lesebrille, die Schlüsselkarte des Hotels und nach kurzem Zögern auch die flache Whiskeyflasche aus Plastik, die er gerade angebrochen hatte, ein.

Sein Teletrophono vergaß er in der Tasche seiner anderen Jacke, und er achtete auch nicht darauf, dass der Kassenzettel von Tesco durch den beim Öffnen der Tür entstehenden Luftzug auf den Boden flog.

Die Januarnachtluft im Zentrum von Dublin war neblig feucht. Es waren noch ein paar Autos und Leute unterwegs, aber die Feststimmung hatte ziemlich nachgelassen. Rafaelsson schlug den Weg zu dem Restaurant in der Henry Street ein, wo er früher am Abend mit seiner Frau hervorragende Aberdeen-Steaks gegessen hatte. Das Restaurant war geschlossen, wie auch der Pub nebenan, aber der Mischlingshund, den sie am Abend gesehen hatten, lag immer noch davor, am Laternenpfahl angebunden. Rafaelsson ging in die Knie und nahm ein Sandwich aus dem Rucksack, das der vor Kälte schlotternde Hund mit wenigen Bissen verschlang.

»Verdammt«, sagte Rafaelsson und löste die Leine vom Laternenpfahl, »du hast lange genug an dem Pisspfosten gesessen. Gehen wir.«

In der O'Connell Street sah Rafaelsson ein Taxi auf das Monument des Lichts zukommen, vor dem er stand. Den Reiseführern zufolge war es die höchste Skulptur der Welt, und Rafaelsson hätte tatsächlich auch keine größere gebraucht. Der Taxifahrer ließ das Fenster herunter und reckte den Kopf. Er sah so jung aus, dass Rafaelsson, wäre er Polizist gewesen, den Führerschein zu sehen verlangt hätte.

»Wohin, Sir?«

»Nimmst du Hunde mit?«

»Um diese Zeit in der Nacht ja, Sir. Ich gehe morgens mit dem Staubsauger durch, da beschwert sich keiner.«

»Dann fahren wir nach Newgrange.«

»Verzeihung?«

»Nach Newgrange, zu der alten Grabstätte. Ich habe Geld.«

»Ich kenne den Ort. Bis dahin sind es mehr als dreißig Meilen ... Okay, Sir. Ich kann sagen, dass ich den Wagen in die Garage fahre. Der Chef weiß nicht, wo mit dem hier nachts gefahren wird. Ich habe ein Programm, mit dem ich den Taxameter regulieren kann.«

Rafaelsson schob sich mitsamt dem Hund auf die Rückbank. Das Tier drückte sich an ihn, und er spürte, wie das Kältezittern allmählich nachließ. So viel zur Herrchentreue, dachte Rafaelsson. Man soll die Macht von Geschenken nie unterschätzen, wenn es um ein Wesen in Not geht. Das Gleiche galt für den Fahrer. Der schwarze Nebenverdienst ließ den Jungen ohne Gewissensbisse vergessen, wessen Wagen er fuhr.

»Das ist mein treuer Hund Schniedel«, hielt es Rafaelsson für angebracht zu erklären, »wir haben allerhand zusammen durchgemacht.«

»Sneedle?«

»Das ist Finnisch und heißt mutig. Geradezu tollkühn. Mein Schniedel würde für mich sogar in die Hölle gehen.«

»Verstehe«, sagte der Fahrer, »so ein Verhältnis zwischen Mann und Hund ist beneidenswert, Sir. Darf ich fragen, warum wir nach Newgrange fahren? Das ist um diese Zeit geschlossen.«

»Ich will es trotzdem sehen. Ich will den Ort sehen, der vor über fünftausend Jahren errichtet wurde, um Menschenkinder zu opfern.«

Der junge Mann schaute ihn über den Rückspiegel an.

»Ganz recht, Sir.«

»Keine Sorge«, präzisierte Rafaelsson vorsichtshalber seine Absicht. »Ich bin nur neugierig. Immerhin handelt es sich um ein Monument der Baukunst, vor allem wenn man weiß, dass die Menschen damals nicht über Maschinen verfügten. Man hat ausgerechnet, dass dreihundert Männer für den Bau zwanzig Jahre gebraucht hätten. Zweihundert Tonnen Stein, angeschleppt von wer weiß woher. Dahinter bleibt so manch anderer Steinhaufen zurück, wie?«

»In der Tat, Sir.«

Rafaelsson zog den Flachmann aus der Tasche.

»Stört es dich, wenn ich anlässlich des Feiertags ein Schlückchen trinke?«

»Nur zu, Sir.«

»Weißt du, zu welchen Ehren dieser Feiertag begangen wird?«

»Ist das nicht so ein Abschlusstag der Weihnachtstage? Das Fest der drei Könige.«

»Exakt. Drei Weise aus dem Morgenland kamen mit Geschenken zum Jesuskind. Alles wäre bestens verlaufen, wenn nicht der von den Römern in Judäa eingesetzte paranoide König Herodes seinen Löffel in die Suppe gesteckt hätte. Aus Angst vor einer Verschwörung ermordete er unter anderem seine Frau, die einzige von zehn, die er immerhin zu lieben behauptet hatte … und einen Teil seiner Kinder. Jetzt fürchtete er also, dass das unter dem Stern von Bethlehem geborene Baby an seiner Stelle König würde, weshalb er von den Weisen aus dem Morgenland nachrichtendienstliche Informationen aus erster Hand benötigte, um die Nebenwirkungen seiner Operation in Grenzen zu halten.«

»Aha.«

»Er wollte Jesus in dessen Krippe töten, aber mit möglichst geringen Kollateralschäden. Der Plan glückte nicht, weil die Weisen a) nicht von der Begegnung berichteten, sondern eine Fuchsrunde drehten, also über einen Umweg zum Ausgangspunkt zurückkehrten, und b) der so genannte Vater, Josef, göttliche Informationen erhielt und sich in einem Ausweichmanöver nach Ägypten begab. Das hatte zur Folge, dass in Judäa alle männlichen Kinder unter zwei Jahren getötet wurden, Jesus aber nicht von Herodes umgebracht werden konnte. Rahel beweinte ihre Kinder … weil sie nicht mehr sind …«

Rafaelsson kraulte versonnen den Hund, der ein schwarzes und ein weißes Ohr hatte, und fing an, auf Finnisch zu singen.

»Im Krieg bin ich Husar und tapferer Soldat … so hat man uns gelehrt, dem Kaiser stets zu folgen und aufs heilige Gesetz zu hörn …«

Er blickte auf die in der Dunkelheit vorbeihuschenden Straßenlampen und auf die Lichter in den Häusern, dann brach er seinen Vortrag ab, weil ihm einfiel, dass es nicht besonders höflich war, in einer Sprache zu johlen, die sich dem anderen nicht erschloss. Anstatt weiter zu singen, ging er zum Kommandoton über und sagte:

»Wir befolgen Befehle, mein Junge. Wir befolgen Befehle, oder es sterben Menschen. So einfach ist das. Ist das klar?«

»Ja, Sir«, antwortete der junge Mann verdattert und warf wieder einen nervösen Blick in den Rückspiegel.

»Hast du jemals zu einer Infanterieeinheit gehört, mein Junge?«

»Nein, Sir.«

»Hast du jemals dein Leben in die Hände eines anderen Mannes gelegt und versprochen, dass sein Leben in deinen Händen liegt?«

»Nein, Sir.«

»Bist du je in vorderster Linie gewesen?«

»Nein, Sir.«

»Ich kann dir sagen, mein Junge, dass ich es auch nicht gewesen bin«, seufzte Rafaelsson. »Ich bin nämlich ein Mann der Küstenwache. Ich bin Beschützer von Beruf, kein Killer, falls dir ein solcher Gedanke gekommen sein sollte. Ich habe nur einen Film zitiert. ›Eine Frage der Ehre‹ oder so ähnlich, falls du den zufällig gesehen hast. Mit Nicholson in der Hauptrolle, als Oberst Jessup … Großartige Arbeit. Du hättest für deine Tom-Cruise-Repliken die volle Punktzahl bekommen: Nein, Sir … nein, Sir … Wie heißt du, mein Junge?«

»Sean.«

Rafaelsson streckte die offene Hand nach vorne.

»Sean, darf ich dich mit dem Vornamen anreden? Ich heiße Mike.«

Der junge Mann drehte sich auf seinem Sitz um, ergriff die Hand mit der Linken und drückte sie kurz.

»Warum nicht.«

Was für ein sympathischer junger Mann, dachte Rafaelsson, kommt das von der katholischen Erziehung, oder ist das nur die Rolle, die er bei der Arbeit spielt? Auch wenn Sean zu einem kleinen Betrug bereit war, konnte man ihn sich doch schwer dabei vorstellen, wie er Frivolitäten von sich gab, junge Frauen bedrängte oder in diversen irischen Yoga-Stellungen einpennte, wie Rafaelsson sie auf T-Shirts gesehen hatte. Der junge Mann sagte nicht einmal ständig »you know« wie Little Steven.

Rafaelsson blickte billigend auf Seans geradezu militärisch geschnittenes Nackenhaar. Als jemand, dessen Haare zum Zeitpunkt der Einberufung bis halb auf den Rücken hingen, hatte bei ihm, wie er zugeben musste, eine Veränderung der ästhetischen Ideale stattgefunden, vor allem was junge Männer betraf. Auf einmal wurde der Taxifahrer zur beispielhaften Person, zu einer, mit der sich seine Söhne von ihm aus gern hätten abgeben können und die er bitten würde, gegen eine angemessene Entschädigung den Rasen zu mähen, wenn er selbst verreist war, nachdem die Söhne nicht mehr daheim wohnten. Der blöde Sean, was musste der hier in der Pampa wohnen?

»Meine Frau hat heute eine E-Mail aus Syrien bekommen.«

»Ach ja, Sir … äh, Mike?«

»Das heißt, nicht aus Syrien, sondern von einer Syrerin, genauer gesagt von einer Bekannten aus Aleppo, der es gelungen ist, nach Wien zu fliehen. In Syrien tobt ja ein Bürgerkrieg.«

»So scheint es zu sein.«

Rafaelsson runzelte die Stirn. So konnte man nicht über einen Bürgerkrieg reden.

Ein Bürgerkrieg *scheint* nicht zu toben.

»Dort ist es nicht angenehm. Erstens werfen die Hubschrauber der Regierung Fassbomben in die von den Rebellen kontrollierten Wohnviertel … Weißt du, was das ist?«

»Ich glaube nicht, Mike.«

Rafaelssons Zuneigung zu Sean wurde mit jedem Scheinen und Glauben weniger.

»Das sind Zweihundertliterfässer voller Sprengstoff und Metallschrott. Ihr einziger Zweck besteht darin, Menschen zu verletzten und zu töten. Wenn dir Teile von Ketten um die Ohren fliegen, siehst du danach nicht schön aus.«

»Garantiert nicht, Mike. Krieg ist die Hölle.«

Damit traf der Junge den Nagel auf dem Kopf, und der Fahrgast begriff, dass er das Bild, das er wenige Stunden zuvor gesehen hatte, keine Sekunde länger für sich behalten konnte.

»Und dann sind da extreme Islamisten, die wüten wie die Tiere. Ich will damit sagen, dass es in gewisser Weise leichter ist, von hoch aus der Luft den Tod zu säen … Man hat die Folgen nicht direkt vor Augen, aber diese Kerle, Al Nusrat und so weiter, die tun es mit bloßen Händen … In der E-Mail meiner Frau war ein Foto … das Foto vom vierjährigen Jungen einer Lehrerin … dem Kind hatten sie den Hals von einem Ohr zum anderen aufgeschnitten. Seine Augen standen weit offen, schöne, von dunklen Wimpern eingefasste, staunende Kinderaugen.«

»Oh Jesus!«

»Natürlich habe ich das Bild meiner Frau nicht gezeigt, denn sie kannte den Jungen. Sie hat ihn auf dem Schoß gehabt... Aber ich musste ihr doch von der Tragödie in der Familie ihrer Freundin berichten, oder?«

»Mein Gott...«

»Zu was ist ein solcher Gott nütze? Rahel beweint ihre Kinder, weil sie nicht mehr sind...«

»Hieß die Frau Rahel?«

»Nein... oder doch... Alle diese Frauen heißen Rahel.«

»Meine Mutter heißt Deirdre. Das bedeutet eine Person, die traurig ist, die ein gebrochenes Herz hat. Kann angeblich aber auch ›wütende Frau‹ bedeuten«, lachte Sean.

»Klingt nach einem Synonym für Rahel«, stimmte der Fahrgast zu und beschloss, Sean dessen schlechte Bibelkenntnis nicht zum Vorwurf zu machen. Warum aber hatte man Seans Mutter einen so Unheil verkündenden Namen gegeben? Würde Sean seiner Mutter absichtlich oder ungewollt Kummer bereiten, der ihr das Herz brechen und sie vielleicht von der Trauernden zur Tobsüchtigen machen würde?

»Ich habe versucht, meine Frau vor den Gräueln des Krieges zu schützen, aber dann lernt sie eine Person kennen, die ihr ein solches Bild in die E-Mail steckt... Was kann ein Mann in einer solchen Situation tun?«

»Nicht viel, Mike.«

»Nicht viel. Da hast du verdammt recht. Sind wir bald da?«

»Eine Weile dauert es schon noch.«

»Ich habe das Bild auf ihrem Computer gelöscht. Das ist das Geringste, das ich tun kann.«

»Das musstest du wahrscheinlich tun.«

»Sie hat selbst drei Söhne... das heißt, wir haben drei Söhne. Und einen Enkel. Sieben Jahre alt. Eine Mutter und Großmutter würde ein solches Bild nicht ertragen. Man kann, verdammt noch mal, nicht verlangen, dass sie es erträgt!«

»Wirklich nicht.«

»Ich habe als Militärbeobachter gedient … im Libanon und im Kosovo. Du kannst dir vorstellen, dass ich vieles für mich behalten musste, was ich meiner Frau nicht sagen konnte. Sie ist kein empfindliches Seelchen, ganz und gar nicht. Sie ist mein tapferes Mädchen, der Stützpfeiler bei uns zu Hause, aber trotzdem … Ich sage ganz offen, dass auch für einen robusten Mann dieses ›Beobachten‹ fast zu viel war.«

»Das glaube ich.«

Rafaelsson nahm den Flachmann aus der Tasche, besann sich dann aber anders, schob ihn zurück und kramte die Wasserflasche aus dem Rucksack. Er goss etwas Wasser in die hohle Hand und ließ den Hund trinken, bevor er selbst trank. *Und nicht nur fast zu viel,* hätte er am liebsten gesagt. *Es war zu viel. Ich hielt es nicht aus. Was soll ich es beschönigen: offen gesagt bin ich nach dem Job im Kosovo durchgedreht. Ich kam nach Hause, als wäre nichts, aber dann setzte es in meinem Kopf aus. Ich war zwei Wochen lang wie weg, sagen wir so. Natürlich war ich nicht wirklich weg, nur meine Seele trieb sich auf unbekannten Wegen herum. Ich fuhr mit einem Ruderboot, das ich mir quasi geliehen hatte, im Zickzack durch das Saimaa-Gebiet und fragte Schamanen, die Felsmalereien produzierten, ob sie Antworten auf meine Fragen hatten. Schließlich holten sie die Seelen der kranken Menschen von der Erde und brachten sie ihren Eigentümern zurück, damit diese geheilt wurden. Vielleicht dachte ich, die alte Methode ist besser als ein paar Shrinks, die vom Innenministerium, dem der Grenzschutz unterstellt ist, outgesourct worden sind … »Wie fühlst du dich, Mike? Wenn du ein Tier wärst, wärst du dann lieber ein Kamel oder ein Skorpion?«*

»In Finnland gibt es kein Ganggrab, das man mit Newgrange vergleichen könnte. Also eines, in das am kürzesten Tag des Jahres das Licht direkt auf den Opferaltar fällt, aber Felsmalereien haben wir. Vielleicht hast du davon gehört, dass es bei uns zigtausend Seen gibt, aber mein See, der Saimaa, ist der größte von allen ... das heißt, er gehört mir nicht, aber ich rudere, vom Jedermannsrecht geschützt, darauf herum ... Jedenfalls gibt es dort steinzeitliche Kult- oder Opferstätten, je nachdem, wie man sie nun nennen will. Wir nehmen an, dass sie von so genannten Schamanen gemacht worden sind. Das waren praktisch solche Weisen wie diejenigen, die in der Dreikönigsnacht zu Jesus kamen ...«

Er verstummte für einen Moment. Er hielt es nicht für notwendig zu erwähnen, dass die alten Schamanen stets in Trance fallen mussten – vermutlich durch den Verzehr giftiger Pilze –, um der jenseitigen Weisheit habhaft zu werden. Es handelte sich wohl um einen ähnlichen Zustand wie der, in den er sich mit Hilfe irischen Malt Whiskeys versetzte. Andererseits waren die im Flachmann enthaltenen Gesundheitsrisiken auf kurze Sicht weniger gefährlich als die von den Vorvätern benutzten Arzneien, die nicht vom Gesundheitsamt geprüft und genehmigt worden waren. Rafaelsson begriff, dass er wieder auf seine alte Sünde verfiel, auf das, was seine Frau »Vorlesung halten«, er selbst aber »Teilen von Allgemeinbildung« nannte.

»Zweifellos übertrifft eure neolithische Architektur die leicht primitiv wirkenden roten Kritzeleien, die man bei uns auf den Felsen findet, aber vielleicht muss sich die finnische Seele ja nicht so aufplustern. Warum dreihundert Männer – und vielleicht auch Frauen und Kinder – zwanzig Jahre lang schuften lassen, wenn sich die Wahrheit in ein paar ausgewählten Bildern verdichten lässt? Warum ein Epos schreiben, wenn der weise Mann mit einem Haiku auskommt?«

»Eben«, stimmt Sean zu.

»Wenn du einmal nach Finnland kommst, empfehle ich dir die Felszeichnungen von Astuvansalmi. Ich kann dich hinbringen, so wie du mich jetzt zu eurem steinzeitlichen Denkmal bringst. Ich werde dich allerdings mit dem Boot befördern und nicht mit dem Auto. Die Malereien sind freilich schwer vom Boot aus zu sehen, weil der Wasserstand des Saimaa heute an die zehn Meter niedriger ist als zum Zeitpunkt der Entstehung der Malereien, aber die finnische Forstverwaltung hat eine Treppe gebaut… Vermutlich wurden die Malereien im Winter angefertigt, auf dem Eis, nicht vom Boot aus. Andererseits ist auch ein Boot abgebildet, warum also nicht doch von dort aus, oder was es nun mal für ein Einbaum war…«

»Aha.«

Seans Begeisterung für die Felsmalereien von Astuvansalmi war von einer Qualität, dass sich bei Mikko der Verdacht einstellte, der Junge könnte ihn mit einem Fährmann wie Charon vergleichen, vorausgesetzt er hatte eine Vorstellung davon, wer oder was Charon war.

»Alle möglichen Figuren gibt es da. Hauptsächlich Elche. Aber auch Hunde. Hörst du, Schniedel? Der Hund, das heilige Tier! Vielleicht nicht so heilig wie der Schwan. Auf der russischen Seite gibt es Felszeichnungen, die zeigen, wie es einem Jäger ergeht, der einen Schwan schießt. Schlecht, kann ich dir sagen. Die Schwäne bringen nämlich im Frühjahr, wenn sie ankommen, das Licht und die Wärme. Mit einem Wort, die Hoffnung, die sie im Herbst mitgenommen haben. Und siehe, Dunkelheit und Kälte legten sich über unser Land. Aber ah, die Schwäne kehrten im Frühjahr wieder und brachten Licht und Wärme mit, unter der Voraussetzung, dass wir uns benahmen, wie es sich für Menschen gehörte.«

»So ist es, Mike.«

»Die Malereien von Astuvansalmi zeigen auch Frauen, die Pfeil und Bogen halten. Das ist ein großes Rätsel, so wie es die Frauen im Allgemeinen sind. Man behauptet, die Frauen hätten damals nicht gejagt. Auf anderen steinzeitlichen Malereien sind sie entweder mit Vögeln beschäftigt oder haben einen dicken Bauch, aber auf dieser einen Malerei … Was glaubst du, worum es sich dabei handelt?«

»Keine Ahnung, Mike.«

»Eben. Du weißt sicher, dass vor dem Stein von Rosette das Rätsel der Hieroglyphen nicht gelöst werden konnte. Auf dem standen dieselben Sprüche in zwei Sprachen … Bei uns ist ein solcher Stein noch nicht gefunden worden.«

Aber gesucht wurde er, da kannst du dir verdammt sicher sein! Die Jagd nach Rafaelssons verlorenem Stein. Das war ein Akt! Meine Familie wäre vor Sorge fast verrückt geworden, aber ich konnte daran nicht mehr denken, so ein egoistisches Arschloch, wie ich war … Sie mussten doch verstehen, dass ich meine Seele suchte und außerdem eine geeignete Insel, auf der ich meine Familie in Sicherheit bringen konnte, falls Krieg ausbrechen würde oder es zu sonstigen Misshelligkeiten käme … Damals kam mir das alles sehr logisch vor. Der Auftrag war top secret, man durfte nicht einmal zu Hause etwas darüber verlauten lassen, classified by Mike Rafaelsson, und außerdem hatte der Akku meines Teletrophonos längst den Geist aufgegeben …

Er lehnte den Kopf zurück und schlief wohl kurz ein, denn als Nächstes hörte er den Wagen anhalten.

»So, Mike, wir sind da«, sagte Sean und drehte sich nach hinten um. »Was machen wir jetzt?«

Rafaelsson zog das Portemonnaie aus der Tasche und blickte auf die riesige, dunkle Steinkonstruktion, die vor ihnen aufragte.

»Wann machen die morgens auf?«

»Um neun oder um zehn. Ich bin nicht sicher. Willst du, dass ich nachsehe?«

»Nicht nötig.«

»Offen gesagt, Mike. Mir ist nicht wohl dabei, dich hier allein in der Nacht zurückzulassen.«

»Ich bin ja nicht allein. Ich habe als Nachtwachenkameraden meinen treuen und tapferen Hund Schniedel bei mir.«

»Trotzdem.«

Rafaelsson fiel es schwer, Seans Blickwinkel zu verstehen, ebenso wenig, wie er auf den Gedanken kam, wie es seiner Frau Eva ging, die zur selben Zeit aufwachte und feststellte, dass sie allein im Hotelzimmer war. Der Kassenzettel von Tesco war vom Tisch gesegelt, so dass man ihn nicht mehr sah, und als Eva die Teletrophononummer ihres Mannes wählte, hörte sie aus der Tasche des Mantels an der Garderobe den vertrauten Klingelton *Anchors away*, gespielt vom Musikkorps der Marine. Mikes Kollegen hatten ihm die Melodie anlässlich seiner Pensionierung installiert. Eva fand den Pass ihres Mannes in dessen Reisetasche und setzte sich mit pochendem Herzen aufs Bett. Für all das gab es bestimmt eine vernünftige Erklärung, redete sie sich ein. Sie durfte jetzt nicht panisch werden.

Als das Taxi davongefahren und in der Nacht verschwunden war, nahm Rafaelsson die Stirnlampe aus dem Seitenfach des Rucksacks und machte sich auf den Weg durch die baumlose, hügelige Landschaft. Der Hund folgte ihm auf den Fersen. Die runde Steinkonstruktion mit einem Durchmesser von mehr als achtzig Metern thronte riesenhaft unter dem halb bewölkten Sternenhimmel. Die Lampe beleuchtete immer nur einen schmalen grünen Streifen auf einmal.

»Wir gehen um den Bau herum. Das hält uns warm, erschöpft uns aber nicht. Ein halber Hektar, alles zusammen genommen. Schauen wir mal, wie viele Runden wir schaffen. Dazu singen wir Marschlieder:

I don't know, but I've been told
Eskimo pussy is mighty cold …«

Der Hund wedelte mit dem Schwanz.

»Leider muss ich dir sagen, dass da drin auch Hundeknochen gefunden wurden. Genauer gesagt die Knochen von zwei Hunden. Von einem natürlichen Tod kann man bedauerlicherweise nicht sprechen. Nun, komm … Ich führe nichts Böses im Schilde, was dich betrifft. Aber ich werde dir jetzt etwas erzählen, das ich noch niemandem erzählt habe. Auch für deine verschiedenfarbigen Ohren wird es sich nicht schön anhören. In dieser Geschichte wird nicht die Hollywood-Regel befolgt: ›Töte niemals einen Hund.‹ Ich erzähle sie dir trotzdem, aber zuerst gehen wir pissen. Regel Nummer zwei: ›Pisse immer, wenn du kannst.‹«

Der Mann pinkelte aufs Gras und schaute den Hund aufmunternd an.

»Der Großonkel meiner Frau starb wegen dieser kleinen Verrichtung«, sagte er über die Schulter hinweg, »als junger Mann auf dem Markt von Kuopio. Gendarme erschossen ihn. Wegen unsittlichen Verhaltens in der Öffentlichkeit. Befahlen ihm, aufzuhören, aber der junge Mann gehorchte nicht. Wie auch? In der Familie besteht die feste Überzeugung, dass der wahre Grund für das Erschießen in männlichem Neid bestand. Angeblich war der Großonkel außergewöhnlich gut ausgerüstet …«

Mann und Hund setzten ihre Wanderung fort. Sie passierten frühzeitliche Steinmonumente.

»Das war nicht die Geschichte, die ich dir versprochen habe. Aber auch darin sprechen die Waffen. Der Bau hier erinnert mich unweigerlich an die Bunker, in denen ich einen Teil meines Lebens verbracht habe, einen zu großen, im Nachhinein betrachtet …«

Mann und Hund bewegten sich in guter Marschgeschwindigkeit an der Mauer des Gebäudes entlang.

»Die Geschichte trug sich im Kosovo zu … in einem kleinen Dorf. Wir fuhren oft mit dem Panzerwagen hin, auf dem Dach flatterte die Fahne der Vereinten Guten. Es war ein sympathisches kleines Dorf voller freundlicher Menschen. Außer dass die Männer fehlten. Es gab alte Männer und kleine Jungen, das war alles. Manchmal nahm ich aus der Kantine Kekse und so etwas für die Kinder mit. Es waren lächelnde, höfliche Knirpse. Soweit ich sie verstand, denn wir hatten ja keine gemeinsame Sprache. Natürlich konnten die kleinen Racker auch übers ganze Gesicht gelächelt und auf Albanisch gesagt haben: Verpiss dich. Wer weiß.

Ein Junge, so um die zehn, sprach ein bisschen Französisch, er kannte zumindest *un cadeau, s'il vous plaît* und *merci beaucoup* … Als ich ihm etwas gab, verschlang er es nicht sofort wie die anderen Kinder, sondern steckte es ein. Später fiel mir auf, dass er seine Beute mit zwei kleineren Jungen teilte. Die Kleinen standen immer wartend im Hintergrund, der Große ließ sie nicht an den Wagen heran …«

Überraschend bekam der Hund einen Anfall. Er fing an zu bellen und rannte in die Dunkelheit, wo man kurz darauf Vögel aufflattern hörte. Rafaelsson pfiff, und der Hund kehrte gehorsam zurück. Der Mann zerbröckelte ihm etwas Brot von seinem Proviant, worum der Hund durch das Heben einer Pfote bereits bettelte, und lobte ihn für seine Wachsamkeit und sein rasches Eingreifen.

»Weißt du, dass es in den Dienstvorschriften der russischen Zarenarmee hieß: ›Nach Ausführung richtet der Soldat einen treuen Blick auf seinen Vorgesetzten‹?«

Rafaelsson fasste den Hund unter der Schnauze an, aber dieser entzog sich seinem Griff.

»Ist ja egal … Jedenfalls erfuhr ich bald, dass die netten Jungen Brüder waren. Ich selbst habe drei Söhne, wie ich schon erzählt habe, also kannst du dir vorstellen, dass mich die kleinen Kerle an zu Hause erinnerten … Irgendwann lernte ich auch ihre

Mutter kennen, die selbst gezogenes Gemüse auf dem Markt im Dorf verkaufte, Tomaten und so etwas. Auf dem Markt herrschte fast ausgelassene Stimmung, die Hähne krähten, die Hühner gackerten, die Hunde tollten herum, es duftete nach Pfefferminztee … Die Mutter der Jungen war schwanger. Eine ganz reizende junge Frau … über das Schicksal ihres Mannes wusste sie nichts, er war im Schlachtengetümmel verschollen. Sie sprach ein wenig Französisch, hatte es von einem französischen Soldaten gelernt. Frag mich nicht, unter welchen Umständen … bestimmt unter anständigen, jedenfalls machte sie den Eindruck einer verdammt guten Mutter …«

Der Hund bellte gedämpft.

»Lass gut sein, das ist nur ein armes Häschen. *Anyway.* Ich machte es mir zur Gewohnheit, sie zu fragen: ›*Comment allez-vous et les petits messieurs?*‹ Und die Frau antwortete immer auf die gleiche Weise: ›*Très bien, merci beaucoup. Et comment allez-vous, monsieur le capitaine?*‹ Wir wechselten also ein paar Worte im Geiste der kultivierten französischen Höflichkeit. Auch wenn de facto Kriegszustand herrschte, brauchte man die guten Umgangsformen nicht zu vergessen … Jedenfalls hatten nicht alle sie vergessen. Ich nehme an, mein Schniedelchen, dass du nur Englisch verstehst, oder täusche ich mich?«, sagte er und kraulte den Hund, der heftig mit dem Schwanz wedelte.

»Vielleicht verstehst du Französisch. Woher soll ich das wissen? Vielleicht war dein Herrchen frankophil oder sogar ein gallischer Tourist. Als wir mal mit der Familie mit dem Auto durch Europa fuhren, zeichnete mein sechsjähriger Mittlerer einen Hund, der aussah wie du. Sein großer Bruder schrieb in Druckbuchstaben den Titel des Kunstwerks darunter, den ihm der kleine Bruder ins Ohr flüsterte. Er lautete: ›Französischer Hund beim Pinkeln‹. In Frankreich ist alles ein bisschen vornehmer, sogar das Pissen.«

Der Hund wurde unruhig, und Rafaelsson verstand nicht warum, bis er ein fernes Rauschen hörte, das schnell lauter wurde. Dann sah man auch schon die Navigationslichter eines landenden Flugzeugs, das bald frappierend niedrig, fast direkt über sie hinwegfliegen würde. Die Reihe der Fenster war deutlich zu erkennen, und die Flughöhe nahm ständig ab. Der Flughafen Dublin konnte nicht weit weg sein, und Rafaelsson rief sich in Erinnerung, dass er in zwölf Stunden dort sein musste.

»Na, vielleicht habe ich dich tatsächlich aus den Händen eines frankophilen Trinkers gerettet, aber darüber solltest du dich nicht allzu sehr freuen. Ich bin wahrscheinlich der miserabelste Retter der Welt, wie du gleich hören wirst ... Wo waren wir stehengeblieben? Genau, im Kosovo. Wir beobachteten dort alles Mögliche und Unmögliche. Wir konnten nichts tun, durften uns nirgendwo einmischen, sondern immer nur beobachten. Auch die von KFOR durften in der Finalrunde nicht mehr mitmischen ...«

Rafaelsson überkamen leichte Zweifel, wie sinnvoll es war, einem Hund diese Geschichte zu erzählen, einer unintelligenten Kreatur, aber noch mehr bedauerte er, den Begriff ›in der Finalrunde nicht mehr mitmischen‹ benutzt zu haben. Einer seiner Vorgesetzten im Kosovo schien fähig zu sein, sämtliche Gräuel mit der heiteren Formulierung zu quittieren: *I think that at the end of the day this is a good day's work and the best we could have done ...*

»Von wegen das Beste, das wir tun konnten ... Scheißdreck ... Wie auch an dem Tag, als ... Ich weiß noch, dass es höllisch heiß war, aber unser Panzerwagen hatte selbstverständlich eine Klimaanlage ... Wir näherten uns wieder dem erwähnten Dorf, und ich hatte wieder Kekse und Kaugummi in der Tasche ... Die Aasvögel waren schon von weitem zu sehen. Von denen saßen zwar immer welche entlang der Straße, aber jetzt kreisten sie über den

Häusern. Da war Schluss mit Pfeifen. Der Patrouillenführer befahl alle herein und die Luken zu schließen.

Am Rand des Dorfplatzes sahen wir durch das Periskop, wie die Lage war: mitten auf dem Markt lag ein schreiender, sich windender kleiner Junge. Die Sniper waren dazu ausgebildet, ihren Opfern in den Bauch zu schießen, um ihren Todeskampf zu verlängern. Denn immer verlor dann ein Zivilist die Nerven und rannte hin, um entgegen jeder Vernunft das Opfer zu retten. Wir sahen, dass bereits zwei Menschen auf dem Platz erschossen worden waren, die versucht hatten, dem Kind zu helfen. Nicht weit von dem Jungen entfernt sah man einen Ball. Wahrscheinlich hatte er damit gespielt, als der Sniper ihn ins Visier nahm.«

Rafaelsson setzte sich ins Gras, und der Hund folgte seinem Beispiel.

»Ich hatte ihnen den Ball geschenkt, manchmal sogar ein bisschen mit ihnen gekickt… Es war der offizielle WM-Ball von Adidas… Dann sah ich am Rand des Platzes einen Jungen, den ich auf Anhieb erkannte. Der Älteste von den drei kleinen Messieurs. Ich begriff, dass der Junge, der sich auf der Erde wälzte, einer seiner Brüder war.

Der Panzerwagen stand in der Deckung der Häuser, und ich versuchte, durch eine Luke hinauszukommen, aber der Oberleutnant hielt mich am Gürtel fest und befahl dem als Sanitäter fungierenden Unteroffizier, mich mit Handschellen ans Fahrzeug zu fesseln. Ich verlangte, dass wir auf den Marktplatz fuhren. Der Sniper konnte uns nichts anhaben. Dann könnten wir im Schutz des Panzerwagens Hilfe leisten. Der Oberleutnant sagte, der Scharfschütze könnte eine Panzerfaust haben. Er könne nicht riskieren, dass die gesamte Patrouille vernichtet werde…«

Der Hund bellte kurz und legte dann den Kopf auf die ausgestreckten Vorderpfoten.

»Langweile ich dich?«, fragte Rafaelsson herausfordernd. »Warte nur, es wird auch noch ein Hund in der Geschichte vorkommen. Zwar nicht auf angenehme Art, aber er wird vorkommen. Du ahnst sicher, dass es der große Bruder schließlich nicht mehr aushielt, am Rand zu stehen, sondern auf den Platz rannte. Er sollte ja auf seine Brüder aufpassen. Vielleicht hatte der Vater beim Weggehen zu ihm gesagt: ›Du bist jetzt der Mann im Haus. Kümmere dich um deine Mutter und deine kleinen Brüder‹, oder etwas in der Art. So wie ich es zu meinem Ältesten sagte, als ich zum Einsatz aufbrach.«

Der Nachtwind blies gnadenlos, der Mann schloss den Reißverschluss seiner Daunenjacke bis obenhin und versuchte, den Hund dichter an sich zu ziehen, aber der zog es aus irgendeinem Grund vor, in der für ihn weniger vorteilhaften Position zu bleiben, in der seine Schnauze fast den Rucksack berührte. Rafaelsson wusste, dass die rasche Zuneigung des Tiers zu ihm keineswegs vollkommen selbstloser Natur war, aber jetzt vermutete er in dessen Charakter geradezu einen hinterlistigen Zug.

»Hast du vor, unseren Proviant alleine zu verschlingen, sobald ich nicht hingucke?«, sagte er scharf. »Da erzählt der eine vom Albtraum seines Lebens, und der andere hat nichts als die nächste Mahlzeit im Sinn … Es wäre wirklich wünschenswert, wenn du dich wenigstens kurz in meine Lage versetzen würdest. Nur zwei Wochen zuvor waren wir in dem Dorf gewesen, wo gemessen an den Umständen eine kleine Idylle des Friedens und der Sicherheit geherrscht hatte: die alten Männer saßen auf Bänken im Schatten und tranken Raki, über offenem Feuer garten köstlich duftende Fleischspieße, vermutlich Lamm, die Kinder rollten alte Autoreifen durch die Gegend … Aber jetzt hatten wir den Todeskampf zweier kleiner Jungen vor Augen … Diese Hölle schien eine Ewigkeit zu dauern.«

Rafaelsson seufzte und gab dem Hund noch einen Bissen.

»Schließlich war es still. Ein alter Mann humpelte auf den Platz und beugte sich über eines der Opfer, das den Jungen zur Hilfe gekommen war. Bald kamen weitere Leute auf den Platz, und wir folgerten, dass der Sniper sich entfernt hatte. Wir fuhren näher heran, blieben dabei aber weiterhin in Deckung. Natürlich blieb nichts mehr zu tun, als die Leichen zu beseitigen. Der Oberleutnant bestimmte die Sicherungsabteilung und sagte, ich dürfte die Jungen zu ihrer Mutter nach Hause bringen. Zuerst müsste jedoch das Gebäude gesichert werden ... Er und der Sanitätsunteroffizier kamen mit. Wir näherten uns im Schutz der Gebäude dem Haus, in dem, wie ich wusste, die Jungen gewohnt hatten ...«

Der Mann stand auf und schlug die Hände zusammen.

»Verdammt, ist das kalt hier, gehen wir dort zu der Wand in den Windschatten!« Er griff nach der Hundeleine. Der Hund stand faul auf und streckte sich wie ein pubertärer Junge in der Schule und folgte mit steifen Schritten seinem neuen Herrchen zu einem grünen Häuschen, das dieser für eine Art Holzschuppen hielt. Hoffnungsvoll griff er nach der Türklinke, aber es war abgeschlossen. An der Wand stand jedoch eine Bank. Er nahm Platz und zog den Hund an sich.

»Die Tür des Hauses stand sperrangelweit offen ... Es herrschte ein fürchterliches Durcheinander, Parolen waren an die Wand geschmiert, alles war zerstört worden. Ein Sanitäter wurde nicht mehr gebraucht. Die Mutter lag in einer Blutlache auf dem steinernen Fußboden. Man hatte ihr den Bauch aufgeschlitzt, den Embryo herausgerissen und an dessen Stelle ... an dessen Stelle ... anstelle des ungeborenen Kindes einen toten Hund hineingesteckt, einen Welpen ...«

Rafaelsson warf einen bekümmerten Blick auf seinen Gefährten, zog die Flasche heraus und trank einen Schluck.

»Ich sage das nicht gern, aber leider ist der Vertreter deiner Spezies in vielen Kulturen das Symbol für das Allerniedrigste und Nichtswürdigste. Als ich dann nach Hause kam, wollten meine Jungen und meine Frau einen Hund … Du verstehst doch, mein lieber Schniedel, dass das gerade in dem Moment für mich … sagen wir schwierig war. Und stell dir vor, ich hätte das alles meiner Frau erzählt … Als Hund fällt es dir vielleicht schwer zu verstehen, was ich für sie empfinde. Sie ist das Licht meines Lebens, ein Leuchtturm geradezu. Auch wenn mir ihr Leuchten manchmal verdammt auf die Nerven geht! Du kannst sicher sein, dass *sie* in Sturmnächten nicht wach liegt und sich fragt, ob gleich die Ziegeln vom hundert Jahre alten Mansardendach fliegen, Wasser eindringt und es unausweichlich zu einem Schimmelschaden kommt. Und wenn ich ihr etwas davon oder von anderen Vorzeichen des Untergangs sage, lacht sie nur. Was glaubst du, wie ich mich dann fühle? Als wäre ich mit einer unzurechnungsfähigen Närrin auf ein sinkendes Schiff geraten. Genau so fühle ich mich dann. Aber dennoch, allein der Gedanke, mit meinen Horrorgeschichten ihr Licht zu löschen … Wie sollte ich danach auf dem stürmischen Meer des Lebens die Richtung finden, sag mir das mal!«

Er spürte einen Schmerz in der Brust. Es war eine Art Stich, aber er erinnerte sich, dass der Arzt versichert hatte, so etwas sei nichts Ernstes. Ernster war die Kälte, die ihm in die Glieder kroch. Hatte dieser Ausflug irgendeinen Sinn?, fragte sich Rafaelsson. Er hatte in einer Broschüre gelesen, dass immer nur eine kleine Anzahl von Menschen auf einmal in dieses Objekt des Unesco-Kulturerbes hineingelassen wurde. Er sah sich schon am Kassenhäuschen um Einlass bitten, als derjenige, der am längsten gewartet hatte.

Während er auf der harten Bank lag, dachte Rafaelsson an den Morgen: es würden Busladungen mit Rentnern ankommen und in deren Kielwasser womöglich japanische und chinesische Touristen. Wenn er bei der ersten Führung dabei sein wollte, müsste er drei Euro bezahlen – oder zwei Euro für Rentner! Er fragte sich, ob es etwas nützen würde, die finnische Versicherungskarte auf den Tresen zu knallen: Ich bin auch Rentner …

»Wir machen mit dieser Geschichte nicht weiter«, sagte Rafaelsson zu dem Hund. »Jetzt ist Schluss mit dem Gejammer, Soldat. Wir müssen Kraft für den Morgen sammeln!«

Er zog den Pullover aus dem Rucksack, legte ihn dem Hund, der sich etwas sträubte, auf den Rücken, so dass sich die Ärmel um den Hals binden ließen, und nahm das Tier in den Arm.

»Morgen ist ein neuer Tag, oder, Kamerad …?« Rafaelsson hing auf der Bank, den Kopf auf der Rückenlehne, und murmelte vor dem Einschlafen: »Was ist mit dem zweiten kleinen Bruder passiert? Das habe ich mich oft gefragt …«

Rafaelsson wachte am nächsten Morgen nach sechs Uhr auf, weil ihn ein Frühaufsteher mit Hund an der Schulter rüttelte. Der Mann lieh ihm freundlicherweise sein Teletrophono, so dass er ein Taxi rufen konnte. Im Hotel überließ Rafaelsson den Hund der freundlichen jungen Frau am Empfang, die versprach, sich um ihn zu kümmern und später, wenn der Tag richtig angebrochen war, im Tierheim anzurufen.

Seiner Frau Eva begegnete er im Treppenhaus auf dem Weg ins Zimmer. Sie konnte sich zunächst nicht entscheiden, ob sie ihren Mann schlagen, vor Erleichterung in Tränen ausbrechen oder sich in seine Arme werfen sollte und entschied sich schließlich für alle drei Varianten. Sie gingen gemeinsam aufs Zimmer, legten sich ins Bett, um den versäumten Schlaf nachzuholen, konnten aber nicht einschlafen. Der Mann wusste auch ohne zu fragen, dass seine Frau bereits bei der Polizei und in jedem Krankenhaus angerufen hatte, war jedoch dankbar, dass sie noch keinen Kontakt mit den Söhnen aufgenommen hatte. Er fragte sich innerlich, womit er die Liebe dieser Frau verdient hatte, und fragte es auch laut, bekam aber keine Antwort. Stattdessen sagte sie:

»Wunderbar, wieder nach Hause zu kommen, findest du nicht?«

KINGSTOWN, DREIKÖNIGSNACHT 1896

Nehmt Abschied, Brüder, ungewiss
ist alle Wiederkehr,
die Zukunft liegt in Finsternis
und macht das Herz uns schwer.

Auld Lang Syne, Trad., Text Robert Burns

Daniel

Daniel blickt vom Deck der Bremen auf die Feiernden im Schein der Gaslaternen am Ufer. In seinem Kopf werden die Trommelschläge, die seit dem frühen Abend zu hören sind, das Zusammenspiel der Blasinstrumente, das Klagen der Dudelsäcke und die hellen Flötensoli wieder lauter. Er muss sich eingestehen, dass er den Betrunkenen nicht mehr spielen muss, denn er ist beschwipst wie eine Wespe im Spätsommer.

Darum kann er auch der Versuchung nicht widerstehen, mit einem Belegnagel, den er gerade aus der Bank herausgelöst hat, das unsichtbare Musikkorps zu dirigieren, ja eigentlich sogar das ganze fünfzigste Infanterieregiment bei seinem rhythmischen Marsch zu den im Hafen wartenden Schiffen, mit denen die Soldaten durch die Straße von Gibraltar, die Dardanellen und den Bosporus ins Schwarze Meer gebracht würden. Die Deckwache beobachtet ihn aus den Augenwinkeln heraus und ist spätestens jetzt davon überzeugt, dass der Gast des Kapitäns entweder stockbesoffen oder aus einer Irrenanstalt ausgebrochen ist.

Daniel erinnert sich, dass seine Mutter erzählt hat, wie das Regiment, das hinter dem Musikkorps hermarschierte, nach dem Instrumentalteil *Auld Lang Syne* sang. Die Menschen, die am Straßenrand und an den Fenstern mit Taschentüchern und Schals winkten, stimmten aus vollem Herzen in das Abschiedslied ein, das nun auch Daniel mit Tränen in den Augen lauthals singt, wobei er sich die treue Kinderfrau des Oberst vorstellt – seine künftige kleine Mutter – und ihre Abreise mit dem Regiment aus ebendiesem Hafen in den Krimkrieg. Seiner Mutter zufolge hatten die fünfzig Männer das Einstimmen der Leute in das Lied als Ehrenerweisung verstanden und dem Publikum zugejubelt.

»*For auld lang syne, my dear,*
for auld lang lang syne,
we'll take a cup o' kindness yet
for auld lang syne …«

An der Stelle, wo der Sänger beteuert, seine Getränke selbst zu bezahlen und seinen lang ersehnten Gefährten dazu ermuntert, es ihm gleichzutun, nimmt Daniel einen Schluck aus dem unsichtbaren Glas in seiner Hand, prostet dann der Deckwache zu, ohne eine Reaktion zu erhalten und geht wieder die Treppe zum Salon des Kapitäns hinunter.

»Meinten Sie das?«, fragt er lallend, wischt sich mit dem Taschentuch den Mund ab, als hätte er sich gerade übergeben und tritt schwankend auf Frau Siren zu, um ihr den Belegnagel, den er geholt hat, zu reichen. So einer wird nämlich bei dem gleich aufzuführenden lebenden Bild gebraucht.

Die Frau bedankt sich, ohne auch nur mit einer Geste ihre eventuelle Nervosität zu verraten. Das Suchen des Belegnagels war Petersons Idee gewesen, damit Daniel sich ein Bild vom Oberdeck des Schiffes machen kann. Kapitän Eger verlangte, wie erwartet, einen seiner Männer damit beauftragen zu dürfen, aber weil das Ehepaar Siren der Ansicht war, dass Herr Ford, der das Schaukeln des Schiffes nicht gewöhnt sei, dringend frische Luft brauche, und weil dieser bereits auf Unheil verkündende Weise torkelte und aufstieß, akzeptierte der Kapitän den Vorschlag.

»Hoffentlich hat Ihnen die frische Luft gutgetan und Sie fühlen sich besser, Herr Ford«, meint Kapitän Eger und zwinkert mit einem Seitenblick dem Mann zu, den er für den ehemaligen Kapitän der Palme hält, womit er, genau genommen, ja auch ganz recht hat. Außer dass dieser nicht Siren heißt, wie er zu verstehen gegeben hat, und die neben ihm sitzende Frau nicht seine Gattin ist, obwohl es sich paradoxerweise um Frau Siren handelt, die Frau des Kapitäns. All dies zu verstehen würde dem armen, in die Irre geführten Mann zu viel Anstrengung abverlangen, zumal er sich selbst nicht gerade in Paradeverfassung befindet.

»Danke der Nachfrage, Kapitän Eger, es hat gutgetan«, antwortet Daniel und lässt sich auf das weinrote, schon etwas abgenutzte Sofa fallen. »Aber zugleich hat mich der Besuch an Deck auch ein wenig traurig gemacht.«

»Warum das denn?«

»Ich musste daran denken, wie meine liebe Mutter im Jahr 1854 von diesem Hafen aus zur Krim aufbrach, wo sie einem solchen Leiden und Grauen begegnete, dass es für immer ihre Seele, aber auch ihre körperliche Gesundheit angriff.«

»Hat Ihre Mutter am Krimkrieg teilgenommen?«, fragt Peterson.

»Sie folgte meinem Vater, einem Oberst, war dort aber als Krankenschwester tätig. Sicher sagt Ihnen der Name Florence Nightingale etwas? Meine Mutter arbeitete unermüdlich an ihrer Seite ...«

Genau genommen hatte seine Mutter erzählt, eine Zeitlang deren Helferin gewesen zu sein, aber Daniel hatte seine heilige Mutter längst auf eine Stufe mit der Barmherzigen Schwester gestellt, wenn nicht höher, und träumte noch immer von der zarten Schönheit, die mit einer Lampe in der Hand zwischen Soldaten, die sich in Todesqualen wanden, umherging.

»Vielleicht fiel es mir ein, weil gerade der Besuch der Weisen in Bethlehem gefeiert wird«, sagt Daniel, während in ihm ein vom Alkoholnebel beförderter, an sich jedoch berechtigter Zorn aufsteigt. »Die ganze Keilerei auf der Krim fing ja damit an, dass sich die katholischen Franzosen mit den russisch-orthodoxen Mönchen um die Geburtskirche Jesu stritten. Natürlich ein lächerlicher Vorwand für Nikolaus und Napoleon, die Osmanen unter Druck zu setzen, da beide auf die Herrschaft über das Schwarze Meer und das Mittelmeer aus waren. Und dann musste, verdammt noch mal, auch Viktoria noch mitmischen, weil Britannien in Gottes Namen über alle Meere herrschen musste, ob es nun schwarz oder weiß war … Die Soldaten starben wie die Fliegen. Weniger in der Schlacht als außerhalb, an Seuchen, Hunger und Verwundungen, weil die britischen Politiker in ihren bequemen Sesseln auf das Wohlergehen ihrer ›tapferen Jungs‹ pfiffen: Wir zahlen unsere Getränke, sollen die anderen ihre zahlen …!«

Daniel bricht ab, weil ihn alle besorgt anstarren, jeder aus einem anderen Grund. Er begreift, dass er das Lallen vergessen hat, aber ob das so schlimm ist? Seiner Erfahrung nach haben Schluckspechte immer ihre klaren Momente, vor allem wenn es ihnen am Herzen liegt, unverzeihliches Unrecht kundzutun. Wie sehr er dieses Land leid ist, das man sein Vaterland nennt! Die letzten zwei Wochen hat er von morgens bis abends die Feder qualmen lassen, um Gerechtigkeit in eine durch und durch falsche Welt zu bringen. Nur um sich anhören zu müssen, dass seine Arbeit sinnlos war und man ihn wie einen Hammel an der Nase herumgeführt hat.

Von den Korrespondenten des Krimkriegs konnte man das freilich nicht sagen, ruft sich Daniel in Erinnerung, denn gerade das, was ihm seine Mutter über die Freiwilligen erzählt hat, die an die Front gingen, um über die schwierigen Umstände auf der Krim zu berichten, weckte in ihm einst den Wunsch, Journalist zu werden. Was jene Männer über die obszöne Gleichgültigkeit des Kabinetts schrieben, führte zum Sturz der Aberdeen-Regierung, und möglicherweise war Daniel eine vergleichbare Großtat vorgeschwebt, als er sich endlich dafür entschied, vom Jurastudium zur praktischen Zeitungsarbeit zu wechseln.

»Wäre der Telegraf nicht erfunden worden, hätte die ganze Welt die Augen vor den Gräueln verschlossen, die meine Mutter, fast noch ein Kind, mit eigenen Augen bezeugt hat …«

Kapitän Eger wendet sich an Kapitän Siren alias Peterson:

»Sie auf den Ålandinseln haben auch etwas von dem Spektakel abbekommen, wie? Wahrscheinlich waren Sie damals noch nicht auf der Welt, aber ich erinnere mich, wie darüber gesprochen wurde, als ich klein war. Die Festung Bomarsund wurde von Schiffskanonen in Schutt und Asche gelegt … Und ich habe finnische Seemänner im Dienst, die noch immer vom ›Åländischen Krieg‹ singen.«

»*Und der Åländische Krieg war furchtbar, hurra, hurra, hurra, der Engländer mit dreihundert Schiffen an Finnlands Küste kam, sunfara, sunfara, sunfarallalla*«, singt Peterson prompt.

»Genau so«, ruft Kapitän Eger aus, wobei er mit dem Fuß den Takt stampft, animiert von seinen amüsanten Gästen.

Da der Finne nicht mehr als die erste Strophe singt, deutet Eger auf den Tisch im Salon. Dort sind frisches Brot, Butter, Hering, Salzlachs, Kalbsbraten und diverse Getränke aufgetragen worden.

Alle holen sich folgsam einen Nachschlag, und wie auf eine unausgesprochene Abmachung hin verschweigt man feinfühlig die peinliche Tatsache, dass die Briten und die zum russischen Zarenreich gehörigen Finnen im Krieg auf verschiedenen Seiten gestanden hatten. Allerdings kann sich Frau Siren nicht eines Gedankens enthalten, der Daniel noch nie in den Sinn gekommen ist:

»Alles Schlechte hat auch seine guten Seiten, wie mein Vater zu sagen pflegte. Er war der Meinung, dass der schlecht geführte Krimkrieg und die darauffolgende Flut von Kritik dazu führten, dass Alexander mehr als fünfzig Millionen Leibeigene befreite.«

»Das stimmt«, beeilte sich Peterson zu versichern. »Ich habe oft mit dem Pastor über das Ende der Leibeigenschaft und die Gründe dafür gesprochen.«

»Sie hatten also ein gutes Verhältnis zu Ihrem Schwiegervater, was? Zu Ihrem verstorbenen Schwiegervater, nehme ich an?«

Frau Siren und Peterson sehen einander an, sie ergreift sogar sanft seine Hand, und ein trauriges Lächeln huscht über ihr Gesicht.

»Ein äußerst gutes. Mein Vater schätzte den Kapitän über die Maßen und war ihm sehr zugetan. Nicht wahr, Liebster?«

Der Mann nickt leicht verlegen.

»Einen besseren Schwiegersohn kann man sich nicht vorstellen, hat er immer gesagt. Ihn zu verlieren war für uns beide sehr schwer.«

Wieder ein Nicken.

Daniel muss sich alle Mühe geben, einen neutralen Gesichtsausdruck beizubehalten. Wer hätte geglaubt, dass sich diese schweigsamen Finnen als solche Schauspieler entpuppen. Wenn er nicht sehr wohl wüsste, dass die beiden kein Ehepaar sind, hätte er schwören können, dass sie aus vollem Herzen die Wahrheit sagen.

»In dem Sternsingerspiel, das wir bald hauptsächlich auf Schwedisch, aber auch mit einigen finnischen Versen aufführen werden, kommt übrigens eine dankbare Erwähnung der edlen Taten Alexanders vor«, sagt Frau Siren nun mit strahlendem Lächeln. »Sollten wir nicht allmählich anfangen, Liebling, damit Kapitän Eger noch zu einer menschlichen Zeit schlafen gehen kann? Sie brechen doch morgen zeitig auf?«

»Ja, aber ich bin noch nicht müde… Das ist eine amüsante Abwechslung für mich«, beteuert der Kapitän.

Daniel zuckt zusammen, weil er sich daran erinnert, dass die Aufforderung zum Beginn des Spiels das vereinbarte Zeichen ist. Ihm soll erneut schlecht werden, weshalb er sofort an die frische Luft muss.

Diesen Umstand deutlich zu machen, verlangt diesmal keine große Schauspielkunst, denn das strahlende Paar hat die ganze Aufmerksamkeit von Kapitän Eger erobert, und niemand will, dass ein Betrunkener, dem übel ist und der vor sich hin stöhnt, die Vorstellung verdirbt. Zumal dessen Konzentrationsfähigkeit durch den Umstand beeinträchtigt werden dürfte, dass er als Brite kein Wort vom Inhalt verstünde.

»Der Herr scheint mir als Interviewer nichts zu taugen … ein versoffener Engländer«, hört Daniel Kapitän Eger spotten, als er die Treppe hinaufsteigt.

Daniel steht an Deck und blickt wehmütig zum Sternenhimmel, der sich über ihm wölbt. Wieder denkt er an seine Mutter, deren Gesicht er im abnehmenden Mond zu erkennen glaubt, auf geheimnisvolle Weise mit den geliebten Zügen Annas vermischt, vor seinem inneren Auge sieht er sie im pastellfarbenen Kleid am Arm des Oberst an Bord eines Segelschiffes gehen, das dem gleicht, auf dem er hier schwankend steht. »Mein tollkühnes irisches Mädchen«, murmelt er vor sich hin, während er zum Bugmagazin stapft, in dem sich eine – da ist er sich plötzlich vollkommen sicher – ihm für immer fremd bleibende Fracht befindet, die jedoch der Rettung allemal wert ist. Und er weiß, dass die Möglichkeit, einen Rückzieher zu machen, jetzt nicht mehr besteht.

Elin

Kapitän Eger lacht mit Tränen in den Augen über den König, der sich das Gesicht schwarz angemalt hat, und über den weiblichen Herodes, der im Gewand eines erhabenen Fürsten auftritt. Die Choreografie, auf die sie sich mit Peterson geeinigt hat, sorgte schon in der Planungsphase für eine gewisse Befriedigung von Rachegelüsten bei Elin. Aber als sie das Spiel nun endlich aufführen, weckt es ein Gefühl, das den übers Oberdeck torkelnden, tapferen Redakteur in geheimer Mission wie auch die armen Kinder in ihrem elenden Versteck beinahe in Vergessenheit geraten lässt.

Elin singt, wobei sie einen Schürhaken als Schwert hält, gegen das Johannes, also Balthasar, der König, den Belegnagel hält. Sie heben die Schwerter, und Herodes marschiert zwischen Balthasar und dem Publikum hin und her:

»Herodes jagte mit seinen Pferden und Rössern.
Bis er ankam aus dem Morgenland.
Bis er nach Bethlehem kam.«

Elin beendet das Lied und sagt:

»König Herodes bin ich.«

Johannes wendet sich an sie:

»Ha, ich glaube, du bist ein Tyrann.«

»Ha, ich bin kein Tyrann, sondern König Herodes und trage die goldene Krone nach meinen Vorvätern. Ho, warum bist du so schwarz?«

Johannes fängt an zu singen:

»Ho, wenn ich schwarz bin, bin ich allseits bekannt.
Ho, wenn ich schwarz bin, werd ich gern genannt.
Als Herr und König aus dem Morgenland.«

»Auch wenn du ein Herr und König aus dem Morgenland bist, musst du vor mir niederknien und mich anbeten«, befiehlt Elin.

»Nicht ich, sondern Melchior.«

»Du, oder es kost' dich das Leben!«

Sie stehen sich kurz gegenüber, Elin, erfüllt von der Wut, die sich nach der Demütigung von vor vier Jahren angesammelt hat, bis Johannes vor ihr niederkniet. Elin legt ihm das Schürhakenschwert auf die Schulter und singt:

»Seht nur diesen König,
wie er den Herodes anfleht
und vor diesem in die Knie geht.
Ihr habt ihn gesehn, den König,
wie er den Herodes anfleht
und vor diesem in die Knie geht …«

Elin nimmt den Schürhaken von Johannes' rechter Schulter und stellt einen Fuß darauf. Eger lacht weiterhin über die unverfrorene Posse des Ehepaars, vielleicht in der heimlichen Hoffnung, mit dem König zu tauschen, während Elin überlegt, ob sie die letzte Strophe noch einmal singen kann.

Sie tut es jedoch nicht, sondern reicht dem knienden Mann die Hand, zum Zeichen, dass er sich erheben darf, und sagt auf Finnisch:

»Du wirst mich noch diese Nacht lieben. Merk dir das.«

»Ich merke es mir«, antwortet Johannes.

Matias

Wie ging am Ende alles vonstatten und in welcher Reihenfolge? Das wird sich Matias noch oft im Laufe seines Lebens fragen, weil er in jener nächtlichen Stunde im Januar vom Schlaf benommen war, so wie die anderen Kinder. Ein Mann tauchte in dem Verschlag auf, zerrte sie hoch und scheuchte sie ans Oberdeck, wo bereits der Teufel los war: im Schein des Mondes lauerten seltsame Gestalten, ein glitzerndes Gespenst mit einem Schürhaken in der Hand und dahinter der Teufel selbst, der Herr des Totenreichs mit schwarzem Gesicht. Auf dem Deck befanden sich auch zwei oder drei Seemänner, die alle dazu übergingen, den Kindern nachzujagen, welche mal in den Griff des einen, mal in den des anderen gerieten, sich aber immer wieder losreißen konnten. Die Männer brüllten bei dem Versuch, ihre struppigen, im Zickzack übers Deck rennenden und vor Entsetzen kreischenden Opfer zu fassen zu bekommen, die im eisigen Nachtwind nach Verstecken suchten.

Es hatte gewiss nicht lange gedauert, bis Matias eine der seltsamen Gestalten zu ihm sprechen hörte und diese als Frau Siren erkannte, aber die anderen Kinder flohen von Panik ergriffen weiter. Auch die Stimme des Teufels kam ihm bekannt vor, als dieser mit durchdringender Stimme verlangte, die Hafenpolizei zu rufen und immer wieder das Wortpaar »gesetzloses Tun« rief, während ein bärtiger alter Mann, der Kapitän des Schiffes, immerzu brüllte und seinen Leuten befahl, die Kinder zu schnappen.

»Sie wissen ganz genau, was das für Folgen haben wird. Sie verlieren Ihr Kapitänspatent und …«

Petersons Satz ging in einer Flut von Schimpfwörtern des Bärtigen und im Weinen und Schreien der Kinder unter.

»Ein Sklavenschiff in einem britischen Hafen! Wie viel musste man Ihnen dafür bezahlen?«, rief nun ein Mann, den Matias als Herrn Ford erkannte.

»Verschwindet von meinem Schiff! Zur Hölle mit euch …«

In Matias' Vorstellung ging die Situation auf dem Deck in vollem Chaos weiter, bis man plötzlich ein helles Rufen im Bug hörte.

»Papa, Papa, ich bin hier! Ich, Sarah. Siehst du mich? Hier bin ich …«

In dem Moment erstarrten alle auf dem Deck und starrten auf das Mädchen, das den Bugspriet erklommen hatte und dessen helles Kleid und ungebändigte Locken im Nachtwind flatterten, dass es unweigerlich an eine Galionsfigur erinnerte, die sich in eine lebende Nixe verwandelt hatte.

Im Nachhinein fällt es dem Jungen schwer, sich zu erinnern, wie lange sich die Schar nicht bewegte und wann der Wettlauf zum Bug einsetzte. Ob es vor oder nach dem Moment geschah, in dem das Mädchen das Stag losließ und die Arme ausbreitete. Danach hörte man nur noch ein Platschen.

»Großer Gott!«

Wer rief das? Frau Siren? Wer tat was? Das Mädchen war fort. Matias beugte sich als einer der Ersten über die Reling, und jemand neben ihm ließ ein Sturmlicht an einem Seil hinunter, um die Wellen zu beleuchten, die gegen den Schiffsrumpf schlugen.

War es so? Am besten erinnert sich Matias an den sonderbaren Anblick, als Herr Ford sich Jacke und Schuhe vom Leib riss, danach noch die Hose mit den Hosenträgern, worauf er in Unterhose und Hemd an Deck stand. Besonders die roten Strumpfbänder, mit denen die weiße Unterhose mit den schwarzen Strümpfen verbunden war, prägten sich dem Jungen ein …

»Nicht doch, das nützt nichts«, rief Herr Peterson mit kräftiger Stimme, aber Ford kletterte bereits über die Reling.

»Tauchen kann ich immerhin«, rief er. »Und ich habe eine Fettschicht wie eine Robbe …«

»Nein, wir lassen das Boot zu Wasser«, rief der Obersteuermann.

Es war zu spät, man hörte bereits das zweite Platschen.

Es schien, als drängten sich alle, die an Deck waren, im Bug, um zu verfolgen, wie der über Bord gegangene Mann ein ums andere Mal an die Wasseroberfläche kam, um einen Moment später wieder in den eisigen Wellen zu versinken. Inzwischen hatte Herr Peterson mit Hilfe von einigen herbeikommandierten Seeleuten das Boot zu Wasser gelassen. Weil das Schiff im Hafen lag, hing das Boot bereits außerhalb der Reling an den Davits. Peterson ruderte mit schnellen Zügen auf den Bug zu.

Und ein Wunder geschah:

Der Kopf des Journalisten tauchte auf, und gleichzeitig sah man ihn das Mädchen in die Höhe heben, das einer der Männer im Boot entgegennahm …

Etwa so musste es gewesen sein, aber danach gerät dem Jungen die Reihenfolge der Ereignisse wieder durcheinander. Sicher war nur, dass zwei Menschen über Bord gingen, man aber nur einen wieder zurückholen konnte. Matias sah zu, wie Sarah gedrückt und gedreht wurde, bis ihr ein Schwall Wasser aus dem Mund kam und sie die Augen öffnete.

Frau Siren nahm einen Zeitungsartikel mit nach Finnland, in dem berichtet wurde, wie Herr Daniel Whiteford, der einzige Erbe des dritten Earls Sir Thomas Whiteford, noch mehrere Tage »nach dem vollkommen unerklärlichen Unglück« gesucht wurde.

Das Meer gab ihn nicht wieder her. Matias prägte sich für immer der sonderbare Anblick von Herrn Fords weißen Unterhosen ein, die ein ums andere Mal aufblitzten, als der Mann immer wieder auf den Grund des Hafenbeckens tauchte.

RUISSALO, 1. AUGUST 1900

Guten Abend, guten Abend, sag ich dir, mein Schatz.
Ich komme, um dich noch mal zu sehn.
Deine blauen Augen, deine roten Wangen
bekam ich Lust zu sehn.

Selbst wenn ich eigenes Land bekommen
und alles Gut der Welt erben würde,
bist du die Einzige unter der Sonne,
die ich von Herzen liebe.

Selbst wenn ich um die Erde wandern
und jenseits der Ozeane wohnen würde,
bist du die Einzige, die ich mir wünsche
und niemals vergesse ich dich.

Finnisches Volkslied

LIEBER KAPITÄN PETERSON,

Ich verbringe einige Urlaubswochen bei meiner Schwester Karin in Ruissalo, und als ich gestern in der Abenddämmerung die Wega im Sternbild der Leier am südlichen Himmel aufgehen sah, musste ich wieder einmal an Ihre verzweifelten Bemühungen denken, mir die Bewegungen am Sternenhimmel beizubringen. Inzwischen habe ich das Ganze so weit für mich studiert, dass ich weiß, dass man die Wega am besten in einem Winkel von siebzig Grad über dem Horizont sehen kann und dass sie als ein Stern des großen Sommerdreiecks bis weit in den Herbst hinein erkennbar bleibt. Sie verschwindet erst, wenn der Winter kommt, während Deneb und Altair auch mitten im Winter noch im Norden zu sehen sind. In letzter Zeit habe ich besonderen Gefallen daran gefunden, das Sternbild des Schwans zu studieren, wegen seiner Helligkeit, aber auch wegen des Namens. Die am Himmel funkelnden »Schwäne« lassen einen nicht unbedingt an den bärtigen, sich zumeist ungehobelt benehmenden Zeus denken, der sich als Schwan maskierte, um Leda, die Frau des Spartanerkönigs, liebkosen zu können (meiner Erfahrung nach sollten Schwäne und Menschen sicheren Abstand voneinander halten), aber vielleicht an Orpheus, der sich nach seinem Tod in einen Schwan verwandelte, um am Firmament seine Leier zu spielen.

Sie ahnen wohl, dass mich Orpheus an unseren gemeinsamen Freund (das dürfte keine übertriebene Formulierung sein) Herrn Ford erinnert und an sein trauriges Schicksal. Unnötig zu erwähnen, dass die Ereignisse jener Nacht nie aufgehört haben, mich zu plagen, auch wenn sie schon bald fünf Jahre zurückliegen. Ich kann mich gut an die argwöhnischen Gesichter der Hafenpolizisten erinnern, als wir versuchten, ihnen zu berichten, was auf dem Schiff unserer Meinung nach vor sich gegangen war. Sie hatten ganz recht: obschon sie unserer beider Aussagen aufnahmen, führten die Berichte kaum zu irgendwelchen Maßnahmen. Es war auch nicht fair, dass wir die Nacht auf der Polizeiwache verbringen mussten, Kapitän Eger aber auf seinem Schiff bleiben und – wie Sie es voraussagten – am nächsten Morgen den Hafen verlassen durfte, ohne dass ihm die Hunde nachgebellt hätten. Gewiss hat er Irland in den Jahren danach gemieden, aber Gesetzeswidrigkeiten kann man in jedem Hafen begehen, wenn man darauf aus ist. Während unseres noch zwei Wochen währenden Aufenthalts konnte ich auch nicht herausfinden, ob gegen Frau Smiley irgendeine Art von Anklage erhoben wurde, aber soweit ich weiß, besteht das Vogelnest nach wie vor, und es werden regelmäßig Kinder von dort in die britischen Kolonien geschickt.

Am Ende wurde Sarah von Nonnen abgeholt, nachdem sich herausgestellt hatte, dass sie römisch-katholisch war. Man kann nur hoffen, dass sie unter deren Obhut menschlicher behandelt wird als im Vogelnest, von dem mir Matias sehr unschöne Einzelheiten erzählt hat. Es besteht auch die geringe Hoffnung, dass sich Sarahs Mutter von ihrem seelischen Zusammenbruch erholt und wieder einigermaßen für ihre Kinder sorgen kann. Leider sieht es jedoch so aus, als hätte Herr Ford mit seiner düsteren Einschätzung Recht behalten: soweit ich es verstanden habe, erhalten die Witwen der Retter von der gewaltigen Spendensumme am Ende nur 30 Schilling, also den Lohn, der den Rettungsmännern gezahlt werden muss, wenn sie aufs Meer hinausfahren. Die Versprechungen, die Zukunft der Kinder zu sichern, bedeuteten in der Praxis, dass man sie in diversen Kinderheimen und Werkstätten untergebracht hat oder im besten Fall in Schulen, die von der anglikanischen und der katholischen Kirche unterhalten werden. Wo die Spendenmittel gelandet sind, kann man nur vermuten!

Matias ist jetzt übrigens auch hier, er hat Ferien von der Handelsschule, die er neuerdings besucht. Er bittet mich, Ihnen viele Grüße zu bestellen und Ihnen noch einmal dafür zu danken, dass Sie ihn mit nach Finnland genommen und sicher der Obhut meiner Schwester Karin und ihres Gatten Herrn Savander übergeben haben. Meiner Meinung nach haben sie das Leben des Jungen bestens geregelt. Aus dem Floh, den Sie nach Finnland brachten, ist ein großer, stattlicher Jüngling geworden, den meine Schwester so stolz präsentiert, als wäre es ihr eigener Sohn.

Ich verstehe sehr gut, dass es vor allem das Schicksal von Herrn Ford war, das der Hafenpolizei von Kingstown in der Dreikönigsnacht und den folgenden Tagen Sorgen bereitete, zumal sich herausstellte, dass er von wesentlich höherer Abkunft war, als wir wussten. In Kingstown gingen sogar etliche Gerüchte über Verschwörungstheorien und Mord durch die Fenians um. Lauter Dinge, von denen wir beide wissen, dass sie Nonsens sind. Herr Ford (Whiteford) ist mir als außergewöhnlicher und feiner Mann im Gedächtnis geblieben, dem ich nach meinem Dafürhalten zu großem Dank verpflichtet bin. Das ist vielleicht etwas umständlich ausgedrückt, aber ich glaube, Sie verstehen, was ich meine.

Ich bitte um Verzeihung, dass ich meine Beileidsbekundung anlässlich des Todes Ihres Sohnes nicht früher gesandt habe. Frau Talbot-Power (deren herzliche Gastfreundschaft wir noch zwei Wochen in ihrem Herrenhaus in Leopardstown genießen durften) ließ mir seinerzeit Ihren schönen Dankesbrief an unsere irischen Wohltäter zukommen, den Sie nach Ihrer Heimkehr an die Irish Times geschickt hatten. Er wurde am letzten Januartag veröffentlicht. Ich war zutiefst erschüttert, als ich las, dass Ihr Sohn während unserer Reise an Diphterie gestorben war, und ich fing mehrmals einen Brief an, in dem ich Ihnen und Ihrer Gattin gegenüber mein Beileid zum Ausdruck brachte. Aber ich fand einfach keine Worte des Trostes, mit denen ich mich Eltern hätte nähern können, die ihr einziges Kind verloren haben. Sie sprechen in Ihrem Brief von Gottes Willen, dem man sich fügen müsse, aber mein Glaube ist so schwankend geworden, dass ich diesen Gedanken nicht mit Ihnen teilen kann. Kürzlich erfuhr ich durch gemeinsame Bekannte, dass Sie vor einem Jahr auch Ihre Frau verloren haben. Diese Nachricht hat mich verstummen lassen (wie viel Trauer in so kurzer Zeit im Leben eines Menschen), aber ich möchte Ihnen im Nachhinein meine tiefe Anteilnahme aussprechen.

Der Tod hat auch unsere Familie aufgesucht, aber das liegt schon vier Jahre zurück. Mein Schwiegervater Erik Siren verschied im selben Jahr, in dem wir aus Irland zurückkehrten. Er starb auf dem Acker, als er die Nachricht erhielt, das Versicherungsverfahren zur Havarie seines Schiffs Theodorus vor Havanna sei doch noch zu seinen Gunsten ausgegangen. Auf den Ålandinseln geht bereits die Redensart um, als einer, der ziemliches Gewicht aufs Geld legte, sei er an der reinen Freude gestorben, und was wäre eine schönere Art, aus dieser Welt zu scheiden!

Sie dürften bereits gehört haben, dass mein Mann die Seefahrt aufgegeben hat. Im Grunde sehr bald nach dem Tod seines Vaters. Er schaffte es zwar noch, die Kapitänsprüfung abzulegen, aber auch sein nächstes Schiff, die in Nova Scotia gebaute Hanna Blanchard, erlitt eine Havarie, und Herr Siren gestand mir, dass es ihn nicht mehr reizte, als Kommandant eines Schiffes zu fungieren, falls es das überhaupt je getan hatte. Das Schiff wurde verkauft, und wir zogen nach Turku, wo mein Mann heute als Zollbeamter tätig ist.

Obschon ich eine waschechte Turkuerin bin, merke ich, dass ich mich in der Stadt nicht so mühelos eingelebt habe, wie ich es mir vorgestellt hatte. Ich gebe Sprachunterricht in der Mädchenschule und allgemeinen Elementarunterricht in verschiedenen Einrichtungen mit kleinen Kindern und genieße meine Arbeit. Ich freue mich auch darüber, dass ich meine geliebte Schwester immer sehen kann, wenn mir danach ist. Meine Tochter Ester hat bereits einige gute Freundinnen gefunden, hauptsächlich unter ihren Schulkameraden. Der kleine Leo (benannt nach meinem Vater) ist ein tüchtiger kleiner Kerl und bereitet seinen Eltern viel Freude. Wir haben jedoch beschlossen, unter den herrschenden ungewissen Umständen keine weiteren Kinder zu bekommen. Vor allem die Gerüchte über das Wehrpflichtgesetz von Zar Nikolaus versetzt alle Mütter, die Söhne haben, in Angst und Schrecken. Aber über solche Dinge sollte man sich in diesen Zeiten in Briefen nicht allzu sehr auslassen …

Stattdessen denke ich oft an all die Kinder, die keine Eltern haben, keine Ausbildung und somit keinerlei Hoffnung auf eine bessere Zukunft, und sehr gern würde ich etwas für diese Kinder tun. Als ich davon sprach, Herrn Ford Dank schuldig zu sein, ja eigentlich allen Menschen, die unserer Familie nach dem Schiffbruch der Palme in Irland halfen, meinte ich genau das. Sie haben einmal von der Schuld der Überlebenden gesprochen, also werden Sie verstehen, was für ein Gefühl seitdem an mir nagt. Warum haben gerade wir überlebt? Auch wenn mein Glaube an Gott (wie gesagt) fortwährend schwankt, kommt es mir vor, als würde von mir noch eine Tat erwartet, um auch mit IHM quitt zu sein. Dementsprechend habe ich mir bereits ausgerechnet (dies mag für Sie kindisch idealistisch oder einfach nur sonderbar klingen, falls Sie unser Gespräch in der Dreikönigsnacht und am Morgen danach, als Sie mich zum Hotel brachten, vergessen haben), dass meine Kinder in gut zehn Jahren auf eigenen Beinen stehen und ich dann meinen Traum verwirklichen kann. Auch wenn ich, wie Sie wissen, eine miserable Schiffspassagierin bin, bilde ich mir doch ein, eine Reise in ein Land zu überstehen, dessen Sprache mir bekannt ist und wo es den Waisenkindern erbärmlich geht, etwa nach Australien, Neuseeland oder Kanada. Ich möchte herausfinden, ob es für die äußerst schlecht behandelten Kinder etwas zu tun gibt, zum Beispiel in Form von Ausbildung.

Sie wissen bestimmt nicht mehr, was Sie bei unserer letzten Begegnung versprachen (bestimmt in scherzhaftem Ton – falls ein solcher in jener schrecklichen Nacht auf der grässlichen Polizeiwache möglich war), nämlich dass Sie in fünfzehn Jahren als Kapitän auf einem Schiff anheuern würden, das mich sogar sicher bis nach Timbuktu bringen würde. Wie Sie sehen, habe ich das Gedächtnis eines Elefanten und halte meinerseits an unserer Abmachung fest.

Falls Sie mir freundlicherweise antworten möchten (was keineswegs nötig ist), wünsche ich mir, dass Sie lieber an die Adresse meiner Schwester schreiben (die ich beilege) als an uns nach Hause. Kapitän Siren ist schon lange nicht mehr er selbst und regt sich über die geringsten Kleinigkeiten auf, die seine genauen täglichen Routineabläufe stören. Zum Beruf des Zollbeamten gehören (inoffiziell, aber dafür umso unbedingter) zahlreiche Bewirtungen und Abendgesellschaften, nach denen ich mir oftmals Sorgen machen muss, wie seine Gesundheit diese Seite seines (ansonsten eher eintönigen) Amtes verkraftet. Überdies hält er meine besagten Träume für völlig unbegreiflich und versteht nicht, von welcher Schuld ich eigentlich rede. Unnötig zu erwähnen (da Sie es sind, aber ich sage es dennoch), dass all dies etwas streng Vertrauliches zwischen Ihnen und mir ist.

Für dieses Mal nichts weiter. Es dürfte für mich an der Zeit sein, zu meinen Verrichtungen zurückzukehren. Bald werde ich mit Matias und den Kindern zu einem Ausflug mit dem Ruderboot aufbrechen, wir werden in der großartigen Bucht, die Sie mir einst gezeigt haben, schwimmen und angeln. Dort beißen tatsächlich immer welche an! Ich darf Ihnen auch mitteilen, dass am Haus meiner Schwester und ihres Mannes genau so ein Blitzableiter angebracht worden ist, wie Sie ihn seinerzeit am Uferpavillon des Fabrikanten Rettig installierten, und dass dieses schöne Gebäude vom Gewitter verschont geblieben ist.

Ihre
Elin Siren (Jussila)

NACHWORT

Elin und Oskar Siren ließen sich 1908 scheiden. Im Jahr darauf reiste Elin mit ihren Kindern nach Kanada, wo sie erneut heiratete und Frau Peterson wurde.

Bei der Gedenkveranstaltung zu Ehren der ertrunkenen Rettungsmänner in Dún Laoghaire nahm 1960 die Neuseeländerin Ester Walsh teil. Sie hielt bei der Veranstaltung eine kurze Rede und sprach das in Kapitän McCombies Zeugenaussage erwähnte, von dem Schiff Palme gerettete »Bündel« an. »Dieses Bündel bin ich«, schloss sie ihre Rede.

Sarah Dunphy, spätere Wall, die das reale Vorbild für Sarah Donoghue war, wurde über neunzig und starb am 8. Oktober 1981. Sie wurde neben ihrem Vater auf dem Friedhof Deans Grange beigesetzt. Ihr ganzes Leben lang hatte sie nach ihren Brüdern gesucht, die man als Kinder in verschiedenen Waisenhäusern untergebracht hatte. Sie fand heraus, dass einer als Schiffsjunge zur See gefahren, einer nach Kanada verschickt und der dritte zum Soldaten ausgebildet worden war. Vom Letztgenannten wusste man, dass er im Ersten Weltkrieg ums Leben gekommen war.

Dunbar Plunket Barton wurde zum Baronet geadelt und heiratete im Jahr 1900. Sein Leben lang beschäftigte er sich mit Geschichte und Literatur, mit besonderem Interesse für William Shakespeare und Marschall Bernadotte. Als eifriger Golfspieler tat Sir Barton viel dafür, dass die Sportart in Irland beliebt wurde. Er starb 1938 im Alter von 83 Jahren. Da sein einziger Sohn vor ihm gestorben war, wurde sein Adelstitel nicht vererbt.

Gerald Oakley Cadogan wurde 1900 als Sonderoffizier in den Zweiten Burenkrieg nach Südafrika geschickt. Nach dem Tod seines Vaters wurde er 1915 zum sechsten Earl of Cadogan, weil seine zwei älteren Brüder gestorben waren. Die Würde des Kommandanten des Britischen Imperiums wurde ihm 1919 verliehen. Er starb 1933, und sein Adelstitel ging auf seinen Sohn William Cadogan über.

Adam Findlater war neben seiner täglichen Arbeit im Vorstand verschiedener Stiftungen sowie in anderen Ehrenämtern tätig. In den Jahren 1895-1911 leitete er in Irland zwei Theater und fand besonderen Gefallen an der Musik von Jean Sibelius. Er starb 1911. Man setzte ihn auf dem Friedhof Deans Grange bei, so wie die ertrunkenen Rettungsmänner von der Civil Service.

Kommandant St. Vincent Nepean erhielt nach seiner Versetzung in den Ruhestand im Jahr 1907 von den anlässlich des Geburtstags von König Edward verliehenen Orden die Ehrenmedaille vierter Klasse.

Anna Parnell ertrank im September 1911 in Devon beim täglichen Schwimmen und wurde auf dem Friedhof von Ilfracombe beigesetzt. Sie hatte ein autobiografisches Buch mit dem Titel *The Tale of a Great Sham* geschrieben, das jedoch erst 1986 veröffentlicht wurde.

Das Familienunternehmen Talbot-Power hatte sich seit 1860 zu einem bedeutenden irischen Whiskeyproduzenten entwickelt. Der Erfolg beruhte auf einem neuen Vertriebssystem. Der Whiskey wurde in Flaschen an die Einzelhändler geliefert, anstatt sie in Fässern an Ausschankbetriebe zu verkaufen. James Talbot-Power wurde 1901 zum Sheriff des Countys Dublin ernannt. Nach dem Tod seines Vaters im Jahr 1906 wurde er zum fünften Baronet. Sir Talbot-Power starb 1916 zu Hause in Leopardstown. Frau Talbot-Power heiratete erneut und wurde Frau Dunning. 1917 stellte sie die Familienimmobilie in Leopardstown als Heim für verwundete Offiziere zur Verfügung. Laut Vertrag sollte das Anwesen nach einem Jahr wieder an die Familie zurückfallen, falls es nicht mehr gebraucht würde. Die Einrichtung trug den Namen *Hayes Home for Wounded Soldiers*. Heute ist es das Leopardstown Park Hospital.

Lydia Shackleton musste das Malen 1907 wegen abnehmender Sehkraft aufgeben. Sie hatte 1500 Pflanzen für den Botanischen Garten in Glasnevin gemalt und überdies 100 irische Wildpflanzen verewigt. Die Sammlung wird in der Irischen Nationalgalerie aufbewahrt. Sie starb über achtzigjährig im Jahr des Kriegsausbruchs 1914 und wurde auf dem Quäker-Friedhof von Dublin beerdigt.

Als man sie im Rahmen ihres letzten Geburtstagsinterviews fragte, woher ihre Leidenschaft rührte, sich ausgerechnet mit Pflanzen zu beschäftigen, antwortete sie:

»Das ist keine Leidenschaft. Wären die Menschen nicht so unfair zueinander, hätte ich sie gemalt.«

ICH DANKE

insbesondere dem Åländischen Seefahrtmuseum, der Bibliothek der Åbo Akademi und den Vaski-Bibliotheken sowie folgenden Personen für ihre Hilfe:

Sirkka Hakula, Pertti Koski, Hanne Lammi, Annette Lindén, Bertil Lindqvist, Cormac Lowth, Jukka Mikkola, Milja-Liina Moilanen, Tiina Mäkipää, Anita Pensar, Janne Porkka, Veikko Pöyhönen, Antti Rainio, Sari Rainio, Hannu Raittila, Reijo Salminen, Esa Silander, Jael Silander, Jirka Silander, Jooa Silander, Touko Siltala, Risto Terkki, Dan Wilén, Hannele Wilén.

ZITATNACHWEIS

S. 109: Das Zitat von Annie Proulx wurde folgender Ausgabe entnommen: Annie Proulx, *Schiffsmeldungen*. Übersetzt von Michael Hofmann, München: btb Verlag, 2007, S. 213 ff. © 1993 by Annie Proulx. Abdruck mit freundlicher Genehmigung der MOHRBOOKS AG Literary Agency, Zürich.

S. 120: Das Zitat aus »Oliver Twist« stammt aus dem Projekt Gutenberg und basiert auf folgender Ausgabe: Charles Dickens, *Oliver Twist*. Deutsch von Carl Kolb, bearbeitet von Carl Hartz, Berlin: Deutsche Buchgemeinschaft, 1946, 2. Kapitel.

S. 493: Das Zitat von Walt Whitman ist folgender Ausgabe entnommen: Walt Whitman, The Complete Poems of Walt Whitman. Hertfordshire: Wordsworth Editions Ltd., 1995.

Die finnische Originalausgabe erschien 2015 unter dem Titel
»Kuka vartijoita vartioi« bei Siltala, Finnland.

Die Übersetzung wurde von FILI, Helsinki, gefördert.
Der Verlag bedankt sich dafür.

FILI FINNISH LITERATURE EXCHANGE

Dieses Buch ist auch als E-Book erhältlich.

MIX
Papier aus verantwortungsvollen Quellen
FSC www.fsc.org FSC® C014496

Verlagsgruppe Random House FSC® N001967

1. Auflage
Genehmigte Taschenbuchausgabe Januar 2020

Umschlaggestaltung: semper smile, München
Umschlagmotiv: © Getty Images/Gareth Maccormack
Satz: Uhl + Massopust, Aalen
Druck und Bindung: GGP Media GmbH, Pößneck
mb · Herstellung: sc
Printed in Germany
ISBN 978-3-442-71883-2

www.btb-verlag.de
www.facebook.com/btbverlag